dtv
premium

Fiona Walker

Heiraten macht mich nervös

Roman

Deutsch von Britta Mümmler

Deutscher Taschenbuch Verlag

Deutsche Erstausgabe
Oktober 1999
Deutscher Taschenbuch Verlag GmbH & Co. KG, München

Titel der englischen Originalausgabe:
Well Groomed
Hodder and Stoughton, London 1996
ISBN 0-340-66049-X

Umschlagkonzept: Balk & Brumshagen
Umschlagfoto: © James Darell/Tony Stone
Satz: Fotosatz Reinhard Amann, Aichstetten
Gesetzt aus der Aldus 10,5/12,25˙ (QuarkXPress)
Druck und Bindung: Kösel, Kempten
Gedruckt auf säurefreiem, chlorfrei gebleichtem Papier
Printed in Germany · ISBN 3-423-24188-8

Für die Enfield-Diva, den Earl's Court-Tänzer,
den Inspizienten des Compton Theatre
und für meine Schwester Hilary McDann

1

Als Tash French frühmorgens die Toilettenspülung zog, fiel ihr ein großer Eiszapfen direkt auf den Kopf.

»Na großartig, einfach … großartig.«

Während sie aus dem eiskalten Badezimmer zu ihrer noch warmen Daunendecke und dem alle viere von sich streckenden Niall zurücktaumelte, nahm sie dunkel wahr, daß sie von einem riesigen weißen Truthahn durch die schiefe Katzenklappe an der Eingangstür beäugt wurde. Er war viel zu fett, um je seine ganze gefiederte Üppigkeit in dieses tiefgekühlte Haus bugsieren zu können, aber die klappernden Fenster im Erdgeschoß waren beschlagen von frostiger Eisluft, so daß er nicht viel erkennen konnte. »Gemästet für Weihnachten«, murmelte Tash vor sich hin, als sie vorsichtig ihre erfrorenen Glieder unter Nialls warme, schwere Beine schob und seine gebräunte Nase küßte. Im Schlaf flackerten seine langen, gebogenen Wimpern wie von einem Seufzer, und er stieß leicht auf.

Weihnachten. Nach einigen zwanghaften Träumen von Rosenkohl, Misteln und dem aktuellen Cliff-Richard-Hit zum Fest wurde Tash schlagartig klar, was das hieß. »Niall!« Sie richtete sich kerzengerade im Bett auf, ihr Kopf wankte. Aber die Anstrengung war zu viel für sie. Mit einem Ächzen sank sie in die Kissen zurück und griff sich an die pochende Stirn.

»Mmmm?«

»Welcher Tag ist heute?«

»Heute ist heute, Engel.« Er streckte sein stoppliges Gesicht vor und gab ihr einen schläfrigen Kuß. »Es ist heute, glaub ich.«

»Und würde dies ›heute‹ wohl die entfernte Ähnlichkeit mit einem gewissen wichtigen Tag des Kirchenjahres dulden?«

»Gib mir 'n Tip, ja?« Er war fast schon wieder eingeschlafen.

»So was wie: ›Gestern war Heiligabend‹?« Tash rückte an den Bettrand.

»Ah.« Niall zog sich das Kissen über den Kopf.

»Und meine Mutter, mein Stiefvater und Mattys ungehobelte Bande kommen zum Lunch.«

»Na großartig.« Aus den Kissen ließ sich ein Stöhnen vernehmen. »Wie spät ist es?«

Tash schielte auf ihre Uhr. »Kurz nach zehn.«

»Prima.« Er tauchte wieder auf und kratzte mit seinen Bartstoppeln über ihre Schulter. »Noch Zeit genug zum Vögeln.«

»Ich friere, Niall.«

»Wenn das so ist«, Rippe um Rippe küssend, bahnte er sich einen Weg, »zeig ich dir mal, was wir Iren unter Zentralheizung verstehen.«

Nach einem entzückend lässigen, weil noch leicht angeheiterten Liebesakt, der ihnen die Brummschädel vertrieb, drückte Niall seine Lippen auf Tashs feuchten Bauch, als sie gerade wieder nach ihrer Uhr angelte. »Übrigens hockt da draußen ein furchtbar häßlicher weißer Truthahn.« Sie zuckte zusammen, als sie auf die Zeiger blickte.

»Ja – den haben wir gestern abend auf der Olive-Branch-Party gewonnen, schon vergessen?«

»Ich hatte zum Glück einen Blackout ab dem Punkt, wo Marco Angelo anfing, ›The Girl from Ipanema‹ zu singen, nur mit einem Handtuch und dem Jagdmantel von Jack Fortescue angetan.«

»Ja.« Grinsend sackte Niall aufs Kissen zurück. »Großartige Party, was?«

»Wenn's dir gefallen hat.« Tash zuckte noch mal zusammen, als sie sich dunkel erinnerte, wie sie wieder zu Bewußtsein gekommen war, während der nette Wirt sie die hundert Meter vom Olive Branch zum Old Forge trug. Und bei diesem Gedanken schien vor ihrem geistigen Auge auch das flüchtige Bild von Niall wieder auf, der mit einem riesigen weißen Truthahn unterm Arm in einen Graben torkelte. Bislang hatte sie angenommen, das seien Halluzinationen gewesen.

»Was sollen wir bloß mit ihm machen?« fragte sie schwach.

»Nun ja, heute ist der Geburtstag unseres Heilands, und in etwa einer Stunde erwarten wir deine gefräßige Familie zum Lunch. Also würde ich vorschlagen, wir bitten ihn auf eine Überraschung herein, was?« Niall schwankte zur Toilette, die dunklen Locken über den noch halb geschlossenen Augen.

Tash wartete angespannt vor der Tür, bis er wieder zum Vorschein kam. »Ich möchte nicht, daß du ihn tötest«, entschied sie.

»Gut.« Niall grinste träge, küßte sie auf die Stirn und setzte seinen Weg nach unten in die Küche fort. »Ehrlich gesagt, glaub ich auch nicht, daß ich dem jetzt schon gewachsen wäre. Tu du's – er gehört ganz dir. Na du«, fügte er hinzu, als er an der Katzenklappe vorbeikam, aus der ein unsagbar häßliches weißes Gesicht hervorlugte.

»Ich töte ihn nicht!« protestierte sie und stürmte hinter ihm her.

»Nicht? Na, dann wär das Problem doch gelöst, oder?« Niall, der auf der Suche nach Alka-Seltzer verschiedene Schränke auf und zu geknallt hatte, brauchte jetzt Mineralwasser aus dem Kühlschrank. Die Leitungen waren wieder mal zugefroren, und aus dem Wasserhahn kam nichts weiter als ein klägliches, rülpsendes Tröpfeln.

»Bestens.« Tash ließ sich auf einem der ausnehmend frostigen, gußeisernen Stühle nieder. »Was soll's. Ich hab einen tiefgefrorenen Hahn gekauft, fix und fertig gefüllt, der brät sich quasi von selbst, idiotensicher – den werd ich in den Ofen schieben. Jedenfalls sobald ich die Bedienungsanleitung übersetzt hab.« Sie ergab sich in ihr Schicksal.

»Ah, endlich.« Niall hatte sich damit beholfen, zwei Tabletten in Bier aufzulösen, nachdem der Wasserhahn komplett versiegt und nichts anderes aufzutreiben war. »Und taut der sich auch von selbst auf?«

»Mist!«

Schaudernd sah Tash, wie Niall aus dem Gefrierschrank ein paar uralte Pizzen, gefrorene Erbsen, leere Eiswürfelboxen, eine Flasche Wodka sowie einen gewaltigen Truthahn zog, der so für die Ewigkeit tiefgefroren wirkte wie eine Leiche im Gletscher. Idiotensicher, wirklich.

»Tash – sie ist eine gute Köchin, *non?*« fragte Pascal, als er gerade das Getriebe des geliehenen Mercedes traktierte und im Weihnachtsverkehr auf der Autobahn M6 dahinschlich.

»Ich glaube schon, Liebling«, antwortete seine Frau Alexandra zerstreut, während sie verzweifelt Geschenke einwickelte.

Ihre altkluge achtjährige Tochter Polly – auf dem Rücksitz eingezwängt zwischen einem sehr jungen ungebärdigen Welpen und einer sehr alten würdevollen Großmutter – war vollauf damit beschäftigt, Autofahrer durch die Heckscheibe mit abstoßenden Grimassen zu schockieren.

»Mutter, sag Polly, sie soll aufhören!« Alexandra griff nach der Tesafilm-Rolle, die sich gerade in dem Moment an den Schaltknüppel geklebt hatte, als Pascal den fünften Gang einlegen wollte.

»Dazu 'abe ich nicht die geringste Lust, mein Schatz«, murmelte Etty Buckingham, drehte sich um und leistete ihrer Enkelin Gesellschaft beim Fratzenschneiden, wobei der grandiose Pelzhut ihr auf die aristokratische Nase rutschte. Der Welpe, der auch mitspielen wollte, taumelte unterdessen zwischen ihnen hin und her und erbrach sich ganz unbefangen auf Pascals Kaschmirjacke.

Matty French wechselte mürrisch das Rad seines Audi, während seine Frau sich besorgt über den Kofferraum beugte und vorgab, die Straßenkarte zu lesen. »Ich glaub, wir sind irgendwo bei Stroud«, schlug sie hoffnungsvoll vor, als eine Schraubenmutter auf Nasenhöhe an ihr vorbeiflog. »Oder vielleicht auch in der Nähe von Bristol. Schwer zu sagen, wenn alles so weiß ist.«

»Das ist ja geradezu scheiß wunderbar«, zischte Matty, dessen Finger blau anliefen, während er an einer widerspenstigen Schraube hantierte. »Tash und Niall wohnen in Berkshire.«

»Oh, da sind wir durchgekommen!« stellte Sally erfreut fest und konsultierte erneut die Karte.

»Das weiß ich – Scheiße«, zischte Matty. Irgendwie untergrub das ziemlich idiotische Häkelkäppi seine patriarchalische Autorität, wenn es darum ging, wer in seiner Familie das Sagen hatte. Er sah eher aus wie einer dieser trendigen Sozialarbeiter aus Hackney, die immer auf der Suche nach dem Kind in sich waren.

»Papa hat Scheiße gesagt!« tönten aufgeregt zwei kleine Kinder. »Zweimal!« fügte der ältere Tom hinzu, der schon zählen konnte. Das dritte Kind, Linus, brach in geräuschvolle Schluchzer aus, als das Auto unter ihm ruckelte. Er trug eine riesige farbenfrohe Filzmütze in Form eines Krokodils, aus dessen Maul sein Gesicht herausguckte, als sei er gerade erst gefressen worden.

Sally gab's auf mit der Straßenkarte und blickte ganz verzückt auf die Hecken und den überfrorenen Rasen. »I'm dreaming«, sang sie unmelodiös, »of a –«

»White Chrithmath!« sang die dreijährige Tor, die erst vor kurzem diese beiden Wörter in ihr Repertoire von insgesamt zwanzig aufgenommen hatte – die meisten anderen waren Flüche.

»Das stimmt doch gar nicht«, murrte Matty pedantisch wie immer, wenn seine Nerven – wie jetzt gerade – blank lagen. »Weiße Weihnacht sagt man, wenn es geschneit hat. Aber das hier ist Frost, der sieht zwar so aus wie Schnee, verschwindet aber, sobald es wärmer wird.«

»Ich finde, wir sollten aufs Land ziehen, Matty. Es ist so schön.« Sally schloß die Augen und tippte träumerisch mit dem Finger auf die Karte. »Wie wär's mit einem malerischen Backsteinhäuschen in – äh – Maccombe.«

»Beweg bloß deinen Finger nicht von der Stelle!« Matty stöhnte, und eine weitere Schraubenmutter flog über seine Schulter.

»Warum denn nicht?« Sally sah ihn durch ihren verwuschelten blonden Pony erwartungsvoll an und fragte sich verwundert, ob er sich plötzlich tatsächlich mit ihren Tagträumen anfreundete – eine Herausforderung, der er sich schon seit den idealistischen Anfängen ihrer Ehe nicht mehr gewachsen gezeigt hatte. Ein Landhaus, ein wildwuchernder Garten, ein dörfliches Pub, Sportfeste, Kaffeeklatsch ... welch eine Wonne!

Aber Mattys große haselnußbraune Augen verengten sich, er verzog seine Stupsnase, und der sonst so sanfte Mund zeigte die exakte Linienführung einer Römerstraße. »Dieser Bastard Beauchamp wohnt in Maccombe.« Matty beförderte die Schraubenmutter auf ein hartgefrorenes Stück Rasen. »Tashs Dorf ist da ganz in der Nähe, glaub ich. Fosbourne irgendwas. Such mal nach Fosbourne.«

Sally seufzte traurig und suchte. »Da gibt's ein Fosbourne Holt – und Fosbourne Dean.« Ihr Finger verharrte in einer Ecke der Karte, ganz in der Nähe von Maccombe. »Und ein Fosbourne Dukiss.«

»Ducis!« korrigierte Matty. »Es wird ›Dju-ßis‹ ausgesprochen. Das solltest du doch wissen. Immerhin waren wir schon zweimal da.«

»Mhm, vor mehr als einem Jahr«, erinnerte Sally ihn schuldbewußt und wunderte sich, warum er so angespannt war.

»Bei Gott, ich wollte, wir hätten es schon hinter uns und könnten nach Hause fahren«, flüsterte Matty gereizt. Entgegen aller Wahrscheinlichkeit hoffte er, Zoe Goldsmith würde heute nicht auch noch auftauchen.

»So geht's nicht.« Tash schaltete den Fön aus und starrte entmutigt auf den idiotensicheren Truthahn. »Er ist immer noch absolut tiefgefroren.«

Niall, dem es gelungen war, genügend Eiszapfen von der Dachrinne zu klopfen, um Wasser zum Kochen zu bringen und damit die Leitungen aufzutauen, blies den Schaum von seinem hart erarbeiteten Kaffee und blickte sie amüsiert an. »Tut mir leid, Giblets, mein Sohn.« Er sah hinüber zur Katzenklappe. »Du bist dran. Noch fünfundzwanzig Minuten, bis Tashs Mutter ankommt.«

»Fünfundzwanzig Minuten!« Tash stierte schaudernd auf ihre Uhr. »Ich muß mich anziehen.«

»Bleib wie du bist.« Niall umarmte sie. »Ich mag diesen Ichkomm-grad-aus-dem-Bett-Look. Eine erregende Vorstellung, dir drei Pullover, zwei T-Shirts, zwei Paar Leggings, zwei Paar Socken und einen alten Schal herunterreißen zu müssen.«

»Glaubst du, es stört sie, daß die Heizung ihren Geist aufgegeben hat?« Tash hielt ihn fest, um sich zu wärmen.

»Ich werd Feuer machen.«

Als sie in einem sehr warmen Hausanzug, unter dem sie ihre noch wärmere Wollwäsche trug, mit durchweichten Haaren und von einer eiskalten Dusche blau angelaufener Nasenspitze aus dem Schlafzimmer kam, fand sie Niall in alte Zeitungen vertieft, die er aus dem Kohlenkasten gezogen hatte, um damit ein Feuer anzufachen. In dem gewaltigen, schwarz verdreckten Kamin lagen aber noch immer Ruß, Asche, Zigarettenkippen und Bonbonpapier. Tashs Augen bekamen einen versöhnlichen Blick. Seine schwarzen Locken, die dringend einen Haarschnitt brauchten, baumelten vor seinem unrasierten Gesicht, und mit seinen braunen Augen überflog er lachend eine Kolumne aus dem September. In den vergangenen Monaten, während er in Amerika filmte, hatte er nur wenig Gelegenheit zum Zeitunglesen gehabt, weil er mit Drehbüchern nur so überschüttet worden war. Und da saß er jetzt, mit nichts weiter als einem gestreiften Morgenrock, Bettsocken und zu Berge stehenden Haaren, und las eine Fernsehkritik, über die er so schallend lachte, als hätte er die Sendung erst gestern gesehen. Für Niall war alles stets frisch und unverbraucht, wie altbekannt es auch sein mochte. Er war der einzige Mann, den sie kannte, der sogar über die alten Witze der Marx Brothers noch in dröhnendes Gelächter ausbrechen konnte. Dafür liebte sie ihn.

»Fröhliche Weihnachten.« Sie hielt ihm ein etwas feuchtes Päckchen hin, das sie eben im Badezimmer eingewickelt hatte. Auch dieses Jahr hatte sie wieder vergessen, Geschenkpapier zu kaufen, aber sie bezweifelte, daß er das Schrankpapier wiedererkennen würde.

Niall sah auf, und seine Lachfalten verloren sich für einen Moment. »Du bist so schön«, seufzte er, versunken in den Anblick des roten Samtanzugs, ihrer langen Beine und des sich über die großen, seltsam schimmernden Augen schlängelnden braunen Haars.

Sie lächelte schüchtern. »Mach's doch auf.«

Während Niall das Geschenk auspackte, ging Tash zu dem mit Farbklecksen übersäten Radio, ihrer einzigen Gesellschaft vor sechs Monaten, als sie weiße Duluxfarbe an die Backsteinwände des Old Forge geklatscht hatte. Sie suchte, bis sie Weihnachtslieder fand.

»Wunderbar!« Niall lachte, feuchtes Mohnblumenpapier flatterte zu Boden, und er hielt ein winziges Miniaturgemälde von ihnen beiden hoch, das in einen breiten, antik vergoldeten Rahmen gefaßt war.

»Du findest es nicht irgendwie albern?« fragte Tash nervös und vor Verlegenheit tiefrot. Sie hatte in den letzten Wochen qualvolle Stunden verbracht mit der Frage, ob sie es ihm nun schenken sollte oder nicht. Und schließlich war sie erst überzeugt gewesen, als Gus und Penny, ihre besten Freunde, sie an Armen und Beinen in den Antiquitätenladen im benachbarten Fosbourne Dean geschleift und sie quasi gezwungen hatten, diesen Rahmen zu kaufen – der zudem noch viel zu teuer gewesen war.

»Es ist einfach wunderbar«, seufzte Niall. »Und so klein, daß ich es immer mitnehmen kann. Herrgott, ich liebe dich, Tash French.«

Als sie endlich nach einem Kuß wieder zu sich kam, der viel zu lang und rauh gewesen war, um aus einer von Nialls Filmszenen zu stammen, bemerkte sie ein rotes Paar Augen, das sie kritisch durch die Katzenklappe musterte. »Meinst du, wir sollten ihn hereinlassen und ihm was zu fressen geben?« fragte sie beunruhigt, als Giblets ein empörtes Kollern hören ließ.

»Ja, sicher.« Niall zuckte die Achseln und starrte noch immer ehrfurchtsvoll auf das Bild. »Einfach großartig.«

»Was um Himmels willen sollen wir bloß zum Lunch machen?« Tash spähte in die verwaiste Küche, wo drei Pfund Rosenkohl im Gemüsenetz baumelten. »Rosenkohl-Quiche?« Sie ließ Giblets rein, der orientierungslos und aufgeregt direkt auf den Kamin zurannte.

»Warum nicht.« Niall zuckte wieder die Achseln. »Oder du läufst rüber zu Gus und Penny und fragst, ob sie uns was abgeben könnten, während ich hier Feuer mache.« Er lehnte das Bild gegen ein Foto von Tash und ihrem Turnierpferd Foxy Snob, auf dem sie gerade ein riesiges Hindernis übersprangen. Die bevorstehende Aufgabe vor Augen zündete Niall sich erst mal eine Zigarette an und lockte Giblets vom Kamin weg.

»Ich kann sie doch nicht am Weihnachtsmorgen belästigen«, sagte Tash bedrückt. »Und sie können ja auch schlecht ihren Truthahn in zwei Hälften schneiden.«

»Es ist Mittag.« Niall sah auf seine Uhr. »Wieso denn nicht? Du wünschst Snob und Hunk fröhliche Weihnachten und gibst den Moncrieffs ihre Geschenke.« Er nickte in Richtung Tür, wo eine Tasche stand. »Wir haben letzte Nacht vergessen, sie zur Mitternachtsmesse mitzunehmen.«

»Wir waren in der Mitternachtsmesse?« Tash war verwirrt.

»Mhm.« Niall nickte und warf seine halb aufgerauchte Zigarette in den Kamin. »Glaub ich zumindest. Warum zum Teufel hast du mir diese Zigarette nicht weggenommen, Tash? Du weißt doch, daß ich aufgehört habe.«

»Du wolltest es mir sagen, wenn ich dir die Zigarette wegnehmen soll, schon vergessen?« Leicht gereizt ging sie zur Tür und stieg in ihre Stiefel. »Ich werd mich nicht unaufgefordert als Aufpasser aufspielen, solange du dich mit einem Päckchen Rothmans auf Sallys Dreißigstem in Toms Zimmer einschließt.«

Niall guckte schuldbewußt. »Tut mir leid.«

Sie grinste. Wenn er sie so ansah, war sie bereit, ihm einfach alles zu verzeihen. »Wir sehen uns in einer halben Stunde oder so.«

Alexandra und Pascal, die eine Stunde später ankamen, trafen Niall dabei an, wie er verstohlen eine Camel Light rauchte und eine alte Ausgabe der ›Marlbury Weekly Gazette‹ las. Tash war nirgends zu sehen. Ein riesiger weißer Truthahn stand mitten in dem leeren schwarzen Kamin, den Kopf aufmerksam erhoben, und lauschte einer dröhnenden Weihnachtspredigt aus dem Radio. Ein zweiter Truthahn – gerupft und tiefgefroren – saß auf einem Plastiktablett auf dem Herd, Wasser lief herunter, und es zischte jedesmal leise, wenn ein Tropfen auf das Tablett fiel.

»*Allo, Niall, mon brave.*« Pascal bahnte sich einen Weg in das winzige Cottage und stieg in seinen handgenähten italienischen Schuhen durch eine wahre Flut von Wirrwarr. »Es ist kalt, *non*?«

Noch bevor Niall antworten konnte, war Pascal von seiner Frau eingeholt worden, die einen Hauch von Arpège und Entrüstung verströmte. »Mutter sitzt mit Polly im Wagen – die beiden spielen völlig verrückt. Sie wollen ihre Runde ›Ich sehe was, was du nicht siehst‹ erst beenden, wenn es einen eindeutigen Sieger gibt. Hallo, Niall, mein Schatz – fröhliche Weihnachten. Du bist ja noch im Morgenmantel. Sind wir zu früh? Liegt Tash noch im Bett?«

»Nein, ihr seid zu spät, Alexandra, mein Engel.« Niall stand auf und küßte sie auf beide Wangen. »Tash ist gerade zur Moncrieff-Farm gegangen, um ihren Pferden hallo zu sagen – und ihnen eine Weihnachtskarotte zu bringen.«

»Wie lieb – das hat sie schon als Kind gemacht.« Alexandra strich sich ihren glänzenden braunen Pagenkopf zurück und erblickte Giblets, der hungrig auf dem ›West Berks Advertiser‹ herumpickte.

»Gütiger Gott, ist das unser Lunch?«

»Nein, nein.« Niall schnippte dem Truthahn im Kamin vertraulich zu. »Ein Haustier.« Er ging zur Treppe, und über die Schulter fügte er hinzu: »Das ist unser Lunch«, wobei er auf den tröpfelnden, schrumpeligen, fleischfarbenen Klumpen auf dem Herd zeigte.

»Der Lunch, er ist vollkommen erfroren«, rief Pascal schaudernd, als er mit dem Finger in den nassen, eisigen Vogel piekste.

»Oje!« Alexandra blickte sich hilflos um, während Niall oben im Badezimmer polterte. »Na ja, es ist schrecklich romantisch, aber irgendwie auch heruntergekommen.«

»Es ist eine Müllhalde, *ma chérie*«, verkündete ein tönender Bariton an der Tür. Etty Buckingham, die in ihrem grauen Fuchspelz fast versank und den Bärenfellhut verwegen auf dem Kopf balancierte, trat auf etwas unsicheren Beinen ein. Sie war eine verblüffend glamouröse Achtzigjährige, mit falschen Wimpern, die nur so klimperten, und hohlen Wangen. »Ich werde euch alle in ein 'otel zum Lunch ausführen.«

»Unsinn, Mutter«, sagte Alexandra freundlich. »Das kannst du dir gar nicht leisten, und außerdem ist ohnehin nirgends mehr etwas frei. Pascal wird kochen.«

Pascal blies die Wangen auf, und seine Augen weiteten sich unter seiner grau werdenden Mähne. Er schlug den Kragen seines edlen Kaschmirmantels hoch und machte sich vor Kälte zitternd auf in die Küche.

»Ich 'abe den Wein mitgebracht, *maman*«, zwitscherte Polly an der Tür, die unter der Last zweier Magnumflaschen Champagner taumelnd hereinkam. Das Mädchen mit den rabenschwarzen Haaren, das ebenso zart und hinreißend aussah wie seine Mutter, trug ein Elfenkostüm, das von einem Walkman verschandelt wurde.

»Ach – herrlich, Weihnachten! Ich sag's euch jetzt schon, es wird so schön werden wie nie zuvor.« Alexandra seufzte glücklich und nahm ihrer Tochter die Last ab.

»Du warst mit Abstand die witzigste in der Mitternachtsmesse«, sagte Penny zu Tash, als sie Snob fütterten und ihm gleichzeitig mit den Sektgläsern auswichen, nach denen er neugierig schnappte. »Du hast dich auf die hinterste Kirchenbank verzogen und ein Solo von ›Santa Claus Is Coming to Town‹ angestimmt. Godfrey Pelham hatte auch jede Menge Lacher. Er hat in sein Sitzkissen gebissen.«

»Freut mich, wenn ich wenigstens unterhaltsam war«, sagte Tash schwach und bückte sich, weil Snob seine Zähne in ihre Haare graben wollte, wohl wegen des Apfelshampoos. Der große kastanienbraune Hengst, der viel eigenwilliger und temperamentvoller war als Drunken Hunk, rollte die Augen und trat beleidigt den Rückzug an. Die beiden Pferde von Tash waren die einzigen heute im Stall – Snob, weil er öfter Ärger mit den anderen hatte, und der Komiker Hunk, weil er eine gezerrte Sehne auskurieren mußte. Draußen auf den Hügeln und gefrorenen Feldern der Moncrieff-Farm drängte sich der Rest dicht zusammen, um sich zu wärmen; einige trugen sogar Decken und Kapuzen, so daß sie aussahen wie mittelalterliche Schlachtrösser.

»Komm noch auf einen Schluck mit rein«, drängte Penny und hakte sich bei Tash unter. »Zoe hat erst vor einer halben Stunde die Gans gefüllt, bis zu unserm Lunch dauert's noch. Ich wünschte, du würdest noch bei uns wohnen; wir hatten so viel Spaß letzte Weihnachten.«

»Es war phantastisch«, gab Tash zu, die sich an ein Essen erinnerte, das von der Ansprache der Königin bis zum nächsten Morgengrauen gedauert hatte. Pennys Schwester, Zoe Goldsmith, war auf der Farm die Köchin für alle Eventualitäten und hatte einen enormen Truthahn gefüllt mit ganzen Äpfeln, Knoblauchzehen und – gegen allen Protest – mit grünen Chilischoten. Zoes Kinder hatten dann noch ein ziemlich groteskes Krippenspiel inszeniert mit Niall und Gus als Esel, der unter dem Fliegengewicht von Penny zusammengebrochen war. Tash als Jungfrau Maria mußte die ganze Zeit so kichern, daß die Unterwäsche, die Niall ihr gerade erst – wie immer zwei Nummern zu klein – geschenkt hatte, aus allen Nähten platzte.

Finanziell standen Penny und Gus Moncrieff mit ihrem Turnier- und Trainingsgelände immer kurz vor der Pleite. Sie waren beide enorm engagiert und professionell, und durch langes Training und viel Talent hatten sie es ziemlich weit gebracht beim Turnierreiten. Aber in diesem Bereich war man eigentlich auf Sponsoren angewiesen, denen es nichts ausmachte, Geld in ein Faß ohne Boden zu schütten: Zehntausende für die Anschaffung eines Pferdes, Tausende im Jahr, um es zu verpflegen, und dann erreicht es die Turnierreife doch nicht, verletzt sich oder wird einfach alt. Nur ganz wenige Pferde schafften international den Durchbruch, und Snob war eines von ihnen. Tash wußte, daß sie ihren Job zu einem guten Teil ihrem ungestümen Pferd, seinem rasanten Aufstieg und seinen Zuchtgeldern zu verdanken hatte. Sie bewunderte Gus und Penny, die immer unermüdlich die ganze Saison hindurch für andere da waren. Penny hatte England mal bei den World Equestrian Game vertreten, aber sie ritt jetzt nicht mehr vorne mit. Ihr war es lieber, Nachwuchsreiter zu trainieren, die ihre Schwester Zoe versorgte – als Köchin, Stallknecht und Sekretärin in einer Person. Außerdem brachte Zoe durch ihre Londoner Kontakte und ihre einstige Berühmtheit als Journalistin einen gewissen Glamour auf die Farm. Zu Weihnachten war bei ihnen immer die Hölle los, und auch dieses Jahr machte da keine Ausnahme. Achtzehn Leute wurden zum Lunch erwartet, und schon leicht hysterisch bereitete Zoe zwei Gänse und einen zwanzig Pfund schweren Truthahn vor. Tash brachte es einfach nicht übers Herz zu fragen, ob sie ein paar Flügel und etwas Brustfleisch mitnehmen könnte.

»Matty kommt heute auch, oder?« fragte Penny sanft, als sie auf das schiefe Farmhaus zugingen. »Wirst du ihm einen Tofu-Schenkel servieren?«

»Mein Gott, daran hab ich noch nicht mal gedacht«, stöhnte Tash. »Er bekommt einfach die doppelte Portion Gemüse.«

Ein Essen für die Entourage ihrer Mutter und die Bande ihres Bruders auszurichten, erschien ihr mittlerweile ähnlich gewagt wie eine Anfrage nach einem Weihnachtsfest ohne die liebe Familie. Jetzt wünschte sie inständig, sie wären, wie Niall vorgeschlagen hatte, zu seiner kratzbürstigen Familie nach Irland gefahren oder hätten Weihnachten ganz einfach allein im Old Forge zugebracht, am besten im Bett. Alles war netter als das, was ihr bevorstand. »Ich geh besser wieder«, sagte sie kläglich. »Meine Mutter kommt wohl gerade an, wenn man ihre Unpünktlichkeit einkalkuliert. Und bei seinem Zeitgefühl stürmt mein Bruder in etwa einer Stunde das Dorf.«

»Nur noch ein kleiner Schluck, hm?« Pennys Augen schimmerten fröhlich, umrahmt von ihren ungewaschenen blonden Haaren, die sie heute ausnahmsweise mal offen trug. »Gus möchte bestimmt noch einen Weihnachtskuß, und du mußt deine Geschenke mitnehmen.«

»O Gott, und ich hab eure im Old Forge vergessen!« klagte Tash und erinnerte sich an ihre Tasche.

Polly, die inzwischen alle Geschenke ausgepackt hatte, die für Penny, Gus und Zoe bestimmt waren, warf sich jetzt auf die, die unter dem dürren Baum lagen, der noch nicht mal geschmückt war. »Sind die für meine *maman?*« fragte sie und hielt die außerordentlich durchsichtige Spitzenunterwäsche hoch, die Niall sehr viel später erst, wenn sie wieder allein wären, Tash schenken wollte.

»Sei nicht albern, *chérie.*« Alexandra bediente sich selbst und Etty mit Gin-Tonics, da Niall ganz offensichtlich kein besonderes Talent fürs Nachschenken besaß. »Dafür bin ich nicht mehr jung genug.«

»Ich weiß nicht.« Pascal zog verärgert eine buschige Augenbraue in die Höhe, während er Knoblauch und salzüberkrustete Kartoffeln in eine Kasserolle schichtete, mit Olivenöl übergoß und mit Rosmarin bestreute.

Etty, die auf dem sehr ungepflegten Sofa neben ihrer Tochter thronte, zitterte leicht wegen der Kälte und nieste mißbilligend. Das Haus roch äußerst muffig, fand sie, und in den fünf schmutzigen Bechern auf dem Tisch wuchs der Schimmel. Sie nahm ihren Gin-Tonic an sich, damit er nicht verseucht wurde. Einerseits war dieser irische Freund ihrer Enkelin ja geradezu gefährlich attraktiv, andererseits aber auch ein bißchen seltsam. Es war jetzt nach eins, und er hatte sich noch nicht mal angezogen.

Niall, der ein großes Feuer angefacht hatte, das stärker rauchte als er in Tashs Abwesenheit, bemühte sich, seine fünfte Camel

Light anzuzünden, lief in seinem gestreiften Morgenrock umher und geriet Pascal in die Quere, als der eben versuchte, für sie beide einen starken schwarzen Kaffee zu fabrizieren, obwohl die Kaffeemaschine schon seit Wochen kaputt war. Eine braune Brühe mit Bodensatz war das Ergebnis. »Ich frag mich, wo Tash hingegangen ist?« Er sah verdrießlich hoch, weil draußen ein Motor rumpelte, gefolgt von dem Geräusch umstürzender Mülleimer. Doch das wurde bald abgelöst von Türenschlagen und dem aufgeregten Geplapper von Kindern. Und im nächsten Moment schaute Sallys hübsches Gesicht durch die angefrorenen Fensterscheiben, und Matty bahnte sich, bepackt mit allem, was das Baby so braucht, einen Weg durch die Tür.

»Hallo zusammen.« Er ließ ein gewaltiges Windelpaket fallen und kratzte sich unter seinem Häkelkäppi. »Irgendwas riecht hier verdammt gut!« Seine Großmutter geriet in sein Blickfeld, und er konnte sein Entsetzen kaum verbergen.

Etty sah ihn finster an. Sie waren nie die besten Freunde gewesen.

»Matty, mein Schatz!« Alexandra sprang vom Sofa auf und stürzte durch das Zimmer, um ihn in die Arme zu schließen, was er mit Gleichmut über sich ergehen ließ.

»Du siehst großartig aus, Mutter.« Er grinste, als er ihre wie üblich völlig unzweckmäßige Seidenjacke sah, die grünen Wollhosen und die hochhackigen Wildlederpumps.

»Na, ihr alle!« Sally erschien in der Tür mit Linus in der Tragetasche, unter der honigblonden Mähne lustige graue Augen und Babybrei auf dem Kleid. »Fröhliche Weihnachten! Die Kinder schauen sich gerade den Welpen in dem Mercedes an. Ganz schön grausam, ihn da draußen in der Kälte zu lassen!«

»Er hat's wahrscheinlich wärmer als wir hier«, lachte Niall, der seinem Freund Matty herzlich den Arm um die Schulter legte und Sally auf ihre beiden rosigen Wangen küßte.

»Um Gottes willen, der Welpe – den hab ich fast vergessen!« japste Alexandra und rannte raus, um ihr Geschenk zu retten und ihre Enkel zu begrüßen.

»Zieh dich an, du Faulenzer«, Matty grinste Niall an; er freute sich, ihn zu sehen. »Liegt Tash noch im Bett?«

»Warum glaubt eigentlich jeder, daß wir die ganze Zeit im Bett verbringen?« Niall seufzte und widmete sich erneut dem Kaffee.

»Weil es mehr oder weniger stimmt«, unterstrich Sally, küßte Pascal zur Begrüßung und machte einen Annäherungsversuch an Mattys Großmutter. »Hallo Etty. Was für eine Überraschung. Geht es dir gut?«

»Näher am Tod denn je, *ma chérie.*« Etty, die noch ihren Bärenfellhut trug, sah von ihrem Gin auf. »Xandra und James 'aben mich aus Schottland ge'olt, um mir ein weiteres Weihnachten mit Cass und ihrem furchtbaren E'emann zu ersparen.«

»*Pascal,* Großmutter.« Matty lächelte schwach.

»Hieß er nicht Michael?« Etty begrüßte ihn beiläufig mit einem Kopfnicken. »Du bist zu dünn, Matthew.«

»Michael ist der Ehemann von Cass«, sagte Matty geduldig. Er sah, wie Niall die enge Treppe hinaufstieg – mit etwas im Gefolge, das aussah wie ein riesiger weißer Truthahn. »*Mein* Vater heißt James, Großmutter. Mutter und er haben sich schon vor vielen Jahren scheiden lassen. Jetzt ist sie mit Pascal verheiratet.« Er zeigte auf seinen Stiefvater. »Xandra und *Pascal* haben dich aus Schottland geholt.«

»Das 'abe ich doch gesagt, du albernes Kind.« Etty hielt ihm eine Wange hin. »Gib mir einen Kuß, und dann geh und wasch dir die 'ände – sie sind schmutzig.«

»Ich mußte ein Rad wechseln.«

Sally bemühte sich, nicht zu kichern, als das zuckende Gesicht ihres Mannes sich der stark geschminkten Wange seiner Großmutter näherte. Matty verabscheute Etty, er machte sie verantwortlich für Alexandras Extravaganzen und ihr Bohemiendasein. Etty, eine französische Adlige, die zwischen den Weltkriegen von ihrer verarmten Familie über den Kanal geschickt worden war, um sich einen reichen englischen Ehemann zu angeln, war ungeheuer selbstverliebt, scheinheilig und intrigant. Sie hatte Mattys Kindheit zur Hölle gemacht, indem sie ihm kontinuierlich seine Schwestern vorzog und während der Besuche bei den Frenches stets felsenfest behauptete, er wäre es, der den Ginvorrat dezimierte, nicht sie. Aber Sally hatte eine Schwäche für diese Frau, die, wenn ihren Geschichten Glauben geschenkt werden durfte, im Zweiten Weltkrieg für England spioniert und ein eindeutiges Angebot des jungen Mitterrand abgewiesen hatte.

»Und Sie sind seine Neueste, *chérie*?« fragte Etty Sally ziemlich hochmütig.

Sally blieb der Mund offenstehen. »Ich bin Sally – Mattys Ehefrau. Du warst auf unserer Hochzeit, Etty. Und auf Toms Taufe.«

»Ach wirklich?« Etty lächelte munter. »Ich erinnere mich nicht. Ich war auf so vielen großen Gesellschaften, da sind 'ochzeiten in der Familie doch e'er zweitrangig.« Sie zwinkerte Sally zu und wandte sich abrupt nach Matty um, der eben Pascals Preiselbeerpüree probierte und sich kaum noch unter Kontrolle hatte.

Sally grinste breit.

Tash war querfeldein gelaufen, damit sie schneller zum Old Forge kam, kletterte unbeholfen über den Zaun und sah plötzlich das grünwollene Hinterteil ihrer Mutter aus einem silbernen Mercedes ragen, der miserabel geparkt war auf dem engen Feldweg. An Alexandras Knöchel klebte Tor, Tashs hyperaktive blonde Nichte, der ihre kleinen Zöpfchen keck ins schokoladenverschmierte Gesicht hingen.

Tash seufzte schuldbewußt. Alle waren da, und sie hatte mit dem Kochen noch nicht mal angefangen. Die leichte Erhitzung von zwei Gläsern Sekt wich einem kühlen Frösteln; und als sie vom Zaun abrutschte, fiel ihr Pennys Tasche aus der Hand. In Gegenwart ihrer Familie war sie immer das reinste Nervenbündel. Sie wollte sich festhalten und spürte, wie der billige Glasring, den sie gewonnen hatte, als sie mit Zoes Sohn Rufus an einem Knallbonbon zog, am Zeige- und Ringfinger ihrer linken Hand scheuerte. In Gegenwart dieser turbulenten Familie, vor allem Mattys, fühlte Tash sich jedesmal wie ein schüchterner, pummeliger Teenager. Als sie sich bückte, um die Geschenke einzusammeln, die aus der Tasche gepurzelt waren, sah sie Tors Bruder Tom hinter einem grünen Audi hervorschießen – der übrigens noch schlechter eingeparkt war. Er schlitterte auf langen Beinen zum Kofferraum und stieß ein kriegerisches Gebrüll aus, während er gleichzeitig mit seinem Weihnachtsgeschenk auf Tash zielte – einer vollautomatischen Wasserpistole, die sein Vater natürlich zutiefst mißbilligte.

»Na, du Racker.« Sie wischte sich die nassen Wangen und küßte in die klare Winterluft, denn Tom hatte sich, peinlich berührt, blitzschnell geduckt. »Tolle Frisur, wirklich cool.«

»Findest du?« Tom strahlte sie stolz an.

»Tash!« Alexandra war aus dem Auto geklettert und bemühte sich, etwas zu verbergen, das sich bedrohlich unter ihrem Mantel wand.

»Hallo Mama – frohe Weihnachten!« Tash, die über den vereisten Feldweg rutschte, ließ erneut alles fallen und umarmte in einer plötzlichen Anwandlung von Zuneigung ihre Mutter.

Doch Alexandra machte sich unerwartet hastig wieder los. »Du triefst ja vor Nässe, Schatz.« Sie lächelte unbeholfen und bückte sich zu ihrem Knöchel hinunter, wo Tor gerade mit ihren kleinen weißen Zähnchen zubeißen wollte.

»Ich weiß.« Tash seufzte und sammelte ein weiteres Mal die Geschenke auf. Gemeinsam gingen sie ins Haus. »Und, war es schön in Schottland?«

»Sehr schön.« Alexandra lächelte und senkte die Stimme. »Mama hat sich wie ein Ganove aufgeführt, sie wollte in jedem Restaurant das Besteck mitgehen lassen. Außerdem hat sie ständig erzählt, sie ginge mit uns wieder nach Frankreich zurück, schrecklich.« Dann hob sie ihre Stimme. »Seht mal, wen ich draußen gefunden habe!«

Tash erntete nur ein paar eher lustlose Begrüßungen, wohl das Resultat ihrer miserablen Gastfreundschaft. Gerade als sie sich stotternd bei Pascal entschuldigte, der sich um alles gekümmert hatte und dem jetzt die Düfte von Zoes Pudding in die Nase stiegen, erscholl von oben ein Gebrüll. »Bist du das, Tash?«

Bedrückt wegen des Ärgers in Nialls Tonfall schlich sie zur Treppe. »Ja. Tut mir leid, daß ich so lange weg war. Aber Penny...«

»Wo zum Teufel sind meine Sachen?«

»Oh.« Tash balancierte auf einem Bein und spähte betreten in die Küche. »Na ja, der ganze Kram, den du aus L.A. mitgebracht hast, ist noch in der Maschine, glaub ich.«

»Und der Rest?«

Sie lächelte ihre Familie nervös an, die jedes Wort aufmerksam verfolgte. »Tja, ein paar deiner alten Anzüge sind bei der

Wohlfahrt, und die anderen Sachen hab ich zum Reiten angezogen.«

»Du hast was?«

»Bin gleich wieder da«, stieß Tash über die Schulter hervor und rannte die Treppe hoch.

Matty sah Sally an und verdrehte entnervt die Augen.

Alexandra sank, nachdem sie eine Weile mit Linus gegluckst hatte, wieder neben ihre Mutter auf das Sofa und rückte die sich windende Ausbeulung ihres Mantels zurecht.

»Ein entsetzliches Loch, nicht wahr, *chérie?*« Etty beäugte kritisch das ganze Zimmer, die schmutzig-weißen Steinwände mit Tashs bunten Bildern, die schäbigen Möbel, die abgewetzten Teppiche und all den angehäuften Wust.

»Muß doch schrecklich einsam sein für die arme Tash, wenn Niall weg ist.« Alexandra sah sich aufmerksam um und wunderte sich vor allem, wie viele Bilder Tash in letzter Zeit gemalt hatte.

»Sie verbringt ihre Wochenenden doch meist auf Turnieren«, erklärte Matty, der ziemlich unbequem an einem kleinen Tischchen lehnte, weil es keine Stühle mehr gab.

»Doch nicht zu dieser Jahreszeit.« Sally zog Tor auf ihren Schoß und fragte sich, ob es wohl sehr unhöflich wäre, wenn sie sich jetzt einfach selbst bediente, da ihr bislang niemand etwas angeboten hatte. »Schieß nicht auf Pascal und hol die Geschenke aus dem Auto, Tom, ja?«

»Wenn mir jemand *toiletteries* schenkt, muß er sie verspeisen«, drohte Etty ziemlich undurchsichtig. »Läuft die Ansprache der Queen schon?«

Matty spielte mit der Fernbedienung herum, und schließlich gelang es ihm, den Videorecorder in Gang zu setzen, der das Sexfilmchen abspielte, über das Tash und Niall gestern den ganzen Nachmittag gekichert hatten. Etty verschluckte fast ihr Gebiß.

Als Tash und Niall sich vor zwei Jahren begegnet waren, hatten sie sich so intensiv und Hals über Kopf ineinander verliebt, wie es ihnen beiden entsprach, in dem festen Glauben, die zwei Hälften desselben unendlich großen, unvorstellbar romantischen Herzens hätten sich endlich gefunden. Dabei hatten sie allerdings nicht bedacht, wie unvereinbar ihrer beider Leben in der Realität war. Niall, ein aufgehender Stern am Filmhimmel, verbrachte einen Großteil des Jahres an Drehorten oder auf Promotion-Touren. Und weil kürzlich erst ein amerikanisches Scheidungsverfahren sehr zu seinen Ungunsten gelaufen war, mußte er momentan alle Rollen annehmen, die eine dicke Gage versprachen, und das bedeutete Leben nach Westküsten-Zeit, oft monatelang. Tash, die eine Karriere als Reiterin anstrebte, führte im Sommer ein Zigeunerleben und zog mit den Moncrieffs durchs Land, von Turnier zu Turnier. Im Winter dann machte sie in West Berkshire Station, mit Training und Unterricht.

Im ersten Jahr ihrer Beziehung hatten sie und Niall ungefähr zwei Monate gemeinsam verbracht, und das zumeist in Gesellschaft anderer. Tash hatte ihn mehrmals bei Dreharbeiten besucht, aber diese geschlossene Welt der Filmleute war nichts für sie. Niall arbeitete fünfzehn Stunden am Tag und verschmolz so stark mit der Figur, die er gerade darstellte, daß sie quasi einen Fremden besuchte – und noch nicht mal einen besonders netten, denn in letzter Zeit wurde er immer häufiger als der Bösewicht besetzt. Im Gegenzug hatte Niall sich bemüht, sie bei ihren Wettkämpfen zu unterstützen, aber er kam unausweichlich entweder zu spät, um sie noch reiten zu sehen, oder überhaupt nicht, weil sie auf dem Set überzogen hatten. Einmal war er sogar zum völlig falschen Turnier gefahren und hatte vergeblich auf ihren Start gewartet.

Zwischen dem Auf und Ab der vielen kleinen Hügel lagen die Fosbourne-Dörfer mitten in einem uralten und noch erstaunlich unberührten Landstrich des eher rückständigen Berkshire, ohne die üblichen Industriegelände und Supermärkte auf der grünen Wiese. Zu weit abgelegen, um zum Einzugsbereich einer großen Stadt zu gehören, pflegten die Fosbourne-Bewohner ein freundliches, wenn nicht gar konservatives Gemeinwesen, das sich mit den wunderlichen modernen Bungalows und den heulenden Alarmanlagen der Wochenendhäuser ganz gut eingerichtet hatte. Es stimmte schon, daß neuerdings die schmalen Feldwege öfter von Allrad-Jeeps frequentiert wurden als von Traktoren, doch Niall liebte die Gegend und hatte auf der Jagd nach einem ansprechenden Haus einen nie gekannten Eifer entwickelt. Vor sechs Monaten hatte er das Old Forge, eine alte umgebaute Schmiede, gemietet, damit Tash und er einen Ort hatten, an dem sie allein sein konnten. Bis dahin war Tash gelegentlich in sein Londoner Apartment gekommen, oder er besuchte sie häufiger mal bei den Moncrieffs auf der Lime-Tree-Farm. Ständig umgeben von all den Kindern, Stallknechten, Hunden, Pferden und dem Strom der ununterbrochen auftauchenden Moncrieff-Freunde hatten sie zwar eine lustige Zeit verlebt, doch auf die Dauer war es zu eng und auch frustrierend gewesen.

Niall hatte das Häuschen im Hochsommer gemietet, als wilde Klematis sich verführerisch um die tiefen kleinen Fenster geschlungen hatte und das Sonnenlicht großzügig den Eingang sprenkelte. Als ehemalige Dorfschmiede stand es mitten in Fosbourne Ducis, auf halbem Weg zwischen dem Pub und der Lime-Tree-Farm, von lauter umgebauten Scheunen, Backsteinhäuschen, Eichen, hohen Hagedornhecken und frisch asphaltierten schmalen Wegen umgeben. Die heruntergekommene Schmiede war in den achtziger Jahren von Yuppies gekauft und zum Wochenendhaus umgebaut worden, einer Art Liebesnest mit offener Küche, einem großen gemauerten Kamin und einem ganzen Wald von Dachbalken, die den Charme der guten alten Zeit verströmten.

Schon als Niall es zum ersten Mal sah, von Sonnenlicht durchflutet, war er hingerissen gewesen und hatte alle alten Pfarr- und Gutshäuser, die sein Makler seinem Starstatus für angemessener hielt, abgelehnt. Er und Tash waren gegen Ende Juli eingezogen und hatten drei himmlische Wochen lang nur der Liebe gefrönt, gelegentlich unterbrochen von Besuchen im Olive Branch oder dem Weg zur Post, wenn sie sich aufraffen konnten, sich anzuziehen. Dann war Niall in die Staaten geflogen, um in irgendeinem dieser entsetzlichen Action-Streifen mitzuspielen, und hatte Tash zwischen Hauseinrichten und Herbstturnieren zurückgelassen. Zu dieser Zeit bemerkte Tash, daß ihr Lebkuchenhäuschen Schimmel ansetzte. Im Herbst war es klamm und im Winter eisig wie ein Grab. Das Dach war undicht, Feuchtigkeit breitete sich aus, die Leitungen froren ein. Und weil es direkt an der Hauptstraße des Dorfes lag, nur ein paar Meter entfernt von dem kleinen Bach Fos, der in den See beim Fosbourne Manor führte, stand es regelmäßig unter Wasser. Tash hatte sich schon daran gewöhnt, jeden Morgen zum Frühstück ihre Gummistiefel oben an der Treppe anzuziehen. Sie freute sich auf jedes Wochenende, das sie unterwegs war, denn in Pferdeställen war es wenigstens warm und trocken.

Aber Niall fand diese Nachteile des Landlebens äußerst charmant. Als er zurückkam, lachte er, wenn es beim Auftreten auf den durchweichten Teppichen nur so quatschte und sie Wasser heiß machen mußten fürs Bad. Nach all der Anonymität der Fünf-Sterne-Hotels mit ihrem sterilen Luxus und den Superwohnwagen auf den Sets war dies für ihn eine wunderbare Abwechslung, ohne daß er sich klarmachte, wie hart es sein konnte, sieben Tage die Woche so zu leben. Und Tash, die jeden Moment, den er da war, auskosten wollte, fand vor lauter Glück keine Zeit, sich zu beschweren.

Alexandra hatte recht. Tash war hier schrecklich einsam gewesen ohne Niall und hatte in den letzten Wochen mehr Nächte, als sie zugeben mochte, in ihrem alten Zimmer auf der Lime-Tree-Farm geschlafen, das zwar schäbig, aber wenigstens warm war – vor allem, wenn Wally, der Collie der Moncrieffs, und Zoes neurotischer Dalmatiner Enid zu ihr kamen. Sie verbrachte so viel Zeit mit den Moncrieffs, da machte es kaum Sinn, abends noch extra nach Hause zu gehen. Und Niall wußte, wenn sie in der alten Schmiede nicht ans Telefon ging, saß sie meist auf dem zerschlissenen Ledersofa der Farm, mit Wallys Kopf auf den Knien und einem Glas Wein in der Hand, lachte mit Zoe oder half ihren Kindern bei den Hausaufgaben.

»Er nimmt die entsetzlichsten Rollen an, bloß um sich diese Scheidung leisten zu können – drei Action-Filme in den letzten eineinhalb Jahren. Sie sind viel zu häufig getrennt, und er haßt diese Drehbücher. Ich wette, Lisette grinst sich eins von einem ihrer Versace-Ohrringe zum anderen. Sie will ihn zurück, da bin ich mir sicher.«

Sally, die leidenschaftlich indiskret war, versorgte Alexandra und Etty gerade mit dem neuesten Klatsch über Tash und Niall und jeden, den sie sonst eventuell noch kannten, als Niall in den Sachen wieder aufkreuzte, die er am letzten Abend schon getragen hatte: sehr schmutzigen weißen Jeans und einem marineblauen Pullover mit Lederflicken, der am Saum aufribbelte. Seine dunklen Haare standen wirr ab, er hatte sich beim Rasieren geschnitten und litt noch immer an einem Kater. Doch von seinem Charme hatte er nichts eingebüßt, im Gegenteil; als er Etty mit einem breiten, trägen Lächeln ansah, errötete sie so entzückt, daß erst ein Schluck Gin ihre Nerven wieder beruhigte. Sally hörte sofort mit ihrem Gerede auf und fragte Alexandra angelegentlich, was sie und Pascal während der verbleibenden Tage in England denn noch vorhätten.

»Ach, mein Schatz, wenn nur mehr Zeit wäre!« Alexandra hielt noch immer den merkwürdig verformten Mantel fest um sich gewickelt, obwohl das Feuer mittlerweile für eine Gluthitze gesorgt hatte. »Ich würde so gern all meine alten Freunde besuchen, aber wir müssen zu Silvester zurückfliegen, weil Pascals Vater achtzig wird und ein riesiges, langweiliges Fest veranstaltet. Übermorgen rauschen wir kurz nach London, gönnen uns das ›Ritz‹ und jede Menge Cocktailpartys; und dann werden wir Mutter zurück nach Schottland bringen und von dort aus nach Paris fliegen.« Etty fing an, etwas von Paris im Januar zu grummeln und davon, daß sie es vielleicht nie wieder sehen würde. Also redete Alexandra schnell weiter. »Und morgen findet natürlich Sophias traditionelle Weihnachtsparty statt – herrlich. Ihr fahrt doch hin, oder?«

Sally schluckte peinlich berührt und warf Matty einen argwöhnischen Blick zu. »Wir sind dieses Jahr gar nicht eingeladen«, gab sie zu.

»Das ist doch lächerlich, mein Schatz!« lachte Alexandra. »Aber natürlich seid ihr eingeladen. Sophia würde nie ihren Bruder *nicht* einladen. Und wenn sie sich noch so snobistisch gibt, nur weil ihr im vorletzten Jahr in Jeans erschienen seid. Sie lädt immer die ganze Familie ein. Immer.«

Matty räusperte sich und blickte verstohlen zur Seite. »Na ja, wir sind morgen ohnehin bei Freunden in London zum Lunch«, murmelte er unbehaglich und spielte mit einem Knopf seiner viel zu großen Strickjacke. »Es wäre auch viel zu umständlich, heute abend nach London zurückzufahren und morgen dann wieder nach Worcestershire, nur um mehr oder weniger die gleichen Leute zu treffen.«

»Unsinn!« Etty, einer Auseinandersetzung nie abgeneigt, schaltete sich ein. »Ihr könnt 'eute nacht 'ier bleiben, *non*?«

»Nicht mal, wenn wir wollten«, schnauzte Matty. »Hier ist überhaupt kein Platz!«

»Die Moncrieffs könnten uns bestimmt aufnehmen«, schlug Sally vor. Die Aussicht, einen Blick auf Mattys ältere Schwester und das prächtige Anwesen ihres Ehemanns Ben zu ergattern, gefiel Sally sehr. Außerdem würde ihr das diesen Lunch mit Mattys öden Freunden Tom und Hetty ersparen, die ja ach so politisch korrekt waren.

»Nein!« murrte Matty etwas zu forsch. »Um Gottes willen, es ist Weihnachten. Wir können doch nicht einfach ohne Einladung auf der Farm auftauchen und um ein Bett bitten.«

»Maria und Joseph haben es getan«, betonte Alexandra sanft.

»Das macht doch nichts«, stellte Niall fest, der Drinks einschenkte. »Soll ich nach dem Lunch anrufen und fragen? Oder noch besser, laß uns hingehen und hallo sagen.«

»Nein danke.« Matty schlich zur Treppe. »Wir haben nicht genug Sachen für Linus dabei, um über Nacht zu bleiben. Und außerdem sind wir morgen eingeladen. Für mich einen sehr großen Scotch, Niall.« Er stieß mit den Zehenspitzen gegen die Treppenstufen.

»Also darf ich fahren«, seufzte Sally. »Er ist mal wieder gereizt heute, tut mir leid.«

»Das jammernde kleine Muttersöhnchen«, murrte Etty und hörte, wie Matty Tash oben mit verlegen-eingeschnapptem Ton in der Stimme anblaffte, weil sie die Badezimmertür nicht abgeschlossen hatte. »Wie sein Vater, *horrible*.«

»Mutter!« rief Alexandra empört und sah Sally entschuldigend an.

»Sie hat kein Schloß«, erklärte Tash ihm über die Schulter, als sie herunter kam. Sie hatte ihren feuchten Hausanzug gegen ein rotes Wollkleid getauscht.

»Tash – ich hab hier was für dich – « Alexandra öffnete ihren Mantel.

»Ich fürchte, dieser *horrible* Mensch wird morgen auch kommen, *non?*« platzte Etty heraus, die bei ihrem Thema geblieben war.

»Das nehme ich an«, seufzte Alexandra und schloß den Mantel.

»Wer?« Tash küßte Niall auf die Wange und half ihm, das Eisfach des Gefrierschranks aufzubrechen.

»Dein Vater.« Alexandra verzog angewidert die Nase.

»Ach so.« Tash zuckte die Achseln. »Wer möchte Scotch und wer Gin-Tonic? Niall hat bereits von beidem sieben Gläser eingeschenkt.«

»Wie viele sind wir denn?« Niall sah sich um.

»Sieben Erwachsene«, zählte Tash. »Drei Zwerge und Linus.«

»Oh, Linus vernichtet gut und gern ein paar Drinks in seiner Drei-Uhr-Flasche.« Niall grinste breit und verteilte Scotch. »Pascal, wie geht's dir da drin so?«

»Hm.« Pascal, der – berechtigterweise – seit dem achtzigsten oder neunzigsten Rosenkohl schmollte, sah von seinem Preiselbeerpüree auf, und seine grauen Augen verengten sich. »Lunch, er ist fertig in *cinq minutes.*«

»Großartig. Ja, wirklich.« Niall blickte leicht verwirrt. »Tash …« Er räusperte sich. »Wieviel Geschirr haben wir?« flüsterte er.

Tash hielt sich den Mund zu, und ihre Augen wurden immer größer, während sie ihn anstarrte. »Sechs Gedecke«, murmelte sie.

»Reicht das für zehn?«

Sie biß sich auf die Lippen und schüttelte den Kopf, denn sie kannte die Vorliebe ihres Stiefvaters für eine festlich gedeckte Tafel. Da er sich für einen Lunch, zu dem er eigentlich als Gast eingeladen worden war, so selbstlos in die Küche gestellt und ein so hervorragendes Essen fabriziert hatte, wie Tash es nie fertiggebracht hätte, erwartete Pascal nun, am Kopfende einer wunderschön gedeckten Tafel mit der ihm eigenen Bonhomie den Gastgeber spielen zu dürfen. Sie hatten einen Tisch – einen großen knarrenden, mit Steinplatte, den Niall von Hugo Beauchamp als Einweihungsgeschenk bekommen hatte und auf dem Tash hauptsächlich ihre Malutensilien ausbreitete. Und sie hatten auch genug Stühle – wenn sie das Sofa, die Hocker aus dem Bad und die drei Gartenstühle benutzten. Aber ihr Geschirr und Besteck würde niemals reichen.

»Okay.« Sie kratzte sich am Kopf und dachte schneller. »Du rennst rüber ins Olive Branch – die werden mit dem Lunch schon fertig sein. Borg so viel aus, wie du kriegen kannst – auch zum Servieren. Nimm ein Geschenk für Ange mit, bestich ihn – wir brauchen alles, was sie haben. Oder sag ihm, ich mal ihm ein Bild. Klau was, wenn's nötig ist. Ich seh zu, was ich hier auf die Beine stellen kann.«

Während Niall, erst halb in seinen Schuhen, schon den Weg entlangrannte, hetzte Tash von amüsierten Spekulationen ihrer Familie begleitet durchs Haus, riß ein Bettlaken aus dem Schrank, deckte damit den Tisch und stellte eine Vase mit ein paar grünen Tannenzweigen vom mittlerweile tatsächlich geschmückten Baum zwischen die beiden Kerzenhalter.

Niall kam zurück, als Pascal gerade damit drohte, das verkochende Essen aus dem Fenster zu werfen. Er war beladen mit Geschirr, in all seinen Taschen steckten Messer und Gabeln, und er roch leicht nach den zwei Whiskeys, die Marco Angelo, der italienische Wirt, ihm aufgenötigt hatte.

»Er möchte ein Porträt von Denise, zu ihrem Geburtstag.« Niall zwinkerte Tash zu und lud alles klirrend ab. »Sie soll zehn Jahre jünger und zwanzig Kilo leichter aussehen, sonst redet er nie wieder ein Wort mit dir.«

»Gepriesen sei er.« Tash grinste und deckte hastig den Tisch.

Marco und Denise Angelo betrieben das Olive Branch mit ihrer Michelin-Stern-gekürten italienischen Küche äußerst erfolgreich. Von allen im Dorf Ange und Den genannt, waren sie für ihre Speisekarte und Gastfreundschaft allerdings kaum berühmter als für ihre feurigen zweisprachigen Streits und das Zertrümmern von Porzellan. Heute war der Tag in der Casa Angelo offensichtlich friedlich verlaufen, denn das Geschirr wies keine Sprünge auf.

»Jetzt kann ich euch euer Geschenk geben – endlich!« Alexandra seufzte erleichtert und öffnete ihren Mantel, wo in diesem Moment ein kleines flauschiges Bündel auf ihre teure grüne Wollhose sabberte.

»*À table*!« Als Pascal zum Essen rief, packten alle noch wie wild Geschenke aus. Polly, Tom und Tor schmollten vor sich hin, weil sie ihre neuen Spielsachen liegenlassen mußten, noch bevor sie sie fachgerecht auseinandergenommen hatten. Der Lunch war ein glorreicher Sieg der Kochkunst über die Zeit. Pascal hatte das Truthahnfleisch von den Knochen gelöst und in mehreren Litern Wein und Crème double gekocht, bevor er es mit Preiselbeeren glasierte. Das Fleisch war saftig weich und angerichtet auf von Butter glänzendem knusprigen Gemüse.

Sally äugte neidisch auf die Teller der anderen, während sie die durchweichte Pizza aß, die Tash schnell noch in der Mikrowelle aufgetaut hatte, als Matty erklärte, er und seine Familie würden ihre vegetarischen Ideale auch für Weihnachten nicht opfern. Außerdem trank sie Wasser, da sie nun einmal als Fahrerin auserkoren war.

»Kann ich ein Stück Truthahn haben?« bat Tom.

»Nein, kannst du nicht«, schnauzte Matty, der pedantisch die Salami von seiner Pizza pickte, bevor er das gleiche mit Tors machte. »Das ist keine vegetarische Pizza, Tash.«

»Ach!« Tash tat schuldbewußt. Sie hatte es schon vorher bemerkt, aber gehofft, es würde nicht weiter auffallen.

Etty, die Pascal inzwischen schon dreimal James genannt hatte, blickte mit glänzenden runden Augen auf Tashs linke Hand. Tash fragte sich, ob sie sich, seit sie von den Moncrieffs zurück war, die Hände gewaschen hatte. Irgendwie kam es ihr so vor, als hätte sie es vergessen. Kein Wunder, daß Matty auf seiner Pizza herumstocherte wie der königliche Vorkoster höchstpersönlich.

Der langbeinige Welpe, den Niall Beetroot getauft hatte, saß die ganze Zeit auf Tashs Schoß und wurde mit Truthahnbrust vollgestopft. »Gefällt sie dir auch wirklich?« fragte Alexandra noch mal über den Pudding hinweg, besorgt, sie könnte ihrer jüngsten Tochter etwas aufgebürdet haben, das diese gar nicht wollte.

»Ich liebe sie – wir lieben sie.« Tash lächelte erst Niall und dann ihre Mutter an.

»Ein Geruch wie ein *pissoir*«, bemerkte Pascal und übergoß zum dritten Mal seinen Pudding mit Brandy, um ihn zu flambieren.

Die zwei Magnumflaschen Champagner wurden mit rasanter Geschwindigkeit geleert, und es folgten mehrere Flaschen Chianti, die Niall extra für diesen Anlaß gekauft, Pascal allerdings, typisch französischer Snob, als *dégoûtant* deklariert hatte. Etty trank weit mehr als alle anderen, und Nialls feiner Irish Coffee und die Petits fours setzten ihr mächtig zu. Sie legte ihre Bärenfellmütze und den Pelz ab, und zum Vorschein kamen ein ziemlich verknittertes seidenes Etuikleid und eine starre stahlgraue Carmen-Frisur, die an Wellblech erinnerte. Sie beobachtete Tash und Niall mit ihren schlauen grünen Augen, und es gefiel ihr, wie sich die beiden immer wieder wie zufällig berührten und instinktiv Blicke tauschten. Sie waren nicht so albern, jeweils die Sätze des anderen zu beenden oder sich mit Kosenamen anzureden, registrierte Etty anerkennend, aber sie besaßen einen Gleichklang in der Art, aufeinander einzugehen. Als sie sich mit Alexandra und Pascal vor dem Feuer niederließ und die anderen sich warm einpackten für einen Spaziergang mit den Kindern, griff sie nach der Hand ihrer Tochter und drückte sie.

»Ich glaube, wir feiern bald wieder eine Familien'ochzeit«, flüsterte sie theatralisch und nickte mit hochgezogenen Augenbrauen in Richtung Tash und Niall.

»Meinst du?« Alexandra war ganz aufgeregt.

»O ja.« Etty hickste leicht. »Ich würde mich nicht wundern, wenn er sie schon gefragt 'ätte. Ich erwarte, daß sie es morgen bekanntgeben – wenn die ganze Familie versammelt ist.«

»Was? Wirklich?« Alexandra konnte einfach nicht mehr aufhören zu lächeln und wußte nicht, ob das nun vom Champagner oder der Gewißheit ihrer Mutter herrührte. Tash würde den reizenden Niall heiraten! Warme Schauder der Hoffnung durchfuhren sie bei diesem Gedanken.

»Warum bist du so sicher, Etty?« Pascal blies skeptisch in die Luft.

»In meinem Alter, *chéri*, weiß man alles«, sagte sie herablassend. »Und außerdem trägt sie an der linken Hand einen Verlobungsring – irgendwas von so einem neumodischen Designer, wahrscheinlich Tiffany's.«

»Was?« Alexandra und Pascal verdrehten sich die Hälse, aber

Tash hatte bereits ihre Handschuhe an und stand mit Tom in der Tür.

Sally, die Spaziergänge verabscheute und sich im Dunkeln fürchtete, plumpste neben ihrer Schwiegermutter aufs Sofa, sicher, soeben eine fesselnde Klatschgeschichte aufgeschnappt zu haben. »Ich bleib hier und plaudere ein bißchen, Matty. Paß bitte auf Linus auf, ihr seid doch alle schon angetrunken.« Sie nickte zu Pascal hinüber, der seinem Stiefenkel gerade den Champagnerkorken als Schnuller anbot, damit der endlich aufhörte zu brüllen.

»Natürlich«, Matty mühte sich mit seiner Cordjacke ab, ohne zu merken, daß Polly die Ärmel verknotet hatte.

»In einer halben Stunde sind wir wieder da«, sagte Tash zu ihrer Mutter, als sie hinausging und ein kalter Luftzug hereinwehte. »Nur einmal über die Felder zu den Ponys von Zoes Kindern und dann zurück.«

»Tschüs, Schatz!« Alexandra winkte und wandte sich dann wieder Pascal und Etty zu. »Das ist alles so … so aufregend. Ich kann gar nicht erwarten, es morgen James zu erzählen.«

Etty und Pascal tauschten entsetzte Blicke.

»Was denn?« Sally peppte ihr Wasser mit Brandy auf.

»Tash und Niall sind verlobt!« gestand Alexandra *sotto voce*, während Matty den anderen folgte, nachdem er endlich die Ärmel entknotet hatte.

»Nein, wie wunderbar«, Sally stieß einen spitzen Schrei aus. »Lisette wird sich schwarz ärgern.«

Niall schob seine Hand in Tashs, als sie über den hartgefrorenen, knirschenden Boden stiefelten, und drückte ihr einen warmen Kuß auf das eisige Ohr. »Was ist das?« Er fühlte ein hartes, spitzes Etwas durch ihren Handschuh.

Tash sah hinunter und versuchte sich zu erinnern. »Ach das – ich hab ganz vergessen, daß ich ihn noch trage«, lachte sie. »Vorhin hab ich mit Rufus an einem Knallbonbon gezogen. Das ist mein Gewinn – er hat ihn mir angestreift und für Wally um mich angehalten.«

»Wie hinterhältig!« Niall zog sie näher an sich. »Ich hoffe, du hast nein gesagt?«

»Ich hab gesagt, ich denk drüber nach.«
»Und?«
»Na ja, Wally kann gut zuhören.«
»Mundgeruch.«
»Wunderbare braune Augen.«
»Furzt in aller Öffentlichkeit. Das tut er wirklich.«
»Unglaublich treu.«
»Ja, und zwar Gus.«
»Schläft öfter mit mir als du.«
»Frißt seine eigene Scheiße.«
»Ich werd nein sagen.«
»Gut.«

Als sie zurückkamen, schnarchte Etty auf dem Sofa, und Pascal sah sich das Sexfilmchen an, wobei er verstohlen die letzten Reste des Chianti trank, den er aber hastig in eine tote Topfpflanze schüttete, als die Tür aufging. Alexandra und Sally führten mit gesenkter Stimme ein seltsames Gespräch über sympathische Pastoren und wechselten sofort zum Klatsch über die Royals, als die Spaziergänger mit dampfendem Atem hereinströmten.

»Fahren wir bald?« fragte Matty, dem schon vom Alkohol die Schläfen pochten, seine Frau.

Sally hickste sanft und streckte einen Arm über die Sofalehne nach ihm aus. »Xandra und ich haben 'nen kleinen Schwips, Liebling.« Sie schielte leicht, als sie ihn anlächelte, und ihre Wangen waren von der Hitze gerötet. »Wir müssn wohl bleiben – wollen wir nich morgen doch auf Sophias Party gehn?«

Matty murrte, aber er durfte sich eigentlich nicht beschweren. Er traf Niall, seinen ältesten Freund, so selten, und bisher hatten sie kaum Zeit füreinander gehabt. Die Sache mit Sophia würde er morgen klären. Doch in einer Hinsicht war er wild entschlossen: Sie würden eher hier auf dem Fußboden schlafen als in diesem riesigen, nach Hund stinkenden, zugigen Moncrieff-Haus.

»Wo übernachtet ihr, Mutter?«

»Oh, irgendein Hotel in der Nähe. The Royal Beech, Schatz, oder?«

»Oak, glaub ich.« Pascal war auf der Suche nach Wein.

»Das ist kilometerweit weg!« lachte Tash. »Mindestens eine Dreiviertelstunde Fahrt.«

»Oje, laßt uns bloß fahren. Polly, weck bitte Oma auf.«

»Niall«, Sally begann ganz behutsam, als sie von der Toilette zurückkam. »Das hört sich jetzt vielleicht etwas verrückt an, aber da schläft ein riesiger weißer Truthahn auf deinem Bett.«

2

»Niall und Tash werden heiraten, Schatz. Ist das nicht schrecklich aufregend?« Seit nunmehr fast zwei Jahren waren dies die ersten Worte, die Alexandra an ihren Exmann James French richtete.

Er nahm sie erstaunlich gelassen hin, und sein strenges, wenn auch leicht schlaffes Patriziergesicht zeigte kaum eine Regung. Mit trüben grünen Augen, die von einem alkoholisierten Weihnachtstag rot unterlaufen waren, blickte er irritiert zwischen seiner hochgewachsenen jüngeren Tochter und deren Freund hin und her, bevor er sich wieder seiner aufgeregt sprudelnden ersten Frau zuwandte. »Tatsächlich?« Er konnte sich kaum zu einer Äußerung durchringen.

Alexandra hatte ihn in dem repräsentativen Salon ihrer älteren Tochter abgepaßt – einem mit dunkler Eiche getäfelten Raum mit der bedrückenden Atmosphäre eines Grabes. Sie tranken Aperitifs, während Sophia in aufgesetzter Panik herumlief, mit hoch aufgetürmten schwarzen Haaren und einem Gesicht, das so sorgfältig geschminkt war, als wäre es ein Porträt von einem der alten Meister an den getäfelten Wänden. Obwohl sie jedes noch so kleine Detail des Lunchs minutiös geplant und vorbereitet hatte, konnte sie sich nicht eine Minute entspannen. Einst eine erfolgreiche Titelschönheit, war sie jahrelang als das kommende Supermodel gehandelt worden, bis sie plötzlich als zu alt galt. Stattdessen hatte sie gesellschaftlich Karriere gemacht und in eine der ältesten Adelsfamilien des Landes hineingeheiratet – die jagdwütigen Merediths, allesamt mit fliehendem Kinn und bar jeder Bildung, zum Ausgleich aber im Besitz riesiger Ländereien, an die verschiedene Erbtitel gebunden waren; wenn auch der bewegliche

Besitz kaum ausreichte, um eine anständige Einladung zu finanzieren.

Anfangs hatten die Merediths sich beharrlich geweigert, Sophia anzuerkennen, wegen ihrer bürgerlichen Herkunft und ihrer schillernden Vergangenheit als »Showgirl«, wie sie sagten. Während der sechs Jahre ihrer Ehe mit Ben, dem liebenswürdigen, aber unbedarften Erben von Titel und Besitz, hatte sich jedoch herausgestellt, daß sie weit mehr Geschäftssinn besaß als der ganze Rest des Clans. Mit Hilfe ihrer Verbindungen zur Szene der Berühmten und Reichen hatte sie Holdham Hall, das stattliche gotische Herrenhaus der Merediths, zu einem beliebten Veranstaltungsort für Wohltätigkeitsbälle und zum Schauplatz von Filmen und Theater-Events gemacht, die ihrerseits wieder während der fünf Sommermonate, in denen das Haus geöffnet war, Schwärme von Menschen anzogen. Die Merediths sahen in Sophia zwar noch immer die oberflächliche Vagabundin, aber an den Erfolgen ihrer Unermüdlichkeit konnten auch sie nicht vorbeisehen. Sie war perfekt durchorganisiert in allem, was sie tat: sie lernte vor Partys Namen auswendig; sie überlegte, wer mit wem bekannt zu machen war; sie zog Erkundigungen ein über all die wichtigen und einflußreichen Leute. Sogar die Weihnachtsparty für ihre Familie, die nicht im Herrenhaus, in dem der gegenwärtige Earl residierte, stattfand, sondern auf Home Farm, wo sie und Ben wohnten, richtete sie mit der gleichen Akkuratesse aus.

Die Temperatur auf Home Farm lag fast unter dem Gefrierpunkt; aber Sophia, deren lange schmale Gestalt in Angora gehüllt war, glühte, als säße sie rittlings auf der Heizung. Die Weihnachtsdekoration glitzerte wie bei Harrods' während der Adventszeit, und in der riesigen Küche waren drei Mädchen aus der Umgebung, das französische Kindermädchen und ein reichlich fetter Cousin von Ben mit Schälen, Raspeln, Braten und Hacken beschäftigt. Doch Sophia hastete weiter nervös von hier nach dort und konnte sich auf kein Gespräch, das über die Frage nach der Gesundheit hinausging, einlassen, ohne sich gleich wieder zu entschuldigen, weil sie nach der Fasanensuppe sehen mußte.

Etty folgte ihr in die Küche. »Setz Niall beim Lunch neben deine Schwester, *chérie*«, bat sie.

»Sei nicht albern, *grandmère*«, fiel Sophia ihr ins Wort und stippte den Finger in die Suppe. »Das bringt meine Tischordnung völlig durcheinander.«

»Tu's einfach«, ordnete Etty an und schenkte sich Glühwein nach, »oder ich werde den ganzen Abend unter Alz'eimer leiden.«

Tash und Niall, die nicht ahnten, daß sie unter familiärer Beobachtung standen, sahen sich unterdessen Sophias und Bens Weihnachtskarten an und versuchten, beim Anblick all dieser kinnlosen Aristokratensprößlinge ein Kichern zu unterdrücken. Sie hatten eine Unmenge Karten erhalten – mehrere Hundert; aber Tash und Niall hatten auch in diesem Jahr wieder nicht geschrieben.

»Natürlich ist es noch geheim – eigentlich weiß ich selbst ja auch noch gar nichts.« Alexandra nahm einen großen Schluck Glühwein und sank in eines von Sophias prächtigen Brokatsofas, während James unbequem auf der Armlehne thronte. »Mama meint, sie geben es heute bekannt. Übrigens, sieht sie nicht gut aus?«

»Sie sollte sich die Haare schneiden lassen.« James sah Tash kritisch an. Sie wedelte gerade aufgeregt mit einer Karte, die die Prinzen William und Harry zeigte, und flüsterte Niall zu, daß Sophia die gefälscht haben mußte. »Genauso wie dieser Bursche, wenn wir schon dabei sind. Sie sehen aus wie ein Zigeunerpaar.«

»Ich habe von Mama gesprochen«, sagte Alexandra freundlich, die aufblickte und James' nervöse Frau in der Tür stehen sah. »Hier Henrietta, Schatz!« rief sie. »Komm, setz dich. Du bist doch sicher erschöpft nach all dem Kochen gestern. Wie viele wart ihr denn?«

»Oh, nur James und die Mädchen«, Henrietta schluckte, setzte sich so weit wie möglich von Alexandra weg und wich ihrem warmen freundlichen Blick aus. »Emily hätte gern ihren Freund eingeladen, aber James meinte, die Familie sollte unter sich bleiben.«

»Der Bursche ist ein verfluchter Herumtreiber.« James räusperte sich; es tat ihm leid, seiner Frau noch einen Stich zu versetzen. Sie war sonst viel ungezwungener. Aber wann immer sie auf Alexandra traf, wurde seine kühle, blonde Frau zu einem linkischen Schulmädchen.

»Em betet Six Pack an. Er ist ihr dritter Freund, seit sie im Oktober an die Universität ging. Du weißt ja, wie sie in dem Alter sind.«

»O ja – Sophia hatte die entsetzlichsten Freunde, bevor sie Ben traf«, beruhigte Alexandra sie. »Ist Em auch hier?« Alexandra warf einen Blick auf ihre Kinder und Enkel, Sophias angeheiratete Verwandtschaft und verschiedene Worcestershire-Nachbarn, die dieser Weihnachtsparty für würdig befunden worden waren. Es fehlten allein einige der Merediths, die noch auf der Jagd waren, und Bens Busenfreund Hugo, der sonst immer erschien, dieses Jahr Weihnachten aber in Australien verbrachte. Und es fehlte die leicht reizbare, aber dennoch reizende Emily, Henriettas ältere Tochter.

»Sie feiert mit Freunden.« Henrietta blickte James von der Seite an, fühlte sich aber nicht schuldig. Heute morgen hatte es einen enormen Krach gegeben, weil er versucht hatte, Emily zum Mitgehen zu zwingen, was darin gipfelte, daß er gedroht hatte, ihr den Scheck zu streichen, wenn sie nicht zum Lunch erschiene. Emily hatte sich geweigert und war im Auto ihrer Mutter davongebraust.

»Aber Beccy ist hier.« Alexandra lächelte Henriettas jüngerer, pummeliger blonder Tochter zu, die zurücklächelte, rot anlief und sich dann auf die Horsd'œuvres stürzte. Sie erinnerte Alexandra an Tash in dem Alter – scheu, schüchtern und darum bemüht, bloß nicht aufzufallen. »Wir müssen unbedingt noch mal in Ruhe miteinander sprechen«, Alexandra senkte ihre Stimme, »über das aufregendste Ereignis des nächsten Jahres.«

»Welches denn?« Henrietta hoffte inständig, es würde James nicht allzusehr langweilen.

»Tashs und Nialls Hochzeit«, flüsterte Alexandra. »Ich setz auf dich bei der Planung – wir werden eine Riesenüberraschung vorbereiten! Pascal kommt für die Kosten auf, und ich werde im kommenden Frühjahr sehr viel Zeit in England verbringen. Wir können das Geld mit vollen Händen ausgeben!«

Henrietta war sich sicher, das würde James enorm langweilen.

»Lunch!« rief Sophia in dem Moment, als alle Uhren auf Home Farm die volle Stunde schlugen.

»Herrje, wie in der Kirche«, murmelte Sally, während alle an den langen Eßtisch traten, der sich fast bog unter all den aufgetischten Herrlichkeiten – wenn diese auch hauptsächlich aus wertvollem Porzellan und Tafelsilber bestanden. Matty sah äußerst mürrisch drein und setzte sich demonstrativ sein Häkelkäppi auf. Sally und er hatten eine geradezu grotesk harte Nacht auf dem Boden des Old Forge verbracht und waren beide völlig verspannt. Matty fühlte sich wie ein Rheumatiker und hätte schwören können, daß eine Erkältung im Anzug war. Außerdem war er wütend auf seine Mutter, die heute morgen nichts Besseres zu tun gehabt hatte, als von ihrem gemütlichen Hotel aus im Old Forge anzurufen und zu verkünden, Sophia würde ihn und Sally zwar zum Lunch nicht erwarten, sich aber selbstverständlich freuen, wenn sie trotzdem kämen.

»Sie sagt, es gibt nichts Vegetarisches«, zischte Matty unterdrückt.

»Klasse. Kann ich Schinken essen?« Tom sah hoffnungsvoll zu seinem Vater hoch.

»Nein, kannst du nicht.« Matty setzte sich grimmig neben Niall, ohne die geringste Rücksicht auf Sophias Tischkarten.

Seufzend blinzelte Sally dem niedergeschlagenen Tom zu und ging ans andere Ende der Tafel, wo sie, wie sie freudig registrierte, zwischen dem umgänglichen Ben und einem sehr aufmerksamen Worcestershire-Nachbarn saß, der ihr schon mehrmals nachgeschenkt und Klatsch über die Parker-Bowles erzählt hatte, um ihr dabei in den Ausschnitt zu gucken – sehr zu Mattys Mißfallen, der aber eher ihr tief dekolletiertes Kleid als jene unverhohlenen Blicke mißbilligte, wie Sally nicht ganz unbegründet mutmaßte.

»Tom, du ißt mit den anderen Kindern in der Küche.« Sophia lächelte ihren Neffen kühl an.

»Aber ich bin schon neun!« protestierte er tief gekränkt.

»Fast.« Sophia winkte ihn ungeduldig weg. »Beccy darf dieses Jahr am Tisch sitzen.«

»O danke.« Zu ihrem Entzücken und Entsetzen gleichermaßen bemerkte Beccy, wie Sophia Matty von seinem Platz scheuchte. Das hieß, sie würde neben Niall sitzen. Neben ihrem großen Idol und Helden, in den sie so verknallt war, neben dem Mann, dem sie alles geben würde, ihre Leidenschaft, ihre Jungfräulichkeit, einfach alles. »Ich esse doch lieber in der Küche«, sagte sie erschrocken.

»Unsinn!« Sophia war entgeistert. »Du bringst alles durcheinander.«

»Setz dich doch neben Niall.« Eine sanfte Stimme ermutigte sie. Tash war gerade vom Händewaschen wiedergekommen. »Er mag dich – und ist ganz wild darauf, dir alles über Pferde und Turniere zu erzählen.« Beccy wurde tiefrot. Obwohl sie Tash, weil sie Nialls Freundin war, eigentlich hassen mußte, bewunderte sie sie als Reiterin doch zu sehr; Beccy ritt bei den Junioren, und Tash war ihr großes Vorbild. »Außerdem sitzt er Oma gegenüber, und er hat Angst vor ihr.« Tash blinzelte zu Etty hinüber, die mit Bärenfellhut und Pelz der Kälte in Sophias Haus Herr zu werden suchte. »Du kannst ihn ablenken.«

Beccy schluckte vernehmlich vor lauter Dankbarkeit und Angst.

Tash war ziemlich beunruhigt während des Essens, da einige ihrer Verwandten immer wieder verstohlen zu ihr hinüberspähten. Jede ihrer Bewegungen – vom Griff nach der falschen Gabel für die Vorspeise bis zum Verkleckern von Rotwein – wurde von den braunen und grünen Augen ringsum genauestens registriert. Als schließlich die Nachspeise serviert wurde, hatte Sally ihr dreimal zugezwinkert, ihr Vater sie gefragt, ob sie ihm nicht irgend etwas zu sagen hätte, und Etty sich angelegentlich erkundigt, warum sie heute denn gar nicht ihren wunderbaren Ring trug.

»Meinen was?«

»Deinen Ring, *chérie.*« Etty holte, das Weinglas in der Hand, mit großer Geste so weit aus, daß ihre Tischherren zu beiden Seiten sich ducken mußten. »Dieses wunderbare *bijou* von *hier soir.*«

»Ach, das Ding!« Tash lachte. »Ich glaub, ich hab's verloren.«

Eine Schrecksekunde lang herrschte absolute Stille.

Niall, der zu viel Wein getrunken hatte, sah zu ihr herüber und klagte in theatralischem Tonfall: »Aber das war doch dein Verlobungsring!«

»Ich hab dir gestern schon gesagt, daß meine Antwort Nein lautet.« Tash grinste ihn an.

»Ach, mein Engel.« Er faßte sie am Kinn und sah sie verliebt an.

»Vielleicht überleg ich's mir ja noch mal«, ermutigte Tash ihn, zog einen Flunsch und zwinkerte ihm leicht zu. Die ganze Tischrunde schwieg jetzt. Am anderen Ende der Tafel entdeckte Tash ihre klatschsüchtige Tante Cassandra, die verzweifelt versuchte, einige der Worcestershire-Nachbarn zum Schweigen zu bringen. »Vielleicht sag ich sogar Ja, einfach so«, halbherzig spielte sie ihre Rolle weiter. Es hörten mittlerweile eindeutig zu viele zu; und ihre Mutter steckte mit der Nase fast im Tischschmuck, um ja nichts zu verpassen.

»Sag jetzt ja!« Niall fand immer mehr Geschmack an der allgemeinen Aufmerksamkeit, wenn die Vorstellung auch etwas unter dem Einfluß von Bens bestem Portwein litt. Er erinnerte sich dunkel an den Heiratsantrag von Wally, dem Collie der Lime-Tree-Farm.

»Oh, du mußt ja sagen!« fuhr Alexandra eifrig dazwischen. »Du mußt einfach!«

»Ich muß was?« Tash und Niall sahen sie beide verwirrt an.

»Ja sagen.« Alexandra klang etwas weniger selbstsicher. »Ich dachte, du hättest es bereits getan. Ich habe es schon deinem Vater erzählt, und er ist ganz aus dem Häuschen.«

»Wirklich?« Verblüfft sah Tash ihren Vater an.

James räusperte sich peinlich berührt. »Freut mich sehr, ja«, murmelte er düster.

»Worum geht es hier eigentlich?« Sophia sprang von ihrem Stuhl auf, ärgerlich, weil dieser laute Familiendisput eben das herrliche Geplauder über einen Nachbarn und seine Haschischpflanzen unterbrochen hatte.

»Tash und Niall werden heiraten!« Alexandra klang ganz verträumt.

»*Was?*« Tash starrte sie an.

Niall brach in schallendes Gelächter aus, und aus Beccys enttäuschtem Gesicht wich nach und nach alle Farbe. In dieser Sekunde begriff Etty Buckingham, daß sie möglicherweise ein Gerücht in Umlauf gesetzt hatte. Sie tupfte sich ihren nervös zuckenden Mund sorgfältig mit der Serviette, als sie die Tragweite ihres Mißverständnisses erfaßte. Etty hatte noch nie einen Irrtum zugeben können, und ihr wurde sehr schnell klar, daß hier nur eine drastische Wendung Abhilfe schaffen konnte.

»Uiiii!« Sie stieß einen freudigen Aufschrei aus, der die allenthalben in der Runde geäußerten Gratulationen verstummen ließ. »I'r macht eine alte sterbende Frau serr, serr glücklich, *ma jolie petite*!« Schwankend erhob sie sich von ihrem Platz, und es glitzerten ein paar Tränen in ihren Augen, als sie sich über den Tisch beugte und Tash umarmte. »Daß ich das erleben darf!«

»Aber ich – ich meine, wir...« Tash wollte das Gespräch an sich reißen, aber ihre Großmutter war zu kraftvoll und wohl auch zu verzweifelt.

»Ich werde alles beza'len«, verkündete Etty großzügig und griff nach einem Taschentuch. »Ich werde nicht sparen. Es wird das Beste...«

»Wir zahlen, Mama!« warf Alexandra ein. »Pascal ist ganz entzückt, zwei so hübschen jungen Leuten ein Fest ausrichten zu dürfen.«

»Aber wir...« Tash starrte Niall verzweifelt an. Er konnte vor lauter Lachen immer noch kein Wort herausbringen, hob hilflos die Hände und schüttelte den Kopf.

»Ich werde beza'len!« setzte Etty noch einmal nach.

»Mama, das kannst du dir doch gar nicht leisten.« Alexandra strahlte Tash an. »Ich freue mich so für euch beide, Schatz.«

»Mama, das ist ein schreckliches Miß–«

»Mund halten!« brüllte eine laute Baßstimme vom Kopfende der Tafel, und jemand schlug mit einem Löffel gegen sein Portweinglas. Alle verstummten und blickten Sophias Ehemann an, Ben – einen hochgewachsenen, schlanken Blonden mit Suppenflecken auf dem Hemd und wie Stroh zu Berge stehenden Haaren. Er erhob sich zu seiner ganzen Länge von 1,92 Meter, bückte sich leicht, um dem hinter ihm stehenden Tannenbaum auszuweichen, und lächelte unbeholfen. »Ich finde, wir sollten Tash und Niall erst mal gratulieren«, sagte er, etwas verlegen wegen seines Ausbruchs, und seine Wangen röteten sich. »Champagner für alle, würd ich sagen.«

»Ist genug da?« Sophia holte tief Luft. »Er ist nicht kaltgestellt.«

»Gütiger Gott!« flüsterte Tash und stieß Niall an, der sich vor Lachen bog. »Was tun wir jetzt?«

Etty, die vorgab, vor Rührung so außer sich zu sein, daß sie ihr Gesicht in ihrem Taschentuch vergraben mußte, hielt den Atem an und lugte durch die Spitzen.

»Nun ja.« Niall richtete sich auf und barg seinen Mund in Tashs Haar, damit nur sie ihn hören konnte. »Wir könnten zum Beispiel heiraten.« Er kämpfte noch immer mit dem Gelächter.

»Zum Beispiel heiraten«, wiederholte Tash zögernd, die fürchtete, sie könnte in Ohnmacht fallen, weil ihr Herz so heftig schlug. »Hältst du das nicht für ein bißchen drastisch?«

»Nicht halb so schrecklich, wie deiner Familie klarzumachen, daß sie einem Irrtum aufsitzt.«

Durch seine Blutbahnen flossen mehrere Gläser Scotch und eine Flasche Burgunder, fiel Tash ein. In diesem Zustand wäre er auch nackt von den Zinnen von Holdham Hall gesprungen, nur um sich bei ihrer Familie beliebt zu machen. »Das ist doch lächerlich.« Sie biß sich auf die Lippen und schüttelte entschlossen den Kopf. »Wir müssen es ihnen sagen, Niall.« Als sie sich umblickte, sah sie die vielen gespannten Augenpaare auf sich gerichtet. Sogar Sophias Angestellte, die den jahrgangslosen Champagner brachten, starrten sie begierig an. Nialls Filmruhm machte es zu einem Ereignis – noch bevor die Korken knallten, würden sie schon in der Regenbogenpresse auftauchen. »Hört mal bitte alle her.« Tash holte tief Luft. »Ich muß euch ...«

Im nächsten Moment hatte eine große warme Hand die ihre umschlossen und sie aus dem Raum gezogen. Niall schob sie in den Vorraum der Küche, versicherte sich, daß ihn niemand hörte, packte sie bei den Schultern und drückte sie gegen ein Jagdbild. »Tu's nicht«, sagte er eindringlich.

»Aber ich muß! Das ist doch alles eine einzige Lüge. Sollen wir heiraten, weil meine Großmutter spinnt? Das ist ja verrückt!«

»Nicht verrückter, als wenn ich hier und jetzt auf die Knie vor dir sinke und mein Sprüchlein aufsage.«

Tash strich sich ihr Haar aus den Augen und blickte ihn an. Ihr Herz schlug plötzlich bis zum Hals. »Das hattest du doch gar nicht vor, oder?« Sie schluckte, als sie die Worte herausgekrächzt hatte.

»Na ja, heute nicht, nein.« Er zuckte die Achseln, sein Blick schweifte. »Vielleicht gar nicht. Jedenfalls nicht so, nein.«

Tash schloß die Augen. Sie und Niall verbrachten so viel Zeit getrennt, und wenn sie sich trafen, war es hoffnungslos unrealistisch. In den zwei Jahren ihrer reizenden Beziehung hatte es kaum eine Entwicklung gegeben. Jedes ihrer ungestümen und hochgestimmten Wochenenden hatte etwas von einer Urlaubsromanze. Sie waren nicht wirklich fähig, zusammen auch nur einen Toaster zu kaufen, ganz zu schweigen davon, eine Ehe einzugehen.

»Vor Lisette bin ich auf die Knie gegangen«, sagte Niall, plötzlich ganz ruhig und ernst.

»War das vor oder nach der Elvis-Kapelle in Las Vegas?« Tash biß sich auf die Lippen und unterdrückte ein Lachen.

»Erinnere mich nicht daran.« Niall verdrehte die Augen. »Das haben wir gar nicht ernstgenommen – die Familienfeier in England war's, worauf es ankam. Ich hab alles richtig gemacht: Papas Erlaubnis, nächtelange Vorbereitungen, Flitterwochen ins Blaue. Und wohin hat's geführt?«

»Stimmt.« Tash berührte seine Wange und hätte am liebsten das aufgeregte Geplapper, das vom Eßzimmer herüberdrang, vergessen.

»Und du wolltest jemanden heiraten, ohne ihn zu lieben, nur weil du es nicht übers Herz brachtest, Nein zu sagen«, erinnerte er sie lächelnd.

Schuldbewußt biß Tash sich auf die Lippe. Sie hatte sich mal mit einem Exfreund verlobt, weil sie ihm einfach nicht sagen konnte, daß es aus war. Eine der schlimmsten Phasen ihres Lebens.

Er drückte seine Stirn gegen ihre. »Der Antrag muß also nicht der Königsweg sein.«

Tash blickte sehr lange in seine dunklen, aufrichtigen Augen. »Was genau willst du damit sagen?«

Niall lächelte. Es waren dieses großartige, breite Lächeln, diese unwiderstehlichen Lachfalten, die ihr noch auf fünfzig Meter Abstand einen Herzstillstand bescherten. »Daß deine komische verrückte Familie uns wahrscheinlich einen Riesengefallen getan hat. Daß das wahrscheinlich Schicksal ist. Keiner von uns drängt den anderen; der Druck kommt von außen. Gemeinsam schaffen wir das. Denk drüber nach. Darum geht's bei der Ehe – gemeinsam etwas auf die Beine zu stellen.«

»Du bist also tatsächlich bereit dazu?« Tash schluckte.

»Warum nicht?« lachte er. »Wir lieben uns, wir wohnen zusammen, und außerdem besitzen wir bereits einen Hund und einen Truthahn. Und«, er verdrehte die Augen, »deine Großmutter tut ihren letzten Atemzug, wenn wir jetzt sagen, daß alles ein Mißverständnis war.«

»Du willst mich wirklich heiraten?« Tash wußte, daß ihre Stimme heiser klang, aber sie wollte ganz sicher gehen.

»Kommt drauf an, ob du mich heiratest?« Erwartungsvoll hob er eine schwarze Augenbraue.

»Es ist einen Gedanken wert.«

»Alles kann beim alten bleiben.« Er zuckte die Achseln. »Du brauchst nicht mal deinen Namen zu ändern. Und ich werde deine Familie und mich außerordentlich glücklich machen.«

»Und uns?«

Niall lächelte. »Das einzige, was mich glücklicher machen würde, wäre, ein bißchen mehr Zeit mit dir zu verbringen. Also, tun wir's?«

Tash umarmte Niall und hielt ihn ganz fest, in ihrem aufgeregt hüpfenden Herzen war kein Platz für Zweifel mehr. »Wie sagtest du so schön: Warum nicht?«

Nialls Familie zeigte sich nicht so begeistert, wie er erwartet hatte. In ihrer katholischen Welt war er genaugenommen noch mit Lisette verheiratet. Und obwohl sie Tash wirklich sehr mochten, hielten sie sie für zu jung und unerfahren, um eine ordentliche Ehefrau abzugeben. »Sie ist so schmächtig, Niall«, sorgte sich seine Mutter, als er anrief und die Neuigkeit verkündete. »Und sie kann überhaupt nicht kochen. Denk nur mal an diese viel zu dünnen Pfannkuchen, die sie uns an deinem Geburtstag letztes Jahr vorgesetzt hat.«

»Das waren Crêpes!«

»Na ja.« Ein tiefer Seufzer war am anderen Ende der Leitung zu vernehmen, gefolgt vom Klicken eines Feuerzeugs, mit dem sie eine ihrer selbstgedrehten Zigaretten anzündete. »Bist du dir denn sicher, mein Sohn?«

»Aber natürlich«, sagte Niall entschieden. Ihm war die rettende

Idee gekommen. »Tash kann's gar nicht erwarten, eine Familie zu gründen.«

»Wie reizend!« Dem verzückten Ausruf folgte ein kurzer trockener Husten.

»Du solltest auch mit dem Rauchen aufhören, Mutter«, schimpfte Niall. »Mir geht's seitdem viel besser.« Kaum hatte er aufgelegt, steckte er sich auch schon eine von Tashs Camel Lights an und fragte sich, wie klug es gewesen war, seiner Mutter diese Baby-Geschichte zu erzählen. Sie suchte wahrscheinlich bereits nach ihren Stricknadeln, um kleine Söckchen und Jäckchen zu stricken.

Durch das erleuchtete Küchenfenster der Lime-Tree-Farm sah Tash schon von weitem den adretten blonden Haarschopf über eine Zeitung gebeugt und stieß einen erleichterten Seufzer aus. Zoe war zu Hause und hielt Kaffee und Ratschläge parat; sie war die klassische nordeuropäische Schönheit, an der Oberfläche unnahbar und kühl, aber sobald sie lächelte, verströmte sie eine überwältigende Wärme. Für Tash war sie der Inbegriff von Sex-Appeal, und sie wünschte, sie hätte auch diese zauberhafte natürliche Aura.

Zoe Goldsmith war ein paar Jahre – niemand wußte, wie viele genau – älter als ihre Schwester Penny und jahrelang mit einem der erfolgreichsten Architekten Londons verheiratet gewesen. In den Achtzigern bewohnte sie ein Traumhaus in Greenwich, schrieb regelmäßig für ein großes Sonntagsblatt die Kolumne »Karriere-Mutter« sowie wöchentlich gesendete Radiofeatures, hatte Unmengen von Designerkleidern und zwei wunderbare Kinder, die wohlerzogen und gutaussehend waren. Was dann eigentlich schief gelaufen war, daraus machte Zoe ein wohlgehütetes Geheimnis. Tash wußte nur, daß diese märchenhafte Ehe sehr abrupt und bitter endete, was sie finanziell in arge Bedrängnis brachte – zumal sie Haus und Job praktisch in derselben Woche verlor. Sie und die Kinder waren auf die Farm zu Penny und Gus geflüchtet, wo sie wohnen wollten, bis Zoe einen neuen Job und ein kleines Apartment in London gefunden hätte.

Das war jetzt sieben Jahre her. Nach allem, was Tash gehört

hatte, erlitt Zoe kurz danach so eine Art Zusammenbruch und war geblieben, um sich zu erholen. Sie erledigte das Kochen und die Verwaltungsarbeit für ihre gestreßte Schwester, die zu der Zeit noch den Großteil des Jahres auf internationalen Wettkämpfen verbrachte. Eine Rückkehr in den geschlossenen Zirkel des Londoner Journalismus erwies sich als unmöglich, und so versuchte Zoe es mit Romanen, für die sich aber leider niemand interessierte. Schließlich traf sie zufällig einen alten Freund wieder, der gerade ein verlegerisches Wagnis plante. Dieses hatte sich mittlerweile zu einem der erfolgreichsten Erotik-Verlage der Branche ausgewachsen und stieß schwül-heiße Titel von kurzer Lebensdauer, aber hohen Profiten aus. Zoe war – unter dem Pseudonym Su Denim – das Flaggschiff; zwanzig Bände gingen auf ihr Konto. Sie konnte sich all das, was sie nach ihrer Scheidung ersehnt hatte, jetzt eigentlich ohne weiteres leisten: ein Haus in London, ein elegantes gesellschaftliches Leben und Privatschulen für ihre Kinder. Doch sie mied diese vordergründigen Trophäen und führte statt dessen mit ihrer Schwester und ihrem Schwager ein bodenständiges Landleben. Tash vermutete, daß sie in Wahrheit auch deshalb auf der Lime-Tree-Farm blieb, weil sie wußte, wie unersetzbar sie für Penny und Gus geworden war. Ohne ihre Ruhe, freundliche Hartnäckigkeit, untrügliche Menschenkenntnis und gelegentlichen Bürgschaften, wenn sie in die roten Zahlen rutschten, wären die Moncrieffs innerhalb weniger Wochen pleite gegangen. Tash bewunderte sie, obwohl sie die tiefe, anhaltende Traurigkeit spürte, die Zoe zu kaschieren suchte.

»Kann ich mir eine leihen? Ich hab meine vergessen.« Tash setzte sich und griff nach der nächsten Packung Zigaretten.

»Ja, bitte.« Zoe sah von den Weihnachtskarten auf und grinste. »Es sind Rufus'. Seit ich seine Zigarettenkippen gefunden habe, meint der Bursche, er braucht kein Geheimnis mehr draus zu machen. Meine Autorität ist völlig dahin.«

Rufus war das ältere ihrer beiden Kinder; mit siebzehn war er bereits ein großer blonder Charmeur, der demonstrativ rauchte, trank und vier Freundinnen gleichzeitig hatte, was er mit »unerläßlichem Erfahrungshunger eines Teenagers« rechtfertigte.

»Matty hat meine Mutter genauso behandelt, als er ihr über

den Kopf wuchs.« Tash suchte nach einem Feuerzeug. »Das ist eine Frage der Größe. Wie war's an Weihnachten?«

Zoe zog ihre lange gerade Nase kraus und schob Tash ein paar Streichhölzer zu. »Etwas hektisch. Gus hatte mal wieder jede Menge Leute eingeladen, von denen ich nichts wußte.«

»Ich war hier, als sie ankamen«, erinnerte Tash sie. »Stefan Johanssen mit Brian Sedgewicks Clique. Und zwei Brüder von Gus.«

Sie blickte sich in der gemütlichen Küche um mit all den bunten Bildern, überquellenden Regalen, Stößen von Post und dem Pferdezubehör. Hier roch es immer nach Kaffee und feuchten Stiefeln.

»Hat's Matty und Sally bei euch gefallen?« fragte Zoe beiläufig.

»Sally schon.« Tash schaute auf den großen Wandplan, auf dem ihre Urlaubswoche eingetragen war und sonst nicht sehr viel anderes, wie immer um diese Jahreszeit.

»Und Matty?« Zoe hielt ihrem Dalmatiner Enid etwas zu fressen hin.

»Die beleidigte Leberwurst, wie immer.« Sie seufzte. »Ich glaub, sie haben im Moment Geldsorgen. Aber Niall hat ihn dann doch noch aufgeheitert – er bringt einfach jeden zum Lachen.« Sie bemerkte, daß auf dem Plan auch schon die Wettkämpfe fürs kommende Jahr eingetragen waren, mit Rot die festen Nominierungen, mit Bleistift jene, wo die Entscheidungen noch ausstanden. Erfreut sah Tash, daß sie mit ihren beiden Pferden für das wichtigste Springreiten in Badminton vorgemerkt war; ein breites Lächeln trat auf ihr Gesicht.

Zoe betrachtete sie und spielte nachdenklich mit einem Streichholz. Sie kannte Tash inzwischen ganz gut und wußte, daß hinter ihrem schüchternen, unbeholfenen Äußeren ein viel stärkeres Herz steckte. Ein Herz, das sich zerreißen würde für das, was es liebte und woran es glaubte, aber auch einen gesunden Selbsterhaltungstrieb in sich trug. Tash war oft verlegen über die Wirkung, die ihr Auftreten erzielte. Obwohl sie es geradezu vermied, aufzufallen, war sie keine Person, die leicht übersehen wurde. Hochgewachsen, mit guter Figur und zwei riesigen Augen von merkwürdiger Farbe zog sie meist alle Blicke auf sich; und sei es nur, weil ihr ungekämmter Haarschopf alle anderen weit überragte. Aber nicht immer waren es bewundernde Blicke: Tash war in äußerlichen Dingen von gedankenloser Nachlässigkeit und sah meist fürchterlich aus. Allerdings hatte das einen unschlagbaren Effekt, wenn sie sich dann mal Mühe gab. Und heute hatte sie sich ganz offensichtlich viel Mühe gegeben. Dunkler, leicht verschmierter Kajal umrandete ihre grün-bernsteinfarbenen Augen, und ein perlenbesetzter Kamm hielt ihre dicke, lockige Mähne oben, so daß ihre hohen Wangenknochen und ihr langer Hals zur Geltung kamen. Sie trug sogar ein Kleid – das erste Mal, daß Zoe sie in einem sah. Kurz, diagonal geschnitten und aus Seide betonte es ihre schmale Gestalt und ihre endlos langen Beine, auch wenn sich bereits eine winzige Laufmasche den Weg hoch zu ihrem Oberschenkel bahnte.

»Nun, was gibt's?« Sie lächelte. »Kommst du nur auf einen Kaffee?«

»Niall geht heute abend mit mir essen, ins Olive Branch.« Tash starrte auf ein Bild von Zoes Tochter. »Wunderbar – India wird immer schöner.« Sie sah Zoe wieder an. »Ich dachte, die anderen wären auch da.«

»Na ja, Gus und Penny sollten jede Minute zurück sein – sie suchen gerade Tescos Weinhandlung heim, wegen Silvester. Ihr beide kommt doch, oder?«

»Zur Silvesterparty?« Tash grinste. »Versuch mal, uns aufzuhalten.«

»Hugo ist dann auch zurück vom Ende der Welt – und wird ein wenig Glanz in unsere Hütte bringen.«

»Der sollte lieber genug zu trinken mitbringen.«

»Redet ihr noch immer nicht wieder miteinander?« Zoe schüttelte verständnislos den Kopf.

Tash spitzte unsicher ihren Mund. »Ich weiß nicht. Ich bin ihm seit Saisonende aus dem Weg gegangen.«

»Hmm.« Zoe blickte sie nachdenklich an.

Hugo Beauchamp besaß, nur wenige Kilometer von der Lime-Tree-Farm entfernt, ein Trainingsgelände. Er kannte Penny und Gus schon seit Jahren, und sie waren aufeinander angewiesen, beim Pferdekauf, dem Transport zu großen Turnieren und bei Problemen generell. Hugo, der Geld besaß und einen dicken Sponsorvertrag, war einer der fünf besten Reiter des Landes und hatte ziemlich viel internationale Anerkennung eingeheimst. Zu Anfang ihrer Karriere hatte er Tash noch unterstützt, aber in letzter Zeit wurde Hugo Beauchamp immer unerträglicher. Alles war bestens gewesen, solange sie eine blutige Anfängerin war, die kaum einmal das Saisonende auf dem Pferd erlebte. Hugo hatte ihr das erste Jahr enorm erleichtert und ihr mit herablassender Großzügigkeit Drunken Hunk verkauft, sie trainiert und in seinem Luxuspferdetransporter mitgenommen, wenn Penny und Gus auf ein anderes Turnier fuhren. Aber jetzt, wo Tash so regelmäßig Plazierungen erreichte, daß sie in der Rangliste aufstieg und sogar Hoffnung auf eine internationale Teilnahme bestand, ließ Hugo sie plötzlich fallen. Im letzten Jahr hatte er, nur eine Woche nachdem Tash ins Old Forge gezogen war, die Englischen Meisterschaften gewonnen und danach überall herumposaunt, sie hätte schlecht abgeschnitten, weil sie zu beschäftigt wäre – mit Hausarbeit. Seit Tash ihn drei Monate später in Burghley auf den zweiten Platz verwiesen hatte, war er immer aggressiver geworden, schnitt sie entweder ganz oder machte sie bei jeder Gelegenheit herunter. In ihren Augen war er ein verzogener Kotzbrocken.

»Vertragt euch wieder, hm?« Zoe befreite ihre Füße von Wally dem Collie und setzte den Wasserkessel auf.

»Er ist es, der sich unmöglich benimmt«, unterstrich Tash gereizt.

»Ja, ich weiß.« Zoe suchte nach den richtigen Worten, da sie wußte, wie empfindlich Tash auf Hugo reagierte. »Aber für Gus wird's dadurch nicht gerade leichter. Du weißt, wie sehr er auf Hugo angewiesen ist.«

Tash drückte ihre Zigarette aus. »Hugo reitet auf ihm herum, als wär er einer seiner Klepper. Ohne ihn ist Gus viel besser dran.«

»Nicht so ganz«, sagte Zoe sanft. »Es stimmt schon, Hugo ist ziemlich egoistisch; aber nicht immer. Er stellt Gus Reitanzüge und Transporter zur Verfügung, und er schickt Franny her, wenn wir knapp dran sind.«

»Ich glaub kaum, daß Hugo sie erst auffordern muß!« schnaubte sie.

Franny war Hugos rechte Hand, eine ziemlich auffällige Rubensschönheit, die sich wie eine SM-Domina kleidete und das dazu passende Mundwerk besaß. Während der letzten sechs Monate hatte sie eine offene Affäre mit dem sehr viel jüngeren Ted, einem eher faulen Stallknecht von Gus, gehabt – eine pikante und auch verschleiernde Parallele zu der sehr viel privateren Liaison, die Hugo mit Kirsty Judd unterhielt, einer schottischen Reiterin, die von Gus trainiert wurde und auf dem Gelände arbeitete. Kirsty, die einige Jahre als Reitlehrerin in Australien gelebt hatte, war mit einem sehr reichen, chauvinistischen australischen Anwalt verlobt, bei dem sie auch das Weihnachtsfest verbrachte. Die Tatsache, daß Hugo über die Feiertage ebenfalls in Australien war, sprach Bände. Wie er sich auf besonders schwierige Pferde spezialisiert hatte, so schien er auch Beziehungen mit hohem Risikofaktor vorzuziehen.

»Geh Silvester auf ihn zu, hm?« bat Zoe und reichte Tash einen randvollen Becher mit Kaffee. »Er ist bloß eifersüchtig.« Sie fügte lieber nicht hinzu, worauf speziell er eifersüchtig war. Sie bezweifelte, daß es nur ums Reiten ging. Hugo war von sehr viel komplizierterem Wesen, als Tash ihm zugestand.

»Ich werd's versuchen«, seufzte sie. Als Teenager hatte Tash jahrelang für Hugo mit einer Leidenschaft geschwärmt, wie sie nur vom Aufstand der Hormone während der Pubertät ausgelöst wird. Da er ein guter Freund ihres Schwagers Ben Meredith war, hatte er wie ein gutaussehendes Gespenst im Hintergrund ihrer Familie herumgegeistert und in ihrem Kopf wie ein Alptraum gespukt. Seine völlige Mißachtung ihrer Existenz war niederschmetternd gewesen. Erst als sie vor zwei Jahren gedrängt worden waren, an einem langweiligen Urlaub mit Alexandra, Pascal und dem ganzen Rest des Familien- und Freundeskreises teilzunehmen, hatte sich plötzlich eine etwas verlegene Freundschaft zwischen ihnen abgezeichnet. Hugo hatte ihr geholfen, den heißblütigen Snob in den Griff zu bekommen, den Pascal seiner Stieftochter als Urlaubsbeschäftigung geschenkt hatte. Hugo hatte ihren Mut und ihr Talent bewundert und ihr schließlich zu dem Job bei den Moncrieffs verholfen. Einen kurzen erschreckenden Moment lang schien er sich sogar für sie zu interessieren. Ihre Verblüffung über diesen unglaublichen Sieg aber wurde sofort wieder hinweggefegt von ihrer schwindelerregenden, völlig verrückten Liebe zu Niall. Hugo zog sich ziemlich bald zurück und verlor keine Zeit auf seinem Weg von einer wunderschönen Freundin zur nächsten, die er zumeist alle entsetzlich behandelte. Seitdem hatte Hugo nicht mehr das geringste Interesse an Tash gezeigt, es sei denn als Reiterin; ein Umstand, der sie in dunklen schlaflosen Nächten, meilenweit entfernt von Nialls warmer Umarmung, ziemlich verletzte. Sie wußte, das war fürchterlich treulos Niall gegenüber, aber es gab da eine Konkurrenz zwischen Hugo und ihr, die den Funken körperlicher Anziehung schürte. Doch abgesehen von diesen kurzen Momenten, in denen er mit ihr ins Bett gehen wollte – Tash nahm nur an, daß er mit ihr schlafen wollte, er hatte diesen Wunsch nie geäußert –, war es eine rein einseitige Anziehung. Und irgendwie deprimierte sie das.

Zoe beobachtete sie immer noch, während sie Milch in den Kaffee goß. »Bist du vielleicht – ach nein, vergiß es.«

»Bin ich vielleicht was?« Tash hörte draußen den alten Landrover von Penny und Gus über die gefrorenen Schlaglöcher rumpeln. »Was?« beharrte sie.

»Du reißt mir den Kopf ab.« Zoe lächelte entschuldigend. »Bist du vielleicht so ein klitzekleines bißchen gekränkt über Hugos Affäre mit Kirsty? Du ereiferst dich ...«

»Nein, verdammt noch mal!« Tash spürte, wie sie rot anlief.

»Seitdem bist du aber noch viel schlechter auf Hugo zu sprechen.«

»Das einzige, was mich an seiner Affäre mit Kirsty aufregt, ist, daß sie sich überhaupt nicht mehr blicken läßt«, betonte Tash scheinheilig. »Von mir aus können sie's morgens, mittags und abends treiben – aber wenn sie mich noch ein Mal fragt, ob ich für sie den Stall ausmiste, erschieß ich sie alle beide.«

»Stimmt. Tut mir leid. Ich hab mich einfach geirrt.« Zoe unterdrückte ein Grinsen. »Kein Eifer nirgends.«

»Genau«, bestätigte Tash mit Nachdruck. »Warum sollte ich auch irgendwas für diesen verzogenen, selbstverliebten Typen übrig haben, wenn Niall und ich heiraten werden?«

»Richtig.« Zoe wurde vom lauten Knall der Tür abgelenkt, durch die in diesem Moment Gus und Penny hereinstolperten.

»Tash!« Gus begrüßte sie mit einem Freudenschrei. »Wie schön. Ich hab auf dich gezählt. Wir ertrinken hier in Arbeit. Die Pferde müssen bald rein, und die meisten sind vom Schneematsch völlig verdreckt.«

»Ich – äh – eigentlich geh ich heute abend aus.« Tash lächelte schwach und wünschte, Gus Moncrieff würde sie auch nur einmal wie eine Frau behandeln. Penny und Zoe machte er Komplimente, wenn sie sich schick angezogen hatten; sogar Wally schmeichelte er mehr als ihr.

Gus Moncrieff war ein unermüdliches Arbeitstier von Anfang dreißig, sah aber bereits wesentlich älter aus. In seinen wettergegerbten Gesichtszügen stand fast immer ein freundliches Lächeln, und er war von schlaksiger Gestalt.

»Ich helf euch, die Einkäufe auszuladen.« Tash sprang schnell auf und zog ihren Mantel über; schließlich hatte sie gerade eben über Kirstys Faulheit hergezogen.

»Wenn ich dir bloß nicht die ganze Woche freigegeben hätte.« Gus folgte ihr und kratzte seinen kurzgeschorenen blonden Kopf.

Als sie ins Haus zurückschlitterten, hatte Zoe sich von ihrem Schreck erholt und starrte Tash erstaunt an. Penny, die sie inzwischen eingeweiht hatte, flüsterte aufgeregt mit ihr und war ganz rot angelaufen unter ihrer Wollmütze. Zoe winkte hastig ab und wandte sich an Tash.

»Hast du – ähm«, sie räusperte sich, und ihre tiefe, ruhige Stimme klang wie sonst. »Hast du gesagt, Niall und du, ihr würdet heiraten?«

»Ja.« Tash setzte einen Karton mit Wein ab.

»Wirklich?« Penny glotzte sie an, als hätte Tash ihr einen unsittlichen Antrag gemacht.

»Ja, das habe ich wirklich gesagt«, seufzte sie und nahm zwei Tüten Chips aus dem Karton.

»Das ist doch ein Scherz!« Jetzt glotzte auch Gus sie an.

»Nein!« fuhr sie hoch. »Warum führt sich eigentlich jeder auf, als seien wir verrückt geworden? Matty hat gestern fast den ganzen Nachmittag versucht, es Niall auszureden. Und er ist doch mein mich liebender Bruder.«

»Es kommt nur so«, Zoe umarmte sie entschuldigend, »so plötzlich. So unerwartet.«

»Wir sind fast zwei Jahre zusammen – und seit August wohnen wir sogar zusammen.«

»Ja, irgendwie schon«, stimmte Penny zu. »Immer mal wieder.«

Gus unterdrückte mühsam ein Lachen, was noch beleidigender war. Als er Tashs verletzte Miene sah, beherrschte er sich und blickte sie ernst an. »Wann genau wollt ihr denn heiraten?«

»Na ja, Mama ist ganz versessen auf Juni.«

»Im Juni?« Zoe hob eine ihrer blonden Augenbrauen.

»In sechs Monaten?« Penny tat es ihr nach.

»Mitten in der Saison?« Auch Gus riß schockiert seine buschigen blonden Brauen hoch.

»Ja, ja und ja.« Tash wünschte, sie hätte es nicht so eilig gehabt, ihnen die Neuigkeit zu erzählen. Ihre Reaktionen waren weit entfernt davon, ermutigend zu sein.

»Na großartig.« Gus nahm sich zusammen. »Natasha O'Shaughnessy, hm? Wo ist eigentlich Niall?« Gus sah sich um. »Schreibt er schon die Gästeliste?«

Tash streckte ihm die Zunge heraus. »Er ist mit dem Hund draußen.«

Alle starrten sie an. »Was für ein Hund?«

»Beetroot.« Tash grinste. »Wir müssen nämlich heiraten, wißt ihr?«

Nachdem Tash und Niall ihre Verlobung im Olive Branch bekanntgegeben hatten, gab es den ganzen Abend Champagner auf Kosten des Hauses. »Großartig!« Marco Angelo scharwenzelte um sie herum, wedelte mit der Serviette und servierte sein köstliches Menü. »Eine Hochzeit im Dorf! Seit Jahren gab es keine Hochzeit!«

»Nun, ich weiß nicht, ob wir hier heiraten werden«, wandte Tash ein.

»O ja, *naturalmente*! Ihr heiratet katholisch – wie konnte ich vergessen?« Der kleine Mann strich sein zinngraues Haar zurück. »In St. Gabriel in Marlbury, *vero*?«

»Äh, nein.« Niall räusperte sich. »Ich bin geschieden, Ange.«

»Meine Eltern möchten wohl, daß ich dort heirate, wo ich aufgewachsen bin.« Tash lächelte entschuldigend. »Bei Windsor.«

»Oh.« Marco verzog leicht den Mund. »Es ist nicht weit, *no*? Ich arrangiere die Essen, *no*?«

»Ja, sicher.« Sie lächelten ihn beide besorgt an. Den Reaktionen der zahlreichen Gratulanten dieses Abends war unschwer zu entnehmen gewesen, daß alle eine Einladung erwarteten. Zählten Tash und Niall dann noch die Reitfreunde, Filmleute und ihre alten Freunde dazu, schien ihnen ein gigantisch großes Hochzeitsfest bevorzustehen.

»Die möchten alle deine Filmstar-Freunde kennenlernen«, kicherte Tash.

»Da werden sie sich aber wundern. Ich hab kaum welche.« Niall zuckte die Achseln. Das entsprach nicht ganz der Wahrheit – wo immer und mit wem immer Niall arbeitete, er fand überall Freunde. Aber nur mit ein paar von ihnen stand er in engem Kontakt; die selbstzerstörerische Gefahr, die von den in der Filmbranche üblichen oberflächlichen Bekanntschaften ausging, kannte er nur zu gut.

»Bist du wirklich sicher, daß wir das Richtige tun?« fragte Tash, als sie auf dem spiegelglatten Weg nach Hause rutschten.

»Nein«, gab Niall zu. »Aber ich bin sehr glücklich darüber.«

»Ich auch.« Sie lächelte, als sie Beetroot aus dem Old Forge freudig kläffen hörte.

Giblets, der inzwischen ständiger Bewohner des kleinen ummauerten Gartens war, sah erstaunt durch das Küchenfenster, während Tash und Niall von der Eingangstür direkt zum Sofa stolperten, unbekümmert einfach nur ihre diversen Kleiderschichten aufknöpften und sich lachend und hitzig paarten. Beetroot, die noch verwirrter war, biß Niall fest in den Knöchel, als dieser gerade in Fahrt kam. Ein paar Minuten später klingelte das Telefon, und Nialls Agent war dran, der schon den ganzen Abend versucht hatte, ihn zu erwischen.

»Wir versuchen's später noch mal.« Niall küßte Tash auf den Mund, setzte sich auf und sprach mit Bob Hudson.

Tash ließ ihre Finger durch seine Haare gleiten, schnappte sich

Beetroot und ging nach oben, um schon mal das Bett vorzuwärmen. Aber als Niall nach etwa einer Stunde kam, schlief sie bereits. Beetroot, die eingerollt an ihrer Seite lag, knurrte unheilvoll. Um Tash nicht zu wecken, verkroch Niall sich ganz ans andere Ende des Bettes und lag die halbe Nacht mit offenen Augen und schwerem Herzen da. Bob hatte ihm – wie immer ohne Rücksicht auf die Uhrzeit – zwei Dinge unterbreitet. Das erste war schlimm genug – und er mußte Tash gleich morgen früh davon erzählen. Das zweite war weit schwieriger. Deshalb beschloß er, es zunächst noch ein paar Wochen für sich zu behalten, um erst einmal in Ruhe darüber nachdenken zu können.

Am Silvestermorgen fiel dichter Schnee in West Berkshire. Zoe beobachtete, wie die federleichten Flocken sich mit erschreckender Geschwindigkeit ziellos in der überfrorenen Auffahrt häuften und alles, Bäume, Hecken, Felder, unter einer enormen weißen Decke begruben. »Wir können von Glück sagen, wenn wenigstens die Nachbarn es schaffen, sich bis hierher durchzuschlagen.« Sie drehte sich zu ihrer Tochter India um und verdrehte die Augen.

Mit ihren vierzehn Jahren schon so groß wie ihr 1,85 Meter langer Bruder, überragte India ihre Mutter bei weitem, während sie im Wohnzimmer für die Party aufräumte und versuchte, keine allzu große Unordnung in Gus' Unterlagen und Zeitschriften zu bringen. »Hoffentlich kommt überhaupt jemand.« Sie bauschte ihr dichtes blondes Haar wie einen Bart unter dem Kinn zusammen. Selbst wenn sie ihren Schafsblick aufsetzte, sah sie unaussprechlich gut aus und sehr viel erwachsener, als ihr Alter vermuten ließ. »Je mehr Leute kommen«, sagte sie fröhlich, »desto wärmer wird's.«

»Gar kein Vergleich zum Old Forge.« Zoe schauderte. »Ich war heute morgen da, um Hundefutter hinzubringen – sie haben die arme Kleine die ganze Woche mit halbverfaulten Truthahnresten gefüttert. Bei ihnen war es so kalt, daß ich kaum sprechen konnte vor lauter Zähneklappern.«

»Wollen sie wirklich heiraten?« India ließ sich auf das durchgesessene Samtsofa nieder und schnappte sich ein ausgefranstes Kissen.

Zoe zuckte die Achseln. »Keine Ahnung, Schatz. Jedenfalls nicht so wie geplant. Niall muß heute zurück in die Staaten fliegen, weil einige Szenen dieses Actionfilms, um den alle so eine Panik machen, neu gedreht werden müssen – höhere Gewalt, wer weiß?«

»Dann kommt er gar nicht zur Party?« India gab dem Kissen den Rest.

»Wohl kaum, Schatz. Tash telefonierte, als ich ging, gerade ziemlich beleidigt wegen eines Fluges herum.«

»Du weißt, daß ich es nicht will, Engel«, verteidigte sich Niall. »Ich find's auch furchtbar, so schnell schon wieder fahren zu müssen – wir haben ja noch nicht mal die Hochzeit richtig angekündigt.«

Tash warf die paar Sachen von Niall, die sie finden konnte, in seine zerbeulte lederne Reisetasche. Der Reißverschluß klemmte, und während sie sich vergeblich damit abmühte, versuchte sie die Tränen zurückzuhalten.

»Vielleicht kann ich nächste Woche für ein paar Tage kommen«, sagte Niall wenig überzeugend. Für einen Starschauspieler log er erschreckend schlecht.

»Dein Dreh in Schottland beginnt am sechsten«, erinnerte Tash ihn mit einem Frosch im Hals.

»Ja, stimmt.« Er kratzte sich gedankenverloren das unrasierte Kinn. »Aber das ist viel näher. Ich kann immer herkommen. Und du kannst mich besuchen.« Er lächelte sie hoffnungsvoll an.

»Sicher.« Tashs Stimme klang so weinerlich, daß sie lieber schwieg und sich wieder dem dämlichen Reißverschluß zuwandte.

»Ich liebe dich.« Niall barg sein Gesicht in ihrem Haar und sog den angenehmen Geruch ihres Shampoos ein.

Nachdem der Wagen ihn abgeholt und der Fahrer ausgiebig über den Zustand der Straßen geschimpft hatte, ließ Tash sich mit Beetroot aufs Sofa plumpsen. Zitternd vor Enttäuschung und Kälte gleichermaßen weinte sie in das schwarzgelbe Fell des kleinen Hundes. Und als sie sah, daß Niall das kleine Bild von ihnen beiden vergessen hatte, schluchzte sie noch einmal so laut.

Penny rief zur Lunchzeit an und fragte, ob sie am Abend Geschirr und Gläser mitbringen könnte. Immer noch in dem Sofa vergraben schniefte Tash laut und vernehmlich und verkündete, sie würde zur Party überhaupt nicht kommen. »Ich kann einfach nicht, Penny«, jammerte Tash. »Ich will nur noch ins Bett und mein Gesicht in sein Kissen stecken. Er hat versprochen anzurufen, sobald er in Los Angeles ist.«

»Und wann wird das sein?«

Tash zog die Nase hoch. »Ich weiß nicht genau – er hat keinen direkten Flug gekriegt. So um sieben morgen früh, glaub ich.«

»Dann kann er ja dort und auch auf dem Flug Silvester feiern. Also zweimal; da solltest du wenigstens einmal feiern.«

»Er feiert für uns beide.« Tash legte auf und fühlte sich elend. Sie kaute an den Knöcheln ihrer linken Hand, und beim Blick auf ihre nackten Finger fiel ihr ein, daß Niall ihr am Montag einen Verlobungsring hatte schenken wollen. Irgendwie fühlte sie sich nicht gerade sehr verlobt. Manchmal zweifelte sie sogar daran, ob sie überhaupt eine Beziehung miteinander hatten.

Als Alexandra von London aus anrief, um sich zu verabschieden, bevor sie zurück nach Paris flog, stimmte Tash tapfer ihren »Alles ist gut«-Tonfall an.

»Sag Niall, ich hab heute mit Henrietta gesprochen«, verkündete Alexandra. »Und sie hat sich dankenswerterweise bereit erklärt, mir hier in England zu helfen. Sie wird dich bald mal zum Essen einladen, um ein paar Details mit dir zu besprechen, Schatz.«

»Großartig«, sagte Tash schwach.

»Etty hat die ganze Woche von nichts anderem als der Hochzeit geredet. Sie ist ja so aufgeregt. Hör mal, ich hab da eine kleine Idee …« Tash seufzte. Die Ideen ihrer Mutter, wie klein auch immer, hatten die Tendenz, sich ins Uferlose auszuweiten. »Wenn ihr im Juni heiratet, dann solltet ihr im Mai unbedingt zu Pascal und mir an die Loire kommen.«

»Das geht nicht.« Tash brauchte nicht mal einen Blick auf ihren Terminkalender zu werfen. »Mai ist Badminton-Monat – außerdem bin ich da jedes Wochenende auf einem anderen Turnier.«

»Du hast die Wochentage frei. Ihr werdet eine Verschnaufpause brauchen. Solche Ereignisse können furchtbar stressig werden, Schatz.«

»Aber wir haben einfach keine Zeit.« Tash sah auf den Wandkalender. »Niall wird auf Promotion-Tour sein, und es sieht so aus, als ob er danach einen englischen Film dreht.«

»Hmm.« Alexandra ließ sich von solchen Kleinigkeiten nicht entmutigen. »Dann eben etwas später. Und, weißt du schon, wer die Brautjungfern sein sollen? Glaubst du, Tor kann das schon?«

Tash verdrehte die Augen gen Himmel.

Zoe hatte wie immer das Haus und sich selbst äußerst geschickt und unaufdringlich auf den Zustrom der Party-Gäste und Freunde vorbereitet. Die Lime-Tree-Farm sah niemals wirklich aufgeräumt aus mit ihren Bergen an Krimskrams, auf die Gus auf keinen Fall verzichten wollte. Aber Zoe hatte in den langen Jahren des Zusammenlebens mit den Moncrieffs die Kunst entwickelt, das Haus interessant aussehen zu lassen. Und in diesem speziellen Fall konnte man vieles auf Weihnachten schieben.

»Willst du etwa so herumlaufen, Mama?« Rufus sprang die Treppe herunter. »Und so viel Bein zeigen?«

»Auf jeden Fall.« Zoe strich ihr rotes Samtkleid glatt und hastete in die Küche, um die Gläser bereitzustellen.

Um das Maß an verletztem Stolz noch voll zu machen, konnte Tash die Party auf der Lime-Tree-Farm sogar noch hören. Sie hatte sich vor lauter Selbstmitleid eine Stunde lang unter die warme Dusche gestellt, lag in Nialls gestreiftem Morgenmantel und mit einem Handtuch um den Kopf auf dem Sofa und las in einem Drehbuch, als laut und energisch an die Tür gepocht wurde. Verschreckt ignorierte sie es und spähte auf die Uhr. Es war erst halb elf. Sie seufzte und warf das Drehbuch auf den kleinen Teetisch. Mein Gott, wie sie sich langweilte.

Die Faust trommelte weiter gegen die Tür, begleitet von einer vertrauten Stimme, die herrschsüchtig ihren Namen rief. »Tash, ich weiß, daß du da bist. Mach endlich auf, du alberne Kuh.«

Tash verzog ärgerlich den Mund und blieb liegen. Sie war nicht in der Stimmung, Hugo mit verweinten Augen, roter Nase und einem mascaraverschmierten Turban auf dem Kopf entgegenzutreten. »Wir wollen dich auf die verdammte Party schleppen!«

Beetroot, die heiser bellte, stieß ein entsetztes Jaulen aus, als plötzlich die Katzenklappe aufflog und eine sehr gebräunte Hand ein Päckchen hineinwarf. »Dein Weihnachtsgeschenk.«

Erstaunt gingen Tashs Augenbrauen in die Höhe. Noch nie in ihrem ganzen Leben hatte Hugo ihr etwas geschenkt. Er schien ganz im Gegenteil bislang ein grausames Vergnügen daran gehabt zu haben, ihren Geburtstag zu vergessen, während seiner – der 28. März – in ihrem Teenager-Tagebuch rot angestrichen gewesen war. Sie eilte leise über den Boden und beäugte das Päckchen. Es war in teures grüngoldenes Papier einwickelt, und an der Seite baumelte eine große Karte in der Form eines Weihnachtspuddings. Ganz leise drehte Tash die Karte herum.

Im selben Moment, als sie »Für Penny und Gus von Kirsty, in Dankbarkeit und Liebe« las, erschien die braungebrannte Hand wieder und ergriff blitzschnell ihr Handgelenk.

»Autsch!« Tash wollte sich losmachen, aber er war stärker als sie.

»Also, entweder bleiben wir jetzt die ganze Nacht so sitzen«, drang es gedehnt durch die Katzenklappe, »oder du läßt uns rein.«

Tash gefiel das »uns« ganz und gar nicht. Durch die Katzenklappe konnte sie Oberschenkel in Jeans erkennen und Hugos scharfgeschnittenes Kinn, das er jetzt auf Höhe der Klappe gebracht hatte, um mit ihr zu reden. Außerdem nahm sie ganz eindeutig ein gewisses weibliches Parfum wahr, und – ja – sie konnte schemenhaft das Bild eines eleganten schwarzen Schuhs ausmachen.

»Hau ab«, murmelte sie und suchte nach etwas, mit dem sie ihm auf die Hand schlagen konnte. Aber sie fand nichts in Reichweite, und Beetroot, die eine sehr wankelmütige Loyalität an den Tag legte und freudig an jener Hand schnüffelte, war auch keine große Hilfe.

»Hör mal, ich bin bloß hier, weil Penny sich Sorgen macht. Sie hat mich losgeschickt und gesagt, ich krieg erst was zu trinken, wenn ich mit dir im Schlepptau erscheine.«

»Jetzt sei doch nicht so, Tash«, schmeichelte eine unverkennbar schottische Stimme hinter Hugo. »Nun mach schon auf. Wir frieren uns hier draußen noch einen ab.«

»Ich hab's ja immer gesagt, Kirsty, du hast einen zum Abfrieren«, murmelte Tash unterdrückt.

»Was sagst du?«

»Nichts.«

Doch Hugo hatte ihre kindische Replik sehr genau verstanden und drückte ihr Handgelenk so fest, daß es drohte, blau anzulaufen. Aber sie würde wegen der Kälte, die hereindrang, sowieso bald überall blau anlaufen. Tash, die nur den Morgenmantel trug, zitterte; und Beetroot, die Treulose, leckte Hugo mittlerweile schwanzwedelnd die Hand.

»Mir schmeichelt deine Lust zwar, Tash«, spottete er, »ich muß dir aber sagen, daß sie leider fehl am Platze ist.«

»Das ist mein Hund«, grunzte sie und versuchte sich loszumachen. »Verschwindet doch einfach, ja? Ich feier nicht Silvester.«

Seufzend ließ Hugo ihr Handgelenk los. »Um so besser. Mit der Laune möchte ich dich auch lieber nicht um mich haben. Gibst du mir bitte das Geschenk zurück?«

»Frohes Neues Jahr!« rief Kirsty noch trocken.

Tash hoffte, daß die blöde Kirsty mit ihren Absätzen in einem Graben hängenbleiben möge, und wünschte, sie würde sich nicht jedesmal, wenn Niall ging, so hundeelend fühlen. Das wäre ihre Chance gewesen, verbindlich und nett zu Hugo zu sein und ihr Versprechen Zoe gegenüber zu erfüllen. Wenn er nur nicht so scheiß arrogant wäre. Er hatte ihr unumwunden zu verstehen gegeben, daß er nur gezwungenermaßen gekommen war. Wahrscheinlich hatte er sich ohnehin nur deshalb darauf eingelassen, weil er so unbeobachtet mit Kirsty verschwinden konnte. Dieser Mistkerl!

Es war zehn vor zwölf, als sie ihre Meinung änderte. Sie hatte gerade die fünfte Feige im Mund und spülte sie mit Nialls Guinness hinunter, dem einzigen Alkohol, den sie finden konnte, als ihr plötzlich einfiel, wie selbstgefällig und sarkastisch Hugo in den nächsten Wochen sein würde, wenn sie nicht wenigstens kurz auftauchte. Er würde sie feige und kindisch nennen. Das war genau die Munition, die er benötigte, um sie herunterzumachen und bloßzustellen.

Sie hatte keine Zeit zu verlieren, also zog sie das Erstbeste, das ihr in die Hände fiel, an, riß sich das Handtuch von ihren wirren, halb trockenen Haaren und schlüpfte in ihre Doc Martens. Diese Stiefel hätten ihr auf dem Eis eigentlich einen sicheren Tritt gegeben, aber sie stolperte dreimal über die losen Schnürsenkel. Als sie schließlich schlitternd und rutschend auf der Farm ankam, hatte sie einen völlig nassen Hosenboden und fror erbärmlich. Sie kam gerade in dem Moment, als das neue Jahr angezählt wurde. »Noch dreißig Sekunden!« schrie jemand.

»Alle ins Wohnzimmer – und zwar schnell!« rief Gus.

Im nächsten Augenblick wurde Tash in einer Welle vertrauter Gesichter in Richtung Wohnzimmer getragen. Obwohl schon groß genug, konnte es trotzdem nicht alle Gäste aufnehmen, und so strandete Tash mit einem Dutzend anderer draußen im Vorraum. Unter ihnen war Kirsty Judd, die auf ihren eleganten schwarzen Schuhen balancierte. Sie sah einfach blendend aus – sonnengebräunt, die fuchsroten Haare frech geschnitten und in einem engen Cocktailkleid, dessen Ausschnitt ihre Brüste geradezu präsentierte.

Als Tash an sich herabblickte, sah sie das genaue Gegenteil: dicke wollene Strümpfe, Doc Martens und ausgefranste Hot pants – es war ohne Worte. Ihr Haar glich einem feuchten Vogelnest aus wirren Strähnen, ihre Nase einem roten Signal, und ihre Augen waren stark geschwollen.

»Hi Tash – du bist ja doch noch gekommen«, schnurrte Kirsty mit schmeichelnder Stimme.

Aus dem allgemeinen Gemurmel erhob sich der Silvester-Countdown. Die letzten zehn Sekunden des Jahres waren angebrochen.

Tash griff sich ein halb volles Glas Rotwein von einem der Bücherregale und brachte es fertig, ein, wenn auch etwas steifes, Lächeln in Kirstys Richtung zu schicken.

»Wo ist Hugo bloß?« Kirsty verschwand durch die Wohnzimmertür, gerade als er, gähnend und mit einer Flasche Champagner in der Hand, aus der Küche trat.

Tash stockte fast der Atem, als sie seine Bräune richtig sah – er sah so dunkel und samtig aus wie eine Schokopraline. Mit seinem lockigen Haar, seiner wunderbar geraden Nase und den azurblauen Augen wirkte er wie die Inkarnation des Traummannes. Tashs Zähne knirschten vor Wut.

Jetzt war der Countdown bei fünf angelangt.

Hugo, der an dem Champagnerkorken gedreht hatte, sah auf, lächelte frech, als er Tash erkannte, und ging langsam auf sie zu. »Also hast du's doch noch geschafft, was?«

»Sie ist da drüben.« Tash nickte mit dem Kopf in die Richtung, in die Kirsty verschwunden war.

Nur noch zwei Sekunden.

»Ach ja?« sagte er nur. Er stand ihr jetzt genau gegenüber.

»Eins ... Frohes Neues Jahr!« tönte es aus dem Wohnzimmer, und die Glückwünsche, Küsse und das Knallen der Champagnerkorken verschmolz mit den Glockenschlägen von Big Ben aus dem Radio. Hugo hatte sich nicht gerührt. Er schien nicht einmal bemerkt zu haben, daß der Jahreswechsel stattgefunden hatte.

Tash wich, aufgeschreckt durch seine ungewohnte Aufmerksamkeit, leicht zurück. Er lächelte gewinnend und sah sie mit wachsendem Interesse an, wie ein Wissenschaftler eine weiße Maus betrachtet, der er gerade ein tödliches Virus gespritzt hat. »Hab ich dich erschreckt?« spottete er und hielt ihr die Flasche hin, aus der er eben den ersten Schluck genommen hatte. »Frohes Neues Jahr.«

Das Kinn erhoben und bedacht darauf, seinen Spott nicht noch mehr herauszufordern, trank sie ebenfalls einen Schluck und reichte den Champagner gleich wieder zurück. Aber Hugo hatte den Blick zur Decke erhoben.

»Wie außerordentlich unangemessen«, murmelte er und schüttelte den Kopf, so daß seine glänzende Stirnlocke hin und her wogte. Tash folgte seinem Blick und wurde puterrot vor Verlegenheit, als sie sah, daß sie direkt unter Zoes üppigem Strauch von Mistelzweigen standen, der nun allerdings nur noch zwei grauweiße Beeren trug. Dann wandte sie sich Hugo wieder zu, der sie mit einem spöttischen Lächeln und einem sonderbar konzentrierten Gesichtsausdruck betrachtete. Tash umklammerte ängstlich den Hals der Flasche, als sie bemerkte, daß er ihr noch näher kam.

Einen entsetzlichen Augenblick lang streifte sein Atem ihre Wange, und sie fürchtete, er würde sie küssen. Aber er streckte nur eine Hand aus und zupfte etwas aus ihrem Haar.

»Ich glaube nicht, daß das deine Chancen wesentlich steigert, Schatz«, sagte er und ließ eine Beere in die Champagnerflasche fallen, bevor er sich umwandte. »Kirsty, Schatz! Da bist du ja! Auch wenn du praktisch eine verheiratete Frau bist, gib einem neidischen Kerl einen Neujahrskuß.« Vor aller Augen – und keiner der Anwesenden wußte von ihrer heißen Affäre – pflanzte er einen ehrbaren, wenn auch etwas zu intensiven Kuß auf ihren Mund. Erschreckt sah Tash, wie Kirsty ihr zublinzelte.

Plötzlich war sie mittendrin. Gus ergriff sie und drückte ihr einen Neujahrskuß auf die Wange – und schon wurde Tash in das Gedränge im Wohnzimmer geschoben, wo sich alle einhakten und sangen. Aber das Glück war ihr nicht hold, denn sie fand sich an Kirstys Seite wieder und bemerkte am anderen Arm den schwitzenden Ted. »Hab dich den ganzen Abend gesucht«, zischte er ihr ins Ohr. »Niall ist weg – ruf also an, wenn du jemanden brauchst, der dir was einstöpselt.«

Tash verdrehte die Augen und wandte sich so weit wie möglich von seinem schlechten Atem ab. Womit sie leider nur Kirsty um so näher rückte. »Kein Niall heut abend?« fragte die ziemlich enttäuscht.

Tash schüttelte den Kopf. Wenn das so weiterging, würden sie noch gute Freundinnen werden. Sie machte sich los und bahnte sich einen Weg zurück in den Vorraum, wo sie Hugos Champagnerflasche noch in dem Bücherregal fand. Sie nahm einen großen Schluck.

»Geht's dir gut, Schatz?« fragte Zoe, die mit Tabletts beladen auf dem Weg in die Küche war. »Frohes Neues Jahr.«

»Verdammt!« Penny folgte ihr, die Hände voll Gläser. »Ich hab vergessen, Hugo zu sagen, er soll Schmiere stehen. Ich wette, der erste, der klingelt, ist der alte Godfrey Pelham; und der bringt nie was zu trinken mit.« Es war ein ungeschriebenes Gesetz auf der Lime-Tree-Farm, daß die Gäste nicht klingelten, sondern einfach eintraten. Hier klingelte nur der Gerichtsvollzieher, und also wurde die Türglocke immer ignoriert.

Tash hatte die Flasche fast ausgetrunken, und ihr Selbstbewußtsein war zurückgekehrt. Sie wollte eben nach oben gehen, um sich von Penny was zum Anziehen zu borgen und von Zoe etwas Make-up zu klauen, als Hugo der Grausame heranschlich und seinen Champagner einklagte. Tash sagte nichts, sondern drückte ihm nur die Flasche in die Hand und wollte verschwinden. Aber Hugo versperrte ihr den Weg. »Hör mal, tut mir leid. Ich war vorhin ein bißchen ruppig«, sagte er, ohne auch nur im geringsten schuldbewußt zu klingen. »Penny hat mir gerade erst von Nialls plötzlicher Abreise erzählt. Das wußte ich nicht. Ich wußte nicht mal, daß er überhaupt in England war.«

»Wir haben *zusammen* Weihnachten gefeiert.« Tash seufzte. Manchmal konnte Hugo rücksichtslos selbstgefällig sein; wahrscheinlich wußte er nicht mal, daß Niall und sie noch ein Paar waren.

»Ach wirklich?« Hugo sah gelangweilt aus.

Da das für Hugos Verhältnisse einer Entschuldigung schon ziemlich nahekam und in Erinnerung an Zoes Ermahnung, fabrizierte Tash noch ein angestrengtes Lächeln. Jede Sekunde konnte der Wind sich drehen.

Es klingelte an der Tür, aber jeder ignorierte es.

»Und wie war Weihnachten?« Tash ging auf Hugo zu und bemerkte noch einmal diese unglaubliche Sonnenbräune; diesmal entschied sie allerdings, daß sie fleckig und schuppig aussah.

»Ziemlich entsetzlich.« Hugos blaue Augen verengten sich bei der Erinnerung daran. »Ich war bei Jim und Gail Reebok auf ihrem Gelände in New South Wales. Ihre Gören sind durch die Ställe gerannt wie die Ratten. Die haben wirklich null Disziplin.«

»Und hast du Kirsty oft getroffen?« fragte Tash beiläufig.

»Manchmal«, antwortete er genauso beiläufig und nahm einen kräftigen Schluck aus der Flasche.

An der Tür klingelte es jetzt Sturm.

»Ist ja gut! Wir ergeben uns! Ich komm schon!« rief Penny und lief, eine Flasche billigen Fusel in der Hand, in den Flur.

»Na ja, ich werd mal zu den andern gehen.« Tash, die meinte, Zoes Anforderungen jetzt Genüge getan zu haben, schaute sich um.

»Hast du nicht was vergessen?« Hugo versperrte ihr noch immer den Weg mit seinem Arm.

»Was verges–?« Noch bevor sie die Worte ganz ausgesprochen hatte, schloß sein Mund den ihren.

Es war ein kurzer, nicht ausschließlich freundschaftlicher Kuß gewesen. Seine Wirkung überraschte sie beide.

Und Niall hatte alles haargenau beobachtet. Er stand in der Tür, mit einem weiten Steppmantel, die Nase rot vor Kälte, Schultern und Haare von Schnee bestäubt, und sah zugleich zerzaust und höchst ansehnlich aus. In den Händen hielt er Unmengen von Toblerone und einige Flaschen Rotwein. »Alle Flüge von Heathrow sind wegen des Schneesturms gestrichen«, verkündete er mit einem breiten, etwas unsicheren Lächeln. »Wir mußten erst ewig beim Check-in warten, und dann haben sie uns nach Hause geschickt. Frohes Neues Jahr!«

»Niall!« Tash rannte durch den Flur, und ihre langen Beine flogen in die Luft, als sie ihm begeistert um den Hals fiel.

Niall brachte es nicht fertig, Hugo anzusehen. Es war nicht der Kuß. Jeder küßte jeden an Silvester. Nein, es war die schuldbewußte Art, mit der Tash sich losgerissen hatte, das schimmernde Feuer in ihren Augen, irgendwo zwischen Furcht und Lust. Selbst als sie auf ihn zugestürmt kam, fast weinend vor Aufregung über das unerwartete Wiedersehen, rührte sich in Niall kaum etwas. Sie trug unsagbar häßliche Sachen, ihre Haare standen wirr ab und ihre Strümpfe hatten Laufmaschen. Aber ihre Wangen glühten, ihre Augen schimmerten, und sie sah ausgesprochen schön aus. Und tief in seinem Inneren fürchtete er, daß ihr Strahlen nicht in erster Linie mit seiner Rückkehr zu tun hatte.

Trotz all dem Getue, das Alexandra machte, war Henrietta nicht gerade wild darauf, die Vorbereitungen zu Tashs Hochzeit zu dirigieren. Sie hatte bereits genug damit zu tun, das Leben ihrer beiden eigenen Töchter im Griff zu behalten, auch ohne die Aussicht, jetzt noch in das ausgefallene Dasein ihrer Stieftochter hineinpfuschen zu sollen. Und James stand auch nicht eben in einer besonderen Beziehung zu seiner Tochter. Tash pflegte ein geradezu lächerlich enges Verhältnis zu ihrer Mutter, und Henrietta spürte, wie sehr dies James einschüchterte. Aber eigentlich ging es ihr nicht anders. James und sie fanden sich sehr viel besser mit Sophia zurecht, die bezaubernd war, auf Partys eine gute Figur machte und ein sehr viel bürgerlicheres Leben führte – was vor allem bedeutete, daß sie nicht halb soviel für die unkonventionellen Verrücktheiten ihrer Mutter übrig hatte wie Tash. Vor sechs Jahren, als sie noch ganz frisch mit ihrem ehemaligen Chef verheiratet war, hatte sie sich der Hochzeit seiner älteren Tochter mit dem sehr präsentablen, wenn auch etwas oberflächlichen Ben Meredith, jetzt Viscount Guarlford, sehr gern angenommen. Es war einer dieser stressigen, aber befriedigenden Liebesdienste gewesen, welche zu übernehmen sich zweite Ehefrauen nur allzu bereitwillig verpflichten. Zu der Zeit mußte Henrietta noch dem verleumderischen Klatsch die Stirn bieten, James hätte seine Sekretärin nur aus steuertechnischen Gründen geheiratet. Die Aussicht, Sophias High-Society-Hochzeit vorzubereiten, hatte sie geschreckt. Doch trotz manch schlafloser Nacht war dann alles wunderbar gelaufen und hatte ihr die nachhaltige Zuneigung Sophias eingebracht. Der Umstand, daß Alexandra, die erst seit kurzem wieder verheiratet und ganz mit ihrem Baby beschäftigt gewesesen war, kaum irgend etwas getan hatte, machte es Henrietta nur um so leichter. Aber Tashs Hochzeit war anders gelagert.

Tashs Verhalten war für James und sie zumeist eher unerfreulich. Sie war zwar immer sehr herzlich zu Henrietta gewesen, zeigte aber unverhohlen nur geringes Interesse an Bracknell, wo sie aufgewachsen war. Tash rief nie, wie Sophia, einfach mal an oder lud die neue Familie ihres Vaters nach Fosbourne Ducis ein. Noch sagte sie ihnen jemals, auf welchem Turnier sie reiten würde (nicht daß James wirklich gekommen wäre) oder ließ sie an irgendwelchem Klatsch aus der Filmszene teilhaben. Henrietta, die von Nialls Starruhm ganz hingerissen war, ärgerte sich vor allem über diese Ignoranz. Und wie um ihre Stimmung noch weiter zu verschlechtern, brachten die ersten zwei Wochen des neuen Jahres geradezu einen Postkartenregen von Alexandra. Dies schien ihre bevorzugte Art der Kommunikation zu sein: einem Dreizeiler, hingeworfen auf die Rückseite einer Ansicht des Loire-Tals, folgte anderntags ein Einzeiler auf einem Mondrian; und dann tauchte plötzlich wieder irgendeine Aquarellzeichnung zwischen den Briefen und Rechnungen auf, die die Frenchs üblicherweise erreichten.

Heute hatte Henrietta den ganzen Morgen damit verbracht, ihre Tochter Emily und deren Freund Six Pack aufzuspüren, die noch nicht von ihrer Silvesterparty in Devon zurückgekehrt waren. Noch dazu waren drei ihrer gemeinsamen Freunde aufgetaucht, die behaupteten, fürs Wochenende eingeladen worden zu sein – worüber sie nicht einmal in Kenntnis gesetzt worden war, geschweige denn, daß Emily auch nur um Erlaubnis gefragt hätte. Sie saßen in ihrer leicht verlegenen, studentischen Art im Haus herum, fütterten die Hunde mit Chips und waren ihr dauernd im Weg. Als dann auch noch das Telefon klingelte, riß Henrietta genervt den Hörer von der Gabel und meldete sich ungewohnt schroff. Am anderen Ende der Leitung entstand eine kurze Pause. Dann fragte eine weiche, zögerliche Stimme: »Henrietta?«

»Ja«, schnauzte sie, während einer der Studenten gerade drei Biere aus dem Kühlschrank nahm und ihr liebenswürdig zunickte.

»Hier ist Niall – Tashs Niall.«

Obwohl Tausende von Telefonkabelmetern zwischen ihnen lagen, wurde Henrietta rot, als hätte sie unvermutet einen Kuß bekommen. »Niall!« Sie ging außer Sichtweite ihrer ungebetenen Gäste. »Wie schön, von dir zu hören. Wie geht es dir?«

»Gut – ein bißchen im Streß«, entschuldigte er sich. »Ich bin fast schon auf dem Weg zum Flughafen.«

»Fliegst du schon nach Schottland?« Henrietta hatte gehört, daß er in den Highlands bald so eine Art keltischen Historienfilm drehen sollte. Das wußte sie allerdings von Sophia, nicht von Tash.

»Nein, nach Amerika«, erklärte Niall. »Nur für zwei Tage. Hör mal, Tash hat mich gebeten anzurufen.«

»Ach ja?« Henrietta hätte diesen Umstand wieder als besonders unhöflich erachtet, wäre Niall nicht ein so charmanter Ersatz gewesen.

»Sie mußte zum Tierarzt, eins ihrer Pferde hat irgendwas an der Fessel oder so. Hättest du am dritten Samstag im Februar Zeit? Ich hab das genaue Datum leider vergessen.«

»Ich denke schon.« Henrietta errötete noch tiefer. Der Klang seiner Stimme verwirrte sie enorm; sie war tief, honigsüß und singend – so eine Stimme sollte wirklich erst nach neun Uhr abends erlaubt sein.

»Es ist mein einziges freies Wochenende. Kannst du nicht zu uns zum Lunch kommen? Wir haben hier ein wunderbares Restaurant.«

Henrietta dachte kurz und schuldbewußt an die Sitzung des Wohltätigkeitsausschusses. Doch sie sagte zu, und nachdem sie aufgelegt hatte, tanzte sie über die Fliesen in der Halle und bot den ungläubig staunenden Studenten freigebig Gin-Tonic an.

»Alle sind völlig verrückt nach Niall«, beschwerte sich Tash am nächsten Tag bei Zoe. »Das ist nicht fair. Entweder beneiden sie mich maßlos; oder sie glauben, ich sei nicht gut genug für ihn; oder sie setzen dieses gewisse Lächeln auf, das da besagt, es wird sowieso nicht funktionieren. Kaum einer hat mir bisher einfach nur gratuliert.«

»Doch, ich.«

»Aber erst, nachdem du gefragt hast, ob ich mir auch sicher bin. Und wenn ich drüber nachdenke, hat so eigentlich noch jeder reagiert.«

Zoe stellte ihren Becher mit dem üblichen starken schwarzen Kaffee vor sich auf den Tisch und setzte sich Tash gegenüber. »Das liegt doch nur daran, daß wir euch beide mögen und uns Sorgen machen, weil wir genau wissen, wie gedankenlos ihr sein könnt.«

»Ja, natürlich, wir sind unter Druck gesetzt worden«, seufzte Tash. »Aber das macht uns nichts aus – das entspricht sogar genau der Art, wie wir beide leben.« Sie sah auf ihre Uhr. Es war noch vor sieben, und draußen herrschte eisige Dunkelheit. Sie hatte fast die ganze Nacht wachgelegen, wie immer, wenn Niall eben abgefahren war; und außerdem hatte sie an Hunk denken müssen, der nicht gleichmäßig trabte und wohl für die ersten Wochen des Jahres ausfiel. »Ist Kirsty schon auf?«

»Sie ist nicht mal da.« Zoe hob eine Augenbraue. »Hat sich gestern weggeschlichen zu einer heißen Session und kann jetzt wahrscheinlich nicht mehr aufrecht genug gehen, um den Weg zurück zu finden.«

Tash zuckte zusammen. »Hugo ist so ein Schwein.« Sie schüttelte den Kopf. »Ich dachte, Richie kommt in ein paar Wochen?«

Richie war Kirstys australischer Freund. Bis jetzt hatte noch niemand auf der Lime-Tree-Farm ihn zu Gesicht bekommen, aber die Fotos seiner bulligen, stiernackigen Gestalt zierten jede verfügbare Pinwand. Als Kirsty frisch aus Australien zurückgekehrt war, hatte jeder ihrer Sätze mit »Richie meint« angefangen, doch mittlerweile hieß es immer öfter »Hugo meint«.

»Ich fürchte, der wird sein blaues Wunder erleben, der arme Kerl.« Zoe rieb sich unglücklich ihr Kinn.

»Glaubst du, Hugo wird Ärger machen?«

Sie schüttelte den Kopf. »Eher Kirsty. Sie ist viel verliebter in Hugo, als sie zugibt. Hugo ist Hugo. Er läßt die ganze Sache einfach auffliegen. Kirsty wird die Leidtragende sein.«

»Armer Richie.«

»Wie hat Hugo denn deine Verlobung aufgenommen?« fragte Zoe leichthin.

»Prima.« Tash zuckte die Achseln. »Er hat bloß gesagt: ›Und ich dachte immer, du wärst ein Star-Groupie, Tash, nicht gerade der heiratswütige Typ. Wie erstaunlich.‹ Hugo hat eine Wette mit Stefan laufen, daß es nicht länger als sechs Monate gutgeht. Stefan hat auf zehn getippt – aber da ist die Scheidung schon eingerechnet.«

Stefan Johanssen war Hugos hoch aufgeschossener, direkt aus der Hölle entsprungener, schwedischer Reitschüler, der seinem Boß in seinen moralischen Prinzipien in nichts nachstand.

Zoe fing an zu lachen, hörte aber gleich wieder auf, als sie Tashs Gesichtsausdruck sah.

»Glaubst du, daß es hält?« fragte Tash bekümmert.

Zoe griff nach ihrer Hand, die noch immer eiskalt von der Arbeit draußen war. »Aber natürlich. Wenn ihr beide etwas dafür tut und wenn ihr beide es wollt.« Sie wünschte, sie selbst wäre so sicher, wie ihre Worte geklungen hatten.

Als Tash aufstand, um wieder an die Arbeit zu gehen, und ihren entsetzlichen alten Fellmantel überzog, fühlte Zoe einen eisigen Schauer der Sorge in sich aufsteigen. Im Grunde ihres Herzens wußte sie, daß sie Tash die Wahrheit hätte sagen müssen; ihr hätte sagen müssen, nein, sie glaubte nicht, daß Niall und sie auch nur den Hauch einer Chance hatten. Aber sie sah auch, wie glücklich Tash wirkte, und wußte, daß sie ihr zerbrechliches Selbstvertrauen gestärkt und ihr eine tröstliche Lüge erzählt hatte. Sie hoffte nur, ihre Ahnung würde nicht bestätigt werden.

Heute sollten fast alle Pferde geschoren werden, eine langwierige, ermüdende Arbeit, bei der jeder anpacken mußte. Es war das zweite Mal in diesem Winter, und so nahmen die Pferde das Summen der elektrischen Scheren wenigstens etwas gelassener hin; und außerdem konnte man sich noch am Strich vom letzten Mal orientieren. Tash, die ständig schiefe Linien fabrizierte, war dankbar, daß sie mit Gus' altem braunen Wallach Fashion Victim anfangen durfte, einem schmächtigen Vollblut mit hängender Unterlippe und einem Blick wie bei einem vollgedröhnten Hippie. Mit Snob war das schon etwas anderes. Dünnhäutig, empfindlich und heißblütig wie er war, brauchte er nur einen leichten Schnitt. Doch das dauerte immer mindestens eineinhalb Stunden, und India und Ted mußten sich geradezu an ihm festklammern, damit Tash sich mit dem summenden Gerät nähern konnte. Snob rollte die dunklen Augen, blies die Nüstern auf und stampfte nervös hin und her wie ein Flamencotänzer – und schien dabei weniger Angst zu haben, als sich vielmehr einen Spaß daraus zu machen. »Können wir ihn nicht betäuben?« stöhnte Ted, als er zum dritten Mal gebissen wurde.

Tash war puterrot im Gesicht und vollkommen erledigt, als sie endlich fertig waren. Während sie sich kurz erholte, hörte sie ein lautes Brummen vom Weg her, und ein paar Minuten später kam Kirsty die Auffahrt hoch, einen Rucksack geschultert und tiefe Ringe unter den blauen Augen. Ihre roten Haare waren zerzaust und drei Knöpfe ihrer Bluse offen, die den Blick auf ihren sommersprossigen Ausschnitt ohne BH freigab. Ihr Gesicht war noch erhitzt von der Wärme in Hugos Auto.

»Ihr schert?« rief sie, als sie an ihnen vorbeilief. »Würdest du für mich schon mal mit Betty anfangen, Tash? Ich mach dann weiter, wenn ich geduscht hab. Danke dir.« Sie wankte ins Haus.

»Die Frau ist wirklich dreist.« Ted pfiff, als Tash den Wasserkessel füllte. Sie wollten im Sattelraum erst mal einen Tee trinken. »Die kommt nie vor elf in letzter Zeit. Wundert mich, daß Gus sie nicht feuert.«

»Sie ist die einzige hier mit Sponsor«, seufzte Tash. »Das kann er sich nicht leisten.«

»Könnte Niall dich nicht sponsern?« Ted sah sie frech an. »Der ist doch 'ne ganz hübsche Summe wert.«

Aber Tash schüttelte den Kopf. »Seine Scheidung war die Hölle – seine Frau ist quasi pleite, und jetzt bekommt sie die Hälfte von allem, was er verdient.«

Es schauderte sie bei dem Gedanken. Obwohl sie ganz formell in einer katholischen Kirche in England getraut worden waren, hatten Niall und Lisette O'Shaughnessy zuerst in einer dieser amerikanischen Drive-in-Kapellen geheiratet. Damals war das für sie beide einfach nur ein Jux gewesen. Aber als Lisette dann in den Staaten geschieden werden wollte, hatte das nicht nur seinen Grund darin, daß es schneller ging. Sie wußte auch ganz genau, daß ihr dort Unterhalt zugesprochen würde, den sie als kinderlose Exehefrau auf der anderen Seite des Ozeans nicht zu erwarten hatte. Mit einem der besten Scheidungsanwälte an ihrer Seite hatte sie Niall über den Tisch gezogen. Und da Niall die Sache so schnell wie möglich hinter sich bringen wollte, nahm er die Schuld auf sich, obwohl Lisette diejenige gewesen war, die ihn wegen eines anderen Mannes verlassen hatte, lange bevor er Tash kennenlernte.

»Hat sie ihn wegen seines Geldes geheiratet?« Ted inspizierte seine schwarzen Locken in dem halbblinden Spiegel an der Wand und strich sie sich aus dem Gesicht, um zu sehen, wie er mit einem Kurzhaarschnitt aussehen würde.

»Nee.« Tash setzte den Kessel auf. »Aber sie hat sich wegen der Unterhaltszahlungen scheiden lassen. Deswegen arbeitet er auch so oft in den Staaten, sie zahlen dort einfach viel besser.« Sie suchte nach sauberen Bechern.

»Aber er kann doch bestimmt mal 'ne Futterrechnung zahlen?«

Ted verzog seinen Mund und konnte sich nicht vorstellen, daß Niall so abgebrannt war.

»Snob gehört ihm«, gab sie zu.

»Was?« Er war so erstaunt, daß er für einen Moment vergaß, sein Haar zu begutachten, und sie anstarrte.

»Ich konnte mir die Einfuhrgebühr nicht leisten«, erklärte Tash. »Du weißt doch, mein Stiefvater hat mir Snob in Frankreich geschenkt. Da gab's jede Menge Papierkram, und Niall hat das alles für mich erledigt, mit Hugos Hilfe. Snob mußte auf seinen Namen eingetragen werden. Das war einfacher. Und wir haben es nicht wieder ändern lassen. Niall hat mir damals so viel Geld geliehen, da fand ich es einfach fairer, daß Snob ihm gehört.«

»Wenigstens fordert seine Exfrau nicht die Hälfte der Gewinnquoten«, sagte Ted hämisch und wandte sich wieder dem Spiegel zu.

»Ich bin sicher, sie würd's tun, wenn sie davon wüßte.« Tash spähte in einen angeschlagenen Becher. »Aber sie müßte auch die Hälfte der Kosten tragen, und ich glaub nicht, daß sie darauf scharf ist.«

»Was macht sie eigentlich?« Ted betrachtete sein Profil.

»Sie ist Produzentin.« Tash wusch einen Becher ab. »Kümmert sich um die Finanzierung von Filmen – meistens steckt sie ihr eigenes Geld rein, sagt Niall.«

»Er zahlt also für ihre Arbeit und für deine nicht? Ist das nicht ein bißchen heftig?« Er zog sich eine Locke über das Auge.

»Vielleicht«, antwortete Tash verhalten und beobachtete ihn. »Soll ich dir die Haare schneiden?«

Ted grinste. »Ja, wieso nicht? Hol doch mal diese Scheren rein.«

Kirsty fiel fast in Ohnmacht, als sie eine halbe Stunde später kam und sah, wie Ted anstelle von Betty geschoren wurde. »Was um alles in der Welt macht ihr da?« Sie schnappte nach Luft.

»Tash stutzt mir die Flügel«, lachte Ted fröhlich, dessen schwarze Mähne einem gleichmäßigen Stoppelschnitt gewichen war. »Damit ich nicht abhebe.«

3

Es fiel Sally nie schwer, Mattys trübsinnige Anwandlungen vorauszusagen. Es begann mit einer allgemeinen Rastlosigkeit, einem Herumwandern im Haus, wobei er an allem etwas auszusetzen fand: unsortierte Socken auf dem Küchentisch, eine leere Cornflakes-Packung, eine überfällige Rechnung. Von diesen Kleinigkeiten kam er sehr schnell auf ernsthaftere Themen: Sallys übertriebene Einkaufslust, die reaktionären Lehrer seiner Kinder, die lärmenden Nachbarn. Dann wurde er persönlich: ihr langweiliges Sexleben, finanzielle Schwierigkeiten, die verwöhnten Kinder. Und schließlich ließ seine Schwermut sich gnädig herab und nahm sich der Großen Probleme an: der Hunger auf der Welt, der Zusammenbruch des Sozialismus, die Aufrüstung in Krisenregionen und warum wurden wir überhaupt geboren?

Normalerweise hielt Matty diese Monstrosität nur einige Tage durch, und nach einer kurzen Spanne schuldbewußter Reue war er wieder ganz der alte, liebenswürdig und leicht zerstreut. Doch diesmal dauerte und dauerte sein Trübsinn an, und um alles noch schlimmer zu machen, hatte er beschlossen, einige Tage zu Hause zu arbeiten, und Sally damit zur Verzweiflung getrieben. Oder um ganz genau zu sein: in den Keller. Nie hätte sie dort aufgeräumt, wenn Matty nicht überall sonst im Haus gelauert hätte. Seit sie vor vier Jahren nach Richmond gezogen waren, hatte sie den Keller noch kein Dutzend Mal aufgesucht. Er war feucht, dunkel und muffig, voll von Spinnen, Kellerasseln und Silberfischen, und außerdem vollgestopft mit Mattys alten Filmunterlagen und Möbeln.

Sally ließ sich in einen Stuhl sinken und hörte von oben leise

Musik von John Lee Hooker und die gedämpften Schritte von Matty. Sie blickte hoch zu den quadratischen Fenstern, wo sich ein Lichtstrahl seinen Weg durch den Staub bahnte, und wußte nicht, ob sie weinen sollte. Sie hatte viel geweint in letzter Zeit, oft ohne jeden ersichtlichen Grund. Schon aus dem geringsten Anlaß: wenn sie sich den Finger in der Spülmaschine geklemmt hatte, wenn im Radio ein trauriges Lied spielte oder wenn Linus weinte, weil er wieder einen neuen Zahn bekam. Sie wußte, daß diese Tränen das erste Zeichen eines tief verborgenen Dilemmas waren, aber sie war sich nicht sicher, ob sie sich darüber im Moment wirklich Rechenschaft ablegen wollte. Sie hätte einen guten Freund gebraucht, um darüber zu reden, aber ihr wurde bewußt, wie oberflächlich all ihre Freundschaften geworden waren. In den Jahren ihrer Ehe hatte sich ihr Freundeskreis fast unbemerkt verändert. Die lustige kleine Gruppe ihrer engsten Vertrauten – einige alte Schul- und Collegefreunde, ein paar gute Freunde aus Lehrertagen – war langsam, aber stetig auseinandergedriftet, als ihre Leben in unterschiedlichen Bahnen verliefen. Entweder waren sie nicht verheiratet, oder sie lebten zwar in festen Beziehungen, hatten aber keine Kinder. Sie konnten sich treffen, wann sie wollten, hatten großartige Jobs, viel Geld und weniger schlaflose Nächte – einfach mehr Spaß, schien ihr. Sally dachte, sie würde sie ohnehin nur langweilen mit ihren Geschichten von Kindergärten und Babysittern. Also hatte sie sich zunehmend mit anderen jungen Müttern umgeben. Die nervten sie zwar oft mit ihrem trägen Mutterglück, aber es gefiel ihr, die Gespräche in die Hand zu nehmen, ihnen den weltläufigen Klatsch über Mattys hektisches Leben als Dokumentarfilmer zu erzählen und von ein paar anderen ihrer vielbeschäftigten Freunde – vor allem natürlich Niall. Wenn sie mit ihnen über ihre Probleme reden würde, wäre das ein Gesichtsverlust; und sie fürchtete ohnehin ihre verlegenen Platitüden. Sie brauchte jemanden, der sie sowohl respektierte als auch verstand.

Diejenige, die sie im Moment am meisten auf der Welt vermißte, war Nialls Exfrau Lisette. Als Sally Matty kennengelernt hatte, waren er, Niall und Lisette für sie die unheilige Dreifaltigkeit gewesen: kosmopolitisch, geistreich und höllisch charmant. Mit

Sally in der Runde waren sie zu den unschlagbaren Vier geworden: Niall, der schwungvolle, romantisch-verwegene Anführer; Matty, der clevere, sensible Idealist; Lisette, die gefährlich attraktive, lustige Sirene; und Sally, die lachende, umgängliche Diplomatin. Zusammen hatten sie endlose Partys gefeiert, überall auf der Welt Urlaub gemacht, jede Film- oder Theaterpremiere besucht, wenn sie nur keinen Eintritt zahlen mußten, und bis spät in die Nacht ihre wildesten Träume und Ideale diskutiert. Sally hatte Lisette bewundert wegen ihres enorm zielstrebigen Ehrgeizes. Sie konnte Stahl zum Schmelzen bringen mit ihrem ätzenden Humor, war schlau, geschickt und unglaublich scharfsinnig. Und für jemanden, der sich seinen Weg oft ohne Rücksicht auf Verluste gebahnt hatte, konnte sie erstaunlich gut zuhören. Sally und Lisette waren sehr gute Freundinnen gewesen, hatten jeden Tag stundenlang telefoniert, über andere hergezogen und die schrecklichsten Geheimnisse geteilt. Als Lisette dann Niall fallenließ, um mit einem Hollywood-Typen ihrer Karriere auf die Sprünge zu helfen (der sie statt dessen aber fast ruinierte), war der stabile Vierer-Kreis zerbrochen. Niall hatte sich immer mehr hängenlassen, und Mattys und Sallys Ehe war ungeheuren Spannungen ausgesetzt gewesen. Sie hatten tapfer versucht, Niall aufzufangen und ihm Mut zu machen, aber der Riß zwischen ihren beiden besten Freunden trug eher dazu bei, den sich andeutenden Frust in ihrer eigenen Beziehung zu verschärfen. Es hatte sie einige Anstrengungen und Gespräche gekostet, ihre Ehe am Leben zu erhalten. Niall hatte sich jetzt wieder gefangen und, wie Sally fand, bestens mit Tash eingerichtet. Aber Matty zweifelte ernsthaft daran, und seine einstige enge Freundschaft mit Niall war längst nicht mehr das, was sie einmal gewesen war.

Bis vor kurzem hatte Sally angenommen, Lisette wollte als Produzentin in den Staaten noch einmal neu anfangen. Doch dann hatte sie vor ein paar Wochen eine Promotion-Postkarte von ihr bekommen, auf der ein britischer Low-Budget-Film angekündigt wurde und auf deren Rückseite das Logo Sleeping Partners Films prangte, begleitet von einer sehr kurzen, fast unleserlichen Notiz: »Bin wieder in London. Hier meine Büronummer. Treffen wir uns bald zu Lunch und Wein? Fröhliche Weihnachten.« Ohne jede Unterschrift. Sally hatte sich die Besetzungsliste auf der Vorderseite noch mal angesehen und dort unter den Namen der Schauspieler und des Regisseurs auch »Produzentin: Lisette Norton« gelesen, ihren Mädchennamen. Sally hatte einen seltsamen Schauer der Erregung und zugleich auch der Erleichterung verspürt. In Amerika hatte Lisette unter dem Namen Norton-O'Shaughnessy gearbeitet, wohl auch in der Hoffnung, so mit Niall in Verbindung gebracht zu werden, der zur Zeit unheimlich gefragt war. Aber in England war Niall eigentlich noch bekannter, und Lisette hatte trotzdem dieses Spielchen beendet. Es hatte Sally in den Fingern gejuckt, sie anzurufen, doch ein Rest Loyalität Niall gegenüber hatte sie bislang davon abgehalten. Dabei wäre es aber wohl gerade Niall gewesen, der ihr zugeraten hätte. Sein Ärger dauerte immer nur so lange, bis der Sturm sich gelegt hatte. Matty allerdings war da ganz anders, er würde mit Sicherheit in Nialls Namen moralisch Anstoß nehmen. Und im Moment wollte Sally ihn nicht noch weiter herausfordern.

Sie stützte ihr Kinn in die Hand und schloß die Augen. Sie hatte keine Vorstellung, wie Lisette mittlerweile wohl aussehen mochte – zweifellos atemberaubend und gertenschlank. Jetzt, wo sie wieder in London lebte, kaufte sie wahrscheinlich bei Brown's ein, aß im The Ivy, fuhr übers Wochenende nach Paris und machte Urlaub in der Toskana, Laptop, Fax und Handy natürlich immer griffbereit. »Ich wette, sie hat ein Auge auf Michael Grade geworfen«, sagte sie laut und kicherte.

»Wer?«

Sie drehte sich um und sah Matty mit einem dampfenden Becher Tee in der Hand auf der Treppe.

»Wer was?«

»Wer hat ein Auge auf Michael Grade geworfen?« Matty klang merkwürdig versöhnlich, wenn nicht sogar nachgiebig. Seine düsteren Anwandlungen schienen sich also zu verflüchtigen, stellte Sally erleichtert fest und produzierte ein Lächeln.

»Oh, ich hab nur – äh – gerade an einen Sketch gedacht.«

»Sally, wir müssen miteinander reden.« Er setzte sich neben sie, einen Oberschenkel gefährlich nahe an ihrem.

»Ach, ja?« Sally versteifte sich.

»Ja.« Matty ließ den Kopf hängen. »Ich weiß, ich hab mich in letzter Zeit entsetzlich aufgeführt.«

»Das ist allerdings wahr.« Sally berührte zärtlich seine Wange.

»Ich weiß. Aber du hast es mir nicht leicht gemacht, Sals.«

»Nicht?« Sally sah ihn scharf an und sparte sich eine Bemerkung darüber, was für ein ergeben leidendes, engelsgleiches und verdammtes Schaf sie in den vergangenen vierzehn Tagen gewesen war.

»Früher hast du mit mir gestritten, Sals – hast mir die Meinung gesagt, mich angeschrien. Zuletzt aber bist du mir nur noch aus dem Weg gegangen.«

»Ach, so ist das.« Sally nahm ruckartig ihre Hand von seiner Wange, und vor lauter Wut stellten sich ihr die Nackenhaare auf. »Soweit ich mich erinnere, warst du meist beleidigt, wenn ich geschrien habe.«

»Aber ich hab nach einiger Zeit immer eingesehen, daß du recht hattest, und dann war's auch wieder vorbei. Ich weiß nicht, was mit dir los ist – es scheint, als wäre dir das alles egal. Du weißt doch, was für ein Schwein ich sein kann, wenn ich in meinem Selbstmitleid bade. Und du läßt mich einfach machen.«

»Vielleicht hast du recht«, sagte Sally langsam und wußte selbst nicht genau, warum sie ihm so eine Lüge auftischte. »Vielleicht interessiert es mich einfach nicht mehr.«

Oben fing Linus an zu schreien, der aufgewacht war und jetzt Hunger hatte. »Ich geh besser mal rauf.« Sally versuchte aufzustehen.

»Nein, Sals.« Matty drückte sie mit den Armen wieder herunter. »Wir müssen das hier klären – sonst ist das der Anfang vom Ende.«

Linus schrie lauter. »Laß mich zu ihm gehen, Matt.« Sally wehrte sich.

»Herrgott, wir reden nicht, wir gehen nie aus, wir lachen nie gemeinsam, wir treiben es nicht mehr miteinander.«

»Wo ist Tor?«

»Im Garten, mit diesem blöden Kaninchen. Hast du gehört, was ich gesagt habe, Sally?«

»Ja, du hast gesagt, wir treiben es nicht mehr miteinander. Ich muß jetzt rauf zu Linus.«

»Er kann warten!« Mattys Stimme klang angespannt vor Ärger und Enttäuschung. »Schert dich das alles hier einen Dreck? Ich dachte, du willst reden – du hast in letzter Zeit so elend ausgesehen.«

»Mir ist elend zumute!« Sally schob ihn beiseite und stand auf. Ihre Stimme wurde schrill. »Ich möchte lachen, reden, Sex haben. Natürlich will ich das! Ich bin nur nicht sicher, ob ich es noch mit dir will!« Sie drehte sich auf dem Absatz um und taumelte die Treppe hoch.

Mit dem schreienden Linus auf dem Arm ging sie hinaus und beobachtete Tor, die das Kaninchen fütterte. Es war eiskalt, und ihr kurzer, schneller Atem dampfte. Sally preßte die Augen zusammen, sie zitterte. Was sie gesagt hatte, war so nicht gemeint gewesen, aber gleichzeitig empfand sie unsagbare Trostlosigkeit und Frustration. Mattys körperliche Gegenwart erschien ihr manchmal nur noch abstoßend. Sie fühlte sich gefangen. Entsetzlich gefangen.

Als sie hörte, wie die Haustür ins Schloß fiel, löste sich ihre Verkrampfung. Er war weg. Sie sprach beruhigend auf Linus ein, bis er nur noch leise schluchzte, und ging hinein. Es war noch nicht mal drei, erst in einer halben Stunde würde sie Tom aus der Schule abholen. Sie zog Lisettes Postkarte hervor und ging zum Telefon. Die Telefonistin bei Sleeping Partners Films verwechselte sie mit irgendeiner verrückten Anzeigenakquisiteurin von ›Variety‹, so daß sie einige Mühe hatte, bis zu Lisettes Büro vorzudringen.

»Sally!« rief schließlich jemand mit rauchiger Stimme. »Hör mal – tut mir leid, aber jetzt geht's nicht. Ich hab das ganze Büro voll Leute. Wann können wir uns treffen?«

Als Sally die vertraute, immer etwas heisere, warme Stimme hörte, brach sie in Tränen aus.

»Okay, okay, Schatz. Beruhig dich. Was machst du heute abend?«

»Nichts«, schluchzte Sally. »Aber Matty –«

»Matty, der Mistkerl. Sag ihm, eine Freundin hat die Krise und er muß den Babysitter machen. Ich bin um sechs auf einer Cocktailparty, aber danach können wir uns treffen. Strand, halb neun, wie wär's?«

»Welcher Strand?«

Lisette lachte nachsichtig. »Oje, Sally, du bist wirklich raus! Das ist ein Restaurant. Ich schick dir ein Taxi nach Richmond. Bleib einfach ruhig bis dahin – ich warte mit einer dicken Umarmung und viel Wein.«

Ohne auf Antwort zu warten, legte sie auf.

Als sie endlich die Tür in der riesigen Glasfront gefunden hatte, war Sally ziemlich verärgert, weil sie an der Rezeption des Strand geradezu ins Kreuzverhör genommen wurde – als wäre sie eine Nutte, dachte sie, während ihr dann schließlich herablassend doch Zutritt zu den heiligen Hallen gewährt wurde. Lisette war natürlich noch nicht da, aber Sally hatte auch nichts anderes erwartet. Das gab ihr Gelegenheit, schon einmal ein paar Drinks zu nehmen. Sie bestellte einen Wodka-Tonic und studierte aufmerksam die Karte. Sie starrte die Karte an. Und dann versteckte sie sich hinter der Karte. Ob hier wohl noch irgend jemand anderes mit etwas so Erbärmlichem wie einer 50-Pfund-Scheckkarte saß? Sie betete zu Gott, daß Lisette die Rechnung zahlen möge und sie ihr auf dem Klo einen Schuldschein schreiben dürfe.

»Tut mir leid, tut mir soo leid!« Eine Stimme, rauh und doch zugleich weich wie Angora, ergoß sich über sie. »Michael Grade hat mich aufgehalten, und ich bin ihn einfach nicht losgeworden. Mist! Wein doch nicht, Sals. Wein doch bitte nicht. Hier, nimm mein Taschentuch. Schatz, du siehst wunderbar aus – so verteufelt unbeschreiblich weiblich. Ich wünschte, ich hätte regelmäßig Sex und auch so ein Strahlen wie du. O Gott! Ich freu mich so gottverdammt, dich zu sehen. Gib mir mein Taschentuch, verflucht, ich muß auch heulen.« Nur Lisette konnte so fluchen und gleichzeitig so göttlich klingen.

Sally sah an der Erscheinung hoch und hoffte, den aufsteigenden Neid bezähmen zu können. Lisette war schlank wie ein Strich in der Landschaft, schimmerte wie ein Spiegel und sah dreimal sinnlicher aus als sie jemals in ihrem Leben. Die Nase war neu, die Lippen waren voller, das Haar war anders und, ja, ihre Brüste waren mindestens doppelt so groß wie beim letzten Mal, aber ihr Sex-Appeal perlte immer noch rein und klar wie aus einer frischen

Quelle. »O mein Gott – du siehst einfach phantastisch aus«, schluchzte Sally.

»Und du siehst so unglücklich aus, als würdest du geradewegs aus der Hölle kommen. Mist, Sals – warum hast du dich jetzt erst gemeldet?«

Sally atmete tief ein. »Ich glaube nicht, daß ich Matty noch liebe.«

Lisette fuhr sich mit der Zunge über ihre tiefroten Lippen, strich sich eine lange glatte, schlangengleiche Strähne ihres schwarzen Haars hinter das kleine weiße Ohr, sah kühl am Ober empor und bestellte eine Flasche Pouilly Fuissé. Sie sagte immer noch nichts, spielte mit ihrer Serviette und zündete sich schließlich, bevor sie antwortete, eine dieser superleichten Zigaretten an. »Heißt das, ich kann ihn haben?« scherzte sie leichthin, griff dann aber über den Tisch nach Sallys Hand. »Das ist doch nur ein Witz, Liebes. Fang vorne an und wage nicht, mir zu sagen, es würde mich doch nur langweilen.«

Ungefähr eine Stunde später war Sally fertig und sah Lisette mit rotverheulten Augen an.

»Seit wann?« fragte Lisette vorsichtig und nahm eine Bemerkung auf, die Sally so dahingeworfen hatte.

Sally zuckte zusammen. »Seit ich mit Linus im dritten Monat war.«

»Und das war ...?«

»Vor über einem Jahr.«

»Herrgott! Und ich dachte, du blühst auf, weil du's viel zu häufig treibst.«

»Ich kompensiere es mit Essen.« Sally lächelte traurig. »Du weißt ja, ich nehm immer sofort am Busen zu.«

Lisette schob ihren fast unberührten Salat weg und griff nach dem überdimensionalen Weinglas. »Glaubst du, er hat eine Affäre?«

»Um Gottes willen, nein!« Sally lachte. »Sein Schuldbewußtsein würde ihn so plagen, daß er dauernd versuchen würde, mich auf falsche Fährten zu locken.«

»Du meinst also, er hat nie gewildert?« Lisette schaute ungläubig.

Sally zuckte die Achseln. »Er war sicher mal hier und da verknallt. Einmal hat er monatelang für so eine blöde Regisseurin geschwärmt, aber echte Untreue, nein. Zumindest glaub ich es nicht. Wenn du nicht ...?«

»O Gott, nein!« Lisette schüttelte hastig den Kopf. »Nicht mal der Hauch eines Gerüchts. Obwohl wir uns natürlich kaum mehr sehen.«

Sally ließ schuldbewußt den Kopf hängen und verschlang die Reste ihres Steinbutts. »Jetzt erzähl doch mal von dir. Bist du verliebt?«

»Keine Zeit.« Lisette grinste verhalten. »Ich treib mich zuviel herum in Sachen Sleepers, um's noch zu treiben – wir arbeiten momentan wie die Verrückten an unserem zweiten Projekt, mitproduziert von Channel Four, das ist der Wahnsinn. Tatsache ist, das Exposé ist so gut angekommen, daß wir das Drehbuch doppelt so schnell schreiben lassen werden und nach einem Star mit großem Namen suchen, um die Finanzierung abzusichern.«

»Und an wen denkt ihr da?«

»Na, zum Beispiel Kristin Scott Thomas – sie wäre klasse, weil der Film so ein Feeling wie ›Vier Hochzeiten und ein Todesfall‹ hat. Eine echt britische Farce aus dem London der Neunziger, unser Arbeitstitel heißt ›Im Himmelbett‹. Alan Rickman und Jeremy Northam wollen sich äußern, wenn sie die ersten Dialoge gelesen haben. Aber wir brauchen eigentlich noch einen Namen, der auf dem amerikanischen Markt zieht.«

Sally nickte mechanisch wie eine Puppe.

»Ich dachte an – äh – Niall«, sagte Lisette behutsam.

»Ich liebe Alan Rickman«, sagte Sally träumerisch. »Glaubst du wirklich, daß er – was?«

»Niall.« Lisette schluckte und sah unbehaglich drein. »Ich brauche ihn dringend an Bord, Sals, aber ich fürchte, er verabscheut mich noch immer. Peinlich das Ganze.«

»Er verabscheut dich nicht«, sagte Sally fast automatisch. Ihre ganze Zuversicht war vernichtet, als sie erkannte, warum Lisette sich an sie gewandt hatte.

»Er wäre einfach perfekt für die männliche Hauptrolle, eine Mischung aus Jeff Goldblum und Jimmy Stewart.« Lisette zündete noch eine ihrer superleichten Zigaretten an. »Der Regisseur – ich darf nicht sagen wer, der Vertrag ist noch nicht unterschrieben – ist absolut begeistert von ihm. Aber ich hab keine Ahnung, wie ich das angehen soll. Ich meine, wenn Niall nur hört, daß ich da mit drin stecke, rennt er doch schon weg.«

»Möglich.« Sally zuckte teilnahmslos die Achseln. »Na ja, er haßt es, in den Staaten zu arbeiten. Wenn ihr in England dreht, ist das vielleicht das ausschlaggebende Argument.«

»Aber was denkt er von mir, Sals?« Lisette versuchte, die Lage zu sondieren. »Wie wird er reagieren, wenn er meinen Namen auf dem Drehbuch sieht?«

Sally atmete tief ein und dann noch einmal tiefer, um Mut zu sammeln. »Er wird wieder heiraten, Lisette«, sagte sie ruhig. »Er wird Tash heiraten.«

Tash deckte sich in den ersten Januarwochen mit Arbeit ein. Weil Hunk immer noch ausfiel, konzentrierte sie sich auf die schwierige Aufgabe, Snob für die kommende Saison fit zu machen. Außerdem half sie, einige der jüngeren Pferde zu trainieren, in die Gus große Hoffnungen setzte. Besonders eins, der Apfelschimmel Mickey Rourke, schien es weit bringen zu können. Er war noch ein richtiges Baby, mit staunenden Augen und viel zu langen Beinen, und hatte die Tendenz, sich selbst auszutricksen und zu stolpern wie ein kleiner Junge, der zum ersten Mal lange Hosen trägt. Aber er war kühn und stürmisch und liebte das Training. Und als Tash ihm behutsam die ersten Sprünge über die niedrigsten Hindernisse beibrachte, hüpfte er so begeistert herum, daß sie gleich ins Farmhaus rannte, um jedem zu erzählen, wie talentiert er sich anstellte. Dort blickte sie in die besorgten Gesichter von Gus, Penny und Zoe, die gerade die Sonntagszeitungen studiert hatten.

»Ich nehme an, das hier ist deine offizielle Verlobungsanzeige.« Penny biß sich auf die Lippe und hielt ›People‹ hoch.

»Kein Zurück mehr.« Gus schlug den ›Sunday Express‹ vor Tash auf.

Sie fuhr zusammen, als sie das verwackelte Foto erkannte, auf dem sie nervös an Nialls Arm hing. Es war auf einem Wohltätigkeitsball aufgenommen worden, an dem sie im vergangenen Sommer teilgenommen hatten. Nicht nur, daß sie inmitten all dieses Glamours schrecklich fehl am Platze wirkte, sie sah außerdem auch noch erschreckend dick aus. Die Überschrift lautete: »Niall O'Shaughnessy heiratet Pferdepflegerin«.

»Ich bin keine Pferdepflegerin!« jammerte Tash. »Und ich seh schauderhaft aus.«

»Nein, tust du nicht«, versicherte Penny ihr, nachdem sie noch einen Blick auf das Foto geworfen hatte. »Du siehst ziemlich süß aus – und du warst toll in Form letzten Sommer.«

»O Gott, ich seh aus wie eine Tonne«, Tash blickte auf ihren Bauch, der plötzlich den Eindruck auf sie machte, als befände sie sich mit Zwillingen im dritten Monat. Der Reißverschluß ihrer Cordhosen spannte beachtlich, und in den Nähten konnte sie schon jeden Faden einzeln erkennen, so sehr drifteten sie auseinander.

»Na ja, du hast über Weihnachten ein bißchen zugelegt.« Penny betrachtete sie kritisch, fügte aber, als sie Zoes entsetzten Blick sah, sofort hinzu: »Aber wem geht das nicht so? Das verlierst du beim Training schnell wieder.«

»Du siehst reizend aus, Tash.« Zoe nahm sie in den Arm. »Frisch, in voller Blüte und sexy.«

»Ich bin noch zu jung, um in voller Blüte zu stehen. Ich mach eine Diät.«

Später saß Tash auf der Treppe im Old Forge, blätterte in den Gelben Seiten auf der Suche nach einem Weight-Watchers-Klub und stopfte gleichzeitig Frosties in sich hinein, als Beetroot plötzlich aufgeregt die Katzenklappe anbellte. Tash nahm an, daß Giblets auch etwas abhaben wollte, ignorierte es aber und warf statt dessen den Kopf zurück, um sich noch mehr von den süßen Flakes in den Mund zu schütten. In diesem Augenblick ging die Haustür auf, und Hugo kam hereinspaziert. Erschreckt von dem plötzlichen kalten Luftzug drehte Tash sich um und erlitt fast einen Erstickungsanfall.

»Sag mir, wenn ich was tun kann.« Hugo lächelte frostig und bückte sich zu Beetroot, die ihn enthusiastisch begrüßte.

Tash hätte sein Lächeln gern ebenso frostig erwidert, aber sie hatte bei weitem zu viele Frosties im Mund. Hustend und prustend stand sie auf und versuchte, angemessen empört auszusehen darüber, daß er hier einfach hereinspazierte, ohne anzuklopfen. Ihre Luftröhre war zu blockiert, um ihrer Empörung verbal Luft zu machen.

Aber Hugo, der sie mit seinen blauen Augen amüsiert betrachtete, kam ihr zuvor. »Tut mir leid, daß ich so hereinplatze. Ich hab hier ein Fax von deinem Verlobten – er scheint anzunehmen, daß dein Gerät im Eimer ist.«

Tash warf einen schuldbewußten Blick auf ihr Faxgerät, das vor einer Stunde seinen Geist aufgegeben hatte, bei dem Versuch, das Foto aus der Zeitung zu kopieren; sie wollte es an den Kühlschrank, an den Schrank und an die Kühltruhe heften – zur Abschreckung. Peinlicherweise lagen überall verstreut noch die Überreste dieses gescheiterten Versuches herum.

»Was hast du denn da vorgehabt?« fragte Hugo skeptisch, sagte aber nichts weiter und gab ihr das Fax.

Als sie Nialls hastig hingeworfene Handschrift erkannte, fühlte Tash sich wie von einer vertrauten Wärme umfangen und sah flüchtig und irritiert zu Hugo hinüber. Sie wollte nicht, daß er da herumstand, während sie las; aber wahrscheinlich mußte sie ihm wenigstens danken. Das war ganz untypisch für ihn, extra bei ihr vorbeizukommen, so freundlich – typisch wäre es gewesen, wenn seine Sekretärin angerufen hätte, um ihr zu sagen, daß sie das Fax abholen könne, aber nicht ohne zu betonen, daß Hugo keinen Wert auf Wilderer lege, die sein Fax zum Nulltarif benutzen.

»Äh, danke, daß du's vorbeigebracht hast«, murmelte sie unangenehm berührt. »Möchtest du einen Drink oder so was?«

»O Gott, nein.« Hugo sah sich kritisch um. »Ich will Kirsty abholen – wir gehen heute abend auf Cubitts' Cocktailparty. Kommst du nicht?«

Tash sog eine Wange ein. Sie fühlte, daß sich hier eine Niederlage anbahnte, und wünschte, sie hätte eine schlagfertige Antwort parat. Sie war gar nicht eingeladen, ja wußte nicht einmal, daß die Cubitts eine Cocktailparty gaben. Wäre Niall dagewesen, dachte sie bitter, hätten sie ganz oben auf der Liste gestanden. Die Leute im Dorf waren, wie Gus immer so treffend wiederholte, unerträgliche Star-Groupies.

»Nein«, sagte sie lahm und bemerkte plötzlich Hugos schimmerndes Haar, die unaufdringliche Eleganz seines Anzugs und den köstlichen Hauch eines herben Aftershaves. »Du siehst gut aus.«

Erstaunt hob er eine Augenbraue in die Höhe. Aber da Hugo nun mal Hugo war, erschien es ihm undenkbar, das Kompliment zu erwidern. »Was ich vom Old Forge nicht behaupten kann.« Er nickte in Richtung der Stöße von Papier und alten Zeitungen. »Ich weiß nicht, was in letzter Zeit mit dir los ist, Tash. Du läßt dich wirklich gehen, seit du mit Niall zusammen bist – ich dachte immer, das passiert euch Frauen erst nach der Hochzeit. Hat der Truthahn hier gewütet?« Er verzog seine Nase und verließ sie ohne Andeutung eines Grußes.

»Bastard!« zischte Tash, die rot angelaufen war und der seine Worte in den Ohren klangen. Und Nialls Fax vervollständigte nur noch ihren Jammer und ihre Demütigung.

Tash, mein Schatz,
wie ich das hier hasse. Sie haben noch einen Tag drangehängt in diesem elenden Studio; vor Dienstag klappt's auf keinen Fall mit dem Rückflug. Ich muß also am Mittwoch völlig übernächtigt direkt nach Glasgow. Kein freies Wochenende bis Februar – kannst du mich in Schottland besuchen? Laß uns telefonieren. Ich komme bei dir nicht durch, hast du ausgehängt oder so was? Ruf mich an.

Niall

Hugo hatte das Fax natürlich gelesen. Da war Tash sich sicher. Und er hatte sich an jedem Wort geweidet, das ihm verriet, wie sehr ihr Liebesglück von Nialls Terminplan diktiert wurde.

Am folgenden Dienstag abend ging Tash aus. Sie wählte sehr sorgfältig ihre Kleidung aus, aß vor lauter Aufregung fast gar nichts und nahm, zum ersten Mal seit langem, keinen Drink, um die Nerven zu beruhigen.

Um sieben parkte sie Gus' Landrover in der Marlbury High

Street und stürmte in Richtung der Reformierten Kirche. Als sie an den hell erleuchteten Fenstern von McDonald's vorbeikam, fiel ihr ein, daß es wohl klug gewesen wäre, gerade vor dieser bestimmten Verabredung etwas zu essen. Und sie hätte sich nicht nur vollstopfen, sie hätte am besten auch gleich mehrere Schichten Kleidung anziehen sollen. Sie rannte noch mal zum Wagen und griff nach Pennys altem löchrigen Pullover, der schon monatelang auf der Rückbank lag, sowie nach Gus' alter Öljacke, die Tonnen wog. Atemlos lief sie wieder zur Kirche zurück; aber nicht ohne sich unterwegs einen Burger zu genehmigen.

Wegen ihrer Unpünktlichkeit hätte sie sich keine Gedanken zu machen brauchen. Die Weihnachtszeit hatte für regen Neuzugang bei dem wöchentlichen Treffen der Weight Watchers gesorgt, und alle waren noch eifrig damit beschäftigt, sich über ihre zugelegten Pfunde auszulassen. Am einen Ende des großen Gemeindesaals waren Plastikstühle in einem Kreis aufgestellt, umgeben von drei Stellwänden, die von beiden Seiten mit Werbematerial bestückt waren, auf einem Tisch lagen Meßlöffel und Tabellen, kalorienarme Lebensmittel und Kochbücher mit verlockenden Vorher-Nachher-Beispielen. Daneben stand eine große, sehr dünne, gefärbte Blondine – Theresa, wie ihr flottes Namensschild verriet – in einem nachgemachten Chanel-Kostüm, wog die Teilnehmerinnen und trug ihr Gewicht in Tabellen ein. Wie vor einem Boxkampf, dachte Tash. Eine hagere Mausgraue assistierte ihr und füllte irgendwelche Karteikarten aus. Tash reihte sich in die Schlange ein und trottete bekümmert auf die Tabellen zu. Sie stand hinter einer massigen Frau, die trotz der Kälte nur ein sommerliches Zeltkleid trug und Tash schon seit ihrer Ankunft nachdenklich beobachtet hatte.

»In ein paar Wochen wird es Ihnen leid tun, daß Sie das alles anhatten«, sagte sie zu ihr.

»Warum?« fragte Tash, die jetzt schon bedauerte, Pennys alten Pullover angezogen zu haben, weil er deutlich nach Hund stank.

»Theresa ist sehr streng«, warnte die Frau sie und nickte zur Leiterin hinüber, die mit einem Neuankömmling über die Einstufung diskutierte. »Sie verlangt, daß Sie jede Woche die gleiche Kleidung tragen, sonst verändert sich das Gewicht.«

»Oh.« Tash zog die Öljacke aus, die ziemlich ranzig roch. Immerhin schwitzte sie so stark, daß sie bestimmt schon abgenommen hatte, dachte sie munter. »Sind Sie schon lange dabei?«

»Seit Juli. Ich habe 28 Pfund abgenommen«, strahlte Zeltkleid. »Zur Hochzeit meiner Tochter im Juni will ich's geschafft haben.«

»Oh.« Tash wurde ganz elend. Sie wollte im Moment nicht an Hochzeiten denken. Seit sie verlobt waren, hatten Niall und sie weniger als eine Woche zusammen verbracht.

Zeltkleid hatte die Waage erreicht, kletterte hoch und wurde begeistert von Theresa begrüßt. »Wie geht's denn meinem Star?« rief sie überschwenglich. »Ich hoffe, es gab nicht zu viele Plätzchen zu Weihnachten?«

»Nein, Theresa.« Zeltkleid war plötzlich so schüchtern wie eine Erstklässlerin, die mit ihrer Lieblingslehrerin sprach. »Wirklich nicht.«

»Und haben Sie meinen Vorschlag beherzigt: Frischkäse mit Rosinen?« Theresa starrte skeptisch auf die Anzeige, und ihr Enthusiasmus verflüchtigte sich mehr und mehr. »Sie haben zwei Pfund zugenommen.«

Als Tash an der Reihe war, war sie froh, daß Theresa zunächst mit dem Einstellen der Waage beschäftigt war.

»Und wer sind wir denn?« Theresa strahlte sie an und nickte ihrer Sklavin zu, eine Karteikarte auszufüllen.

»Ähm, ich bin eigentlich allein.« Tash war leicht verdutzt.

Theresa lachte leise und betrachtete prüfend Tashs Outfit, das ohne die Öljacke fast noch mehr nach Landstreicherin aussah. Ihre stark geschminkten Wimpern klimperten leicht, sie sagte aber nichts.

»Name?« krächzte die Mausgraue.

»Ach, mein Name?« Tash gefiel gar nicht, wie Theresa an der Waage herumhantierte. »Äh, Natasha.«

»Und weiter?« fragte die Assistentin trocken und hustete.

»Elizabeth.«

»*Nach*name?« Jetzt klang sie schon bronchitisch.

»French.«

»Kenne ich Ihre Mutter?« Theresa blinzelte neugierig mit den Augen.

»Das bezweifle ich.« Tash blickte ungläubig.

»Hmm.« Theresa fühlte sich zurechtgewiesen. »74,5 Kilo. Da haben wir aber eine Menge zu tun, nicht wahr? Wie groß sind Sie?«

Tash starrte sie an. Sie konnte doch nicht so schwer sein, oder? Letzten Herbst hatte sie unter 65 gewogen. Mit dem Gewicht brauchte sie beim Geländereiten nicht einmal eine Bleijacke; sie würde vor Scham im Boden versinken.

»Wie groß?« Theresas Augen verengten sich. »Nun machen Sie schon, meine Liebe. Hier warten noch andere.«

»1,78 Meter.« Tash fühlte, wie ihr die Tränen in die Augen schossen. Sie kam sich breit wie eine Hauswand vor und wäre am liebsten tot umgefallen.

»Okay, Sie sollten versuchen, 65 zu erreichen.« Theresa drückte Tash einige Prospekte in die Hand. »Sie sind nicht Vegetarierin?«

Es waren noch weitere Plastikstühle herangerückt worden für all die Scharen Diätwillliger, die Theresas ansonsten kleine feine Runde in eine öffentliche Veranstaltung verwandelt hatten. Der einzige freie Stuhl, den Tash fand, stand direkt neben einem riesigen Diätposter, und mittlerweile fühlte sie sich schon so fett, daß sie fürchtete, er würde unter ihr zusammenbrechen.

»Willkommen! Willkommen!« Theresa schwebte in die Mitte des Kreises und strich sich ihr falsches Chanel-Kostüm über den gertenschlanken Hüften glatt. »So viele neue Gesichter, wie schön!« Die neuen Gesichter zogen alle eine Miene, als wollten sie geschlossen Selbstmord begehen, nachdem sie gerade erfahren hatten, wie enorm übergewichtig sie waren. »Das hier«, sie machte eine Kunstpause und hielt ein Foto gegen ihre Brust, »das war ich, bevor ich vor sechs Jahren zu den Weight Watchers kam!« Sie zeigte es herum und erzählte die triefende Geschichte einer attraktiven, kurvigen, aber todtraurigen Brünetten. »Ja, ich weiß – ich war *so* übergewichtig. Aber sehen Sie! Wenn ich es kann, kann es jeder!« Theresa strahlte und stellte das Foto neben Tash ab. »Und ich bin hier, um Ihnen zu sagen, daß Sie es auch können. Zusammen *können* wir es!« Mit einer theatralischen Geste nickte sie ihrer Assistentin zu, die Schilder mit der Aufschrift »Ich kann es«, »Du kannst es« und »Wir können es« hochhielt. Tash lehnte sich zurück und versuchte jemandes Blick zu erhaschen, der auch kichern mußte. Aber alle lauschten ganz verzückt. Während der nächsten Stunde unterdrückte sie Gähnen um Gähnen und beantwortete die Frage nach den Kalorien eines Kit-Kat richtig (sie aß immerhin drei am Tag und konnte es jedesmal deutlich lesen – auch eine Form von Psychoterror).

»Sehr gut, Natasha!« Theresa strahlte sie unaufrichtig an. »Dafür bekommen Sie eine Belohnung. Raten Sie mal was?«

Tash hob eine Augenbraue. »Ein Kit-Kat?« fragte sie hoffnungsvoll.

»Nein, nein, *nein*!« Theresa lachte. »Was habe ich gesagt: In welche Kategorie gehört Schokolade?«

»›Einmal die Woche‹«, antwortete Tash wie ein Kind, das etwas Auswendiggelerntes aufsagte. »Aber das wär doch einmal die Woche.« Sie fühlte sich schon selbst wie ein Kit-Kat.

»Es liegt noch eine ganze Woche vor Ihnen!« Theresa sprach mit ihr wie mit einer Begriffsstutzigen. »Sie müssen sich doch auf etwas freuen können. Und Freitag sind Sie vielleicht froh über meinen Rat, wenn Sie statt dessen einen, hm, sagen wir Gin-Tonic trinken dürfen.«

Tash wurde blaß. »Soll das heißen, nur ein Drink die Woche ist erlaubt?«

Theresa bebte verärgert. »Ja, das habe ich gesagt. Sie dürfen *ein* Teil aus der Kategorie ›Einmal die Woche‹ auswählen. Das ist doch ganz einfach, meine Liebe. Hören Sie einfach zu.«

Der Rest der Runde wurde auch langsam ungeduldig mit Tash. Sie blickte sich um auf der Suche nach Verbündeten, sah aber nur in restlos begeisterte Gesichter. Bereits nach einer Stunde mit Theresa waren sie alle bekehrt und zeigten den gleichen leicht fanatischen Ausdruck.

»Das ist Ihre Belohnung, Natasha.« Theresa schnippte mit den Fingern, und die Mausgraue gab ihr einen Magneten für die Kühlschranktür, auf dem stand »Zusammen können wir es!«.

»Was ist das denn?« India, die von Tash etwas Gouache-Farbe leihen wollte, fingerte interessiert an dem Weight-Watchers-Magneten herum. »Ist das nicht für den Kühlschrank?« India pappte ihn wieder an.

»Ja.« Tash lief leicht rosa an.

»Und warum klebt er am Kamingitter? Er schmilzt schon.«

»Ich bin eben anders.« Tash ging in die Küche, um heiße Schokolade zu machen. India starb für heiße Schokolade. Aber dann fiel ihr ein, daß sie in ihrem übereifrigen Diätwahn gestern alle fetthaltigen Lebensmittel weggeworfen hatte. Es war nur noch Kaffee, Sellerie und Hundefutter da. Erstaunlich, wie verlockend Chappi sein konnte, wenn der Magen vor Hunger Purzelbaum schlug.

»Sie ist prächtig.« India saß auf dem Sofa und spielte mit Beetroots langen Schlappohren. »Ganz anhänglich, nicht so paranoid wie Mamas Enid. Und was ist das denn?« Sie nahm ein dickes Text-Konvolut voll Eselsohren in die Hand. »Eins von Nialls?«

»Ja.« Tash war die letzten Abende so gelangweilt und allein gewesen, daß sie angefangen hatte, Nialls Drehbücher zu lesen. »Das da ist herrlich – sehr romantisch.«

India betrachtete es kritisch wie ein akademischer Snob, der nichts als die hehre Literatur gelten läßt – Jane Austen, Emily Brontë, Chaucer, Shakespeare. »Klingt kitschig: ›Im Himmelbett‹. Ist das was für ihn?«

»Mm, ich denk schon. Es ist mehr so eine witzige, geistreiche Liebesgeschichte. Sehr ironisch. Ich fand's toll.«

»Wird er den Film drehen?« India legte das Skript beiseite, um Beetroot noch ein wenig zu kraulen.

»Ich bin nicht sicher«, gab Tash zu. »Wir haben noch nicht darüber gesprochen.« Sie fügte nicht hinzu, daß sie Niall seit einigen Tagen überhaupt nicht gesprochen hatte. Er war nie zu erreichen, nie im Hotel und schien ihre Nachrichten nicht zu erhalten. Und wenn er sie anrief, war sie entweder draußen bei der Arbeit oder schlief schon tief und fest.

»Ich beneide dich so«, seufzte India. »Mit Niall kann man so gut angeben. Meine Schulfreunde sind absolut eifersüchtig, weil ich ihn kenne. Ich kann eure Hochzeit kaum abwarten.« Sie seufzte glücklich. »Mama schwärmt auch schon total.«

»Ich hatte den Eindruck, sie ist überhaupt nicht begeistert.« Tash deutete ein Grinsen an, als sie zurück in die Küche lief, um vielleicht doch noch etwas zu trinken aufzutreiben.

»Ich denke, sie braucht selbst einen Mann.«

Tash, die India gerade eine Diät-Coke anbieten wollte, starrte sie vom Kühlschrank aus schockiert an. »Wie kommst du denn darauf?«

»Nuuun«, India guckte verschmitzt, »es ist doch so, sie hatte seit Urzeiten keinen Freund mehr. Und vielleicht ...«

»Sie hat sich letztes Jahr öfter mit Gus' Freund Frank getroffen.«

»... sollte ich da mal nachhelfen.«

»Und an wen denkst du?« Tash massierte ihren Rettungsring um die Hüfte und fragte sich, ob er wohl schon kleiner geworden war.

»An jemanden von hier.«

»Ach ja?« Tash grinste. »Wer soll das denn sein? Wir haben im Dorf nicht gerade eine Flut verfügbarer Männer. Godfrey Pelham vielleicht?«

»Er ist schwul, Tash! Ich hab an Hugo gedacht.«

»Hugo!« Tash klappte die Kinnlade herunter. »Ist das dein Ernst?«

India sah leicht beleidigt aus. »Natürlich. Na ja, er ist vielleicht etwas jünger als Mama, aber er ist genau ihr Typ und unglaublich sexy, das mußt du zugeben.«

»Herrgott!« Tash hatte Schwierigkeiten, ihr zu folgen. Sie brauchte ganz dringend Schokolade. »Kannst du ihn dir wirklich als Stiefvater vorstellen? Es ist doch noch nicht lange her, da hat er dir selbst gefallen.«

»Dumme Teenie-Schwärmerei.« India klang, als wäre sie vierzig und nicht vierzehn. »Sogar du warst mal in ihn verknallt. Und überhaupt, er steht auf ältere Frauen.«

»Ich glaub kaum«, sagte Tash sanft, während sie ihre Malutensilien nach der Gouache durchforstete, »daß Hugo und deine Mutter zusammenpassen, nur weil Hugo mit ein paar attraktiven älteren Frauen befreundet war. Ich glaub nicht mal, daß sie ihn besonders mag – er kann ganz schön unerträglich sein. Und er wäre ein lausiger Stiefvater.«

»Da bin ich anderer Meinung.« India folgte Tash mit den Augen. »Ich geh sowieso an die Kunstakademie, sobald ich mein Abi hab, und Rufus kommt prima mit ihm klar – die beiden können sich stundenlang über Kricket und Pferde unterhalten.«

»Und was, wenn er Kinder möchte?« Tash versuchte, sich diese lächerliche Geschichte konkret vorzustellen. Sie staunte, wie ernst India das scheinbar alles war.

»Oh, damit hat Mama bestimmt keine Probleme. Sie hat oft gesagt, daß sie noch ein paar mehr möchte, wenn Rufus und ich erst aus dem Gröbsten raus sind und ihr helfen können. Sie und Hugo würden wunderschöne Babys bekommen. Tash, hilfst du mir?«

Tash starrte sie nur an. In Momenten wie diesen fragte sie sich immer wieder, ob India eigentlich von einem anderen Stern kam. Sie wirkte so ruhig und besonnen für ihr Alter, so unwirklich gereift und vernünftig. Und nicht nur das; sie war mit einer Schönheit gesegnet, die Tash in ihrer eigenen Jugend für ein Wunder gehalten hätte. Sie hatte noch nie ein Mädchen getroffen, das so atemberaubend aussah, makelloser als jedes der Gesichter in den Hochglanzmagazinen. Aber trotz all dieser offensichtlichen Gottesgaben war sie so unbekümmert und naiv wie ein Schaf. »Du willst, daß ich dir dabei helfe, deine Mutter und Hugo zu verkuppeln?« vergewisserte sie sich noch einmal mit krächzender Stimme.

»Ja.« India lächelte erwartungsvoll. »Bitte, Tash. Ich brauch deine Hilfe – du kennst ihn viel besser als ich; und ich weiß, daß er der beste Freund deines Schwagers ist.«

»Vergiß es!« Sie schüttelte den Kopf und suchte in der Küche nach den dringend benötigten Kalorien.

»Bitte!« India sah sie flehend an.

»Warum fragst du nicht Penny und Gus?«

»Nein, das würde Mama nicht erlauben.«

»Soll das heißen, deine Mutter weiß Bescheid?«

»Natürlich.« India stand auf und legte Beetroot auf ein Kissen. »Na ja, es war nicht ihre Idee oder so was. Aber ich sag mal, sie hat ihr stillschweigendes Einverständnis gegeben. Wenn er kein Interesse hat, können wir immer noch so tun, als wär's der Einfall eines verrückt gewordenen Teenagers.«

Tash war komplett sprachlos. Sie wußte, daß Zoe den einen oder anderen Mann öfter getroffen hatte, seit sie bei Penny und Gus lebte; aber sie hatte auch gesagt, daß bei ihr nach dieser ersten Ehe absolut kein Bedürfnis mehr nach einer ernsthaften Beziehung bestand. Zwar war sie dem Charme mancher Männer gegenüber keineswegs immun, und sie hatte viele Verehrer – doch

Zoe hatte sie alle immer freundlich, aber bestimmt zurückgewiesen, wenn sie eindeutig wurden. Der Gedanke, daß sie heimlich den Wunsch hegte, sich Hugo zu angeln – Mr. Provinz-Casanova höchstpersönlich –, war jenseits aller Vorstellung.

»Was genau hast du dir denn vorgestellt?« fragte Tash spaßeshalber. »Soll ich ihm zu Pferde in seinem Stall ein *mot d'amour* überbringen?«

»Du tust es also?« India schaute verzückt. »Ausgezeichnet!«

»Nun, ich werd nicht ...«

»Ich hab gedacht, wir fangen mit einer Karte zum Valentinstag an. Das ist nächste Woche, oder? Du könntest eine malen.«

»Ich?« Tash lachte. »Das ist doch lächerlich – ich hab schon mal ein paar seiner Pferde gemalt; er kennt meinen Stil. Er wird denken, die Karte ist von mir. Kauf doch einfach eine.« Tash kam der Gedanke, daß dies nicht nur eine naive Idee, sondern noch dazu eine sehr gefährliche war.

»Nein, das geht nicht.« India sammelte einige Farbtuben vom Boden auf. »Du mußt es machen. Wenn Hugo fragt, kannst du sagen, eine der Provinzschönheiten hätte sie bei dir in Auftrag gegeben. Er wird doch wissen, daß sie nicht von *dir* kommt. Du findest ihn unerträglich. Und du wirst Niall heiraten.«

»Aber ich hab keine Zeit. Ich werd eine für Niall malen.«

India reichte ihr eine undichte Tube. »Dann solltest du besser anfangen.«

»Du warst ganz schön lange weg.« Zoe begrüßte ihre Tochter an der Tür und wartete geduldig, bis sie sich aus ihrem Mantel, den zwei Strickjacken, Wollschals und ihrem wärmsten Pullover herausgeschält und sich ans Feuer im Wohnzimmer gesetzt hatte.

»Ich hab mit Tash geredet.« Sie sah Zoe siegesgewiß an. »Ich hab da was ganz Großartiges in Gang gebracht.«

»Was? Im Old Forge saubergemacht?« Automatisch griff Zoe nach den Bechern auf dem Tisch; Penny und Gus brachten ihre nie zurück in die Küche, zwei waren sogar als Aschenbecher benutzt worden.

»Nee.« India grinste sie über die Schulter an. »Ich hab sie überredet, Hugo Beauchamp eine Valentinskarte zu schicken.«

»Du hast was?« Zoe erstarrte vor Entsetzen. »Warum das denn?«

»Na ja, du hast doch gestern abend zu Penny gesagt, daß du glaubst, Tash schwärmt immer noch ...«

»Das war nicht für deine Ohren bestimmt!« Zoes Gesicht lief rot an.

»Ich war nebenan und konnte jedes Wort verstehen, ob ich wollte oder nicht. Und ich hab auch gehört, daß Hugo heimlich genauso hinter ihr her sei.«

»India, das war doch nur so dahergesagt bei einer Flasche Wein. Wir waren müde und leicht angesäuselt, und außerdem unheimlich albern. Das war doch alles nur Unsinn.«

»Ich finde, ihr habt recht.« India spielte mit Wallys Ohren, der zu ihr zum Sofa getrottet war. »Da ist irgend etwas zwischen Tash und Hugo.«

»Oje, arme Tash«, seufzte Zoe und schüttelte den Kopf, als sie in die Küche ging.

»Armer Niall.« India starrte in das flackernde Feuer. Ihr war egal, was ihre Mutter gesagt hatte; sie war sich sicher. Sie würde schon dafür sorgen, daß Tash in dem Glauben blieb, sie spiele Amor. India hatte gerade ›Cyrano de Bergerac‹ gelesen, und der Einfall, daß Amor von seinem eigenen Liebespfeil getroffen wird, erschien ihr unglaublich romantisch und sexy. In der Schule war der Valentinstag enorm wichtig, stiftete oder zerbrach Freundschaften; und sie war sicher, das gelte für das ganze Leben. Ganz egal, was ihre skeptische Mutter dazu sagte.

4

Wie immer war der Verkehr vom Regent's Park in Richtung Marylebone High Street zum Erliegen gekommen, und die entnervten Autofahrer stimmten ein Hupkonzert nach dem anderen an.

Lisette Norton regte sich nicht übermäßig auf. Heute schnitt sie mal niemandem den Weg ab, und auch an dem allgemeinen Gehupe beteiligte sie sich ausnahmsweise nicht. Sie war eben durch den wunderbar winterlichen Park gefahren und hatte am Autotelefon ein großartiges Gespräch mit ihrer Produktionsmanagerin Flavia Watson geführt. Das war die beste aller Neuigkeiten gewesen. Flavia hatte aus Irland angerufen, wo sie David Wheaton, den zur Zeit begehrtesten Regisseur, an seinem Drehort aufgesucht hatte. Lisette war schon seit Wochen hinter Wheaton her gewesen in der Hoffnung, er würde ›Im Himmelbett‹ drehen, aber er hatte es geschickt verstanden, ihr immer wieder auszuweichen. Das Drehbuch gefiel ihm sehr gut, er war begeistert von Lisettes Vorschlägen für Kamera, Ausstattung und Ton, und völlig einig waren sie auch darin, wem die Hauptrollen zuerst angeboten werden sollten. Aber er war nicht bereit, in Vertragsverhandlungen einzutreten, solange nicht wenigstens eine der Hauptrollen fest besetzt war. Und der eine der Kandidaten für die Hauptrollen wiederum wollte nicht unterschreiben, solange David nicht unterschrieben hatte. Dieser eine Schauspieler war Niall O'Shaughnessy, und Lisette kannte ihn gut genug, um zu wissen, daß sie ihn nicht unter Druck setzen durfte. Er war extrem vorsichtig, weil sie die Produzentin war, trotz der horrenden Gage, die sie ihm anbot – dreimal soviel wie den anderen und sehr viel mehr, als sie sich eigentlich leisten konnte. Dieses Angebot hatte sie ihm nur machen können, weil ihr bei ihrem letzten Dinner mit Sally die Idee gekommen war, einer großen Zeitschrift Exklusivrechte anzubieten.

Gerade als sie über diese verfahrene Situation verzweifeln wollte, hatte Flavia ihr ein traumhaftes Geheimnis verraten. Drei riesige Gläser Wein in Soho House, und Lisettes ziemlich hochnäsige, supertüchtige Managerin produzierte eine Freudsche Fehlleistung von wahrhaft grandiosem Ausmaß. Der rechtschaffene, zuverlässige »Ich-bin-kein-Schürzenjäger« Wheaton, der mit seiner Frau in einem von Babys bevölkerten Haus in Highgate wohnte, war einmal ihr Geliebter gewesen, und sie standen immer noch auf sehr freundschaftlichem Fuß. Flavia hatte sich zunächst gesträubt, die Fäden zu ziehen, doch Lisette hatte ihr klargemacht, daß sie sie entweder zog oder aber selbst von dannen ziehen konnte. Und mit Wheaton im Team, das wußte Lisette, stand das Projekt auf festem Boden.

Sie rief in Bob Hudsons Büro an, als sie endlich die Marylebone High Street erreicht hatte, wo sie in den Cafés ein paar sehr gut aussehende Männer sah und wünschte, sie hätte die Zeit, sich mal wieder zu verlieben. »Bob, ich bin's. Der Vertrag mit ›Cheers!‹, dieser Zeitschrift, ist unter Dach und Fach, wie besprochen, und – warte – Wheaton hat unterschrieben. Ich brauch so schnell wie möglich Nialls Zusage. Rufst du mich heute noch zurück, damit ich die Verträge rausschicken kann? Danke.« Sie legte auf, parkte ihren roten Alfa Romeo und rauchte verstohlen eine Zigarette, bevor sie die Treppe zu den eleganten Räumlichkeiten von Sleeping Partners Films im ersten Stock erklomm. Lucy, die Produktionssekretärin, erwartete sie schon an der Tür.

»Bob Hudson hat gerade angerufen. Niall unterschreibt, wenn die Beteiligung an dem Zeitschriften-Deal im Vertrag festgesetzt wird.«

»Möchte Niall das?« Lisette war einen Moment überrascht.

»Bob möchte das.« Lucy warf einen Blick auf ihre Notizen. »Er sagt, er möchte eine Kopie von dem ›Cheers!‹-Angebot.«

»Natürlich.« Lisette lächelte, lief in ihr Büro, schloß die Tür hinter sich, und ein Glücksgefühl durchschauerte sie. Sie holte eine Flasche Bushmills aus ihrem Aktenschrank, goß sich drei

Fingerbreit Whiskey ein und leerte das Glas in einem Zug. Sie zitterte vor Freude; der Geschmack rief so starke sinnliche Erinnerungen in ihr wach, daß es ihr schien, als wäre Niall körperlich anwesend. Sie hatte sich oft gefragt, wie sie reagieren würde, wenn er wieder heiratete – hatte mit Eifersuchtsanfällen gerechnet und verzweifelter Auflehnung. Nie im Leben wäre sie auf den Gedanken gekommen, daß diese Aussicht sie einmal mit solchem Entzücken erfüllen würde. Nialls Hochzeit kam wie gerufen für ihre Marketingstrategie.

Als Tash endlich Nialls Stimme hörte, weinte sie fast vor Freude. Er rief aus Glasgow an, wo er für diesen keltischen Mantel-und-Degen-Film probte. Die Dreharbeiten sollten in der kommenden Woche beginnen.

»Ich vermiß dich so!« jammerte sie.

»Scht, Engel – tut mir furchtbar leid, daß du so lange warten mußtest. Es ist verdammt hektisch hier.«

»Kann ich mir vorstellen – ich hab dein Fax bekommen. Es war so wunderbar. Ich hab dir auch geschrieben, aber du weißt ja, wie schwer es mir fällt, was zu Ende zu bringen.«

»Ach, dann funktioniert das Fax also wieder?« plauderte Niall. »Ich war nicht sicher, ob es dich erreicht hatte. Es tut so gut, deine Stimme zu hören, Engel. Aber wir haben leider nicht lange Zeit. Ich hab gleich eine Sprechprobe mit Minty.«

»Minty?« Tash bemühte sich, cool und fröhlich zu klingen, aber die alte Eifersucht hatte sie schon wieder in den Klauen. Das passierte ihr jedesmal, wenn er einen neuen Film begann und ein Frauenname fiel, den Niall vorher noch nie genannt hatte.

»Ja, Minty Blyth, du weißt schon. Mein Gott, das Mädchen hat ein Talent! Die spielt mich glatt an die Wand.«

Solange sie Niall nur an die Wand spielte, war wohl alles okay, vermutete Tash. Minty Blyth war eine phantastisch aussehende junge Schauspielerin mit schwarzer Lockenmähne und enormen Kurven, der es nichts weiter ausmachte, sich für ihre Filme auszuziehen, und die dafür bekannt war, mit ihren Filmpartnern ins Bett zu steigen.

»Erzähl doch mal, was du gemacht hast?« sagte Niall sanft. »Ich möchte deine Stimme hören.«

Wenn sie bedachte, daß Niall ihr soeben von verschwundenen Koffern, einem selbstmordgefährdeten Kostümbildner, einem koksabhängigen Regisseur und einem jetzt schon unterfinanzierten Film erzählt hatte, kamen ihr ihre Neuigkeiten erbärmlich vor. Sie hatte nicht wirklich Lust, zu erzählen, daß sie ihre Zeit damit verbrachte, Kalorien zu zählen, die »Einmal die Woche«-Sünde auszuwählen, Kniebeugen zu machen und Videos von Elle MacPherson anzuschauen, die sie nur deprimierten. Und auch das Training mit den Pferden schien ihr nicht interessant genug. »Gestern abend war ich mit Penny und Gus im Pub«, sagte sie lahm. »Da ging's hoch her. Ange hatte ein blaues Auge – er sagte, er wäre in der Küche ausgerutscht. Aber Denise war den ganzen Abend so ruhig, daß Penny meinte, sie hätte ihm eins verpaßt. Und Gus mußte immer neues Bier holen, um herauszufinden, ob sie geschwollene Knöchel hatte. Aber es hat nur damit geendet, daß Gus völlig betrunken war.«

Niall brach in brüllendes Gelächter aus, das Tash irgendwie übertrieben vorkam. »O Gott, wie ich das vermisse. Wie geht's Zoe und den Kindern?«

»Sehr gut. Rufus hatte eine hinreißende neue Freundin, eine Woche lang; dann hat er sie zum Dinner mitgebracht, und sie hat sich in Ted verliebt. Aber Rufus ist schon drüber weg, es gibt bereits zwei neue. Eine für vormittags und eine für nachmittags.«

Niall lachte fröhlich. »Und Zoe?«

»Hm – auch nicht schlecht.« Tash hatte keine Lust, ihm von Indias lächerlicher Idee zu erzählen. Sie sollte den ersten Teil dieser verrückten Liebesgeschichte heute abend noch fertigstellen; das hatte sie die ganze Woche schon vor sich hergeschoben. Sie wechselte das Thema. »Hör mal, Niall, ich hab eins von den Drehbüchern gelesen, die du Weihnachten hier liegengelassen hast, und es ist einfach phantastisch.«

»Ach ja – hallo Minty. Bin gleich da.« Niall war anscheinend abgelenkt von der langhaarigen Schönheit. »Welches denn?«

Tash streckte den Arm aus und griff danach. »›Im Himmelbett‹. Es ist wahnsinnig komisch.«

»Ich weiß. Mir hat's auch sehr gefallen. Wir sprechen ein anderes Mal drüber, ja?«

»Heißt das, du machst den Film?« fragte Tash aufgeregt. Es war ihr nicht entgangen, daß er in England gedreht wurde.

»Wahrscheinlich – wir sprechen bald drüber, versprochen.« Er klang abgelenkt und wollte das Telefonat beenden. »Vergiß nicht den Lunch mit deiner Stiefmutter am Samstag – und bestell einen Tisch! Ich flieg Freitag abend.«

Tash legte auf und fühlte sich furchtbar niedergeschlagen. Sie konnte sich genau vorstellen, wie Niall über das Drehbuch hinweg jetzt Minty tief in die Augen sah und sie innig verbunden anlächelte – froh darüber, endlich diese anhängliche Freundin loszusein, die sich aufführte wie eine Siebzehnjährige. Tash schüttelte sich und wünschte, sie könnte etwas essen. Aber morgen war Weight-Watchers-Tag, und sie hatte die ganze Woche bereits gesündigt. Sie umarmte Beetroot, und plötzlich lachte sie. Niall kam Freitag abend hierher! Am Valentinstag! Nur noch drei Tage bis dahin! Was war sie für eine eifersüchtige Idiotin. Enthusiastisch wirbelte sie mit Beetroot durchs Old Forge und stürzte sich auf die Arbeit an den Valentinskarten.

Wundersamerweise hatte Tash beim nächsten Weight-Watchers-Treffen fünf Pfund abgenommen. Sie schrieb das allerdings vor allem dem Flüssigkeitsverlust zu, außerdem trug sie einen Pullover weniger und keine Socken. Aber Theresa war begeistert. »Sehr gut, Natasha!« strahlte sie, und ihr Metallic-Lidschatten blitzte. »Wir werden diesen Bauchansatz in Null Komma nichts erledigt haben.«

Als sie wieder in Gus' Landrover saß, hörte sie verträumt die neueste Single von Oasis im Radio, während sie noch schnell die zwei Valentinskarten in die Umschläge steckte und Briefmarken daraufklebte. Sie sollte sie bei der Hauptpost einwerfen, hatte India ihr geraten, denn wenn sie im Dorf aufgegeben worden wären, hätte das den Kreis der potentiellen Hugo-Verehrerinnen stark eingeschränkt. Der Umstand, daß die Briefe aus dem Dorf und die aus der Stadt alle den gleichen Poststempel trugen, war Tash völlig entgangen. Sie hegte immer noch die größten Bedenken wegen ihrer Beteiligung an dieser Geschichte und hatte ihre Handschrift stark verstellt und auch ihren Stil, als sie für Hugo eine Karte von abstoßend-sentimentaler Nettigkeit produziert hatte, mit Ponys und Labradorwelpen und einem Byron-Zitat, das sie hastig und sorglos aus Nialls ›Zitaten-Lexikon‹ gefischt hatte: »Reine unschuldige Liebelei. Nicht ganz Betrug, doch Fälscherei.«

Sie konnte sich zu nichts Romantischerem aufraffen, obwohl sie India versprochen hatte, etwas wirklich Leidenschaftliches von Donne oder Yeats auszusuchen. Es fiel ihr einfach zu schwer, so etwas an den ignoranten, gefühllosen und spießigen Hugo zu richten. Dafür war sie beim Ausschmücken der Ecken mit um so größerem Vergnügen zugange gewesen, und in die Mitte hatte sie ein großes Fragezeichen gesetzt.

Nialls Karte dagegen hatte sie sehr aufwendig gestaltet, mit einer witzigen Fotocollage aus Bildern von sich selbst, Beetroot und Giblets – etwas verwackelten Polaroids, die sie erst gestern nacht gemacht hatte. Diese hatte sie ausgeschnitten, auf Goldpapier geklebt, mit gepreßten Blumen und glitzernden Sternchen umrandet und drumherum noch ein Cartoon gezeichnet, in dem sie einen Schleiertanz vollführte. Es war eine ziemlich wilde und kitschige Karte geworden, aber Tash wußte, daß Niall so etwas liebte und sich darüber kaputtlachen würde. Wenn er Freitag abend kam, würden sie gemeinsam genügend Zeit haben, um romantisch und zärtlich zu sein. Und nur zur Vorsicht hatte sie extra noch überall auf den Umschlag »Privat«, »Wichtig« und »Vertraulich« geschrieben und auf der Rückseite groß als Absender die Lime-Tree-Farm, damit der Brief auch sofort aus all der Fan-Post, die Niall unweigerlich erhalten würde, herausstach.

Am Morgen des Valentinstages war Tash auf, lange bevor die Post kam, hatte Beetroot zu Enid in die Küche der Lime-Tree-Farm gebracht und noch vor sechs mit dem Ausmisten der Boxen begonnen. Es war noch dunkel, und die harten Neonlichter, die das Gelände beleuchteten, standen in eigentümlichem Kontrast zu dem mehr gelblichen Licht, das aus den Ställen leuchtete. Tash, die mehrere Pullover übereinander und drei Paar Leggings unter einer alten Jeans von Niall trug sowie eine Wollmütze mit Ohrenklappen in Form eines Entenkopfes, klapperte vor Kälte mit den Zähnen und fluchte über diese unchristliche Tageszeit. Ausnahmsweise war sogar Kirsty schon einmal auf und half, aber nur murrend. Sie hatte sich selbst die einfache Aufgabe zugeteilt, das durchweichte Heu, das die Pferde morgens vor dem festen Futter bekamen, auszuteilen.

»Morgen, Tash«, sie rümpfte die Nase und schlang den Wollschal fester um ihren schmalen Hals, als sie aus der Box von Mickey Rourke trat. »Geht's Hunk heute besser?«

Tash, die ihn gerade draußen bewegt hatte, nickte erleichtert. »Er hat wieder einen ganz gleichmäßigen Gang.«

Das große, spitznasige braune Pferd hatte die letzte Woche der verordneten Stallruhe fast hinter sich, die es beinahe schwermütig gemacht hatte. Immer wenn die anderen Pferde draußen waren und trainiert wurden, war Tash schuldbewußt zu ihm gelaufen und hatte ihm wie einem älteren Verwandten Gesellschaft geleistet. Sie freuten sich beide schon sehr darauf, mit der Arbeit wieder beginnen zu können, und warteten nur noch auf das endgültige Okay vom Tierarzt John Fortescue.

»Hugos Party zu seinem dreißigsten Geburtstag wird toll, was?« fuhr Kirsty lebhaft fort, als sie den Mist wegfuhren.

»Äh – sicher«, Tash hatte von nichts gehört. »Wann ist er doch gleich wieder?« fragte sie supercool. Die Wirkung verpuffte aber leider sofort, weil sie ihre Schubkarre umwarf, direkt auf den armen Wally.

»Am 28. März, du dumme Nuß. Weißt du das nicht?«

»Nicht auswendig – kann sein, daß ich in Schottland bin, bei Niall«, sagte Tash ziemlich gezwungen, der Kirstys hochmütige Art auf die Nerven ging. »Wird's ein großes Fest?«

»Riesig.« Kirsty, die ihre Last abgeladen hatte, lehnte sich an die Scheune und zündete sich eine Zigarette an, während sie beobachtete, wie Tash mit ihrer Karre kämpfte. »Er hat die halbe Reitsportwelt plus jede Menge alter Kumpel aus London eingeladen und fast die ganze Familie. Das wird großartig.«

Tash rechnete nach. »Ist Richie dann nicht schon hier?«

Kirsty lächelte verschmitzt. »Sollte er.«

»Wie schön«, schwärmte Tash und schaufelte den Rest ihrer

Ladung Mist wieder zurück. »Ich bin schon gespannt, wie er so ist.«

»Paß lieber auf, *was* du ißt«, grinste Kirsty frech und rannte zurück zu den Ställen, um das Futter zu mischen.

Als sie zum Frühstücken hineingingen, war die Post angekommen, und India und Rufus standen in ihrer Schuluniform da und zählten ihre kleinen Stapel. »Ich hab drei.« Rufus strahlte Tash an, die gerade hereingestolpert war; ihre Hände waren taub vor Kälte. »Also, diese Entenmütze ist wirklich nicht der Hit.«

»Danke.« Tash ließ sich auf einen Stuhl fallen und starrte Indias Stapel an. »Hast du eine Anzeige aufgegeben oder so was?«

India, die vor Scham und Aufregung ganz rot geworden war, schüttelte den Kopf. »Ich weiß ehrlich nicht, wer die alle geschickt hat.«

»Sie hat zwölf verdammte Karten gekriegt!« Rufus pfiff neidisch.

»Wow!« Kirsty begutachtete ihre eigenen drei dicken roten Umschläge.

Tash spähte auf den Rest der Post in der stillen Hoffnung, daß sich auch für sie noch etwas fand, aber wenn Niall überhaupt daran gedacht hatte, dann lag die Karte bestimmt im Old Forge. Es waren eine ganze Menge Rechnungen für Penny und Gus gekommen, stellte sie besorgt fest.

»Mama hat auch eine.« Rufus wedelte mit einem ziemlich zerknitterten rosa Umschlag vor Tashs Nase. »Aber sie hat bloß ›Puuh‹ gemacht und wollte erst mit Enid spazierengehen.«

Tash warf India einen Blick zu, die ihr mit ihren kobaltblauen Augen kurz zuzwinkerte und sich dann wieder ihrem Stoß zuwandte. Seufzend schenkte sie sich Kaffee ein und dachte, wenn sie mit vierzehn annähernd so schön gewesen wäre wie India, hätte sie erwartet, daß der Postbote an jedem 14. Februar einen Hexenschuß erleidet. Aber wie es stand, hatte sie überhaupt nur fünf Valentinskarten in ihrem ganzen Leben erhalten, und drei davon waren von ihrer Mutter gewesen.

»Oh, seht mal – Hugos Einladungen sind gekommen!« rief Kirsty und legte hastig eine blumenbestreute Karte aus Australien beiseite. »Er hat so viel Stil, findet ihr nicht?«

Von oben waren Geräusche zu hören, die darauf schließen ließen, daß Penny und Gus aufgestanden waren. Die Wasserrohre gluckerten und klopften – ein sicheres Zeichen, daß jemand in dem altersschwachen Badezimmer unter der Dusche stand. Penny fluchte, weil irgendein »Bastard« alle ihre extradicken Wollsocken geklaut hatte.

»Das wird Mama gewesen sein.« India stand auf und suchte nach ihren Schuhen. »Sie trägt drei Paar übereinander bei diesem Wetter und leiht sich Rufus' Timberland-Boots. Aber wo zum Teufel sind meine Doc Martens?«

»Vor dem Kamin, wo du sie gestern abend stehengelassen hast«, antwortete Zoe freundlich, die in diesem Moment in die Küche trat und ihre dicke Kapuze abnahm, unter der ein frisches, von der kalten Luft leicht gerötetes Gesicht erschien. Ihr folgten die ihr zutiefst ergebene Enid, die für die Anwesenden nur einen abfälligen Blick übrighatte, und eine begeisterte Beetroot, von der Tash sogleich einen Stock präsentiert bekam. »Müßtet ihr nicht längst auf dem Weg zum Schulbus sein?«

»Mach erst deine Karte auf, Mama.« Rufus grinste.

»Okay, okay.« Seufzend griff Zoe nach dem Umschlag. Die Vorderseite zierte ein glitzerndes, unecht wirkendes flauschiges Kätzchen mit riesigen blauen Augen, auf der Rückseite stand ein Rätsel:

Erstens hol *ich dir ein Pferd, aber nicht zum Transport*
*Zweitens mach ich mit dir 'nen Spr*u*ng, aber nicht zum*
Altar
*Drittens drän*g*el ich ein wenig herum, aber nicht zu sehr*
*Viertens schenk ich dir 'nen B*o*uquet, aber nicht als Braut*
Kurz und gut: Ich krieg einfach nie genug
Drum sei mein Valentine, und die Zeit vergeht wie im Flug

»Wow!« Rufus schien aufrichtig beeindruckt. »Wie sexy.«

Zoe bemühte sich, nicht zu lachen, und India kicherte unkontrolliert.

»Herrje – ist das nicht ein bißchen sehr direkt?« Kirsty sah etwas perplex aus. »Wollen wir es lösen?«

Sie griff nach der Karte, aber Zoe war schneller und versteckte sie unter der ›Times‹. »Lieber nicht«, sagte sie leichthin. »Ich denke, da hat sich Gus einen kindischen Scherz erlaubt.«

Kirsty sah eingeschnappt aus, ihre Miene hellte sich aber wieder auf, als sie noch eine von Hugos aufwendig geprägten Einladungskarten fand. »Oh, er hat wirklich alle eingeladen – sogar Ted. Ist das nicht reizend?«

Tash spähte hinüber auf den Tisch und bemerkte, daß ihrer und Nialls Name fehlten. Aber sie ließ den Gedanken fallen, noch ehe er ihr Ego angreifen konnte. Ihre Einladung würde garantiert im Old Forge liegen, wenn sie zurückkam, genau wie Nialls Valentinskarte.

Mittags schlenderte sie zurück zum Old Forge, angeblich weil sie aufräumen mußte, denn Niall kam ja bald; in Wahrheit aber, weil sie schon halb tot war vor Neugier auf ihre Post.

›Reader's Digest‹ gratulierte ihr, weil sie die erste Hürde des Preisrätsels genommen hatte, und machte ihr ein Vorzugsangebot für ein Lexikon der Unterwasserwelt. Die Heizölfirma schrieb, ihre Ölvorräte seien bald verbraucht, und riet, den günstigen Februar-Preis zu nutzen. Ihre Mutter hatte eine Liste mit Londoner Designern geschickt, die sie *unbedingt* aufsuchen mußte. Und von Henrietta war eine Postkarte dabei, auf der sie die Verabredung für den Lunch am Samstag in ihrer großen, runden Handschrift bestätigte.

Es war keine Valentinskarte darunter und auch keine Einladung zu Hugos Geburtstagsparty.

Tash wollte es nicht einmal sich selbst gegenüber eingestehen, aber sie war bei weitem verletzter wegen des letzteren. Niall vergaß den Valentinstag immer, so auch im letzten Jahr, als er sich mit Karten für das neueste Stück von Maggie Smith, einem Abendessen in einem Künstlercafé und einer wilden Nacht in einem Londoner Hotel entschuldigt hatte. Niall vergaß eigentlich immer alles: ihren Geburtstag, seinen Geburtstag, seine Telefonnummer, seine Geheimnummer für die Scheckkarte, den Namen von Bobs Sekretärin. Das war Teil seines Wesens, doch Tash liebte ihn deswegen nur um so mehr. Aber Hugo hatte das Gedächtnis eines Elefanten, und er mußte sie absichtlich von der Gästeliste gestrichen haben, um sie zu verletzen. Sie hätte ihn erwürgen mögen. Oder besser noch: Sie wünschte, sie hätte eine dieser elenden Einladungen, damit sie ihm einen netten kleinen Antwortbrief schicken könnte, in dem sie herzlich für seine Güte danken, ihm aber mitteilen würde, daß sie anderweitig verpflichtet sei.

Ihr war nach dieser Niederlage eigentlich nicht danach zumute, noch einmal auf die Farm zum Arbeiten zu gehen, aber sie wußte, daß Gus nicht mehr länger Verständnis für ihr Selbstmitleid aufbringen würde. In der letzten Zeit hatte sie viele Nachmittage frei gemacht, an denen sie über Fotoalben sinniert und Niall vermißt hatte. Das war ihr so lange nachgesehen worden, wie die Saison noch weit entfernt lag, doch jetzt kam sie mit Riesenschritten näher. Die Pferde mußten bewegt, trainiert, vorgeführt werden, Anmeldungen für Turniere geplant und Fahrten organisiert werden. Da durfte keiner fehlen. Denn Nachlässigkeiten in der Vorbereitung bedeuteten geringere Chancen für die Pferde, und das wiederum finanzielle Einbußen für Penny und Gus, deren Situation im Moment ohnehin nicht rosig aussah. Tash mühte sich einen ganzen Nachmittag lang mit dem stürmischen Mickey Rourke ab, den Gus und sie auch gemeinsam kaum bändigen konnten. Schließlich war Gus mit seiner Geduld am Ende und drohte, ihn in der kommenden Woche zu verkaufen. »Er ist doch noch so jung und übereifrig«, protestierte Tash, aber Gus war schon davonmarschiert. Später ging sie mit ein paar von den älteren Pferden in die Arena, wurde aber, weil sie nach der langen Winterpause sehr aufgeregt waren, so oft abgeworfen, daß sie übersät war mit blauen Flecken, als sie zum Tee in die Küche ging. Nachdem sie mit Rufus und India hungrig eine Pizza verschlungen hatte, schnappte sie sich Beetroot und trug sie die paar hundert Meter zum Old Forge hinüber.

Das Old Forge war ungemütlich, kalt und feucht; und das einzige Licht kam von einem flackernden roten Punkt am Telefon, der ihr verriet, daß Nachrichten für sie angekommen waren. Als sie sich erinnerte, daß Niall in nur wenigen Stunden bei ihr sein würde, ging ihr plötzlich das Herz auf – wie ein Heißluftballon, der einen neuen Stoß Gas erhalten hatte. Tash legte drei oder vier Lagen Kleidung ab, knipste mit dem Ellbogen das Licht an und packte zwei Flaschen Wein aus, die Zoe ihr mitgegeben hatte als Willkommensgruß für Niall. Und sie erinnerte sich schuldbewußt, daß sie für morgen zum Lunch mit Henrietta einen Tisch bestellen wollte. Tash ging zum Telefon, um schnell im Olive Branch Bescheid zu sagen, erinnerte sich dann aber an ihre Anrufe und drückte den Wiedergabeknopf. »Hi Tash, Schatz – ich bin's.« Es war Alexandra. »Hast du meinen Brief bekommen? Versprichst du mir, daß du bald einen Termin machst wegen des Kleides? Ruf mich am Wochenende bitte an – ach ja, wir sind in Paris. Ich nehme an, du triffst dich morgen mit Henrietta. Oh, und ich komme zu Henrys Taufe, das hab ich Sophia und Ben versprochen. Dein Vater ist übrigens ganz wild darauf, daß deine Hochzeit in dieser entsetzlichen kleinen Flohkiste St. Ja –«

Der Anrufbeantworter, der so programmiert war, daß jeder Anrufer dreißig Sekunden hatte für seine Mitteilung, schnitt Alexandra mitten im Satz das Wort ab und piepte mechanisch, ehe eine ernste gedehnte Stimme erklang, die Tash aufspringen ließ. »Tash – Hugo«, verkündete er in seiner verkürzten, unfreundlichen Art zu sprechen. »Ich denke, wir sollten uns unterhalten über diese – äh – außergewöhnliche – Karte. Ruf mich bitte an.«

Er klang zugleich amüsiert und zaghaft. Tash fluchte, weil er anscheinend rausgekriegt hatte, von wem sie war. Verdammt! Nun gut, würde sie ihm eben alles erzählen. Es war ausgeschlossen, daß sie ihn auch nur einen Moment lang in dem Glauben ließ, sie hätte ihm freiwillig eine Valentinskarte geschickt. Sie wurde aus ihren Gedanken gerissen, als sie erkannte, daß Niall sprach. »– geht nicht«, sagte er mit seiner traurigen, melodiösen Stimme. »Ich bin so enttäuscht, Engel, ich kann's dir gar nicht sagen. Ich muß jetzt leider aufhören, wir drehen gleich weiter – die ganze Nacht durch – und morgen wohl auch. Herrgott, dieser Film ist so über dem Budget! Egal – nicht mein Problem. Mein Problem ist, daß wir uns nicht treffen können. Ich ruf dich später an – oder versuch du's im Hotel, so um zwei oder drei, wenn du noch wach bist. Ich bleib wach. Ich liebe –«

Tash riß sich die Stiefel von den Füßen, fütterte Beetroot, warf Giblets etwas Sellerie hin und schenkte sich ein riesiges Glas Wein ein. »Niall kommt nicht!« jammerte sie in den leeren Raum hinein. Ein sauberer, leerer Raum – mit Schneeglöckchen zu seinen Ehren, neuen Kerzen in Erwartung einer Verführung und einer kleinen Auswahl CDs, die nur noch aufgelegt werden mußten. Sie hatte gestern in der Stadt zwei große, saftige Steaks und viel Sahne gekauft (ängstlich besorgt, Theresa könnte sie entdecken) und hatte sogar die Bettwäsche gewaschen und ihr rotes Kleid reinigen lassen, in dem sie so sexy aussah. Tash nahm noch einen großen Schluck Wein, und ihr Selbstmitleid wich einer wütenden Empörung.

»Bastard!« Sie stand etwas unsicher auf und legte eine CD ein. Nur einen Augenblick später erfüllte der dröhnende, sinnliche Beat von Enigma den Raum. »Bastard! Verdammter irischer Idiot! Und ich hab mir all die Mühe gemacht!« Leicht schwankend tanzte sie durch den Raum und die Treppe hinauf, leerte ihr Weinglas und spazierte in das eiskalte, kleine Badezimmer, wo sie eine lange kalte Dusche nahm. Danach hüllte sie sich in eine große Parfumwolke und stieg in ihr rotes Kleid, das tatsächlich viel zu eng war. Aber, was machte das schon, er kam ja doch nicht. Sie tat das alles hier nur für sich ganz allein. Zu angetrunken, um ihn noch perfekt aufzutragen, klatschte sie sich Lidschatten auf die vom Weinen geröteten Augen, was ihr einen etwas merkwürdigen Silberblick verlieh. Dann ging sie hinunter in die Küche und briet die beiden Steaks in Mengen von Butter, wobei sie immer über Beetroot steigen mußte, die gierig neben ihr stand. Nachdem sie eine neue CD eingelegt hatte, sang sie im Takt der Melodie ihren eigenen Text: »Ignoranter keltischer Dilettant!« und »Bleib weg, du blöder Kerl!« Sie hatte gerade eine zu grob gehackte Knoblauchzehe, ein halbes Glas Wein und einige Pfefferkörner zuviel in die Pfanne gegeben, als Beetroot zur Katzenklappe schoß und ihren schon routinierten Freudentanz aufführte.

Wäre Tash nüchterner gewesen, hätte sie das alarmieren müssen. Aber da sie bereits eine halbe Flasche Wein getrunken hatte und laut das Lied von den Pretenders mitsang, war sie vollständig taub für den heißen Klopf-Rap an der Tür. Im nächsten Augenblick wehte ein kalter Hauch herein – Hugo schritt ins Zimmer und begrüßte sein stürmisches Empfangskomitee.

Völlig selbstvergessen rüttelte Tash an ihrer Pfanne, wackelte mit dem Hintern und erklomm mit ihrer Stimme, so sexy sie konnte, die akrobatischen Höhen von ›Sassy‹. Sie drehte die fettigen Steaks um und goß noch ein bißchen Wein nach, bevor sie die Hitze herunterdrehte und damit begann, das Gemüse, das sie mitschmoren wollte, in Scheiben zu schneiden.

»Tash?«

»Mmm?« Die Nase tief im Kühlschrank machte sie sich nicht die Mühe aufzuschauen.

»Tash, geht es dir gut?«

Tash ließ die Katoffeln, die sie in der Hand hielt, wieder ins Gemüsefach fallen, als sie jemanden bemerkte und die Kälte spürte. Langsam stand sie auf und glättete ihr Kleid, das bedenklich weit hochgerutscht war. Und schließlich strich sie sich auch noch durch die Haare, die sie aufgesteckt hatte, als sie naß waren, und die ihr jetzt auf die Nase fielen wie die Kapuze eines zum Tode Verurteilten.

»Hugo – was für eine Überraschung!« Sie drehte sich etwas zu schnell herum, so daß ihr Kopf sich einige Male mehr zu drehen schien. Dann nahm sie sich zusammen. »Was tust du denn hier?« Ihr war bewußt, daß sie mehr als nur ein wenig beschwipst aussah; aber es half alles nichts, da mußte sie jetzt durch.

Hugo betrachtete sie mit einem Ausdruck des Widerwillens. In seiner Arbeitskleidung – Fleece-Jacke, Wildlederhosen und schweren Boots – sah er wunderbar zerzaust und müde aus. »Erwartest du jemanden?« Er sah über ihre Schulter in die Pfanne.

»Oh – nein, nur ein ruhiger Abend zu Hause.« Tash zuckte unbehaglich die Achseln. Dann fiel ihr seine kurze Nachricht wieder ein, die sie gehört hatte, bevor Nialls Absage alles andere in ihrem Kopf ausgelöscht hatte. »Hör mal, wegen dieser Karte. Das war nur so eine blöde Idee von India –«

»Nun, ja«, platzte Hugo beinahe gelangweilt dazwischen und schaute sich wie üblich kritisch um. »Deswegen bin ich unter anderem hier.«

»Wie schon gesagt – eigentlich war es so eine Art Auftrag.« Tash bemerkte, daß sie anfing zu plappern, wie sie es meist tat, wenn ihr etwas totpeinlich war. »Ich meine, es ist nicht von mir persönlich – o Gott, nein! Ich finde überhaupt nichts an dir. Oje! Ganz im Gegenteil. Das ist – das soll nicht heißen, also, du wirkst irgendwie schon sehr attraktiv, auf gewisse Leute. Eine Menge Frauen würden was drum geben, wenn sie mit dir ins Bett gehen könnten und so. Na ja, die seltsamen eben. Ich nicht. Ich bestimmt nicht. Nein, nein. Hm. Oh.«

In diesem Moment klingelte das Telefon. Tash ergriff es wie einen Rettungsanker und ließ Hugo, der unglaublich verwirrt aussah, in der Mitte des Raumes stehen. Sie hörte ein fernes Rauschen und Knistern. »Okay, ich hab zwei Minuten, um dir mein Herz zu Füßen zu legen.«

Es war Niall. »Oh, Schatz. Bin ich froh, daß du anrufst!« Sie schaute kurz, aber triumphierend Hugo an, der sich gerade völlig abwesend selbst mit Wein bediente.

»Es tut mir so entsetzlich leid, daß ich heute abend nicht bei dir sein kann. Wenn es dich tröstet: Du kannst nicht annähernd so unglücklich sein wie ich.«

»Doch«, wimmerte Tash, »aber ich versteh es. Ich wünsche, du wärst hier – es ist so gemein, daß sie dich da behalten.«

»Es macht dir wirklich nichts aus?«

»Nein, natürlich nicht – du tust mir so leid, wenn ich doch nur bei dir sein könnte.« Warum gab sie sich so schnell geschlagen, dachte sie bestürzt. Es war immer dasselbe, wenn Niall drehte – Enttäuschung auf Enttäuschung. Und wie immer war sie so glücklich, seine Stimme zu hören, daß sie ihm einfach alles vergab. »Wann kannst du denn kommen?«

»Na ja, solange wir nicht fertig sind, ist das schwer zu sagen – im Moment sieht's nach Mitte März aus. Ich versprech dir, ich komme zu Henrys Taufe. Und ich hoffe, ich schaff's zu Hugos Geburtstagsparty.«

Tash schluchzte leicht auf. »Was?«

»Ja, ich hab seine Einladung heute bekommen – grüß ihn von mir, ja? Wirklich sehr aufmerksam, mir eine hierherzuschicken. Er weiß wohl, wie verloren ich mir vorkomme. Aber wenn wir schon davon sprechen, es tut mir *so leid*, Engel ...«

»Was tut dir leid?« Tash, die Hugo einen haßerfüllten Blick zuwarf und sah, wie er die Steaks vom Herd nahm und die Soße mit dem Finger probierte, versuchte sich wieder auf Niall zu konzentrieren.

»Daß ich den Valentinstag vergessen habe«, lachte er. »Du kennst mich doch – ich krieg das nie auf die Reihe. Vergibst du mir?«

»Na klar.« Tash sah Hugo mißbilligend an und war in Gedanken immer noch bei dieser herumgeisternden Einladung. Er verschlang gerade ihre Soße, der Mistkerl. Sie hoffte, er würde bald auf ein Pfefferkorn beißen. »Hast du denn meine Karte erhalten?«

Niall räusperte sich peinlich berührt. »Nun, ich glaube ja.«

»Was soll das heißen, du *glaubst* ja?« Tash lachte, als sie sich an all die ziemlich privaten Schnappschüsse erinnerte – einige sogar in der sexy Unterwäsche, die er ihr zu Weihnachten geschenkt hatte. »War die Karte nicht eindeutig? Soll ich noch meinen Namen drauf schreiben?«

»Oh, ich fand das Bild wirklich ganz süß, Tash – ich bin sicher, du hast dir viel Arbeit gemacht, aber ich hab sie nicht richtig verstanden –«

»Du undankbarer Mistkerl!« schrie sie und lief tief dunkelrot an. Sie konnte einfach nicht fassen, wie dreist er war. »Du Bastard! Ich wette, du hast den ganzen Tag darüber gelacht, stimmt's?«

»Was?« Er klang, als hätte er einen Schlag auf den Kopf bekommen.

»›Ich fand das Bild wirklich ganz süß.‹ Himmel, Arsch und Zwirn! Auf den meisten Fotos war mein Arsch zu sehen! Und das verstehst du nicht?« sprudelte sie hervor. Sie spürte, wie ihr die Tränen aufstiegen. Sollte Hugo, der da drüben ihren Wein austrank, doch große Ohren machen, es war ihr egal. Sie war wütend. »Du weißt nicht, was du mit so einer breitärschigen Provinznudel wie mir anfangen sollst, wenn du Minty oder Sandra oder Julia haben kannst. Das ist es, was du nicht verstehst!« Tash brach in Tränen aus.

Am anderen Ende der Leitung trat eine lange Pause ein, in der Tash hörte, wie Hugo nach Messer und Gabel griff und begann, eins der Steaks zu essen. Sie hoffte, daß er BSE bekommen und abkratzen möge. Es lief ihr eiskalt den Rücken herunter bei dem

Gedanken, daß er all das hier mit anhörte. Sie vernahm leises Murmeln durch den Hörer, als wäre er zugehalten worden, und konnte verschiedene Stimmen unterscheiden. Dann war Niall wieder klar und deutlich zu verstehen, er sprach aber in großer Eile. »Ich muß jetzt wirklich gehen«, flüsterte er. »Du hast mich völlig falsch verstanden, Tash – ich meinte doch nur, daß ich das Zitat über den Betrug nicht verstanden habe. Wolltest du mir etwas über Lisette und mich sagen, Engel? Da brauchst du dir bestimmt keine Sorgen zu machen.«

»Aber –« Tash war einen Augenblick ratlos.

»Ich meine – ja, ich hab diese Rolle in ›Himmelbett‹ angenommen, auch wenn sie den Film produziert. Aber wir sprechen kaum miteinander – und daß ich den Film mache, zeigt doch auch, daß es absolut aus ist. Herrje, ich werde dich ein paar Tage nach den ersten Drehs heiraten! Eine dieser Klatschzeitschriften wird eben ein paar Fotos schießen, damit ich meine Gage kriege. Das hat Lisette so arrangiert. Diese Zeile über Liebelei, die Fälscherei ist, hat mich fertig gemacht, Engel.«

Tash schluckte das meiste von dem, was sie da hörte, einfach. Ihr hatte es den Boden unter den Füßen weggerissen, als ihr klargeworden war, was sie angestellt hatte. »Du hast die Byron-Karte!« Tash schnappte nach Luft.

»Ich hab deine Karte bekommen, Tash.« Niall klang hektisch. »Ein paar Pferde und ein Zitat über Liebelei und Betrug. Ich versteh ja, daß die Neuigkeiten von Lisette dich wie ein Schock getroffen haben. Aber *das* hatte ich nicht erwartet.«

»Niall, das war gar nicht für dich bestimmt!« Sie war hin und her gerissen zwischen Bestürzung und Verwunderung. Sie hatte keine Ahnung gehabt, daß Lisette diesen witzigen Film produzieren wollte. Tash war entsetzt und erschrocken; aber noch bestürzter war sie über die Tatsache, daß Niall zu meinen schien, er hätte es ihr sagen müssen, und es bis heute abend nicht getan hatte.

»Ich muß aufhören, Engel.« Seine Stimme wurde schwächer, so als hätte er sich schon vom Hörer weggebeugt. »Mach dir keine Sorgen, bitte nicht. Wenn ich's genau bedenke, dann ist deine Karte sehr anrührend. Ich ruf dich später noch mal an. Ich liebe dich.« Und weg war er.

Tash legte den Hörer auf und drehte sich vorsichtig zu Hugo um, der mittlerweile fast ein ganzes Steak aufgegessen hatte. »Bedien dich«, forderte sie ihn auf. Ihr kam immer deutlicher zu Bewußtsein, welches entsetzliche Resultat diese Verwechslung gezeitigt hatte.

»Oh – tut mir leid.« Hugo sah träge in die verwüstete Pfanne, er klang kein bißchen zerknirscht. »Du hast doch wirklich niemanden erwartet, oder?« Er spähte auf den ungedeckten Tisch.

Sie schüttelte den Kopf und konnte sich gerade noch davon abhalten, »Nur dich« zu sagen, um ihn zu erschrecken. »Hör mal, wegen dieser Karte ...« Sie hustete verlegen. »Da ist was schief gelaufen.«

»Oh, ja?« Er klang erleichtert und bot ihr ein Glas Wein an.

Tash sah ihn direkt an und bemerkte, daß seine blauen Augen unfreundlich blickten und seinen Mund ein unverschämter Zug umspielte. »Ja – weißt du, sie war gar nicht für dich gedacht.«

»Ich verstehe.« Er glaubte ihr einfach nicht.

»Ja.« Tash griff nach ihrem Weinglas und nahm einen großen Schluck. »Sie war für Niall«, platzte sie heraus.

Hugos verächtlicher Blick flackerte nicht. »Kann ich mir vorstellen.«

»Und ich hab ihm die falsche geschickt.«

Er nickte langsam. »Ich verstehe.«

»Ja.« Tashs Lippen fingen an zu beben, als ihr langsam klar wurde, wie furchtbar dieses Telefonat gewesen war.

»Du hast Niall eine Karte geschickt, die ich erhalten sollte?« fragte er vorsichtig.

Tash nickte bloß.

»Wenn ich recht verstehe, waren also diese kessen Selbstporträts, die ich heute morgen in der Post hatte, nur für seine Augen bestimmt?«

Tash nickte immer weiter und begann zu weinen.

Hugo sah sie an, ohne jede Regung von Sympathie oder Rückzug. Sein Taschentuch blieb eisern in seiner Tasche, die Füße im Boden fest verwurzelt.

»Du hast bestimmt gelacht«, schluchzte sie unter Tränen.

Hugo biß sich auf seine sich kräuselnde Unterlippe und blickte leicht spöttisch, aber er sagte nichts.

»Er hat eine Rolle angenommen«, platzte Tash heraus. »Weil Lisette den Film produziert.«

»Lisette, die Ex?« Hugos Augenbraue schoß interessiert hoch.

Tash nickte. Langsam kehrte ihre Kraft zurück.

»Nun gut.« Er nahm einen kleinen Schluck Wein und sah auf seine Uhr. »Ich bin um acht verabredet. Eigentlich bin ich vorbeigekommen, um dir das hier zu bringen.« Er suchte etwas in seinen Taschen.

»Hast du die Karte bei dir?« schrie Tash verzweifelt auf.

»Nicht bei mir, nein.« Hugo zog etwas aus einer Innentasche, wedelte damit eine Sekunde lang vor Tashs verweinten Augen und legte es auf die Arbeitsplatte in der Küche.

»Gibst du sie mir zurück?«

»Ich werd mal sehen, ob ich sie morgen finden kann; aber ich kann nichts versprechen«, sagte er abschließend. »Danke für den Wein. Und das Steak. Ich muß jetzt wirklich los.« Er ging zur Tür.

Tash, die sich in einem albernen roten Kleid, mit Medusa-Frisur und verschmiertem Lidschatten in ihrem fürchterlich zugigen Wohnzimmer stehen sah und an ihre halbnackten frivolen Selbstporträts dachte, fing vor lauter Demütigung an, unkontrolliert zu zittern.

»Oh – übrigens.« Hugo drehte sich an der Tür um und bückte sich, um Beetroot einen Klaps zu geben. »Ich werd mal sehen, was ich über Lisette für dich in Erfahrung bringen kann, ja?«

»Danke«, Tash brachte ein blindes Lächeln in Richtung Tür zustande.

Als er gegangen war, warf sie sich aufs Sofa, um zu heulen, was aber umgehend dadurch unterbunden wurde, daß sich das Sofa durch ihren Schwung in Bewegung setzte und in den Fernseher krachte, der erst theatralisch wackelte und dann implodierte. Für einige Sekunden lag Tash einfach da, zu erstarrt, um zu weinen, und wunderte sich, warum um alles in der Welt sie einen Mann heiraten wollte, den sie seit Neujahr nicht mehr gesehen hatte. Dann aber krümmte sie sich vor Scham, als ihr einfiel, daß Hugo heute morgen mit hochnäsigem Erstaunen ihre verführerischen

Posen angegafft hatte, die sie auf genau diesem Sofa, auf dem sie jetzt kauerte, vollführt hatte. Auf ihrem Weg ins Bett nahm sie die Karte, die Hugo gebracht hatte, zur Hand und betrachtete sie gleichgültig. Es war eine Einladung zu seiner Geburtstagsparty. Vorne hatte er einfach »Tash« draufgeschrieben. Sie riß sie in kleine Fetzen, verfütterte den Rest der Steaks an Beetroot, ging ins Bett und stellte den Wecker auf kurz vor Mitternacht.

Zwischen Mitternacht und zwei lag sie wach und wartete auf Nialls Anruf, aber er tat ihr diesen Gefallen nicht. Um zehn nach zwei versuchte sie, ihn auf seinem Handy zu erreichen. Es war ausgeschaltet. Dann rief sie die Regieassistentin an, die ihr aber – im Hintergrund lautes Partygetöse – nur sagen konnte, daß Niall zurück ins Hotel gefahren sei, weil er seine Freundin anrufen wollte. Als Tash aus einem fürchterlichen Traum hochschreckte, in dem sie mit einem Seil an den Füßen aufgehängt worden war, ging es bereits auf drei. Sie rief in Nialls Hotel an. Es klingelte und klingelte, bis endlich ein sehr verschlafener Schotte den Hörer abnahm und sie grummelnd mit Nialls Zimmer verband.

»Tut mir leid«, sagte er, »es geht niemand ran. Möchten Sie eine Nachricht hinterlassen?«

»Können Sie bitte nachsehen, ob er seinen Schlüssel abgeholt hat?«

»Nein – der Schlüssel hängt hier, meine Liebe«, teilte er ihr ein paar Sekunden später mit und rümpfte vielsagend die Nase, von »diesen Filmtypen« schien er nicht allzuviel zu halten.

»Danke – sagen Sie ihm nur, Tash hat angerufen.« Sie legte auf, beglückwünschte sich zu ihrer Einsamkeit und der Peinlichkeit des Abends, und schlief sofort wieder ein. Im Traum ritt sie auf einem Geländeritt hinter Hugo her, splitterfasernackt, und hatte ihn fast eingeholt, als Snob über ein Hindernis stürzte und völlig außer Kontrolle geriet. »Verschwinde, du verzweifelte Verrückte!« schrie Hugo ihr über die Schulter zu. »Du warst immer schon in mich verknallt!«

Tash setzte sich kerzengerade auf, plötzlich hellwach und nüchtern, und taumelte schockiert hin und her. Hugo wußte, wie sie gerade erst erkannte, daß sie ihm dieses Jahr eine Valentinskarte geschickt hatte. Es war zwar nicht die Karte gewesen, die er erhalten hatte, aber es war nichtsdestoweniger eine Karte. Von ihr. Der armen, verzweifelten Tash, die immer so verknallt in ihn gewesen war – auch wenn sie jetzt einen anderen heiratete. Und nicht nur das, er hielt den Beweis sogar in Händen – die Karte, die einzig für Nialls herrlich braune Augen gedacht gewesen war. Sie sank zurück in die Kissen und lauschte auf ihren Herzschlag, Sekunde um Sekunde, bis sie aufstehen und zur Arbeit auf die Farm gehen mußte.

»Sally, Sally – ich bin's. Ist er da?«

»Ja.«

»Mist. Ich hab aufregende Neuigkeiten! Niall spielt den Daniel in ›Himmelbett‹, es geht vorwärts.«

»Das ist ja toll!«

»Und es kommt noch besser: Ich hab mit ›Cheers!‹ eine Exklusivstory über Nialls und Tashs Hochzeit arrangiert, damit ist Nialls Gage finanziert. Bob, sein Agent, hat mir geholfen, es auszuhandeln. Der Mann ist der Wahnsinn.«

»Die Zeitschrift ›Cheers!‹?« japste Sally. »Ich dachte, es bringt Unglück, da drin als Ehepaar aufzutauchen? Haben die nicht diese große Geschichte über Liz und Fortenski gemacht, und zwei Wochen später haben sie sich getrennt?«

»Red keinen Mist, Schatz – das ist eine phantastische Publicity für den Film. Sie bringen das alles während der ersten Drehs. Jetzt muß ich nur noch die passende Location finden. Ich bin verdammt spät dran.«

Sally kicherte. »Wann fangt ihr an zu drehen?«

»Im Mai. Hör mal, hast du keine Lust, mir zu helfen? Ich könnte gut noch jemanden brauchen.«

»Das ist doch nicht dein Ernst?«

»Und ob. Du kennst mich, und du kennst Niall, und du könntest prima zwischen uns vermitteln, was bestimmt nötig werden wird.«

»Ich denk drüber nach.«

»Okay – denk drüber nach. Aber eins mußt du mir versprechen, ja? Komm mit zu Hugo Beauchamps dreißigstem Geburtstag, als meine Begleitung.«

»Du bist eingeladen?«

»*Sehr* überraschend, ja, ich weiß. Aber er hat gerade angerufen und mich quasi angefleht, ihn nicht zu versetzen. Ziemlich seltsam, aber auch verdammt klasse. Herrje, ist der Mann göttlich! Kommst du mit?«

»Lisette!« Ihre Stimme senkte sich, als sie bemerkte, daß sie das verbotene L-Wort in Mattys Reichweite ausgesprochen hatte. »Du-weißt-schon-wer *verabscheut* den Mann.«

»Ich geh davon aus, daß er auf keinen Fall eingeladen ist. Aber ich möchte unbedingt, daß du mit mir hingehst.«

»Kann dich nicht irgendein gutaussehender Mann begleiten?«

»O Gott, Sally! Alle gutaussehenden Männer, die ich kenne, sind entweder verheiratet oder schwul, oder beides. Ich nehm viel lieber eine gute Freundin zum Lästern mit.«

»Gut, ich versuch's.« Ihre Stimme wurde noch leiser. »Aber ich werde lügen müssen.«

»Du weißt doch, was in der Bibel steht, Süße«, Lisette lachte, bevor sie auflegte: »Du sollst falsch Zeugnis reden wider deinen Ehegemahl.«

5

Das Mittagessen mit Henrietta war kein Erfolg. Als diese pünktlich um halb eins beim Old Forge auftauchte, war Tash noch auf der Lime-Tree-Farm und hatte die Verabredung völlig vergessen. Sie redete gerade begütigend auf Groupie, eines der jungen Pferde, ein, damit es wenigstens eines der ganz niedrigen Hindernisse übersprang, als Henrietta auf der Farm anrief. Erschreckt von dem plötzlichen Krach der Außenklingel des Telefons setzte Groupie unerwartet zu einem sehr steilen, knappen Sprung über eine viel zu hohe Stange an und warf Tash ab, die in hohem Bogen durch die Luft schleuderte und nur knapp dem Schicksal entging, sich an ihrem eigenen Knie die Zähne auszuschlagen.

Das setzte den Akzent für den Nachmittag. Weil Tash vergessen hatte, einen Tisch zu bestellen, fanden sie im Restaurant des Olive Branch keinen Platz. Statt dessen mußten sie sich an einen zugigen kleinen Tisch quetschen und in der Kneipe essen, wo einige Farmer der Gegend Bier tranken, wie die Landsknechte fluchten und Selbstgedrehte rauchten. Und alle begrüßten Tash wie einen alten Kumpel, was Henrietta mehr als schockierte. Sie bemühte sich sehr, freundlich zu bleiben und ihre Enttäuschung über Nialls Abwesenheit zu verbergen – was ihr aber kaum gelang; schließlich hatte sie sich extra zu seinen Ehren in ihren etwas gewagten, lilasamtenen Laura-Ashley-Hosenanzug geworfen. Henrietta kämpfte tapfer gegen ihren Frust an, während sie das unsägliche Essen aus warmem Ziegenkäse-Salat und in Sahne gedünsteter Makrele aß, hatte aber nicht ihren besten Tag. Und Tash, die einen heftigen Kater hatte und übersät war mit blauen Flecken, war auch schon besser in Form gewesen. Die Hochzeit erwähnten sie kaum; sie verständigten sich über ein paar Details, nur damit überhaupt eine Entscheidung getroffen wurde.

»Dein Vater möchte, daß du irgendwo hier in der Nähe heiratest.«

»Gut – ich werd mich erkundigen.«

»Deine Mutter hat vorgeschlagen, sich wegen der Geschenkeliste an GTC oder Peter Jones zu wenden. Ich würde zu Peter Jones raten, dort kaufe ich öfter ein, und ich kenne ein paar Assistenten.«

»Gut – wie du meinst.«

»Ich kenne auch eine ausgezeichnete Floristin. Sie hat die Hochzeit des Earl von –«

»Gut – soll sie's machen.«

»Hast du dich schon nach einem Kleid umgesehen?«

»Mama hat mir eine Liste geschickt – ich kümmere mich nächste Woche drum.«

»Wenn du soweit bist, sag bitte Bescheid. Wir müssen die Farbtöne mit denen der Brautjungfern und Blumenkinder abstimmen. Weißt du schon, wer das sein soll?«

Tash starrte auf ihre nicht angerührte Makrele mit den glasigen Augen. Genauso hatte sie letzte Nacht stundenlang dagelegen.

»Tash?«

Sie sah verwirrt auf, hatte aber verstanden, daß es um die Blumenkinder ging, und redete einfach drauflos. »Von Sallys und Sophias Kindern alle, die laufen können – Tom, Tor, Lotty und vielleicht auch Josh. Außerdem die Kinder von Nialls Schwester – drei Mädchen unter zehn, glaub ich. Und die beiden Jungs von seinem Bruder – die sind drei und sieben. Und Polly natürlich. Das dürfte reichen.«

Henrietta sah etwas blaß aus. »Keine älteren Brautjungfern?«

Tash schüttelte den Kopf. »Auf keinen Fall. Das hab ich auf Sophias Hochzeit mitgemacht. Grauenhaft. Das will ich keinem antun. Und Zoe soll die Führerin des Brautzuges sein, aber sie kann tragen, was sie will. Bloß keinen gerüschten Taft.«

Henrietta sah entsetzt aus, schluckte aber ihre Einwände hinunter. »Trauzeuge?«

Sie zuckte die Achseln. »Das überlaß ich Niall. Wohl Matty.«

»Und die Zeremonienmeister?«

»Rufus würde mir wohl glatt was zahlen, wenn ich ihn nehme. Aber ich glaub, Gus ist der Richtige – Ruf kann ihm helfen. Und Niall bestimmt den anderen – sein Freund Donal wahrscheinlich.«

»Werden sie alle Cutaways leihen müssen?«

»Wer weiß?« Tash blickte flüchtig auf eine Jagdszene an der Wand und wünschte, Niall wäre da. Sie spürte nicht die geringste Aufregung – nur einen nervtötenden Druck, der auf ihr lastete.

Henrietta beschloß, diese unerquickliche Befragung zu beenden und zu einem für sie wesentlich spannenderen Thema überzugehen. »Was macht Niall denn als nächstes? Irgend etwas Aufregendes? Fliegt er bald wieder in die Staaten?« Henrietta liebte Filmklatsch über alles.

»Er beendet jetzt erst mal diesen schottischen Historienfilm, und dann fliegt er in die Staaten auf Promotion-Tour«, spulte Tash herunter, die in letzter Zeit schon unzähligen Leuten über Nialls Aktivitäten Auskunft erteilt hatte. »Wenn er wiederkommt, wird er was in Yorkshire machen, ›Die Herren von Wildfell Hall‹, und danach ›Die Mühle am Fluß‹ für Radio 4. Dann wieder Amerika wegen dieses Historienfilms – und schließlich die Oscar-Verleihung, glaub ich. Und danach dreht er einen Film in England, ›Im Himmelbett‹.«

»Wie wunderbar!« Henrietta war ganz aus dem Häuschen.

»Seine Exfrau produziert dieses Bettgeflüster«, sagte Tash und fühlte sich ein bißchen schäbig wegen dieser Plumpheit. Aber manchmal bekam sie es einfach mit der Angst zu tun, wenn sie Nialls Terminkalender vor den eifrigen Bewunderern ausbreitete. Sie hatte oft den Eindruck, daß sie nur noch *über* Niall sprach – wie es ihm ging, was er machte und welchen Film er gerade drehte. Sehr viel häufiger jedenfalls, als sie *mit* ihm sprach. Sie fühlte sich bereits wie seine Pressesprecherin.

Henrietta war der bittere Tonfall in Tashs letztem Satz vollständig entgangen. »Und wer geht mit ihm zur Oscar-Verleihung – du oder sie?«

»Wer?« Tash runzelte ihre Augenbrauen.

»Seine Exfrau?«

Tash versuchte ein Lächeln zu produzieren, stellte aber fest, daß es ihr immer wieder entglitt. »Das ist so«, sagte sie langsam, »als ob du fragen würdest, wer auf der Hochzeit neben Papa sitzt – du oder Mama.«

Henrietta sagte kaum noch ein Wort, während sie Kaffee tranken, und verabschiedete sich dann ziemlich abrupt mit der durchsichtigen Ausrede von einem Friseurtermin und der Aussicht, daß sie sich ja in vierzehn Tagen auf Henrys Taufe ohnehin wiedersähen.

In den vierzehn Tagen, die zwischen dem Lunch mit ihrer Stiefmutter und der bevorstehenden Taufe in Worcestershire vergingen, nahm Tash noch weitere vier Pfund ab – hauptsächlich, weil sie jedesmal eine Schicht weniger anzog. Auch die Arbeit mit den Pferden ging intensiv weiter. Tash führte eine Art Machtkampf mit Snob, der seit dem Herbst allen Respekt vor ihr verloren zu haben schien, und bemühte sich jeden Tag neu um den ungestümen Mickey Rourke. Sie wollte Gus beweisen, daß es sich lohnte, ihn zu behalten, denn Gus stand im Begriff, einige der Pferde zu verkaufen, um seine Schulden zahlen zu können; und Mickey Rourke stand sicher ganz oben auf seiner Liste.

Zwei Tage vor Henrys Taufe schoß Gus in die Küche mit einem Brief in der Hand, den er erst einige Tage, nachdem er angekommen war, zu Gesicht bekommen hatte. »Diese Bastarde von Drover-Kleidung steigen aus dem Sponsorvertrag aus!« brüllte er. »Ich fasse es nicht – das sind sechzigtausend weniger pro Jahr. Sie schreiben, daß das Image nicht stimmt. Sie wollen dieses Jahr irgend so einen Golfer unterstützen.«

»Mein Gott, entsetzlich.« Zoe, die gerade mit Tash geplaudert hatte, drehte sich erschrocken um. »Gehört ihnen eins der Pferde?«

»Zum Glück nicht.« Gus warf den Brief auf den Tisch und machte sich über die Kekse her. »Aber wir haben von ihrem Geld jede Menge Futter bezahlt, und ihre Scheißmäntel haben Penny und mich letztes Jahr trocken gehalten. Mist!«

»Wir müssen einfach hohe Preisgelder gewinnen – das ist alles.« Tash lächelte sehr viel zuversichtlicher, als sie sich fühlte.

»Spiel hier nicht den Clown!« schnauzte Gus. »Wie sollen wir Preisgelder gewinnen, wenn wir uns nicht mal das Benzin leisten können, um auf die Turniere zu fahren?« Er stolzierte hinaus.

Tash fuhr zusammen. Obwohl Gus und sie im allgemeinen sehr gut miteinander auskamen, stand sie immer wieder als erste in der Schußlinie, wenn er wütend war. Er hackte dann unaufhörlich auf ihr herum und freute sich scheinbar an ihrer Angst vor Auseinandersetzungen. Insgeheim fürchtete sie sogar, er könne sie nicht besonders leiden, auch wenn sie keine Ahnung hatte, warum.

»Mach dir nichts draus – er beruhigt sich wieder.« Zoe rieb ihr aufmunternd den Rücken. »Du weißt doch, wie er ist: Wenn's ums Geld geht, wird er streitsüchtig.«

»Ja, ich weiß.« Tash ging betrübt wieder an die Arbeit. Was sie aber auch ganz genau wußte, war, daß sie das bei weitem entbehrlichste Mitglied des Teams war. Sie hatte im Vergleich zu Gus, Penny und Kirsty bisher noch sehr wenig gewonnen und konnte auch keine internationale Erfahrung vorweisen, weil sie erst relativ spät mit dem Sport begonnen und so die Jugendturniere nicht mitgemacht hatte. Durch Snob brachte sie zwar beachtliche Zuchtgelder herein, und sie genoß einige Vorschußlorbeeren im Reitsport – aber das verdankte sie hauptsächlich Hugos früherer Unterstützung und ihrer Beziehung zu Niall, die durch die Presse ging und Aufmerksamkeit erregte. Aber das waren bloß oberflächliche Pluspunkte verglichen mit dem, was ein professioneller Reiter an Möglichkeiten hatte. Es war nur eine Frage der Zeit, sagte sich Tash, wann sie gehen mußte. Sie, Snob und Hunk befanden sich in einer gefährlichen Lage.

Tash arbeitete in diesen Tagen bei Flutlicht immer bis spät in den Abend hinein, um Pluspunkte zu sammeln und sank nachts so erschöpft ins Bett, daß sie keinen Gedanken an das bevorstehende Familienfest verschwendete, obwohl Sophia ihnen die Ehre erwiesen und Niall gebeten hatte, Patenonkel zu werden. Niall würde erst am Samstag morgen nach Birmingham fliegen, weil sie noch bis Freitag nacht drehten, und hatte versprochen, sie bei der kleinen Dorfkirche von Holdham zu treffen, die auf dem Grund und Boden der Merediths lag. Kurz vor ihrem nächsten Weight-Watchers-Treffen rannte Tash noch in die Stadt, um sich etwas zum Anziehen zu kaufen, und wurde von Theresa wieder einmal überschwenglich beglückwünscht, weil sie die einzige war, die in der letzten Woche tatsächlich abgenommen hatte. »Zwei Pfund – großartig!« strahlte Theresa und überreichte ihr zur zusätzlichen Motivation einen großen glitzernden Stern mit einer »2« zum Anstecken.

Später an diesem Abend pappte Tash die glitzernde »2« zu dem geschmolzenen Magneten an das Kamingitter und fragte sich, ob ihr Leben jemals wirklich so aufregend werden würde, wie Theresa versprach, wenn sie erst abgenommen hätte. Sie schloß die Augen und versuchte sich ihr neues Ich auszumalen, aber alles, was vor ihrem geistigen Auge erschien, war eine Art lebende Barbie. Die glücklichste, ausgeglichenste und sicherlich attraktivste Frau, die Tash kannte, war Zoe – elegant und mit einer Figur von so sinnlichen Formen, daß jeder nur vor Neid erblassen konnte.

»Mein Problem ist nicht, daß ich zuviel wiege«, erzählte sie einer fasziniert lauschenden Beetroot, »sondern daß ich zuviel warte. Ich verbringe mein ganzes Leben damit, auf den einen Moment mit Niall zu warten.«

Tash lieh sich für die Fahrt nach Worcestershire Teds klapprigen Renault 5. Gus brauchte seinen Landrover selbst, um den Pferdeanhänger zu ziehen, denn er hatte eins der Pferde verkauft und wollte es zu seinem neuen Besitzer transportieren.

»Die Kupplung hakt 'n bißchen«, warnte Ted sie, als Tash sich in den mit Fußball-Devotionalien, Videokassetten und klebrigen Fruchtgummis übersäten Wagen zwängte. »Außerdem reißt das Kabel vom Gaspedal leicht, also sei vorsichtig. Im Kofferraum ist 'n Kleiderbügel, wenn du's flicken mußt.«

Tash nickte verwirrt.

»Meinst du wirklich, du hast das richtige an?« fragte er mit einem zweifelnden Blick auf ihr Outfit.

»Wieso? Stimmt was nicht?«

»Oh, doch, alles bestens – ist nur 'n bißchen wild, das ist alles.« Er zwinkerte ihr frech zu. »Du siehst toll aus. Bis dann – und paß auf mein Baby auf.«

Weil Tash den ganzen Weg bis Worcestershire ängstlich darauf bedacht war, nicht schneller als sechzig zu fahren, kam sie zehn Minuten zu spät. Und ihr wurde sehr schnell klar, daß ihr Outfit irgendwie unpassend war. Die erste, die sie auf dem Parkplatz traf, war Sally, und die brach bei ihrem Anblick in schallendes Gelächter aus. »Herrje – Sophia geht die Wände hoch!« Sie betrachtete Tash von oben bis unten. »Wenn's nicht schon passiert ist. Die Patin ist jetzt bereits betrunken, und der Pate – dein geliebter Schatz, um genau zu sein – ist noch nicht mal aufgetaucht. Sie kocht. Ben versucht in der Sakristei, sie zu beruhigen, aber Henry hat alles vollgespuckt, und der Vikar sagt, er hat mittags eine Trauung und kann auf keinen Fall länger als bis zwanzig nach warten.« Sally sah sehr glücklich und rosig aus in ihrem lila Angoratop und dem erikafarbenen Rock. Ihre blonden Haare waren vor kurzem erst zu einer schicken Kurzhaarfrisur gestutzt worden und wurden heute von einem knautschigen Hut aus Webpelz gekrönt.

»Du siehst blendend aus«, sagte Tash bewundernd.

»Neue Freunde und die Kunst des Friseurs.« Sally hakte Tash unter. »Ich hab gerade für Linus dieses Gel aus dem Auto geholt, das den Gaumen beim Zahnen beruhigt. Eigentlich braucht er es ja gar nicht mehr, aber er ist süchtig danach, der kleine Junkie. Außerdem heult er aus reiner Sympathie mit dem armen Henry mit; mal sehen, vielleicht hilft's. Besser wär's wahrscheinlich, wenn ich deiner Schwester eine Portion davon verpasse.«

»O Gott, ich hoffe, Niall kommt rechtzeitig.« Tash sah verdrießlich über ihre Schulter zum Parkplatz zurück, aber zwischen all den blitzenden Mercedes und BMWs regte sich nichts. Plötzlich entdeckte sie Hugos kleinen grünen Sportwagen und zuckte zusammen. Warum ihr Magen immer einen Purzelbaum schlug, sobald sie ihn sah, wußte sie nicht – wahrscheinlich lag es daran, daß sie sich einmal, als er sie darin mitgenommen hatte, fast übergeben hätte, weil er so schnell fuhr.

»Ist Hugo auch hier?« fragte sie, obwohl sie es genau wußte.

»Er plaudert mit deiner Mutter«, sagte Sally verträumt. »Gott, er sieht so verdammt gut aus, daß es schon verboten ist! Matty hat übrigens die Grippe, paß also auf. Hast du abgenommen?«

»Ein bißchen.« Tash fühlte sich geschmeichelt, aber Sally verfolgte das Thema nicht weiter, das ihr Selbstvertrauen gestärkt hätte.

In ihren kniehohen Lederstiefeln in Kombination mit ihrem zu kurzen, zu glänzenden und zu gelben Kostüm sah Tash eher aus wie ein Gast einer Londoner Szene-Party und nicht wie die Tante eines Täuflings aus dem englischen Landadel. Sie trug zwei Paar blickdichte Strümpfe – wegen der blauen Flecken – und hatte ihren schwarzen Hut extra mit einem Seidenschal aufgepeppt, um etwas von dem schauderhaften Kostüm abzulenken. Aber ein Blick auf Bens Verwandtschaft genügte, und auch Tash erkannte, daß heute für sie keine Möglichkeit bestand, sich in der Menge zu verstecken. Zwischen all dem eleganten gedeckten Beige und Marineblau stach sie hervor wie ein Post-it-Zettel auf Monets Winterstudie zur Kathedrale von Rouen. Als sie die Kirche betrat, erntete sie unverblümt entsetzte Blicke, und sie meinte, auch ein Kichern zu vernehmen.

In der zweiten Kirchenbank blickte Alexandra auf, und neben ihr erschien das bekannte, spöttisch lächelnde Kavaliersgesicht mit dem sorgfältig in Wellen gelegten Haar und den zwei eisigen, wasserblauen Augen. »Tash, mein Schatz, du siehst blendend aus, und so schlank!« begeisterte Alexandra sich viel zu laut. »Oh, wie schön, dich zu sehen. Komm her, meine Süße, hier zwischen mich und Hugo.«

Tash erstarrte und fing Hugos entsetzten Blick auf. Aber auch die Mienen all der anderen Taufgäste waren so grimmig, daß es ihr immer noch das kleinere Übel zu sein schien. Sie schnappte sich von einem gequält blickenden jüngeren Meredith das Blatt für den Gottesdienst und schob sich in Richtung ihrer Mutter.

»Wo ist denn dein unmöglicher Verlobter?« Alexandra hatte sich in die Ecke der Bank gequetscht, um ihre Tochter vorbeizulassen. Schlank und elegant wie sie war,verströmte sie in ihrem weichen braunen Wollkleid den Schick einer kultivierten Großmutter. Tash hörte, wie um sie herum ihre Schlangenlederstiefel einen wenig schmeichelhaften Gesprächsstoff abgaben, und ihre Strümpfe hatte sie sich bereits in Teds Auto ruiniert.

»Gespräche über Schlangen und Laufmaschen.« Auch Hugo hatte seine wahre Freude an ihr.

Tash warf ihm einen bösen Blick zu, aber ihr fiel dummerweise keine geistreiche Bemerkung über giftige Nattern ein.

»Ich hoffe, du wirst sie auch auf den Turnieren tragen, Tash«, murmelte er, als sie neben ihm stand, bemüht, jeglichen Körperkontakt zu vermeiden. »Sie sind sicher sehr viel effektiver als Sporen – ein Blick aus den Augenwinkeln, und dein Kastanienbrauner beschleunigt wie ein Ferrari beim Carambolage-Rennen.«

»Hast du ihn heute gesprochen?« Alexandra hatte nicht gehört, was Hugo gesagt hatte, und setzte sich wieder.

»Wen?« Tash wunderte sich, ob Alexandra tatsächlich meinte, sie würde ihr gegenüber – auch wenn sie ihre Mutter war – zugeben, daß sie mit Snob wie mit einem Menschen sprach.

»Na, deinen unpünktlichen, hinreißenden Freund!« Alexandra nahm liebevoll Tashs Hand in die ihre. »Also wirklich, Tash, du bist manchmal *so* zerstreut.«

»Oh– Niall.« Tash beobachtete, wie der Vikar nervös auf und ab ging, während Ben herablassend und etwas dümmlich aus der Wäsche schaute. »Nein, aber ich hab gestern nachmittag ein Fax von ihm bekommen, in dem er ausdrücklich betont hat, daß er auf jeden Fall kommen wird.«

In diesem Moment trat Sophia mit einem still vor sich hin schluchzenden Henry auf dem Arm aus der Sakristei, beide sahen fürchterlich mitgenommen aus. »Tash«, rief sie in die versammelte Menge und suchte nach ihr. Selbst jetzt noch sah sie phantastisch aus. Ihre großen grünen Augen waren sehr dezent mit lohfarbenem Eyeliner umrandet, der wunderbar die bernsteinfarbenen Flecken in ihren Augen zur Geltung brachte; ihr schwarzes Haar war über den Wangenknochen locker hochgesteckt; und ihr cremefarbenes Kostüm war so raffiniert und gut geschnitten, daß es ihre Figur auf das vorteilhafteste zur Schau stellte. Tash kam sich neben ihr vor wie ein riesiges gelbes Werbeplakat mit dem Slogan »Sonderangebot der Woche«. Das einzige, was die Vollkommenheit dieser Schönheit beeinträchtigte, war Sophias Hysterie. »Wo ist er?« jammerte sie. »Ja, natürlich ist er der wichtige Star; aber das hier geht doch entschieden zu weit. Es ist vielleicht ganz schick auf einer Premiere, Party oder sonst was zu spät zu erscheinen, aber dies ist eine religiöse Zeremonie – ich dachte, Katholiken nähmen diese Dinge sehr ernst?« Sie warf einen wachsamen Blick auf den Vikar, den sie über Nialls Konfessionszugehörigkeit im unklaren gelassen hatte.

»Er hat versprochen, daß er kommt«, sagte Tash weich. »Ich bin sicher, es handelt sich nur noch um Sekunden – er steht bestimmt irgendwo im Stau.«

Sophia sah sich wütend in der Kirche um. »Wir brauchen jemand anderen – also? Wer? Hugo?«

Er hob ruhig den Kopf. »Ich war schon dran, meine Liebe – bei Josh, erinnerst du dich? Wenn ich zweimal Taufpate werde, sieht es so aus, als hätte ich keine Erben, findest du nicht?«

»Matty!« Sophia durchpflügte den Raum und heftete ihre schönen Augen auf ihren äußerst unwilligen Bruder. Mit dem glucksenden Henry rannte sie quer durch die Kirche zur letzten Bank, wo Matty ›Private Eye‹ las und sich nicht weiter darum kümmerte, daß sich Tor und Tom lautstark stritten. Er trug wieder dieses entsetzliche Häkelkäppi, das mittlerweile ziemlich unansehnlich war.

»Kommt nicht in Frage.« Matty sah schockiert auf, als er plötzlich die Situation erfaßte. »Ich bin Atheist – ich bin nur gezwungenermaßen hier und weil Sally sagte, es gäbe jede Menge zu essen.«

»Oh, mach schon, das ist ein Notfall. Du kommst jetzt mit zum Altar!« Sophia zog ihn praktisch an seinem kragenlosen T-Shirt aus der Bank. In ihrer Panik hörte sie die quietschenden Bremsgeräusche des Taxis draußen auf dem Parkplatz nicht. Mit Matty im Schlepptau marschierte sie auf den Vikar zu und riß ihm kurzentschlossen das Häkelkäppi vom Kopf. Mittlerweile vernahm man geräuschvolle Schritte auf dem Kies vor der Kirche.

Der Vikar räusperte sich ein paarmal feierlich, begrüßte die Taufgäste und schlug die Bibel auf. »Ladys und Gentlemen«, dröhnte er mit seinem vollen Baß. »Ich freue mich sehr, Sie alle hier in unserer wunderschönen kleinen …«

»Gott im Himmel, ich danke dir – ich hab's doch noch geschafft!« ertönte eine tiefe erotische Stimme von der Tür her.

Tash zerfloß fast vor Stolz. In dem hohen Türbogen der Kirche stand ein großer, breitschultriger Mann, der sich leicht vornüberbeugte, während er nach Luft schnappte. Er trug einen riesigen Trenchcoat und Jeans und hatte, so fand Tash, noch nie begehrenswerter und ungezähmter ausgesehen. Sie bemerkte, daß sie vor lauter Entzücken aufgesprungen war. Hugo neben ihr lehnte sich in der Bank zurück und rieb sich das Kinn.

Nialls Stimme klang weich und warm. »Es tut mir so leid – mein Flugzeug hatte Verspätung, und dann der Verkehr in Birmingham, das war die Hölle, ehrlich. Herrgott! Es gab einen Augenblick, da hab ich gedacht, der kleine Kerl hier wird ein Teenager sein, bevor ich ankomme. Hi, Sophia, mein Engel. Herrje, du siehst wundervoll aus!«

Niall hätte sich in noch weit blasphemischeren Flüchen ergehen können – seinem unwiderstehlichen Charme verzieh man augenblicklich alles. Sophia wurde rot vor Freude, Ben begrüßte ihn mit einem herzlichen Schulterklopfen, und sogar der Vikar schaute sich fröhlich um nach diesem gutaussehenden berühmten Gesicht in seiner Kirche.

Matty zwinkerte seinem Freund erleichtert zu und verzog sich wieder. Nachdem Niall seine Position eingenommen hatte, suchten seine Augen den Raum nach Tash ab. Als er sie in ihrer knappen signalgelben Uniform erspähte, wurden seine Augen weich, und er warf ihr einen laut schmatzenden Handkuß zu. Sophia entschloß sich kurzfristig, einen Hustenanfall zu erleiden, und Bens Verwandte starrten schockiert Tash an, weil sie im Leben keine Verbindung zwischen dieser geschmacklos gekleideten Frau und diesem attraktiven Mann erwartet hätten.

Tash allerdings hatte eine Ahnung angeweht von etwas, das sie weit mehr bestürzte als die gesammelte Ablehnung des anwesenden Meredith-Clans. Sie blickte Niall aufmerksam an, während er Wärme und Bonhomie im ganzen Raum ausstrahlte. Hugo war es auch nicht entgangen, und er beugte sich hinüber zu Tashs Ohr, um ihr mit seinem warmen Atem seine scharfe Beobachtung zuzuraunen. »Er ist total besoffen«, zischte er ihr unterdrückt zu. Sie schloß entsetzt die Augen. Warum war Niall morgens um elf betrunken?

Irgendwie schaffte Niall es, die Zeremonie durchzustehen, ohne auch nur eine Zeile auszulassen. Nur Hugo und Tash bemerkten den unnatürlich schweifenden Blick seiner dunkelbraunen Augen, die leichte Schwerfälligkeit in seinen Bewegungen und den heiseren Tonfall seiner Stimme. Der Rest der Gottesdienstbesucher sah ehrfürchtig zu, wie er Henry die Show stahl, auch wenn er es gar nicht beabsichtigte. Niall las so wunderbar akzentuiert, daß es eine Wonne für das Ohr und sehr herzergreifend war; sogar Bens kaltherzige und sehr sachliche Mutter wühlte in ihrer Mulberry-Handtasche nach einem Taschentuch und zog ein riesiges verknülltes Stück Klopapier hervor. Als die Gäste schließlich die Kirche verließen, umringten ihn von allen Seiten aufgeregte Familienmitglieder und machten sich eifrig mit ihm bekannt.

Obwohl sie es versuchte, gelang es Tash nicht, sich zu ihm durchzukämpfen, sie fand sich selbst auf dem Parkplatz wieder, zwischen Hugo und Ben.

»Tash, altes Haus.« Ben legte aus reiner Höflichkeit etwas gezwungen einen Arm um ihre Schultern – die größte Herzlichkeit, zu der er fähig war. »Du siehst ganz prächtig aus – prima Wahl.«

»Danke.« Tash lächelte tapfer. Es war ein stehender Witz in ihrer Familie, daß ein Kompliment von Ben der ultimative Beweis dafür war, wie scheußlich man aussah; er besaß einfach überhaupt gar keinen modischen Geschmack.

»Ich muß schon sagen, ich freu mich enorm, daß ihr euch zusammentut, du und der alte Niall – tolles Paar.« Er sprach, als handelte es sich um eine künstliche Befruchtung seiner Rinder. »Findest du nicht auch, Hugs? Ist doch eine prächtige Sache?«

Hugo strich sich eine seiner walnußfarbenen Locken aus der Stirn, fing Tashs Blick auf und warf ihr einen Herzschlag später ein eisiges Lächeln zu. »Sie scheinen wie füreinander geschaffen«, sagte er trocken, und seine Augen schweiften über den Parkplatz, während Niall, der endlich den Meredith-Clan abgeschüttelt hatte, durch ein Beet mit Krokussen schnurstracks auf Tash zuging.

»Hi, Engel.« Auch wenn seine schokoladenbraunen Augen vom Alkohol etwas matt schienen, so sah sie ihm doch an, daß er sich über ihr Wiedersehen genauso freute wie sie. Er drückte sie an sich und gab ihr einen so langen und leidenschaftlichen Kuß, daß sie darüber für einen Moment sogar den Geschmack von Whiskey und sein unrasiertes Kinn vergaß. Als Tash, sprühend vor Aufregung, kurz nach Luft schnappte, bemerkte sie, daß selbst der Vikar sie unverhohlen neidisch beobachtete. Niall setzte sofort zu einem zweiten Kuß an, und seine Zunge erkundete ihren Mund so ausgiebig, als kostete er von einem lange entbehrten Lieblingswein.

»Herrlicher Vortrag, Niall, alter Kumpel.« Ben räusperte sich, sichtbar peinlich berührt. Und Hugo – da offenkundig überflüssig – plauderte bereits mit Sally.

Niall schien Ben, der unbehaglich herumstand, gar nicht zu bemerken. »Verzeihst du mir?« nuschelte er in Tashs Haare hinein.

»Was denn?« Sie preßte ihr Gesicht in sein weiches kühles Haar. Es benötigte dringend eine Wäsche und war so lang, daß es ihm auf die Schultern fiel. Aber es verströmte den vertrauten Geruch, und sie erschauerte vor Glück.

»Alles, du weißt schon.« Er ließ sie los, und ein schuldbewußter Ausdruck überzog sein Gesicht. »Daß ich dich an dem Wochenende versetzt hab, nicht oft genug angerufen hab, nicht einfach mal frei gemacht hab, daß ich Lisette zugesagt hab – ach!« Er lachte verlegen, als sie bei der Erwähnung dieses Namens unbewußt etwas erstarrte. »Ich weiß, daß du dich darüber geärgert hast.«

Tash schüttelte aufrichtig den Kopf. »Insgeheim bin ich ihr dankbar.« Sie lächelte. »Weil du so in England bleibst – in meiner Nähe.«

»Ach – wie recht du hast.« Er umarmte sie überschwenglich. »Laß uns nach Hause fahren. Ich kann jetzt nicht auf diesen Empfang gehen. Ich möchte mit dir schlafen.«

Dasselbe wollte Tash auch, aber sie wußte ebenso, daß, wenn sie jetzt nicht auf diesem Empfang erschienen, Sophia ihnen das niemals verzeihen würde. »Nur für fünf Minuten«, versprach sie Niall, als sie mit ihm zum Auto ging. Murrend trödelte er hinter ihr her und warf aus lauter Begeisterung, Tash wiederzusehen, Bens Mutter einen Handkuß zu. Lady Malvern, wie sie immer und überall genannt werden wollte (sogar bei Woolworth, wo sie

Pfefferminz für ihre Pferde kaufte), wurde vor Schreck fast ohnmächtig. Sie riß ihre leicht knittrigen Augenlider zum ersten Mal seit Jahren jäh in die Höhe und zeigte zwei sehr blutunterlaufene blaue Augen.

Wie abzusehen, war der Empfang sehr groß und bis ins Detail durchorganisiert. Es war wohl, nahm Tash an, unausweichlich, daß jemand wie Sophia – dem neuesten Trend der Londoner Szene immer auf der Spur – für eine Tauffeier von solchen Dimensionen, Küchenchefs engagierte, die so ungenießbare Sachen wie rohes Lamm und Hot-Chili-Tacos für sie produzierten. Bens Familienmitglieder trugen einen leidenden Gesichtsausdruck zur Schau, als sie Tablett auf Tablett mit rohem Fisch, marinierten Lindenblättern, Zitronengras und Kumquat-Törtchen an sich vorbeiziehen sahen. Der Empfang fand in der langen, prächtig ausstaffierten Wandelhalle von Holdham Hall statt. Es war einer der wenigen Räume des alten Familiensitzes der Merediths, der für die Öffentlichkeit (»Die Glotzer«, wie die Gräfin sie nannte) zugänglich war und von der Familie fast nie genutzt wurde. Obwohl die Sicherungsseile und die Plastikabdeckungen des Bodens jetzt im Winter entfernt worden waren, verliehen die Wegbeschreibungen und Schilder mit der Aufschrift »Ausgang« dem Fest eine etwas merkwürdige Atmosphäre.

»Mutter hat ein *riesiges* Spektakel gemacht«, erzählte Ben mit gedämpfter Stimme, als er Tash ein Glas eiskalten Champagner brachte. »Wir hätten die Feier gern in der Orangerie abgehalten, aber Ma hat uns heute morgen verkündet, daß sie sie an eine Hundeschule vermietet hat. Sophia kocht vor Wut. Da sitzen jetzt Dutzende Welpen, noch nicht mal stubenrein zwischen all den teuren Blumenarrangements.«

Tash kicherte, als Ben mit einem zweiten Glas heranschwankte und dabei das meiste vergoß. »Für Niall«, sagte er, schien aber nicht zu wissen, was er damit anfangen sollte.

»Ich nehm's so lange«, bot sie an und überlegte insgeheim, ob es nicht klüger wäre, Niall Orangensaft anzubieten, wenn er von der Toilette zurückkam. Sie atmete erleichtert auf, als sie in gar nicht so großer Entfernung einen speckigen alten Ledersessel erblickte. Die hohen Absätze ihrer engen Stiefel brachten sie um.

»Nicht da hinsetzen, meine Liebe«, sagte Lady Meredith schroff, als sie an Tash vorbeiging, um ihr Glas füllen zu lassen. »Das ist 10. Jahrhundert – absolut unbezahlbar.« Ohne ein weiteres Wort setzte sie ihren Weg fort.

Tash sprang sofort wieder auf, wanderte durch den Raum und fand sich plötzlich direkt hinter Hugos breitschultrigem Maßanzug wieder. Er plauderte und lachte angeregt mit einer flotten, etwas älteren Blondine, die wie verrückt mit ihm flirtete. Keiner von beiden bemerkte sie. Als sie hastig und entschuldigend ihre beiden Gläser hob, um ihrer Mutter, die mit Henrietta über die Hochzeit sprach, anzudeuten, daß sie leider nicht zu ihnen durchkommen könne, schüttelte sie die Gläser leicht. Leider hatte sie nicht bedacht, daß Nialls Glas noch randvoll war, und so ergoß sich sein Inhalt ziemlich genau auf die Rückennaht von Hugos wunderbar geschnittenem Jackett.

»Was um Himmels willen –?« Er drehte sich herum, und seine eisigen Augen erblickten die gelbe Gefahr. »Hab ich's mir doch gedacht«, seufzte er. »Also wirklich, Tash, wenn du meine Aufmerksamkeit erregen möchtest, kannst du mich einfach mit Namen ansprechen.«

Die Blondine lachte laut auf, sie schien das alles sehr komisch zu finden. »Tut mir leid«, sagte Tash so ernst wie möglich, auch wenn sie sich heimlich über diese Ungeschicklichkeit freute. »Schick mir die Rechnung für die Reinigung.«

»Sicher.« Er wollte sich wieder umdrehen, doch Tash sah ihre Chance gekommen, das India gegebene Versprechen einzulösen – wie widerwillig auch immer.

»Wie ich höre, hast du Zoe in letzter Zeit öfter getroffen?« fragte sie sehr direkt, in der Hoffnung, so die Aufgabe bald hinter sich zu bringen.

»Ach ja?« entgegnete Hugo desinteressiert. »Auch nicht häufiger als sonst.« Er zuckte unbekümmert die Achseln.

»Oh.« Tash war bestürzt. Doch vielleicht war er auch nur gerissen. Sie entschied sich, erst einmal die Lage zu sondieren.

»Sie ist wunderbar, nicht wahr?« fragte sie, gerade als Hugo sein Glas einer Angestellten von Bea Meredith hinstreckte, die Orangensaft ausschenkte.

Er hob eine Augenbraue, während sein Glas gefüllt wurde. »Wenn du das sagst, Tash«, antwortete er herablassend.

Tash stellte ihre Gläser ab und beackerte das Feld weiter. »Ja – ich meine, sie hat zwei fast erwachsene Kinder und so viel Arbeit, und trotzdem sieht sie die ganze Zeit phantastisch aus, und immer ist sie geduldig und freundlich.«

Hugo wandte sich ihr wieder zu. Diese Konversation begann, ihn zu faszinieren. Seine blonde Begleitung zog sich wortlos zurück, nicht ohne Tash giftige Blicke zuzuschießen. »Findest du wirklich?«

»Natürlich.« Tash betrachtete ihn mit leichtem Erstaunen. »Sie ist außerdem enorm attraktiv, und sie hat diesen kühlen blonden Charme, den ich einfach umwerfend finde«, sagte Tash eifrig. »Viele Männer würden glatt sterben, um mit ihr zusammenzusein.«

In Hugos Gesicht stand ein Ausdruck höchster Konzentration. »Nun ja, sie sieht aus, als hätte sie eine ganze Menge erlebt, ja.«

»Das ist doch die Höhe!« Tash schnappte nach Luft. »Für ihr Alter sieht sie unglaublich jung aus. Und sie ist nur zwei Jahre älter als Kirsty«, betonte sie taktlos.

»Nun, *das* ist die Höhe«, murmelte er. In seinen Augen stand plötzlich Zorn. »Ich würde fast meinen, du versuchst mich zu ärgern, Tash.«

Sie errötete, denn sie war, wie so oft, unbeschreiblich indiskret gewesen – hatte ihn sogar stümperhaft mit der Nase genau auf den wunden Punkt gestoßen. So cool wie möglich zuckte sie die Achseln und kratzte sich an der Nase. »Du könntest es schlechter treffen.«

Hugo lachte. Er starrte sie an, als sei sie völlig verrückt. »Ach, tatsächlich?«

Tash schwitzte in ihrem gelben Kostüm, weil ihr klar wurde, wie weit sie sich bereits in seine Privatangelegenheiten eingemischt hatte. Aber sie erinnerte sich an ihr gegebenes Versprechen und wollte es drauf ankommen lassen. Aus irgendeinem närrischen Grund raste ihr Herz, und ihre Wangen liefen rot an. Zu ihrer eigenen Überraschung stellte sie fest, daß sie auf Teufel komm raus Indias lächerlichen Auftrag erfüllen wollte. »Ich weiß, es geht mich nichts an –«

»Genau«, schnauzte er.

»– aber Kirsty ist verlobt.«

»Das weiß ich.« Hugo trank seinen Orangensaft etwas zu hastig und leckte sich einen Tropfen von der Lippe. Seine blauen Augen hefteten sich an die ihren, in einem Moment eisig-wütend, im anderen arrogant-amüsiert. Dann – plötzlich – sah er sie beunruhigt an und beugte sich so dicht zu ihr, daß nur sie sein Flüstern noch verstehen konnte. »Meinst du, ich sollte mit ihr Schluß machen?«

Tash war leicht verwirrt von dem Ernst seiner Frage, entschied aber, daß dies der entscheidende Augenblick für einen Vorstoß sei. »Ich glaub, das wär das beste für sie«, antwortete sie vorsichtig. »Ich meine, Richie kommt nächsten Monat.«

»Richtig – ja, stimmt.« Er nickte ernsthaft und schien ganz in Anspruch genommen von dieser Erkenntnis. »Verstehe. Du willst natürlich nur ihr Bestes, nicht wahr, Tash?«

Tash gefiel der Tonfall, in dem er das sagte, überhaupt nicht. Und das Flackern in seinen Augen ließ sie aufschrecken. Sie kannte diesen funkensprühenden Blick und wußte mit Bestimmtheit, daß er einer rasend schnellen Explosion voranging, die ihr die Augenbrauen versengen würde. »Ich dachte nur –«, stammelte sie verzweifelt.

»Und darf ich dir versichern, wie unglaublich geschmeichelt ich mich fühle, weil du einen so regen Anteil an meinem Liebesleben nimmst«, fuhr Hugo eisig wie Sophias Champagner fort. »So rege, daß du sogar direkt versuchst, Anteil daran zu nehmen, indem du mir eine Valentinskarte mit halbnackten Fotos von dir selbst schickst.«

»Aber das war ein Versehen –« Tash fühlte brennende Scham, als sie begriff, was er da sagte und wie laut er es sagte. Niall war inzwischen in den Festsaal zurückgekehrt und stand nur ein paar Schritte entfernt.

»Wofür ich dir, nebenbei gesagt, danken muß«, tobte er weiter, »meine Leute haben sich lange nicht so amüsiert und die Karte gleich im Aufenthaltsraum an die Wand gepinnt.«

»O Gott!« Tash schlug beschämt die Hände vor die Augen. »Sie war doch nicht –«

»Aber weil du nicht im geringsten mein Typ bist, Schatz«, zischte er und senkte seine Stimme wieder, »schlage ich vor, daß du dich da heraushältst und verschwindest, bevor ich Niall bitten muß, mich von dir zu befreien.« Er grinste boshaft. »Und ich kann mir gar nicht vorstellen, daß er erfreut sein wird zu hören, wie zügellos deine Gefühle ins Kraut schießen, wenn er irgendwo seine kleinen Filme dreht, oder?« Mit diesen Worten drehte er sich auf dem Absatz um und ließ sie stehen. Tash schnappte nach Luft, wie ein Trompeter, dem plötzlich das Instrument vom offenen Munde weggefegt worden ist.

»Tash, mein Schatz!« Alexandra rannte von links mit klimpernden Armreifen auf sie zu. »Henrietta und ich haben alles bis ins kleinste geplant. Die Blumen für den Empfang sollten weiß sein, und was hältst du von so rustikalen Kübeln mit Kornähren, weil du doch auf dem Land lebst? Hast du dich gut mit Hugo unterhalten? Niall hat ihn vorhin gefragt, ob er Zeremonienmeister sein möchte.«

»Wirklich?« fragte Tash schwach.

»Ja – Hugo war begeistert. Er meinte, er wollte deiner Familie immer schon mal ganz genau sagen, wo es lang geht.«

Matty kochte vor Wut und sprach kein Wort mehr mit Sally, seit er während dieses Festes rein zufällig erfahren hatte, daß sie Lisette getroffen und hinter seinem Rücken einen Job bei ihr angenommen hatte. Nur Minuten, nachdem Sally es unvorsichtigerweise ausgeplaudert hatte, während Matty sich in ihrer Nähe aufhielt, hatte er alle seine Kinder ins Auto gepackt und wartete übellaunig auf sie, während das Radio in voller Lautstärke dröhnte. Sally nahm noch zwei Drinks und machte ein weiteres Mal die Runde, nur um ihn zu ärgern.

James hatte mehr Rotwein getrunken, als ihm guttat, weil die Aristokraten-Familie, in die seine ältere Tochter da eingeheiratet hatte, ihn einschüchterte. In Gesellschaft der förmlichen, kühldistanzierten Merediths – besonders Bens schrecklicher Mutter Bea und seines tauben, ständig brüllenden Vaters Henry – fühlte er sich wie zwölf. Sie waren höchst erstaunt und »entzückt«, daß er sich seinen Lebensunterhalt noch verdienen mußte. James, der eine der erfolgreichsten Investmentfirmen der Londoner City leitete, wünschte jedoch nicht, daß die Leute entzückt von ihm waren, sie sollten ihn fürchten. Diese hochnäsige, wenn auch in mancherlei Hinsicht verlockende und beneidenswerte Welt war nicht die seine. Von daher war er mehr als erstaunt zu sehen, wie herzlich die Merediths Niall aufnahmen – sein großherziger Charme und sein lautes Lachen hatten es ihnen angetan. James konnte sich nicht genug wundern, daß diesem irischen Angeber einfach alles in den Schoß fiel, nur weil er gutaussehend, extrovertiert und geadelt war durch die Krone der Popularität – den Ruhm. Sie schienen seinetwegen sogar Tash gegenüber freundlicher zu sein. Früher hatte sich James oft für seine jüngere Tochter geschämt; jetzt stellte er zu seinem Entsetzen fest, daß er auch auf sie eifersüchtig war, und verspürte plötzlich große Lust, seinen Ärger an ihr auszulassen.

Sie standen alle an der Tür, als Tash und Niall aufbrechen wollten – Sophia und Henrietta sprachen über Hochzeiten, Alexandra und Ben sprachen über Urlaube, und Tash und Niall sprachen über Autos. Alle redeten zugleich in einer Kakophonie der Töne – tiefe, hohe, heisere, schneidende Stimmen, die versuchten, sich durchzusetzen. Doch James, der sich ihnen torkelnd mit einem Glas Rotwein zugesellte, übertönte sie alle. »So – dann wärst du also auch untergebracht, Tash«, sagte er lautstark und bemühte sich, nicht zu lallen. »Hab mich schon gefragt, wann wir dich endlich so einem armen Kerl andrehen können.«

Tash, die seine Verachtung gewohnt war, benötigte einen Augenblick, bis ihr klar wurde, wie sarkastisch seine Worte gewesen waren. Niall war viel zu betrunken, ihm entging es vollständig.

»Das häßliche Entlein kriegt immer als letztes einen ab«, murmelte er und klopfte ihr etwas zu kräftig auf den Rücken. »Schade nur, daß er mit all den schönen Frauen hier flirtet, aber ich nehme an, daß ist Teil des Deals mit diesem berühmten Luftikus. Ich hoffe, er treibt seine Spielchen weit weg von zu Hause – diese Schauspielertypen sind doch alle ziemlich taktlos.«

»James!« Alexandra war entsetzt. »Was redest du da?«

»Ich sage nur, daß er ihr nicht treu sein wird, das ist alles.« James zuckte die Achseln, und es dämmerte ihm, daß er in seinem Ärger wohl etwas zu weit gegangen war; allerdings sah er keine Notwendigkeit, sich zu entschuldigen. »Ich meine, der Bursche war doch schon mal verheiratet. Und umgeben von all diesen Starlets kommt er doch nicht sehnsüchtig jede Nacht nach Hause zu der pummeligen Tash.«

»Um Gottes willen, James!« schnauzte Alexandra und sah Henrietta hilfesuchend an. Aber die starrte beschämt zu Boden, in der Angst, alles nur noch schlimmer zu machen. Sophia plapperte noch immer über die Hochzeit, ohne zu bemerken, daß ihr keiner mehr zuhörte. Und Niall, der zwar neben Tash stand, blickte, weil er nichts verstanden hatte, leicht verunsichert in die Gegend und versuchte, sich auf seine Zigarette zu konzentrieren, die er gerade anzünden wollte. Ben, der mit einer Flasche Champagner dastand, um nachzuschenken, räusperte sich vernehmlich und betrachtete angelegentlich eines der Ölgemälde an den Wänden, als sähe er es zum ersten Mal.

Tash fühlte sich zutiefst gedemütigt. Sie hatte einen riesigen Kloß im Hals, und schon standen ihr die Tränen in den Augen. Es war, als hätte ihr jemand hart das Knie in die Brust gerammt; sie bekam kaum Luft, ihre Lungen brannten.

»Nimm's nicht persönlich, Tash«, sagte ihr Vater fast freundschaftlich und fixierte sie, während er schwankte. »Das sind nun mal Tatsachen.«

»Siehst du mich wirklich so?« krächzte sie, durch ihren Tränenschleier nahm sie ihn kaum noch wahr. »Niall?« Sie spähte hilfesuchend zu ihm, aber er hatte sich torkelnd auf den Weg zu Bens Verwandtschaft gemacht, um sich Feuer geben zu lassen.

»Verstehe.« Ihre Stimme quietschte, als würde sie gleich anfangen zu jodeln. »Dann wirst du ja den größten Tag deines Lebens haben, wenn du bei meiner Hochzeit den Brautführer spielst, Papa. Du hast doch jede einzelne Sekunde darauf gewartet, mich loszuwerden – jetzt ist es endlich so weit. Tut mir leid, daß es siebenundzwanzig Jahre gedauert hat. Das ist die beste Chance, die dir diesen Sommer geboten wird.« Tash rannte weg und lief schluchzend und vor Tränen blind einen Seitengang entlang zur großen Treppe, die sie, immer zwei Stufen auf einmal nehmend, hinuntereilte. Hugo, der ihr entgegenkam, preßte sich an die Mahagonivertäfelung der Wand und beobachtete sie beunruhigt. Als Tash an ihm vorbeilief, stolperte sie und stürzte beinahe die letzten zehn Stufen hinunter. Gerade rechtzeitig ergriff Hugo ihren Arm, wobei der billige gelbe Stoff ihres Kostüms an der Schulter einriß, die plötzlich aussah wie eine geschälte Banane.

»Alles in Ordnung?« fragte er schroff. Als er aber ihr tränenüberströmtes Gesicht bemerkte, blickte er ehrlich bestürzt. »Was ist passiert?«

»Mir geht es prima«, krächzte Tash erstickt. »Ich werf mich dir an den Hals, Hugo, wie immer – und hoffe, daß du mir die Kleider vom Leib reißt. Sieht aus, als hätte es geklappt, was?« Damit eilte sie laut schluchzend weiter. Noch nie hatte sie sich so gedemütigt gefühlt.

Tash, die sich in den schäbigen Renault geflüchtet hatte, fand sich in peinlicher Nähe zu ihrem Bruder wieder, der immer noch schlecht gelaunt im nebenan geparkten Audi saß und auf die umherschweifende Sally wartete. Und das Radio dröhnte nach wie vor. Zum Glück war er in seinen Umberto Eco vertieft und sah nur ein Mal auf, um das Radio noch lauter aufzudrehen, als der Moderator die Hörer aufforderte, sich zum Thema Scheidung zu äußern.

Zwei Zigaretten später, die nur dazu geführt hatten, daß Tash übel wurde, konnte sie wenigstens wieder etwas sehen, wenn ihre Augen auch noch geschwollen und rotgerändert waren. Von Niall weit und breit kein Lebenszeichen. So wie er sie nicht verteidigt hatte, feierte er jetzt mit dem Feind weiter. Sie behielt die große Steintreppe, die hinauf zu Holdham Hall führte, genau im Auge. Für einen Moment hüpfte ihr Herz erleichtert, denn sie sah einen großen dunklen Mann die Stufen hinabeilen; doch als sie erkannte, wer es war, rutschte sie tief in ihren Sitz zurück. Hugo lief, eingehüllt in einen riesigen Mantel und die Hände vor Kälte reibend, an ihrem Wagen vorbei. Er sah aus wie ein wild-romantischer russischer Prinz, das Haar fiel ihm auf die so überaus gerade Nase, und der Kragen war gegen den eisigen Wind bis über die

Ohren hochgeschlagen. Tash wünschte, es möge aus irgendeinem Hinterhalt ein Bolschewik hervorgeschossen kommen und ihn niederstrecken. Statt dessen aber setzte er unbehelligt den Weg zu seinem Auto fort, wobei er große Atemwolken ausstieß, die ihn geisterhaft umhüllten. Einen Augenblick schien es, als wollte er nach Hause fahren, doch holte er nur Zigaretten.

Niall suchte mittlerweile schon seit über einer Viertelstunde nicht nach ihr. Tash begann wieder zu schniefen. Vielleicht hatte ihr Vater ja recht – wahrscheinlich war er froh, sie los zu sein, und flirtete heftig mit Sophias glamourösen Model-Freundinnen. Mit einem langgezogenen Röcheln setzte sich der Motor in Gang, als sie ihn anließ und scharf aus ihrer Parkbucht zurücksetzte, wobei sie fast Bens Großtante anfuhr. Der Kies spritzte, während Tash mit rasanter Geschwindigkeit die lange schattige Auffahrt herunterfuhr und zwei Fasane und eine Ratte streifte, weil sie vergessen hatte, das Licht einzuschalten.

Matty und Sally hatten keine Gelegenheit, sich auszusprechen. Als Niall entdeckte, daß Tash ohne ihn gefahren war, bat er sie, ihn bis London mitzunehmen, von wo aus er mit dem Zug bis Marlbury fahren wollte. Sally mußte auf die Rückbank zu den Kindern, die wild über sie hinwegstiegen. Matty wollte weiterhin Radio 4 hören, Niall lieber Radio 1, und Sally war für Radio 2, allein aus Lust am Widerspruch. Zum Glück schliefen die Kinder bald ein, was die Spannungen etwas dämpfte; und auch Niall schnarchte bereits, als sie auf der M40 Banbury passierten.

»Der arme Kerl ist völlig fertig.« Matty brach für einen Moment sein Schweigen und sah Niall an. »Sollen wir ihn wirklich in Paddington absetzen, oder wollen wir ihn lieber mit nach Hause nehmen?«

»Paddington«, murmelte Sally, die auf die vorbeiflitzenden Straßenlichter starrte. »Tash und er haben so wenig Zeit füreinander.«

»Sie hätte ihn ja selbst mitnehmen können«, zischte Matty, bevor er für den Rest der Fahrt wieder in sein lähmendes Schweigen verfiel.

Sally drückte ihr Gesicht in das Haar ihrer schlafenden Tochter.

Sie wünschte, sie hätte Matty von Hugos Party erzählt. Jetzt mußte sie lügen. Einen wilden Abend mit Lisette würde er ihr nie verzeihen.

Niall schaffte es nicht vor neun bis Marlbury. Sein Handy lief nicht mehr, und es waren auch keine Taxis am Bahnhof. Zitternd stand er in einer nach Urin stinkenden Telefonzelle und rief im Old Forge an. Niemand ging ran, und als nach zwanzigmal Läuten der Anrufbeantworter ansprang, verkündete Tashs fröhliche Stimme, daß sie nicht zu Hause sei. Niall versuchte es auf der Farm, wo sie wahrscheinlich bei einem Glas Weißwein die Wärme genoß.

India nahm ab und schrie mit einer Lautstärke, die ihn beinahe taub werden ließ, daß Rufus das Radio leiser machen solle. »Tut mir leid – das ist Rufus' bekloppte Musik. Bist du bei Tash im Old Forge?«

»Nein, ich bin am Bahnhof. Ist sie nicht bei euch?«

»Nee.« India kicherte. »Ted springt schon im Quadrat, weil er das Auto heute abend für ein heißes Date mit Franny braucht. Warum habt ihr's noch nicht zurückgebracht?«

»Aber ich bin am Bahnhof.« Niall seufzte, als ihm klar wurde, daß Tash nicht da war. Er war so übermüdet, daß es Minuten dauerte, bis auch nur die simpelsten Fakten bei ihm ankamen.

»Heißt das, ihr habt eine Panne?« India kicherte noch mehr, sie wurde immer nervös, wenn sie mit Niall sprach.

»Nein – ich bin allein ...« Er schwieg einen Moment und hörte, wie seine mißliche Lage im Hintergrund diskutiert wurde; gefolgt von lautem Klacken und gemurmelten Flüchen. Dann wurde der Hörer weitergegeben.

»Niall, hier ist Zoe – was ist los?«

Er wiederholte seine etwas nebulöse Erklärung und fügte hinzu: »Wenn sie nicht bei euch ist, nehm ich mir ein Taxi. Vielleicht geht sie zu Hause einfach nicht an den Apparat. Sie war vorhin ein bißchen durcheinander.«

»Sie ist nicht zu Hause, Niall. Ted war vor einer halben Stunde wegen des Autos bei euch. Er hat ihr hinterlassen, daß sie sich sofort melden soll, wenn sie kommt. Und das wird sie auch tun, da bin ich sicher.«

»Herrgott!« Er war ernstlich besorgt. »Wo kann sie denn nur stecken?«

Die Küche der Lime-Tree-Farm war so gastfreundlich, wie Niall sie in Erinnerung hatte: unaufgeräumt, warm, voll von Leuten, Hunden und Katzen, und es roch scharf nach einer der seltsamen Curry-Kreationen von Zoe. Rufus und Ted kicherten über einer von Indias Mädchenzeitschriften, Penny füllte am anderen Tischende Anmeldebögen aus, und Gus hing mit Wally und der schlafenden Beetroot auf dem Sofa und sah sich in einem alten Schwarzweißfernseher ›Alien‹ an.

»Hi Kumpel.« Er stand auf, und die Hunde ließen sich träge auf den Boden fallen, wo sie gleich weiterschliefen. »Tut mir leid, daß wir uns alle hier stapeln – aber wir sparen ein bißchen mit dem Heizöl.«

»Hi Niall.« Penny linste über ihre Brille und warf ihm einen Handkuß zu. »Nimm ein Bier und setz dich. Nehmt doch mal die Katzen da weg, Kinder.«

»Eigentlich hätte ich viel lieber einen Kaffee, geht das?« Niall war todmüde. »Also hat von euch auch niemand was von Tash gehört?«

Sie zuckten entschuldigend die Achseln, doch keiner schien über Gebühr besorgt; außer Ted. »Sie hat meine Karre geklaut!« jammerte er ängstlich. »Die dämliche Kuh. Und ich verpaß 'ne heiße Nummer.« Er starrte Niall drohend an, als sei das alles sein Fehler.

Zoe setzte sich zu Gus aufs Sofa und lächelte entschuldigend. Sie trug eine uralte Strickjacke von Penny, die schon keinen einzigen Knopf mehr hatte, und vielfach geflickte Jeans. Dennoch war ihre Ausstrahlung von einer solchen Noblesse, daß sie aussah wie Prinzessin Diana auf einem heimlichen nächtlichen Ausflug. »Wie war es denn in Schottland, Niall?« fragte sie zaghaft. Sie hatte diese Frage schon mehrfach im Auto gestellt, aber er war völlig in Gedanken versunken gewesen und hatte ziellos durch die Windschutzscheibe gestarrt.

»Kalt und naß.« Er lächelte unbestimmt und wollte gerade weitersprechen, als Rufus aufgeregt hereinplatzte und ihn über seinen Film und Minty Blyth ausquetschte. Während der nächsten Stunde versuchte Niall angestrengt, allen Fragen standzuhalten und vernünftige Antworten zu geben, was ihm aber nur halbwegs gelang, da er einfach viel zu müde war und noch dazu einen Kater hatte. Er fragte Penny mindestens zweimal, ob dieses Wochenende Turniere stattgefunden hatten, und erzählte selbst dreimal die gleiche Geschichte über Minty Blyth. »Darf ich noch mal im Old Forge anrufen?« fragte er.

»Natürlich.« Penny zuckte die Achseln. Sie hatte all ihre Anmeldeformulare in Briefumschläge gesteckt und setzte sich zu Gus aufs Sofa, der Sigourney Weaver beim Hantieren mit einem Flammenwerfer zusah, während die Hunde schnarchten.

Niall ging hinaus, um das Telefon im kalten, dunklen Arbeitszimmer zu benutzen, hörte aber nichts weiter als wieder nur Tashs Stimme auf dem Anrufbeantworter. Er wartete, bis es piepte, und bat sie mehrere Male, doch an den Apparat zu gehen; aber sie war wirklich nicht zu Hause. Er legte den Hörer zurück auf die Gabel und bückte sich zu Wally hinunter, um ihn zu streicheln. In der lautlosen Dunkelheit hörte er, wie sie in der Küche mit gedämpfter Stimme über ihn sprachen. Er ließ sich neben dem Tisch auf den Boden sinken, wo Wally ihm sogleich mit seiner warmen Zunge die eisigen, stoppligen Wangen ableckte. Er war jetzt wieder nüchtern und erinnerte sich plötzlich sehr genau, wie Tashs despotischer Vater sie vor ihrer versammelten Familie vorgeführt hatte und wie er schweigsam einfach im Hintergrund herumgestanden hatte, ohne sie zu verteidigen – so sehr war er mit seinem Selbstmitleid und seinen Selbstzweifeln beschäftigt gewesen. Und plötzlich fragte er sich, fast zwanghaft, ob sie wohl diesen Beistand bei jemand anderem gesucht und gefunden hatte. Ihm drehte sich der Magen um bei diesem Gedanken.

»Geht's dir gut?« Zoes sanfte Stimme erfüllte den Raum. Sie stand bei der Tür und wollte gerade Licht machen, entschied sich aber anders und spähte besorgt in die Dunkelheit. Wally, hin und her gerissen zwischen ihr und Niall, kroch auf dem Bauch halb zu ihr hinüber und lag dann da wie ein ausgestreckter Frosch, die Schnauze zwischen den Vorderpfoten versteckt.

»Na ja, man muß nicht gerade ein Genie sein, um zu erkennen, was los ist, oder?« Niall nuschelte, weil er die Hände vor dem Mund hatte, nahm sich dann aber zusammen. Er strich sich mit den Fingern durch sein ungewaschenes Haar und sah traurig zu ihr hoch.

»Möchtest du noch einen Kaffee?«

Er schüttelte den Kopf. »Zoe, was glaubst du, wo um alles in der Welt ist sie?«

Sie zuckte die Achseln. »Teds alte Klapperkiste wird irgendwo ihren Geist aufgegeben haben. Und jetzt sitzt die Arme in einer Werkstatt fest – oder sie versucht's mit der Eisenbahn, was bis nächste Woche dauern kann, wenn sie Pech hat.«

Niall nickte, schien aber nicht wirklich überzeugt.

»Hattet ihr Krach?« fragte Zoe vorsichtig.

Niall rieb sich mit dem Handrücken die Nase und hob nachdenklich den Kopf. »Nein, jedenfalls nicht richtig.« Er biß sich auf die Lippe. »Aber ich glaub, ich hab sie heute schlimm hängenlassen.«

Zoe wartete einen Augenblick, um zu sehen, ob er von alleine weitersprechen würde; aber das tat er nicht. Sie wollte ihm anbieten, mit ihr zu sprechen, denn sie war sicher, daß er eine Menge auf dem Herzen hatte, das er gerne los werden wollte. Aber sie fühlte sich fehl am Platze. So gut kannte sie ihn gar nicht, und sie war auch nicht wirklich unparteiisch und objektiv, was ihn betraf – besonders wenn es um Tash ging. Als gute Freundin von Tash käme sie in eine fürchterliche Lage, wenn er ihr vertrauliche Dinge erzählte, die ihre Freundschaft mit Tash beeinträchtigen würden.

Niall schwieg immer noch und starrte in eine Ecke des Zimmers. In dem dämmrigen Lichtschein, der aus der Vorhalle hereinfiel, sah sie, wie blaß und hohl seine Wangen waren und wie angespannt er wirkte. »Glaubst du, daß Tash mich je betrügen würde, Zoe?« fragte er plötzlich.

»Tash?« Zoe lachte beinahe, konnte aber gerade noch innehalten. »Meinst du das ernst?«

»Natürlich mein ich das ernst, verdammt!« Er sah sie scharf an und sprach in einem sehr leisen, ausgesprochen eisigen Tonfall. »Ich hätte dich kaum gefragt, wenn's mir nicht ernst wäre.«

Zoe schreckte zurück. Es war das erste Mal, daß sie den geistreichen, fast schon albern umgänglichen Niall zornig erlebte, und die Verwandlung vom zahmen Schoßtier zum wilden Räuber war so vollständig, daß sie nachgab. »Nein, das würde sie nie tun«, sagte sie, ihre Stimme zitterte leicht. »Niemals – darauf gebe ich dir mein Wort, Niall.«

Es herrschte völlige Finsternis im Old Forge, als Tash die Tür öffnete, abgesehen von einem letzten Rest Asche, der noch im Kamin glühte. Sie wußte, daß Niall da war, denn die Post, die sie am Morgen nicht aufgenommen hatte, lag nicht mehr an der Tür, und es roch verlockend nach brennenden Holzscheiten und Kaffee; doch niemand begrüßte sie. »Niall?« Sie tastete nach dem Lichtschalter, aber noch bevor sie ihn betätigte, hatten sich ihre Augen soweit an die Dunkelheit gewöhnt, daß sie ihn in dem verschlissenen Lehnstuhl wahrnahm. »Niall?« Sie ging auf Zehenspitzen zu ihm und vernahm seine tiefen, regelmäßigen Atemzüge. Er schlief fest, neben ihm stand eine Flasche John Power, zu Dreivierteln geleert. Die mußte er im Olive Branch gekauft haben, denn Niall beschwerte sich immer, daß es der einzige irische Whiskey war, den sie führten, obwohl Ange sich neuerdings bemühte, eigens für Niall auch eine Flasche Bushmills vorrätig zu haben.

Nachdem sie ihn durch ein paar sanfte Stöße nicht wecken konnte, deckte Tash ihn zu, stellte das Kamingitter auf und kroch allein die Treppe hinauf.

Niall wachte erst um die Mittagszeit auf – sechs Stunden, nachdem Tash aufgestanden war. Er war noch völlig verschlafen und jammerte lauthals über seinen gigantischen Kater, aber er nörgelte nicht darüber, daß sie ohne ihn von der Taufe weggefahren war (was sie erwartet hatte). Statt dessen kochte er Kaffee, stöhnte über die Unordnung und machte, nachdem er zwei von Tashs Pullovern angezogen hatte, erst einmal Feuer.

Tash stand unbeholfen in der kleinen Küche herum und fragte sich, ob sie vielleicht die liebenswürdigen Aufgaben einer Ehefrau, wie das Aufbacken von Croissants und das Auspressen von Orangen, in Angriff nehmen sollte. Aber es fehlte ihr nicht nur an der nötigen Begeisterung, es war auch nichts dergleichen im Haus. In einem Anfall von Diätwahn hatte sie den Kühlschrank mit Frischkäse und Salat gefüllt, und irgendwie beschlich sie das Gefühl, daß Nialls Kater auf beides nicht so gut ansprechen würde.

Als das Feuer endlich qualmte, ging Niall zu dem Tisch beim Gartenfenster und widmete sich einem Stapel Post. Bislang hatte er kaum ein Wort zu ihr gesagt, und auch jetzt schwieg er mit einem Ausdruck von verärgerter Konzentration auf seinem Gesicht.

Tash, die die unerträgliche Spannung nicht länger aushielt und der klar war, daß er auf eine Entschuldigung wartete, griff nach ihrem Geldbeutel und huschte aus der Tür, um im Dorfladen einzukaufen. Das war kein weiser Entschluß gewesen. Denise Angelo, die schlanke, kichernde Wirtin des Olive Branch, plauderte dort mit Godfrey Pelham, dem schwulen Exstar irgendeiner Serie, der jetzt im Ruhestand den kleinen Laden führte, als wäre es eine Filiale von Harrods'. Es gab dort jede Menge Olivenpesto und Parmaschinken, aber keinen Ketchup weit und breit.

»Tash, Schatz!« Er stürzte sich aufgeregt auf sie. »Dein prächtiger Bursche ist wieder im Lande, höre ich. *Quelle joie* – seid ihr zum Lunch im Pub?«

»Das bezweifle ich.« Tash hob abwehrend den Kopf und nahm sich einen Einkaufskorb.

»Verstehe, verstehe«, besänftigte Godfrey fröhlich. »Er liegt noch im Bett, was? Und du holst ein paar Kekse, um eure Energiereserven aufzutanken.«

»Ja, so in etwa.« Tash warf ein paar Butterkekse in ihren Korb, um ihn glücklich zu machen.

»Niall war gestern abend im Pub«, erzählte Denise ihr vertraulich, als wäre sie ein Privatdetektiv. »Er sah schrecklich müde aus und sagte, du wärst zu kaputt gewesen, um mitzukommen.«

»Er hat ziemlich viel zu tun, Außendrehs.« Tash lächelte schwach und peilte die Frühstückssachen auf der anderen Seite an.

»Oh, Außendrehs, das schlaucht am meisten!« sagte Godfrey wissend. »Immer sitzt du in der Kälte herum, kein vernünftiges Essen und jeden Morgen früh raus – schauderhaft! Ich hab's gehaßt!«

Tash hörte ihnen nicht mehr zu, denn sie war damit beschäftigt, den Zuckergehalt eines Müslis herauszufinden. Als sie vom Kühlregal zurückkam, warfen sich Denise und Godfrey vielsagende Was-ist-sie-für-eine-Kratzbürste-Blicke zu, lächelten aber sofort wieder leutselig, als Tash zum Obststand kam.

»Wißt ihr schon, welcher Tag es ist?« Denise lächelte falsch.

Tash schaute verwirrt auf. »Es ist Sonntag, glaub ich.«

Denise sah sie verwundert an, bevor sie das Mißverständnis begriff, und war klug genug, das Thema nicht weiter zu verfolgen. »Na ja, ich muß jetzt zurück, wir sind ausgebucht.« Sie räusperte sich und stolzierte zur Tür.

Tash war froh, daß sie ging, und kümmerte sich nicht weiter um Godfreys Klagen, wie schlecht die Geschäfte in letzter Zeit liefen. Sie zahlte ihre paar Einkäufe und machte sich auf den Weg zur Farm, wo sie Beetroot abholen wollte, die sicher schon sehnsüchtig auf sie wartete.

»Habt ihr euch ausgesprochen?« fragte Zoe hoffnungsvoll, als sie ankam.

Tash zuckte die Achseln.

»Nun geh schon zu ihm und rede mit ihm, hm?« Zoe drückte ihr den Arm. »Er hat sich gestern abend furchtbar gefühlt – es schien, als hätte er sich selbst eingeredet, daß du eine Affäre hast oder so was.«

»Machst du Witze?«

Sie schüttelte ernsthaft den Kopf. »Geh zu ihm, Tash, und *rede* mit ihm. Er ist im Moment hoffnungslos unsicher.«

Tash rannte wie aus Startlöchern zurück zum Old Forge und polterte zur Tür herein. »Das Auto ist liegengeblieben – es hat Stunden gedauert, bis sie es repariert hatten, und alle Telefonzellen waren ...«, plapperte sie drauflos, noch ehe sie bemerkte, daß Niall telefonierte und mit gedämpfter Stimme sprach.

Er legte sofort auf, als er sie sah, und es schien fast, als fürchtete er sich.

»Tut mir leid«, keuchte Tash und lächelte glücklich. »Du mußt nicht gleich auflegen – ich hätte den Mund gehalten.«

Er grinste linkisch. »Das war nur Bob, du hast mir einen Gefallen getan. Was hast du gesagt?«

»Tut mir leid.« Sie biß sich auf die Lippe. »Weil ich gestern ohne ein Wort gefahren bin – wirklich, ich dachte, ich bin ja bald da, und dann hat es Stunden gedauert.«

»Mir tut's auch leid.« Er stand auf und ging mit ausgebreiteten Armen auf sie zu. »Weil ich so betrunken war und dich nicht in Schutz genommen hab. Ehrlich gesagt, deine Familie macht mir ein bißchen angst.«

»Mir auch.« Tash lief in seine Arme, ohne auf Beetroot zu achten, die eifersüchtig zu ihren Füßen herumsprang. »Möchtest du immer noch in die French-Meute einheiraten?«

»Na klar.« Er küßte sie sehr sanft in den Nacken und merkte, daß seine Stoppeln sie kitzelten. »Womit kann ich dich nächstes Wochenende nach Schottland locken?«

Tash seufzte. »Ich hab ein Turnier in Gloucestershire.«

»Und danach?«

Sie war nicht besonders scharf darauf, hinzufahren, aber sie wußte, es würde ihn verletzen, wenn sie ihm erzählte, wie entsetzlich sie Filmsets fand. Vor allem deshalb, weil er ihr nie zur Seite stand während ihrer Besuche; er nahm immer an, sie würde alle genauso gern mögen wie er, selbst wenn sie die Leute das erste Mal in ihrem Leben sah. »Mal sehen, was Penny und Gus sagen.«

»Soll ich sie fragen, jetzt gleich?« Niall stürmte aufgeregt zum Telefon zurück.

Tash wanderte umher, während er auf der Farm anrief, und stöhnte innerlich, als Gus abhob, und nicht Zoe. Nur einen Augenblick später hob Niall bereits begeistert seinen Daumen in die Höhe und entschuldigte sich gleichzeitig bei Gus dafür, daß er gestern abend nicht so in Form gewesen sei. »Das wär also abgemacht.« Er grinste, als er auflegte. »Du kannst gleich nach dem Turnier nach Schottland weiterfahren. Gus sagt, er freut sich, wenn wir ein paar Tage für uns haben.«

»Aber womit soll ich fahren?« fragte Tash besorgt, und der Mut sank ihr bei dem Gedanken an all diese einschüchternden Filmtypen. Sie bezweifelte, daß Ted ihr noch einmal seinen Renault leihen würde.

»Ich werde dir gleich morgen früh ein Auto kaufen.« Niall ergriff ihre Hand und führte sie die Treppe hinauf. »Weshalb uns nur noch zwölf Stunden Zeit für das Bett bleiben.«

Tash folgte ihm und lachte. Manchmal war er unwiderstehlich. »Ich hab doch gesagt, du sollst mir kein Auto kaufen, Niall«, protestierte sie ziemlich halbherzig, als er sie ins Schlafzimmer zog.

»Aber ich bestehe darauf.« Er sah sie gespielt ernsthaft an. »Ich werde dir einen kleinen Flitzer kaufen, so daß du mich nie wieder flitzen läßt.«

6

Zum nächsten Treffen der Weight-Watchers kam Tash zwanzig Minuten zu spät. Die Fahrt dorthin war ein Alptraum.

Niall hatte eine unglaublich phantastische und völlig romantische Vorstellung, was Autos betraf. Und hier ist nicht die Rede von hochfrisierten Flitzern, klassischen Bentleys oder schicken kleinen Sportwagen, wie Emma Peel sie bevorzugt; dafür war Nialls Geschmack viel zu raffiniert und exzentrisch. Vor seinem geistigen Auge sah er Tash nur in einem Wagen, dem einzigen – einem Citroën DS Décapotable aus den Sechzigern. Kenner verehrten diesen riesigen, eckigen Wagen wie eine Ikone des klassischen Designs. Für die meisten Leute aber – und zu ihnen gehörte auch Tash – war er nichts weiter als eine Beleidigung des Auges.

Sie hatte das Auto früher schon gesehen – in einem Film mit Jean Paul Belmondo, so einem ausgefallenen französischen Roadmovie, von dem Niall gar nicht genug kriegen konnte. »Ich weiß, ein gräßlicher Kasten«, schwärmte er, »aber er hat mehr Charakter als alle anderen Autos zusammen.« Tash hielt ihn in erster Linie für eine potentielle Todesfalle. Niall schien das ausgefallenste und klapprigste Modell von ganz West Berkshire aufgetrieben zu haben, wenn nicht des ganzen Landes, vermutete Tash; die seltsamen Blicke, die sie auf ihrer ersten Fahrt erntete, sprachen Bände. Das Auto war bei weitem nicht so liebevoll restauriert, wie der Verkäufer versprochen hatte. Mit seinem stumpfen Rot und den verschlissenen Ledersitzen sah es mehr aus wie ein vorsintflutartiges Minitaxi denn wie ein Designklassiker; und als Tash sich zum ersten Mal auf den Fahrersitz fallen ließ, erwartete sie, daß ein Hauch von indischem Hühnchen oder Dönerkebab sie anwehte und sie beim Blick in den Rückspiegel einen total Betrunkenen erblicken würde. Niall aber schwärmte von dem bahnbrechenden hydraulischen System, dem herrlichen Armaturenbrett und dem kehligen Geräusch des Motors.

Etwas von Nialls Begeisterung hatte sich aber doch auch auf sie übertragen. Sie war ihm ungeheuer dankbar für dieses Geschenk, und vielleicht sogar ein wenig verlegen über seine Großzügigkeit. »Nimm es als Verlobungsring«, hatte er gesagt und sie auf die Nase geküßt. Tash nahm an, daß sie die einzige mit einem Verlobungsring war, der ihre eigene Größe bei weitem übertraf, es bei Rückenwind bergab auf 90 Meilen brachte und mit erstaunlicher Regelmäßigkeit liegenblieb. In den drei Tagen, die sie den Citroën nun fuhr, war er zweimal stehengeblieben, unzählige Male abgesoffen, und einmal hatten zu ihrem unsagbaren Schrecken die Bremsen komplett versagt. Und weil es sich eben um einen Designklassiker handelte, gab es im Umkreis von 50 Meilen nur einen einzigen Mechaniker, der sich an ihn herantraute. Als Gus das Auto in die Werkstatt im Dorf geschleppt hatte, wehrten alle entsetzt ab und versammelten sich dann staunend wie die Baumeister um einen Prototypen, ängstlich besorgt, aber zugleich auch magnetisch angezogen von diesem roten Ungetüm. Tash mußte also die Gelben Seiten durchforsten, wo sie auch tatsächlich einen auf alte Citroën-Modelle spezialisierten Mechaniker fand; der allerdings saß weit hinter Reading, und es kostete sie über hundert Pfund, ihn kommen zu lassen. Mittlerweile hatte sie ihn bereits mehrere Male angerufen. Nialls Geschenk stellte sich als überaus kostspielig heraus, und Tash ertappte sich bei dem undankbaren Wunsch, daß Niall ihr doch einfach einen gebrauchten Fiesta hätte schenken können. Oder einen Ring.

Zwei Tage später nahmen Tash und Snob an ihrem ersten Turnier der neuen Saison teil. Es fand in Gloucestershire auf den weitläufigen Ländereien eines verarmten alten Freundes von Hugos Familie statt. Hugo fuhr manchmal mit seinen jungen Pferden dorthin, um mit ihnen auf dem Gelände sein Frühjahrstraining zu absolvieren. Unter der stillschweigenden Voraussetzung, daß er mit diesen Pferden dann nicht an den Wettkämpfen teilnahm und eine Kiste Claret als Dankeschön hinterließ. Tatsache war jedoch, daß Hugo immer mit denselben Pferden an den Wettkämpfen teilnahm und jedes Jahr in mindestens einer Gruppe gewann.

In diesem Jahr übertraf er sich selbst, indem er drei der vier Gruppen für sich entschied. Seine beiden besten Pferde – Bodybuilder und Surfer – waren bereits topfit für die großen nationalen Ausscheidungen. Der riesige, athletische Bodybuilder, der mit zwei Jahren zu Hugo gekommen war, sah so unschlagbar aus, daß er jetzt schon als Favorit für Badminton galt. Die geballte schwarze Kraft seiner 1,72 Meter Schulterhöhe verschmolz mit Hugo zu einer fast telepathischen Einheit, wenn sie in flüssigen, grazilen, vollkommen kontrollierten Sprüngen dahinschwebten und die gewaltige Energie vergessen ließen, die sich später Bahn brach, wenn sie über das morastige, unebene Gelände setzten. Surfer, ein nervöser, sehniger Brauner mit einem unsteten Blick und legendärem Sprungvermögen, war ihm ebenbürtig und schlug in seiner Klasse alle Kontrahenten. Doch Hugo vergötterte seinen ungebärdigen schwarzen Rowdy. Einige seiner eher neidischen Rivalen versicherten, dieser wilde Schwarze wäre das einzige Lebewesen auf der Welt, das Hugo mehr als sich selbst lieben würde.

»Wohl weil sie soviel gemeinsam haben«, seufzte Lucy Fields, eine der besten Reiterinnen, die Hugo schon ewig kannte. »Sie sind beide verrückt, bösartig, und es ist gefährlich, ihnen etwas abzuschlagen.«

»Drei Millionen sind ihm vor den letzten Olympischen Spielen für das Pferd geboten worden«, erzählte Kirsty stolz. »Aber er hat's rundheraus abgelehnt.«

Tash saß verärgert im Wagen der Lime-Tree-Pferdeboxen und schüttete lauwarmen Tee in sich hinein. Snob, der in diesem Jahr aufgeregter und stärker als je zuvor war, hatte sie in vollem Tempo über die ganze Strecke gebracht, sich dann aber entschieden, den Wassergraben doch lieber zu meiden. Tash war zwar nicht ins Wasser gefallen, dafür aber in den von Pferdehufen durchweichten Schlamm und über und über mit Dreck bespritzt.

»Es war richtig, daß du ihn aus dem Wettbewerb genommen hast.« Penny kletterte auf den Sitz neben ihr. »Er ist dir total durchgegangen. Ich hab noch nie gesehen, daß du solche Schwierigkeiten hattest, ihn zu bändigen.«

Tash rutschte tiefer in ihren ramponierten Sitz und knabberte an ihrer Nagelhaut. »Meinst du, ich hab noch eine Chance?«

»Na ja«, Penny sah sie skeptisch an, »wir können's mit anderem Zaumzeug probieren.« Sie klang nicht sehr zuversichtlich.

»Aber …«

»Warten wir mal ab.« Penny klopfte ihr auf die schlammigen Beine. »Ist ja noch früh im Jahr. Es steht noch jede Menge Training an.«

Tash wußte, daß Penny nicht sehr optimistisch war. Penny und auch anderen Reiterinnen war das schon oft passiert: ein ungestümes Pferd, das einfach zu stark war für eine Frau. Wenn sie heranwuchsen und Selbstvertrauen gewannen, testeten sie begeistert ihre Stärke und versuchten, das Heft selbst in die Hand zu nehmen. Anderes Zaumzeug und Training konnten in gewissem Maße Abhilfe schaffen, doch zumeist war die einzige Lösung, das Pferd an einen größeren und stärkeren Reiter zu verkaufen. Und Tash wußte ganz genau, wer nur darauf wartete, daß Snob endlich an der Reihe wäre. Sie half Ted lustlos, Snob und die anderen Pferde für die Heimfahrt in die Boxen zu verladen.

»Kommst du nicht mit?« Er sah zu, wie sie einem Pferd die Bandagen abnahm. »Könntest mir noch mal 'nen Haarschnitt verpassen.«

Sie schüttelte den Kopf. »Ich fahr nach Schottland zu Niall.« Sie zog die Nase kraus. »Er kann nicht vom Set weg. Also soll ich kommen – und alle mal besuchen.« Tash wäre viel lieber mit zurückgefahren, hätte ein Bad genommen, sich ausgeschlafen und dann gleich morgen früh das Training mit Snob begonnen. Während sie darüber nachdachte, schrubbte sie den Schmutz von ihren Beinen und wünschte, sie könnte sich frisch machen. Wenn sie darum gebeten hätte, da war Tash sicher, hätte Hugos alter Freund ihr nur zu bereitwillig eins seiner großen eiskalten Badezimmer zur Verfügung gestellt. Aber dazu war sie zu stolz, und außerdem war sie bedacht darauf, die Gegenwart des hämischen Hugos für den Augenblick unter allen Umständen zu meiden. Statt dessen versuchte sie tapfer mit einem Lappen ihr Glück, aber

Ted hatte die Wasserbehälter der Boxen nicht voll aufgefüllt, weil sie nur für einen Tag unterwegs gewesen waren. Schließlich gab sie auf. Ihr Gesicht sah inzwischen wieder ganz sauber aus, auch wenn ihre Haare verdächtig abstanden und unter ihren Fingernägeln dick der Dreck stand. Tash zog den Samtanzug an, der Niall so gefiel, und sprang gerade heraus, als die letzte Pferdebox verriegelt wurde.

»Meinst du, du kommst mit dem Auto klar?« Gus sah besorgt den jetzt sehr verdreckten roten Citroën an, der heute für ziemlich viel Wirbel unter den Reitern gesorgt hatte.

»Ja, das geht schon – auf dem Weg hierher lief's ganz prima.«

Penny küßte sie auf die Wange. »Viel Spaß, und grüß den alten Charmeur herzlich von uns.«

»Danke.« Tash hatte jetzt schon Heimweh und spürte ein Zittern in den Beinen, das ihr langsam in die Magengrube stieg.

Ein einsam gelegenes ehemaliges Jagdhaus an einem kleinen schottischen *Loch* war Nialls Hotel. Tash und ihr Designklassiker hatten beachtliche Schwierigkeiten, die schmalen Wege, die seitlich steil abfielen, in der Dunkelheit entlangzukurven. Einmal hätten sie fast ein Schaf überfahren, das plötzlich vor ihnen die Straße überquerte und mit leuchtenden Augen dumm in die Scheinwerfer glotzte.

»Wie Hugo«, murmelte Tash böswillig, als sie ihm auswich.

Das Auto hatte drei Tankfüllungen geschluckt, und es war drei Uhr morgens, als Tash endlich in die breite Auffahrt des Hotels einbog. Sie fühlte sich ausgetrocknet, erschöpft, war starr vor Kälte und zitterte, weil sie unterwegs viel zu viel Kaffee getrunken hatte, um wach zu bleiben. Trotzdem stieß sie einen Seufzer aus, und ihre Augen wurden ganz groß, als sie sah, an welch malerischem Ort sie angekommen war. Ein schillernder Himmel, ein grauschwarzer Wald und ein glitzernder See bildeten die Kulisse für ein Gewirr von Pfeilern, Türmchen und schiefen Fensterstöcken, die allesamt aussahen, als wären sie einem Gedicht von Robert Burns entstiegen. Doch sie waren ganz und gar real. Von Scheinwerfern angestrahlt, leuchtete das Hotel wie eine alte stählerne Klinge in der Nacht; es wirkte mächtig und furchteinflößend.

Und außerdem war es geschlossen.

Außer den grellen Lichtern draußen war nur noch der matte Schein einer schwachen Glühbirne in der Lobby zu erkennen. Tash klopfte versuchsweise an die Tür, gab aber bald entnervt auf. Das Haus schien absolut verschanzt und lag in tiefem Schlaf. Vor Kälte schlang sie die Arme um die Schultern und machte sich auf die Suche nach einer Klingel. Aber es gab keine. Als sie um das Haus herumging, landete sie in einem wildwuchernden Blumenbeet, aus dem sie sich nur mit erheblicher Mühe wieder befreien konnte. Ein hochgewachsener Rasen erstreckte sich bis zu einer Steinmauer, hinter welcher der See bedrohlich schimmerte; das war alles, was sie ausmachen konnte. Auf der anderen Seite des verfallenden Hauses lief ein steinerner Kreuzgang an hohen Fenstern entlang, durch die Tash einen verlassenen dunklen Speisesaal erkennen konnte. Ein knorriges Holzgeländer zu ihrer Rechten trennte sie vom See, von wo ihr ein eisiger Wind ins Gesicht wehte.

Sie wurde ziemlich unsanft aufgehalten, als plötzlich aus dem Nichts eine solide niedrige Steinmauer auftauchte und ihr wie ein stählernes Drehkreuz in die Magengrube stieß. Dahinter schienen einige Terrassen zu liegen, die zu prächtigen Schlafräumen gehörten. Und auf einer von ihnen glomm eine Zigarette. Tash erstarrte und zitterte vor Aufregung. Irgend jemand rauchte dort in der Eiseskälte um drei Uhr früh eine Zigarette. Und sie kannte nur einen einzigen Schlaflosen, der so etwas tun würde. »Niall?«

Die Zigarette flog in hohem Bogen in den See, und er sprang über die Mauern, die sie voneinander trennten, in einem Paar baumwollener Unterhosen und einem riesigen Mantel, dessen Kragen gegen den Wind hochgeschlagen war. »Ich dachte, du kommst nicht mehr.« Er schloß sie in die Arme und hielt sie ganz fest umklammert, eine eisige Wange an die ihre gepreßt.

Tash umarmte ihn ebenso fest und fühlte, wie dünn er in der letzten Zeit geworden war. Und als sie ihn zurück in sein Zimmer gelotst hatte, bemerkte sie auch, wie angetrunken er war. Nur am Rande nahm sie die altehrwürdige Grandezza des Raumes wahr: das riesige dunkle Himmelbett mit den vier Pfosten, die Jagdszenen an den Wänden und die schweren Samtvorhänge. Ihr Blick war auf den schwankenden Niall gerichtet, der an den Möbeln anstieß und über seine eigenen Füße stolperte bei dem Versuch, sie mit dem, was er in seinem Zustand für wünschenswert hielt, willkommen zu heißen – einem großzügig eingeschenkten Malt-Whiskey. »Ich möchte wirklich keinen.« Tash wollte lieber, daß er sich hinsetzte und sie ansah, zum ersten Mal seit Wochen überhaupt.

»Oh – na gut.« Er taumelte noch ein paar Sekunden weiter, bis er schließlich das Bett erreicht hatte. »Wie war die Fahrt?«

»Lang.« Tash setzte sich neben ihn, aber er fiel schon der Länge nach auf den Rücken, streckte eine Hand noch träge nach ihrem Bein aus und starrte blicklos den samtenen Baldachin an, bevor er seine Augen schloß.

»Wie schön«, murmelte er. »Ich fang morgen früh um sechs an.« Und im nächsten Augenblick war er eingeschlafen.

Nachdem sie ihm die Schuhe ausgezogen und ihn zugedeckt hatte, kletterte Tash draußen noch einmal über die Steinmauern, um ihre Tasche aus dem Auto zu holen. Niall hatte sich inzwischen völlig in seine Decke eingerollt und lag da wie in einer Röhre. Als sie versuchte, sich ein Stück zu angeln, machte er seinen Rücken steif und wandte sich ab.

Tash fühlte sich entsetzlich abgewiesen und verbrachte mit einer Wolldecke die Nacht schlaflos auf einem hochherrschaftlichen kleinen Sofa. Es war schon fast fünf, als sie vor Kälte ganz steif gefroren wieder zu Niall ins Bett kroch und sich dicht neben ihn legte, um wenigstens ein wenig Wärme zu spüren. Er lag so reglos und bleiern da, daß es ihr schien, als kuschelte sie sich an eine Leiche. Fix und fertig fiel Tash in einen tiefen Schlaf.

Am nächsten Morgen war Niall längst zum Set abgeholt worden, als Tash aufwachte; er hatte ihr eine Notiz hinterlassen, wo genau sie drehten und wann es am günstigsten war, zu kommen. Aufgestützt begutachtete sie vom Bett aus die Zeugen seines überstürzten Aufbruchs: ein feuchtes Handtuch auf dem Boden, ein offenes Deo am Fußende des Bettes und ein umgestülptes Paar Socken.

Das große fremde Zimmer starrte ihr im grellen Morgenlicht entgegen. Mit seiner schweren Eichentäfelung, den strengen dunklen Möbeln und den grausamen Jagdszenen wirkte es mehr als unfreundlich. Frierend und einsam kroch Tash tiefer unter die Bettdecke und blickte zu dem breiten, niedrigen Tisch am anderen Ende des Raumes hinüber. Sogar ohne ihre Kontaktlinsen konnte sie erkennen, daß er überquoll von Drehbüchern, Telefonzetteln und Nialls weitschweifigen Notizen zu seiner Rolle, die er vor jedem Film machte.

In ›Die Kelten‹ spielte er einen gewissen MacGinnen – einen rebellischen Gutsherrn und Frauenhelden mit dem Herzen am rechten Fleck, der im 18. Jahrhundert der Anführer einer Gruppe geächteter katholischer Highlander ist; so eine Art Robin Hood von Schottland. Niall gab offen zu, daß es der reinste Schmalz à la Hollywood war. Lose an den Aufstand von 1715 anknüpfend, lieferte die Geschichte einen guten Vorwand für Großaufnahmen der wunderschönen schottischen Highlands, leidenschaftliche Liebesaffären und dramatische Schwertkämpfe. Dies war eine Welt, in der Tash sich fremd fühlte, wie sehr Niall auch bemüht war, sie von deren Banalität zu überzeugen. Wie immer hatte er ihr diesen Film in seinen spöttischen Halbsätzen beschrieben oder auch stundenlang ausführlich davon erzählt. Doch selbst wenn sie so an seiner Arbeit teilnahm und er ihr zu all den unbekannten Namen die Gesichter beschrieb – von Leuten, die einen Film lang zu Freunden, Saufkumpanen oder Feinden wurden und nach der Abschlußparty wieder verschwanden –, selbst dann noch fühlte Tash sich hoffnungslos unsicher und befremdet. Vor allem, wenn sie während der laufenden Dreharbeiten mit dieser Welt konfrontiert wurde.

Niall hatte ihr geschrieben, sie solle sich um die Mittagszeit herum bei Mel, der Regieassistentin, melden, die ihr den Weg zu seinem Wohnwagen weisen würde. In Tash stieg der kindische Wunsch auf, sie möge ihr den Weg zurück nach Berkshire weisen.

Die Dreharbeiten fanden heute nur ein paar Meilen entfernt statt, in einer von Wind durchbrausten Moorlandschaft der Highlands. Es war eine unbestreitbar atemberaubende Kulisse – aus Heidekraut, tiefen Schluchten, Pinienwäldern und schneebedeckten Bergspitzen, die in finsteren grauen Nebeln aufragten.

Und alles überzogen von einem harten peitschenden Regen. Eine halbe Meile weiter links wurde ein *Loch* von dem in die Haut schneidenden Wind aufgewühlt, und über ihm ballten sich die Wolken immer tiefer zusammen. Tash betrachtete dieses Panorama allerdings von einem wenig erfreulichen Blickwinkel aus. Neben einem schmalen Weg war ein schmutziges Gelände abgesperrt worden, auf dem sich das Hauptquartier des Filmteams befand und wo es nur so von Menschen wimmelte. Hier am Fuße eines bewaldeten Berges war es relativ windstill, und so saßen gestreßt aussehende Filmtypen in Gruppen zusammen, nippten an heißem Tee und verkrochen sich unter ihren farbenfroh gemusterten Kapuzen. Dutzende Autos hatten den Boden völlig aufgewühlt und parkten neben langen Reihen von Möbelwagen, Wohnwagen und kleineren Transportern. Am einen Ende stand ein großer Catering-Wagen, an den eine Cafeteria aus Zeltplanen angebaut war.

Tash parkte ihren Designklassiker neben einem erstaunlich sauberen Jaguar und lief auf das Cafeteria-Zelt zu. Zu ihrer unbeschreiblichen Erleichterung war Niall bereits da und saß gemeinsam mit einigen Highlandern aus dem 18. Jahrhundert an einem Tisch, die über ihre langen schmutzigen Plaids eine Errungenschaft des 20. Jahrhunderts gestreift hatten: die wasserfeste Regenjacke. Lachend verschlang er ein gewaltiges Baguette und war mit seinem strahlenden Blick und der wilden Frisur weit davon entfernt, an die gequälte und betrunkene Gestalt der vergangenen Nacht zu erinnern. Tash war in dem schummrigen Eingang stehengeblieben und nahm den vertrauten Geruch von Essen, Zigarettenrauch und feuchtem Segeltuch auf, der sie seltsam an die Zelte auf den großen Turnieren erinnerte, in denen sie mit dem Lime-Tree-Team die Pausen zwischen den Wettkämpfen zubrachte. Niall hatte sein Baguette mittlerweile verschlungen und begann sich über das seines Nachbarn herzumachen. Tash hielt die Luft an, als sie erkannte, daß es Minty Blyth, seine wildgelockte Filmpartnerin, war, eingehüllt in ein enormes Regencape. Selbst darunter lugte ihre Haarpracht noch wie ein Ginsterbusch hervor, und obwohl ihr Gesicht verschmutzt war, sah sie umwerfend aus.

Minty blickte auf und bemerkte, daß Tash sie ansah; doch als Tash gerade tapfer ein Lächeln aufsetzen wollte, guckte sie schon wieder weg, wohl in der Annahme, sie sei nur irgendeine Assistentin oder ein begeisterter Fan. Sie wandte sich wieder Niall zu, der die Tischgesellschaft mit einer seiner derben Geschichten erfreute, über die alle vor Lachen in Tränen ausbrachen, weil Niall sämtliche Rollen gleichzeitig darstellte. Tash wünschte, er würde sich wenigstens einmal umdrehen und ihr damit die Verlegenheit nehmen. Dafür beobachtete Minty sie aus ihren dunklen Augenwinkeln heraus in der Befürchtung, daß gleich ein Autogramm-Buch ihre gemütliche Runde sprengen könnte. Als Tash sich dem Tisch näherte, sagte einer der Kiltträger etwas, worüber alle anderen in brüllendes Gelächter ausbrachen. Und Tash versuchte den aufkeimenden Schmerz darüber zu unterdrücken, daß Niall auf sehr vertraute Art seinen Kopf auf Mintys Schulter legte, bevor er über den Tisch nach einer Zigarettenschachtel griff. Die in dieser Geste liegende Selbstverständlichkeit entfachte Tashs Eifersucht, und in Gedanken tadelte sie sich selbst für ihr Mißtrauen. Sie räusperte sich peinlich berührt.

»Sind wir wieder dran, Schätzchen?« Einer der Kilts sah an ihr hoch, in der Annahme, sie sei eine Assistentin.

»Tash!« Niall fuhr herum und sprang begeistert hoch, wobei er Minty so anstieß, daß sie fast von der Bank purzelte. »Ich dachte schon, du kommst überhaupt nicht mehr – großartig. Wir warten alle darauf, daß der Regen aufhört. Komm her.« Er schlang seine Arme um sie und gab ihr eher mechanisch einen Kuß. Dabei wischte er ihr Schlamm ins Gesicht und Haare in die Augen, aber immerhin gelang ihr ein herzliches Lächeln. »Hier – unser großartiger Haufen. Das ist Tash.« Er drückte sie stolz an sich, und Tash bemerkte mit einiger Genugtuung, daß Minty außerordentlich eingeschnappt aussah. Alle Gesichter waren nun auf sie gerichtet, und sie war verlegen, während sie dastand und begutachtet wurde wie ein kleines Kind. Sie fürchtete, daß sie eine Enttäuschung für sie war.

»Tash!« Einer der Kilts war aufgesprungen und reichte ihr über den Tisch hinweg die Hand. »Du bist *die* Tash, oder? Freut mich, dich mal kennenzulernen. Ich bin Brian.«

Es folgten Namen über Namen und nette kleine Sentenzen als Hinweis, wer wer war: »Das ist der, der am ersten Drehtag zwanzigmal vom Pferd gefallen ist.« – »Er spielte neben Richard Gere letztes Jahr in diesem politischen Thriller.« – »Und sie hat die Rolle abgelehnt, die Sharon Stone berühmt gemacht hat.« Tash gab ihr Bestes, aber bereits nach ein paar Minuten war sie völlig überfordert. Einige Gesichter kamen ihr sehr bekannt vor, doch das eine Gesicht, zu dem es sie immer und immer wieder hinzog, war das von Minty Blyth. Diese sah Tash durch eine Wolke von Zigarettenrauch an und schien auf den ersten Blick etwas gegen sie zu haben. Tash ahnte warum. In dem intimen Dunstkreis der Dreharbeiten trafen sich die Schauspieler, die sich vor der Kamera zu küssen hatten, auch am Abend noch zum Essen, gingen später in der Bar gemeinsam die Dialoge durch und fuhren in den frühen Morgenstunden zusammen ins Hotel zurück. So war es unausweichlich, daß sich Liebesaffären entwickelten, die oft auch nach den Dreharbeiten nicht beendet waren – worüber sogar andere langjährige Beziehungen zerbrachen. Tash wußte, daß Niall das erschreckend unbewußte Talent besaß, seine Filmpartnerinnen in sich verliebt zu machen: mit seinem herzlichen Charme, seiner Geduld, der einfühlsamen Wärme und dem gelegentlichen Aufglimmen seiner anderen, dunkleren Seite, die sie zu verstehen meinten. Und Tash war der scharfsinnigen Ansicht, daß Minty ebendies widerfahren sei.

»Du reitest als Jockey?« fragte sie mit skeptischem Blick.

»Ich reite Turniere.« Tash lächelte zurück. »So eine Art Triathlon auf dem Pferd.«

»Oh.« Minty war eindeutig nicht interessiert genug, um noch weitere Fragen zu stellen.

»Ich hol dir einen Kaffee, Engel.« Niall trottete davon und machte ihr ein Zeichen, sich auf seinen Platz zu setzen, so daß Tash sich in ungewollter Nähe zu Minty wiederfand. Minty zündete eine weitere in der langen Kette ihrer Zigaretten an, die ihre Stimme so tief und heiser klingen ließen. »Bist du das erste Mal auf dem Set?« fragte sie etwas herablassend.

»Bei diesem Film schon«, nickte Tash.

»Ich fürchte, du wirst es ziemlich öde finden.« Minty fuchtelte gereizt mit ihrem Plastikbecher herum. »Meistens hängt man nur herum.«

»Ach, das macht nichts.« Tash lächelte, als Niall mit einem breiten Grinsen auf sie zuging. »Ich bin ja hier, um Niall zu sehen; dann können wir zusammen herumhängen.« Sie fühlte, wie die Wärme in ihr aufstieg, als sie ihn ansah.

»Ihr zwei seid noch nicht lange zusammen, oder?« Auch Minty beobachtete Niall, während er an einem anderen Tisch stehenblieb.

»Zwei Jahre.«

»Tat-säch-lich?« Mintys gebogene Augenbrauen schossen in die Höhe; und dann blitzte ein bezauberndes kleines Lächeln auf. »Du wirfst noch immer ein Auge auf ihn, hm? Sehr klug – ein Schwerenöter, was? Ich frag mal, ob wir noch lange warten müssen. *DIA*, sag ich nur.« Und mit einem Schwung war sie raus aus dem Zelt.

»Was ist DIA?« fragte Tash einen der Kilts.

»Ach, das hat sie irgendwo aufgeschnappt – heißt soviel wie ›Dranbleiben ist alles‹.«

»Oh«, sagte Tash unsicher und dachte über die verborgene Pointe nach. Was hatte sie gemeint? Sie entspannte sich erst, als Niall wieder seinen Arm um sie legte und sein Gesicht in ihren Nacken preßte. »Es ist so wunderbar, daß du da bist, Engel«, seufzte er.

»Ich freu mich auch.« Sie atmete glücklich seinen Geruch ein. Doch als er mit ihrem Reißverschluß spielte und sie schelmisch anlächelte, kam ihr ängstlich zu Bewußtsein, daß er in seiner Rolle steckte; er war MacGinnen, der rebellische keltische Frauenheld mit dem feurigen Herzen. Der echte Niall war der gewesen, den sie vergangene Nacht getroffen hatte; und das war ein ungleich düsterer Charakter gewesen.

Es war, wie Niall begeistert betonte, ein typischer verregneter Drehtag. Auf zwei Minuten hektische Betriebsamkeit folgten jeweils zwanzig lange träge Minuten. »Und ich krieg ein Vermögen dafür, daß ich hier Tee trinke und mit Tash knutsche!« Er brüllte vor Lachen. »Herrgott, wie ich diesen Job liebe! Das Paradies auf Erden!«

Meistens regnete es, und Tash schlug die Zeit im Zelt mit Plaudern, Kartenspielen, Zeitung lesen und einer Unmenge von Tee tot. Niall rauchte ganz offiziell wieder, stellte sie fest, für eine Schachtel Marlboro brauchte er drei Stunden. Abgesehen davon, war er aber in hinreißender Form und sehr aufmerksam. Und als nicht sofort klar war, wann bei diesen Regengüssen die nächste Szene gedreht werden konnte, flitzte er mit ihr sogleich in seinen Wohnwagen. Hier war es viel trockener und komfortabler, aber Tash wußte, warum Niall sehr viel lieber im Zelt war. Im Wagen wären schon vier Leute auf einmal zu viel gewesen. Es gab nur eine kleine Sitzecke zum Essen, eine Minidusche mit Toilette und eine Kochzeile mit Mikrowelle. Doch für Tash war es eine vertraute Umgebung; es glich ihrem eigenen Leben unterwegs, wenn sie mit dem Lime-Tree-Team auf zwei- oder dreitägige Turniere fuhr. Niall griff gleich nach der Flasche Bushmills.

»Kann ich einfach einen Kaffee haben?« Tash sah ihn verwirrt an.

»Natürlich.« Er setzte den Kessel auf und schenkte sich selbst großzügig vom Whiskey ein.

Tash hätte es gern ignoriert, aber sie machte sich Sorgen. Aus der Nähe sah sie, wie blaß und abgekämpft er aussah, sein Gesicht war angespannt, und vor Schlafmangel hatte er dunkle Ringe unter den Augen. Außerdem war er erschreckend abgemagert. Für die Rolle hatte er seine dunklen Locken zu einer langen wuchernden Mähne wachsen lassen, unter der er hager und abgehärmt wirkte. Tash wußte, daß der Körper auf der Leinwand kräftiger erschien als in Wirklichkeit, und mit seinen breiten Schultern und seiner wohlgeformten Gestalt würde Niall in diesem Film einen vornehmen, romantischen Eindruck machen. Doch hier in dem hellen Neonlicht des Wohnwagens gab er ein eher finsteres Bild ab. Mit einem glücklichen Zwinkern schüttete er fast das ganze Glas Whiskey auf einmal in sich hinein.

»Solltest du nicht lieber warten, bis du ganz sicher weißt, daß die Szene heute nicht mehr gedreht wird?« fragte sie, um einen lockeren und leichten Ton bemüht.

»Das sollte ich wohl.« Er trank den Rest aus.

Tash saß in der Sitzecke, fingerte unbeholfen in Stößen von

Drehbüchern herum und beobachtete, wie er beim Kaffeekochen linkisch und ungeduldig hantierte, während er unterdrückte Flüche ausstieß. Seine Nerven lagen blank; doch in seinem Gesicht stand MacGinnens Lächeln.

»Scheint ein netter Haufen zu sein«, begann Tash zögerlich.

»Ja – das Team hier ist großartig«, stimmte er glücklich zu. »Viel besser als in Edinburgh, da waren alle ziemlich affektiert. Wie findest du Minty?« Er sah sie erwartungsvoll an. »Ich hab gesehen, daß ihr euch vorhin unterhalten habt.«

»Sie ist wunderschön«, sagte Tash vorsichtig.

»Enorm talentiert.« Niall reichte ihr den Kaffee. »Das ist erst ihr dritter Film, und sie ist jetzt schon ein Profi. Sie hat hart an ihrer Rolle gearbeitet.«

Tash nickte und erinnerte sich. »Ja, ihr habt mal gemeinsam geprobt, als ich anrief.«

»Tatsächlich?« Er sah verdutzt aus.

Tash pustete in ihren heißen Kaffee. Niall hatte das Telefonat vollkommen vergessen, aber sie erinnerte sich an jedes Wort. Sie hatte ihm erzählt, wie sehr ihr das Skript von ›Im Himmelbett‹ gefiel, ohne zu ahnen, daß Lisette den Film produzieren würde. Und er hatte versprochen, das nächste Wochenende in Berkshire zu verbringen, was er nicht getan hatte.

Er lächelte entschuldigend, schenkte sich noch einen Schluck Whiskey nach und zog seine Öljacke aus. Darunter trug er ein riesiges grünkariertes Plaid, das in der Taille von einem dicken Ledergürtel gehalten wurde und auf der Schulter mit einer massiven Messingschnalle befestigt war. Seine Waden steckten in so einer Art wollener Bandagen, die von kreuzweise gebundenen Lederriemen gehalten wurden.

»Du bist ja völlig durchgeweicht!« Tash befühlte die feuchte Wolle.

Niall zuckte die Achseln. »Das ist mein drittes Kostüm heute – das erste war nach der Kampfszene voll Dreck, das zweite vom Regen naß, und das hier ist für die Nahaufnahmen. Die vom Kostüm wollten es erst trocknen, aber Nigel – unser Regisseur – bestand darauf, daß ich es für den Kuß anbehalte.«

»Für den Kuß?«

»Die Szene wollten wir drehen, bevor dieser Dauerregen einsetzte. MacGinnen kommt mit seinen Rebellen direkt aus der Schlacht zurück in den Wald, wo seine Geliebte wartet – Minty –, und springt vom Pferd, um sie zu küssen. Ist schon alles vorbereitet.«

»Verstehe.« Tash kaute unbehaglich an einem Nagel. Ihr wäre es lieber gewesen, wenn er sie nicht gerade an dem Tag, an dem er eine potentielle Rivalin küßte, auf den Set eingeladen hätte. Sie überlegte, ob das wohl Absicht gewesen war. »Erzähl mir nicht, daß morgen die Liebesszene gedreht wird«, witzelte sie.

»Nein, die war letzte Woche schon dran. Aber ich hab noch eine mit Juliet Richards, die wir in zehn Tagen drehen, wenn wir wieder in Edinburgh sind.«

»Verstehe.« Tash blätterte ein paar Seiten weiter in dem Skript und las einige der ausführlichen Notizen, die Niall am Rande vermerkt hatte. Doch er zog ihr das Drehbuch sofort wieder aus den Händen und gab ihr einen stürmischen Kuß. Der Geschmack nach Whiskey und Zigaretten war so aufdringlich, daß Tash ihm beinahe vorgeschlagen hätte, sich die Zähne zu putzen. Und sie hoffte, daß dieser Kuß nicht nur ein kleiner Probelauf für Minty war. Auch wenn sie wußte, wie paranoid und lächerlich diese Gedanken waren, konnte sie sich doch nicht frei machen davon. In diesem Moment wurde der Kuß immer drängender, und Niall preßte sich bereits mit einiger Kraft an sie, während er ziemlich grob versuchte, mit starker Hand ihr Bein hochzuziehen und sie zu bewegen, sich auf den Rücken zu legen. Tash gefiel das überhaupt nicht. Doch noch bevor sie sich seinem Griff entwinden konnte, wurde die Tür aufgerissen, und Niall wich abrupt von ihr zurück, als die schöne Minty in den Wagen fegte. »Der Regen hat aufgehört, Schatz!« rief sie atemlos. »Nigel sagt, das Licht ist noch gut genug. Also ab mit dir in die Maske, *tout de suite*. Bis gleich!«

Eine leichte Röte schoß ihr in die Wangen, als Tash erkannte, daß sie wie knutschende Teenager überrascht worden waren. Und sie gab sich kurz der Phantasie hin, wie verknallt Minty in Niall war und wie aufgelöst sie sein mußte.

»Ich putz mir schnell die Zähne.« Niall lief ins Badezimmer.

Tash nahm einen großen Schluck Kaffee, und das Phantasiebild vor ihrem geistigen Auge zerplatzte wie eine Seifenblase.

»Ist Niall hier?« Eine schmuddelige Blonde steckte den Kopf herein.

»Er kommt gleich.« Tash nickte in Richtung Badezimmer.

»Großartig.« Das Mädchen lächelte, ihre Nase war ganz rot vor Kälte. Sie war eine junge Amerikanerin mit sanfter Stimme und unglaublich weißen Zähnen, die wahrscheinlich Tausende von Dollar gekostet hatten. »Du bist sicher Tash – Mel. Komm mit, du kannst zugucken.«

Es dauerte eine Ewigkeit, bis dieser Leinwandkuß endlich stattfand. Tash war früher schon bei Dreharbeiten dabeigewesen, aber es erstaunte sie immer wieder, wieviel Vorbereitung und Aufwand nötig waren für ein paar Sekunden Film. Die Szene wurde am Rande eines zugewachsenen Pinienwaldes gedreht, neben dem Gleise verlegt worden waren für den Kamerakran, denn der herangaloppierende Niall sollte von unten eingefangen und dann in einem Schwenk von der Kamera verfolgt werden bis zu dem Punkt, an dem Minty auf ihn wartete.

Wie immer standen jede Menge Leute herum, die nichts weiter zu tun schienen, als Tee zu trinken und Zigaretten zu rauchen. Die Techniker waren an ihren praktischen Anoraks, Baseballkappen und gelegentlichen Griffen nach einem Kabel zu erkennen. Sie fachsimpelten über technische Probleme und hielten sich abseits von den Künstlern, die durch ihre Kostüme und den Pulk von Leuten, der sie umgab, auffielen. Außerdem hingen hier und da noch künstlerisch angehauchte Typen von der Produktion herum, die eindeutig aus dem Rahmen fielen durch ihre unpassenden Outfits, ihr Gezeter und vereinzelte Wutausbrüche. Von ihnen allen war Nigel, der Regisseur, der ungebärdigste. Mit seinem zerschlissenen Goretex-Anorak rannte er herum und schien eine sadistische Befriedigung darin zu finden, jeden alles dreimal machen zu lassen. Um seinem fanatischen Perfektionismus zu huldigen, stolzierte er wie ein despotischer General vor der entscheidenden Schlacht durch die versammelte Meute und schrie und schnauzte wie ein wildgewordener Terrier alles und jeden an, der ihm über den Weg lief – Tash eingeschlossen. Selbst als die Schauspieler bereits die Szene probten – was sie selbstverständlich auch schon vor dem Regen getan hatten –, hörte er nicht auf. »Du sollst ihr nicht das Gesicht ablutschen, Niall!« schrie er. »Mund weiter auf, Minty, Schätzchen – nein, nein, doch nicht so. Das sieht ja abstoßend aus. Herrgott, ich will einen Zungenkuß sehen.«

Tash verkrampfte sich, als Niall wieder und wieder Minty küßte, was ihm etwas zuviel Spaß zu machen schien. Es war eine merkwürdige Erfahrung für sie. Zwar hatte sie oft schon gesehen, wie Niall andere Schauspielerinnen küßte, doch war das immer auf den fertigen Film beschränkt geblieben. Hier der Live-Aufführung zuzusehen, bereitete ihr Qualen.

»Komisch für dich, hm?« Mel sah sie fröhlich an.

Tash nickte. »Ich bin wohl nicht abgehärtet genug.« Sie zuckte die Achseln. »Ich fühl mich ein bißchen so, als wär ich mit Casanova verheiratet.«

Mel, die Nigels verzweifelte Handzeichen für den Pferdetrainer beobachtet hatte, drehte sich erstaunt zu Tash um. »Hast du eben gesagt verheiratet?«

»Ja – na ja, noch nicht.« Sie wurde rot und merkte, daß sie mehr verriet, als ihr lieb war. »Erst in ein paar Monaten.«

»Wahnsinn!« Mel grinste und rieb sich die rote Nase. »Das ging ja schnell, was? Ich dachte, ihr kennt euch noch gar nicht so lange.«

Tash erinnerte sich, daß Minty das gleiche gesagt hatte, und versuchte, einer Lüge auf die Spur zu kommen. »Eigentlich schon seit zwei Jahren.«

»Oh.« Mels Augenbrauen schossen in die Höhe. »Verstehe.« Sie war deutlich erstaunt. »Also los, sie sind auf ihrer ersten Position.«

Tash sah, wie Minty unter einem Baum saß und eine Assistentin bis zur letzten Sekunde einen Regenschirm über sie hielt. In einiger Entfernung warteten Niall und drei weitere Kilts hoch zu Roß auf ihr Zeichen. Die Pferde dampften, denn sie waren schon zwanzig Minuten in hohem Tempo bewegt worden; und heiße Atemwolken stiegen aus ihren nervösen Nüstern, während die –

nicht gerade sicheren – Reiter sich mühten, sie unter Kontrolle zu halten. Plötzlich spürte Tash einen Stich in der Brust. Sie hatte Heimweh nach Snob und der Lime-Tree-Farm, wo sie jetzt am liebsten in der warmen Küche gesessen, eins von Zoes Rezepten probiert und den neuesten Turnierklatsch durchgekaut hätte. Nigel brüllte in sein Walkie-talkie, während er sich neben seinen schwarzen Aufnahmeleiter hockte. Beide schauten auf einen Monitor am Fuße des Kamerakranes, der den Ausschnitt der Aufnahme zeigte; und hinter ihnen schrie irgend jemand »Ruhe!«.

»Okay – probieren wir's also? Die erste«, schrie Nigel. »Wo ist die Scheißklappe?« Ein nervöser Junge kam angerannt und schwenkte sie über seinem Kopf. »Jetzt doch nicht!« schnauzte Nigel genervt. »Und Cynthia, raus aus dem Bild!« Der Regenschirm verschwand, und Minty leckte sich ein letztes Mal erwartungsvoll die Lippen.

»Achtung!« brüllte Nigel. »Alles fertig zur Aufnahme – Ruhe, bitte.« Er zog sich den Schirm seiner Kappe tief in die Stirn, jetzt war er von einem Militär fast nicht mehr zu unterscheiden. »Okay. Kamera?«

Hoch oben auf dem Kran nickte der Kameraassistent und schrie zurück: »Fertig.«

»Ton?«

Der Tonmeister, der neben einem Laptop hockte, das an verschiedene andere Geräte angeschlossen war, rüttelte an seinen Kopfhörern und sah zu einem Mann hinüber, der ein riesiges pelziges Mikrofon an einem Galgen hielt. »Läuft.«

»Klappe!«

Der nervöse Junge von vorhin rasselte atemlos die Nummern der Klappe und der Szene herunter, ließ die Klappe fallen und rannte erleichtert aus dem Bild.

»Und – Action! Geh auf die drei, Jim!« schrie Nigel in sein Walkie-talkie und starrte auf seinen Monitor. Nur Sekunden später donnerte Niall mit seiner Gruppe Kilts die Anhöhe herunter. Tash unterdrückte ein Lachen, als sie sah, daß einem der Reiter die schiere Angst ins Gesicht geschrieben stand und er fast vom Pferd fiel. Doch der Gaul war um einiges erfahrener als sein Reiter und blieb auch ohne jede Anleitung genau hinter

Nialls Braunem stehen. Als Niall absprang, fuhr die Kamera herunter und folgte ihm auf seinem kurzen Weg zu der entzückten Minty, die sich in seine Arme stürzte. Tash zuckte zusammen, weil der Kuß gar nicht zu enden schien, und kämpfte verzweifelt gegen den dringlichen Wunsch an, »Schnitt« zu rufen. Als Nigel endlich das erlösende Wort schrie, dachte Tash bereits, daß sie sich nicht nur einen Zungenkuß gegeben, sondern sich gegenseitig auch eine Mundspülung und Zahnreinigung verpaßt hatten. Nach einer kurzen Besprechung mit seinem Kameramann und dem Tonmeister spähte Nigel in den Himmel und zuckte die Achseln. »Gestorben?« fragte er seinen Aufnahmeleiter.

»Gestorben.« Der Schwarze nickte ihm zu und wandte sich dann noch einmal an die Kameracrew, während Nigel den ganzen Rest des Teams ansprach.

»Phantastisch, sehr sexy, Leute – hatte viel mehr Sex als eure Liebesszene«, schrie er den Schauspielern zu. »Wir haben kein Licht mehr. Das war's. Danke an alle. Holt euch eure Laufzettel von Angie, wenn ihr sie noch nicht habt. Ich seh die meisten von euch morgen.«

Tash seufzte erleichtert und beobachtete Niall, der langsam mit einem breiten Grinsen auf sie zukam. Doch Nigel, plötzlich ganz in der Rolle des versöhnlich schmeichelnden Vaters, stellte sich ihm in den Weg. »Großartige Arbeit, Niall – diese Leidenschaft. Wir sollten an ...«

Tash hoffte, er würde sagen »an der Szene arbeiten, in der Minty alle Zähne ausfallen«, und versuchte zuzuhören, aber Nigel drehte ihr den Rücken zu, so daß sie nur ein Murmeln vernahm. Sie stand herum und fühlte sich ausgeschlossen, als auch Minty zu den beiden stieß und über Nigels salbungsvolles Lob strahlte. Tash stieß die Art ab, wie sie Niall im Gespräch immer wieder vertraulich am Arm berührte. Sie wußte, daß das unter Schauspielern üblich war, doch hinderte es den kleinen gelben Teufel der Eifersucht nicht daran, ihr auf die Schulter zu klettern und ihr ins Ohr zu flüstern: »Er bumst sie.«

»Tash!« Niall winkte sie herüber. »Komm, ich stell dir Nigel vor. Nigel, das ist Tash.«

Nigel, der aus der Nähe betrachtet die Nase eines Wiesels, stechende Augen und viel zu feuchte Lippen hatte, sah sie nicht einmal an. »Hi«, murmelte er und ging, um mit jemandem aus der Crew zu sprechen. Niall lachte fröhlich. »Der alte Bastard. Laß uns meine Sachen holen und ins Hotel fahren – du mußt doch zu Tode gelangweilt sein. Ich hab Minty versprochen, sie mitzunehmen.«

Tash lächelte Minty so herzlich, wie es ihr irgend möglich war, an. »Wunderbar.« Zumindest war die Rückbank ihres Designklassikers mit Hundehaaren und Bonbonpapier nur so übersät, dachte sie mit einiger Genugtuung. Sie freute sich auf ein ruhiges Abendessen zu zweit, denn sie mußte unbedingt mit Niall sprechen, über sein sprunghaftes Verhalten, seinen betrunkenen, fast komatösen Trübsinn von letzter Nacht und sein Verhältnis zu Minty. Auf der Fahrt zurück ins Hotel verfiel sie in einem panischen Moment auf den Gedanken, daß er sie im Wohnwagen nur geküßt hatte, weil er Minty kommen sah und wissen wollte, wie sie reagieren würde. Und schlimmer noch, Tash fing an zu glauben, daß sein seltsames Verhalten daher rührte, daß er wegen der Hochzeit kalte Füße bekam.

Aber es ergab sich keine Gelegenheit zu einem Gespräch. Niall rannte, als sie endlich allein waren, sofort unter die Dusche. Und als er wieder angezogen war, konnte er es kaum erwarten, in die Bar zu kommen, MacGinnens breites Lächeln auf den Lippen.

»Wollen wir nicht erst noch einen Spaziergang machen?« fragte Tash erwartungsvoll.

»Bei dem Wetter?« Niall lachte und sah aus dem Fenster auf den See, der von einem neuen Regenguß gepeitscht wurde. »Tash, wo bist du manchmal mit den Gedanken? Ziehst du dich noch um, oder gehen wir? Ich bin am Verdursten.«

»Können wir nicht hier bleiben und uns ein bißchen unterhalten?« Sie schmiegte sich bittend an ihn.

Er zog ein Gesicht, war aber immer noch fröhlich. »Wir können uns doch später im Bett unterhalten. Ich möchte, daß du all die anderen besser kennenlernst, Engel. Ein ziemlich netter Haufen, das hast du selbst gesagt.« Er entzog sich ihr sanft und warf einen Blick auf seine Notizen.

»Niall«, sie biß sich auf die Lippen, »hast du ihnen erzählt, daß wir im Sommer heiraten?«

»Aber klar«, er nahm sie in die Arme und drückte ihr einen Kuß auf den Mund. Eine Szene wie aus dem Drehbuch, dachte sie beunruhigt. Und der Gedanke, daß er vor gar nicht so langer Zeit noch Minty in den Armen gehalten hatte, machte es auch nicht besser. Sie spürte eine Distanz zu ihm, obwohl sie so sehr gewünscht hatte, er möge sie küssen.

Er ging zum Spiegel, um sein Haar zu ordnen. »Du wirst dich heute abend blendend amüsieren, und wenn's mich umbringt. Du bist so mißmutig, Engel, das macht mich ganz krank. Ich weiß ja, daß dich Filmsets einschüchtern; aber das wird sich geben. Die Jungs finden dich alle klasse, und Minty liebt dich jetzt schon.«

»Minty?« krächzte Tash und starrte ihn an.

»Ja.« Sein Spiegelbild grinste sie an. »Sie hat gesagt, sie findet dich unbezahlbar. Ich hab sie zur Hochzeit eingeladen.«

Als Niall sie bat, sich zu beeilen, schlich sie ins Badezimmer. Eingehüllt in ihre Gedanken und einen Schwall heißes Wasser hörte sie ihn nebenan laut Rolling-Stones-Hits singen und plaudern. Wegen des Wasserrauschens war sie sich nicht sicher, ob er mit ihr sprach oder telefonierte; sie verstand kein Wort. Nach fünf Minuten herrschte Stille.

Weil sie sich fragte, ob alles okay war, ging sie, die Zahnbürste zwischen den Zähnen, ins Zimmer, aber er war nicht mehr da. Auf dem Bett hatte er ein paar ihrer Sachen ausgebreitet, die sie seiner Meinung nach wohl anziehen sollte. Tash seufzte unglücklich. Der liebe Niall hatte so romantische Vorstellungen, aber sein Geschmack in Sachen Mode war erschreckend. Er hatte ein Unterkleid ausgesucht, das er wohl für ein besonders angesagtes kleines Schwarzes hielt, und ihre schwarze Reitjacke, die sie gestern getragen und nur aus Versehen eingepackt hatte. Sie roch nach Pferd und war vom Sturz mit Snob vorne leicht eingerissen. Und außerdem noch ihre halterlosen Strümpfe, die sich alle zwei Minuten selbständig machten. Am liebsten hätte sie ihre alten Jeans und einen Pullover übergestreift, doch solange sie sich seiner nicht sicher fühlte, wollte sie nichts riskieren. Als sie endlich vor dem Spiegel stand, hob sich ihre Stimmung etwas. Ihr Outfit sah zwar reichlich vulgär aus, aber sie mußte zugeben, daß es auch unglaublich sexy wirkte. Die Strümpfe ließen ihre Beine noch länger erscheinen, und das Unterkleid schmiegte sich an genau den richtigen Stellen an ihren Körper. Ihre müden Augen und das feuchte, zerzauste Haar komplettierten das Bild, schlampig und raffiniert zugleich – wie eine zweite völlig abgeklärte Marianne Faithful.

Die erste, die sie sah, war Minty, hingerekelt auf ein im Schottenkaro gemustertes Sofa mit durchgewetzten Jeans und einem zu kleinen Sweater, der sich über ihrem enormen Busen spannte und ihre Wespentaille betonte. Ihr wunderschönes Gesicht war ganz ohne Make-up und ihre Frisur genau die gleiche wie auf dem Set. Tash fühlte sich wie ein aufgedonnertes Callgirl, und ihr zerbrechliches Selbstbewußtsein schmolz augenblicklich dahin.

»Tash, Schatz!« Minty winkte freundlich. »Du siehst prächtig aus. Sieht sie nicht einfach prächtig aus, Leute?«

Minty hatte sich halb auf die Armlehne und halb auf Niall gelegt, der in seinen alten Jeans schmuddeliger als sonst aussah, Scotch kippte und sich mit anderen hingeflätzten Männern unterhielt. Tash vermutete, daß es die Kilts waren und sie sie nur deshalb nicht erkannte, weil sie keinen Schlamm mehr im Gesicht hatten. Da Niall keine Anstalten machte, zur Seite zu rücken, zog sie sich einen Stuhl heran.

»Hast du heute in der Reitszene mitgespielt?« fragte sie den, der neben ihr saß.

»Kaum.« Er sah erschöpft aus. »Ich bin Kameramann.« Und schon wandte er ihr wieder den Rücken zu, um sich in die Diskussion einzuschalten, ob Nigel nun diesen Klappen-Jungen vögelte oder nicht.

Niall beachtete sie nicht und lachte lauthals mit Minty, stets den MacGinnen-Ausdruck im Gesicht. Er schien ihr rosiges Gesicht mit den vollen Wangen, den Katzenaugen und Sommersprossen geradezu aufzusaugen, so sehr konzentrierte er seinen Blick auf sie. Tash fühlte Panik in sich aufsteigen, und mehr als alles andere nagte die Eifersucht an ihr. Alle unterhielten sich angeregt über die Filmszene oder redeten von geplanten Projekten, und das alles waren Themen, zu denen Tash herzlich wenig beizutragen hatte. Die meisten von ihnen, so schien es, fuhren in den nächsten Tagen nach Edinburgh, um dort weiterzudrehen.

»Edinburgh ist schön, nicht wahr?« versuchte sie sich ins Gespräch einzuschalten, obwohl sie selbst kaum eine banalere Bemerkung kannte.

»So wie du«, brummte der Kameramann wölfisch, und seine Augen glitten ihre Beine rauf und runter.

Tash schluckte unbehaglich und spähte zu Niall, der jetzt mit Mintys Haar spielte, während er mit ihr sprach. Als sie noch etwas anfügen wollte, war ihr einziger Gesprächspartner schon wieder in den Klatsch über Nigels zügelloses Sexleben verwickelt. Die folgenden zwei Stunden verbrachte sie zumeist schweigend auf der Kante ihres Stuhles thronend; dafür trank sie sehr viel schneller als die anderen.

Als sich endlich alle erhoben, um zum Essen zu gehen, fand sie sich am Tisch zwischen zwei der ehemaligen Kilts wieder, die beide ihren Namen vergessen hatten und sich über sie hinweg unterhielten, als wäre sie aus Stein. Sie hatte eigentlich neben Niall sitzen wollen, aber er hatte fröhlich darauf bestanden, daß sie seine Freunde besser kennenlernte. »Sie werden dich lieben, und ich werde unheimlich eifersüchtig sein«, lachte er und hatte sie zwischen ihnen plaziert. Tash wollte ihm diesen Gefallen tun, stellte aber fest, daß allein sie mit der Eifersucht zu kämpfen hatte. Selbst die Suppe schien davon vergiftet. Sie beobachtete Minty, die zwischen Niall und einem der Kilts saß, hinreißend aussah und sich von ihnen hinreißen ließ. Sie flüsterte immer wieder etwas in Nialls Ohr, und ihre Lippen umspielte ein leicht kokettes Lächeln. Was sie auch sagte, Niall brach in Gelächter aus. Ich glaub einfach nicht, daß er mir das antut, dachte Tash bitter. Er muß doch wissen, wie sehr er mir damit weh tut.

Der flirtende Kameramann von vorhin, der ihr genau gegenüber saß, nahm sich ihrer an. »Sie ist mörderisch, was?« Er blickte ihr direkt in die Augen.

Tash brachte ein unsicheres Lächeln zustande. »Sie ist wunderschön.«

»Und weiß es.« Er seufzte nachsichtig, fast lasziv. »Ich kann dir gar nicht sagen, wie gut das tut.«

Tash fragte sich, wovon er sprach. Vielleicht füßelte unter dem Tisch jemand mit ihm, und er nahm an, sie wäre das. Sie rückte ihren Stuhl leicht zurück und setzte sich kerzengerade auf.

»Was tut gut?« fragte sie.

»Na, das da«, seufzte er und spähte zu Minty, die einen von Nialls Pilzen in ihrem kleinen Mund verschwinden ließ. »Ich war letzte Woche dran. Du brauchst dir keine Sorgen zu machen.« Er lächelte traurig. »Sie treiben's nicht miteinander.«

»Was?« Sie sah ihn entsetzt an.

»Ich meine«, er senkte seine Stimme und beugte sich zu ihr, »so flirtet sie nur, wenn sie einen noch nicht im Bett hatte. In dem Moment, wo du dich drauf einläßt, bist du uninteressant. Dafür ist sie bekannt. Ich war letzte Woche nur dran, weil sie bei Niall so offenkundig auf Granit gebissen hatte.«

Tash starrte Niall an. Heute abend wurde einzig offenkundig, wie außerordentlich witzig Niall alles fand, was Minty sagte.

»Genau.« Ihr neuer Vertrauter hatte ihre Gedanken gelesen und grinste breit. »Und ich hab mich auch gefragt, warum. Das ging gestern los – nachdem er gesagt hatte, daß du zu Besuch kommst. Also, wenn das irgendein Spiel ist, das ihr beide da spielt – ich bin dabei. Ich muß schon sagen, du siehst einfach super aus.«

Plötzlich spürte sie eine warme Hand auf ihrem Knie. Weil Tashs halterlose Strümpfe sich gerade wieder selbständig gemacht hatten, bekam sie jedoch nichts als Nylon und Gummi zu fassen. Sie rückte ihren Stuhl noch ein Stück zurück, aber die Hand machte weiter und fand einen Weg unter den oberen Rand des Strumpfes. Den Mund voll Pilze begann Tash zu husten und zu spucken. Mit Tränen in den Augen sprang sie vom Tisch auf, murmelte irgend etwas von der Toilette und rannte auf ihr Zimmer.

Dort angekommen tigerte sie zwanzig Minuten auf und ab und wartete auf Niall, der aber nicht auftauchte. Sie zündete sich mit bebenden Händen eine Zigarette an und ging auf die Terrasse hinaus, um auf den See zu blicken und darüber nachzudenken, wie sie Niall von Minty loseisen konnte, um ihn wenigstens anschreien zu können. Es war so eisig, daß sie fast umkam vor Kälte.

Tash zitterte, schloß die Augen und fragte sich, was für ein Spiel er hier eigentlich spielte.

Im Zimmer klingelte das Telefon.

Tash raste hinein und hatte binnen Sekunden den Hörer in der Hand, schon jetzt wütend, weil Niall es nicht für nötig hielt, die paar Schritte von der Bar hierher zu gehen, und statt dessen lieber anrief.

»Miss French, ein Anruf für Sie«, verkündete eine weiche, schottische Stimme.

»Tash?« keuchte es atemlos.

»Penny, was ist los?« Sie kämpfte gegen ihre Enttäuschung an.

»Okay, kein Grund zur Panik. Aber du würdest mich umbringen, wenn ich's dir nicht sage. Snob hat eine furchtbare Kolik.«

Sie gefror. »Wie schlimm ist es?«

Sie hörte, wie Penny durch die Zähne atmete. »Nun, John Fortescue sagt, wir sind rechtzeitig gekommen. Aber noch ist nichts überstanden, um ehrlich zu sein. Gus hat ihn um acht liegend gefunden – er kam einfach nicht mehr hoch. Der arme Teufel quält sich.«

Tash hielt sich am Bett fest und griff nach der Decke vor lauter Elend. Penny nahm nie ein Blatt vor den Mund, und dafür war sie ihr dankbar; doch jetzt war Tash einer Panik nahe und fühlte sich vollständig hilflos. Kolik, das bedeutete bei einem Pferd im besten Fall sehr quälende Bauchschmerzen, im schlimmsten war es ein Todesurteil. Ein Pferd konnte sich nicht übergeben. Alles, was es an Unverträglichem fraß, verursachte ihm unerträgliche Schmerzen und blähte seinen Leib auf, der verzweifelt versuchte, die Gase wieder auszustoßen. Bei ernsten Anfällen kam es zu Krämpfen und qualvollen Zuckungen. Die Gefahr war, daß sich während der Krämpfe die Eingeweide verschlingen konnten, was wiederum die Blutzufuhr unterbrach und einen Kollaps verursachte. Und der war tödlich. Da Penny angerufen hatte, wußte Tash, daß die Kolik so schlimm sein mußte, wie nur auszudenken.

»Wie lange lag er schon da?«

»Schwer zu sagen – er scharrt so viel in seiner Box und macht immer irgendeinen Aufstand, da ist erst mal keiner auf die Idee gekommen, daß der arme Kerl Schmerzen hat. Und er ist so schwierig. Nur zu viert haben wir ihn wieder auf die Beine bekommen.«

»Aber wie – ich meine, was ist passiert?«

Penny atmete noch einmal schwer. »Kirsty hat ihn heute nachmittag draußen bewegt und ist dann reingelaufen, weil Hugo angerufen hat. Gott weiß, was er gefressen hat – irgendwer muß ein Apfelkerngehäuse weggeworfen haben oder so was – und der Idiot hat noch schaufelweise Sand mitgefressen. Und jetzt verstopft das alles seinen Magen.«

Tash schloß ihre Augen. »Und Kirsty hat nicht ...«

»... hat nicht gesagt, daß es Sand sein könnte, bis das Tier sich vor Schmerzen gekrümmt hat. Nein.« Penny klang außerordentlich wütend.

»Aber Jack glaubt, daß er ihn durchkriegt?«

Penny antwortete einige Sekunden lang nicht. »Er ist sich ziemlich sicher, aber der Sand blockiert den Darm. Deshalb hat er noch große Schmerzen. Jack arbeitet wie ein Besessener – und Gus hilft ihm.«

Tash wußte, was das bedeutete, und brach fast zusammen. »Ich komm zurück.«

»Herrgott, nein!« Penny klang entsetzt. »Das dauert Stunden. Du bist besser bei Niall aufgehoben. Ich ruf dich an, wenn wir Genaueres wissen.«

»Ich komm nach Hause«, schluchzte Tash und warf den Hörer auf die Gabel. Ohne sich noch umzuziehen, warf sie all ihre Sachen in die Tasche. Als sie zum Speisezimmer rannte, um Niall Bescheid zu sagen, scholl ihr lautes Lachen entgegen, und sie blieb stehen. Sie konnte den Tisch nicht sehen, an dem sie saßen, aber sie konnte Mintys rauchige Stimme verstehen, die soeben ein paar bissige Kommentare zum besten gab. Es dauerte nicht lange, bis Tash hinter ihrem Pfosten begriffen hatte, wen sie da beschrieb. »Und habt ihr diese Strümpfe gesehen? Die haben ihr um die Knie geschlottert wie alte Hockeysocken!« Sie biß sich auf die Lippen und hatte dabei das Gefühl, als leuchte auf ihren beiden Wangen rot glühend das Wort »Versagerin«. Auch wenn sie sich den ganzen Tag lang mißmutig gezeigt hatte, so war das noch lange kein Grund für Niall, sie nicht zu verteidigen. Gegen die

Tränen ankämpfend lief sie ins Zimmer zurück, um ihm eine Notiz zu hinterlassen. Ihre einzige Genugtuung bestand darin, daß sie die paar Worte mit einem dicken Kajalstift über die offen daliegenden Dialogseiten für morgen früh kritzelte.

Und während sie den geparkten Designklassiker mit quietschenden Reifen zurücksetzte, sah sie das Glimmen der Zigarette draußen im dunklen Garten nicht, wo Niall allein stand und beobachtete, wie der Wagen, den er ihr geschenkt hatte, über den Asphalt davonbrauste.

7

Behängt mit den exklusivsten Tragetaschen, die Sally je am Arm gebaumelt hatten, gingen sie und Lisette noch schnell auf einen Drink in die Bar von Harvey Nichols, die fünf Stockwerke hoch über dem Trubel von Knightsbridge lag.

»Die Hochzeit findet also am ersten Samstag im Juni statt?« Lisette nahm einen großen Schluck Gin-Tonic und rollte die Augen. »Dann muß ich nur noch mit den Leuten von ›Cheers!‹ den Termin abstimmen. Die wollen haufenweise süße Blumenkinder und Promis knipsen.«

Sally nickte. »Ja. Henrietta sagt, in Fosbourne. Sie haben immer noch keine Einladungen verschickt – offenbar haben Tash und Niall sich noch nicht mal um die Gästeliste gekümmert. Tash will sogar noch am Wochenende vorher das Turnier in Badminton reiten.«

»Und Niall geht mit mir ins Bett.« Lisette zwinkerte ihr zu.

»Was?« Sally spuckte fast ihren Wodka-Orange wieder aus.

»Ins ›Himmelbett‹.« Sie zündete sich eine ihrer superleichten Zigaretten an. »Der Film, Süße. Du suchst die Locations mit aus, also merk dir wenigstens den Titel – das schindet Eindruck.«

»Tut mir leid.« Sally grinste. »Du bist also wild entschlossen, Hugo vom Gegenteil zu überzeugen?«

»Warum hab ich das da wohl gekauft?« Lisette zeigte auf ihre luxuriöse Tragetasche, in der in üppigem Seidenpapier eines der gewagtesten Kleider lag, die Sally je zu Gesicht bekommen hatte. Lisette hatte es speziell für Hugos Geburtstagsparty gekauft, auf der sie ihn endgültig überreden wollte, sein Haus für vierzehn Tage zum Drehen zur Verfügung zu stellen. Zweimal hatte er sie schon abblitzen lassen, aber sie wollte ihren Kopf durchsetzen.

»So ein schönes Haus«, seufzte Sally, die einmal mit Tash daran vorbeigefahren war.

»So ein schöner Besitzer.« Lisettes Augen funkelten.

Sally sah sie schockiert an. »Doch nicht Hugo?«

»Könnte doch ganz lustig sein.« Lisette lächelte gedankenverloren. »Ich wollte immer schon mal bei ihm landen, aber er ist so furchtbar zurückhaltend. Ich werd nicht klug aus ihm.«

»Vielleicht ist er nicht besonders klug«, sagte Sally verächtlich.

»Vielleicht. Aber trotzdem ist er fast schon unanständig brillant. Ich hab noch nie jemanden getroffen, der eine so scharfe Zunge hatte.« Lisettes Augen funkelten begierig.

»Klingt entsetzlich.«

»Ich wette, daß unter seiner harten Schale die Leidenschaft brodelt.« Sie zwinkerte. »Und du mußt zugeben, er ist göttlich gebaut.«

»So sexy wie kein anderer Mann auf Gottes Erdboden, sagt meine Schwiegermutter.« Sally kicherte. »Einen Sommer lang hat sie händeringend versucht, Tash mit ihm zu verkuppeln.«

»Mit Hugo?« Lisette lachte lauthals. »Mattys Mutter wollte Tash mit Hugo verkuppeln?«

»Mehr oder weniger – aber wie auch immer, Tash hat dann Niall kennengelernt und ...« Sie hielt peinlich berührt inne.

Lisette zuckte nur die Schultern. »Alte Hüte, Schatz. Ich hab immer gesagt, ich bin nicht geeignet als nette Hausfrau für den lieben Niall. Er braucht jemand Sanfteres – Tash paßt wunderbar zu ihm. Aber erzähl mir mehr von dieser Hochzeit.«

Nach ein paar Minuten Hochzeitsklatsch holte Sally plötzlich tief Luft und wurde rot. »Lisette, ich bin mal all die Unterlagen durchgegangen und hab da so eine Publicity-Idee für ›Im Himmelbett‹.«

»Ach, ja?« Lisette sah sie abweisend an. »Wir haben schon ...«

»Könnte auch hilfreich sein in Sachen Hugo.«

»Ach, ja?« Plötzlich war ihr Interesse geweckt. »Wieviel wird's kosten?«

»Keine Ahnung. Es ist eher so eine Art Hochzeitsgeschenk für Niall und Tash. Ich wollte dich fragen, was du davon hältst …«

Tash war die ganze Nacht gefahren bis weit in den Vormittag hinein und erst langsamer geworden, als der Verkehr zunahm und ihr vor Müdigkeit fast die Augen zufielen. Nach einem hastigen Lunch hatte sie sich durch das Straßennetz von Birmingham gekämpft, und jetzt war sie auf dem Weg nach Hause. Sie fühlte sich vollkommen erledigt und wunderte sich, daß sie es überhaupt bis Berkshire geschafft hatte. Der Designklassiker war in einem noch miserableren Zustand als sonst: Der Motor stöhnte, als würde er jeden Moment aufgeben, und auf der Windschutzscheibe glänzten nur noch zwei kleine Gucklöcher, die die Scheibenwischer aus einer dicken Schmutzschicht herausgewaschen hatten. Die Batterien des Kassettenrecorders waren schon seit Stunden leer, und so sang Tash, um wach zu bleiben, in voller Lautstärke Abba-Songs – die einzigen, die sie je auswendig konnte.

Es wurde fast schon wieder dunkel, als sie die Farm erreichte und ein heiseres »Fernando« hinausschmetterte; obwohl sie jetzt zu Hause war, konnte sie einfach nicht aufhören. Sie war so übermüdet, daß sie am liebsten sofort in Tränen ausgebrochen wäre, weil sie es geschafft hatte, und fühlte sich wie ein Polarforscher, der nach einem endlos langen Schneesturm ins Lager zurückgefunden hatte. Als sie neben Zoes altem, nie gefahrenem Mercedes parkte, begrüßten Beetroot und Wally sie wild bellend, während Enid ihren gesprenkelten Schwanz einklemmte, sich hinter dem Landrover versteckte und Tash wachsam beobachtete.

Der Pferdeanhänger fehlte. Tash fiel fast aus dem Auto und wankte auf verkrampften Beinen direkt auf Snobs Box zu. Beide Türen waren geschlossen, ihr blieb fast das Herz stehen. Da stieß Snob mit einem frechen Schnauben seine rosa Nase durch den Spalt und ihr ins Gesicht, gefolgt von einem grünlich schleimigen Sabbern. Tash fiel beinah hinten über, als er sie brummig mit dem Kopf anstieß, begierig, ihr eine Kleinigkeit für seinen schmerzenden leeren Magen abzuluchsen.

»Nicht gerade ein Patient, wie man ihn sich wünscht«, lachte eine Stimme hinter ihr. »Der Bursche hat heute schon zweimal fast meinen Arm verspeist.«

Tash drehte sich um und erblickte Ted, der an der Nachbarbox stand und Mickey Rourke kraulte.

»Hat er's überstanden?« fragte sie ängstlich und spähte zu Snob, der sich gerade über ihren Mantelkragen hermachte. Sie trug immer noch ihr Unterkleid und die Reitjacke; und ihre halterlosen Strümpfe hingen mittlerweile weit über ihre Schlangenlederstiefel herunter.

»Nicht hundert Prozent«, sagte Ted. »Jack schätzt, er wird sich noch ein paar Tage ziemlich elend fühlen. Aber er wird nicht zu Kitekat verarbeitet, wenn's das ist, was du meinst. Du siehst übrigens heiß aus.«

Zu Teds eigener Überraschung war er das Ziel einer gewaltigen Umarmung, bevor Tash zurückstürmte und auch Snob in die Arme schloß, der seine Nase in ihren Mantel steckte und ihr einen Träger ihres Kleides abbiß.

»Schneidest du mir jetzt die Haare?« Ted tätschelte Mickey, der eifersüchtig war, weil Tash ihn bisher noch nicht begrüßt hatte.

»Ich laß mich besser erst im Haus sehen.«

»Gus und Penny sind in Hampshire zum Lehrgang.« Ted ging zurück an die Arbeit. »Aber Zoe ist da irgendwo und kocht eins ihrer Killer-Currys. Wenn du dich beeilst, kommst du noch rechtzeitig – Kirsty hat Hugo zum Essen eingeladen, der Ärmste weiß nicht, was ihm blüht.«

In der Küche putzten Zoe und India gemeinsam Gemüse. »Wir haben dich schon erwartet.« Zoe sah auf, und ihr weiches Gesicht schien nicht nur freundlich.

»Oh, ja?« Tash nahm eine Mohrrübe und hob Beetroot auf ihren Schoß, die immer noch um sie herumwuselte. Sie war in letzter Zeit so gewachsen, daß Tash stöhnte, als sie ihr Gewicht spürte. Außerdem tat ihr von der langen Fahrt der Rücken weh.

»Niall hat angerufen und gesagt, daß du eine Riesendummheit gemacht hast.« Zoe suchte mit lautem Geklapper mißbilligend in einer Schublade herum und zog ein großes Messer zum Hacken hervor. »Er war halb verrückt vor Angst.«

Tash fuhr zusammen und knabberte an ihrer Mohrrübe. In den

vergangenen Stunden hatte sie Niall aus ihren Gedanken verbannt und sich ganz allein auf Snob konzentriert. Jetzt verursachte ihr schon die Nennung seines Namens Schuldgefühle und Qualen.

»Ted sagt, Snob wird wieder gesund.« Sie sprach, während sie aß. »Ich hatte solche Angst, ich dachte –«

»Wir haben uns recht ausführlich unterhalten.« Zoe legte ihr Messer aus der Hand und sah India bestimmt an.

»Ich – äh – hab Rufus versprochen, mal seine neue CD-Rom anzugucken«, erklärte India und lief auch schon die Treppe hinauf.

Zoe setzte sich Tash gegenüber an den Tisch, strich sich die hellen Haare aus der Stirn und fegte mit der Hand ein paar imaginäre Krümel vom Tisch. Ganz offensichtlich bereitete sie sich darauf vor, Tash zusammenzustauchen. »Er sagt, in Schottland sei's ziemlich heikel gewesen.« Sie stieß einen langen Seufzer aus.

»Ja, na ja, er hat sich etwas seltsam benommen. Er –«

»Niall hat gesagt, daß du sehr kühl und distanziert gewesen wärst. Daß du dich mit niemandem abgegeben hast.«

Tash starrte sie an, die Augen weit aufgerissen.

Zoe legte sich die Hand vor den Mund und blies nachdenklich durch ihre Finger, bevor sie weitersprach. »Ich hab den Eindruck, daß er wirklich sehr verwirrt ist, Tash – er scheint zu meinen, daß du dich in letzter Zeit verändert hast.« In ihren blauen Augen standen Güte und Sorge, aber in ihrer Stimme schwang ein kritischer Unterton. »Er war sehr verletzt, weil du abgefahren bist, ohne ein Wort zu sagen. Penny hätte dich nie angerufen, wenn sie das geahnt hätte. Niall ist völlig fertig, weil es für ihn so aussieht, als wäre dir dein Pferd wichtiger als er.«

»Er war nicht er selbst«, sagte Tash reichlich pathetisch und versuchte verzweifelt, ihre Ängste wegen Minty nicht zu erwähnen. »Er hat sich nur um seinen Film und die Crew gekümmert.«

»Das ist sein Beruf, Tash«, seufzte Zoe, der in ihrem Ärger so langsam die Objektivität abhanden kam.

»Er war betrunken, als ich ankam.«

»Hast du ihn gefragt warum?«

»Ich hab's versucht, aber wir waren fast nie allein. Ich hab versucht, mit ihm zu reden, aber er hat's immer verhindert.«

»Herrgott, Tash.« Zoe rieb sich verzweifelt die Stirn. »Manchmal benimmst du dich wie ein Teenager. Ich kann mir lebhaft vorstellen, wie du dich verhalten hast. Er fühlt sich da oben absolut miserabel, vermißt dich und braucht dringend deine tatkräftige Unterstützung. Und statt dessen kommt ein schüchternes Schulmädchen an, das sich ängstlich herumdrückt, als würde er jeden Moment Buh rufen!«

Tash hatte Zoe noch nie so schroff erlebt. Sie fühlte sich so erschöpft und aufgewühlt, daß sie einfach nicht wußte, was sie antworten sollte. »Verstehe.« Sie stand auf und drückte sich Beetroot gegen die Brust, ihre Stimme klang heiser. »Niall und du, ihr habt euch also unterhalten?« Sie ging auf die Tür zu.

»Ist das alles, was du zu sagen hast?« Zoe sah erstaunt aus.

»Mehr oder weniger.« Tash fühlte sich gedemütigt. Sie konnte einfach nicht glauben, daß Niall das alles Zoe erzählt hatte, ihrer besten Freundin und Vertrauten. Sie war entsetzt – vor allem auch darüber, wie einseitig seine Version ihrer Probleme war. Vielleicht hatte er Zoe als Vermittlerin benutzen wollen, aber Tash war zu stolz und ärgerte sich zu sehr über sie beide, um darauf einzugehen. Statt dessen hätte sie am liebsten trotzig mit dem Fuß aufgestampft und wäre zu Mami gelaufen. Sie war erledigt von der Fahrt, völlig ausgehungert und sehnte sich danach, mit Niall zu sprechen, ohne daß eine emsige, Curry kochende Besserwisserin neben ihr stand.

»Wir machen uns alle Sorgen um dich, Tash.« Zoe stand auf und sagte, ängstlich bedacht auf ihre Worte und in entschuldigendem Ton: »Du *hast* dich in letzter Zeit verändert – du bist schnippisch, ziehst dich oft zurück, arbeitest mehr als sonst, hast abgenommen, himmelst Hugo an.«

»Ich himmele Hugo nicht an!« jammerte sie und fühlte, wie in ihr eine kindische Wut aufstieg.

»Kirsty scheint zu meinen, daß du das tust, Schatz.« Zoe ging zu ihr.

»Kirsty meint doch, daß jedes weibliche Wesen über zehn hinter Hugo her ist.«

Draußen schlug eine Autotür, und Wally rannte bellend aus der Küche.

»Die meisten sind es ja auch.« Zoe versuchte einen Scherz daraus zu machen. Ihre Stimme wurde sanfter, genau wie ihr Blick. »Schatz, du bist mit Niall verlobt. Ich weiß ja, wie verlockend ein letztes Mal sein kann. Aber von allen ausgerechnet Hugo!«

Tash war beinahe purpurrot angelaufen, fühlte sich in ihrem Stolz verletzt und völlig mißverstanden. Sie klammerte sich an Beetroot. »Ich bin nicht hinter Hugo her! Ich hasse den verdammten Hugo«, schrie sie. »Und ich hasse Kirsty, und dich hasse ich auch!« Blindlings lief sie aus der Küchentür und rannte dabei fast Kirsty und Hugo über den Haufen, die im Flur gerade ihre Mäntel und Stiefel auszogen. »Immer mit der Ruhe!« lachte Hugo, der zur Seite fuhr.

Mit Beetroot auf dem Arm rannte Tash auf den Hof und stellte entsetzt fest, daß Hugo ihren Designklassiker mit seinem schlammigen supermodernen Range Rover blockierte. »Bastard!« Sie trat gegen den Wagen, und der Alarm ging los.

»Tash!« Zoe lief hinter Tash her und tänzelte leicht, weil sie sich erst noch die Schuhe anziehen mußte. »Bleib doch bitte zum Essen – es tut mir leid, daß ich gleich so über dich hergefallen bin. Ich möchte doch helfen. Ich mach mir solche Sorgen um dich!«

Ohne auf sie zu achten, riß Tash den Kofferraum auf, packte ihre Tasche und stolperte in der Dunkelheit über den nassen schlammigen Hof davon. Als sie den festen Asphalt der Straße unter ihren Füßen spürte, rannte sie den ganzen Rest des Weges bis nach Hause.

Im Old Forge erwartete sie ein Stoß Post, darunter ein langer Brief von Alexandra, in dem sie Vorschläge für den Empfang machte und ankündigte, daß sie nun, da Tash selbst nichts unternehme, ein Hochzeitskleid in Paris anfertigen lasse. Außerdem hatte Henrietta ihr auf dem Anrufbeantworter die Nachricht hinterlassen, daß sie ein sehr schönes großes Haus in Fosbourne Dean gefunden habe, das für Hochzeiten zu mieten sei, und sie es am nächsten Tag buchen würde, wenn Tash keine Einwände erhebe. »Wir brauchen einen Ort für die Feier«, erklärte sie in ihrem knappen, schneidenden Ton und klang leicht hysterisch. »Die Einladungen müssen schließlich so bald wie möglich gedruckt und verschickt werden. Und wenn ich nicht in der nächsten

Woche eine Gästeliste von dir bekomme, dann schreibe ich sie selbst!« Mit einem entnervten Schluchzer hatte sie aufgelegt. Aus dem Fax quollen eine Unmenge Kleiderentwürfe aus Frankreich und ein anzüglicher Witz von Rufus. Aber nirgends fand sich eine Nachricht von Niall.

Obwohl ihre Augenlider vor Müdigkeit schon ganz schwer waren, gab Tash sich einen Ruck, kochte einen Kaffee, der in erster Linie aus Pulver und erst in zweiter aus Wasser bestand, und rief in dem schottischen Hotel an. Niall sei noch am Set, hieß es. Sie machte die übliche Tour über ausgeschaltete Handys, Telefondienste und Mailboxen und landete schließlich bei der Regieassistentin, die ihr auch nur sagen konnte, daß sie Niall im Moment nirgends entdecken könne. Also rief Tash noch einmal im Hotel an und hinterließ eine Entschuldigung wegen ihrer überstürzten Abreise und die Bitte, er möge sie doch morgen anrufen. Tash hinterließ noch mehrere Nachrichten für ihn, aber Niall meldete sich eine ganze Woche lang nicht bei ihr; und dann war es MacGinnen, der plötzlich anrief.

»Wir waren letztes Wochenende wohl beide etwas daneben.« Mit einem klingenden Lachen spielte er über die ganze Affäre hinweg. »Ich vermiß dich so, Engel. Ich kann's gar nicht erwarten, dich wieder zu sehen. Erzähl mir alles, was in der letzten Woche passiert ist. Wie geht's Zoe und den Kindern? Was macht dein Kastanienbrauner? Laß deine Stimme mein Ohr küssen.«

»Ich vermiß dich auch, Niall.« Tash kämpfte verzweifelt mit den Tränen. »Ich liebe dich so sehr.«

»Ich weiß, Engel – ich hab dich gar nicht verdient. Aber erzähl doch mal, was hast du getan?«

Und zum ersten Mal ertappte Tash sich dabei, daß sie ihm einen Haufen Lügen auftischte und ihm vormachte, wie großartig alles liefe. Sie konnte es einfach nicht ertragen, ihm die Wahrheit zu sagen.

Denn in Wahrheit war das Verhältnis zwischen Tash und der Lime-Tree-Farm noch nie so angespannt gewesen. Es schien ihr fast unmöglich, auch nur ein Wort mit Zoe zu wechseln, die sich bemühte, versöhnlich auf sie einzuwirken. Tash wußte sehr genau, daß sie sich wie ein schmollendes Kleinkind aufführte, fühlte sich aber zu verletzt und einsam. Auch Gus und Penny waren sichtlich beunruhigt, hielten sich aber taktvoll zurück und beschränkten die Gespräche auf praktische Dinge. Sie wollten nicht in andere Privatangelegenheiten verwickelt werden, und außerdem waren sie im Moment zu beschäftigt und hatten schon genug eigene – finanzielle – Sorgen. Sie hatten mittlerweile drei ihrer vielversprechendsten Talente verkaufen müssen, um Bargeld zum Begleichen der laufenden Kosten zu haben, darunter eines von Gus' international erfahrenen Pferden, Party Admiral. Das bedeutete, daß er in dieser Saison nur noch zwei Pferde reiten konnte: den mittlerweile fünfzehn Jahre alten Sex Symbol und den verschlafenen Fashion Victim. Keiner der beiden zog Sponsoren an, konnte in Teams mithalten oder Gus sonstwie Zukunftsaussichten bescheren, und das wußte er. Er wurde immer verdrießlicher und schnauzte herum, was besonders Tash traf.

Tash hatte sich auf ihre eigenen Aufgaben konzentriert und kämpfte mit Snob, der sich, nachdem es ihm wieder besser ging, noch stärker und ungebärdiger zeigte als vorher. Und auch um den unbeholfenen Mickey Rourke bemühte sie sich weiterhin, der inzwischen zum Verkauf stand, aber mangels Interesse noch auf der Farm war, da Gus ein lächerlich niedriges Angebot von Hugo ausgeschlagen hatte. Außerdem hatte Tash Gefallen an dem wieder genesenen, umgänglichen Hunk gefunden, dessen Bein sich langsam kräftigen sollte. Auf den langen, einsamen Ausritten mit ihm konnte sie ihr Herz ausschütten und sicher sein, in ihm den diskretesten aller Vertrauten vor sich zu haben. Dies zusammen mit all der anderen Trainingsarbeit und den wöchentlichen Ausscheidungen für die größeren Turniere im Frühjahr nahm Tash derart in Anspruch, daß sie abends völlig erledigt ins Bett fiel, ohne noch lange über Niall, die Hochzeit oder ihr kindisches Verhalten Zoe gegenüber zu grübeln.

Dies war mehr oder weniger die Situation, die Niall vorfand, als er zwei Wochen nach ihrem katastrophalen Besuch von dem Dreh zurückkehrte. Das Old Forge glich einer Müllhalde, Beetroot begrüßte ihn mit einem überdrehten Angriff ihrer kleinen weißen Zähne auf sein Bein, und der bedrohlich angewachsene Berg Post lag an der Tür, damit es nicht so durchzog. Tash schlief auf dem Sofa, als er ankam, vielfach gestopfte Socken an den Füßen, die Knöchel auf die Armlehne gestützt und den Kopf irgendwo kurz über dem Fußboden baumelnd, mit den Haaren in einer halb gefüllten Teetasse. Niall setzte sich in den alten zerschlissenen Lehnstuhl, verscheuchte Beetroot von seinem Knöchel, der schon leicht zu bluten begann, und erkannte in der schmuddeligen Cordhose und dem Pullover seine alten Sachen wieder, in denen Tash sehr dünn aussah. Er starrte verzweifelt an die Decke. »Wir sind beide verdammte Kinder, die vorgeben erwachsen zu sein«, murmelte er und griff nach dem Drehbuch der BBC-Version von ›Die Herren von Wildfell Hall‹, in der er den tyrannischen Huntingdon spielen sollte. Er hatte drei Tage frei, bis die Dreharbeiten begannen, die in Yorkshire stattfinden sollten. Dann ging's zurück nach London ins Studio, von wo aus er nach einer weiteren Woche nach Amerika flog. Die Aussicht war niederschmetternd.

Als Tash am nächsten Morgen aufwachte, fand sie sich auf dem Sofa wieder, mit einem entsetzlich steifen Nacken und Beetroot auf dem Bauch. Ein lautes Schnarchen ließ ihr Herz rasen. Sie spähte durch die Dämmerung und erkannte Niall, der, noch im Mantel, schlafend im Lehnstuhl saß, ein Drehbuch zu seinen Füßen, das sich in seine Einzelteile aufgelöst hatte. Sie hätte ihn gern geweckt, aber es war bereits kurz nach sechs, und sie mußte zu einer Ausscheidung nach Wiltshire; nicht mal mehr für eine Dusche blieb Zeit. Sie zog eine leicht feuchte Jeans aus der Waschmaschine, streifte sich einen frischen Pullover über, griff nach ihren Stiefeln und schnalzte nach Beetroot, die eben begonnen hatte, den schlafenden Niall anzuknurren. In Wiltshire sollte sie drei von Gus' jüngeren Pferden durch die Qualifikation bringen, was ihr auch gelang; doch als sie am Abend zurückkam, war sie erschöpft und wußte, daß sie noch besser hätte reiten können, wenn sie mit ihren Gedanken nicht bei Niall gewesen wäre.

Ihr Wiedersehen an diesem Abend strotzte vor Verlegenheiten, aber es war nicht halb so schrecklich, wie Tash es sich vorgestellt hatte. Sie legten beide ihr versöhnlichstes Verhalten an den Tag und waren verzweifelt bemüht, es dem anderen recht zu machen. Niall trank fast keinen Schluck, und Tash kochte ein üppiges

Marks-und-Sparks-Dinner, das Niall mit einem fröhlichen Lächeln im Gesicht verspeiste, auch wenn Tash vergessen hatte, die Plastikfolie abzuziehen, bevor sie es in den Ofen geschoben hatte. Niall wollte sie sanft in die Arme schließen und sie ganz langsam lieben, doch als er nach einem hastigen Zähneputzen aus dem Badezimmer kam, lag Tash schon im Tiefschlaf. Auf ihrem Rücken fehlte eigentlich nur noch das Schild »Bitte nicht stören«. Er legte sich dicht neben sie und vergrub sein Gesicht in ihrem Haar. Es roch nach Shampoo und Heu. Er schloß seine Augen und sehnte sich danach, daß sie sich umdrehen und ihn schlafend umarmen möge, wie sie es so oft getan hatte. Aber statt dessen murmelte Tash im Schlaf irgendwas von Ersatzbandagen und fing an zu schnarchen.

In den nächsten Tagen bekam er sie kaum einmal zu Gesicht. Er verbrachte immer mehr Zeit damit, bei Zoe in der Küche herumzusitzen, ihre Abwesenheit zu beklagen und Gus' Scotch zu trinken, den er mit schöner Regelmäßigkeit auffüllte, um ihn dann selbst auszutrinken. »So ist das immer zu Beginn der Saison. Sie muß Mickey Rourke in seiner Klasse qualifizieren«, erklärte Zoe. »Und auch wenn Snob für Badminton schon qualifiziert ist, weil er im letzten Jahr so viel gewonnen hat, braucht sie noch einige Testläufe mit ihm. Er macht ihr höllisch zu schaffen zur Zeit, letzte Woche in Harewood hätte er ihr fast den Hals gebrochen.«

»Ich breche ihr den Hals, wenn sie sich nicht bald mal Zeit nimmt und mit mir redet«, stöhnte Niall. »Ich muß morgen zurück nach Schottland, dann direkt nach Shepperton wegen Synchron und weiter nach Yorkshire zu den Proben. Und vor Ende März bin ich nicht zurück.«

»Zu Hugos Geburtstagsparty?« Zoes Miene hellte sich auf.

»Sieht so aus.« Niall schien sie vergessen zu haben. »Das kann ja lustig werden.« Er klang kein bißchen begeistert.

»Tja«, sie zuckte die Achseln, ohne seinen ironischen Ton wahrgenommen zu haben. »Die Fete steigt genau einen Tag vor Lowerton – das größte Turnier gleich nach Badminton. Neben Saumur im April ist das der wichtigste Testlauf für jeden, der hofft, in dieser Saison was zu gewinnen. Die meisten Reiter werden trinken, als seien sie trockene Alkoholiker, um einen klaren Kopf zu bewahren.«

»Das kann ja lustig werden«, wiederholte Niall, der kaum zugehört hatte.

Zoe, die sein schmales Gesicht betrachtete, legte die Anmeldeformulare, die sie durchgesehen hatte, beiseite und setzte sich ihm gegenüber an den Tisch. Sie hütete sich, zu weit in ihn zu dringen. Doch er sah so müde und verloren aus, das konnte sie nicht ignorieren. »Es läuft nicht so gut im Moment, oder?« fragte sie sanft.

Eine schwarze Augenbraue schoß in die Höhe, und er lächelte traurig. »Nicht gerade glänzend, nein.«

Zoe atmete tief ein. »Hast du es dir noch mal überlegt? Mit der Hochzeit, meine ich.«

Er sah sie lange an und sagte nichts, bis Zoe sich vor Verlegenheit wegen ihres Vorstoßes fast schämte. Sie hatte nicht vergessen, wie barsch und abweisend er gewesen war, nachdem er von der Taufe ohne Tash zurückgekommen war. »Tut mir leid – ich verschwinde lieber.« Sie wollte aufstehen, doch er griff nach ihrem Arm und hielt sie fest.

»Hat sie irgendwas zu dir gesagt?«

Zoe setzte sich wieder und sprach so sanft und milde mit ihm wie ein Arzt mit seinem Patienten. »Ich denke, sie war sehr verletzt, als sie aus Schottland wiederkam«, murmelte sie, und ihre hellen Augen hefteten sich auf ihn. »Sie braucht dich, sie braucht deinen Rückhalt. Ich bin sicher, daß sie sich unbedingt aussprechen will; aber sie schweigt, weil sie Angst hat, daß du sie nicht mehr so liebst wie früher.«

»Ich bete sie an!«

»Dann sag ihr das«, antwortete Zoe einfach. »Sie fühlt sich hoffnungslos allein gelassen im Moment.«

»Ich wünschte, sie wäre so offen wie du.« Niall lächelte traurig, ließ ihren Arm los und setzte sich wieder auf seinen Stuhl.

»Ich will dich nicht heiraten, Niall, also kann ich aussprechen, was ich denke.« Zoe lächelte ihn weise an. »Eine Hochzeit, das bedeutet riesigen Organisationsstreß. Ihre Mutter und Stiefmutter üben ziemlich Druck auf sie aus wegen der Gästeliste; es sind nur noch drei Monate bis dahin.«

»Mist!« Nialls Miene verdüsterte sich.

Zoe biß sich auf die Lippe; sie war jetzt ganz nahe daran, tiefer vorzustoßen. Doch Niall starrte brütend auf den Arbeitsplan an der Wand, auf der Suche nach einer Ausflucht. »Der verdammte Gus schindet sie zu Tode, jawohl«, seufzte er. »Sie arbeitet mehr Stunden als ein Krankenhausarzt.«

»Wir arbeiten alle sehr hart. Die Farm steht schlecht da.«

Niall rieb sich die Augen. »Ich weiß, wie das ist. Ich bin pleite. Ich schulde dem Finanzamt dreißigtausend – Gott weiß, woher ich die nehmen soll. Und bis ich meinen Steuerausgleich noch mal in den Staaten vorgelegt hab, muß ich quasi jeden Pfennig, den ich verdiene, meiner Exfrau zahlen – reine Ironie des Schicksals, daß sie mich im Mai bezahlt. Oder vielmehr ›Cheers!‹. Ich hab seit Monaten keinen Urlaub mehr gehabt. Das ist einer der Gründe, warum ich mich in Schottland so komplett verrückt aufgeführt hab.«

»Tash sagte, du warst nicht du selbst.« Zoe fingerte an einer Rille des Holztisches.

»Sie aber auch nicht!« Er fühlte sich angegriffen. »Sie hatte enorm schlechte Laune, und dann dieser Abgang.«

»Ich glaub, das tut ihr sehr leid.«

»Hat sie das gesagt?«

Zoe schüttelte den Kopf und sah ihm nicht direkt ins Gesicht. »Wir haben uns gestritten, aber sie hat nicht viel gesagt. Ich hab's vermasselt, wenn ich ehrlich bin. Ich hab mich eher auf deine Seite gestellt.«

»Auf meine Seite?« Mutlos schob er seinen Stuhl zurück und drehte die Augen zur Decke. »Herrgott! Ich hab nicht gewußt, daß wir schon so weit sind.«

»Eigentlich nicht Seite.« Zoe wurde rot. »Tut mir leid – das ist schlecht ausgedrückt. Ich hab mich über sie geärgert, weil sie in Schottland so einen Unsinn gemacht hat.«

Niall starrte ein paar Minuten schweigend an die Decke. Er sah aus, als würde er beten. »Wenn ich ehrlich bin, war es nicht ihre Schuld«, seufzte er und rückte mit dem Stuhl wieder näher an den Tisch heran.

»Nicht ihre Schuld?«

Er spielte mit einem Teelöffel auf dem Tisch und preßte seinen Finger in die Vertiefung. »Ich hab wohl einen großen Fehler gemacht, Zoe.« Er ließ den Löffel los und stützte seine Stirn in die Hände.

Sie erstarrte, weil sie annahm, er würde gleich zugeben, daß er Tash nicht heiraten wolle. Und sie war sich nicht sicher, ob er ihr das wirklich erzählen sollte. »Was willst du damit sagen?« Sie räusperte sich ängstlich.

»Ich verderb's immer.« Er sah sie mit einem schwachen Lächeln an. »Ich werd aus Tash nicht klug – mein Gott, ich liebe sie. Aber du weißt es doch, sogar als ich sie kennengelernt hab, war ich mir nicht sicher, ob sie was an mir findet. Sie reagiert ziemlich merkwürdig.«

»Ja, ich weiß.« Zoe lächelte. »Sie ist die schüchternste Extrovertierte, die es gibt auf der Welt.«

»Ich dachte, sie steht dahinter. Aber jetzt merke ich, daß sie gar nicht so scharf darauf ist.« Wieder stützte er seinen Kopf auf die Hände. »Eigentlich warte ich darauf, daß sie mich bittet, die Sache abzublasen.«

»Aber so weit ist es doch noch nicht, oder?«

Niall zuckte die Achseln. »Anfangs wirkte sie sehr glücklich, aber jetzt glaub ich, sie hat nur das gewollt, was ich wollte. Sie ist so eisig und unzugänglich; es wäre das beste, wenn ich die ganze Angelegenheit einfach absage – mich aus dem Vertrag herauskaufe.«

Zoe sah ihn verwundert an. Sie konnte ihm nicht mehr folgen. Ihre Augen wurden magisch von seinen Händen angezogen – sie waren so knochig und langgliedrig, daß es schien, als führten sie ein Eigenleben. Sie tanzten auf dem Tisch herum wie auf der Suche nach Zerstreuung. Am liebsten hätte sie über den Tisch gegriffen und sie für einen Moment festgehalten. »Was genau meinst du damit?« fragte sie und sah, wie seine Finger wieder mit dem Teelöffel spielten.

Niall seufzte tief und beugte sich zu der ängstlichen Enid, die zu ihm gekrochen war. »Ich war nicht wirklich aufrichtig«, begann er. »Ich hab's einfach nicht fertiggebracht, es ihr zu erzählen; und dann war's zu spät.« Er hielt inne und biß sich auf die Lippen.

»Was hast du ihr nicht erzählt?«

»Daß Lisette hinter all dem steckt«, seufzte er und schloß die Augen. »Und die ganze Zeit da sein wird.«

»Wer ist Lisette?« fragte Zoe. Der Name kam ihr entfernt bekannt vor.

»Meine Exfrau, die immer noch ziemliche Ansprüche stellt.« Er zog eine Grimasse. »Ich komm schon klar mit ihr, aber Tash kriegt die Krise, wenn sie da ist. Ist ein bißchen, wie auf glühenden Kohlen zu laufen.«

Zoe stand der Mund offen. Sie konnte es kaum glauben. Seine Exfrau hatte ihn überredet, Tash zu heiraten? Das war doch krank.

»Sprich weiter«, murmelte sie betäubt.

»Na ja, ich hab mich gedrückt, bis ich in Schottland war; und dann ist es mir einfach so rausgerutscht.« Er stöhnte bei der Erinnerung. »Seitdem benimmt sie sich wie ein geschlagener Hund. Und ich war wohl auch ziemlich rüde; ich hab mich vor mir selbst geschämt, weil ich so feige war – hab zuviel getrunken, herumgeflirtet und den Mistkerl gegeben. Ein Abwehrmechanismus. Ich weiß, daß ich das mache, und ich weiß auch, daß das verrückt ist. Aber es tut so gut, da reinzuschlüpfen.«

»Wie in eine Rolle?«

Er sah sie scharf an und zuckte dann die Achseln. »Wahrscheinlich. Lisette hat mir die Hölle heiß gemacht wegen so was, aber Tash ignoriert es einfach, und das macht es nur noch schlimmer. Und es verletzt sie so sehr.« Er sah schuldbewußt auf. »Ich hab mich wie ein Schwein aufgeführt in Schottland.«

Zoe nickte bedächtig und wußte nicht, wie sie ihre nächste Frage formulieren sollte; aber sie wollte es unbedingt wissen. »Niall ...« Sie hustete. »Was um alles auf der Welt hat deine Exfrau mit deiner Entscheidung, Tash zu heiraten, zu tun?«

Einen Moment lang hörten seine Finger auf zu tanzen. Niall blickte sie verwirrt an und fragte sich, was sie meinte. Er dachte, sie wollte wissen, warum seine erste Ehe in die Brüche gegangen war, und zuckte die Achseln. »Ich hab Lisette angebetet – sie idealisiert.« Er streichelte vorsichtig Enids Schnauze. »Irgendwie war es obsessiv, ich hab sie einfach zu sehr geliebt – sie ist lebenslustig, ehrgeizig, hat alles unter Kontrolle; ich war eher zögerlich. Sie hat mich unterstützt, an mich geglaubt. Wenn sie zu Anfang nicht an mich geglaubt hätte, wär ich nie auf die Beine gekommen, als ich den Jobs noch hinterrennen mußte.«

Zoe beobachtete ihn schweigend, während er sich noch einen Scotch einschenkte.

»Sie hat damals für die BBC gearbeitet«, erklärte er. »Matty und sie haben gemeinsam Dokumentarfilme produziert. Durch ihn hab ich sie kennengelernt – wir kennen uns schon ewig. Matty ist der mehr intellektuelle Kopf, aber Lisette kann viel besser Leute motivieren, Geldgeber gewinnen und bei Dinnerpartys glänzen. Anfang der Achtziger hat sie dann bei einer unabhängigen Produktion angeheuert, und da ging es mit ihrer Karriere steil bergauf; lange vor meiner. Sie hat mich jahrelang unterstützt, und dafür habe ich sie geliebt. Aber als ich dann den Durchbruch geschafft hatte, ging unsere Ehe langsam in die Brüche.«

»War sie vielleicht eifersüchtig?« vermutete Zoe, doch er schüttelte den Kopf.

»Sie war stolz auf mich und stolz auf ihren Anteil an meinem Erfolg«, erklärte er. »Es ging mehr um das Drumherum. Auf jedem Set habe ich neue Leute kennengelernt, die ich alle mit nach Hause gebracht habe. Es war plötzlich dauernd Besuch da, so im Prinzessin-Diana-Stil. «

»Hört sich an wie das Leben hier.« Zoe lächelte aufmunternd.

»Tja, sie hatte sich ohnehin schon von mir entfernt.« Er seufzte. »Sie war nie besonders treu – das wußte ich von Anfang an, da hab ich alle Stufen der Hölle durchlaufen, vom Versuch, es zu unterbinden, bis dahin, es als einen Teil unserer Ehe zu betrachten. Sie hatte nie lange Affären, das waren eher kurze Vergnügungen, um ihr Selbstwertgefühl aufzupolieren und ihre Eifersucht zu beschwichtigen, wenn sie mich mit meinen Kolleginnen auf der Bühne sah.«

»Aber das war doch nur Schauspielerei.« Zoe blickte ihn erstaunt an. »Sie hatte echte Affären.«

»So einfach ist das nicht.« Er lächelte traurig. »Sie liebte die Rolle der Verführerin, aber in unserer Ehe war sie die Sanftere und viel eher auf Rückhalt angewiesen. Sie kann ein Biest sein, versteh mich nicht falsch, aber man muß ihr einfach verzeihen – sie ist so verdammt lustig, charmant und sexy. Und immer offen, wir konnten über alles reden. Ich war auch nicht ganz unschuldig.«

»In welcher Weise?«

Er nahm einen Schluck Scotch. »Ich verlieb mich ziemlich oft«, gab er zu. »Versteh das nicht falsch, ich vögele mich nicht von Filmset zu Filmset. Lisette hat das meine ›Trümmerflirts‹ genannt, weil sie meistens schon wieder in Trümmern lagen, wenn wir am nächsten Morgen die Liebesszenen angesehen haben. Aber es hat sie ziemlich mitgenommen.«

»Und warum habt ihr euch getrennt?« Sie sah, wie seine Finger hochkomplizierte Muster auf die Tischplatte zeichneten.

Er fuhr zusammen. »Sie hat mich wegen eines Amerikaners verlassen, der sie überzeugt hatte, daß er der kommende Quentin Tarantino sei. Nachdem er sie sitzengelassen hatte, mußte sie in den Staaten noch mal ganz von vorne anfangen. Und jetzt ist sie wieder da und hat mich eingekauft.«

»Sie hat dich eingekauft?« Zoe war völlig verwirrt und fragte sich einen schrecklichen Moment lang, ob Lisette Niall dafür bezahlte, daß er Tash heiratete.

»Ich hab eine der Hauptrollen in dem nächsten Film, den sie produziert«, erklärte er. »Hab ich dir das nicht gesagt? Darüber ist Tash so unglücklich.«

»Weil Lisette dir einen Job verschafft hat?« Plötzlich begriff Zoe, worauf er hinausgewollt hatte, und sie fühlte sich wie ein kompletter Idiot. »Und du glaubst, deshalb ist Tash in Schottland so unglücklich gewesen?«

»Natürlich.« Niall verstand sie nicht ganz. »Weil ich nichts gesagt hab, ist Tash jetzt vollkommen verstummt, und ich weiß nicht, was ich tun soll. Ich vertraue ihr tausendmal mehr, als ich Lisette jemals vertraut habe; ich würde sterben für sie, aber sie sieht das einfach nicht. Sie glaubt, Lisette braucht nur mit dem Finger zu schnippen, und schon springe ich.«

»Bist du so sicher, daß du das nicht tun würdest?« Sie atmete schwer und wich zurück, als sie sah, wie scharf er sie anblickte. Aber seine Antwort wurde von India abgeschnitten, die ihr schönes Gesicht zur Tür hereinsteckte.

»Mama – äh – hi, Niall. Das ist ja noch besser. Kann ich dich was fragen?« Sie hing halb in der Tür und halb noch auf der Treppe.

Niall, der Zoe ärgerlich anstarrte, nahm sich zusammen und lächelte sie an. »Sicher, Engel.«

»Ich hab eine Verabredung«, gab India zu, ganz dunkelrot vor Verlegenheit, »und ich dachte, ich frag mal, ob ich vielleicht zu aufgetakelt aussehe?«

Als sie sich in die Küche schob, zog sie an einem sehr kurzen Rock, der ihre langen Beine zur Geltung brachte, und Niall stieß einen Pfiff aus und schüttelte seinen Kopf. »Wunderschön. Wenn ich zehn Jahre jünger wäre, würd ich mich glatt in dich verlieben.«

»Nicht eher zwanzig Jahre?« fragte India mit der taktlosen Höflichkeit des Teenagers.

»Ja, ja, ich glaub schon«, lachte Niall, dem das nichts ausmachte. Er mußte sich stets selbst daran erinnern, daß er den Vierzig näher stand als den Zwanzig.

Indias lange blonde Haare umrahmten ihr blasses Gesicht mit seinen klugen Augen, und sie sah fast zu perfekt aus. Niall konnte sich plötzlich vorstellen, wie die kühle gelassene Zoe als junge Frau ausgesehen haben mußte: das gleiche ruhige, makellose Gesicht und die weisen blauen Augen – atemberaubend. Er starrte ehrfürchtig von der Tochter zur Mutter.

Zoe bemerkte, wie er sie ansah, und war ganz durcheinander. »Entschuldigt, Wally braucht was zu fressen.« Sie stand schnell auf und ging zu den Hundenäpfen in die Spülküche. Ihre Schultern waren vor Anspannung ganz verkrampft, als sie versuchte, sich über das taktlose Kreuzverhör von eben zu beruhigen. Sie war überzeugt, daß Niall ihr ein Geständnis machen wollte. Und gleichzeitig war sie überzeugt, daß er nicht ganz aufrichtig gewesen war.

Niall beobachtete ihre schnellen, nervösen Gesten, und er wurde sich bewußt, daß er dabei gewesen war, etwas auszusprechen, das er noch nicht einmal sich selbst eingestanden hatte. Er strich sich mit der Hand durchs Haar und drehte sich wieder zu India um. »Du siehst hinreißend aus, Engel«, versicherte er. »Mit wem du auch ausgehst, er hat verdammtes Glück.«.

»Eigentlich ist es ja Mas Geburtstag«, flüsterte India und spähte in die Spülküche, »aber ich schwärme schon seit Jahren für ihn, und ich hätte nie gedacht, daß er mal mit mir ausgeht.«

»Deine Mutter hat sicher nichts dagegen.« Er lächelte zuversichtlich. »Sie hatte auch mal ihre erste Verabredung, und außerdem sind ja noch die anderen da.«

Mit einem Windstoß kalter Luft schlenderte Ted zur Haustür herein, angetan mit seinem marineblauen Lieblingshemd und einem breiten wissenden Grinsen auf dem Gesicht. Tash hatte ihm vor einiger Zeit noch mal die Haare geschnitten, doch diesmal waren sie etwas sehr kurz geraten, so daß jetzt die blasse Haut an manchen Stellen hell durch die stoppeligen Borsten schimmerte. Eine Wolke von Aftershave umgab ihn, und er hielt eine Karte für Zoe in der Hand. »Wo ist sie?« fragte er fröhlich.

»Da drin.« Niall nickte in Richtung der offenen Tür, wo Zoe die Hunde fütterte.

»India?«

Niall starrte ihn an. »Du bist mit India verabredet?«

»Na klar.« Er sah leicht beleidigt aus. »Warum nicht?«

»Nun, zum einen bist du zu alt für sie«, stieß Niall hervor. »Und zum anderen gehst du mit Franny aus ...«

»Das ist aus. Der gefällt meine neue Frisur nicht.«

»Und außerdem hat ihre Mutter Geburtstag«, platzte es aus Niall heraus, der seine Stimme senkte. »Du hättest ein bißchen rücksichtsvoller sein sollen.«

Ted zuckte ungerührt die Achseln. »Zoe hat's so gewollt – sie wollte ihren Vierzigsten nicht feiern. Rufus ist auch nicht zu Hause, treibt sich wahrscheinlich in Marlbury im Pub herum. Und Pen und Gus sind zum Essen mit einem potentiellen Sponsor.«

»Soll das heißen, Zoe ist an ihrem vierzigsten Geburtstag ganz allein?« Niall war entsetzt.

»Sie will's ja so.« Ted warf die Karte auf den Tisch, rannte zur Treppe und rief nach India.

Als die beiden in dem alten Renault 5 auf und davon waren, trottete Niall zu Zoe. »Das Mädchen ist noch viel zu jung, um schon mit solchen Typen wie Ted auszugehen«, verkündete er ihr. »Er hat überhaupt keine Moral.«

Zoe drehte sich, überrascht von seiner Verärgerung, herum, aber sie versuchte, die Stimmung zu entspannen. »Du klingst wie ihr Vater.« Sie lächelte linkisch. »Sie hat mich die ganze Woche gelöchert, und ich hab schließlich klein beigegeben, wenn ich ehrlich bin.«

»Noch in dem Augenblick, in dem sie aus dem Haus sind, wird er versuchen, sie zu deflorieren.« Niall bemerkte, daß er wie ein prüder Moralapostel klang, aber er verspürte eine unbändige Lust, unaufrichtig zu sein; vielleicht gerade wegen des Eingeständnisses der eigenen Untreue von vorhin.

»Das weiß sie«, lachte Zoe und wandte sich wieder den Hundenäpfen zu. »Als ich ihr einen kleinen Rat geben wollte, hat sie mir einen ganz außergewöhnlichen Vortrag darüber gehalten, wie man nein sagt, wenn man nicht will, wo man Kondome bekommt, wie man einem Mann einen bläst und wie man die Beine hebt, damit der Penis tiefer eindringen kann. Ich vermute mal, das steht alles in diesen Zeitschriften, die sie liest.«

»Herrgott!« Er war entsetzt. »Und du hast sie trotzdem gehen lassen?«

»Sie will keinen Sex mit ihm haben, Niall«, Zoe lachte noch immer. »Sie war völlig platt, daß ich das Thema überhaupt anschnitt. Sie ist so vernünftig, daß es mir schon wieder angst macht: sie trinkt nicht, verabscheut das Rauchen, hält Ecstasy für einen Freifahrtschein in den Tod und weiß mehr über Geschlechtskrankheiten als ich.« Sie ging zurück in die Küche. »Das einzige, was sie heute abend gar nicht abwarten kann, ist der Zungenkuß – und zwar trotz einer Vielzahl entzündlicher Erkrankungen der Mundhöhle, über die sie in aller Ausführlichkeit Bescheid weiß, da bin ich sicher. Sie ist der Ansicht, daß da bei Ted überhaupt keine Gefahr besteht, weil er sich regelmäßig die Zähne putzt und auch nie Mundgeruch hat.« Niall folgte ihr und war sprachlos. »Ich bin immer wieder erstaunt über sie.« Zoe drehte sich um und beobachtete mit sprühenden Augen seine Reaktion. »Ich würd ihr mein Leben anvertrauen, ganz anders als meinem Sohn. Der betrinkt sich wahrscheinlich gerade mit Freunden in einem Pub bis zur Besinnungslosigkeit.«

Niall preßte seine Finger an den Mund und versuchte, noch etwas länger schockiert auszusehen, aber er mußte einfach lachen. »Ich werd Kinder nie verstehen.«

»Das tut man nie ganz – du und Tash, ihr werdet großartige Kinder bekommen. Sie wird eine wunderbare Mutter sein, etwas zerstreut, aber bestimmt sehr lustig.« Zoe räumte den Tisch ab und versuchte noch einmal, das Gespräch von vorhin wieder in Gang zu bringen. »Und du wirst ein wundervoller Vater sein.«

Er antwortete nicht.

Weil sie merkte, daß schon diese eine Bemerkung ihn verlegen machte, räumte sie weiter herum. »Penny hätte zu gern Kinder, aber sie können es sich einfach nicht leisten, denn seit ein paar Jahren hat sie den schrecklichen Verdacht, daß sie unfruchtbar sein könnte. Wenn's denn sein sollte, müßten sie wohl eine künstliche Befruchtung machen lassen, und das kostet. So langsam bekommt sie Torschlußpanik – sie ist jetzt sechsunddreißig.«

»So alt wie ich«, sinnierte Niall abwesend; aber plötzlich stieß er mit neu erwachter Aufmerksamkeit hervor: »Und du hast heute Geburtstag, meine Liebe, wovon ich überhaupt nichts wußte. Herzliche Glückwünsche!« Er lehnte sich über den Tisch, um ihr einen Kuß zu geben, gerade in dem Moment, als sie sich mit der noch nach Hundefutter riechenden Hand über die Wange fuhr, so daß er den Geschmack von Chappi im Mund spürte.

»Danke.« Zoe drehte sich verlegen weg, und auf ihrer Hand brannte es plötzlich ganz heiß. »Aber ich feiere dieses Jahr nicht.«

»Natürlich tust du das.« Er ging hinter ihr her und nahm ihr einen Stoß Unterlagen aus der Hand. »Geh nach oben und zieh dich um – ich werd dich zum Dinner ins Olive Branch ausführen.«

»Aber das geht doch nicht«, antwortete sie verwirrt. »Was ist mit Tash? Sie kommt doch bald von dem Turnier zurück.«

»Wir werden ihr hinterlassen, wo wir sind.« Er hatte die Papiere bereits abgelegt und suchte nach seinem Mantel. »Jetzt geh schon und wasch dir die Hände, während ich Ange anrufe.«

Lachend gab Zoe nach, lief die Treppe hinauf und war auf einmal sehr glücklich, daß ihr Geburtstag jetzt doch noch gefeiert wurde. Das Leben mochte zwar nicht gerade mit Vierzig beginnen, sinnierte sie, aber das war kein triftiger Grund, um es zu verpassen.

Zoe merkte, daß sie beim Trinken mit Niall ganz unmöglich Schritt halten konnte. Weil sie anfangs aber den Fehler gemacht hatte, es wenigstens zu probieren, war sie, als sie beide begannen, die Karte zu studieren, bereits einigermaßen beschwipst. Ein riesiges Kaminfeuer knisterte in ihrer Nähe, und mit von der Hitze und dem Alkohol geröteten Gesichtern plauderten sie über dies und das, während Ange hin und her rannte und gelegentlich an ihrem Tisch stehenblieb, um ihnen etwas zu empfehlen. Er war bester Laune heute abend, und seine Augen glänzten wie schwarze Perlen, denn in der letzten Woche hatte Craig Brown, der Gourmet-Papst schlechthin, eine Lobeshymne auf ihn veröffentlicht.

Zoe war nicht sicher, ob es am Alkohol lag oder einfach an Nialls Art, aber sie konnten ausgesprochen gut miteinander reden. Während sie mit einer großen Portion Gnocchi kämpfte, hatte sie ihm ihre Kindheit geschildert; und jetzt erging sie sich in Andeutungen über ihre unglückliche Ehe, ein Thema, über das zu sprechen sie sich nur sehr selten erlaubte. Nialls große braune Augen und seine erstaunlich selbstkritische Aufrichtigkeit in bezug auf seine Ehe gaben ihr das Gefühl, als könnte sie ihm nichts verbergen. »Mein Exmann, Si, ist ein sehr umtriebiger, sehr kluger Mensch«, erklärte sie. »Und das war eigentlich eins der größten Probleme – er war ein absoluter Workaholic, und noch dazu ein Perfektionist. Wenn er abends nach Hause kam, konnte er einfach nicht begreifen, daß unser Haushalt nicht so reibungslos funktionierte wie sein Büro.«

»Was macht er?« fragte Niall und schenkte sich nach.

»Er ist Architekt – sehr angesehen. Aber er arbeitet nicht mehr.«

»Hat er sich ins Privatleben zurückgezogen?«

»So ähnlich.« Zoe wollte nicht zu viel verraten. »Er hatte eine Art Zusammenbruch in den achtziger Jahren.«

»Und hat sich vorzeitig aus dem Beruf zurückgezogen?«

Sie holte tief Luft. »Nicht freiwillig. Aber es war offensichtlich, daß er nicht mehr arbeiten konnte.« Sie ließ ihren Blick unbehaglich schweifen. »Es war ein Ausbruch von Schizophrenie, paranoider Schizophrenie, um genau zu sein.«

»Herrgott!« Niall stöhnte entsetzt auf.

»Es war furchtbar«, gab Zoe zu. »Jekyll und Hyde in Reinkultur. Hab ich gesagt, daß er Perfektionist war? Das ist harmlos ausgedrückt. Er war so *gut* in allem, und jeder kannte ihn. Ich hab ihn jahrelang bewundert, bevor ich ihn das erste Mal getroffen habe – wegen eines Interviews für eine Zeitschrift. Ich war damals ziemlich bekannt.«

»Ich erinnere mich.« Niall grinste. »Ich hab dein Foto angehimmelt.«

»Wirklich?« Zoe errötete.

Er nickte, und als sie stumm blieb, ermunterte er sie, weiterzusprechen.

»Na ja, nachdem wir geheiratet hatten, wollte Si nicht, daß ich weiterarbeite – nicht fest angestellt jedenfalls. Eine Zeitlang hab ich eine Kolumne geschrieben – unglaublich, mit welchem Stuß man damals durchkam; mit schnell hingeworfenen fünfhundert Zeilen über eine kaputte Waschmaschine hab ich ein Vermögen verdient. Ich hab sogar einen Roman geschrieben – einen ernsthaften, nicht das Zeug, das ich jetzt schreibe. Aber dann war ich mit Rufus schwanger und fühlte mich fast die ganze Zeit hundeelend. Das war der Anfang vom Ende.«

»Hat er dich nicht unterstützt?«

Sie lächelte kläglich. »Wir haben in diesem sagenhaften Haus in Greenwich gewohnt, das Si entworfen hatte – minimalistischer Stil; er hat einige Preise dafür erhalten. Die Idee war, daß es wenig Aufwand bereiten sollte: nichts, was einstaubt und so. Tatsache war aber, daß man unmöglich darin leben konnte. Keine Bücherregale, Bilder, Krimskrams, nichts. Und wenn irgendwo eine Zeitung herumlag, ist Si explodiert. Die Lime-Tree-Farm, das wär seine Vorstellung von der Hölle, glaub ich.«

Niall beobachtete sie aufmerksam, sagte aber nichts, sondern ließ sie einfach reden.

»Mit Kindern kommt Unordnung – unausweichlich.« Sie seufzte. »Und ich wollte partout kein Kindermädchen, obwohl ich nicht gerade die geborene Mutter war.«

»Du bist eine großartige Mutter!« protestierte er.

»Jetzt geht's prima, aber anfangs war's entsetzlich. Nach Rufus' Geburt hatte ich schwere postnatale Depressionen, hab die ganze

Zeit geheult und bin panisch geworden, wenn er auch nur geschnieft hat. Ich muß unerträglich gewesen sein, und Si hatte keine Begabung fürs Zuhören. Aus seiner Sicht haben Kinder wohl nur Dreck, Geschrei und eine in Tränen aufgelöste Ehefrau bedeutet.«

»Kinder erfordern wohl ziemlich viel Anpassung.« Niall goß Wein in beide Gläser nach, obwohl ihres noch fast voll war.

»Nur daß Si überhaupt nicht darauf vorbereitet war, sich jemals anzupassen«, fuhr Zoe fort. »Er war absurd eifersüchtig und wurde fast fanatisch in Sachen Sauberkeit. Ich dachte, er ist eben ein bißchen hysterischer als sonst. Doch als India kam, war es schon krankhaft – er hat sich zwanzig-, dreißigmal die Hände gewaschen, Zähne geputzt, bis das Zahnfleisch blutete, und das Haus zusammengeschrien, sobald er ein Krümelchen Staub entdeckte. Wir hatten zehn Putzfrauen in zehn Monaten.«

Niall konnte den Schmerz in ihrem Gesicht erkennen und ahnte, daß sie sich selbst einen Großteil der Schuld gab.

»Ich hab mit einer befreundeten Psychologin gesprochen, und wir kamen zu dem Ergebnis, daß es eine schwere Neurose sei.« Sie rieb sich den Mund. »Sie hat eine Verhaltenstherapie vorgeschlagen. Si hatte sich mehr und mehr zurückgezogen und war völlig apathisch; mit ihm ein Gespräch zu führen, war kaum noch möglich – er redete viel zu schnell, verdrehte Wörter oder benutzte welche, die es gar nicht gab. Aber er war hellwach, wenn ich versuchte, ihn auszutricksen.«

»Sprich weiter.«

»Dann ging das mit den Stimmen los. Er war unberechenbarer denn je – und tat merkwürdige Dinge: er kontrollierte, ob es in der Küche seltsam roch, oder hat mich beim Einkaufen verfolgt, weil er sich eingeredet hatte, ich hätte eine Affäre. Einmal hat er mich sogar einen ganzen Tag im Badezimmer eingesperrt, weil ich mit einem Freund zum Dinner verabredet war. Ich war halb verrückt vor Sorge, India war ja noch ganz klein und Rufus eben eingeschult. Manchmal hatte er derart klare Momente, daß ich schon glaubte, es ginge ihm besser; doch im nächsten Augenblick sagte er mir, ich sei vergiftet, eine Hure oder hätte eine ansteckende Krankheit. Und dann war er meist für Stunden katatonisch. Oft hatte ich Angst, daß er den Kinder was antut, zumal er sich so sehr vor Krankheiten fürchtete und sie gerade von Mumps bis Windpocken alles mitmachten – ich ließ sie nie außer Sichtweite. Gearbeitet habe ich zu der Zeit nicht mehr, keiner wollte mich; und heute verstehe ich auch warum. Alles, was ich tat, geschah immer nur in großer Hast und Eile. Aber damals hielt ich es für eine Verschwörung. Ich hatte mir sogar eingeredet, daß Si bei allen Redaktionen angerufen hatte, um sie vor mir zu warnen. Das war natürlich Unsinn – es war eine Zeit großer Veränderungen, Verlagshäuser wechselten die Besitzer, Chefredakteure wurden abgelöst und technische Neuerungen eingeführt. Es gab einfach keinen Bedarf mehr für meine Art Kolumne zu einem Zeitpunkt, als die Frauen sich aufmachten, die Chefetagen zu erobern. Und leider war diese dämliche Kolumne alles, was in Erinnerung geblieben war; meine früheren Arbeiten schienen vergessen. – Als Si endlich einsah, daß er krank war, und in ein Sanatorium ging, waren wir praktisch pleite.« Zoe nahm einen großen Schluck Wein. »Und es mußte natürlich die teuerste Klinik des Landes sein. Also verkauften wir das Haus und legten das Geld an, um davon die Arztrechnungen zu begleichen. Ich nahm die Kinder von der Schule und bin hierher zu Penny und Gus gegangen. Ursprünglich hatte ich vor, nur ein paar Monate zu bleiben, und jetzt bin ich noch immer da – und strapaziere ihre Gastfreundschaft.«

»Sie wären am Boden zerstört, wenn du gehen würdest!« protestierte Niall. »Du hältst hier doch alles zusammen.«

»Wegen meiner Kochkünste soll ich jedenfalls nicht bleiben.« Sie lächelte zaghaft. »Obwohl ich sicher einen passablen Telefondienst mache und die Kinder brauchbare Stallknechte abgeben.«

»Außerdem zahlst du enorme Summen für die Hypothek.«

Zoe zuckte die Achseln. »Das ist wohl eine von Tashs Übertreibungen. Ich bekomme ein paar tausend Pfund pro Buch, und das meiste gebe ich für Sis Klinik aus.«

»Er ist immer noch dort?«

Sie nickte. »Er hat versucht, ein ganz normales Leben zu führen – eine Wohnung in London gemietet, ein paar Aufsätze zur Architektur geschrieben. Doch nach einigen Wochen waren alle Symptome wieder da, und noch ein paar neue dazu. Der Dummkopf hatte seine Medikamente abgesetzt. Eine Nachbarin entdeckte, wie er im Hausflur den Fußboden aufriß, weil sich darunter ein Geruch verbarg. Nachdem er sie angegriffen hatte, landete er bei der Polizei, und dann gab's eine Zwangseinweisung.«

»Und jetzt?«

»Er sitzt im tiefsten Staffordshire und entwirft neuartige Häuser, die kein Mensch mehr bauen wird. Einmal im Monat besuche ich ihn – häufiger kann ich es nicht ertragen, den Mann, den ich geliebt habe, auf diese Weise zerstört zu sehen. Er wird dort sehr gut versorgt.« Sie lächelte ihn an, offensichtlich verlegen, weil sie so viel preisgegeben hatte.

Niall ergriff ihre Hand und drückte sie herzlich und zuversichtlich. »Und wie geht es dir jetzt?«

»Gut.« Sie entzog ihm die Hand sachte wieder. »Die Kinder sind wunderbar – doch ich bin sicher, sie haben Verletzungen davongetragen. Ihr Vater hat sie nie geliebt. India geht manchmal mit in die Klinik, und er weiß nicht mal, wer sie ist – er hat sie einfach gestrichen. Rufus haßt ihn – er bestand darauf, daß ich mich scheiden lasse. Er war ganz besessen von der Idee, fast wie sein Vater; das hat mir ziemlich angst gemacht. Fünf Jahre hat es gedauert, bis ich Si überzeugt hatte.«

»Glaubst du, daß du noch mal heiraten wirst?«

Zoe lachte. »Na, deswegen hab ich's nicht getan – um wieder frei zu sein. Herrje, nein! Es war ein Weg, mein eigenes Leben wieder in den Griff zu bekommen, mich nicht mehr so entsetzlich schuldig zu fühlen. Irgendwie hat es mir die nötige Distanz verschafft, um eine Entscheidung zu treffen, wie es weitergehen soll.«

»Und wie soll es weitergehen?«

»Erst mal wie gehabt.« Sie schob ihr Dessert, das sie gar nicht angerührt hatte, weg. »Die Kinder fühlen sich in der Schule wohl; sie wollen nicht mal auf eine Privatschule, obwohl ich mir das inzwischen wieder leisten könnte. Und hier bei Gus und Penny sind sie zu Hause, das ist wie Familie. Für Penny sind sie ein Geschenk des Himmels, sie liebt sie über alles.«

Niall setzte das Weinglas ab und neigte seinen Kopf. »Ich hab nach dir gefragt, Zoe?«

»Ich bin glücklich genug.« Sie zuckte die Achseln. »Penny und

India setzen zwar alles daran, mich an den Mann zu bringen, bevor ich zu alt und verhutzelt bin. Aber leider haben sie so überhaupt gar keinen Geschmack.«

Niall lachte. »Trotzdem kannst du dich doch nicht für immer auf der Farm verkriechen. Du bist eine sehr schöne Frau, Zoe, und du solltest jemanden um dich haben, der das zu schätzen weiß.«

Zoe starrte gedankenverloren in ihr Weinglas und beobachtete, wie das Licht des Kaminfeuers mattorange in dem tiefen Rot des Chianti reflektierte. »Einen Mann gab es«, murmelte sie, als Niall eben den Mund öffnete, um etwas zu sagen.

»Ja?«

»Ach nein – ich hätte nicht davon sprechen sollen.« Sie nahm einen sehr großen Schluck Wein und mußte furchtbar husten, weil sie sich verschluckt hatte. »Es war albern und dumm.«

»Wenn du möchtest, erzähl es mir ruhig.« Er beugte sich gespannt zu ihr. »Ich werde schweigen wie ein Grab.«

Zoe sah sich um, ob auch niemand zuhörte. »Ich hab ihn auf einer Party getroffen«, flüsterte sie und schaute in ihr Glas. »Auf der Farm. Gleich, nachdem Tash eingezogen war. Du warst in Puerto Rico oder so – wir hatten uns noch nicht kennengelernt.«

»Ich erinnere mich. Ich hatte so eine Miniszene in einem Stallone-Film. Und bin danach dann einige Wochen hier gewesen.«

»Ja, stimmt. Na ja, es war Gus' Geburtstag, und wir hatten ein riesiges Grillfest veranstaltet. Tash war etwas nervös, weil sie noch neu war, und Penny hatte vorgeschlagen, sie solle doch Leute mitbringen.«

»Ja, genau. Gus hat Tash danach eindringlich gewarnt, ihm ja nie wieder ihren Cousin Marcus ins Haus zu holen.« Niall grinste. »Hatte der nicht Wally mit Haschkeksen gefüttert?«

»Stimmt.« Zoe nickte, zu sehr von der Erinnerung eingenommen, um zu lächeln. »Tja, und einer, den Tash eingeladen hatte, kam erst spät und war ziemlich schlechter Laune. Er stand plötzlich in der Küche, als ich gerade Gläser abwusch; es war ihm wohl einfach zuviel Gedränge. Na, jedenfalls setzte er sich, plauderte und trank nach und nach eine ganze Flasche Rotwein aus. Wir haben uns großartig verstanden – er war klug und geistreich und hatte einen sehr trockenen Humor. Ich nehme an, wir waren beide ganz schön angetrunken, aber du weißt ja, wie das ist, einfach ein netter Flirt – keine Schmetterlinge im Bauch oder so was, nur ziemlich viel Gelächter und ein paar tiefe Blicke. Wie ein Teenager hab ich mich gefühlt.«

»Das Gefühl kenne ich sehr gut.« Niall nickte und spielte mit seinem Weinglas.

»Es ist mir unsagbar peinlich, das zuzugeben, aber ich hab mich auch wie ein ziemlich alberner Teenager aufgeführt.« Sie ließ den Kopf hängen. »Ich mußte in die Speisekammer gehen, und weil wir uns gerade so angeregt unterhielten, ist er mitgekommen. Und im nächsten Moment haben wir wie die Fünfzehnjährigen geknutscht. Irgendwie war es ja würdelos, aber es hat auch enorm Spaß gemacht. Tja, und dann waren da eben doch die Schmetterlinge – es war so dumm und gefährlich.«

»Na und?« Niall grinste. »Wo ist denn da das Problem?«

»Er hatte zuviel getrunken, um noch nach Hause zu fahren«, sie wurde rot, »und sah mich mit so einem Blick an, der besagte: Sex, wenn's Licht ausgeht – einfach albern, aber unheimlich erotisch. Es war schon spät, und alle hingen herum und waren müde, wie das so ist auf Partys. Er wollte sich nur kurz aufs Sofa legen, war aber sofort weg. Ich hab dann noch aufgeräumt. Tash, selbst todmüde, half mir und sagte, wie froh sie gewesen sei, daß ich mich um ihren Bruder Matty gekümmert hätte. Sie erzählte, daß er in übler Verfassung angekommen sei, weil ihr Babysitter sie in letzter Minute sitzengelassen und seine Frau darauf bestanden hatte, in London zu bleiben. Sie hatten wohl einen entsetzlichen Streit gehabt, und er war mehr oder weniger nur gekommen, um ihr eins auszuwischen.«

Nialls Augen weiteten sich. »Matty? Du hast mit Matty in einer Speisekammer geknutscht?«

Zoe bedeckte ihr Gesicht mit den Händen und nickte. »Er und Sally sind mit den Kindern hergekommen, als du dann hier warst, erinnerst du dich? Es war kurz nach der Party, und wir konnten uns nicht mal ins Gesicht sehen.«

»Herrgott!« Er versuchte noch immer zu begreifen, was er gehört hatte. »Matty? Herrgott!«

»Es ist mir so peinlich. Ich wußte nicht, daß er verheiratet ist.

Ich kannte Tash ja noch nicht lange genug, um etwas über ihre Familie zu wissen. Er hatte seine Kinder erwähnt, aber ich dachte, sie seien von einer ehemaligen Freundin. Als Sally hier zwei Wochen später mit einem Kind auf jedem Arm und einem dicken Bauch auftauchte, hätte ich Matty umbringen können. Sie war im achten Monat und viel zu reizend, um betrogen zu werden.«

»Sie ist allerdings reizend. Der dämliche Idiot!« Niall knallte sein Weinglas auf den Tisch. »Was zum Teufel erlaubt er sich eigentlich?«

Zoe rieb sich müde die Augen und zuckte die Achseln. »Er war betrunken – wir beide –, und er hatte sich furchtbar mit ihr gestritten. Dazu kommt, daß ich auf Teufel komm raus geflirtet hab an diesem Abend. Ich fand ihn unglaublich anziehend nach all den dicken Farmern, die ich sonst so zu Gesicht bekam. Männer tun sehr seltsame Sachen, wenn ihre Frauen hochschwanger sind. Ich war wohl der Fluchtpunkt, den er gerade brauchte. Das kannst du ihm nicht wirklich vorwerfen.«

»Das kann ich sogar verdammt gut.«

»Willst du etwa sagen, daß dir so was nie passiert?« Zoe seufzte und sah ihn an. »Wie war das gleich wieder mit deinen Trümmerflirts?«

Niall versuchte ihrem Blick standzuhalten, senkte dann aber doch schuldbewußt die Augen.

»So ganz glaub ich dir nicht, daß Tash in Schottland so schlechte Laune gehabt haben soll«, sagte sie sanft. »Das sieht ihr gar nicht ähnlich – sie ist manchmal höllisch stur, aber ich weiß, wie schüchtern sie ist und bereit, sich anzupassen. Und sie liebt dich über alles. Sie mußte schon einen sehr guten Grund haben, um sich so zu verhalten.«

»Sie hatte aber keinen.« Niall leerte sein Glas. »Ich besorg uns noch eine Flasche.« Er sah sich ungeduldig nach Ange um, aber plötzlich verharrte sein Blick beunruhigt hinter ihr.

Zoe wollte noch ein bißchen nachbohren, doch dann wandte sie sich um und sah Tash am Eingang stehen, noch in schmutzigen Reithosen und mit einer ramponierten Baseballkappe auf dem Kopf. Sie lächelte übers ganze Gesicht, als sie sie entdeckte, und rannte fast einen Stuhl um. Zoe trank begeistert einen Schluck –

sie war aufgeregt und konnte es gar nicht erwarten, sie zu begrüßen. Niall betrachtete sie mit einem sehr viel zurückhaltenderen Ausdruck.

»Herzlichen Glückwunsch!« stieß sie hervor und gab Zoe ein zerknittertes Päckchen. »Tut mir leid, aber Kirsty saß auf der Rückfahrt drauf.«

»Wie ist es gelaufen?« fragte Zoe und bemerkte, daß Niall, als Tash ihn küßte, den Kuß nicht erwiderte. Es drehte ihr den Magen um.

»Prima.« Tash zog sich einen Stuhl heran. »Mickey hat's geschafft und in seiner Klasse gewonnen, jetzt kann er auf die nächsten Turniere. Snob hat mich mit doppelter Lichtgeschwindigkeit über den Platz gezogen und wurde achter in seiner Klasse – in der Dressur war's hoffnungslos. Und Hugo hat auf Bodybuilder wieder gewonnen! Das Pferd ist einfach ein Phänomen! Außerdem hat er mit Surfer im offenen Wettbewerb gewonnen und auch die meisten seiner jungen Pferde durchgebracht. Er ist überhaupt nicht aufzuhalten. Und Kirsty ist gestürzt ...« Sie war noch ganz atemlos von den Anspannungen der Wettkämpfe. Es dauerte immer Stunden, bis sie sich wieder beruhigt hatte.

»Ist sie okay?«

»Ja, zum Glück – blaue Flecken und verletzter Stolz, würd ich sagen.« Tash grinste, als Ange herangeschwebt kam und ihr einen Handkuß gab.

»Für meine Lieblingsbraut.« Sein Mund kräuselte sich etwas, als er den Geschmack von Pferdeschweiß und Lederfett wahrnahm. »In trauter Runde mit dem Bräutigam und der Führerin des Brautzuges? Nicht mehr lange, oder?« Er zwinkerte ihr zu.

Tash schluckte peinlich berührt. »Noch drei Monate.«

Als Niall später darauf bestand, Zoe nach Hause zu begleiten, war Tash leicht genervt – als gäbe es hier irgendwelche potentiellen Vergewaltiger, schließlich ging sie den Weg doch auch jeden Abend allein. Sie zögerte kurz, ob sie sich ihnen anschließen sollte, fühlte sich aber befremdet von der seltsamen Vertrautheit der beiden. Statt dessen rief sie Niall nur nach, er solle Beetroot mitbringen, und schloß das Old Forge auf. Der Ofen war ausgegangen, also setzte sie ihn erst mal in Gang, kauerte sich daneben und überlegte, ob sie Hugo wohl jemals wieder schlagen würde. Im Moment gewann er einfach alles, sogar mit verbundenen Augen wäre er unschlagbar. Als sie heute mit Snob zu den Boxen zurückschlich – nach einem katastrophalen Geländeritt, bei dem er ihr fast den Arm ausgekugelt und zwei Hindernisse einfach ausgelassen hatte –, war Hugo auf Surfer mit einem siegessicheren Grinsen an ihnen vorbeigetrabt.

»Dein Hengst führt sich auf, als wäre er vor einen Hochzeitszug gespannt, was?« rief er. »Zu viel Sex, würde ich sagen.«

»Was?« fuhr Tash ihn zornig an.

»Er deckt zu viele Stuten«, lachte er. »Hast du gedacht, ich spreche von seiner Reiterin?«

Wenn sie wenigstens eine Chance hätte, dachte Tash traurig.

Niall brauchte Stunden, bis er endlich da war, und gab zu, daß er noch einen Kaffee getrunken hatte, weil India gerade wieder nach Hause gekommen war und Teds Annäherungsversuche in allen Einzelheiten geschildert hatte.

»Haben Penny und Gus den Sponsor überzeugen können?« fragte Tash hoffnungsvoll.

Niall schüttelte den Kopf. »Gus ist ziemlich mieser Laune. Jetzt muß er noch ein Pferd verkaufen, sagt er, Mickey Rooney oder so.«

Tash gefror. »Rourke?«

»Ja, genau.« Er hielt seine Hände über den warmen Ofen.

Tash verstummte. Gus hatte das schon oft – sehr oft – gesagt, doch jedesmal wieder fuhr ihr die Angst in die Glieder.

»Zoe ist eine sonderbare Frau, nicht?« Niall hockte sich neben sie.

Tash sah auf. Sie hatte sich heute entschieden, Zoe zu verzeihen – ein erster Schritt ihres neuen, positiven Denkens, das sie sich selbst verordnet hatte, auch wenn das durch die Neuigkeiten über Mickey Rourke fast schon wieder zunichte gemacht worden war. »Wie meinst du das? Ich finde sie ganz wunderbar.«

»Ja, ist sie natürlich«, er nickte. »Aber viel komplizierter, als ich ihr zugetraut hätte. Ihr Leben ist verdammt hart verlaufen – ich glaub, sie ist ziemlich unglücklich.«

Tash nickte zustimmend. »Ich war in letzter Zeit etwas sauer auf sie«, gab sie zu. »Ich sollte mit ihr reden – es war ein kindischer Streit.«

Niall grinste. »Auf mich warst du auch etwas sauer.« Er hob den Kopf.

»Richtig.« Sie überlegte, ob sie ihn nach Minty fragen sollte, brachte aber den Mut nicht auf. Er sah sie so sanft und liebend an, daß sie am liebsten eine Rolle rückwärts gemacht und laut gelacht hätte. So hatte er sie die ganze Zeit noch nicht angesehen, seit er aus Schottland zurück war. »Ich sollte wohl auch mit dir reden«, sagte sie mutlos; sie wußte, daß sie dringend ein ernsthaftes Gespräch führen sollten. Aber als er sie mit diesem anhaltenden Blick aufsog, wollte sie nichts weiter mehr, als nur noch darin eintauchen. Ihr war ganz schwindelig vor Erleichterung, und ihre lang begrabene Libido führte Freudentänze auf.

»Das solltest du wohl.« Seine Nase berührte fast die ihre, und sein Atem liebkoste ihre Oberlippe.

»Niall«, sie atmete schwer, »ich glaube wirklich, wir müssen ...«

Er setzte ihr einen langen, trägen Kuß auf die Lippen, seine seidene Zunge schmeckte süß und kühl in ihrem Mund.

»... uns öfter so küssen«, keuchte sie. Die Hormone durchströmten ihren Körper, und ihr Puls raste.

Zum ersten Mal seit Wochen liebten sie sich wieder, wenn auch alles in allem nicht sonderlich erfolgreich. Niall stieß sich den Zeh, als er ins Bett stieg, war aber bald wieder in Stimmung – doch irgendwie distanziert und mehr technisch als sonst. Er bestand darauf, daß sie sich zu einer merkwürdigen Stellung verdrehte, die eher an die natürliche Geburt erinnerte denn an Sex und in keiner Weise lustvoll war. Sanft drehte sie ihn herum, so daß sie jetzt auf ihm saß und es durchaus genießen konnte; da bemerkte sie, daß der Vorhang offen und von der Straße aus zu sehen war, wie sie hier auf Niall herumhüpfte.

»Oh, nicht aufhören«, stöhnte er, als sie sich auf die Ellbogen stützte, um sich zu ducken. »Tu ich nicht.« Sie preßte ihre Stirn gegen seine heiße, sich bewegende Brust und hoffte, daß niemand einen späten Spaziergang mit dem Hund machte.

In dem Moment, als sie beide fast gekommen waren, verkrampfte sich Tash leider, was nicht sehr förderlich war; und Niall begann eine seltsame, sehr erotische Massage der Innenseiten ihrer Schenkel und ihres Beckens – sie fragte sich sogleich, wo er das wohl gelernt hatte. Als Niall sich dann noch einmal herumdrehte, sich auf sie legte und in seinen weichen, fließenden Rhythmus eintauchte, schoß Tash ein Gedanke durch den Kopf, und sie richtete sich halb auf. »Wo ist Beetroot?« Für einen Moment hörte er auf und blickte sie an; seine langen Haare hingen herab. Plötzlich fiel ihr auf, wie rot und verschwitzt sein Gesicht aussah. Und auch irgendwie alt. »Sie wollte nicht mit«, murmelte er und nahm seinen Rhythmus wieder auf, indem er in sie eindrang und sie zurück auf das Kissen drückte.

Tash versuchte, sich auf die Bewegungen einzustimmen, wurde aber immer wieder heimgesucht von diesem Bild des roten, verschwitzten, alten Niall. Das lenkte sie ziemlich ab, und sie fühlte eine schuldbewußte Erleichterung, als er schließlich kam und sich von ihr rollte, ohne diesmal wie sonst noch ein paar träge, verspielte Minuten weiterzumachen, bis auch sie kam. Statt dessen küßte er sie auf die Schulter und umarmte sie.

Während sie in dieser feucht verschwitzten Umarmung dalagen, erzählte Niall ihr einiges von dem, was Zoe ihm anvertraut hatte, ohne allerdings zu erwähnen, daß der Mann, den sie auf Gus' Geburtagsparty geküßt hatte, ihr Bruder Matty gewesen war. Tash lag noch lange wach und fragte sich, wer das gewesen sein mochte. Sie durchforstete ihr Hirn, aber einzig, daß sie selbst sehr lange mit Brian Sedgewick, einem walisischen Reiter, gesprochen hatte, fiel ihr wieder ein. Sie hatte Zoe auf der Party fast überhaupt nicht gesehen. Nur eine weitere Person hatte sie noch weniger gesehen, und das war Hugo. Sie war erstaunt, wie sehr dieser Gedanke sie verstörte.

8

Hugos dreißigster Geburtstag würde ein riesiges Spektakel werden. Einfach jeder, von den Stallknechten über die Reiter und Turnierorganisatoren bis hin zu den Pferdebesitzern, war eingeladen. Tash mußte seine demokratische Gästeliste wirklich bewundern. Es lief sogar das Gerücht um, er hätte Rausschmeißer engagiert, um die Einladungen zu kontrollieren, und Tash fragte sich, ob er sie wohl reinlassen würde, da sie ihre ja zerrissen hatte.

Als die Märzsonne die ersten Blumen blühen ließ und die Bäume zu knospen begannen, steigerte sich Tashs Abneigung gegen Hugo zu einem geradezu fanatischen Haß. Zum einen schlug er sie einfach in jedem Wettkampf; er gewann so oft auf dem unschlagbaren Bodybuilder, daß er bereits als sicherer Teilnehmer für die Olympischen Spiele im nächsten Jahr galt. Zum anderen hatte er Gus Mickey Rourke abgekauft.

»Hugo darf ihn nicht haben!« schrie Tash halb wahnsinnig vor Wut. »Er wird ihm den Willen brechen – Mickey ist überhaupt kein Pferd für Hugo. Er braucht sehr viel liebevolle Geduld und Ermutigung.«

»Ich bin sicher, Mickey wird sehr liebevoll und geduldig mit Hugo sein«, hatte Gus nur sehr trocken geantwortet.

»Ich kaufe ihn!« schrie Tash verzweifelt und den Tränen nahe. »Was Hugo auch bezahlt hat, ich geb es dir. Ich nehme einen Kredit auf.«

Doch als Gus ihr die Summe nannte, setzte sie fast die Farm unter Wasser mit ihrer Tränenflut. Das ging weit über ihre Verhältnisse und war überhaupt nicht machbar, nicht mal wenn sie jede Bank in der Marlbury High Street um Geld anflehte. Es waren ungefähr zwanzigtausend mehr, als das Pferd wert war, und sie war sicher, daß Hugo Mickey nur gekauft hatte, weil er genau wußte, wie sehr sie an ihm hing. Auf den meisten Turnieren ignorierte er sie komplett. Nur gelegentlich machte er im Vorbeigehen eine Bemerkung, die meist Niall betraf – ein wunder Punkt, denn er war zur Zeit in den Staaten auf einer zermürbenden Promotion-Tour und rief immer seltener an.

Doch plötzlich gab es eine regelrechte Kehrtwendung, und Hugo war nach einem der letzten Wettkämpfe mit einem Lächeln im Gesicht auf sie zugekommen. »Ich habe mich mal ein bißchen umgehört wegen Lisette O'Shaughnessy – oder Norton, wie sie sich jetzt nennt.«

»Oh, ja?« Tash wäre vor Überraschung fast im Zaun gelandet, an dem sie standen. Sie hatte sein Versprechen vom Valentinstag fast vergessen und hätte dieses peinliche Zusammentreffen am liebsten ganz aus ihrem Gedächtnis gestrichen.

»Na ja, eigentlich hat sie sich um mich bemüht.« Er sah sie von der Seite an. »Oder eher um mein Haus. Sie hat es sich schon angesehen und wird einige Freunde auf die Party mitbringen. Sie möchte in meinem Haus drehen.«

»O nein!« Tash hielt sich den Mund zu und starrte ihn an.

»Ich dachte, du freust dich!« Hugo lachte, nicht gänzlich unfreundlich. »Ich habe schon abgelehnt, wollte aber noch hören, was du dazu sagst. Wäre doch eine gute Gelegenheit, um sie im Auge zu behalten – und ich bin sicher, sie hat irgendwas vor. Ich fürchte nur, es schreckt die Pferde auf, wenn all diese Leute da herumtoben.«

Aber Tash brachte es nicht fertig, über die unmittelbaren Folgen des Gehörten hinauszudenken. »Du hast sie auf die Party eingeladen?«

»Sicher.« Er seufzte irritiert. »Ich bin immer gut mit ihr ausgekommen – sie ist sehr witzig. Sei einfach tapfer, Tash, sonst mußt du zu Hause bleiben. Du kannst Niall ja jederzeit einschließen.«

An diesem Punkt des Gesprächs hatte Tash ihn wütend stehengelassen. Schlimmer war nur noch, daß Gus Hugo gebeten hatte, sie am Tag nach der Party auf das Turnier in Lowerton mitzunehmen, weil er selbst nicht hinfuhr; seine beiden Pferde Fashion

Victim und Sex Symbol waren bereits für Badminton qualifiziert, und so wollten Penny und er nur noch einige kleinere Wettkämpfe bestreiten. Tatsache war jedoch, daß sie sich das Benzin für all die Wagen bis Lowerton, das immerhin zweihundert Meilen entfernt lag, einfach nicht leisten konnten.

»Kann ich nicht den Landrover und einen Anhänger nehmen?« bat Tash.

»Und darin schlafen?« Gus lachte. »Lowerton geht über zwei Tage, Tash. Du würdest die Nacht bestimmt mit einer Pferdedecke im Anhänger verbringen – ich hab's selbst oft genug getan –, aber Ted kündigt, wenn ich ihm das zumute. Fahr mit Hugo.«

»Kann nicht Kirsty mit ihm fahren und ich mit den Stantons?«

»Zu gefährlich – der dämliche Richie kommt nächste Woche, schon vergessen? Solange er hier ist, halten wir Kirsty und Hugo schön getrennt. Ich laß es nicht drauf ankommen, daß er mir die Pferde scheu macht, wenn er entdeckt, was los ist. Du fährst mit Hugo. Er schläft nicht im Transporter – du weißt doch, wie er ist, er wird wie immer mit seinen Freunden zusammenhocken. Du bist seinem Spott nicht ausgeliefert.«

Tash zog eine Grimasse und ging.

Die Hochzeitsvorbereitungen liefen auf vollen Touren, wenn auch fast ohne Tash oder Niall. Alexandra schilderte ihr per Fax regelmäßig, in welchem Zustand sich *das* Kleid jetzt befände, und Tash ließ sie sich austoben und vertraute ganz auf ihr Urteil – und auf das der supertüchtigen Henrietta, die die gesamte praktische Organisation in die Hand genommen hatte: das Haus für den Empfang, das Catering, Bedienung und den Standesbeamten – alles hatte sie gebucht, bestellt und angeheuert. Nur langsam wurde sie hysterisch. Denn es gab noch immer keine Gästeliste und also auch keine Einladungen; und infolge dessen kaufte auch niemand Hochzeitsgeschenke von der wunderbaren Liste, die Henrietta schon vor einem Monat ausgearbeitet hatte.

»Es ist doch erst März«, sagte Tash unbestimmt.

»Wir hätten die Einladungen längst verschicken müssen«, belehrte Henrietta sie. »Sonst fangen alle an, auf eigene Faust Geschenke zu kaufen – ich weiß zum Beispiel sicher, daß deine Tante Cassandra dir einen Kombi-Toaster von Dualit gekauft hat.«

»Warum das denn?« Tash war erstaunt. »Ich hab schon einen.«

Henrietta entschloß sich tapfer, das einfach zu ignorieren.

Tash ließ ihren Anrufbeantworter laufen, um sich diesen endlosen Hochzeitsvorbereitungsgesprächen zu entziehen und hörte jeden Abend ein Band voll Ideen für Sitzordnungen und Probeläufe ab. Sie fühlte sich schuldig, weil sie nur selten zurückrief, doch sie ertrug diese stundenlangen Debatten nicht, ob nun Großonkel Cornelius und Großtante Germaine nebeneinander sitzen sollten oder lieber doch nicht. Sie hatte ganz andere Sorgen. Das, was Braut und Bräutigam im Moment am dringendsten brauchten, war ein Kurs in Beziehungspflege. Niall war von Los Angeles direkt nach London geflogen, ohne sich auch nur einmal im Old Forge zu melden. Dennoch war er, als er am Abend vor der Party zurückkam, glänzender Laune, und das, obwohl er den ganzen Tag Proben für ›Die Herren von Wildfell Hall‹ gehabt hatte. Er kam ins Old Forge gerannt, hob sie wie ein Feuerwehrmann über die Schulter und lief geradewegs die Treppe hinauf. »Herrgott, ich hab dich so vermißt!« brummte er, ließ sie aufs Bett fallen und begann umgehend, sich auszuziehen. Völlig verblüfft von seinem Enthusiasmus lachte Tash begeistert und zerrte ebenfalls an den diversen Shirts und Pullovern, die sie übereinander trug. »Und du bleibst draußen.« Niall knallte Beetroot, die ihm mißtrauisch gefolgt war, die Tür vor der Nase zu.

Später dann machte er Tash Vorwürfe, weil der Anrufbeantworter dauernd gelaufen war.

»Aber du hast doch gar nicht angerufen!« nörgelte sie. »Ich wär dran gegangen, wenn du's gewesen wärst.«

»Doch, hab ich – aber ich hab aufgelegt, wenn dies blöde Ding an war. Ich wollte mit dir sprechen, Engel, nicht mit einer Maschine. Ich hab's so satt, meine Beziehungen übers Telefon abzuwickeln.«

»Beziehungen?« wiederholte sie und betonte den Plural ironisch.

Tash und Niall fuhren mit Zoe zur Party, die angeboten hatte, sie im Auto mitzunehmen.

»Möchtest du nicht auch was trinken?« protestierte Niall. »Wir können doch ein Taxi nehmen.«

»Nein, ich bleib lieber nüchtern«, seufzte Zoe. »Ich muß auf Rufus aufpassen. Er bringt's fertig und trinkt so viel, daß er Hugos prächtige Einrichtung vollkotzt.«

Sie konnten die Musik schon dröhnen hören, noch bevor sie Maccombe erreicht hatten, eine herrlich abgelegene Ansammlung von Back- und Feuersteinhäusern auf einer bewaldeten Anhöhe, die die weiten Ebenen von Berkshire begrenzte. Haydown war mit Abstand das imposanteste, aber auch älteste Haus. Hinter hohen Steinmauern mit prächtigen schmiedeeisernen Toren lag es inmitten des kleinen Dorfes, hinter dem sich sein Land fächerförmig die Hügel hinab erstreckte. Tash liebte es über alles, behielt das aber wohlweislich für sich, um nicht der Legende von ihrer Hugo-Schwärmerei noch zusätzlich Stoff zu bieten.

Heute abend sah es besonders eindrucksvoll aus – aufgeputzt wie eine vornehme alte Dame für ein seltenes Fest. Jedes Fenster hell erleuchtet, glühte Haydown wie ein einziger Willkommensgruß an all die vielen Gäste. Praktisch überall parkten Autos, und als Zoe den Wagen hinter einen schweren Mercedes bugsiert hatte, pfiff Niall durch die Zähne. »Spektakulär«, hauchte er. »Da hat er verdammt Schwein gehabt – kein Wunder, daß die Frauen ihm alle hinterherlaufen.«

Hugos Vater war vor einigen Jahren gestorben und hatte seinem ältesten Sohn, mit dem ihn ein eher stürmisches Verhältnis verbunden hatte, das Haus hinterlassen. Den Rest seines sehr ansehnlichen Vermögens – einschließlich seiner Aktien und der Firma – hatten der umsichtigere jüngere Sohn und seine Witwe Alicia, die jetzt in einem Cottage auf den Ländereien von Haydown wohnte, geerbt. Ohne Barvermögen und abhängig von den Testamentsverfügungen seines Vaters war es Hugo anfangs nicht leichtgefallen, das Haus zu unterhalten und gleichzeitig den Reitsport fortzuführen. Selbst jetzt, wo er so erfolgreich war, mußte er noch all seine Preisgelder und Sponsoreinnahmen in die Pferde stecken, so daß für das Haus kaum etwas übrigblieb und es langsam verfiel. Hugos Lebensphilosophie lautete, daß alles gut sei, solange die Tür schloß, die Hunde gefüttert waren und die Putzfrau zweimal in der Woche kam.

Das Haus quoll bereits über von Gästen. Die ersten, die Tash erkannte, waren Kirsty und ihr australischer Dauerverlobter Richie. Kirsty war meist sehr viel netter zu Tash, wenn sie in Begleitung Nialls war, und so schwebte sie mit ihrem Zukünftigen im Schlepptau auch schon heran, schön wie immer in einem glitzernden grünen Kleid. »Tash, du kennst ja Richie. Schatz, das ist Tashs großartiger Verlobter, Niall O'Shaughnessy. Sie heiraten diesen Sommer und können uns sicher gute Tips für nächstes Jahr geben.«

»Freut mich, Niall, Kumpel.« Richie streckte seinen Arm aus. Er war riesig – fast zwei Meter groß und breit wie ein Rugbyspieler, mit gigantischen quadratischen Schultern, einem quadratischen roten Gesicht und sogar einem quadratisch geschnittenen blonden Bürstenhaarschnitt.

»Mich auch.« Niall mußte ausnahmsweise mal aufblicken.

»Wir müssen unbedingt mal über die Hochzeit reden.« Kirsty zog Tash auf die Seite.

»Äh – klar.« Sie schluckte. Kirsty hatte noch nie irgendein Interesse daran gezeigt.

»Hugo macht mich wahnsinnig«, zischte sie, als sie außer Richies Hörweite waren. »Wenn du ihn siehst, sag ihm, er soll aufhören.«

»Was? Womit denn?«

»Er bringt mich auf die Palme.« Ihre blauen Augen blitzten. »Er flirtet schon den ganzen Abend mit so einer magersüchtigen Brünetten.«

Tash wollte eben antworten, daß sie das nicht wundern würde, da fing sie einen seltsamen Blick von Richie auf und wurde rot. »Ja stimmt – Seide. Ich glaub, ich geh mal überall Hallo sagen und Niall vorstellen.«

»Der stellt sich gerade selbst dem Kellner vor«, lachte Richie und gesellte sich zu ihnen.

Sobald sie sich losgeeist hatte, suchte Tash nach Niall, aber es war einfach unmöglich, ihn in diesem Gewühl irgendwo zu entdecken; noch dazu stürmten immer und immer wieder ihre Reitfreunde auf sie zu. Schließlich gab sie es auf, ließ sich von dem Mädchen, das sie bei der Suche eingespannt hatte, einen Weißwein geben und mischte sich plaudernd unter ihre alten Freunde.

Es war ein hinreißendes Fest. Hugo war ein perfekter Gastgeber, und jeder amüsierte sich bestens. Tash wunderte sich, wie viele Bekannte sie traf, aber da sie in der gleichen Gegend lebten und denselben Sport betrieben, blieben gemeinsame Freunde wohl nicht aus. Sie war begeistert, als sie auf Stefan, Hugos schwedischen Reitschüler, stieß, der die gute Seele von Haydown war. Auch wenn viele Reiter behaupteten, sie könnten seine ewige Flirterei nicht ertragen, war er doch jung, engagiert und bewundernswert.

»Tash!« Er stürzte sich auf sie, küßte sie auf beide Wangen und dann auf den Mund. Sein kurzes blondes Haar stand hoch, so daß er größer und dünner als je zuvor wirkte. Er war einer der ganz wenigen Männer, in deren Gegenwart Tash sich klein vorkam. »Du siehst entzückend aus!«

Tash wurde rot vor Verlegenheit, fühlte sich aber sehr geschmeichelt. Sie hatte sich besonders viel Mühe gegeben, heute abend einmal ähnlich strahlend auszusehen wie die Minty Blyths dieser Welt, zumal Lisette die zukünftige Braut ihres Exmannes mit ihrem üblichen Spott taxieren würde. Außerdem wußte sie, daß Lisette immer phänomenal aussah, und sie wollte Niall nicht schon wieder mit einer ihrer übereilten Ideen enttäuschen. Also hatte sie sich ein neues, enganliegendes, rotes Cocktailkleid aus Satin angezogen, ihre Haare vor dem Spiegel solange gezwirbelt, bis sie endlich glatt und geschmeidig um den Kopf lagen wie bei Audrey Hepburn, und schließlich sorgfältig wie ein Porzellanmaler von Wedgwood ihre Augen umrandet, die jetzt sehr groß und katzenhaft aussahen. Kombiniert mit einem knallroten Lippenstift und einem grauen Jackett, das Sophia ihr vor Jahren geschenkt hatte, war dies, und das wußte Tash, einer ihrer gelungeneren Auftritte. Auch wenn sie leider keine Zeit mehr gehabt hatte, sich noch die passenden kleinen Abendsandaletten zu kaufen, und deshalb die Schlangenlederstiefel wieder aus der Versenkung hervorgeholt hatte. Aber wie auch immer, Tash strahlte Selbstvertrauen aus, und ihre einzige Enttäuschung war die, daß sie Niall gleich bei der ersten Gelegenheit aus den Augen verloren hatte.

»Großartige Party, was?« Stefan ließ seinen Blick über die anwesenden jungen weiblichen Talente schweifen.

Tash fand eigentlich, daß Reiterinnen am ehesten noch in ihrem Reitdreß sexy aussahen – sie selbst eingeschlossen. Viele waren zu muskulös, um in schmalen Kleidern gut auszusehen, ihre Gesichter waren rötlich von der ständigen Arbeit an der frischen Luft und ihre Haare strähnig von den verschwitzten Reitkappen, die sie meist trugen. Außerdem hatten sie fast alle ziemlich wenig Geschmack – Tash war das mit einigem Unbehagen aufgefallen, seit sie dank Niall einen etwas distanzierteren Blick auf ihren geschlossenen Zirkel geworfen hatte, der nach seinen eigenen Regeln lebte. Sie schienen alle irgendwie in der Zeit stehengeblieben zu sein, und unglücklicherweise waren das die glitzernden Achtziger mit ihren Schulterpolstern. Doch trotzdem waren sie ein gutaussehender Haufen, und vermischt mit den Leuten aus dem Dorf, Hugos vielfältigen Freunden und seinen Exfreundinnen ergab sich ein buntes Bild von frischem, britischem Witz.

Nur zwei Frauen unter den Gästen ließen alle anderen hinter sich, was Aussehen und Sex-Appeal betraf. Die eine war Tashs ältere Schwester Sophia, die in einem topaktuellen Versace-Satinkleid glänzte, das schimmernde schwarze Haar hochgesteckt zu einem lockeren Turban. Und die andere war Lisette O'Shaughnessy.

Tash verschlug es den Atem, als sie sie erblickte. Die nervöse, abgemagerte Lisette, die sie beim ersten Mal kennengelernt hatte, als ihre Karriere in Scherben lag, war kaum wiederzuerkennen. Sie hatte sich die Haare auf Schulterlänge wachsen lassen, wo sie ihre weiche Haut in einem glänzenden walnußbraunen Bogen berührten – Tash vermochte nicht zu sagen, ob nun die Sonne oder das Meisterwerk eines Friseurs sie hatte heller werden lassen. Ihr Körper war noch immer rank und schlank, doch schien es, als hätte Fitneßtraining ihm geschmeidigere Proportionen verliehen; und ihre Haut schimmerte samten wie ein frischer Pfirsich. Als Lisette Tash dabei ertappte, wie sie sie anstarrte, lächelte sie kühl und drehte sich weg. Tash biß sich auf die Lippen und sah sich ein weiteres Mal nach Niall um, der aber auch jetzt nicht aufzufinden war.

»Sie ist echt sexy, was?« Stefan pfiff, während er Lisette beobachtete, die sich einen Drink holte. »Hätte nichts dagegen, mich nachher in sie zu verknallen.«

Tash verkniff sich ein Lachen. »Du bist bestimmt als erster dran, Stefan.« Tash sah, wie Lisette ihm nachdenklich abschätzende Blicke zuwarf und sich dann zu einer kleinen Gruppe gesellte, zu der auch ihr Schwager Ben gehörte, dem der Mund offen stand vor Bewunderung. Wie aufs Stichwort fegte Sophia zu Tash heran und betrachtete ihr Outfit etwas mißbilligend. »Hi – du hast ja abgenommen.« Sie gab ihr eher mechanisch einen Kuß auf jede Wange. Während sich Tash noch fragte, ob ein dritter Kuß sie ereilen würde, hatte Sophia sich schon mit Stefan bekannt gemacht. »Hugo hat uns gebeten, eine Reiterin namens Lucy Field mitzunehmen, und sie hat den ganzen Weg hierher nur geredet und Wodka getrunken, unglaublich.«

»Lucy ist süß.« Tash kicherte, als sie sah, wie sich Sophias große grüne Augen verengten.

»Oh, ich kenne sie kaum.« Sophia zuckte die Achseln und spähte im Raum herum. »Ziemlich wilde Mischung, was? Aber ich hatte schon ein faszinierendes Gespräch mit Lisette Norton. Die ist vielleicht berechnend.« Sie senkte ihre Stimme, damit Stefan sie nicht verstand. »Ich könnte schwören, daß sie hinter einem sehr attraktiven Mann her ist, den wir beide bestens kennen.«

Tash fühlte, wie alles Blut ihr aus dem Gesicht wich. »Oh, ja?« piepste sie mit hoher Stimme, Sophia genoß bestimmt jede Minute.

»Sie hat sich total auf Hugo eingeschossen«, zischte ihre Schwester.

Nachdem sie ihr Weinglas in einem Zug geleert hatte, wunderte Tash sich, warum ihr noch immer eiskalt war, wo doch Sophia gar nicht den Namen genannt hatte, den sie erwartete.

Tash spürte Penny und Gus in der großen hallenden Küche auf, wo sie höflich Alicia Beauchamp, Hugos Mutter, zuhörten, die sich pathetisch darüber ausließ, was für eine gräßliche Party das doch wäre. Eingehüllt in hauchdünnen glänzenden Chiffon und fast stranguliert von den schweren Perlen aus dem Familienbesitz hielt sie mit einem Vorrat an Gin Hof in der Küche, die einmal ihre eigene gewesen war, wenn sie auch in ihrem ganzen Eheleben höchstens eine Tasse Tee dort gekocht hatte.

»Tash, mein Schatz!« Alicia begrüßte sie mit ihrer knochigen, von Altersflecken übersäten Hand. »Schön, dich zu treffen. Wie dünn du bist. Hast du meinen Sohn gesehen?«

Tash schüttelte den Kopf und gab ihr einen Kuß auf ihre weiche, schlaffe Wange. Sie roch nach Parfum und Rothmans. »Hast du Niall gesehen?«

»Deinen feschen irischen Freund?« Alicia spähte über ihre Schulter. »Bei euch ist er nicht, oder?«

»Nein.« Tash lächelte Penny und Gus an, die beide mächtig Respekt vor Alicia hatten. Sie mochte sie sehr – sie war eine Art herzlichere, jüngere Ausgabe ihrer eigenen Großmutter und überaus spritzig, allerdings auch gnadenlos direkt. Und sie war die einzige Person, der Hugo sich fügte, was Tash sehr bewunderte.

»Ich hab ihn irgendwo mit Zoe gesehen.« Gus berührte Tash an der Schulter. »Sie unterhielten sich mit Hugo.«

»Ah.« Plötzlich fiel ihr auf, daß sie Hugo noch gar nicht gesehen hatte, obwohl sie schon seit einer Stunde auf seiner Party war. Auch hatten Niall und sie die Geburtstagskarte und das Geschenk – eine Flasche des seltenen Macallan-Malt – im Old Forge vergessen.

»Tash, du hast doch bestimmt eine nette Freundin, die eine passable Ehefrau für Hugo abgeben würde«, dröhnte Alicia. »Schrecklich, zwei erwachsene Söhne zu haben, die sich beide weigern zu heiraten – ich möchte Enkel, bevor ich zu klapprig bin, um sie noch hochzuheben.«

Tash fing Pennys Blick auf und bemühte sich, nicht zu kichern; Alicia war unglaublich, nur gut, daß Hugo sie nicht hören konnte. »Na ja«, sie räusperte sich und entschied sich dann doch lieber dagegen, Zoe zu erwähnen, »eigentlich nicht, nein – die meisten sind verheiratet oder leben mit jemand zusammen.«

Alicia zwängte einen Finger unter ihre Perlen, die ihr in die Haut schnürten. »Schade. Ich versteh nicht, was mit dem Jungen los ist. Er hat mehr Freundinnen als Pferde, aber nicht eine behandelt er auch nur annähernd so gut. Vor ein paar Jahren hatte es ihn ziemlich erwischt, glaub ich, aber sie hat sich aus dem Staub gemacht. Seitdem ist es nur schlimmer geworden mit ihm.«

»Amanda?« Tash erinnerte sich noch an Hugos spöttische Freundin, die ihre Karriere ihm vorgezogen hatte.

»Nein, doch nicht diese Gewitterhexe – o Gott, nein. Ich denke, er war froh, sie los zu sein.« Alicia ließ sich Gin nachschenken. »Leider hat er seiner geschwätzigen alten Mutter den Namen nicht verraten. Hat sie wohl im Urlaub kennengelernt. Na ja, er war jedenfalls am Boden zerstört.«

Tash blickte verblüfft zu Penny und Gus hinüber, die aber nur die Achseln zuckten und sich gegenseitig ansahen. Ganz offensichtlich sannen sie auf eine Fluchtmöglichkeit. Diese entdeckte Tash in Gestalt ihrer Schwägerin, die eben an der Küchentür vorbeiging. »Sally!« Sie sprang los und zog die Moncrieffs hinter sich her. »Du siehst phantastisch aus. Ich wußte gar nicht, daß du kommst.«

»Tja, ich bin überall und nirgends.« Sally küßte sie und lachte schuldbewußt.

»Ist Matty auch da?« fragte Tash.

Sally schüttelte den Kopf. »Er hütet die Kinder. Ich hab ihm erzählt, daß ich auf einem Wochenendseminar bin.«

»Warum das denn?« Tash starrte sie unverhohlen an.

Sally hob tapfer den Kopf. »Ich bin mit Lisette hier – Matty mißbilligt unsere Freundschaft«, erklärte sie, ohne Tash wirklich anzusehen. »Das macht dir doch nichts aus, oder?«

Tash wollte gerade ansetzen, daß ihr das sehr wohl etwas ausmache, als sie plötzlich einen eiskalten Luftzug hinter sich wahrnahm.

»Was zum Teufel –?« Sally spähte über ihre Schulter und fing an zu lachen.

Als Tash sich umdrehte, sah sie, daß die schwere Eichentür, die von der Küche in den langen hinteren Flur führte, weit offen stand. Ein lautes dröhnendes Motorengeräusch brandete aus dem schmalen Gang heran, und im nächsten Moment blinkte ein nasses Rad mit einem enormen roten Schutzblech im Eingang. Nur Sekunden später donnerte Hugo auf einem riesigen Motorrad in die Küche und fuhr in einem großen Bogen einige seiner Gäste, darunter Sophia, fast über den Haufen.

»Mein Gott, was für ein Kindskopf!« kicherte Sally.

Tash, die diese ganze Aktion unheimlich sexy gefunden hatte, nahm einen großen Schluck Wein. Das einzige, was ihr auffiel, war, wie unverschämt gut er aussah. Seine Haare, feucht vom Nieselregen, schlängelten sich glänzend wie auf Medusas Haupt um sein lachendes Gesicht, und seine langen Beine hatte er zu beiden Seiten der großen Maschine herabgestreckt, um die Balance zu halten, während das Hinterrad auf den Fliesen rutschte. Mit seiner weiten Lammfelljacke und den vom Regen durchnäßten Jeans sah er wild aus, gar nicht wie ein Gastgeber.

»Unfair, wie gut er aussieht«, seufzte Sally. »Wenn ich wenigstens glauben könnte, daß er einen kurzen Schwanz hat, doch Lisette behauptet das Gegenteil.«

Vor lauter Schreck verschluckte Tash sich beinahe an ihrem Wein.

Hugo brachte die Maschine schließlich auf den rutschigen Fliesen zum Stehen und schaltete den Motor aus. »Danke, Ma!« Er warf seiner Mutter einen Handkuß zu und entfernte eine rote Schleife vom Lenkrad.

»Das Monsterding ist Alicias Geschenk«, murmelte Sally. »Sieht ganz so aus, als wäre die Gute scharf drauf, ihn jung unter die Erde zu bringen, um hier selbst wieder einziehen zu können.«

Tash beobachtete, wie Hugo die große rote Schleife einem der Hunde umband. Obwohl er über das ganze Gesicht lachte und seine Augen glänzten, sah Tash, daß er in einer gefährlichen und leichtsinnigen Stimmung war. Sie hatte ihn schon früher so erlebt und wußte, wie unberechenbar er werden konnte; in jüngster Zeit war sie besonders oft das Opfer dieser Launen gewesen. Um ihm aus dem Weg zu gehen, steuerte Tash in das Zimmer, in dem sie Niall vermutete. Er saß gemeinsam mit Zoe und dem Tierarzt Jack Fortescue auf dem Sofa. Die lange, noch nicht entfachte Zündschnur auf der Armlehne neben ihm war Lisette. Als Tash sich fast schon wieder zum Gehen gewandt hatte, entdeckte Niall sie und schnellte hoch. »Tash, Engel, ich hab dich überall gesucht.« Er lachte und war offensichtlich schon sehr betrunken. »Amüsierst du dich? Komm und begrüß Lisette. Sieht sie nicht gut aus?«

»Toll«, sagte Tash dumpf. Sie sah mehr als gut aus, sie sah unbeschreiblich schön aus mit diesen großen, unwillkürlich in den Bann schlagenden Augen und dem geschwungenen Mund, der in seinen sinnlichen Linien seltsam an Hugo erinnerte. Ihr wurde schwer ums Herz, denn sie wußte, daß kein noch so geschickter Kniff es ihr jemals erlauben würde, so auszusehen. Sie erwartete eine überschwengliche, unaufrichtige Geste und war erstaunt, als ihr nur ein eisiger Blick geschenkt wurde.

»Hi.« Sie schluckte verlegen.

»Hi.« Lisette streckte einen schlanken Arm aus.

Weil sie dachte, sie wolle ihr die Hand geben, griff Tash unbeholfen in ihre Richtung und bemerkte zu spät, daß Lisette sich nur nach ihrem Weinglas ausstreckte. Einen Sekundenbruchteil später rann ihr schon der Inhalt des Glases das Bein herab, genau in einen ihrer angesagten Stiefel hinein.

»O Gott!« Tash sprang zurück und schüttelte ihr Bein, als führte sie einen Twist auf. »Tut mir leid, mein Fehler, wie ungeschickt.«

Lisette sagte nichts. Statt dessen seufzte sie geduldig und ließ eine neue Flasche Rotwein bringen. Während ihr ein Mädchen neu einschenkte, wischte sie sich ein paar imaginäre Tropfen vom Kleid, aber das war reine Show, denn wirklich alles war in Tashs Stiefeln gelandet. Dann zauberte sie plötzlich ein charmantes Lächeln in ihr Gesicht. »Wie ich höre, gibst du mir Niall für ein paar Wochen zurück?«

»Was?« Tash war vollauf mit ihrem feuchten Stiefel beschäftigt, in dem der Wein plätscherte.

»Der Film, Tash.« Niall lächelte sie an.

»O ja. Das.« Sie nickte unbestimmt.

»Freut mich, daß du so begeistert bist.« Genauso plötzlich, wie es da gewesen war, verschwand Lisettes Lächeln wieder.

Tash bewegte unbehaglich ihre Zehen, die von Claret umspült wurden. »O ja, bin ich.« Sie versuchte, ihren nassen Fuß zu ignorieren. »Ich liebe das Drehbuch – es ist unheimlich witzig.«

Lisette knipste das Lächeln in ihrem Gesicht mit einer solchen Geschwindigkeit an und aus, daß es wie ein Tic wirkte. Mit einem boshaften Blitzen in den Augen begann sie, jedes noch so langweilige Detail über das Casting, die Crew und die Dreharbeiten auszubreiten. Nur Niall, der ein unmittelbares Interesse daran hatte, hörte noch zu, sogar Zoe, sonst die Höflichkeit in Person, konnte ein Gähnen nicht unterdrücken. Tash fing ihren Blick auf und war dankbar über die Sympathie, die darin lag. Zoes langes, nachtblaues Kleid brachte hervorragend das kühle Blond ihrer Haare zur Geltung, und sie wirkte wie eine prächtige Eiskönigin aus dem Märchen. Tash war beeindruckt, wie hinreißend sie aussah. Nachdem sie Lisettes Monolog noch ein paar Minuten länger gelauscht hatte, um nicht zu desinteressiert zu erscheinen, verdrückte sie sich und suchte nach einer Toilette, wo sie ihre Stiefel ausleeren konnte. Unten waren alle besetzt, und es schien ohnehin, daß, je wilder die Party wurde, immer weniger Klos zu ihrem eigentlichen Zweck benutzt wurden. Jedenfalls vernahm Tash vor einer Tür die sehr eindeutige Geräuschkulisse eines noch eindeutigeren Höhepunktes und vor einer anderen die wilden Grunzer und Schmatzer zweier ineinander verschlungener Zungen.

Auch oben waren alle Toiletten, von denen sie wußte, abgeschlossen. Sie kannte das Haus ziemlich gut von früheren Partys und Besprechungen mit Hugo, der ihr während des kurzen Intermezzos ihrer Freundschaft einige Dressur-Stunden gegeben hatte. Doch nach ein paar Metern den Flur entlang war es vorbei mit ihren Kenntnissen von Haydown, und sie blickte sich eher verloren um. Es war ein sehr langer, dunkler Gang mit einem matten und von Reitstiefeln zerkratzten Holzboden und verblichenen Tapeten an den Wänden. Zu ihrer Linken stand ein großer antiker Stuhl aus Pferdehaar neben einem niedrigen Pembroke-Tisch mit Dutzenden kleiner Silberrahmen. Neugierig schlich Tash näher. Es waren fast alles Hunde- und Pferdefotos, einige deutlich älteren Datums. Von einem starrte Hugos despotischer Vater sie an, und sie fühlte sich ertappt.

Tash wich zurück, lief durch die nächstbeste Tür und fand sich in einem weiträumigen Schlafzimmer mit einem großen antiken Himmelbett wieder, dessen Decken sich über das Fußende ergossen und dessen Kissen auf dem Boden verstreut lagen; obendrauf stapelten sich haufenweise einzelne saubere Socken. Auf dem Nachttisch lag eine zerfledderte Montgomery-Biographie, und überall fanden sich alte Zeitungen, die leicht im Windhauch eines offenen Fensters flatterten.

Zu ihrer Erleichterung erspähte Tash ein direkt angeschlossenes Badezimmer. Es gab kein Schloß, so daß sie die Tür nur zumachte und sich auf den Rand der Badewanne setzte. Die Reste von Lisettes Wein ergossen sich auf das weiße Email wie Blut und verströmten einen üblen Geruch. Tash stellte ihren Stiefel auf den Klodeckel, griff nach dem verkalkten Duschkopf, der auf einer antiken Armatur saß wie der Hörer eines alten Telefons, und drehte das Wasser an. Zuerst wurde ihr rotverfärbter Fuß von eiskaltem Wasser schockgefrostet, aber nur Sekunden später schon wieder so heiß aufgetaut, daß er wie gekocht aussah. Mit einem Schrei fiel Tash vom Wannenrand und setzte fast das ganze Badezimmer unter Wasser, als sie rückwärts auf dem kratzigen Vorleger aufschlug. Ihr blieb die Luft weg. Zu ihrem Entsetzen öffnete sich in diesem Moment die Tür, und zwei lange Beine in schon fast geöffneten Hosen stürmten auf die Toilette zu. Tash konnte nur die Unterseite von Hugos Kinn erkennen und lag perfekt in Position für einen freien Blick auf seine Nasenlöcher.

»Hi«, krächzte sie, als er ihr, weil er nicht zu Boden sah, beinahe ins Gesicht getreten hätte.

Er stolperte fast, um nicht über sie zu fallen, und wich erstaunt zurück, während er langsam zu begreifen begann, daß sie da rücklings auf seinem Badezimmerteppich lag und seinen Duschkopf fest an ihre Brust drückte. »Hätte ich mir ja denken können«, seufzte er und beugte sich herunter, so daß sie seine Nasenlöcher nun auch noch aus der Nähe betrachten konnte. Sie waren bemerkenswert sauber und unbehaart, stellte sie interessiert fest, da sie nun schon einmal die Gelegenheit hatte. So langsam kam sie wieder zu Atem, wenn auch noch keuchend, und versuchte aufzustehen. Doch irgend etwas hielt sie am Boden. »Tash, was um Himmels willen machst du da?« Er starrte auf ihren feuchten Stiefel, der in dem üppigen Farn gelandet war, als Tash ihn bei ihrem Sturz vom Klodeckel gerissen hatte.

»Ich wasche meinen Fuß.« Tash lächelte zaghaft; einfach die Wahrheit sagen, hatte sie beschlossen. Das Aufstehen bereitete ihr allerdings beträchtliche Schwierigkeiten. »Er war voller Rotwein.«

»Verstehe.« Ganz offensichtlich tat er das keineswegs, und seine blauen Augen verengten sich irritiert und mißtrauisch. »Hättest du das nicht besser im Bad getan?«

»Na ja, ich hab doch ...«

»In deinem eigenen Bad«, fügte er hinzu und lehnte sich über sie, um den Wasserhahn zuzudrehen. Dabei mußte er praktisch über sie drüberklettern. Tashs Gesicht wurde zu ihrem Entsetzen beinahe gegen seinen muskulösen Bauch gepreßt, nur Zentimeter über seiner Taille. Sie versuchte, sich ganz flach auf den Boden zu drücken. Er trug ein verknittertes T-Shirt, das herrlich nach Aftershave roch, als es ihre Nasenspitze streifte, und sie spürte das dringende Bedürfnis, tiefer einzuatmen.

Hugo wich hastig zurück und beobachtete sie aus sicherer Entfernung. »Bist du verletzt?« murmelte er kühl.

»Äh – nein.« Tash lächelte entschuldigend und drehte und wand sich auf dem Fußboden. »Aber irgendwie hat sich mein Kleid verhakt.« Sie rollte die Augen in Richtung ihres Reißverschlusses, der eine innige Beziehung mit den Fransen des Vorlegers eingegangen sein mußte.

Innerlich kochend vor Wut kam Hugo zu ihr – fluchte, weil sich die Teppichfranse nicht lösen ließ, und benutzte schließlich die Zähne. Als sein heißer Atem ihren obersten Halswirbel streifte, war Tash bemüht, jede Erregung im Keim zu ersticken, doch ihr Herz schlug wild. Sie zuckte, als seine Lippen zufällig ihren Nakken berührten, und war doch gar nicht erfreut über das reißende Geräusch, das sie schließlich befreite.

»Danke.« Sie richtete sich auf und hielt sich an seinem Bein fest, bis sie merkte, was sie da tat.

»Gehst du jetzt vielleicht, damit ich allein pinkeln kann?« Er nickte ungeduldig in Richtung Tür.

Tash rannte hinaus und spürte seinen frostigen Blick im Rükken. Noch unangenehmer war nur dieses Hinken. Sie konnte sich unmöglich wieder unter die anderen mischen, wenn eins ihrer Beine zehn Zentimeter kürzer war als das andere, und sie stöhnte leise auf. Wie gern sie sich auch meilenweit von Hugos nassem Bad entfernt hätte, sie mußte warten, bis er ihren eingesperrten Stiefel wieder freigab. Mit hochrotem Kopf setzte sie sich auf die Bettkante und nestelte ungeschickt mit der Hand am Reißverschluß. Es gelang ihr, ihn zu zwei Dritteln wieder hochzuziehen. Danach ging nichts mehr, er klemmte, es war hoffnungslos.

Hugo brauchte Jahre. Nervös kaute Tash an ihren Nägeln und spähte im Raum herum, der wohl *sein* Schlafzimmer sein mußte. Er war ziemlich unordentlich, wenn auch kein Vergleich mit Nialls Chaos. Die Türen der großen dunklen Schränke standen sperrangelweit offen, ein Morgenmantel war über einen alten Altarstuhl geworfen worden, und eine Hose versuchte, aus dem Wäschekorb zu entfliehen. Die offenen Schubladen einer schmalen Kommode quollen über von sauberen Socken und Unterhosen – schicken schwarzen, wie Tash feststellte. So wie das Zimmer aussah, hatte er es heute abend wohl nicht mehr auf eine Verführung abgesehen; und sie bezweifelte, daß Lisette dies als die angemessene Umgebung betrachtete. Lisette schien eine Frau zu sein, die nicht nur darauf bestehen würde, daß ein Mann vor dem Sex die Socken auszog – sie würde auch erwarten, daß alle achtzehn anderen Paare vom Bett geräumt würden.

Damit sie irgend etwas zu tun hatte, legte Tash einige zusammen, unterließ es aber sofort wieder bei dem Gedanken, was Hugo wohl mit ihr machen würde, wenn er sie hier wie eine verrückt gewordene Mary Poppins seine Socken sortieren sah. Er braucht wirklich Jahre da drinnen, dachte sie besorgt. Sie hoffte, daß er nicht krank war. Irgendwo hatte sie mal gelesen, daß der Blutdruck bei Männern manchmal rapide abfiel, während sie auf der Toilette saßen, so daß sie ins Koma fielen. Die Badezimmer-Gewohnheiten von Männern waren ihr schon immer ein Rätsel gewesen; aber sie fand, daß bestimmte Dinge auch ewig ein Rätsel bleiben sollten. Tash fragte sich, ob es nur so unordentlich war, weil Kirsty heute nacht nicht hier blieb. Wahrscheinlich war Hugo deshalb stinkig, zumal es auch noch seine Geburtstagsparty war. Oder er hatte mit dem Dreißigsten zu kämpfen, grübelte Tash und sah auf die Uhr.

An den Wänden hing ein Sammelsurium ziemlich konservativer Bilder, Jagdszenen in Öl, Tiere im naiven Stil und einige Familienporträts; als sie ihr eigenes Ölbild von seinem früheren Turnierpferd Saxophonist unter ihnen entdeckte, fühlte sie sich enorm geschmeichelt. Überall lagen Papiere, Arbeitspläne, Notizen und Kleingeld verstreut, als hätte er immer wieder einfach seine Taschen ausgeleert. Allein auf einer Kommode sah Tash zwei

Handys, einen Walkman und einen digitalen Terminkalender liegen. Die Schubladen standen offen, und aus der obersten lugte verführerisch funkelnd das Silberpapier einer Riesentafel Schokolade hervor. Begierig wie ein kleines Kind starrte Tash sie an. Es war wirklich ein sehr anstrengender Abend gewesen bisher, und Hugo würde mit Sicherheit ein paar Stücke nicht vermissen. Er war noch immer im Badezimmer. Sie hörte, wie Wasser rauschte und Leitungen klopften; und kurz fragte sie sich, ob er wohl eine Dusche nahm oder, noch unwahrscheinlicher, das Badezimmer putzte.

Sie ging hin und her und stopfte sich Schokolade in den Mund. Da fiel ihr Blick plötzlich auf etwas in einer der unteren Schubladen. Hastig kauend kramte sie zwischen seiner Fanpost, Kontoauszügen und Kreditkarten herum. Und da war sie – in all ihrer Scheußlichkeit: die fehlgeleitete Valentinskarte mit ihren halbnackten Fotos. Tash stockte der Atem. Entsetzlich – sie glichen eher den Aufnahmen einer toten Prostituierten als erotischen Selbstporträts. Sie war ziemlich dick und platzte fast aus der Spitzenunterwäsche; außerdem ließ ihr Timing mit dem Selbstauslöser ganz schön zu wünschen übrig: entweder war ein Bein, ein Arm oder ihr Kopf abgeschnitten. Doch alle waren gestochen scharf. Vor Scham wäre sie am liebsten tot umgefallen, denn im Hintergrund einer Großaufnahme von ihrer Zellulitis waren eindeutig Pizzapackungen vom Schnelldienst und leere Weinflaschen zu erkennen. Und Hugo hatte die Fotos aufbewahrt, um sich hämisch daran zu weiden. Sie hoffte inständig, daß er keine Erpressung plante.

Einer plötzlichen Eingebung folgend sprang Tash auf. Sie hatte keine Zeit zu verlieren und mußte das Beweismaterial vernichten. Die Fotos paßten nicht in ihre Tasche, und zum Zerreißen war der Karton zu dick. Händeringend hoffte sie auf eine Inspiration, als die Toilettenspülung ging.

Bingo! Das offene Fenster, und irgendwo auf dem Tisch hatte sie Streichhölzer gesehen. Ohne lange zu überlegen, hantierte Tash, bis eine Ecke Feuer fing. Die Karte bestand zum Großteil aus Klebstoff und Fotopapier und entzündete sich wie eine Chemiebombe; innerhalb von Sekunden stieg blauschwarzer Qualm auf.

Tash warf sie aus dem Fenster. Von einer Windböe erfaßt, flog die Karte geradewegs auf dem gleichen Weg wieder herein und landete auf dem Wäschekorb.

Bleich vor Schreck lief Tash hin, doch die Karte hatte sich mittlerweile zu einem stinkenden Feuerball gemausert – und leider lag nirgends eine Zange parat. Hugos Hose zeigte bereits kleine Brandlöcher, und der Wäschekorb drohte innerhalb der nächsten Sekunden in Flammen aufzugehen. Völlig panisch griff Tash nach den beiden Handys auf der Kommode, zog die Antennen heraus und benutzte sie wie zwei stählerne Eßstäbchen, um die brennende Karte aus dem bereits angesengten Weidenkorb durch das Fenster zu befördern. Sie hatte es fast geschafft, als es im letzten Moment laut knisterte, Funken ihr ins Gesicht sprühten, und die Flammen zu Boden gingen. »Mist!« Jammernd stampfte sie mit ihrem verbliebenen Stiefel darauf herum. Das glühende Bündel klebte fest an ihrem Plastikabsatz und drohte, ihr Bein in Brand zu setzen. Mit einem ängstlichen Aufschrei hüpfte sie wie wild umher.

Hugo erfaßte, als er schließlich doch noch aus dem Bad kam, die Situation bemerkenswert rasch. In Sekundenschnelle hatte er sich einen Eimer Wasser gegriffen, Tashs schmelzenden Stiefel übergossen und die Flamme damit sofort gelöscht. Noch atemlos vor Erleichterung und Beschämung öffnete sie den Mund, um eine Entschuldigung hervorzustoßen.

Doch Hugo hob mit versteinerter, wutverzerrter Miene die Hand. »Denk nicht mal dran, es mir erklären zu wollen«, zischte er. »Das reicht.« Unruhig wie ein angekettetes Tier lief er im Raum auf und ab.

Tash klappte den Mund zu, schluckte und nickte demütig. Sie trat einen Schritt zurück, das Wasser in ihrem Stiefel wurde langsam wärmer. Der widerliche Geruch von verbranntem Plastik hing in der Luft. Sie biß sich auf die Lippen und entschied, daß es wohl kaum sehr diplomatisch wäre, jetzt einfach ins Bad zu gehen, um das Wasser wieder auszuleeren. Schließlich hatte sie eben erst sein Badezimmer geflutet und sein Schlafzimmer in Brand gesteckt. Selbst unter dem Gesichtspunkt, daß sie Konkurrenten waren, übertraf diese Art der Sabotage dann doch bei weitem Hugos machiavellistische Ader. Er war mittlerweile vor ihr stehengeblieben und musterte sie mit einem rätselhaften Ausdruck im Gesicht, der von äußerster Verachtung bis hin zu leichter Angst alles an Gefühlen bedeuten konnte.

»Äh – Entschuldigung«, murmelte sie, doch Hugo fiel ihr ins Wort.

»Halt den Mund.« Er nahm seine Wanderung von neuem auf.

Tash merkte, wie ihr die Situation anfing auf die Nerven zu gehen, und für den Bruchteil einer Sekunde spielte sie mit dem Gedanken, ebenfalls hin- und herzulaufen – oder besser: zu hinken –, aber das Risiko war zu groß. Hugo sah nicht aus, als wollte er sich mit ihr vertragen. Am liebsten wäre sie einfach verschwunden, in dem Partygewühl untergetaucht und hätte sich einen riesigen Drink gegönnt. Niall mußte annehmen, sie sei schon ohne ihn nach Hause gefahren. Doch Hugo versperrte ihr den Weg. Und sie brauchte außerdem dringend den anderen Stiefel. Also machte sie sich langsam auf in Richtung Bad, ohne Hugo dabei aus den Augen zu lassen.

Hugo blieb stocksteif stehen und drehte sich so abrupt zu ihr um, daß sie zurückfuhr und fast auf dem Bett gelandet wäre. »Da bist du doch schon fertig«, sagte er gedehnt. »Willst du statt dessen nicht lieber in einem der Wohnzimmer Farbe verspritzen oder meine Küche abfackeln?«

»Äh, gute Idee.« Sie schluckte; das bedrohliche Glitzern in seinen Augen gefiel ihr gar nicht. Irrtum ausgeschlossen: Das war der böse Blick. Und plötzlich wurde ihr klar, daß er nur deshalb hier auf und ab tigerte, weil er auf eine geeignete Bestrafung sann, die ihren Vandalismus auf eine zufriedenstellende Art rächen würde.

»Ich hol nur meinen Stiefel«, krächzte sie und wäre fast in der Badewanne gelandet, weil der Boden so rutschig war.

Als sie ihren Stiefel aus dem Farn befreit hatte und sich, um ihn anzuziehen, hastig auf den Klodeckel setzte, fiel ihr Blick auf eine halbleere Flasche Whiskey. Sie war sicher, daß die vorhin noch nicht da gewesen war. Wie auch die Zeitung nicht. Ihr dämmerte, daß Hugo sich auf seiner eigenen Party in die Einsamkeit seines Badezimmers zurückgezogen hatte, um sich ganz allein, überwältigt von welchem Unglück auch immer, zu betrinken. Und plötzlich empfand sie Mitleid mit ihm.

Als sie wieder aus dem Bad kam, war er verschwunden. Und mit ihm die zwei Fotos, die heruntergefallen waren, als sie die Karte zerreißen wollte.

Die Party war jetzt in vollem Gang. Als Tash die Treppe herunterstakste, wurde sie Zeuge, wie zwei der erfolgreichsten Reiter des Landes mit Hilfe von Blumenkübeln, Regenschirmen und Spazierstöcken das Turnier von Badminton vom letzten Jahr nachspielten, angefeuert von ohrenbetäubendem Gejohle. Sie drückte sich die Wand entlang zu dem Raum, in dem sich vorhin Niall mit Lisette und Zoe unterhalten hatte.

Sie waren nicht mehr da, aber katastrophalerweise war Hugo da. Er saß inmitten einer vergnügt lachenden Runde, zu der neben Sophia und Ben, Stefan und den Leuten von der Lime-Tree-Farm auch Sally gehörte, die Tash begrüßte wie eine längst verschollene Freundin.

»Liebling!« krakeelte sie. »Hier! Wir spielen ›Wahrheit oder Wagnis‹, wie die Teenies. Ich versuch grade, Hugo zu überreden, die Flasche zu drehen.«

»O Gott!« murmelte Tash, bevor sie mit einem aufgesetzten Lachen im Gesicht den Kopf schüttelte. »Ich suche Niall – mal sehen, wann er nach Hause möchte.« Sie warf einen schnellen Blick auf Hugo, um zu sehen, in welcher Stimmung er sich nach dem Bad-Fiasko befand, doch er starrte nur in sein Whiskeyglas.

»Ist schon weg.« Sally winkte Tash heran. »Rufus hat über der Kloschüssel gehangen, und Zoe brauchte Hilfe. Er kommt so bald wie möglich mit dem Taxi zurück. Hier – Champagner.« Sie hielt die Flasche hoch, als Tash in ihren feuchten Schuhen auf sie zuging.

So weit wie möglich von Hugo entfernt und ohne ihn eines Blickes zu würdigen, ließ sie sich zwischen Sally und Ben fallen, der sturzbetrunken war – sein üblicher Zustand auf Partys. Sophia, nüchtern wie ein Schulbusfahrer, sah sie mißbilligend an, als Tash die Flasche an den Mund setzte, weil sie kein Glas hatte. »Ist das nicht ein bißchen eklig?«

»Nein – das ist sexy«, verteidigte Stefan sie, griff nach der Flasche und nahm ebenfalls einen Schluck.

»Nicht zu fassen, was du alles zum Trinken geschenkt bekommen hast, Hugo«, kicherte Sally und betrachtete die aufgereihten Flaschen. »Wie im Weinkeller eines Millionärs.«

»Ich krieg immer was zu trinken,« erwiderte Hugo mürrisch.

»Zweifellos das passende Geschenk für einen Mann, der alles hat außer einem Alkoholproblem.« Sally trank einen riesigen Schluck, und ihr Gesicht glühte vor Übermut. »Was habt ihr ihm denn geschenkt, Tash?«

Sie wollte gerade antworten, als Hugo eisig murmelte: »Tash und Niall haben mich mit ihrem Ruhm und Glamour beehrt – obwohl Tash ganz heiß drauf war, das Geburtstagskind zu rösten und die Kerzen auf seiner Torte anzuzünden.«

Verwirrt murmelte sie etwas davon, daß sie es zu Hause vergessen hatten.

»Hatte ich nicht gesagt, du könntest Niall auch gleich dort lassen«, sagte Hugo plötzlich aufgesetzt heiter.

Als sie ihn ansah, bemerkte Tash, daß er sie anstarrte und sein Blick sie durchbohrte. Es war niederschmetternd. »Äh, ich hol mir einen Drink«, murmelte sie.

»Such dir was aus«, lachte Stefan und fuhr mit der Hand durch die reiche Auswahl von Hugos Geschenken. »Wir haben hier Bollinger, Moët, Taittinger, Lanson – Mensch, sogar ein paar Krugs. Oder wenn's was Härteres sein soll ...«

»Ben und ich haben Hugo eine Erstausgabe von Trollope geschenkt«, warf Sophia ein, die sich in letzter Zeit viel darauf zugute hielt, »kulturelle« Geschenke zu machen.

»Ich hab's gerade erst mit einem Troll zu tun gehabt.« Hugo lächelte hinterhältig und sah auf. »Oder vielleicht doch eher mit einer Teufelin ...«

»Hi alle zusammen.« Der rotgesichtige Richie warf seinen riesigen quadratischen Schatten auf sie. »Ist das hier eine Privatparty oder darf man dazustoßen?«

Diese Phrase! Hugo fuhr zusammen und blitzte Kirsty verächtlich an, bevor er mit den Achseln zuckte. »Warum nicht? Heutzutage darf da ja jeder zustoßen, sagt meine Mutter.«

»Was?« Richie sah ihn verständnislos an, und seine quadratische Stirn legte sich in Falten.

»Bei Kirst–«

»Setzt dich doch zu mir!« Tash strahlte Richie an; ihr war klar, daß Hugos Trunkenheit einen Punkt erreicht hatte, an dem es gefährlich wurde, ihn zu reizen.

»Eigentlich wollten wir gerade ›Wahrheit oder Wagnis‹ spielen.« Penny riß einer weiteren Champagnerflasche die Manschette ab, die Beine auf Gus' Knie. »Spiel doch mit. Tash war dran, glaub ich.«

Tash wünschte, sie hätte ein einziges Mal gewagt, die Wahrheit zu sagen, nämlich daß sie keine Lust habe, doch angesichts Hugos, der abwechselnd Kirsty und ihr böse Blicke zuwarf, sank ihr der Mut. »Wagnis«, krächzte sie.

Hugo, der eine Flasche Scotch bereits zu einem Viertel geleert hatte, spähte flüchtig zu ihr, und in seinen Augen glitzerte es. »Ich finde«, sagte er, und seine Worte rollten ihm langsam von der Zunge, »sie sollte mit meinem neuen Spielzeug Twenty Acres herunterfahren.« Hugo sah in Tashs bleiches Gesicht und beobachtete, wie sie zusammenzuckte, als der Champagnerkorken knallte und fast zwei Meter in die Höhe schoß.

Tash bemerkte, wie er sie belauerte, und starrte trotzig zurück.

»Hast du da nicht Vieh stehen?« fragte Ben, der bei jedem Wort hickste, als müßte er sich gleich übergeben.

»Nein.« Hugo starrte noch immer Tash an.

Sie wagte nicht, den Blick abzuwenden. Er forderte sie klar und deutlich heraus. Das war ihre Strafe.

»Viel zu gefährlich«, protestierte Penny, die den übersprudelnden Schaum von der Flasche Bollinger trank. »Es ist stockdunkel draußen.«

»Tu's nicht, Tash.« Sophia war – diesmal ernstlich – besorgt. »Du bringst dich um.«

»Ich tu's.« Tash hob ihr Kinn und hielt Hugos Blick stand.

»Braves Mädchen.« Er grinste. »Dann los.«

Eine große Menge versammelte sich draußen auf der kiesbestreuten Auffahrt. Viele Gäste waren schon gegangen, doch von denen, die dort in der kühlen Märznacht standen, hastete niemand zu seinem Auto. Atemwolken stiegen vor erhitzten Gesichtern auf, es wurde gelacht und geplappert, und Hugos Wachhunde bellten in ihrem Zwinger.

Twenty Acres war ein großes Feld, das sich hinter dem Haus mit einem beträchtlichen Gefälle ins Tal hinab erstreckte. Weil es zu steil abfiel, konnte es nicht bebaut oder mit Traktoren befahren werden und diente hauptsächlich als Viehweide. Außerdem lagen einige tiefe Teiche auf dem Gelände, und so war die Erde, zumal in den Wintermonaten, meist schwer von Feuchtigkeit. Früher war Tash schon das Herz in die Hose gerutscht, wenn sie da auch nur halb hinunter galoppiert war. Die Aussicht, diesen Abhang jetzt auf einem Motorrad herunterzusausen, bereitete ihr Übelkeit.

Hugo lachte und scherzte mit den herumwuselnden Partygästen und wirkte längst nicht so betrunken, wie er war. Nur das Glitzern in seinen Augen verriet ihn. Als er Tash die Zündschlüssel zuwarf, landeten sie dumpf in ihrer Hand. Sie zitterte vor Kälte. Es dauerte einen Moment, bis sie den Motor angeworfen hatte. Im letzten Sommer war sie sehr oft mit der klapprigen Maschine eines der Stallknechte über die Felder der Moncrieff-Farm gerattert, so daß sie durchaus auch auf unebenem Gelände geübt war, ja, sogar im Dunkeln. Doch Hugos Motorrad war viel schwerer und größer als das alte Ding. Sie reichte kaum mit ihren feuchten Stiefeln bis an den Boden, als sie das Licht anmachte und die Maschine brummte. Ted öffnete das Tor, dessen helle Beleuchtung einige Meter des aufgeweichten Bodens und den Wipfel eines entfernten Baumes anstrahlte. Das Feld war nicht einmal ansatzweise zu erkennen, vor ihr schien nur ein dunkler Abgrund zu liegen. Tash hielt den Atem an.

»Gus, verbiete es ihr.« Penny bemühte sich verzweifelt, diesen Wahnsinn aufzuhalten. Doch Gus stand ganz ruhig da, die Arme vor der Brust verschränkt, und amüsierte sich augenscheinlich.

»Ist vielleicht ein bißchen waghalsig, meine Liebe.« Ben strich sich durchs Haar und torkelte betrunken auf Tash zu, von Sophia angespornt.

Tash ließ den Motor aufheulen, weshalb sie Ben nicht hören konnte. Jetzt würde sie es Hugo zeigen, dieser Gedanke beherrschte sie. Er hatte erwartet, daß sie klein beigeben würde, aber sie hatte nicht mal mit der Wimper gezuckt. Die Gäste, die sich am

Zaun aufgereiht hatten, tranken, kicherten und machten Witze; für sie war das einfach ein weiterer Partygag. Auch Sally hatte viel mehr als üblich getrunken; doch von einem Moment auf den anderen fühlte sie sich schrecklich ernüchtert. Auf ihrem Weg zu dem ratternden Motorrad, rannte sie fast Lisette um, die eben in ihrem weiten Samtmantel aus dem Haus trat.

»Was ist denn los?« Lisette bemerkte Sallys panische Miene.

»Ich muß sie aufhalten«, jammerte Sally. »Tash will auf dieses blöde Feld da rasen wie ein verrückter Teenager. Das ist alles Hugos Schuld. Ich bring ihn um.«

Lisette hielt ihr Handgelenk umklammert. »Nein. Laß sie.«

Sally versuchte sich frei zu machen, doch Lisette hatte einen festen Griff. »Kann ja sein, daß du Niall wiederhaben willst«, zischte Sally, »aber wenn Tash sich umbringt, ist das bestimmt nicht die beste Lösung, glaub mir.«

Lisettes große geschminkte Augen funkelten, und sie griff noch fester zu, so daß Sally aufschluchzte. »Ich will Niall nicht wiederhaben«, flüsterte sie. »Und wenn ich's wollte, macht Tash es mir nicht gerade schwer. Was glaubst du wohl, warum Niall heute abend getrunken hat, als ging's um England, Irland und die Staaten zusammen, hm?«

Sally, die nur halb hinhörte, sah, wie Tash mit Gus und Stefan sprach und sogar noch ein verzweifeltes Lächeln aufsetzte, obwohl sie entsetzlich zitterte und vor Angst aschfahl war im Gesicht. Sie hatte so viel abgenommen, daß sie ganz zerbrechlich wirkte mit ihren langen dünnen Beinen auf dieser großen Maschine. Sally hätte Hugo am liebsten erwürgt. Der stand mit einer Flasche im Arm allein etwas abseits und versuchte, eine Zigarette anzuzünden. Das Feuer glühte in der Nacht.

»Tash liebt *ihn.*« Lisette nickte zu dem einsamen Raucher. »Nicht Niall. Deswegen säuft er so viel, macht rum mit Schauspielerinnen und hing den ganzen Abend am Rockzipfel dieser alternden Mami. Tash braucht dir nicht leid zu tun – Niall sollte dir leid tun.«

Ohne sie auch nur einer Antwort zu würdigen, hatte Sally sich schließlich losgerissen, als Tash unter dem ermutigenden Gejohle der Gäste langsam anfuhr. Sie raste auf Hugo zu, dem die Zähne zu klappern schienen, denn er verschüttete die Hälfte bei dem Versuch, aus der Whiskeyflasche zu trinken.

»Halt sie auf, du Mistkerl!« schrie Sally. »Du selbst würdest da doch nachts auch nicht runterfahren. Halt sie auf!«

Hugo schien nah dran zu sein, ihr zu antworten, sie solle abhauen; doch dann sah er zu Tash hinüber, die sich gerade ein Paar Handschuhe von Stefan borgte. Sie waren viel zu groß und ließen sie fast kindlich erscheinen. Er murmelte ein unterdrücktes »O Scheiße«, warf Sally die Flasche zu und rannte mit langen Schritten zum Tor. Das Gejohle und Geschrei wurde noch enthusiastischer, als er auf den Rücksitz kletterte. »Auf geht's«, murmelte er ihr ins Ohr. Er schlang seine Arme fest um ihre Taille, als Tash das Motorrad an die Hügelkuppe fuhr und den Motor aufheulen ließ. Nur Sekunden später rasten sie in einem Wirbel von Schlamm und Gras den Hügel hinunter; die roten Rücklichter entfernten sich.

»Das war's – ruf Mama an, daß die Hochzeit nicht stattfindet, sie kann den Hut zur Beerdigung tragen.« Sophia drehte sich zu Ben um und brach plötzlich in Tränen aus.

Draußen auf dem Feld spritzte Tash der Schlamm ins Gesicht, ihre Hände waren trotz der Handschuhe eisig, und das Herz schlug ihr bis zum Hals. Nichtsdestotrotz jauchzte und schrie sie, aus Furcht, aber auch aus Begeisterung. Es war atemberaubend – die aufregendste aller Cross-Fahrten, eine rasend abschüssige Rodelfahrt und erregend wie ein One-Night-Stand. Noch nie hatte sie etwas zugleich so Schreckliches und Begeisterndes erlebt. Hinter ihr lachte sich Hugo die Seele aus dem Leib, auch er genoß den Thrill. Erst als sie dem Fuß des Hügels gefährlich schnell näher kamen, wurde sein Griff um ihre Taille fester. »Da unten ist es naß!« warnte er sie, doch Tash hörte ihn nicht. Auch wenn er ziemlich betrunken war, wußte er doch, daß sie geradewegs auf das nächste Feld rasen würden, wenn sie nicht langsam Geschwindigkeit wegnahm. »Verdammter Mist, fahr langsamer!« schrie er Tash ins Ohr, als sie haarscharf an einem Wasserloch vorbeischlidderte. Der Wind trug seine Worte weg, und Tash raste auf ein dunkles Gestrüpp zu, das sie nur um Zentimeter verfehlten.

»Kopf runter!« schrie Hugo und preßte ihren Kopf aufs Lenkrad. Tash spürte, wie er um seine Balance kämpfte, weil er den Griff kurz gelockert hatte.

Aus dem Nichts tauchte plötzlich ein riesiger Ast vor Tash auf, der so hoch hing, daß er erst im letzten Moment vom Scheinwerfer erfaßt wurde. »O mein Gott!« jammerte sie und beugte sich weit nach vorne, um ihm auszuweichen.

Es dauerte ein paar Sekunden, bis sie bemerkte, daß sie Hugo verloren hatte – das Motorrad war plötzlich leichter, schneller und beweglicher. Und ihr Rücken höllisch viel kälter.

Tash starrte in die Dunkelheit, aber sie konnte absolut nichts erkennen. Der Schreck fuhr ihr durch die Glieder bei dem Gedanken, daß Hugo da irgendwo lag und ärztliche Hilfe brauchte. Sie drehte das Motorrad um, so daß die Scheinwerfer in die Richtung leuchteten, aus der sie gekommen war; doch sie sah nichts als Reifenspuren im feuchten Boden und vereinzelte kleine Äste. Um nach ihm zu rufen, wollte sie eben den Motor abstellen, als sich links von ihr seine Gestalt plötzlich undeutlich abzeichnete, leicht taumelnd, schwer atmend und mit zerrissenem Hemd. Erst jetzt sah Tash, daß er keine Jacke trug.

»Bist du verletzt?« fragte sie ängstlich, als sie den großen Kratzer auf seiner Stirn sah.

»Ich werd's überleben.« Er stützte sich mit einer zitternden Hand auf dem Sitz ab, um sich etwas zu beruhigen.

»Tut mir leid.« Sie biß sich auf die Lippe. »Das war meine Schuld, ich bin zu schnell gefahren.«

Einen Moment wirkte er benommen, doch dann lächelte er überraschend. »Wirkt besser als Alka-Seltzer, um nüchtern zu werden. Ich hab's verdient.« Er zuckte die Achseln und reckte sich nach dem Zündschlüssel, um den Motor abzustellen.

»Was tust du da?« Sie schluckte nervös, eingeschüchtert von der plötzlichen Stille. In ihren Ohren summte noch das Motorengeräusch.

»Wir müssen miteinander reden.« Er berührte vorsichtig seine Stirn und zuckte zusammen.

Ohne den eisigen Wind oder die gedämpft vom Haus herüberklingende Musik wahrzunehmen, tastete Tash nach dem Zündschlüssel. Sie traute sich nicht, etwas zu sagen, und in ihrer Brust führte ihr Herz einen wilden Tanz auf. Sie wußte, sie hätte ärgerlich und empört sein sollen oder wenigstens ängstlich; aber nichts von alldem war der Fall. Sie wußte nicht, was genau sie eigentlich empfand, doch sie fürchtete, es kam einem Hoffen gefährlich nahe. »Ich will nicht reden.« Sie ließ den Motor wieder an.

Seine Hand schloß sich um ihre, drehte den Zündschlüssel und zog ihn ab. Sehr vorsichtig nahm er ihn ihr aus der Hand und trat einen Schritt zurück. »Ich wollte nicht, daß du dies ›Wagnis‹ eingehst.« Er spielte mit dem Schlüssel und sah sie nicht an. »Ich wollte, daß du eine ›Wahrheit‹ sagst.«

»Ach ja?« Sie spürte, wie sich ihr Herz fast überschlug. Ihre Stimme klang lächerlich hoch, so als hätte sie Helium eingeatmet.

Plötzlich lachte er – ein tiefes, heiseres Lachen, das nichts Heiteres an sich hatte. »Du hast mir mal erzählt, daß du in mich verknallt warst – als Teenie. Nichts Ernsthaftes, ich weiß, aber...«

Tash nickte, verzweifelt bemüht um ihren Stolz. »Und?«

»War ich wirklich so furchtbar zu dir, Tash?«

Sie starrte ihn durch die Dunkelheit an, erstaunt über die Frage. Doch sein Gesicht lag ganz im Dunkeln, und nur das Weiß seiner Augen war zu erkennen. »Ziemlich schlimm, ja«, sagte sie schließlich, den Zündschlüssel im Auge, der wenige Meter vor ihr baumelte und im Scheinwerferlicht blitzte. »Das ist Jahre her«, fügte sie abweisend hinzu.

»Arme kleine Tash.« Er schien sich über sie lustig zu machen, seine Stimme klang so tief und weich wie ein Seufzer. »Du hättest nur zu fragen brauchen.«

Die Schlüssel blitzten auf, und Tash fühlte sich wie hynotisiert. Ihr war so kalt, daß ihre Arme und Beine zitterten, als stünde sie unter Elektroschock; die Wangen hatte sie eingesogen, damit ihre Zähne nicht aufeinanderschlugen. Hugo stand still wie ein Eismensch da, nur das aufgerissene Hemd flatterte im Wind.

»Gib mir die Schlüssel«, bat Tash und streckte sich danach aus.

»Wir haben noch nicht richtig miteinander geredet.« Hugo trat noch einen Schritt zurück. »Ich möchte wissen, was du empfunden hast.«

»Was ich empfunden habe?« stöhnte sie erbittert. Junge, sollte das hier die größte Demütigung des Jahrhunderts werden, fragte sie sich. Er wollte, daß sie sich wand. Nicht zufrieden damit, daß sie für ein ›Wagnis‹ ihr Leben riskiert hatte, jetzt wollte er sie auch noch mit Hilfe einer ›Wahrheit‹ bestrafen. Sie wünschte, sie wäre aufs Ganze gegangen und hätte sein Bett in Flammen aufgehen lassen.

»Als du mich so sehr mochtest und ich nichts für dich übrig hatte«, schnauzte er durch die Dunkelheit. »Hat es weh getan?«

Ohne zu antworten, stürzte Tash sich ein letztes Mal auf die Schlüssel, die sie, gehandikapt durch die viel zu großen Handschuhe, sofort fallenließ, nachdem sie sie Hugo aus der Hand gerissen hatte. »Scheiße!« jammerte sie und versuchte gleichzeitig zu verhindern, daß das Motorrad umkippte. Ihr linker Stiefel versank knöcheltief im Schlamm.

Hugo bückte sich und fluchte, während er im feuchten Gras nach ihnen suchte. »Da siehst du, was du angerichtet hast!« zischte er.

»Du hast es doch auf die Spitze getrieben.«

»Ich hab bloß aus Interesse gefragt«, murmelte er, wischte sich die Hände an den Jeans ab und spähte weiter auf dem Boden herum.

»Dann würd ich vorschlagen, daß du dich für was anderes interessierst«, murmelte Tash. »Wie wär's mit Briefmarkensammeln.«

Er sah zu ihr auf, sein Gesicht lag noch immer vollkommen im Dunkeln, doch konnte sie seine Augen ausmachen. Sie schienen auf der Suche nach einem ganz anderen Schlüssel in ihrem Gesicht zu sein. Fast wäre sie vor lauter Schreck vom Motorrad gefallen. Er ist hinter mir her, realisierte sie aufs äußerste erstaunt. Hugo Beauchamp ist hinter mir her.

Tash atmete tief ein und aus. Sie mußte auf der Stelle verhindern, daß sie hier aus lauter Überschwang in etwas sehr Gefährliches hineingeriet, das alle, die sie liebte, verletzen und ihren eigenen Stolz so nachhaltig zunichte machen würde, als hätte sie neben Elle MacPherson für den ›Playboy‹ posieren müssen. Sie mußte an das unordentliche Bett denken – wie geschaffen für ein Quickie. Die gute alte Tash, die ihm immer wie ein liebeskranker Groupie hinterhergelaufen war; Hugo würde sich großartig fühlen können, wenn er Niall O'Shaughnessys Zukünftige flachlegen würde, während dessen Exfrau versuchte, Hugo flachzulegen. Typisch Hugo, der entwickelte die kindischsten und egoistischsten Ideen, wenn er betrunken war. Er hatte heute abend ja schon versucht, sie zu demütigen – warum also ihr nicht geben, wonach sie sich in ihren Teenager-Träumen so gesehnt hatte? Ihm war zuzutrauen, daß er das furchtbar komisch fand. Und wenn er sie dann morgen auf dem Turnier noch schlagen würde, wär's ein Hattrick.

Hugo kroch auf allen vieren um das Motorrad herum, und sein Haar schimmerte in dem grauen Lichtkegel der Scheinwerfer. Für sein Haar hatte sie immer eine Schwäche gehabt, sie hatte davon geträumt, es einmal nur zu berühren – ein alberner Tagtraum, der ihr in den ersten Teenager-Jahren wie eine riskante sexuelle Phantasie erschienen war, als sie noch nicht so recht wußte, was eigentlich geschah, wenn das Licht ausging. Und dennoch eine Phantasie, die ihr bis zum heutigen Tage freudig erregend in die Glieder fuhr, wenn sie daran dachte. Sie sah schnell wieder weg und schlang die Arme um ihren Körper, um sich zu wärmen; die riesigen Handschuhe fühlten sich an wie die Hände eines Fremden. Im nächsten Moment spürte sie, wie eine dritte Hand sich von ihren Stiefeln her aufwärts tastete, langsam und anschmiegsam ihr Knie überwand und sanft ihren Weg nach oben fortsetzte.

Einen Augenblick lang bewegte Tash sich nicht, als das riesige Feuerwerk in den Tiefen ihres Bauches zündete und ihr Blut noch an einigen anderen Stellen pulsierte, von deren Existenz sie bislang gar nichts geahnt hatte und die sich jetzt um so drängender – als hätten sie etwas aufzuholen – meldeten. Verzweifelt bemüht, wieder die Kontrolle über sich selbst zu erlangen, quietschte sie mit höherer Stimme denn je: »Ich glaub nicht, daß du die Schlüssel da finden wirst.«

Die Finger setzten ohne jede Eile ihren Weg fort. »Vielleicht nicht«, lachte er heiser, »aber das Suchen macht Spaß.«

Tash schloß die Augen und gab sich noch einen Moment diesem inneren Feuerwerk hin, bevor sie es verärgert löschte. »Du bist betrunken, Hugo.«

»Ich weiß.«

»Du hast den ganzen Abend den Scotch nur so in dich reingeschüttet«, sprudelte sie hervor und versuchte halbwegs logisch zu klingen. »Das hat dich auf dumme Gedanken gebracht; und ich finde, du solltest aufhören, bevor es dir leid tut.«

»Ich dachte, du stehst auf Trinker«, murmelte er. »Schließlich ist Niall immer voll – ich hab mir 'ne Chance ausgerechnet, wenn ich mithalte. Ist vielleicht eher dein Typ, oder?«

»Niall ist kein Trinker!«

»Nein, da hast du recht.« Seine Hand umklammerte plötzlich sehr fest ihr Bein. »Er ist Alkoholiker.«

»Wie kannst du es wagen!« brüllte Tash.

»Weil's wahr ist«, sagte er schlicht. »Und das weißt du auch. Du fängst ja schon an, dich von ihm zurückzuziehen. Und im Grunde deines Herzens weißt du auch, daß er unter anderem deinetwegen trinkt. Was ist, hilfst du mir jetzt hier unten?« Er ließ sie los und suchte weiter nach den Schlüsseln.

Tash wäre ihm am liebsten ins Gesicht gesprungen und hätte ihn mit ihren Absätzen traktiert oder das Motorrad auf ihn fallen lassen. Denn, wie grausam und hassenswert seine Worte auch waren – es lag ein Stück Wahrheit darin. »Ich bin absolut verrückt nach Niall und wahnsinnig in ihn verliebt, Hugo«, sprudelte sie hervor und stellte das Motorrad auf seinen Ständer, nachdem sie umständlich abgestiegen war. »Und jetzt werde ich zu Fuß zurückgehen und nach ihm suchen.« Während sie davonstapfte, lehnte er seine Stirn gegen die Speichen des Vorderrades. Sie hatte den entsetzlichen Eindruck, als würde er lachen. Tash stolperte über den unebenen Boden und rannte den Hügel hinauf.

»Tash, komm zurück!« rief er ihr mit heiserer Stimme schuldbewußt hinterher; nichts lag ihm ferner, als zu lachen.

Tash hörte überhaupt nicht hin. Das einzige Geräusch, das sie wahrnahm, war das ihrer Stiefel auf dem feuchten Boden, die bei jedem Schritt tiefer einsanken. Sie konnte es gar nicht erwarten, sie wegzuwerfen – sie hatten ihr nichts als Unglück gebracht. Und genau das tat sie auf halbem Wege auch und legte den Rest der Strecke barfuß zurück; ihre Füße fühlten sich so taub an, als wären sie abgefallen.

Als die anderen sie schlammbedeckt und ohne Stiefel im Licht erkennen konnten, rannten sie alle auf sie zu und bestürmten sie mit Fragen, was schief gelaufen wäre, ob das Motorrad kaputt sei und wo Hugo denn wäre? Doch Tash zuckte nur die Achseln und lief ins Haus, um sich aufzuwärmen und ihren Mantel zu suchen.

Das Old Forge war eiskalt, weil der Ofen ausgegangen war, und Beetroot jaulte jämmerlich aus dem Schlafzimmer, wo Niall sie eingesperrt hatte, um seine Knöchel zu schonen. Er hatte fast den ganzen Malt getrunken, der eigentlich Hugos Geburtstagsgeschenk gewesen war. »Godfrey Pelham hat mich mitgenommen.« Tash beobachtete ihn und versuchte abzuschätzen, welcher Laune er war.

Aber er zuckte nur die Achseln und sagte gar nichts. Er sah unbeschreiblich sinnlich und poetisch aus: Dunkle Locken fielen ihm über die blutunterlaufenen Augen, sein Kinn war unrasiert, und sein Körper hing träge vom Alkohol auf dem Sofa. Er kommentierte weder ihre schuhlosen Füße noch ihr verdrecktes Kleid oder beschwerte sich, als sie zu ihm aufs Sofa kletterte und sich in seinen Arm rollte.

»Hat es dir gefallen heute abend?« Sie hielt die Augen geschlossen.

»Nein.« Er strich ihr sanft, aber nachlässig wie einer Katze über das Ohr.

»Mir auch nicht.«

»Ich liebe dich so.« Er preßte seine Lippen in ihr Haar, und sein Atem roch wie immer nach Whiskey. Das erinnerte sie an Hugo.

»Ich liebe dich auch.« Sie drückte ihre Wange an seine weiche warme Schulter. »Unendlich, mehr als mein Leben, und viel zu sehr.«

Als sie eingeschlafen war, träumte sie von Hugo, der ihre Beine ableckte, während sie mit Snob eine Dressur ritt. Snob hatte sich gerade fürchterlich über Niall hergemacht, der auf ihrem Rücken geritten war, als Tash plötzlich von Niall geweckt wurde, der sie – selbst völlig paralysiert – fallengelassen hatte bei dem Versuch, sie die Treppe hinaufzutragen.

9

Am nächsten Morgen traf Tash in der Küche der Lime-Tree-Farm auf Zoe und Gus, die sich lustig über die Party ausließen. Zoe, die frühzeitig mit Niall gegangen war, um Rufus nach Hause zu befördern, brannte auf Neuigkeiten. Gus und Penny waren bis zum bitteren Ende geblieben und konnten von jeder Menge Schandtaten berichten, vor allem wer mit wem wann gegangen war – ein beliebtes Spiel unter den jüngeren Reitern. Der Umstand, daß zwei von ihnen sich in Hugos Bett einem Ritt der besonderen Art hingegeben hatten, während Alicia die circa drei Meter entfernte Toilette benutzte, war schon schockierend genug, aber noch nichts im Vergleich mit dem Gerücht, daß Hugo zu der Zeit bereits im Bett gelegen und tief geschlafen haben soll.

Tash versuchte zuzuhören, trank in aller Eile einen starken schwarzen Kaffee und stolperte über Beetroot, die sehnsüchtig auf ihr vergessenes Frühstück lauerte. Sie war spät dran, und ihr blieb nur noch eine knappe Stunde, um Snob für die Fahrt nach Lowerton fertig zu machen. Hugo und Stefan wollten sie um sieben abholen. Während sie auf der Suche nach einem frischen Reitanzug herumrannte, bekam sie nur ein paar flüchtige Details mit. Ted war über Nacht bei Franny geblieben, mit der er sich scheinbar wieder versöhnt hatte, und Gus war schlecht auf ihn zu sprechen, denn bis jetzt war er nicht aufgetaucht, um die Pferde zu füttern und die Ställe auszumisten. Sophia schien spätnachts noch einen hysterischen Anfall erlitten zu haben, weil ihre Trollope-Erstausgabe als Bierdeckel mißbraucht worden war. Und Hugo hatten sie ungefähr eine Stunde nach Tashs Auftauchen völlig betrunken und übellaunig von Twenty Acres weggeschleppt. Er mußte noch mehr Scotch getrunken haben und war fast auf dem Sofa eingeschlafen, denn als Lisette sich neben ihn quetschte, um ihn ein weiteres Mal zu bitten, auf Haydown drehen zu dürfen, bekam er kaum noch die Augen auf.

»Sie hat ihm quasi zwischen die Beine gegriffen, um seine Aufmerksamkeit zu erregen«, sagte Gus, der das selbst kaum glaubte.

»Und hat er ja gesagt?« fragte Zoe. »Ich meine, stellt er Haydown zur Verfügung?« Sie sah Tash merkwürdig an, die nervös vorgab, vollauf mit dem Entwirren der Trainingsbandagen beschäftigt zu sein.

»Ich weiß nicht genau.« Penny zog ihre Nase kraus und trank in Orangensaft aufgelöstes Alka-Seltzer. »Möglich, daß er eine leichte Gehirnerschütterung nach dem Sturz hatte, Tash. Wie konntest du ihn nur mit einer Kopfverletzung da unten allein lassen, ich begreif's nicht. Das war Gesprächsthema Nummer eins auf der Party.«

»Es ging ihm prima!« fuhr Tash auf. Die Röte stieg ihr ins Gesicht. »Er konnte bestens gehen und sprechen. Es war nur ein Kratzer.«

»Warum hast du das getan?« Auch Zoe blickte mißbilligend. »Niall wäre wohl nicht gefahren, wenn er geahnt hätte, daß du im nächsten Moment auf Motorräder hüpfst und mitten in der Nacht über Hugos Felder rast.«

»Es war ein ›Wagnis‹.« Tash bemerkte, daß sie sich wie ein trotziger Teenager benahm. »Und überhaupt, ich dachte, Niall kommt wieder.«

»Tut mir leid, das lag an mir.« Zoe sah sie entschuldigend an. »Es hat Stunden gedauert, bis wir Rufus im Bett hatten. Niall war mir eine große Hilfe, und ich hab ihm einen Kaffee angeboten. Und übers Reden haben wir dann die Zeit vergessen.«

»Ihr habt Kaffee getrunken?« fragte sie beiläufig.

Zoe nickte. »Literweise. Niall erzählte gerade von dieser Anne-Brontë-Bearbeitung, als India kam. Sie liest ›Wildfell Hall‹ zur Zeit in der Schule, und die beiden haben ewig darüber diskutiert, wie zwei Streber, die für Oxbridge pauken. Sie hat ihn auf so gute Ideen gebracht, daß er ins Old Forge gegangen ist, um sich Notizen zu machen.«

Statt dessen hat er sich hingesetzt und eine Flasche Scotch getrunken, sagte sich Tash, und ihr klangen noch Hugos Worte von gestern nacht in den Ohren. Zu gerne hätte sie Zoe von ihren Befürchtungen erzählt, aber sie mußte sich beeilen und Snob die Bandagen anlegen.

Als Franny mit finsterem Blick Hugos riesigen Transporter auf den Hof fuhr, war Tash noch nicht soweit. Unrasiert und ungewaschen sprang Ted heraus, das beseligte Grinsen des aktiven Liebhabers im Gesicht. »Hugo liegt besinnungslos da drin, also keine Panik.« Er half ihr, das Zaumzeug zusammenzusuchen. »Keine Ahnung, was das werden soll – er hat heute morgen sturzbachartig gekotzt, und Surfer ist noch nicht für Badminton qualifiziert; da muß eigentlich alles klappen.«

Grummelnd faßte Gus mit an, als Snob auf halbem Weg in den Transporter anfing, sich zu sträuben, wie er das aufgeregt vor Wettkämpfen immer machte. »Schnauze oder ich erschieß ihn!« dröhnte eine tiefe Stimme aus dem Wohnabteil herüber.

»Hugo ist ausgesprochen fröhlich.« Ted sah nicht auf von der ›Sun‹.

Tash und Franny bemühten sich, nicht zu kichern. Stefan, der hinten bei Hugo war, übergab sich ein ums andere Mal in das Miniklo.

»Er sieht furchtbar aus«, flüsterte Franny, als sie auf die Autobahn abbogen, wobei sich ihr Latexshirt beim Blick nach hinten über ihrem enormen Busen spannte. »Jede Menge Restalkohol. Auf der Party haben alle gesoffen wie die Löcher, da wird's heute einige Stürze geben. Du bist eine der wenigen, die früh und nüchtern gegangen sind, Tash. Das wird ein Leichtes für dich.«

Als Tash vor ihrem Dressur-Durchgang das Gelände abschritt, plagten sie ernsthafte Zweifel, ob das ein Leichtes für sie werden würde. Noch weniger Hoffnung hatte sie, daß Hugo in der Lage wäre, den cleveren, dunkelbraunen Surfer auch nur zu besteigen; ganz abgesehen davon, daß er ihn reiten sollte. Zum Glück war es ein zweitägiges Turnier. Das hieß, sowohl das Springreiten als auch der Geländeritt fanden erst am nächsten Tag statt, heute war nur die Dressur dran. Sie gingen die Strecke aber heute schon ab, denn

Lowerton hatte ein besonders schwieriges, weil unebenes Gelände, auf dem es fast unmöglich war, einen guten, fließenden Rhythmus zu finden, und außerdem schlängelte sich die Strecke von einer Richtung in die andere. Die Hindernisse selbst waren so verwinkelt und spitz, daß sie nur mit größter Genauigkeit und Kontrolle genommen werden konnten. Und letzteres war momentan genau das Problem mit Snob. Sie wußte jetzt schon, daß sie mit ihm einen Kampf ausfechten mußte, wenn sie morgen auf der Strecke bestehen wollten.

Hugo äußerte sich nicht über den vergangenen Abend. Mit Tash sprach er fast überhaupt nicht; nur einmal schnauzte er sie an, sie solle sich beeilen. Er wirkte verdrossen und nervös. Auch schien er sich kaum für die Hindernisse zu interessieren. Unterwegs trafen sie jede Menge andere grüngesichtige Reiter, die alle von der Party redeten und diese im nachhinein für eine ausgemachte Sabotage-Aktion von Hugo hielten – bis sie sahen, wie grün er selbst um die Nase war. Ihn hatte es am schlimmsten erwischt.

»Wollt ihr beide wieder im Doppelpack reiten, so wie gestern abend?« kicherte Lucy Field.

»Tash würde mir nie erlauben, Snob zu reiten«, murmelte Hugo düster. »Sie hat Angst, bloßgestellt zu werden.«

»Du wüßtest nicht, wie du ihn dirigieren müßtest, wenn du ihn morgen reitest«, sagte Tash pedantisch und bemerkte, daß er eins der schwierigsten Hindernisse der ganzen Strecke kaum eines Blickes würdigte.

»Ich bin die letzten vier Jahre hier geritten«, murmelte er, als sie ihn nachdrücklich auf eine doppelte Hecke auf einer Hügelkuppe aufmerksam machte, hinter der ein Sprung ins Nichts zu lauern schien.

»Dieses Jahr gibt's ein paar neue Hindernisse«, betonte sie, während sie prüfte, ob sie sich bei den Schritten auch nicht verzählt hatte.

»Ich werd sie dann ja kennenlernen.« Er schwankte davon und kümmerte sich nicht weiter um die Hecken.

Tash verdrehte die Augen und fuhr fort, sich die Hindernisse genauestens einzuprägen. Der bleiche Stefan stolperte hinter ihr her und übergab sich praktisch bei jedem Halt, doch er war aufmerksam genug, um sich die Entfernungen und Absprungpunkte zu merken. »Ich weiß nicht, was mit ihm los ist«, beschwerte er sich bei Tash, während sie über den aufgeweichten Boden schlitterten. »Er hat ja schon öfter mal einen Kater gehabt, aber so hat er sich noch nie aufgeführt.«

Am Himmel brauten sich dicke schwarze Wolken zusammen, und ein heftiger Wind ging, doch es begann nicht zu regnen. Als sie wieder beim Transporter ankamen, hatten Ted und Franny die Pferde schon in den provisorischen Ställen untergebracht und erhitzten in der Mikrowelle riesige Becher mit Kaffee, einen mürrischen Ausdruck im Gesicht. Frannys enge Lederhose war dunkelrot von antiseptischem Spray. »Bodybuilder hat sich an der Fessel geschnitten, als er die Rampe hinunterlief.« Franny schob sich die Baseballkappe aus der Stirn und sah Tash hilflos an. »Hugo hat mich gerade zum dritten Mal heute gefeuert.«

Später am Nachmittag erreichte Tash in der Dressur ein relativ gutes Ergebnis, nicht zuletzt weil die meisten Reiter furchtbar verkatert waren. Stefan lud bleichgesichtig den zweifelhaften Ruhm auf sich, als erster überhaupt bei der Lowerton-Dressur vom Pferd gefallen zu sein. »Das ist Sabotage«, fluchte Brian Sedgewick, einer der besten englischen Reiter, der vor Übelkeit ganz grau im Gesicht war. »Hugo gehört erschossen.«

Doch die Klagen fanden ein Ende, als Hugo selbst seine schlechteste Dressur der letzten fünf Jahre hinlegte. Surfer war ein schlanker, anmutiger Brauner mit langen Ohren, die sich wie Antennen auf den Atem seines Reiters konzentrierten. Für gewöhnlich bildeten sie eine unschlagbare Einheit, und Hugos fließende, fast unmerkliche Bewegungen spornten ihn zu den brillantesten Tänzen an. Heute lagen Surfers Ohren flach an, und Hugo hing im Sattel ohne jeden Anflug von Konzentration. Zweimal nahm er die falsche Richtung, rutschte wie ein Amateur im Sattel herum und wäre einmal fast gestürzt. Als er die Arena verließ, sprang er blitzschnell vom Pferd und rannte in rasender Geschwindigkeit zu den Toiletten.

An diesem Abend war keiner besonders gesellig. Tash war zu Pasta in einer der Nebenboxen eingeladen, zog es aber vor, Niall anzurufen und dann zeitig ins Bett zu gehen. Hugo war wütend davongestampft und verbrachte die Nacht im Haus eines Freundes.

Am nächsten Morgen tropfte alles vom Regen. Er drang durch Haare und Kleidung und weichte die papierenen Startnummern auf, bis sie kaum mehr zu lesen waren. Bei jedem übersprungenen Hindernis mußte die Nummer dem jeweiligen Schiedsrichter laut zugerufen werden.

Tash, die früh beim Geländeritt startete, ging ein letztes Mal die Strecke ab und holte Snob aus dem Stall, damit sich seine Nerven etwas beruhigten. Naß und schmutzig wirkten die Hindernisse in der morgendlichen Dämmerung noch weniger einladend als am Tag zuvor. Eines bereitete ihr vor allem Sorge: Ganz am Ende der Strecke sollte von einem tiefliegenden Weg aus direkt ein mit engstehenden Spitzen versehenes Hindernis überwunden werden, was auf dem rutschigen feuchten Boden dem Versuch, auf spiegelblankem Eis barfuß einen Schwerttanz aufführen zu wollen, gefährlich nahe kam.

»Ganz schön heikle Sache«, sagte Lucy Field, die eine erfahrene Reiterin war und sah, wie Tash das Hindernis anstarrte. »Ich nehm den Umweg. Das macht mein Alter bei dem Wetter nicht mit.«

Tash stellte sich vor, in welcher Geschwindigkeit sie mit dem dickköpfigen Snob hier ankommen würde, und entschied sich ebenfalls für die sicherere Variante. Da sie beide früh dran waren, konnten sie nicht beobachten, wie andere Reiter damit zurecht kamen. Außerdem würde der Boden früh morgens auch noch besonders rutschig sein und erst nach einigen Runden griffiger werden. Als sie zurück zu den Ställen kam, rieb Ted gerade energisch Snob trocken, der sich das schmollend gefallen ließ, da er keine andere Wahl hatte. »Hugo liegt noch im Bett.« Ted wich Snobs Zähnen aus. »Sagt, er muß die Strecke nicht noch mal abgehen. Weil Bod verletzt ist, startet er erst am Nachmittag.«

»Glück gehabt.« Tash sah, wie Snob ein Stück aus Teds Jacke biß. »Hat er gute Laune?«

»Wen meinst du, Snob oder Hugo?«

»Beide.«

»Nein.«

Wie zum Beweis flitzte Snob beim Springreiten wie ein wildgewordener Pingpongball durch die Arena und demolierte zwei Blumenarrangements und die oberste Stange am letzten Hindernis, gegen die er so heftig mit einem Hinterhuf trat, daß Tash ihr Kinn zwischen seine Ohren preßte. Den Geländeritt beendete sie mit starken Schmerzen in den Armen, hochrotem Kopf und schwer atmend. Sie hatte die Strecke mit zusammengebissenen Zähnen irgendwie überlebt und wunderte sich nur, wie ihre Zähne das überstanden hatten.

Eingemummt in ihre Wachsjacken hatten Ted und Stefan sie laut schreiend unterstützt und gratulierten ihr jetzt zu ihrem Erfolg; doch Tash wußte, daß sie keine gute Vorstellung gegeben hatte. Die meiste Zeit war sie damit beschäftigt gewesen, Snobs Kopf hochzuziehen, der sie abwerfen wollte, um schneller vorwärts zu kommen. Sie hatte ihm bereits eine der engsten Gebißstangen angelegt, und trotzdem konnte sie ihn nur mit äußerster Mühe unter Kontrolle halten. Das wochenlange Training war umsonst gewesen. Er war zu kräftig für sie, und sie war verzweifelt. Wenigstens das Wetter hatte es gutgemeint mit ihr. Eine halbe Stunde, nachdem Snob gewogen und abgerieben war, begann es, wie aus Eimern zu schütten. Tash war sich ziemlich sicher, daß ihre Leistung beim Springreiten nicht für eine Plazierung gereicht hatte, und wäre am liebsten sofort nach Fosbourne Ducis aufgebrochen, um noch ein paar Stunden mit Niall zu verbringen. Doch sie mußte warten, bis Hugo und Stefan fertig waren.

Um seine entsetzliche Dressur vom Vortag wieder wettzumachen, ritt Stefan, als hätte er den Teufel im Leib. Er war auf Anhieb der Schnellste, hatte aber auch einige höchst gefährliche Manöver gewagt. Als erster Reiter überhaupt nahm er die direkte Route über den tiefliegenden, matschigen Weg und bewältigte das Hindernis, als sei es gar nicht vorhanden. »Mein Herz sprang höher als mein Pferd«, gab er Tash gegenüber zu, während er seine nassen Reitkleider auszog. »Dieses Hindernis ist verdammt tückisch, und die Spitzen liegen genau auf deiner Höhe, wenn du abspringst.« Er schauderte, während er in seinen Unterhosen dastand. Ausgezogen wirkte er noch dünner und länger. Obwohl er auch beim Springreiten eine ansehnliche Leistung gezeigt hatte, konnte Stefan sich wegen seiner Dressur keine Hoffnungen auf eine Plazierung machen. So öffneten Tash und er ein paar Dosen Bier und verzogen sich ins Zelt, wo sie nervös rauchten und dem Wettkampf-Kommentar zuhörten. Sie hatten beide Glück gehabt und das Turnier heil überstanden. Das Wetter und die heikle Strecke zeitigten verheerende Folgen für die weniger erfahrenen Reiter, die immer wieder Hindernisse umwarfen oder sogar mit gebrochenen Armen und Beinen vorzeitig vom Krankenwagen abgeholt werden mußten.

Hugo, der beim Springreiten nur einen einzigen Punkt verloren hatte, befand sich unerwartet in einer guten Ausgangsposition. Die meisten Reiter hatten viele Fehler gemacht und waren mit hohen Zeiten aus dem Geländeritt hervorgegangen. Wenn er schnell und fehlerfrei durchs Gelände kam, würde er sogar eine Plazierung erreichen. Um Surfer für Badminton zu qualifizieren, reichte es, fehlerfrei zu bleiben. Doch die Strecke hatte sich mittlerweile in eine Sumpflandschaft verwandelt, und sein Start wurde wieder und wieder verschoben. Tash und Stefan gingen zu den beiden, um sie zu unterstützen, aber Hugo war schlecht gelaunt. Der nervöse Surfer tänzelte aufgeregt herum, die Augen quollen hervor und seine Ohren drehten sich beständig; er war viel zu angespannt. Hugo dagegen wirkte müde und gedankenverloren.

»Ich fühl mich total mies«, preßte er durch die Zähne und beugte sich hinunter, um einen Zug von Tashs Zigarette zu nehmen. »Ich glaub, ich brüte irgendwas aus.«

»Alkoholvergiftung.« Stefan sah mit einem schmalen Grinsen zu ihm hoch. »Weiß der Himmel, warum du dich auf deiner Party so hast vollaufen lassen.«

»Hab mein Herz an eine Frau verloren, schätze ich«, zischte Hugo, als sein Start schon angezählt wurde.

Stefan fing Tashs Blick auf und flüsterte begeistert: »Lisette!«

Tashs Augen schweiften über Hugo. Sein schönes, kantiges Gesicht sah so grau wie der Himmel aus; er wirkte krank. Keiner war im Gelände so stark wie er, das wußte sie, doch nicht einmal ein Virtuose konnte mit Handschuhen an den Fingern Geige spielen.

»Sei vorsichtig«, bat sie ihn eindringlich. »Geh bei diesem Wetter kein Risiko ein.«

Für den Bruchteil einer Sekunde sah er sie an, als würde er sie erst jetzt bemerken; doch dann setzte er wieder seine abweisende Miene auf und ignorierte sie. Er wartete auf das »Los« des Starters.

Schon nach wenigen Metern war klar, daß Vorsicht auf Hugos Liste ganz weit unten rangierte, er wollte offensichtlich genau wie Stefan mit einer schnellen Zeit auf der kürzesten Strecke seinen Patzer bei der Dressur ausgleichen. Surfer war ein talentiertes, athletisches Pferd mit dem Mut eines Löwen. Aber er war in Australien aufgewachsen und trainiert worden, wo der Boden hart und staubig und die Luft trocken war. Der trübe, glitschige Schlamm in England verwirrte ihn und nahm ihm das Selbstvertrauen. Hugo war einer der begabtesten und mutigsten Reiter, der schon aus einer halben Meile Entfernung ein Hindernis richtig einschätzen und dementsprechend reagieren konnte. Aber heute war sein Blick getrübt, seine Reaktion langsamer als sonst und sein Körper schwitzte den Alkohol zweier Tage aus. Er konnte sich nicht auf sich selbst verlassen. Dennoch versuchte er es, überzeugt, die Strecke wie seine Westentasche zu kennen, und ohne auf das Wetter zu achten. Seine Arroganz wurde sein Verderben.

Tash, Stefan und Franny standen im Zelt und lauschten mit angehaltenem Atem dem Kommentator, der über die Lautsprecher verkündete, daß Hugo Hindernis um Hindernis in Rekordzeit nahm. Er übersprang sie, ohne mit Surfer außer Tritt zu geraten, sogar die Kombination am Wassergraben gelang perfekt. Jetzt waren sie nur noch vier Hindernisse vom Ziel entfernt und lagen weit unter dem Zeitlimit – das war an so einem Regentag noch nie dagewesen. Sogar Stefan, der bislang Schnellste, lag zehn Sekunden über dem Limit.

»Wenn er fehlerfrei bleibt, wie stehen dann seine Chancen?« fragte Tash ärgerlich.

Franny schob sich die Baseballkappe in den Nacken und sah auf die Tafel. »Na ja, Graham liegt zu weit vorne, und Becky Holdsworth ist auch nicht mehr zu schlagen. Du bist fünfte. Wenn er's schafft, überrundet er dich wohl leider.« Sie verdrehte die Augen.

»Großartig«, murmelte Tash. »Hoffentlich fällt er vom Pferd.

Niemand sollte mit soviel Blutalkohol so gut reiten dürfen.« Ein blödsinniger, grausamer Scherz. Schon im nächsten Augenblick tat es ihr leid, und ihr blieb fast das Herz stehen, als sie die Lautsprecherdurchsage hörte: »Hugo Beauchamp und Surfer sind an dem tiefliegenden Weg gestürzt, und es sieht böse aus. Sie wollten die direkte Route nehmen. Pferd und Reiter sind noch nicht wieder aufgestanden ...« Das Mikrofon wurde zugehalten, krachte ein paar Mal und blieb still. Franny rannte aus dem Zelt, während Tash und Stefan noch ein, zwei Sekunden auf eine weitere Durchsage warteten. Aber es wurde nur den nachfolgenden Reitern der Start untersagt. Draußen trafen sie auf Ted, der Surfers Kapuze und die wasserdichte Decke geholt hatte.

»Wißt ihr, was los ist?« schrie er. »Ich war bei den Ställen.«

»Hugo ist gestürzt, sie haben die weiteren Starts verzögert«, erklärte Tash, und Angst schnürte ihr die Kehle ab.

»Das weiß ich, du Idiot«, schnauzte er. »Sie haben gerade den Tierarzt geholt, der sich um Bod gekümmert hat. Hört sich an, als wär Surfer nicht bloß gestürzt.«

»Scheiße!« Stefan rieb sich durch das feuchte, hochstehende Haar.

»Was ist mit Hugo?« murmelte Tash, der ganz übel wurde.

Doch Ted und Stefan waren schon weg, und sie rannte hinter ihnen her; ihr Herz hämmerte. Nacheinander erreichten sie das Hindernis, das fast eine halbe Meile entfernt war und an dem wegen des Wetters kaum Zuschauer standen. Die, die es umringten, waren alles Teilnehmer. Sie erkannten Ted und Stefan und schüttelten nur besorgt und mitleidig den Kopf auf die Frage, was passiert sei. Tash sah, wie Stefan stehenblieb, um mit ihr zu reden, während Ted sich einen Weg durch die Leute bahnte. Als sie ankam, fing sie die Bruchstücke eines Satzes auf. »– hat seinen Halt verloren und ist gefallen. Sein Rückgrat ist zertrümmert, glaub ich. Armer Kerl.«

Wimmernd und stolpernd rannte sie weiter. Ihr kaltes Gesicht fühlte sich taub an. Sie sah die Leute, mit hängenden Köpfen und Schultern, einen leeren Ausdruck im Gesicht. Einige Landrover und ein Krankenwagen parkten in der Nähe, doch nirgends war Hugo zu sehen. Als sie am leeren Schiedsrichterstuhl entlangrutschte, sah sie Ted, der mit dem Organisator sprach. Sein meist fröhliches, jungenhaftes Gesicht war schmerzverzerrt, und er kämpfte mit den Tränen.

»Surfer mußte eingeschläfert werden.« Todtraurig drehte er sich zu ihr um. »Sie sind zu schnell gewesen, und er ist ausgerutscht. Keine Chance.«

»Und Hugo?« Sie konnte die Worte fast nicht aussprechen, ihre Augen suchten das ganze Gelände ab.

»Nicht einen Kratzer«, zischte Ted. »Dieser Bastard!«

Tash brach in Tränen aus, so plötzlich wie jemand schreit, der Schmerz empfindet. Sie schämte sich, aber sie konnte nicht anders und warf sich Ted in die Arme. Franny war untröstlich, und Stefan fand sie neben dem Hindernis, wo sich ein Freiwilliger von der Ambulanz ohne rechten Erfolg um sie kümmerte, während ein Traktor seinen Anhänger nahe genug heranmanövrierte, um Surfers großen, bewegungslosen Leib aufzuladen. Tash sah weg, es schnürte ihr die Brust zusammen. Als ihre Tränen langsam versiegten, ließ sie Ted und Stefan bei Franny zurück, um sich auf die Suche nach Hugo zu machen.

Obwohl er voller Matsch und Dreck war, leuchtete das Rot seiner Reitjacke wie Blut vor der grauen Landschaft. Er stand mit hängendem Kopf unter einem Baum und sprach leise mit zwei Organisatoren und einem Schiedsrichter, während er nervös an einer Zigarette zog. Sie konnte den anklagenden Tonfall der Offiziellen und den von Hugos monotonen Antworten vernehmen, verstand aber kein Wort. Was immer auch passiert war, es schien, als machten sie ihm heftige Vorwürfe und gäben ihm allein die Schuld. Tash hielt sich ein paar Meter entfernt und konnte sehen, daß seine Augen rot vom Weinen waren. Noch niemals hatte sie Hugo weinen sehen. Bis jetzt hatte sie das gar nicht für möglich gehalten, und sie empfand Mitleid mit ihm. Er war ein kühner und waghalsiger Reiter, aber deswegen stand er an der Spitze, und diese Tragödie hier hatte er nicht verdient. Mit seinem nassen Haar und den leeren Augen sah er aus, als könnte er jeden Moment zusammenbrechen. Nachdem die Offiziellen gegangen waren, starrte er plötzlich in Tashs Richtung, ohne sie wahrzunehmen. Seine Kappe hielt er in der Hand, die Startnummer flatterte im Wind, und seine Hose war schwarz von Schlamm. Ein riesiger blauer Fleck begann, sich über seine rechte Wange auszubreiten, und seine Nase hatte ganz offensichtlich geblutet. Sein Gesicht war übersät von Blutspritzern. Ohne nachzudenken eilte Tash auf ihn zu; sie wollte ihm helfen, wenn sie auch nicht wußte wie.

»Er ist tot, Tash.« Hugo blinzelte sie verloren an; scheinbar hatte er es selbst noch nicht begriffen. »Er ist tot. Es war meine Schuld – o Gott!« Und er vergrub sein Gesicht in den Händen.

»Scht – sag das nicht.« Tash legte ihm eine Hand auf die zitternde Schulter, und mit der anderen Hand fuhr sie ihm übers Haar. Dieses Haar – ihr Wunschtraum. Und was für ein furchtbarer Moment, um diesen Traum Wirklichkeit werden zu lassen. Es war ein Alptraum geworden. Kein Vergnügen, nur unsägliches Mitgefühl lag in dieser Berührung. Er stolperte ein paar Schritte vorwärts; und im nächsten Augenblick griff er mit solcher Kraft nach ihr, daß sie beinahe fiel, und barg seinen Kopf an ihrem Hals; sein heißer Atem ging stoßweise. Lange hielt er sich so fest, am ganzen Körper zitternd, die Augen fest geschlossen, mit steifen Schultern und weißen Knöcheln. Dann, genauso plötzlich, wie er nach ihr gegriffen hatte, stieß er sie von sich und taumelte auf die andere Seite des Baumes, von wo er den Abtransport von Surfer nicht sehen konnte.

Diesen Abtransport zu beobachten, war entsetzlich. Was Minuten vorher noch ein energiegeladenes Bündel hochtrainierter Muskeln gewesen war, schien jetzt nur noch eine halbe Tonne Überreste zu sein, die schnellstens weggeschafft werden mußten, um die Strecke für den Wettkampf wieder frei zu machen. Stefan und Ted kümmerten sich um die Details, da Hugo nicht dazu in der Lage war, und Tash hatte die Aufgabe, Hugo und Franny zurück zur Box zu bringen. Dieser lange, feuchte Weg schien endlos; Franny konnte nicht aufhören zu weinen, und Hugo lief wortlos wie ein Zombie neben ihr her. Immer wieder wurden sie aufgehalten und gefragt, was passiert sei, doch Tash schüttelte nur den Kopf, da schon die leiseste Andeutung von »eingeschläfert« oder »tot« Franny in einen hysterischen Anfall ausbrechen ließ. Im Wagen goß Tash ihr einen großen Brandy ein und versuchte,

Hugo zum Umziehen zu bewegen, doch er saß nur am Tisch und starrte vor sich hin.

In der nächsten halben Stunde schauten immer wieder befreundete Reiter herein, um zu helfen, doch Tash bat sie alle höflich, aber bestimmt, erst einmal zu gehen. Sogar die Mitarbeiter der örtlichen Presse, die irgend etwas von Tierquälerei murmelten, beförderte sie auf dem schnellsten Wege wieder hinaus, erstaunt über ihre eigene Entschlossenheit. Leider war der verabreichte Brandy nicht ihre klügste Entscheidung gewesen, denn Franny fiel jetzt über Hugo her und machte ihm die wildesten Vorwürfe wegen seines rücksichtslosen Ritts.

»Du bist so ein konkurrenzgeiler Idiot!« schrie sie mit blutrot unterlaufenen Augen. »Du hast das Pferd zu Tode gehetzt, nur um deinen Stolz zu befriedigen!«

Hugo antwortete nicht, zündete sich eine Zigarette nach der nächsten an und starrte Tash mit der verzweifelten Bitte um Hilfe an. Doch Tash wich seinem Blick aus.

»Jeder hat dir gesagt, du sollst die sichere Variante nehmen«, wütete Franny weiter, ihre Stimme wurde immer schriller. »Aber du hörst ja nicht zu, was? Du bist losgeschossen und hast gedacht, dir gehört die Welt. Aber statt dessen hast du dein Pferd umgebracht. Du hättest genauso gut heute morgen ein paar Alka-Seltzer einwerfen und ihn im Stall erschießen können!«

»Halt die Schnauze!« Hugo stand plötzlich auf und stürmte auf sie los, daß die Becher vom Tisch flogen.

Doch Franny wich zur Seite aus und schrie weiter. »Du warst doch noch immer besoffen, oder? Du bist da raus, ohne geradeaus gucken zu können, und hast gedacht, was Stefan kann, das kann ich auch. Und versuch bloß nicht, mich noch mal rauszuschmeißen – ich kündige. Ich würde nicht mal mehr für dich arbeiten, wenn du meinen Lohn verdreifachst. Du Versager.«

Als sie sich umdrehte und gehen wollte, rannte er auf sie zu und hob den Arm, um sie zu schlagen. Tash sprang dazwischen, und Hugo erwischte sie noch mit dem harten Rand seines Handschuhs an der Wange, nur Millimeter unter dem Auge. »Verdammt!« Er wich zurück, und Franny stürzte aus dem Wagen, wobei sie fast Stefan über den Haufen rannte. Tränenblind eilte Franny davon.

Tash taumelte leicht, und ihr Auge brannte vor Schmerz, als sie sich ins Gesicht griff und das feuchte, warme Blut spürte.

»Warum bist du auch dazwischen gegangen.« Hugo räusperte sich und zog sich abwehrend noch weiter zurück.

»Du wolltest Franny schlagen.« Sie kämpfte mit den Tränen und rannte auf die Toilette, um die Blutung mit Klopapier zu stoppen.

»Alles klar hier?« Stefan kletterte herein, nachdem auch er die Reporter noch mal verjagt hatte.

»Blendend.« Hugo zog sich die Handschuhe aus, seine Stimme klang jetzt eiskalt. »Beste Partystimmung, um genau zu sein. Möchtest du einen Drink oder ein Kanapee?«

»Hugo, du solltest dich erst mal setzen, Kumpel.« Stefan sah ihn besorgt an.

»Meine Beine leisten mir beste Dienste, danke«, schnauzte er. »Ich sollte mich wohl besser umziehen.« Und er begann, sich auszuziehen.

Tash kam aus der Toilette, rieb sich ihr Auge und beobachtete einen Moment lang mit Stefan völlig entsetzt, wie Hugo sich im Gehen fanatisch die Kleider vom Leib riß. In der Unterhose, schlank und zäh wie ein Marathonläufer, drehte er sich ein letztes Mal nach ihnen um.

»Wenn mir euer Interesse natürlich auch schmeichelt«, sagte er sehr gedehnt, »wär's mir doch lieber, wenn ihr euch jetzt verzieht. Habt ihr nicht irgendwelche Preise abzuholen? Und du kannst aufhören, mich anzustarren!« knurrte er Tash an. »Wie's aussieht, bist du doch nicht länger scharf auf mich, also hau einfach ab.«

Snob führte sich in der Arena wie ein Wilder auf, als Tash ihren Preis in Empfang nahm. Er biß den Peer, der die Preisverleihung vornahm, stieg hoch und wollte nicht wieder zurück. Tash trieb ihn schließlich zu einem seitlichen Galopp an, wobei er fast den Hund einer Zuschauerin niedertrampelte. »Ihr Tierquäler!« schrie sie Tash nach, die den ganzen Weg zurück zu den Boxen einen heftigen Kampf mit Snob ausfocht.

Ted wartete auf sie, die Mütze tief in der Stirn wie Clint Eastwood. »Tut mir leid, daß ich nicht da war«, entschuldigte er sich.

»Ich hab für Franny 'ne Rückfahrt mit Isabel Pikes organisiert. Sie will nicht mehr nach Maccombe. Hab ihr gesagt, sie kann auf der Farm übernachten.«

»Warum habt ihr nicht die Stantons gefragt?« sagte Tash müde. »Die fahren wegen Kirsty sowieso an der Farm vorbei.«

»Die sind schon seit Stunden weg.«

»Weiß Kirsty noch gar nichts von dem Unglück?« Tash nahm Snob den Sattel ab und seufzte ungeduldig, weil er nervös tänzelte.

»Klar weiß sie es«, murmelte Ted zwischen zusammengepreßten Zähnen. »Deswegen ist sie ja früh gefahren. Hat nicht mal 'ne Nachricht für Hugo hinterlassen.«

»Mist.«

»Bod und Happy Monday sind schon verladen. Wenn wir diesen Kumpel hier verstaut haben, geht's los. Nehmen wir die Box da?«

Als sie hineinsah, fiel ihr Blick auf Surfers Zaumzeug mit den typisch roten Seitenteilen. Sie spürte einen Kloß im Hals. Der arme Surfer, dieser kühne Gentleman mit der Grazie einer Katze und der Begeisterung eines Welpen. Es mochte Hugos Fehler gewesen sein, aber es hatte sicher auch an Surfers Naturell gelegen, daß er das Hindernis um jeden Preis anging. Deswegen hatte sie sich für den Umweg entschieden, denn sie war sicher: Wäre Snob in Surfers Situation geraten, dann hätte auch er zum fatalen Sprung angesetzt. Da sie früh dran gewesen waren, wußte sie noch nicht – wie Hugo –, daß dies Hindernis zu überwinden war. Sie schauderte bei dem Gedanken, was passiert wäre, wenn die Rollen vertauscht und sie nach Stefans fulminantem Sprung am Start gewesen wären.

Die Heimfahrt begann geradezu prächtig, indem Hugo eins der Blinklichter demolierte, als er an einen Pfosten der Lowerton-Auffahrt knallte. Tash bot ihm an zu fahren, bekam aber nur zu hören, sie solle sich zum Teufel scheren. Die letzten Streifen grauen Tageslichts verabschiedeten sich, als sie auf die Autobahn M4 abbogen, und Tash bemerkte, daß Ted und Stefan nur ganz leise miteinander zu sprechen wagten. Gewöhnlich spielten sie lärmend Poker, während Franny sie heil nach Hause bugsierte. Doch heute umfing sie alle eine düstere Stimmung. Die Rosette hatte Tash tief in einem der großen Sattelkästen verstaut, und sie saß mit hochgezogenen Knien da und kaute an den Fingernägeln. Obwohl Hugo noch auf den letzten Meilen alles tat, um sie umzubringen, bewies der Transporter seine Sicherheitsstandards aufs vorzüglichste. Trotzdem hatte Tash das Gefühl, acht ihrer neun Leben bereits verbraucht zu haben, als sie schließlich Fosbourne erreichten. Hugo und sie unterhielten sich schon lange nicht mehr, und der Kassettenrecorder hatte das Tom-Waits-Band bereits x-mal durchgenudelt.

»Beeil dich, ich will nach Hause«, murmelte Hugo, als er vor der Lime-Tree-Farm anhielt und sich nicht die Mühe machte, auf den Hof zu fahren.

Sie mußten sich auch beeilen, denn ein verärgerter Jeepfahrer, offensichtlich einer der Wochenendtouristen, veranstaltete auf der Straße ein Hupkonzert, weil er den riesigen Transporter nicht passieren konnte. Snob wurde fuchsteufelswild, und Ted zeigte ihm den Mittelfinger, als er das Pferd endlich aus der Box hatte und auf den Hof führte. Tash ging mit Stefan noch zur Fahrerkabine, um sich zu verabschieden, doch Hugo würdigte sie keines Blickes; mit weißen Knöcheln umklammerte er das Lenkrad, als sei es sein Rettungsring.

Stefan umarmte sie und flüsterte ihr ins Ohr: »Danke – du warst großartig. Ich kümmer mich um ihn, versprochen. Schläft Franny heute nacht hier?«

»Ich glaube.« Tash sah zu, wie er mit seinen langen dünnen Beinen in die Fahrerkabine kletterte, bevor er die Tür zuwarf. Tom Waits dröhnte, und Hugo fuhr so schnell an, daß er gleich noch die halbe Hecke mitnahm. Ted hatte unterdessen Snob versorgt, und so ging Tash geradewegs auf die Küche zu, wo sie auf Wärme und Zuspruch hoffte.

India saß am Küchentisch und machte Hausaufgaben, einen Bleistift im Mund, auf dem sie herumkaute. »Lief's gut?« Sie sah forschend auf.

Tash schüttelte den Kopf. »Hat Kirsty noch nichts erzählt?«

»Hab sie noch nicht gesehen.« India zuckte die Achseln. »Sie hat Betty ausgeladen, ist ins Bad gerannt und dann gleich mit dem dämlichen Richie nach London gedüst. Und Penny und Gus sind noch nicht zurück.« Sie stand auf und setzte den Wasserkessel auf. »Aber Mama und Niall sind im Wohnzimmer. Tee oder Kaffee?«

Ohne zu antworten, lief Tash ins Wohnzimmer, um sich umarmen zu lassen. Niall und Zoe saßen auf dem Sofa, die Beine hochgezogen, die Ellbogen jeweils auf einer der Armlehnen aufgestützt und sahen über den Rand ihrer Teetassen hinweg einen alten Film an. Sie saßen da wie ein großes aufgeschlagenes Buch. Und obwohl sie einen guten halben Meter voneinander entfernt saßen, war ein Eindruck von Intimität um sie, der Tash innehalten ließ. Keiner von beiden sah auf, bis Beetroot durch den Raum schoß und sie aufgeregt bellend begrüßte.

»Tash – wir haben den Transporter gar nicht gehört.« Zoe setzte ihren Becher ab und streckte sich. »Habt ihr was gewonnen?«

»Hugo hat uns auf der Straße ausgeladen.« Tash bemerkte, daß sie einen jener alten sentimentalen Schwarzweißfilme sahen, die Niall normalerweise verachtete. Bette Davis wischte sich eben mit einem blütenweißen Taschentuch eine glitzernde Träne von der Wange.

»Was ist los, Tash?« Zoe betrachtete sie besorgt.

»Surfer mußte eingeschläfert werden.« Sie sah, wie Bette Davis sich mit bebenden Lippen eine Zigarette anzündete. »Er ist gestürzt – ich weiß nicht genau, was passiert ist. Das Rückgrat war gebrochen.«

»O Gott!« Niall schlug die Hand vor den Mund. »Es tut mir so leid, Tash, Engel. O mein armer, lieber Schatz. Welcher war's?« fragte er. »Der große Kastanienbraune? Bist du verletzt?«

Sie schüttelte den Kopf. »Surfer war Hugos Pferd, Niall.«

»O verstehe.« Für Niall schien das die Sache besser zu machen. »Armer Hugo.«

»Und lief es bei dir gut?« fragte Zoe, die nach der Fernbedienung griff und Bette, deren Lippen noch bebten, den Ton abdrehte.

Tash wollte plötzlich mit keinem von beiden mehr über diesen Tag sprechen. Auch wenn sie ihr all das Mitgefühl und den Zuspruch entgegenbringen würden, nach dem sie verlangte, würden sie doch nicht verstehen, was es bedeutete. Sie liebten Pferde, aber Pferde waren nicht ihr Leben, und das riß eine Kluft zwischen ihnen und Leuten wie ihr selbst, Hugo und Stefan. Schlimmer noch, beide sahen sie mit dieser weichen Freundlichkeit von Eltern an, deren Tochter ihnen pathetisch und wortreich ihr Leid klagte, weil ihr Freund sie verlassen hatte. Sie fühlte sich unbehaglich. »Vergeßt es – ich nehm erst mal ein Bad.«

»Im Wäscheschrank sind frische Handtücher«, rief Zoe hinter ihr her. Doch Tash entschied sich, mit Beetroot zum Old Forge zu gehen.

Nachdem sie Giblets gefüttert und ein langes Bad genommen hatte, machte sie es sich mit einem Schmöker auf dem Sofa gemütlich und aß fast eine ganze Schachtel Just Brazils auf, die ein Fan Niall geschickt hatte. Seit er in einer Fernsehsendung behauptet hatte, daß das seine Lieblingspralinen seien, trafen jede Woche mindestens sechs Schachteln ein. Ihre Füße wärmte sie an Beetroots Bauch, die ganz gierig guckte und hin und wieder etwas abbekam.

Niall kam eine halbe Stunde später, als Tash gerade die zweite Schachtel öffnete. »Ich hab den Film noch zu Ende angesehen«, erklärte er schlicht. »War's so schlimm heute?« Er ließ sich neben sie fallen und nahm auch eine von den Just Brazils, ohne auf Beetroot zu achten, die unheilvoll unter einem Kissen knurrte.

»Sehr schlimm«, Tash reichte ihm die Schachtel. »Möchtest du etwas essen?«

Er schüttelte den Kopf. »Zoe hat mir einen Linseneintopf gekocht. Unheimlich lecker. Alle machen immer Witze über ihr Essen, aber es schmeckt wirklich gut, vielleicht ein bißchen seltsam.«

Sie sah zu, wie er in die Küche ging und die unvermeidliche Flasche Bushmills holte.

»Möchtest du einen?« Er wedelte mit der Flasche in ihre Richtung.

»Nein, danke.« Sie rieb sich unbehaglich das Kinn. »Muß das sein?«

»Was?«

»Daß du was trinkst.« Sie lächelte entschuldigend. »Wir könnten uns doch mal unterhalten – wir haben seit Urzeiten nicht mehr richtig miteinander geredet.«

»Ja, sicher.« Er goß sich bereits drei Fingerbreit ein. »Wir können doch reden, während ich einen kleinen Nachttrunk nehme, Engel. Worüber möchtest du denn reden?«

»Ach«, sie bemühte sich um einen leichten, unbestimmten Tonfall, »die Hochzeit und so.«

In seinem Lachen schwang eine bittere Note mit. »Wenn das so ist, brauche ich wirklich einen Drink.« Er leerte das Glas in einem Zug und schenkte sich augenblicklich nach.

»Ich kann nicht mit dir reden, wenn du dich betrinkst, Niall«, sagte Tash weich.

Er sah sie an, ein Lächeln umspielte seine Lippen und seine Augen blitzten fröhlich. »Das ist dein Problem, Engel, nicht meins«, sagte er sanft, nahm einen großen Schluck und musterte sie. »Du siehst so sexy aus heute abend – so sauber und frisch gewaschen. Sag doch dem Hund, er soll in den Korb gehen, damit ich dich streicheln kann.«

Tash schloß die Augen für eine Sekunde. Es war hoffnungslos, mit ihm reden zu wollen, wenn er so war – er war völlig unzugänglich in dieser fröhlich-sorglosen Stimmung, in der er so tat, als wäre doch gar nichts. Sie hatte es früher schon versucht; er war dann ein wunderbar aufmerksamer Zuhörer, aber er wollte nichts verstehen. Seine Augen würden die ganze Zeit tief in die ihren blicken, er würde sie berühren und küssen und ihr sagen, wie sehr er sie liebe. Und fast unausweichlich würden sie dann im Bett landen – Nialls Lösung für alle Streits. Aber sie hatten nie Streits, fiel Tash auf. Das war das Problem. Wie konnte sie mit jemandem streiten, der allem zustimmte und begann, sie auszuziehen, während sie noch redete? »Trink die ganze Flasche.« Sie stampfte mit Beetroot davon, denn sie war diese Kämpfe leid, die er allein dadurch gewann, daß er gar nicht erst zum Kampf antrat. Als Niall sich später ins Bett legen wollte, knurrte Beetroot so anhaltend, daß er sich lieber fürs Sofa entschied.

Hugo, der in seiner riesigen dunklen Küche saß, hörte die Uhr Sekunde um Sekunde ticken und konnte im Schein der Kontrollleuchten der elektrischen Geräte gerade noch die undeutlichen Schatten der altmodischen Möbel erkennen. In seiner Hand hielt er die braunblaue Rosette, die Tash und Snob heute gewonnen hatten – ein Stallknecht hatte sie in einem der Sattelkästen gefunden. Der Magen drehte sich ihm um bei dem Gedanken, wie lausig er sich verhalten hatte. Er war so gefangen gewesen in seinem Versagen, seinem Neid und seiner Verwirrung, daß er alles kaputt gemacht hatte. Einen Moment lang dachte er daran, zur Farm zu fahren, um sich zu entschuldigen, doch dann fiel ihm ein, daß Niall zur Zeit da war. Unter anderen Umständen hätte er sich vielleicht auf Teufel komm raus auf den Weg gemacht, aber heute hatte er sein bestes Pferd zu Tode geritten, und sein Selbstvertrauen und sein Stolz lagen in Trümmern. Er schämte sich zu sehr und hatte schwer mit Selbstzweifeln zu kämpfen. Und der Tropfen, der das Faß zum Überlaufen brachte, war, daß er jetzt absolut sicher war: Tash wollte nichts mehr von ihm. Sie würde einen Mann heiraten, den Hugo – was schlimm genug war – eigentlich mochte, einen Mann, der viel freundlicher, klüger und sehr viel liebenswerter war als er selbst. Größeren Schmerz konnte auch die Hölle nicht bereithalten. Er griff zum Telefonhörer, suchte nach seiner Brieftasche und zog eine Visitenkarte hervor. Die Privatnummer stand auf der Rückseite.

»Lisette? Hugo – ja, gut, danke. Du kannst das Haus haben, wenn du mir garantierst, daß die Pferde nicht gestört werden. Großartig. Ja – nächste Woche dann. Ruf mich an.«

Kurz nach Mitternacht wachte Tash auf und war einen Augenblick erschrocken, als sie feststellte, daß sie mit Beetroot allein war; doch dann hörte sie die leise durch die geöffnete Tür dringenden Geräusche des Fernsehers. Niall saß offenbar noch unten und schaute ›Beavis und Butthead‹. Sein tiefes, melodiöses Lachen war hin und wieder zu vernehmen zwischen dem groben amerikanischen Geplapper und der schrillen Musik. Sie starrte das Telefon an und überlegte, ob sie Stefan anrufen und nach Hugo fragen sollte. Aber sie traute sich nicht, direkt im Haus anzurufen, weil genausogut Hugo abheben konnte. Während sie sich tiefer in ihr Kissen kuschelte, betete sie zu Gott, daß es Hugo gut gehen möge. Wenn sie die Augen schloß, sah sie wieder sein schönes, so verzweifeltes Gesicht. Ein Teil von ihr haßte ihn für sein schäbiges

Verhalten, diese schreckliche Verachtung und kindliche Schadenfreude über ihre peinliche und hitzige Verliebtheit, die sie all die Jahre an ihn verschwendet hatte. Aber sie wußte, daß für Hugo, ganz im Gegensatz zu Niall, Angriff die erste, zweite und dritte Maßnahme der Verteidigung war – er war stolz bis zur Raserei. Heute war er, für Sekundenbruchteile nur, zusammengebrochen und hatte eine weiche Seite gezeigt, von deren Existenz sie keine Ahnung gehabt hatte. Und er hatte sie ihr gezeigt – der schüchternen, nutzlosen Tash, die er für hoffnungslos unansehnlich hielt. Doch statt noch tiefer zu graben und die Perle zum Vorschein zu bringen, hatte sie es zugelassen, daß er wieder zumachte. Ein Schuldgefühl nagte an ihr und, auch wenn sie es sich selbst kaum eingestehen mochte, wilde Enttäuschung.

Am nächsten Morgen fuhr Niall nach Yorkshire ab, wo die Dreharbeiten für ›Die Herren von Wildfell Hall‹ begannen.

Tash stürzte sich in die Arbeit, wild entschlossen, sich nicht wieder vor Sehnsucht zu verzehren. Hunk hatte seine Wettkampfform noch nicht erreicht, und so trainierte sie Tag für Tag hart mit ihm; und der folgsame, eifrige Hunk war geradezu eine Erholung nach all dem Ärger mit Snob. Der sanfte, braune Riese mit den lustigen Augen war der Komiker der Farm, berühmt-berüchtigt für seine Grimassen und seine unersättliche Gier nach Polos – kein anderes Pfefferminzbonbon hatte die gleiche Wirkung auf ihn. Während Hunk immer besser wurde, ging es mit Snob bergab. Penny und Gus waren auf die Idee verfallen, daß es ganz witzig wäre, wenn Snob zu Tashs Hochzeit vor eine Kutsche gespannt würde. Also übte Ted mit ihm und ließ ihn an der Longe laufen und einen Reifen ziehen, damit er sich an das Gefühl gewöhnen konnte; doch Snob zog so kräftig, daß Ted mit dem Reifen mehrere hundert Meter im vollen Galopp hinter ihm her geschleift wurde. Der Vorfall verstärkte Snobs Mißtrauen und Nervosität. Tags darauf geriet er angesichts einer fliegenden Plastiktüte in solche Panik, daß er Franny abwarf und allein zur Farm zurückkehrte. »Den reite ich nie wieder«, verkündete sie später beleidigt. Keiner beschwerte sich. Seit sie bei Hugo gekündigt hatte, arbeitete sie lediglich für Essen und Unterkunft, und also konnte sie auch ein paar Regeln diktieren. Die einzige, die mit dem vorlauten und attraktiven Neuankömmling nichts anfangen konnte, war Kirsty, die fast jeden Morgen einen hitzigen und lautstarken Streit mit ihr ausfocht. Denn Franny dachte gar nicht daran, zu verschweigen, wie nachlässig und schlampig sie Kirstys Arbeit fand.

»Ich bin Reiterin«, schrie Kirsty. »Nicht Stallknecht. Ich müßte hier nicht mal ausmisten.«

»Nein, der Mist, den du produzierst, reicht schon«, zischte Franny.

Mit dem gutgläubigen Richie im Schlepptau machte Kirsty sich schmollend auf den Weg nach Schottland zu einem Besuch bei ihren Eltern.

»Sie ist eine Satansbraut«, zischte Franny. »Dieser fette australische Nörgelheini muß doch Tomaten auf den Augen haben. Sobald der hier nächste Woche abrauscht, liegt sie wieder bei Hugo im Bett. Auf Haydown wird sie nur Lassie genannt, weil sie dauernd vor seiner Schlafzimmertür winselt.«

Seit Sally so viel außer Haus war, fiel Matty – ohnehin weit davon entfernt, sich für den Haushalt zuständig zu fühlen – plötzlich sehr deutlich auf, daß er die letzten Jahre kaum mehr als ein Gast mit Familienanschluß gewesen war. An Arbeit auch nur zu denken, erschien völlig unmöglich, wenn Sally weg war und die beiden jüngeren Kinder zu Hause ständig gefüttert, gesäubert und unterhalten werden mußten. Linus, der seine Mutter vermißte, schrie fast ununterbrochen. Tor war zum Glück schon alt genug, um einfach vor den Fernseher gesetzt zu werden (was Matty bislang absolut mißbilligt hatte), so daß wenigstens während Linus' Mittagsschlaf eine kurze Ruhepause eintrat. Aber sie war eine Nervensäge, die nie länger als ein paar Minuten allein sein wollte und sich auf der Suche nach Ablenkung allerhand einfallen ließ.

Das Haus glich einer Müllkippe, die schmutzige Wäsche türmte sich, und der Berg Geschirr drohte umzukippen, so hoch ragte er. Seit Wochen aßen sie Fertiggerichte aus der Mikrowelle, und zum Entsetzen aller war vor zwei Tagen Tors Meerschweinchen eingegangen; Matty fürchtete, es war einfach von niemand mehr gefüttert worden. Der Gedanke an das arme, verhungerte Tier quälte ihn.

Er wußte auch, daß er sich nicht intensiv genug um einen neuen Auftrag bemühte, aber die Kinder erschöpften ihn; und er vermißte Sally, die sonst immer den Kopf zur Tür hereinsteckte, um ihn mit Tee zu versorgen. Außerdem konnte er ihr nützliche Ideen entlocken. Sie stabilisierte ihn, und, auch wenn er es nicht gern zugab, sie leistete ihm sehr viel mehr Zuarbeit, als er je vermutet hatte. Ohne sie lag die Post erst nachmittags auf dem Tisch, wurden aus Rechnungen Mahnungen, ging niemand ans Telefon, und sein Ablagesystem ging den Bach runter.

»Ich kann nicht auf die Kinder aufpassen und gleichzeitig arbeiten«, sagte er ihr an diesem Abend.

»Du wolltest doch nie, daß jemand anders auf die Kinder aufpaßt«, erinnerte sie ihn, während sie die Kühltruhe nach etwas Eßbarem durchforstete.

»Sie erkennen bald ihre eigene Mutter nicht mehr«, knurrte er.

Sally ging nicht darauf ein, sie brauchte keinen flammenden Streit. Sie war zu müde, um das noch auszuhalten, und zu zufrieden mit ihrer Arbeit des heutigen Tages, als daß sie sich das kaputt machen lassen wollte.

»Wir können uns kein Kindermädchen leisten«, erinnerte sie ihn. »So viel zahlt Lisette mir nicht, und du hast in den letzten Monaten auch nicht gerade viel verdient. Du weißt genau, daß wir momentan von unserem Überziehungskredit leben.«

»Und wie soll ich arbeiten, wenn die Kinder sich als Vollzeitjob entpuppen?«

Sie lehnte sich zurück und sah ihn lange Zeit an, damit ihm bewußt wurde, was er da gerade ausgesprochen hatte. Müde und abgespannt wirkte sie, aber, es war nicht abzustreiten, sie hatte in der letzten Zeit wirklich etwas aus sich gemacht. Gelegentliche Besuche in Lisettes Fitneßstudio hatten ihren Körper gestrafft; ihr neuerdings stufig geschnittenes Haar umrahmte ihr leicht geschminktes Gesicht anmutig, und ihre schicken neuen Hosenanzüge verliehen ihr Autorität und Glanz, was Matty vollends verunsicherte. Er fand es unerwartet attraktiv, fühlte sich aber zugleich in seiner Männlichkeit erschüttert.

»Ich tu das für mich, Matty«, sagte sie weich. »Es ist ja nur bis zum Sommer. Ich muß mal raus und was für mich tun.«

»Wie zum Beispiel Einkaufen, was? Du schmeißt ganz schön viel Geld raus für deine neue Garderobe«, betonte er verdrießlich.

Sally seufzte erbittert und drehte sich weg, um die Mikrowelle anzustellen; auf dieses Niveau würde sie sich nicht herablassen.

»Und *wie* war dein Tag im Büro?« fragte er mit schneidendem Sarkasmus. »Oder warst du heute wieder Schuhe kaufen?«

Sally ignorierte ihn.

»Lisette nutzt dich nur aus«, stichelte er weiter, verzweifelt um eine Reaktion bemüht. »Um an Niall heranzukommen.«

»Wohl kaum!« Sally lachte sarkastisch. »Sie hat ihn unter Vertrag. Noch näher kommt sie nicht an ihn heran. Und mit mir hatte das nichts zu tun.«

»Sie dürfte ja wohl nicht gerade glücklich gewesen sein, daß er Tash heiratet«, sagte er schnippisch.

»Da täuschst du dich«, seufzte Sally und wusch zwei Teller ab. »Lisette sorgt sogar für phänomenale Hochzeitsfotos – sieben Seiten in ›Cheers!‹. Das ist beste Publicity für den Film.«

»Die Foto-Story für die kulturell Unterbelichteten«, höhnte Matty. »Ich kann mir nichts Gräßlicheres vorstellen, aber das ist wohl genau Lisettes Niveau; sie war schon immer unverschämt kommerziell. Nur erstaunlich, daß Niall da mitspielt.«

»Er braucht das Geld.« Sally zuckte die Achseln.

»Weil Lisette praktisch jeden Pfennig bekommt, den er verdient!« Matty lachte bitter. »Dafür haben ihre Anwälte in Los Angeles gesorgt.«

»Nun, jetzt kann sie sich's leisten, ihm was zurückzuzahlen; sie tut, was sie kann.« Sie spritzte Spülmittel direkt auf die Teller, weil sie wußte, daß Matty Verschwendung haßte. »Und sie freut sich, daß er wieder heiratet. Sie findet Tash prima und hat sogar den Drehplan umgeworfen, damit er zwei Wochen für die Flitterwochen hat.«

»Wundert mich nur, daß sie ihnen nicht ein Dokumentarfilm-Team hinterherschickt als noch größeren Promotion-Gag«, spottete er. »Sie hätte mich fragen sollen – ich kann den Auftrag gebrauchen.«

»Vielleicht ist ihr nicht aufgefallen, daß du noch Dokumentarfilme drehst.« Sally spülte die Teller kalt nach.

»Meine Frau macht gerade Ferien von ihren Kindern«, murmelte er, »und ich muß Babybrei wegwischen und Sticker von der Wand kratzen.«

»Mal was anderes, als mit dem Kopf dagegen zu rennen«, murmelte sie undeutlich. »Lisette nimmt meine Ideen wenigstens ernst, und das ist mehr, als ich von dir je behaupten konnte.«

Matty sah, wie sie Wasserspritzer von ihrem schicken Anzug wischte. »Erzähl mir nicht, daß du heute zum Lunch ein anderes Restaurant vorgeschlagen hast?«

»Ich hab eine Promotion-Idee entwickelt, wenn du's unbedingt wissen willst«, sagte Sally zähneknirschend.

»Ach ja?« Das klang nicht gerade schmeichelhaft.

»Ja.« Sally ließ sich nicht beirren. »Ich hab vorgeschlagen, daß die Produktionsfirma als Hochzeitsgeschenk ein Pferd kaufen soll.«

»Was hast du?« Matty brüllte vor Lachen.

»Du hast mich schon verstanden«, zischte sie. »Tash soll dieses Jahr in Badminton mit ihm starten – das ist nur eine Woche vor der Hochzeit und mitten in den Dreharbeiten. Die Presse wird sich darauf stürzen, wenn Niall O'Shaughnessys Braut auf ihrem Hochzeitsgeschenk reitet. Und wenn wir Glück haben, können sie auch noch in Burghley starten, im September, wenn der Film Premiere hat.« Triumphierend drehte sie sich zu ihm um.

Matty lachte noch immer ungläubig. »Und wo willst du dieses Wunder-Pferd herzaubern? So was braucht langes, hartes Training, sagt Tash. Und das kostet Millionen. Du kannst nicht einfach eins im Sonderangebot kaufen und gleich oben anfangen.«

»O doch.« Sally sah ziemlich zufrieden mit sich aus. »Darum haben wir uns jetzt eine Woche lang gekümmert – Lisette hat Hugo gelöchert, und scheinbar liegt die Antwort auf der Lime-Tree-Farm. Lisette besitzt schon die Hälfte von einem Pferd. Sie wäre fast geplatzt, als sie es erfahren hat.«

»Was?« Matty wirkte erstaunt.

»Ihr gehört die Hälfte von Tashs Pferd – heißt es nicht Snob? Scheinbar hat Niall es von Tash einen Monat vor seiner Scheidung gekauft – es ging irgendwie um die Überführung nach England. Es stand sogar auf der Liste seiner Vermögenswerte, aber Lisette hat sich nie darum gekümmert. Und du weißt ja, wie wenig Niall mit all dem zu tun haben wollte, wahrscheinlich wußte er nicht mal, daß es auf der Liste stand. Lisette hat sich heute mit ihrem Anwalt getroffen, um ihre Ansprüche zu klären. Sie muß nur noch die andere Hälfte auf Kosten der Produktionsfirma übernehmen, und das war's. Sie sagt, sie schenkt mir eine Magnumflasche Champagner, wenn der Deal klappt.«

»Oh, Sally.« Matty schüttelte den Kopf. »Sie macht dir was vor. Du glaubst doch nicht, daß sie da wirklich Geld reinsteckt? Der Steuervorteil beim Sportsponsoring ist enorm schwierig geltend zu machen, selbst bei internationalen Fußballspielen, die von Millionen gesehen werden. Und Tunierreiten ist was für arrogante Adlige und pferdeverrückte Mädchen. Der Publicity-Effekt ist gleich null.«

»Nun, Lisette sieht das nicht so«, sagte Sally hitzig. »Sie glaubt, daß der Film davon profitiert.«

»Oh, da gibt's sicher einen Profit«, seufzte er. »Aber nicht so, wie du dir das vorstellst. Lisette ist brillant im Filmmarketing. Deswegen würde sie deine Idee ja auch nie aufgreifen, da ist kein Drive dahinter. Sie weiß, daß man eine nette kleine Komödie zu einem Überraschungshit hochputscht, indem man die Presse schon im Vorfeld an Bord holt. Dieser ›Cheers!‹-Deal ist typisch für sie, und er wird ihr genug Profit einbringen, um in der Branche Fuß zu fassen. Das ist es, was sie will. Aber Filme zu drehen, frißt Geld, so wie Tashs wunderbare Pferde Heu fressen. Sie führt dich an der Nase herum, Sally.«

»Was soll das heißen?«

»Was passiert denn, wenn der Film draußen ist?« fragte Matty betont frech. »Sie verkauft ihren Anteil an den Meistbietenden, und Tash ist ihr Pferd los. Großartige Idee, Sals.«

»Quatsch! Sie überschreibt Tash ihren Anteil, sobald der Film Gewinn macht.« Sally hob ärgerlich ihr Kinn. »Wie gesagt – ein Hochzeitsgeschenk.«

Matty fing an zu lachen. »Das glaubst du doch nicht wirklich, oder?«

Sie nickte. »Und diese Idee hat *doch* Drive, Matty. Ein Himmelbett hat vier Pfosten, und was paßt besser dazu als ein Tier mit vier Beinen?«

»Der einzige Vierbeiner, für den Lisette Zeit hat, sind zwei Männer«, zischte Matty. »Und einer davon ist Niall. Ich frag mich nur, wer der andere ist...«

Als der gutgläubige Richie endlich wieder nach Australien geflogen war, raste Kirsty – die zwei Wochen lang kaum gesehen worden war – bei der ersten sich bietenden Gelegenheit nach Haydown, nur um zwanzig Minuten später tränenüberströmt in ihr Zimmer zu rennen und die Tür zuzuschlagen. Am nächsten Morgen brach sie nach Schottland zu einem unangekündigten Besuch bei ihren Eltern auf, die sich ziemlich wunderten, da sie ihre Tochter vor drei Tagen erst zusammen mit ihrem Verlobten gesehen hatten.

»Hugo hat sie rausgeschmissen«, erzählte Stefan Tash später. »Sieht aus, als hätte er ihr den Laufpaß gegeben. Sie hat alle seine Fotos von Surfer zerrissen, ein ziemlich starkes Stück. Aber sie war am Ende mit den Nerven. Sie hat ihm sogar angeboten, Richie fallenzulassen, doch er hat ihr nur ins Gesicht gelacht.«

Tash zuckte leicht zusammen, sie konnte sich Hugos Reaktion nur zu gut ausmalen. Sein aufbrausendes Nein war für Kirsty wohl aus heiterem Himmel gekommen; denn auch wenn sie in der letzten Woche hier mit aufreizender Taktlosigkeit ihren naiven Verlobten vorgeführt hatte, nahm sie doch an, daß alles weitergehen würde wie gehabt, wenn der gute Richie erst wieder auf und davon war.

»Ich vermute, sie hat Richie nur herzitiert, um Hugo eifersüchtig zu machen«, sagte Stefan am nächsten Tag, als er kam, um Tash bei Hunks eher mittelmäßiger Dressur zu helfen. »Läuft nicht gerade rosig für sie, Richie kriegt kalte Füße. Er scheint nur gekommen zu sein, um die Termine abzublasen; aber das hat sie Hugo natürlich nicht erzählt.«

»Richie kriegt kalte Füße?« Tash war überrascht. »Nicht Kirsty?«

»Sie möchte heiraten und Kinder bekommen«, erinnerte Stefan sie und bewunderte ihren Hintern, als sie sich nach dem Steigbügel bückte. »Doch Richie scheint nicht mehr so scharf drauf zu sein, vor allem, weil sie nach der Hochzeit hier leben möchte.«

»Findest du, daß Hunk überzieht?« Hunk fiel in seinen eher schwerfälligen Trab.

»Nein – er macht das großartig.« Stefan starrte immer noch auf ihren Hintern. »Die Ironie ist«, er mußte jetzt schreien, damit sie ihn in der Arena reitend verstand, »daß Kirsty hier mit dem armen Richie hausieren ging in der Hoffnung, das würde Hugo zu einem Antrag bewegen, während Hugo gleichzeitig händeringend nach einem Grund gesucht hat, sie fallenzulassen – das hatte er schon seit Monaten vor. Hat er mir gestern abend erzählt.«

»Warum hat er's dann nicht getan? Er nimmt doch auch sonst keine Rücksicht auf die Gefühle anderer.« Tash ritt an ihm vorbei, damit Stefan etwas leiser sprach.

»Er sagt, sie ist phantastisch im Bett.« Er zwinkerte ihr leicht zu. »Seine Beziehungen sind furchtbar oberflächlich – nicht wie bei dir und Niall. Ich glaub, er beneidet euch.«

Tash lachte bloß, aber Stefan sprach weiter so lautstark, daß Franny, Ted und Gus, die alle draußen waren, jedes Wort verstehen konnten.

»Nimm Hugos schnippische Fassade bloß nicht zu ernst.« Er lehnte sich an die Umzäunung. »Er ist der Typ, der aufs Ganze geht, mit Herzklopfen und roten Rosen, glaub mir. Er sucht nach der großen Liebe. Dieser Sarkasmus, den er über Niall und dich ausschüttet, zeigt nur, wie rasend er euch beneidet.«

»Oder wie aufmerksam er ist«, murmelte Tash vor sich hin.

»Ich frag mich, wie phantastisch Kirsty wohl im Bett ist?« Stefan seufzte nachdenklich. Er hatte sie nicht verstanden.

Auch wenn Tash von ihrer Arbeit voll in Anspruch genommen war, entging ihr nicht, daß Niall bisher nur einmal aus Yorkshire angerufen hatte, um zu sagen, daß er gut angekommen sei. Seitdem war es gelaufen wie immer: Sie hatte ständig Nachrichten hinterlassen, im Hotel, beim Regieassistenten und auf seiner Mailbox. Oder doch fast wie immer, denn eine kleine Änderung gab es: Diesmal trafen weder Faxe noch Nachrichten für sie ein.

Am Wochenende nach Lowerton fuhr Tash mit Gus und Penny

nach Dorset, um dort an einigen Ausscheidungen speziell für die jüngeren Pferde teilzunehmen. Für Hunk war es die erste Gelegenheit des Jahres, zu beweisen, was er konnte, und sie meisterten den weichen Boden und die niedrigen Hindernisse mit Bravour, nur geschlagen von Roger Monk, einem jungen Anwalt, dessen braune Stute bisher alle kleineren Wettkämpfe gewonnen hatte.

»Wir sehen uns in Badminton«, rief er Tash hinterher, als sie nach der Siegerehrung die Arena verließen.

»Wie meint er das?« fragte sie Penny, während sie zu den Boxen zurückkehrten. »Seine Stute hat doch noch gar nicht genug Erfahrung.«

Penny zuckte unbehaglich die Achseln, ihre dunklen Augen wirkten matt. »Gus hat ihm Sex Symbol verkauft.«

»Nein!« rief Tash klagend aus. »Aber auf ihm hast du deine Goldmedaille gewonnen.«

»Mit Goldmedaillen kann man kein Futter bezahlen, Tash.«

»Gus besitzt ihn seit zehn Jahren. Er ist fünfzehn. Ihr könnt ihn doch jetzt nicht mehr verkaufen.«

»Roger hat uns ein Angebot gemacht, das wir nicht ablehnen konnten«, erklärte sie traurig. »Er möchte unbedingt in Badminton starten, er selbst ist ja qualifiziert – aber sein Pferd lahmt. Er weiß, daß Symby am Ende seiner Karriere steht. Ihm wird's an nichts fehlen; Rogers Eltern besitzen eine große Farm in Suffolk, und da kann er ein geruhsames Alter verleben – was wir uns einfach nicht leisten können.«

In düsterer Stimmung fuhr Tash zur Farm zurück. Gern hätte sie Mitleid mit Gus empfunden, der soeben ein Turnier aufgegeben hatte, für das er mit seinem Pferd als Favorit galt. Doch er tat locker und gesprächig und verbarg seine Enttäuschung hinter der Freude über das Geld, das die Farm für ein paar weitere Monate über Wasser halten würde.

»Ich kann ja Fashion Victim reiten«, tröstete er sich selbst. »Und ich hab diese Woche noch einige Gespräche mit potentiellen Sponsoren – eines sieht ganz vielversprechend aus. Ich soll gegen Brian Sedgewick antreten, und dann wollen sie entscheiden, wer den Zuschlag erhält.«

»Ein bißchen käuflich, was?« bemerkte Tash.

»Es ist ein Geschäft, meine Liebe.« Er warf ihr einen matten Blick zu. »Wir sind alle käuflich. Was glaubst du, weshalb ich dich anfangs eingestellt habe?«

»Wie meinst du das?« Sie war verwirrt.

»Halt den Mund, Gus«, zischte Penny, die am Steuer saß.

Tash starrte Gus forschend an und hätte zu gern gewußt, was er meinte, doch er hob nur zynisch eine blonde Augenbraue und sagte nichts mehr. Später fragte sie ihn, wo denn dieser Vergleich mit Brian Sedgewick um den Sponsorvertrag stattfinden sollte.

»Ah, du hast Gefallen an der Sache gefunden.« Gus lachte trocken. »In Badminton. Komisch, was?«

Eben hatte er das Pferd, mit dem er in Badminton tatsächlich eine Chance gehabt hätte, verkauft. Gern wäre sie wütend über ihn hergefallen, doch Tash wußte nur zu gut, daß er keine andere Wahl gehabt hatte. Die Farm stand derart tief in den roten Zahlen, daß sie Sex Symbol auf keinen Fall noch weitere drei Monate bis Juni hätten behalten können, ohne den völligen Bankrott heraufzubeschwören.

10

Gegen Ende April kam Niall aus Yorkshire zurück und pendelte zwischen dem Old Forge und London, wo die Studioaufnahmen für ›Wildfell Hall‹ gedreht wurden; das bedeutete höllisch frühes Aufstehen. Doch da Tash ohnehin jeden Tag bei Sonnenaufgang aus den Federn sprang, empfand sie dies als eine ihrer wenigen Gemeinsamkeiten.

Wie immer, wenn Niall in eine Rolle vertieft war, ging er stark in ihr auf. Anfangs war Tash ziemlich sauer, weil sie sich vernachlässigt fühlte; doch er zeigte sich zu reizend und aufmerksam, als daß sie ihm lange hätte böse sein können. Wenn er fast vierundzwanzig Stunden am Tag eine Figur verkörperte, war er umwerfend liebenswert. Was Tash diesmal allerdings durchaus seltsam erschien, da er Arthur Huntingdon spielte, eine ausgesprochen unerfreuliche Erscheinung – einen wüsten, ausschweifenden Lebemann, der seine Frau entsetzlich behandelte. Seine Welt war bevölkert von Gaunern, die ihn in seiner Unersättlichkeit nur noch bestätigten, und da er begnadet war mit unwiderstehlichem Charme, sprühendem Geist und gutem Aussehen, wurde seine unmoralische Gier nie genötigt, sich auch nur einen einzigen Wunsch zu versagen. Tash, die den Roman gelesen hatte, während sie mit dem Lime-Tree-Team auf Turniere fuhr, war entsetzt über diese abscheuliche Figur und sogar noch bestürzter, als Niall ihr verkündete, er habe die Rolle fast ganz Hugo entlehnt. »Quatsch!« schimpfte sie. »Hugo ist vielleicht schrecklich sarkastisch und macht es sich ziemlich einfach, aber er hat wenigstens etwas Mitgefühl.«

»Zugegeben, er behandelt seine Hunde besser als Huntingdon,

aber ich erkläre feierlich, daß das auch schon der einzige Unterschied ist.«

»Huntingdon wäre ganz in Ordnung gewesen, wenn er nicht solch verkommene Freunde und diese gräßlich fromme Frau gehabt hätte«, fuhr Tash auf. »Er liebt sie innig, doch sie wendet sich immer nur achselzuckend ab, wenn er sich ihr nähert.«

»Was man von dir nicht behaupten kann«, brummte Niall und umklammerte sie.

Wenn etwas wirklich für diese Verwandlung von Niall in Huntingdon sprach, fand Tash, dann, daß er unwiderstehlich sexy war, mal abgesehen von diesem Backenbart, den er sich hatte stehen lassen müssen. Sie liebte es, daß er sie so sehr begehrte und kaum die Finger von ihr ließ. Ihr Liebesleben hatte momentan Anne Brontë alles zu verdanken.

»Ich würde mich für Huntingdon entscheiden«, gab Tash zu. »Seine Frauengeschichten, die Spielerei – alles, was er gebraucht hätte, wäre eine gute starke Frau.«

»Wenigstens hat er Sinn für Humor.« Niall begann, sie mit den Zähnen unter allerlei Geschrei auszuziehen. »Ich fang an, den alten Schwerenöter zu mögen.«

Tash gewann beim Reiten in der letzten Zeit einfach alles, was sie anpackte. Hunk, der von Tag zu Tag stärker wurde, hatte alle Chancen, doch noch in Badminton zu starten, für das er ja qualifiziert war. Sogar Snob zeigte sich wieder williger, und es schien, als würde er von ihrer überschäumenden Stimmung mitgerissen; auch wenn er nach einer »Fahrstunde« mit Penny wegen des Hochzeitszuges jedesmal um so gereizter wirkte.

»Muß das denn sein?« fragte Tash. »Ich freu mich auch über einen gemieteten Bentley und ein paar Schleifen.«

»Unsinn«, fegte Penny den Einwand beiseite. »Er macht das glänzend. Gus hat ihn diese Woche schon zweimal in vollem Geschirr laufen lassen.«

Tash war irritiert. Und wieviel mehr erst, als Henrietta am folgenden Wochenende in Fosbourne Ducis auftauchte mit einem Stapel Einladungen, Umschlägen und den verschiedensten Gästelisten, die Alexandra und sie in unzähligen endlosen Telefonaten zur Hochzeitsfeier ausgeheckt hatten. Obwohl geplant war, den Empfang in Fosbourne Holt House auszurichten, wo auch die Trauung stattfand, schlug Gus jetzt plötzlich ziemlich großmütig vor, die Feier doch in dem weitläufigen Garten der Farm zu veranstalten.

»Du bist nur zu geizig, um das Taxi nach Hause zu bezahlen«, hatte Penny gestöhnt, während sie an all den Müll dachte.

»Unsinn!« hatte Gus geschimpft. »Ich bin zu geizig, ihnen ein anständiges Geschenk zu machen.«

Henrietta wäre das herrschaftliche Haus mit seinem großen Rasen lieber gewesen, aber so würden Pascal und James ein paar hundert Pfund sparen. »Ihr kennt sicher noch jede Menge Leute aus der Reit- und Filmwelt, Freunde und Nachbarn, die ihr einladen möchtet.« Henrietta lächelte Tash und Niall an, die sie endlich doch noch gemeinsam hatte antreffen können. Beglückt registrierte sie, daß die beiden ihre Finger einfach nicht voneinander lassen konnten – eine Unart aller frisch Verliebten.

»Sicher«, kicherte Tash, ohne richtig zuzuhören, denn Niall hatte ihr, unbeobachtet von Henrietta, unter dem Tisch die Finger zwischen die Beine gesteckt und vollführte gerade ziemlich unglaubliche Dinge.

»Deine Mutter und ich haben uns schon um die Familie gekümmert.« Henrietta räusperte sich und fuhr fort. »Wir sind wirklich ein bißchen spät dran, wißt ihr. Bei deiner Familie bin ich etwas ins Schwimmen geraten, Niall, da mußt du mir helfen mit all den Cousins et cetera.«

»Gut.« Niall spulte eine so lange Liste von Namen herunter, daß es den Eindruck machte, er lese die Besetzungsliste von ›Ben Hur‹ vor. Und die ganze Zeit spielten seine Finger völlig verzückt mit Tash, die die Namen und Adressen auf die Umschläge schreiben sollte und kaum einen Namen fehlerfrei zu Papier brachte.

»Das müssen wir aber noch zusammenstreichen.« Henrietta starrte nervös auf die Liste.

»O ja, sicher – die meisten aus meiner Familie werden gar nicht kommen.« Niall zuckte die Achseln. »Na ja, ich geb dir besser auch noch die Namen meiner Freunde.«

Henrietta wurde blaß, und ihr Stift schien zu rauchen, als sie

sie niederschrieb. Tash, die es leid war, Umschläge zu beschriften, lehnte sich gegen Niall, der ihr sehr langsam den Nacken massierte, während Tash Henrietta ziemlich albern angrinste. Verglichen mit Nialls Liste war ihre, obwohl für ihre Verhältnisse schon ausladend, geradezu knapp.

»Nun, ich denke, wir sollten wenigstens drei Viertel wieder ausmustern, oder?« Henrietta schluckte und sah auf die dreiseitige Liste, während sie sich James' Reaktion ausmalte, wenn er die Hälfte der Rechnung bezahlen sollte für einen Empfang mit vierhundert Schauspielern, irischen Katholiken, verhungernden Künstlern, wildgewordenen Reitern und Tashs alten Schulfreunden sowie der entsetzlichen Familie von Nialls erster Frau. Wer an der standesamtlichen Trauung teilnehmen sollte, war leicht zu entscheiden, da zum Glück nur hundert Leute in der langen Halle von Fosbourne Holt House Platz hatten. Doch für die große Feier im Garten der Moncrieffs eine Liste zu schreiben, glich einem Alptraum. Tash stritt nicht weiter mit Niall darüber. Doch sie war aufgeschreckt, als sie hörte, wie Niall hin und her überlegte, wer sein Trauzeuge sein sollte, und mit Namen aus der Filmszene nur so um sich warf. Darunter auch der wilde Rory Franks, mit dem ihn mal eine Zeitlang eine enge Freundschaft verbunden hatte und der zuletzt in die Schlagzeilen geraten war, weil er eine Fünfzehnjährige geschwängert und ein notorischer Alkoholiker und kokainabhängig war.

»Aber ich dachte, Matty ist dein Trauzeuge?« fing Tash an, nachdem Henrietta gegangen war.

Sie standen in der kleinen Küche vor der Mikrowelle, in die sie ein Fertiggericht geschoben hatten und unterhielten sich angeregt, wobei ihnen beiden entging, daß die Mikrowelle gar nicht eingesteckt war.

Er sah sie nachdenklich an. »Ich hab ihn gefragt, ja. Aber er war nicht erpicht drauf.«

»Was soll das heißen, nicht erpicht?« Tash lachte, drehte sich um und nahm das Essen aus der Mikrowelle. »Er ist mein Bruder.«

Niall räusperte sich peinlich berührt und legte plötzlich die Arme um sie, so daß es aussah, als griffen vier Hände nach dem steinharten Essen.

»Nicht erpicht heißt, er hat es rundweg abgelehnt.« Niall küßte ihren Nacken; am liebsten hätte er das alles abgekürzt. »Er sagt, er will nicht einer Ehe zustimmen, von der er weiß, daß sie nicht funktionieren wird.«

»Was sagt er?« Tash stellte die Plastikschale auf die Arbeitsplatte und begann, von Nialls Armen umschlungen, die noch gefrorenen Stücke auseinanderzuschneiden, zu zerstreut, um es überhaupt zu bemerken.

»Das hat er gesagt.« Niall verschlang ihren Nacken mit den Lippen. »Ich werd nächste Woche ein paar Tage bei ihnen verbringen und rede noch mal mit ihm, hm? Ich bin nicht hungrig.« Nialls Hände glitten über ihre. »Laß uns ins Bett gehen. Ich bin fest entschlossen, heute wenigstens einmal mehr von dir geritten zu werden als deine verdammten Pferde.«

Da das frühe Aufstehen an Niall zu zehren begann, verbrachte er in der folgenden Zeit mehrere Nächte die Woche bei Matty und Sally in Richmond. Wenn er an den Wochenenden dann ins Old Forge zurückkehrte, wirkte er distanziert und reizbar auf Tash. Es dauerte immer einige Stunden, bis er wieder ganz der alte war, und sie schob das auf den Streß, dem er ausgesetzt war, und auf die verschiedenen Leben, die er am Set und im Dorf führte. Nie kam ihr der Gedanke, daß der Grund für seine Sprödigkeit in seinen Gesprächen mit ihrem eigenen Bruder zu suchen war.

Sally war anfangs nur zu glücklich, Niall zu Besuch zu haben, da sie hoffte, das würde Matty aufheitern. Aber sie war auch besorgt, wie Lisette die Neuigkeit wohl aufnehmen würde. Als sie endlich damit rausrückte, zeigte Lisette sich geradezu entzückt, und ihre rauchige Stimme überschlug sich beinahe. »O Sally, sprichst du mit ihm über diesen verdammten Gaul? Ich hab's über Bob versucht, aber Niall war fast den ganzen Monat unterwegs. Geh ihn nicht zu hart an – und wenn's ihm nicht gefällt, lassen wir's. Ist Matty da?«

»Nein. Er ist bis morgen auf Recherche in Manchester.«

»Dann faxe ich dir das Exposé.«

Sally schwebte wie auf Wolken, weil ihre Idee ernstgenommen

wurde. Sie konnte es kaum erwarten, mit Niall zu reden. Als sie ihn später mit reichlich Weißwein versorgt hatte, entdeckte sie, daß er schon gar nicht mehr wußte, wem Snob gehörte. »Er gehört Tash«, er verstand nicht, worauf Sally hinaus wollte. »Sie würde ihn nie verkaufen.«

Sally biß sich auf die Lippen. »Das hat sie doch schon. Du hast ihn gekauft, erinnerst du dich? Um ihn nach England zu überführen.«

»Ja genau, stimmt!« Sein Gesicht hellte sich auf, und er strich sich theatralisch über seinen Huntingdon-Backenbart. »Herrje, meine Geldsorgen sind vorbei. Ich verkauf ihn sofort und bezahl meine Steuern. Er ist mindestens eine halbe Million wert. Und von dem Rest kauf ich für Tash und mich ein Haus.«

Sally starrte ihn freudig verblüfft an. »Meinst du das ernst?«

Er hob den Kopf. »Was glaubst du, Engel? Tash würde mich umbringen. Sie ist ganz närrisch nach ihm. Wie gesagt, es ist ihr Pferd – ob da nun mein Name auf den Papieren steht oder nicht, ist ganz egal.«

»Äh, nicht so ganz ...« Sally sah ihn aufgeregt an.

Zehn Minuten später rieb Niall sich nachdenklich das Kinn, er reagierte überraschend stumm auf die Neuigkeiten. »Und Lisette hat auf keinen Fall Interesse daran, ihre Hälfte zu verkaufen?«

»Natürlich nicht«, Sally schüttelte sehr ernst den Kopf. »Obwohl ich ihr nicht gerade erzählen würde, daß er eine halbe Million wert ist. Ihr geht's nur um die Publicity für ›Himmelbett‹.«

»Aber sie hat doch schon den Deal mit ›Cheers!‹«, sagte Niall und rückte bei dem Gedanken unbehaglich hin und her.

»Eigentlich war es meine Idee«, Sally konnte ihren Stolz nicht verbergen, »daß die Produktionsfirma für Tash ein Pferd kauft. Lisette war genauso überrascht wie du, als sie von Hugo erfuhr, daß ihr die Hälfte von Snob bereits gehört. Also haben wir uns Gedanken über die Finanzierung gemacht. Lisette möchte deine Hälfte mieten. Nur bis der Film draußen ist – wenn du dir Sorgen machst, können wir einen Vertrag aufsetzen. Sie zahlt alle Kosten für das Pferd, wenn du es ihr zu Publicity-Zwecken überläßt; und am Ende des Jahres überschreibt sie ihre Hälfte an Tash.«

»Sie will nicht die Hälfte von dem, was er wert ist?« Niall verschränkte seine Hände im Nacken und überlegte hin und her. »Tash bringt mich um, wenn sie erfährt, daß Lisette praktisch die Hälfte ihres Pferdes gehört.«

»Sie wird sehr viel glücklicher sein, wenn sie hört, daß Lisette ihr ihre Hälfte in weniger als acht Monaten überschreiben wird«, sagte Sally vernünftig und schenkte Wein nach. »Sie bietet mehr oder weniger an, Tash und Snob zu sponsern und dann ihren Anteil zu verschenken. Tash wird einen Luftsprung machen.«

Er rieb sich besorgt die Stirn. »Bist du sicher, daß sie ein Anrecht auf die Hälfte hat?«

»Das steht in den Scheidungspapieren. Ihr Anwalt hat das letzte Woche geprüft.«

»Herrgott, ich hab da nie einen Blick reingeworfen«, seufzte er.

»Hör mal, Lisette sagt, sie läßt das bleiben, wenn du meinst, daß es Tash nicht gefällt«, sagte Sally zögerlich; sie hoffte so sehr auf seine Zustimmung. »Von ihr aus kann alles beim alten bleiben. Aber sie würde den Moncrieffs eine hübsche Summe für die Unterbringung zahlen; und ich nehme an, sie können im Moment wirklich jede Hilfe gebrauchen.«

»Stimmt.« Niall nickte; sowohl Zoe als auch Tash hatten ihm erzählt, wie pleite Penny und Gus waren. »Wieviel genau?«

Als Sally ihm die Summe nannte – die sie in ihrem Eifer noch um 20 Prozent erhöhte –, kaute Niall nachdenklich auf seinen Lippen. »Ich denk drüber nach, Engel.«

»Wirst du mit Tash reden?«

Er zuckte die Achseln.

Und als er nach dem Wochenende aus Berkshire zurückkehrte und Sally ihn neugierig fragte, beteuerte er, daß Tash leider keine Zeit gehabt hätte. Niall war unbehaglich zumute. »Sie war auf einem Turnier. Wir stecken momentan beide bis über die Ohren in Arbeit – und die Woche über sitze ich hier in London fest. Ich versuch, nächstes Wochenende mit ihr zu sprechen, Engel.« Was leider gar nicht zufriedenstellend war. Zumal Lisette bei ihrem Anruf am nächsten Morgen auch noch an Matty geriet, der sie rüde anfuhr.

»Kannst du nicht wenigstens höflich sein?« flehte Sally ihn an, doch er legte einfach auf. »Schließlich sind sie seit fast zwei Jahren geschieden, und Niall wird eine Frau heiraten, die er wirklich liebt. Sie möchte ihre Fehler korrigieren – verstehst du denn nicht, daß jetzt genau der richtige Zeitpunkt ist, damit Lisette und er wieder Freunde werden.«

»Sei da nur nicht so sicher.«

»Er hätte die Rolle wohl kaum angenommen, wenn er wegen Lisette noch immer leiden würde, Matts«, beharrte sie. »Er möchte das alles einfach vergessen.«

»Ich meine«, Matty stand mit einem angeschlagenen Becher in der Hand auf und sah sie an, »daß er nicht unbedingt glücklich ist mit Tash.«

»Wie kannst du nur so was sagen. Sie ist deine Schwester!«

»Gerade weil ich sie so gut kenne, kann ich das sagen«, seufzte er. »Ich hab sie doch auf der Taufe gesehen, und ich bin verdammt sicher, daß sie auch nicht glücklich ist.«

Er wartete ab, während Niall im Haus herumlungerte, zu viel trank und bis tief in die Nacht fernsah, obwohl er früh raus mußte. Nialls seltsam rücksichtslose Art verschreckte Sally eher, und sie ging ihm so oft wie möglich aus dem Weg. Doch Matty blieb sanft und geduldig an Niall dran, fragte und hakte nach und entlockte ihm nach und nach Informationen, bis sie ein Argument ergaben. Und eines Dienstagsabends kam es zur unausweichlichen Aussprache. »Ich hab dir diese letzten Abende hier gut zugehört«, setzte er an. »Du erzählst von deinen Kollegen in ›Wildfell Hall‹ – Greg, Ema, Minty, dem Regisseur. Nur verständlich, du arbeitest ja mit ihnen. Du erzählst von Amerika und wie ungern du dort arbeitest; du erzählst, daß dieser Köter Beetroot anfängt, dich zu mögen; wie reizend Zoe Goldsmith und ihre Kinder sind ...« Er räusperte sich unbehaglich. » Und nur ganz am Rande erwähnst du auch mal Tash.«

Niall sah ihn mit seinen großen dunklen Augen überrascht an.

»Noch nicht ein einziges Mal in der ganzen Zeit hast du die Hochzeit mir gegenüber auch nur erwähnt«, fuhr Matty fort. »Ist das nicht komisch? Du heiratest in weniger als zwei Monaten, aber würde die Einladung – die uns diese Woche eher zufällig erreicht hat – nicht auf dem Kaminsims stehen, um mich daran zu erinnern, wüßte ich nicht mal davon. Ich wäre ja wirklich nichts lieber als dein Trauzeuge, aber mir sollten die Ohren klingen von deinem Enthusiasmus; doch da ist nichts. Ich weiß, daß du Tash liebst, daran hab ich nie gezweifelt.« Er seufzte. »Aber ehrlich gesagt, glaube ich nicht, daß du sie heiraten möchtest, und ich bin sicher, daß sie dich nicht heiraten möchte.«

»Hat sie das zu dir gesagt?« Niall war blaß geworden und trat peinlich berührt von einem Bein aufs andere.

Matty schüttelte den Kopf und rieb sich müde die Stirn. »Mal angenommen, diese absurde Sache geht weiter. Hast du dich schon mal gefragt, was für ein kurioses Paar ihr beide abgeben werdet, wenn ihr erst mal verheiratet seid?«

»Nicht viel anders als vorher auch.« Niall zuckte die Achseln.

»Und was heißt das? Ich meine, wieviel Zeit habt ihr bisher miteinander verbracht? Zwischen deinen Filmen und ihren mehrtägigen Turnieren, da kommen doch nicht mehr als ein paar Wochen zusammen. Wie oft habt ihr gemeinsam Urlaub gemacht? Wer kauft ein und kümmert sich ums Haus? Wer zahlt die Rechnungen, ruft den Klempner an, kocht das Essen?«

»Na ja, keiner von uns beiden ist besonders gut darin, zugegeben.« Das schien ihn nicht weiter zu stören. »Wenn ich nach einer Haushälterin gesucht hätte, hätte ich auch eine geheiratet.«

Matty schlug vor lauter Enttäuschung mit den Handflächen auf den Tisch. »Ich hab nicht gesagt, daß du dich hier aufführen sollst wie diese Figur, die du gerade spielst – dieser Huntingdon. Als Paar seid ihr einfach eine Fehlbesetzung. Ihr zwei kommt überall Jahrhunderte zu spät oder raucht und trinkt bis zum Umfallen. Ihr könnt beide nicht mit Geld umgehen, und ihr seid so feige, daß ihr noch nicht mal aufrichtig seid, was eure Gefühle anbelangt!«

»Freut mich, daß du so eine gute Meinung von uns hast.« Niall griff nach einer Zigarette.

»Ihr seid euch so ähnlich, kein Wunder, daß ihr euch liebt.« Matty versuchte, seine Stimme zu besänftigen, doch seine Ausbrüche kamen noch immer hart und schnell. »Ihr werdet viel zu nachgiebige Eltern und entsetzliche Gastgeber sein, ständig pleite und dauernd eifersüchtig aufeinander. Sogar jetzt bist du noch überzeugt, daß sie Hugo Beauchamp hinterherläuft, und sie ist jedesmal total fertig, wenn einer deiner verdammten Flirts außer Kontrolle gerät.«

Sally hörte aufmerksam zu, und ihr klangen die Ohren. Seit Wochen erzählte sie Lisette, daß zwischen Hugo und Tash absolut gar nichts war. Mittlerweile war sie sich da nicht mehr so sicher.

»Ihr treibt euch gegenseitig in die Extreme«, sagte Matty. »Ihr tut nur das, was ihr wollt, wenn ihr getrennt seid; und ihr tut genau das, was alle anderen wollen, wenn ihr zusammen seid. Nur deshalb wurde diese alberne Hochzeit doch geplant.«

»Und was schlägst du also vor?« gab Niall bissig zurück. Er kniff die Augen zusammen und nahm einen tiefen Zug von seiner Zigarette. »Soll ich Lisette bitten, zu mir zurückzukommen?«

»Natürlich nicht!« brüllte Matty. »Aber ich denke, du solltest Tash nicht heiraten; und ich bin ziemlich sicher, daß ihr das wißt. Gebt es zu, bevor es zu spät ist.«

Niall schwieg sehr lange. Dann lief er in den Flur, um seine Tasche zu holen. »Soll ich das also als Nein auffassen; du willst nicht mein Trauzeuge sein?« rief er über die Schulter mit einstudierter Lässigkeit.

»Um Gottes willen, Niall!« Matty folgte ihm. »Ich weiß, daß ich verdammt brutal war, aber ich bin dein einziger Freund, der aufrichtig genug ist, dir all diese Dinge zu sagen, bevor du den schlimmsten Fehler deines Lebens begehst. Verstehst du das denn nicht?«

»Nein, Matty. Der schlimmste Fehler war, anzunehmen, daß du mein Freund bist.« Er senkte seine Stimme, so daß Sally, die hochrot geworden war, sie nicht hören konnte. »Und wenn ich mir ansehe, in welch entsetzlichem Zustand deine Ehe ist, hast du wahrlich keinen Grund, dich hier als Wanderprediger aufzuspielen.«

Einen Moment lang wirkte Matty getroffen, und Nialls Sorglosigkeit schien zu bröckeln; doch dann blickte er zurück zur Küche. Seine Stimme hob sich wieder. »Tschüs, Sals – ich geh ins Hotel, Engel.«

Sally ließ das Geschirrhandtuch fallen und rannte in den Flur, um ihn aufzuhalten, doch Niall war schon halb aus der Tür und warf ihr eine Kußhand zu. Über ihre Schulter hinweg sah er Matty an. »Wer wagt, gewinnt, mein Lieber.« Er lachte bitter. »Und du wagst es noch nicht mal, Trauzeuge zu sein.«

Hugo tat es bereits leid, Haydown für die Dreharbeiten zur Verfügung gestellt zu haben. Gerade jetzt benötigte er all seine Konzentration, denn die Saison strebte ihrem Höhepunkt entgegen; und Lisette störte ihn beständig mit immer neuen Anfragen nach Größenverhältnissen, Terminen oder Telefonnummern der Gemeindeverwaltung, die die Außenaufnahmen genehmigen mußte – warum sie ausgerechnet ihn damit belästigte, lag jenseits seiner Vorstellungskraft. Sie hatte es sich sogar herausgenommen, ihn unter seiner für Notfälle reservierten Handynummer anzurufen, während er seine Pferde trainierte oder die Stallknechte anschrie. Und heute war es ihr gelungen, ihn anzurufen, als er sich eben hinter einen Busch zum Pinkeln verzogen hatte. Wenn das jetzt schon so lief, überlegte er, wie sollte es dann erst im Mai mit dreißig, vierzig Filmfritzen und Technikern werden?

Eigentlich, und das wußte er, suchte er nur nach Ausreden, weil er sich sonst selbst die Schuld an dem dramatischen Einbruch seiner Trainingsform geben mußte. Ohne Surfer besaß er nur noch zwei Toppferde; doch das war mehr, als die meisten Reiter von sich behaupten konnten, und kein Grund zur Verzweiflung. In Wahrheit hatte der Unfall sein Selbstvertrauen und seine Begeisterung nachhaltig erschüttert, und er traute seinem eigenen Urteil nicht mehr. Zum ersten Mal in seinem Leben ritt er vorsichtig, und das forderte unweigerlich seinen Tribut. Seine Leistungen wurden schlechter und schlechter. Die Untersuchung, die nach Lowerton stattfand, hatte ihn zwar von aller Schuld entlastet, aber ihm war nur zu bewußt, daß sein guter Ruf angeschlagen war. Zumindest sein Sponsor hielt zu ihm, wenn auch zwei Besitzer ihre Pferde woanders untergebracht hatten – einer demonstrativ bei Gus Moncrieff, der sich nach Surfers Tod deutlich von ihm zurückgezogen hatte. Vorbei war die unkomplizierte Zeit, als er einfach auf der Farm auftauchen und einen faulen Nachmittag lang in der Küche Kaffee trinken und über Pferde reden konnte. Absichtlich zahlte er Frannys Lohn weiter, denn er wußte, daß sie ihn brauchte; und weil er noch mehr tun wollte, hatte er sich nach einem geeigneten Sponsor umgehört – doch seine eigene schlechte Presse war da nicht besonders hilfreich gewesen.

Bereitwillig hätte er noch ein weiteres Pferd der Lime-Tree-Farm gekauft, aber die Moncrieffs hatten in diesem Jahr bereits so viele Pferde veräußert, daß außer dem trägen Fashion Victim keines mehr auf dem Markt war. Hugo hätte nicht mal im Traum daran gedacht, Gus um seinen Badminton-Start zu bringen, vor allem da Stefan ihm etwas von einem möglichen Sponsorenvertrag erzählt hatte. Leider erwies sich sein letzter Lime-Tree-Kauf auch nicht gerade als Hit. Der glücklose Mickey Rourke stellte sich, obwohl er unglaublich lernbegierig war, katastrophal an; ständig war er viel zu aufgeregt und stolperte über seine eigenen Beine. Hugo macht nur deshalb noch weiter mit ihm, weil Tash so sehr an Mickey glaubte und er nicht dort, wo sie Erfolg gehabt hatte, versagen wollte. In Wahrheit allerdings gab es einen übermächtigen Grund, warum er die Farm mied, und täglich mußte er die lebendigsten Schilderungen von Stefan über sich ergehen lassen, der fröhlich erzählte, was für ein großartiger Haufen sie doch seien. Wie es schien, waren die Moncrieffs eingespannt in die »Hochzeit des Jahres«; eigentlich kein Wunder, denn Niall wohnte praktisch dort, saß in der Küche herum, half India bei den Hausaufgaben, Zoe beim Kochen, Rufus beim Büffeln für die Fahrprüfung und Tash ganz zweifellos einfach bei allem.

Als Lisette ihn an diesem Abend ins Olive Branch zum Dinner einlud, sprach Hugo kaum ein Wort, auch aß oder trank er nicht besonders viel. Er war unerträglich nervös und rechnete jeden Moment mit dem Auftauchen eines Lime-Tree-Bewohners – schlimmer noch, mit allen auf einmal.

»Was ist bloß aus dem dynamischen Hugo geworden, der so unbeschreiblich sexy war?« stichelte sie.

»Futsch«, schnauzte er. »Sag mal, willst du Niall zurückhaben?«

Nicht eine Sekunde lang warf seine Direktheit sie aus der Bahn. Sie lächelte, und ihre grauen Augen leuchteten im Kerzenschein. »Kommt drauf an.«

»Worauf?«

»Ob sich was Besseres bietet.«

Hugo hob sein Kinn, seine Augen blickten unfreundlich. »Es gibt kaum was Besseres als Niall.«

»Ach, ich weiß nicht«, hauchte sie.

Vor einiger Zeit noch wäre er darauf eingegangen. Sein ganzes Leben lang hatte er sich immer Freundinnen ausgesucht, die ihn in dieser offensiven Weise forderten: Amanda, Kirsty und zahllose andere, die von Anfang an immer sehr deutlich gemacht hatten, was sie wollten. Doch jetzt empfand Hugo rein gar nichts, kein Vergnügen, keinen sexuellen Kick. Nicht mal geschmeichelt fühlte er sich. Müde rieb er sich die Stirn. Er verschwendete nur ihre Zeit genauso wie seine eigene; er verspürte nicht das Bedürfnis, sie zu verführen. Er hatte zu viele Wunden davongetragen.

Lisette neigte den Kopf und strich eine lange, glänzende Haarsträhne zurück. »Sag mal, Hugo, wie würde es dir gefallen, die Hälfte eines Turnierpferdes von mir zu kaufen?«

»Du besitzt die Hälfte eines Turnierpferdes?« Er sah sie ungläubig an.

»Scht.« Lisette verdrehte die Augen in Richtung Marco Angelo und senkte ihre Stimme. »Ich war auch ziemlich erstaunt. Etwas, das du mal im Vorbeigehen gesagt hast, hat mich erst drauf aufmerksam gemacht.«

»So ein Mist!« Hugo schloß die Augen, als ihm klar wurde, von welchem bestimmten Pferd sie sprach. Seit Jahren wünschte er sich dieses Pferd, bewunderte sein Talent, seine kolossale Kraft und vor allem seinen unbezwingbaren Esprit. Er wollte das Pferd besitzen, seit er es vor zwei Jahren das erste Mal auf dem Grundstück von Alexandra d'Eblouir in Frankreich gesehen hatte. Bei den wenigen Gelegenheiten, zu denen er es geritten hatte, hatte er sofort diesen schwer zu fassenden Kick verspürt, der manchmal Jahre brauchte.

»Wie ich höre, hast du gerade auf tragische Weise eines deiner besten Pferde verloren«, sagte Lisette ohne die leiseste Sympathie.

»Das Pferd gehört Tash«, sagte er matt.

»Nein, stimmt nicht«, hauchte sie. »Du selbst hast mir erzählt, daß es Niall gehört, wenigstens zur Hälfte. Und ich bin bereit, zu verkaufen. Vielleicht sollten wir uns woanders weiter unterhalten – wo es etwas privater ist.« Sie preßte unter dem Tisch ihren Unterschenkel gegen seinen.

Ohne zu lächeln, sah Hugo sie eine ganze Weile lang an; seine kalten blauen Augen wirkten so aufmerksam, als wollte er die Farbsprenkel in ihrer Iris zählen. Dieses merkwürdige Lächeln, das Lisette nie zu deuten wußte, aber ungeheuer sexy fand, umspielte seinen Mund. »Vielleicht sollten wir das«, sagte er gedehnt und weich. »Laß uns auf einen Drink zu mir gehen.«

Erst einen Tag, nachdem Niall wegen der Promotion-Tour für ›Die Kelten‹ nach Amerika abgeflogen war, fiel Tash überhaupt auf, daß er weg war. Zu ihrer Schande erfuhr sie es von Zoe.

»Ich dachte, du wüßtest das.« Zoe schnappte erstaunt nach Luft. »Er hat sich gestern abend verabschiedet. Du warst aus Tewkesbury noch nicht zurück.«

»Oh, verstehe.« Tash biß sich auf die Lippe. »Wir hatten einen Platten. Ich dachte, er fliegt nächste Woche – nach meinem Geburtstag. Ich nahm an, er wäre letzte Nacht in London gewesen.«

Zoe sah peinlich berührt weg. »Er hat deinen Geburtstag gar nicht erwähnt, aber bis dahin wird er wohl zurück sein.«

Er war nicht zurück. Tashs Geburtstag fiel auf einen Sonntag, und am Tag vorher startete sie mit Snob und Hunk in Ratchet. Hugo und Stefan nahmen sie mit, da Gus, Penny und Kirsty andere Wettkämpfe bestritten. Es war das erste Mal seit dem Unfall, daß sie gemeinsam fuhren, und sie hatte Hugo in den letzten paar Wochen kaum zu Gesicht bekommen. Zwar waren sie auf den gleichen Turnieren gestartet, doch hielt er mehr und mehr Distanz; gerade, daß sie noch ein Hallo ausgetauscht hatten. Er beteiligte sich auch nicht mehr an den Scherzen der Reiter und war so kurz angebunden, daß auch sie ihn mittlerweile mieden.

Auch an diesem Tag verhielt er sich zunächst sehr abweisend, doch nachdem er seine beste Dressur seit Wochen und ein fehlerfreies Springreiten hingelegt hatte, war er plötzlich wie ausgewechselt. Während er mit Tash im Transporter saß und Kaffee trank, fand er fast zu seiner alten Form zurück, lachte und scherzte und ließ seine verdrießliche Laune vom Morgen vergessen.

Als sie sich für den Geländeritt umziehen mußte, suchte Tash wie immer den ganzen Wagen nach ihren Sachen ab, die überall verstreut lagen. Hugo saß hinter der ›Times‹ versteckt, nippte an seinem Kaffeebecher und plauderte über ›Im Himmelbett‹. »Die lassen mich nicht eine Minute in Ruhe«, beschwerte er sich. »Dieser Art-Director, Sean, läuft im Haus herum, als wär's seins. Gestern ist er hereinspaziert, während Stefan in der Badewanne saß, sagte ›Laß dich nicht stören‹, maß die Fenster aus und ging wieder.«

»Hört sich nach Gus an«, murmelte Tash und zog ihre schon schmuddeligen Breeches an. Doch die ›Times‹ bewegte sich nicht. »Gus sagt, er hat dich seit Urzeiten nicht gesehen«, begann sie versuchsweise. Gus hatte in der letzten Zeit eine ganze Menge mehr gesagt, und nicht gerade Schmeichelhaftes. »Du kommst gar nicht mehr auf die Farm.«

»Ich hab dich heute abgeholt. Außerdem kommt von euch ja auch niemand zu mir«, betonte er.

Tash sah, wie India draußen ganz ruhig Snob herumführte, der bereits vollständig für den Geländeritt vorbereitet war: Bandagen, Zaumzeug, hochgebundener Schweif, sogar die Beine hatte sie eingefettet, damit er sich nicht verletzte, wenn er ein Hindernis touchierte. India sprang heute zum ersten Mal als Stallknecht für Ted ein, aber Ted hätte es nicht besser machen können. Tash war beeindruckt.

»Übrigens, deine Dressur heute war wirklich einwandfrei.« Hugo leerte seinen Kaffeebecher. »Dein Kastanienbrauner hat sich herausgemacht – letzten Monat noch konntest du ihn kaum halten.«

Tash verzog skeptisch die Miene. »Hängt ganz von seiner Laune ab, ob er tut, was ich will oder nicht. «

Hugo sah sie besorgt über seine Zeitung hinweg an. »Wenn du ihm nicht vollständig traust, Tash, solltest du keine Turniere mit ihm reiten. Du mußt ihn in- und auswendig kennen, oder du gefährdest dich.«

»Ich glaub, ich kenne ihn gut genug«, fuhr sie hoch.

»Ich weiß, das hört sich ziemlich endgültig an, aber ich denke nur an deine Sicherheit.« Sein Gesicht wirkte offen und ehrlich. »Du darfst einem Pferd nicht das Gefühl geben, daß es die Zügel übernehmen kann – wenn er dir in Badminton durchgeht, könntest du Gloucestershire im Leichenwagen verlassen. Er muß dir gehorchen, auch wenn er vielleicht noch höher oder schneller sein könnte.«

Tash fingerte an ihrer Kappe herum und spitzte die Lippen, während sie seine Kritik aufnahm. »Surfer hat dir gehorcht«, platzte sie schließlich verärgert heraus. »Er hat dir vertraut.«

»Vielleicht zu sehr«, antwortete Hugo weich und hielt den Augenkontakt aufrecht. »Ja, sie müssen gehorchen, aber manchmal müssen sie auch den Extragang einlegen oder die Bremse ziehen, wenn ihr Reiter auf dem Holzweg ist. Das ist der Selbsterhaltungstrieb, und die besten Pferde – Snob eingeschlossen – haben davon mehr als genug. Surfer hatte zu wenig davon; er ist auf alles losgegangen, was ich ihm abverlangt habe. Und zu meiner ewigen Schande muß ich gestehen, daß ich das mißbraucht habe.«

Tash starrte ihn an und traute ihren Ohren kaum. Hugo gab in etwa genauso selten einen Fehler zu, wie er Gedichte aufsagte. Als India den Kopf zur Tür hereinsteckte und auf ihre Uhr tippte, nickte sie und lachte, weil Snob seine rosa Nase über Indias grünen Hut schob.

Ohne darauf zu achten, setzte Hugo seine Belehrungen fort. »Wovon ich rede«, fuhr er fort, »ist unsinniger Übereifer, und der ist sehr viel gefährlicher als Surfers Gehorsam. Denn wenn etwas passiert, kannst du nichts mehr machen.«

»*Wenn* es passiert.« Tash griff nach ihrer Stoppuhr.

»Falls du möchtest, gebe ich dir nächste Woche ein paar Stunden«, bot er an und beobachtete, wie sie ihre Ausrüstung anlegte. »Komm nach Maccombe, und dann sehen wir mal – ich hab da ein paar Ideen.«

»Danke.« Sie sah ihn verblüfft an. Es war fast ein Jahr her, seit er ihr zuletzt geholfen hatte. »Das wär großartig. Wann?« Sie errötete leicht, weil sie so übereifrig klang.

»Morgen paßt mir.« Er zuckte gleichgültig die Achseln und zündete sich eine Zigarette an.

»Prima.« Sie sah weg und versuchte, nicht blöde zu grinsen.

India, die noch in der Tür stand und wartete, fing ihren Blick auf und guckte äußerst seltsam. »Aber morgen ist dein Geburtstag, Tash!« beschwerte sie sich. »Gus sagt, du kannst dich auf die faule Haut legen.«

»Ich bin nicht so gerne faul«, sagte Tash schnell und errötete noch stärker, als sie merkte, wie albern das klang. Sie war auf der Lime-Tree-Farm geradezu berühmt-berüchtigt für die Tage, die sie komplett durchschlief.

Snob kaute aufgeregt auf seinem neuen Gebißstück, während Tash mit ihm am Start Kreise zog. Seit zwanzig Minuten versuchte sie nun schon, ihn auf diese Weise zu beruhigen, doch all ihre Anstrengungen schienen umsonst: er rotierte auf der Stelle, zog seinen Kopf immer wieder herunter, um ihn dann hochschnellen zu lassen und die Kontrolle zu übernehmen, denn er konnte nicht verstehen, warum sie hier noch auf das Kommando eines Mannes mit Hut zu warten hatten. Snob hatte für Hüte, abgesehen von Indias, nicht viel übrig. Jedesmal, wenn er die junge Jenny, Hugos Ersatz für Franny, erblickte, die heute eine unechte rosarote Pelzkreation trug, geriet er fast in Panik. Tash mußte ihn festhalten, als sie hochsprang, um ihnen Glück zu wünschen.

»Hugo sagt, er will dich einholen«, kicherte Jenny und hüpfte auf und ab.

»Da braucht er aber Glück.« Tash knirschte mit den Zähnen, denn Snob kugelte ihr beinahe die Arme aus, so sehr zerrte er.

Sie kontrollierte ihre Stoppuhr und verspürte einen nervösen Stoß in der Brust, als der Starter ihr noch dreißig Sekunden gab.

India kümmerte sich bereits um Hunk, den sie einreiten mußte, denn sobald Tash mit dem Geländeritt fertig war, stand auch schon Hunks Dressur auf dem Programm. Sie wünschte, India würde ihr dieses aufmunternde Lächeln schenken, das sie von ihrer Mutter geerbt hatte, und sie mit ihren lauten begeisterten Rufen anfeuern. Stefan und Jenny waren viel zu pragmatisch für so etwas. Während Tash und Snob auf das erste Hindernis losritten, hatte Stefan sich längst India zugewandt, und Jenny war mit Hugos Sattelgurt beschäftigt. Nur er beobachtete Tashs Start, und sein Gesicht war ganz schmal geworden vor Unruhe.

Über und über mit Schlamm bespritzt und von einem Ohr zum anderen grinsend, ritt Tash fünf Minuten später India fast über den Haufen, als sie durchs Ziel galoppierte und Snob in einem weiten Bogen in den Schritt auslaufen ließ.

»Phantastisch!« schrie India begeistert. »Was für eine Zeit!«

Tash schüttelte den Kopf. »Wir mußten an den Gräben stoppen – er ist in den Schlamm geraten, weil wir den ersten mit einem zu großen Satz übersprungen haben. Aber er war wirklich gehorsam.«

»Ich hab nichts von dem Stopp gehört.« India streichelte Snobs Kopf. »Hugo ist noch fehlerfrei laut Durchsage. Hunk ist fertig – er ist bei den Boxen. Zieh dich um, sobald du vom Wiegen kommst, und wasch dir das Gesicht, wenn du Eindruck schinden willst bei den Schiedsrichtern.«

Tash lächelte, ganz verblüfft von Indias Supertüchtigkeit. Sie war überhaupt nur mitgekommen, weil Franny es rundheraus abgelehnt hatte, als sie hörte, daß Hugo dabei sein würde. Jetzt war Tash froh darüber. Da Hunk all ihre Aufmerksamkeit brauchte, sah sie Hugo erst kurz vor ihrem zweiten Geländeritt wieder. Er war bereits fertig, trug einen weiten grauen Sweater zu seinen dreckigen Breeches und rauchte beim Start eine Zigarette mit dem wettergegerbten Brian Sedgewick, der eine Bierdose in der Hand hielt.

»Wir müssen nur dich schlagen«, rief Tash, als sie an ihnen vorbeiritt.

»Keine Chance«, lachte Hugo. »Du müßtest in der Zeit bleiben, und das gelingt dir auf dem alten Klepper nie.«

Ihr Wettkampfgeist regte sich. Tash flog der Schlamm nur so um die Ohren, als sie mit Hunk auf die Strecke ging. Obwohl er nicht so weit ausschritt wie Snob und weniger dynamisch war, zeigte Hunk sich doch sehr viel ökonomischer im Gelände, weil er nicht so viele Kräfte mit sinnlosen Kämpfen vergeudete. Er fiel einfach in seinen etwas schwerfälligen, willigen Rhythmus und sprang aus purer Freude über die Hindernisse. Tash sah kaum auf ihre Stoppuhr, da sie fühlte, wie gut er wieder in Form war. Dieser Wettkampf sollte Hunk Selbstvertrauen geben, er war ein Probelauf für Badminton, noch ohne den Druck des ganz großen Turniers. Doch er schlug sich so gut, daß sie fast immer die direkte Strecke nehmen konnten, und sogar sie war erstaunt, als sie beim letzten Zeitcheck zehn Sekunden unter der Zeit lagen. Die Blätter stoben, als Tash und Hunk auf die letzten Meter gingen, einen Hügel hinaufpreschten, einen Stapel Baumstämme übersprangen und durch das Ziel stürmten.

»Mensch, ist das Pferd fit.« Stefan trottete heran. »Was ist dein Geheimnis?«

»Ein nachlässiger Verlobter.« Tash sprang ab. »Ich hab an meinen einsamen Abenden eine Menge Arbeit in ihn gesteckt.« Sie gab Hunk einen Kuß auf sein schwarzes Maul, und er schmatzte entzückt und durchsuchte ihre Taschen nach Polos.

»Sieht aus, als hättest du gewonnen.« Stefan sprach mit vollem Mund und zwinkerte ihr zu. »Du bist in der Zeit – Hugo wird ganz schön sauer sein, daß du ihm den ersten Sieg seit Wochen vermasselst.«

Doch ganz im Gegenteil klopfte Hugo ihr auf die Schulter und reichte ihr eine Dose Bier, sobald er sie entdeckte. »Gut gemacht.« Er grinste. »Verdammt gut sogar. Nimm eine Zigarette und erzähl's mir.«

Während Tash mit ihm die Strecke abging und Sprung für Sprung von ihrer Freude mit Hunk erzählte, zitterte sie vor lauter Glück. Es geschah so selten, daß sie jemandem alle Einzelheiten eines Sieges erklären konnte, der auch noch begierig darauf war, sie zu hören. Gus und Penny setzten zumeist die Miene derer auf, die schon zu oft gewonnen oder verloren hatten, und Niall – wenn er überhaupt da war – versuchte, ihre Begeisterung zu teilen, war aber schnell gelangweilt.

»Hör mal, ich möchte, daß du jemanden kennenlernst.« Hugo führte sie zum Zelt.

Zwanzig Minuten später war Tash einer Ekstase nahe. Sie hatte in der nächsten Woche einen Termin mit dem Marketingleiter und dem geschäftsführenden Manager von Mogo, einem Hersteller hochwertiger Sport- und Freizeitbekleidung. Ursprünglich waren sie an Hugo herangetreten, doch er besaß einen Exklusivvertrag mit einer Investment-Bank. Also hatte er ihnen Tash vorgeschlagen und sie gebeten, sich die heutigen Wettkämpfe anzuschauen. Und die beiden Herren waren absolut begeistert gewesen von ihrer Leistung. Normalerweise mußten Reiter einem Sponsor hinterherlaufen und ihn um Unterstützung quasi anflehen. Ein Angebot zu bekommen, war einfach märchenhaft. Tash platzte fast vor Dankbarkeit. »Ich kann's nicht glauben.« Sie war mit Hugo auf dem Rückweg zum Transporter. »Warum ich? Warum nicht Gus?«

Hugo faßte sie bei den Schultern und sah ihr direkt ins Gesicht. »Na ja, Gus könnte ein bißchen eifersüchtig werden, aber die Farm braucht das Geld – egal, ob nun du es hereinholst oder er. Du erhältst Startgelder; Futter, Benzin und Versicherungen werden finanziert; deine Pferde bekommen nette neue Decken mit dem Mogo-Logo; und wenn du viel Glück hast, kommt noch ein Transporter dazu.« Sie ließ den Kopf hängen und wußte nur zu gut, daß er recht hatte. Als sie ihn wieder ansah, merkte sie, daß er sie noch immer beobachtete. »Du paßt zu ihren Produkten.« Mit seinen blauen Augen sah er sie warm und ermutigend an. »Du mußt nächste Woche einfach daran glauben. Du bist eine Siegerin.«

»Ja, heute.« Sie zuckte die Achseln. »Viele Reiter ohne Sponsor sind Sieger – sieh dir Brian an, er ist einer der besten des Landes.«

»Aber er sieht auch nicht so gut aus wie du, oder?« Hugo seufzte verzweifelt.

Tash zog nachdenklich die Nase kraus. »Brian ist etwas – Besonderes«, sagte sie freundlich.

»Besonders häßlich.« Hugo lachte. »Wohingegen du sehr schön bist.«

Tash starrte ihn an. Sie konnte nicht glauben, daß er das gerade gesagt hatte. Sie sehnte sich danach, es noch einmal zu hören, einfach um sicher zu gehen; doch er sah sie weiterhin mit diesem freundlichen Lächeln eines großen Bruders an, das alles mögliche bedeuten konnte.

Auf dem Nachhauseweg saß Tash zwischen Stefan, der fuhr, und Hugo, der die ganze Zeit schlief; seinen Oberschenkel hatte er lässig gegen ihren gelehnt, sein Kopf machte es sich wechselweise auf seiner Brust und dann wieder auf ihrer Schulter bequem. Einmal wurde ihr ganzes Gesicht von seinem wippenden, gut riechenden Haar bedeckt. Angstvoll zog es ihr die Magengrube zusammen, als sie bemerkte, daß der alte Zauber noch wirkte. Ihre Verliebtheit ereilte sie wie eine schreckliche Kinderkrankheit, von der man angenommen hatte, daß sie kein zweites Mal käme, und die zehnmal schlimmer war, wenn sie es dennoch tat.

Während sie an diesem Abend ein Zoe-Spezial aß – Blumenkohl mit Karottenchili –, erzählte Tash Gus von ihrem Treffen mit Mogo.

»Verstehe«, sagte er nach einer langen Pause. »Prima, wenn's klappt, aber mach dir keine allzu großen Hoffnungen – du weißt, wie's läuft.«

»Klar.« Tash stocherte lustlos in ihrem Essen.

»Ich find's phantastisch!« ereiferte sich India. »Tash ist heute brillant geritten – sogar Hugo hat sie ›verflucht rattenscharf‹ genannt.«

»Na, diese Ausdrücke!« Zoe lachte in gespieltem Entsetzen. »Obwohl ich das wohl eher Hugo sagen sollte.«

»Da ist nichts dabei.« India zog die Nase kraus. »Stefan sagt, er habe ein heißes Date heute abend.« Sie spähte verstohlen zu Tash.

Tash kaute auf einer grünen Chilischote und schien nichts zu hören.

»Niall hat angerufen«, erzählte Zoe ihr und räumte einige Teller ab.

»Ja?« Tash sah auf die Uhr und überlegte, wie spät es bei ihm war. »Ich könnte ihn jetzt anrufen – wo ist denn die Nummer?« Das Chili brannte so stark, daß ihr ganzer Mund in Flammen zu stehen schien.

»Er – äh – hat keine hinterlassen.« Zoe biß sich auf die Lippe. »Er ist unterwegs auf dieser Promotion-Tour und hat von einem Flughafen aus angerufen – nicht mal er schien zu wissen, von welchem. Jeden Tag ein anderes Hotel, sagt er, in dem ihn im Viertelstundentakt Journalisten heimsuchen, um die immer gleichen Fragen zu stellen. Er klang entsetzlich müde.«

»Läßt er mir was ausrichten?« Tashs Augen füllten sich mit Tränen, denn ihr Mund löste sich gerade eben quasi auf, und ihre

Kehle fühlte sich an wie ein einziger großer Feuerball. Sie wollte sich nichts anmerken lassen, doch das fiel ihr einigermaßen schwer, als die Nase zu laufen begann.

Zoe sah sie besorgt an. »Er sagt, er liebt dich«, antwortete sie ohne große Überzeugung, »und daß er zu diesem Wochenende bei deiner Ma kommen kann, wenn's das zweite im Mai ist.«

»Aber das ist genau vor Badminton!« brüllte sie.

»Mach dir keine Sorgen, Tash«, sagte Gus in beißendem Ton und stand auf. »Bei dir läuft im Moment alles so gut, da brauchst du das Training nicht.« Er ging und nahm die Weinflasche mit.

Tash ließ den Kopf in die Hände sinken; ihre Nase lief mittlerweile sturzbachartig, eine brennende Fackel züngelte in ihrem Mund, und das Fegefeuer brannte in ihrem Magen. Der einzige Grund, warum bei ihr im Moment alles so gut lief, hätte sie am liebsten geschrien, war doch, daß sie alle Zeit der Welt fürs Training hatte. In zwei Monaten sollte sie heiraten, und bislang hatte sie in diesem Jahr sehr viel häufiger ihre Pferde um sich gehabt als ihren Geliebten. Und was noch schlimmer war: Sie vermißte ihn immer weniger.

Am nächsten Tag empfing Hugo sie mit einem Becher ungenießbaren löslichen Kaffees und einem breiten, heiteren Lächeln. Sie war auf alles gefaßt, als sie dies Lächeln sah und begrüßte so schnell wie möglich Mickey, der eindrucksvoll wirkte, jetzt wo sein mattes geschorenes Winterhaar von seinem glänzend grauen Sommerhaar abgelöst worden war. Seine Ohren wackelten freudig hin und her, als er sie entdeckte, und übereifrig wie immer warf er ihr mit dem Maul Heu ins Gesicht.

Hugo, der in sicherer Entfernung den eifersüchtigen Snob festhielt, lachte erstaunt. »Er sieht aus wie ein Zirkuspferd.« Doch während er sie und Snob in der Trainingshalle im Kreis laufen ließ, war er weniger witzig und wies, wenn auch eher aus Notwendigkeit denn aus Grausamkeit, zielsicher auf all ihre Schwachpunkte hin, einen nach dem anderen: Beine, Hände, Rücken, Kopf und Füße. »Gut, arbeiten wir jetzt am Vertrauen«, sagte er nach einer Weile. »Also runter mit dem Zeug.«

»Was?« schrie sie auf.

Hugo sah sie trocken an. »Ich mein das Pferd, Tash, das Pferd. Ich will euch an der Longe führen.«

»Ohne Sattel?« Ihre Augen wurden schmal. Sie kannte diesen Trick.

»Ja.«

Zehn Minuten später fluchte Tash vor sich hin, während Hugo Snob an der Longe über kleine Hindernisse springen und ihm alle Volten und Hüpfer durchgehen ließ, bei denen sie jedesmal durch die Luft gewirbelt wurde. Das war eine von Hugos liebsten Trainingsmethoden, und sie hatte schon früher damit Bekanntschaft gemacht – ein schmerzender Hintern und zerschmetterte Knochen inbegriffen. Grün und blau in einer halben Stunde, hatte sie es damals genannt. »Wozu soll das gut sein?« Wütend humpelte sie auf ihn zu. »Wenn ich da herumfliege, fühlt er sich doch nur ermutigt und gehorcht noch weniger.«

»Das stimmt nicht.« Hugo tätschelte Snob. »Von Mal zu Mal wird er ein bißchen vorsichtiger, wenn er wieder zieht oder seine Freudensprünge vollführt, und du wirst sicherer. Eigentlich ist es nur eine Angewohnheit; du fürchtest, er wird ziehen, also straffst du die Zügel, kontrollierst und kontrollierst, bis er völlig aus dem Gleichgewicht ist und versucht, sich vor dem Hindernis durchzusetzen, weil er nicht mehr weiß, was er denn nun tun soll. Und weil er das immer wieder versucht, mußt du ihm immer engere Gebißstangen anlegen.«

»Oh.« Tash blinzelte. Sie merkte plötzlich, daß sie nur die Hälfte dessen, was er sagte, mitbekam, weil sie seinen Mund betrachtet hatte, diese geschwungenen Lippen, diese weißen Zähne und seine wunderbar bewegliche Zunge. Sie fragte sich, wie sie wohl schmeckte.

»Äh ...« Sie versuchte, sich zu erinnern, worauf er hinaus wollte. »Na ja, mit Hunk passiert mir das nie«, sagte sie lahm.

»Mit Hunk machst du das auch nicht«, sagte er ruhig. »Es liegt an eurer Beziehung, ihr braucht ernsthaft eine Therapie. Also sattele ihn wieder, dann drehen wir noch eine Runde, damit ihr beide wieder fröhlich werdet.«

Hugo begleitete sie auf Broker, einem seiner jüngeren Pferde. Nach jedem übersprungenen Hindernis hielten sie an, um ihre

Probleme zu diskutieren. Tash fand seine Ratschläge enorm nützlich, auch wenn sie weiterhin grummelte und meckerte und ihn, immer wenn er nicht hinsah, schwärmerisch beäugte. Als sie schließlich vom letzten Hindernis zurückkamen, verdunkelte sich der Himmel über ihnen unheilvoll, und in Hugos Haus brannten bereits die ersten Lichter.

»Ist das Stefan?« Tash sah auf das wundervolle, von üppigem Efeu umrankte Haus.

»Wahrscheinlich.« Hugo rieb seine Nase. »Er war den ganzen Nachmittag beim Hufschmied. Gehst du heute abend mit Niall aus, um deinen Geburtstag zu feiern?«

Verblüfft, weil er sich daran erinnerte, schüttelte sie den Kopf. »Er ist noch in Amerika.«

»Oh.« Er sah über das Tal hinweg, in dem vor der Hügelkette die letzten roten Sonnenstrahlen verglühten, ehe der dämmrige Himmel sie schluckte. »Freust du dich schon auf ihn?«

»Nein, ich verzehre mich nach ihm«, sagte sie betont sarkastisch, was sie aber sogleich bereute, als sie seinen zornigen Blick sah.

Ein paar Minuten ritten sie wortlos nebeneinander her und lauschten den entfernten traurigen Rufen des Kuckucks. Als sie in düsterem Schweigen Twenty Acres erklommen, ergriff Tash plötzlich eine große Unzufriedenheit und packte sie wie eine schmerzhaft bohrende Kralle. Ich möchte Niall nicht heiraten, dachte sie und fühlte sich ganz elend. Fast wäre sie vom Pferd gestürzt, als ihr die Bedeutung dieses Gedankens zu Bewußtsein kam.

Auf dem Hof gaben Jenny und ein anderer Stallknecht den Pferden eben ihr vorletztes Futter des Tages. »War's gut?« Jenny sah unter dem Schirm ihrer Baseballkappe, die einer Banane glich, zu Tash hoch.

Snob zeigte sich sehr interessiert an Jennys Kopfbedeckung, und Tash, die versuchte, ihn zurückzuhalten, warf Hugo einen Blick zu und nickte. »Sehr konstruktiv.«

»Heißt das, er hat dich angebrüllt?« Jenny zwinkerte.

»Ich war der perfekte Gentleman.« Hugo saß von Broker ab und führte ihn neben Snob, der die Bananenkappe anstarrte. »Kommst du auf einen Drink mit hinein?«

Tashs Herz hüpfte sehnsuchtsvoll, doch sie sah in den immer dunkler werdenden Himmel und schüttelte den Kopf. »Es dämmert schon stark, ich muß sehen, daß ich nach Hause komme. Leihst du mir Reflektoren?«

»Nein.« Hugo strich Snob über die Nase und sah zu ihr auf. »Du hast dein Geschenk noch nicht«, sagte er und beobachtete sie amüsiert.

»Geschenk?« fragte Tash verwirrt.

»Du hast doch heute Geburtstag, oder?« Er lachte.

»Ja, ich hab Geburtstag.« Sie lächelte leicht dümmlich, weil sie diesen neuen netten Hugo so entzückend fand, daß sie am liebsten den ganzen Abend mit ihm verbracht hätte.

»Dann bekommst du auch ein Geschenk«, sagte er.

Tash war ganz verzagt, denn ihr fiel ein, daß ihr – ziemlich langweiliges – Geschenk für ihn in Nialls Magen verschwunden war. »Du mußt mir nichts schenken«, wehrte sie ab. »Schließlich hättest du es gar nicht ...« Unbeholfen schwieg sie, weil es ihr zu peinlich war.

»Gar nicht ...?« fragte er sanft.

»Gar nicht gewußt, wenn India es gestern nicht erwähnt hätte.«

»Natürlich wußte ich es«, sagte er völlig selbstverständlich und führte Broker zu den weiter entfernt liegenden Boxen.

Nachdem er gegangen war, nahm Jenny ihre Bananenkappe ab, fächerte sich Luft zu und seufzte. »Du hast so ein Glück, Tash.« Ihr Gesicht wirkte ganz verträumt. »Ich beneide dich.«

In diesem Moment schlenderte Stefan auf seinen langen Spinnenbeinen heran, schlug sich, den Niedergeschmetterten spielend, die Hände vors Gesicht und stöhnte: »Was mache ich bloß falsch?«

»Du bist einfach zu nett, Stef.« Jenny zuckte die Achseln. »Und ein zu großer Schürzenjäger – jeder hier nennt dich Zimmer-Service, weil du mit all den hübschen Stallmädchen ins Bett steigst, während Hugo wirklich nur seine Pferde reitet – leider.«

Im nächsten Augenblick sprang eine Stalltür auf, und mit lautem Hufgetrappel und nervösem Wiehern erschien Mickey Rourke auf der Bildfläche. Er trug eine riesige, glitzernde Geschenkkarte mit der Aufschrift »Herzlichen Glückwunsch« an einer Seite seines großen grauweißen Kopfes. Tash stieß einen Freudenschrei aus. Als er sie entdeckte, hellten sich Mickeys ausdruckslose Augen auf; und aus den Tiefen seiner Kehle stieß er ein anhaltendes Wiehern hervor, machte sich von Hugo los und rannte über den Hof, um sie zu begrüßen, wobei er in seiner Freude gleich noch zwei Futtereimer und einen Schubkarren umriß. »Herzlichen Glückwunsch«, rief Hugo von der Stalltür her. »Und wage ja nicht, ihm ins Maul zu schauen.«

Tash, die ihr Gesicht an Mickeys riesige graue Wange drückte, versuchte die Tränen zurückzuhalten; sie wußte, daß ihre alte Verliebtheit hier einen riskanten Gefühlscocktail für sie bereithielt. »Du kannst ihn mir doch nicht einfach schenken, Hugo.«

»Er ist das unbeholfenste und dämlichste Pferd, das mir je untergekommen ist«, gab Hugo zu, während Mickey einen großen Futtereimer zwischen die Zähne nahm und ihn stolz Tash präsentierte. »Keine Ahnung, wie du jemals irgendwas aus ihm rausgeholt hast. Aber ich hab nicht gesagt, daß ich ein Zwanzigtausend-Pfund-Pferd einfach so hergebe«, sprach er weiter. »Er gehört noch mir, aber du kannst ihn trainieren und Turniere mit ihm reiten. Ich hoffe, Mogo wird die Kosten übernehmen, wenn der Vertrag zustande kommt. Jedenfalls klangen sie interessiert, als ich ihn erwähnt habe.«

»O danke!« Es gelang Tash, ihn unbeholfen zu umarmen.

Er räusperte sich und trat einen Schritt zurück, dann ging er zu den Ställen. »Jenny bringt ihn wieder in seine Box, und ich ruf die Sekretärin im Wettkampfbüro an und frag nach den Startzeiten für morgen.«

»Scheiße, das hab ich vergessen!« Stefan sah entsetzt auf seine Uhr.

»Ich weiß.« Hugo sah ihn trocken an. »Ich kann nur hoffen, daß sie noch da ist. Und dann sollten wir alle auf einen Drink in den Pub gehen – es ist schon zu dunkel, Tash, um noch nach Hause zu reiten. Snob kann heute nacht hier bleiben – ich ruf Gus an. Kümmerst du dich um ihn, Jen?« Und damit war er auch schon auf dem Weg zum Telefon im Sattelraum.

»Was glaubst du, warum hat er das getan?« fragte Stefan, der lässig an einer Boxentür lehnte.

Tash entging die Reichweite dieser Frage völlig. »Er hat doch gesagt warum.« Sie war noch immer überglücklich, den süßen eifrigen Mickey wieder trainieren zu dürfen. »Er kann nichts mit ihm anfangen.«

Stefan atmete resignierend aus, und das Lächeln verschwand von seinem Gesicht. »Er hat ihn erst seit einem Monat. Es ist verrückt, so früh aufzugeben. Bitte, denk mal drüber nach. Tu's für mich.« Er ging auf das Haus zu.

Die Hände ins Gesicht vergraben, versuchte Tash, genau das zu tun. Sie fühlte sich, als hätte jemand sie heute an den Füßen gepackt und alle ihre albernen Vorurteile über Hugo aus ihrem Kopf herausgeschüttelt.

Hugo schien nicht zu bemerken, wie aufgewühlt sie war, als er wieder den Hof betrat. »In einer Minute geht's los«, sagte er zu ihr und führte Snob zu einer der leeren Boxen, wo er auf Jenny warten sollte. »Bist du dieses Jahr in Lockington Down dabei?«

Es war ihr nicht möglich, ihn anzusehen, und sie schüttelte den Kopf. »Ich hab bei der Auslosung keine Startnummer bekommen. Niall und ich fahren an dem Wochenende statt dessen nach Frankreich.«

Für den Bruchteil einer Sekunde schwieg er, und als er sprach, klang seine Stimme so weich wie schmelzendes Eis und hatte wieder diesen alten arroganten Unterton. »Ein Besuch bei der lieben Alexandra?«

»Ja, genau.« Sie sah zu, wie er Snob das Zaumzeug abnahm.

»Sophia und Ben werden auch da sein, oder?« Er schloß die untere Hälfte der Boxentür.

»Hör ich zum ersten Mal.« Sie mußte sich stark konzentrieren, um überhaupt mitzubekommen, was er sagte.

»Ben hat's am Telefon erwähnt und ebenso die astronomische Summe, die Sophia für ihre Hochzeitsgarderobe bezahlt hat. Teurer als die der Braut, meinte er.«

»Kaum, wie ich Mama kenne.« Sie schloß die Augen, als sie an all die Faxe mit den immer neuen Designerkleidern dachte, die sie in den letzten Monaten erhalten hatte und von denen sie aufs Geratewohl eins herausgepickt hatte, einfach damit ihre Mutter aufhörte und Niall auch mal eine Chance bekam, falls er sich melden wollte.

Hugo sah sie aufmerksam an. »Herrgott, Tash, du bist wirklich gigantisch verwöhnt, weißt du das?« Sie blickte ihn ebenso aufmerksam an, und schließlich glichen sie zwei Tennis-Profis, die sich auf dem Centre Court belauerten. »Du kümmerst dich nicht mal um deine eigene Hochzeit, oder?« zischte er eisig. »Mama wird's schon richten für die süße Kleine.«

Tash atmete sehr tief ein. Jenny klapperte jetzt in der Box von Snob und fluchte, weil er versuchte, sie zu kneifen. Doch Tash nahm ihre Augen nicht von Hugo. »Wenn du findest, daß ich so verwöhnt bin«, flüsterte sie, »warum verwöhnst du mich dann auch? Letztes Jahr hast du mir Hunk verkauft – eines deiner besten Pferde. Für eine lächerliche Summe! Du hast mich auf Turniere gefahren, einen Sponsor für mich gefunden, mir Ausrüstung geliehen und mich umsonst trainiert. Und jetzt gibst du mir Mickey Rourke zum Reiten. Ausgerechnet du, Hugo. Ich versteh einfach nicht, was los ist. Ich komm nicht dahinter.«

»Wenn du nicht dahinter kommst«, murmelte er, »werd ich dir bestimmt nicht den Gefallen tun und es dir erklären.« Und obwohl sein Ton gereizt klang, zuckte seine Wange nervös, und seine Augen verschlangen sie beinahe.

»Ich würd gern glauben, daß du es tust, weil du mich – na ja, vielleicht – mich magst?« Sie wand sich schier, weil ihr diese Aufrichtigkeit so schwer fiel.

»Gus ist ein alter Freund, der in einer anhaltenden finanziellen Krise steckt«, sagte er ruhig. »Das ist eine Möglichkeit, ihm zu helfen, ohne seinen Stolz zu verletzen.«

Entsetzt über ihre völlige Fehleinschätzung der Lage, drehte Tash sich um und wollte wegrennen, doch Hugo war behende wie eine Katze. Er ergriff sie am Ellbogen und zog sie zu sich zurück. »Daß wir uns richtig verstehen, Tash«, sagte er mit heiserer Stimme. »Ich bin nicht immer für dich da, wenn Niall dich zwei Wochen allein läßt. Ich schwör dir bei Bods Leben, daß ich dich nie wieder küssen oder fragen werde, was du für mich empfindest, oder mich dir je wieder nähere.«

Tash riß sich aus seinem Griff los und rannte direkt in Stefan hinein, der aus der entgegengesetzten Richtung kam. Doch er konnte ihr in letzter Sekunde geschickt ausweichen. »Wo brennt's denn?« fragte er mit einem nervösen Lachen.

»Wir haben alle Schiffe hinter uns verbrannt«, sagte Hugo bitter.

So schnell wie möglich war Tash nach Hause verschwunden, wo sie feststellen mußte, daß Giblets den ganzen Tag im Old Forge eingesperrt gewesen war und sich über das Drehbuch von ›Im Himmelbett‹ hergemacht hatte. Auf dem Anrufbeantworter fanden sich einige längere Glückwünsche zum Geburtstag von ihrer Familie, und alle freuten sich schon sehr auf die Hochzeit. Der einzige, der weder ein Fax noch eine Nachricht oder eine Karte geschickt hatte, war Niall. Tash setzte sich, Just-Brazil-Pralinen mampfend, aufs Sofa neben das Telefon. Leider schlief sie über dem Pralinenkasten ein und riß dabei den Hörer von der Gabel. Erst um drei Uhr nachts wachte sie wieder auf und hörte, wie eine seltsame weibliche Stimme sie bat aufzulegen. Beetroot war noch auf der Farm, fiel ihr ein, und dann spürte sie, wie ihre Schläfen von Kopfschmerzen pochten.

Am nächsten Tag kamen zahllose Karten an, doch keine von Niall. Als sie frühmorgens zur Farm joggte, merkte sie, daß Hugo Snob und Mickey bereits abgeliefert hatte, und sie merkte auch, daß sie in etwa so willkommen war wie ein Maulwurfshügel auf einem Golfplatz.

»Wie sollen wir das Mistvieh ernähren?« nörgelte Gus, der schon allein deswegen ein Gesicht zog, weil er so früh ausmisten mußte.

»Hugo sagt, er bezahlt das Futter.« Sie fuhr zusammen bei dem Gedanken.

»Klar«, schnauzte er. »Er zahlt ja schon fast alles hier.«

Tash erstarrte. »Was?«

Doch Gus war mit seiner Schubkarre schon auf dem Weg zum nächsten Stall.

Die Stimmung auf der Farm ihr gegenüber blieb frostig bis zu ihrem Treffen mit den Managern von Mogo am Mittwoch. Niemand wünschte ihr Gück oder bemerkte auch nur, daß sie mit dem Designklassiker nach Marlbury fuhr. Der Lunch in einem exklusiven, von Efeu umrankten Restaurant, in dem sie in glücklicheren Zeiten schon des öfteren mit Niall gegessen hatte, lief sehr gut. Ob sie ihr den Vertrag für den Rest der Saison nun gaben, weil sie dachten, es sei gut fürs Geschäft, oder weil beim Dessert ihr Ausschnitt aufriß, darüber war Tash sich nicht wirklich im klaren; doch sie raste schwindelig vor Freude zur Farm zurück und hielt nicht mal mehr beim Old Forge an, weil sie es so eilig hatte, die gute Nachricht zu verkünden. Doch die Reaktionen, die sie erntete, waren kaum begeistert zu nennen. Nur Ted schien sich für sie zu freuen, trank ein Bier auf ihr Wohl und bewunderte ihren BH.

»Jetzt weiß ich auch, was ich all die Jahre falsch gemacht hab«, sagte Gus gehässig. »Ich hab die Sponsoren zu korrekt gekleidet umworben.«

Auch nach einer Woche hatte Niall sich noch nicht gemeldet. Als ihr auffiel, daß sie in letzter Zeit häufiger mit Beetroot als mit Niall das Bett geteilt hatte, wußte Tash, daß etwas geschehen mußte. Sie war sich jetzt absolut sicher, daß sie ihn nicht mehr länger heiraten wollte. Sie liebte ihn mit wilder Hingabe und vermißte ihn schrecklich, aber sie verbrachte keine schlaflosen Nächte mehr, in denen sie sich nach ihm verzehrte, imaginäre Gespräche mit ihm führte oder mit Tränen in den Augen das Telefon anstarrte. Sie sehnte sich nach jemandem, mit dem sie alltägliche Interessen teilte, gemeinsame Freunde hatte und Zeit verbringen konnte. Und mehr als alles andere sehnte sie sich nach Hugo; doch er hatte ihr nur allzu deutlich gemacht, daß er unerreichbar war, ihre lächerliche und kindische Verliebtheit verachtete und sie nur unterstützt hatte, um seinem alten Freund Gus auf indirekte Weise aus dem Schuldensumpf zu helfen. Die Erinnerung an ihren unbeholfenen Versuch, ihn aus der Reserve zu locken, verfolgte sie Nacht um Nacht wie ein Alptraum.

Zehn Tage nach ihrem Geburtstag kam eine riesige, pelzbesetzte Vegas-Karte per Eilpost an, zusammen mit etwa einem halben Dutzend Fläschchen Chanel-Nagellack, den es in England nicht zu kaufen gab. Auf der Karte stand:

Meine liebe Tash,
herzlichen Glückwunsch. Bin nächste Woche zurück, also knebel bitte Turnip (der Name war durchgestrichen und durch Beetroot ersetzt) *rechtzeitig. Der Nagellack ist zur Zeit der letzte Schrei, sagt meine PR-Managerin. Diese Dinge bleiben mir ein ewiges Rätsel, aber ich bin sicher, Du weißt alles darüber.*

Wie immer, ganz verrückt nach Dir vor Liebe.
Viele Grüße an Zoe,
Niall

Seine Handschrift war so ausladend, daß ziemlich genau zu erkennen war, wie betrunken er gewesen sein mußte, als er die Karte schrieb. Da Tash praktisch keine Fingernägel besaß, benutzte sie das grellste Pink, um damit die Laufmaschen in ihren Strümpfen aufzuhalten, und mit dem Rest pinselte sie Beetroots Krallen an, was wirklich schrill aussah. Doch auch das heiterte Tash nicht auf. Sie brach unter ihren Schuldgefühlen fast zusammen: Während ihre eigenen Gefühle sich so grundlegend geändert hatten, schrieb Niall ihr noch immer, daß er vor Liebe ganz verrückt nach ihr sei. Diese Worte bohrten ein Loch von der Größe eines Meteoritenkraters in ihre Seele, und sie las die Karte wieder und wieder, wie um sich selbst zu quälen.

Zoe wirkte sehr gerührt, weil Niall sie auf der Karte bedacht hatte, und fragte, ob es ihm tatsächlich gut gehe.

»Ich glaub, er hatte mal wieder zuviel intus, als er sie schrieb«, gab Tash zu. Sie erinnerte sich noch sehr gut daran, daß Hugo ihn auf seiner Party einen Alkoholiker genannt hatte.

»O Tash.« Zoe seufzte verzweifelt. »Nur du bringst es fertig, so was auch jetzt noch zu sagen.« Sie klang äußerst aufgebracht und schien Tashs Äußerung nur auf ihre momentane emotionale Verwirrung zu beziehen. Tash fand Zoe in letzter Zeit zunehmend schwierig.

Ihre Mutter rief sie am Wochenende vor ihrem Besuch in Frankreich an. »Seid ihr beide schon aufgeregt?«

»Na ja, ich hab Niall in letzter Zeit nicht gesprochen, aber ich glaub schon, daß er sich auf ein paar freie Tage und auf dich und

Pascal freut«, lenkte Tash ab. Die ganze Woche schon fürchtete sie sich vor der Reise.

»Ich meinte, ob ihr wegen der Hochzeit aufgeregt seid?« Alexandra lachte. »Jetzt dauert's nicht mehr lange, hm?«

»Ja, stimmt.« Tash seufzte. »Mir bleibt nicht mehr viel Zeit.«

11

Der Landsitz Champegny schimmerte in der Abendsonne, und seine mittelalterlichen Türmchen ragten wie manikürte Finger in die Luft. Während der Leihwagen in die prächtige und wieder ganz hergestellte, endlos lange Hauptauffahrt einbog, spähte Tash zu Niall hinüber und sah, daß er endlich aufgewacht war und mit offenem Mund ehrfürchtig das Haus anstarrte. »Ich bin jedesmal wieder sprachlos«, murmelte er. Das war, seit sie aus dem Zug ausgestiegen waren, der längste Satz, den er gesprochen hatte; sie mußte also wohl dankbar sein. Die Sonne stand bereits so tief, daß ihre Strahlen feuerrot durch die gestutzten Pappeln, die die Auffahrt säumten, hindurchblitzten und auf dem hellen Asphalt ein verwirrendes Spiel aus Licht und Schatten boten.

Alexandra umgab das übliche Chaos aus hechelnden Jagdhunden, Stoffmustern, Hochzeits-Zeitschriften und gefaxten Blumenrechnungen, doch sie sah trotz allem blendend aus in ihrer rosa Tunika. Gerade erst hatte sie sich einen sehr kurzen Pagenkopf schneiden lassen, der ihr Gesicht vorteilhaft betonte und ihren geradezu alterslosen Glamour eindrucksvoll unterstrich. »Du siehst wunderbar aus, Mama.« Tash rannte auf sie zu und umarmte sie. Als Alexandra sich endlich aus ihren Armen befreit und einen aufmerksamen Blick auf Tash geworfen hatte, wünschte sie, sie hätte das gleiche von ihrer Tochter sagen können. Tash sah müde aus; ihre Haut wirkte fleckig, ihr Haar hing schlaff herab, und ihre Augen wirkten stumpf und teilnahmslos.

»Du siehst hinreißend aus, Alexandra«, sagte auch Niall überschwenglich und gab ihr einen Kuß, der für Alexandras Geschmack dann doch entschieden zu sehr nach den Erzeugnissen irischer Destillerien roch.

»Ich hab mir eine Schönheitskur verordnet«, erklärte sie. »Jeden Morgen nach dem Duschen reibe, schmiere und salbe ich mich mit straffenden und belebenden Lotionen ein. Pascal glaubt schon, ich werde einbalsamiert auf der Hochzeit erscheinen.« Sowohl Tash als auch Niall brauchten ein paar Sekunden, bis sie in Alexandras Lachen einstimmten. Sie waren beide angespannt und nervös. »Ihr müßt ja vollkommen erledigt sein, ihr Ärmsten«, erfaßte Alexandra die Situation. »Ihr habt beide so viel gearbeitet in letzter Zeit. Ihr müßt euch unbedingt ausruhen dieses Wochenende – ich bestehe darauf.« Alexandra führte sie durch das reich verzierte Haus und in das chinesische Zimmer, ihr Lieblingszimmer, das bis unter die Decke vollgestopft war mit Vasen aller Art. »Setzt euch doch, ich hol was zu trinken.« Sie fegte noch mehr Hochzeits-Zeitschriften von einem fadenscheinigen roten Seidensofa. »Pascal ist heute in Paris – er fährt morgen abend mit uns zurück.«

»Er tut was?« Tash sah verwirrt ihrer Mutter hinterher, die aus dem Zimmer huschte; und Niall, den sie fragend anblickte, war zu sehr mit den Spaniels beschäftigt. Er trug noch immer diesen Backenbart der Huntingdon-Rolle, obwohl die Dreharbeiten schon seit einigen Wochen beendet waren; er schien ihm mittlerweile richtig ans Herz gewachsen zu sein. Auf eine irritierende Weise strich er von Zeit zu Zeit gedankenverloren mit den Fingern hindurch, so daß die Haare abstanden. Tash haßte diesen Bart. »Was hast du damit gemeint, Mama, daß Pascal morgen mit *uns* fährt?« fragte sie, als Alexandra mit einer Flasche Blanc de Saumur und drei fleckigen Gläsern wieder ins Zimmer schwebte. »Wir sind doch schon hier.«

»Ach, hab ich das nicht erwähnt?« Alexandra lachte fröhlich, stellte die Gläser auf einen kleinen Tisch und suchte nach dem Korkenzieher – Pascal war berühmt dafür, in jedem Raum einen deponiert zu haben. »Ich fahr dich morgen früh nach Paris. Du hast um drei eine Anprobe beim Schneider«, erklärte sie lebhaft. »Also hab ich mit Sophia, Ben und Pascal im Le Grand Véfour einen Lunch arrangiert. Wir Mädels können die Jungs dann mit ihren Brandys allein lassen, während wir dich ausstaffieren, bevor wir alle gemeinsam zurückfahren. Das wird lustig.«

»Ausstaffieren?« wiederholte Tash schwach.

»Eine Anprobe, Schatz!« rief Alexandra ungläubig. »Ganz ohne geht's doch nicht! Sophia kann einfach nicht fassen, daß wir uns *bis jetzt* Zeit gelassen haben. Sie und Ben sind nur gekommen, weil Sophia dich beraten möchte. Ist das nicht herrlich?«

Tash bemerkte, wie Niall unablässig an seinem Backenbart zupfte. »Herrgott!« Sie starrte ihn an, aber er zeigte noch immer keine Reaktion. »Ich hab von all dem keine Ahnung gehabt.« Doch Alexandra war mit ihren Gedanken bereits bei den Menüs und begann, Tash alle möglichen und unmöglichen Vorschläge für Vegetarier, Diabetiker und Diätfanatiker zu unterbreiten.

Eine halbe Stunde später erlöste Tash und Niall das entfernte Klingeln eines Telefons kurzzeitig von der Diskussion über die Vor- und Nachteile von Steinbutt und Lachs. »Wie dumm – bin gleich wieder da. Überlegt mal, ob ihr die Erdbeermousse mit der Sauce aus drei verschiedenen Schokoladen möchtet, ja?«

»Verdammt – sie hat sich in Sophia verwandelt«, stöhnte Niall. »Ich hab mich immer gefragt, wo deine Schwester das her hat. All diese Listen – als wären wir mit einer verrückten Produktionssekretärin eingesperrt.« Er nahm einige Menü-Vorschläge in die Hand, wedelte damit herum und warf sie schließlich über die Schulter.

»Es läuft alles ein bißchen aus dem Ruder, nicht wahr?« Tash wirkte verschreckt. »Ich hatte keine Ahnung, was sie alles geplant haben – und dann in diesen Dimensionen.«

»Macht's verdammt schwierig, da wieder raus zu kommen.« Er stand auf und griff nach der Weinflasche. »Ich geh spazieren.«

Tash sah zu, wie er durch die hohen französischen Türen auf die Terrasse trat, die bereits im Dunkeln lag. Bald hatten sich seine Schritte verloren, und sie hörte nur noch das Zirpen der Grillen. Es war das erste Mal gewesen, daß Niall davon gesprochen hatte, die Hochzeit abzusagen – wie beiläufig auch immer. Tash fühlte sich, als hätte ihr jemand einen Schlag in die Magengrube versetzt. Hitzige Erleichterung stieg in ihr auf, und dennoch schmerzte es so sehr, daß ihr die Tränen kamen.

Es schien so einfach, alles abzublasen, doch in Wirklichkeit war es unendlich viel komplizierter. Sie hatte nicht die geringste Ahnung, wo sie beginnen sollte. Sie fühlte sich hoffnungslos allein gelassen.

Und der Tag in Paris machte es auch nicht gerade leichter. Niall hatte Erschöpfung vorgeschoben und sich entschieden, mit einem kühlen Longdrink in der Hand und der Sonne im Gesicht am Pool zu faulenzen. Tash beneidete ihn darum.

Im Zentrum von Paris waren Heerscharen von Touristen unterwegs, verstopften die Straßen in Leihwagen, Taxen oder Bussen und schoben sich wie ein schwerfälliges Krokodil die Gehwege entlang. Alexandra fuhr wieder und wieder im Kreis auf der Suche nach einem Parkplatz in der Nähe des Palais Royale. So kamen sie schließlich mit einer Stunde Verspätung im Restaurant an, wo Sophia, umschmeichelt von Ben, Pascal und ihrer Halbschwester Polly, Hof hielt. Die achtjährige Polly, in letzter Zeit einem etwas schrillen, wenn nicht gar exzentrischen Modestil verfallen, hatte ein bizarres orangefarbenes T-Shirt, limonengrüne Hot pants aus Samt und eine rosa Baskenmütze an. Das Bild wurde abgerundet durch eine Lolita-Sonnenbrille und verschmierten roten Lippenstift, so daß sie dem Wunschtraum eines Pädophilen glich. Sophia wirkte in Kontrast dazu in ihrem diagonal geschnittenen knielangen Galliano-Kleid noch eleganter als sonst.

»Ich hab ihr gesagt, sie soll das abwischen, Mama.« Sophia begrüßte ihre Mutter mit einem Kuß. »Aber sie schmiert immer noch mehr drauf – es ist ein Lancaster. Bestimmt deiner, oder?«

»Ja, bestimmt.« Alexandra begrüßte Pascal und Ben mit einem Kuß, bevor sie ihre Tochter in die Arme nahm. »*Chérie*! War es schön in der Schule diese Woche?«

»*Oui, Maman.*« Polly küßte ihre Mutter auf die Nase und hinterließ einen roten Abdruck. »Ich 'abe zwei Jungs geküßt, und ich 'abe ein eins in *histoire*.«

»Ich bin entzückt, das zu hören – beides.« Alexandra ließ ihre Tochter los, die auf Tash zurannte. »Hast du für uns bestellt, Schatz?« Sie sah Pascal an. »Tut mir so leid, die Verspätung.«

»Schon gut.« Pascal klopfte auf den Platz neben sich. »Aber ich 'abe für Niall auch bestellt – er kommt, *non*?«

»Nein«, Alexandra senkte verstohlen die Stimme und versicherte sich, daß Ben und Sophia noch mit Tash über den entsetzlichen Verkehr redeten. »Irgendwas stimmt da nicht – die beiden Ärmsten sehen völlig erschöpft aus. Wir müssen uns später mal unterhalten.«

Pascal nickte taktvoll.

»Bist du noch auf Diät?« fragte Sophia spitz. »Du mußt dein Gewicht halten, wenn das Kleid erst mal angepaßt ist – geh um Gottes willen bloß nicht aus dem Leim danach.« Die Anprobe des Hochzeitskleids war eine Prozedur, von der Tash sich in ihren romantischen Jugendträumen von Märchenhochzeiten in fließender Seide keine Vorstellung gemacht hatte. Das Modehaus war auf der Avenue Montaigne, und man mußte klingeln und warten, bis die Tür von einer sehr schlanken Frau mit einem riesigen schimmernden Dutt in einem eng geschnittenen grünen Kostüm geöffnet wurde. Oben wurden sie in einen großzügigen barocken Raum geführt, der ganz in Cremetönen gehalten und mit gepolsterten Hockern, geschwungenen Sofas und verzierten Spiegeln ausgestattet war. Tash fühlte sich an die weibliche Üppigkeit eines Aktes von Rubens erinnert und wagte kaum, den hellen Teppich zu betreten; das ganze Ambiente entsetzte sie.

Sie wurde in eine Art Schlafzimmer mit großen Spiegeln an den Marmorwänden beordert und sollte sich ausziehen. Beschämt stand sie da in ihrer drei Jahre alten Unterwäsche – zum Glück paßten wenigstens BH und Slip zusammen – und fiel fast in Ohnmacht, als die Türen aufklappten und die Frau mit dem Dutt ihr ungeduldig etwas zurief, bevor die Türen wieder zuklappten. Und im nächsten Augenblick wurde sie auch schon mit cremefarbener Seidenunterwäsche überhäuft, an der die Preisschilder baumelten. Ein Strumpfband kostete mehr als ein ganzer Wintermantel.

Tash kämpfte sich in die Wäsche hinein, was sich als sehr kompliziert erwies – überall waren Spitzen, Rüschen und Bändchen dran. Als sie endlich verschnürt war wie ein Truthahn zu Weihnachten, wurde sie in ein teils seidenes, teils baumwollenes Modellkleid gesteckt, das voll von Nadeln, Heftnähten und merkwürdigen Löchern war. Glücklich, all den Spiegelbildern ihrer von der Sonne geröteten Haut und ihrer schrecklichen Frisur entronnen zu sein, trippelte sie zu Alexandra und Sophia hinüber, die sie stumm in Empfang nahmen, obwohl Polly durch die Zähne pfiff und die Nadeln bewunderte.

»Sieht ein bißchen wie ein Zelt aus an ihr, nicht?« Sophia neigte den Kopf zur Seite. Sie und ihre Mutter saßen auf einer cremefarbenen Chaiselongue und tranken Espresso aus winzigen, elfenbeinweißen Tassen. Tash hätte am liebsten Espresso über das verhaßte Kleid geschüttet und es dann am Gare du Nord unter den Eurostar gelegt. Doch weil sie wußte, daß ihre Mutter ein Vermögen dafür ausgab, sagte sie nichts.

»Du bist so dünn geworden, seit ich Weihnachten deine Maße genommen habe«, seufzte Alexandra und beobachtete, wie die Frau mit dem Dutt an dem Kleid zupfte und die Nadeln versetzte.

Tash fühlte sich, als würde sie in eine Zwangsjacke eingepaßt. Mit jedem Abnäher und jeder Falte verlor sie ein Stück Freiheit mehr. Die Frau mit dem Dutt redete von weiteren Anproben, die nötig seien, aber Alexandra schüttelte den Kopf. »*C'est impossible – ma fille demeure en Angleterre.*« Sie hob entschuldigend die Hände. Dann folgten Hüte, Schleier, Schuhe, Strümpfe und Schmuck, die Tash unmöglich alle überblicken konnte. Lustlos pickte sie hier und da etwas heraus und willigte sofort ein, wenn Sophia oder ihre Mutter ihr zu etwas anderem rieten. Es war ihr egal. Sie würde Niall nicht heiraten. Das alles hier war nur ein schrecklicher, teurer Irrtum, und am liebsten hätte sie das der Frau mit dem Dutt ins Gesicht geschrien.

Sobald sie aus diesem cremefarbenen Alptraum draußen waren, ergriff Tash den Arm ihrer Mutter. »Ich muß mit dir sprechen, Mama – gehen wir einen Kaffee trinken?«

Alexandra sah auf ihre Uhr und verzog das Gesicht. »Du hättest schon vor einer Viertelstunde im Salon sein sollen, meine Kleine. Und ich hab versprochen, Pascal und Ben abzuholen, während du dort bist.«

»Salon?«

»*Der* Coiffeur in Paris«, klärte Sophia sie auf. »Und ich hab auch einen Termin, da können wir mal so richtig miteinander reden – ich sterbe schon vor lauter Neugier, wer von Nialls berühmten Freunden zur Hochzeit kommt. Hat Brad Pitt zugesagt? Mein Gott, wär das aufregend!«

Als sie an diesem Abend nach Champegny zurückkamen, war Tash Niall sehr dankbar, denn er hatte bei Tisch ihre traurige Vorstellung meisterhaft überspielt. Er unterhielt alle mit den kleinen Skandalen aus der Filmwelt, trank nicht zu viel und flirtete nur in angemessenem Rahmen mit Sophia, die entzückt war von seiner Bewunderung für ihre Schönheit. Sogar Ben schien in höchstem Maße erfreut, daß seine Frau so große Aufmerksamkeit erregte. Insgeheim hielt Tash Ben für eine fürchterliche Niete, doch zu ihrer eigenen Bestürzung bemerkte sie, wie sie seine Reaktionen mit denen seines besten Freundes verglich. Hugo hätte aus seiner Irritation über Nialls Verhalten kein Hehl gemacht und ihn deswegen entweder heruntergeputzt oder die subtilere Variante ins Spiel gebracht und noch viel stärker mit Tash geflirtet. Der Gedanke verwirrte sie.

»Woran denkst du, Tash?« fragte Pascal, der ihr Wein nachschenkte und sie mit wissendem Blick liebevoll ansah.

»Oh – nur an Hugo«, sagte sie gedankenlos. Unglücklicherweise platzte diese Antwort genau in eine Gesprächspause, und die anderen am Tisch drehten sich erstaunt zu ihr um.

»Ich – äh – dachte nur, wie schrecklich es wäre, Snob auf so grausame Weise zu verlieren wie Surfer«, fuhr sie aufgeregt fort und verstrickte sich sehr offensichtlich in eine faustdicke Lüge.

»Oh, ich verste'e.« Pascal wandte sich ab, um seiner Frau nachzuschenken, senkte seine Stimme und flüsterte ihr ins Ohr: »Ich wollte sagen, wie glücklich sie aussieht. Ich dachte, sie denkt an die 'ochzeit.«

»Im Moment«, Alexandra sah ihre Tochter über den Kopf ihres Mannes hinweg an, »ist das wohl das letzte, woran sie denkt.«

Später im Bett nahm Sophia ihre mit Haselnußöl getränkten Aromatherapie-Pads von den Augen, verrieb die letzten Reste ihrer Liposomen-Nachtcreme im Gesicht und wandte sich an ihren

Mann. »Hast du nicht mal behauptet, daß Hugo Tash ziemlich gern mag.«

Ben lachte herzlich und sah von seiner Zeitung auf. »Ja – ganz schöner Holzweg, was?«

»Da bin ich nicht so sicher.« Sophia streckte sich zum Nachttisch hinüber und legte ihre Armbanduhr ab. »Ich glaube, ich hab dein Urteil da unterschätzt, Schatz.«

»O wirklich?« Ben, der sehr selten für seinen Scharfsinn gelobt wurde, war höchst erfreut. »Wie kommst du darauf?«

»Wenn Tash auf Niall angesprochen wird, guckt sie immer wie die leidgeprüfte Schwester, die ihren rauhbeinigen Bruder verteidigt. Aber wenn man Hugo erwähnt, sieht sie aus wie ein Teenager – aufgeregt, schuldbewußt und ziemlich am Ende mit den Nerven. Sie war jahrelang ziemlich heftig in ihn verknallt, mußt du wissen.«

»Kann man wohl sagen – war ziemlich wild.« Ben faltete den ›Telegraph‹ säuberlich zu einem kleinen Dreieck zusammen und legte ihn beiseite. »Aber wieso meinst du, ich hab Hugos Gefühle richtig eingeschätzt?«

»Weil, mein Schatz«, Sophia küßte ihn auf die Nase, bevor sie das Licht löschte, »er genauso aussieht, wenn man Tash ihm gegenüber erwähnt. Ohne die Aufregung, natürlich.«

»Natürlich.« Ben machte es sich auf seinem Kissen gemütlich, bevor er versuchsweise seine Hand auf ihren Oberschenkel gleiten ließ.

»Nicht jetzt, Schatz.« Sophia wehrte entschlossen ab. »Ich hab fettreduzierende Creme auf dem Bauch. Vielleicht morgen.«

»Oh– o-kay.« Er drückte ihre Hand. »Dann gute Nacht.«

»Gute Nacht.« Sophia spitzte die Ohren nach verräterischen Geräuschen von nebenan.

»Wir machen uns unglücklich, Niall!« Tash weinte. »Wie sehr wir uns auch bemühen, unsere Leben passen einfach nicht zueinander.«

»Das heißt doch, deine Karriere ist dir wichtiger als ich, oder?«

»Nein!« klagte sie. »Aber wenn ich meinen Job aufgebe, werde ich furchtbar unglücklich sein – und für dich wäre es genau das gleiche, also würde ich dich auch nie darum bitten.«

»Das würd ich dir verdammt noch mal auch raten«, wütete er. »Ich hab schon Filme gedreht, da hast du noch nicht mal dran gedacht, auf den Gütern dieser reichen Snobs herumzugaloppieren. Das hat alles angefangen, als deine Mutter dir dieses Pferd geschenkt hat. Vorher warst du ganz anders. Viel sanfter, nicht so hart. Du hast dich verändert.«

Sie fixierten sich über das Bett hinweg wie zwei Billardspieler, die nach dem optimalen Winkel für den nächsten Stoß suchten.

»Schon ein paar Wochen, nachdem wir uns kennengelernt hatten, hab ich bei Penny und Gus angefangen!« erwiderte sie. »Du hast mich vorher doch kaum gekannt.«

»Als ich dich kennengelernt hab«, sagte er ruhig, »hast du in London gelebt, gerade deine Ambitionen als Illustratorin aufgegeben und in den Tag hineingelebt. Jetzt umgibst du dich mit dem gutsituierten Landadel, jagst dicken Sponsorverträgen hinterher und planst unsere Treffen drei Monate im voraus. Wenn das keine Veränderung ist.«

»So funktioniert unsere Beziehung, Niall. Wenn ich unsere Treffen nicht planen würde, dann sähen wir uns nie. Und diesen Vertrag hab ich erst vor zwei Wochen unterschrieben, das weißt du ganz genau. Ich konnte mir vorher kaum die Startgelder leisten, geschweige denn, dir in der Weltgeschichte hinterherzureisen.« Sie schritt ans Fußende des Bettes.

Niall wich zum Nachttisch zurück. »Ich würde das bezahlen! Herrgott, das hab ich dir doch immer angeboten.«

»Das ist nicht der Punkt. Ich kann's mir momentan nicht leisten, unterwegs zu sein, ob du nun dafür zahlst oder nicht. Wenn ich Turniere auslasse, geht das zu Lasten meiner Wertung, und meinen Pferden schadet es auch.«

Er sah auf den Tisch, auf dem das Drehbuch von ›Im Himmelbett‹ lag. »Du liebst diese Pferde sehr viel mehr als mich.«

»Ich lieb dich mehr als alles andere, Niall«, hauchte sie. »Und vielleicht bleibt das auch immer so. Aber ich möchte dich nicht heiraten.«

»Ich möchte dich auch nicht heiraten«, echote er und starrte sie an. Fast schien er überrascht.

Es trat eine Pause ein, in der nichts als ihr schneller, kurzer

Atem zu hören war. Röte stieg Tash in die Wangen, und sie sah, wie Niall wieder und wieder nervös zu ihr herüberblinzelte.

»Jetzt ist es also gesagt«, hauchte er heiser.

»Gott sei Dank.« Tash biß sich auf die Lippen. Ihre Augen hefteten sich an die seinen.

Plötzlich stieß Niall ein wildes Brüllen aus, drehte sich wie ein Diskuswerfer mit ausgebreiteten Armen um sich selbst, riß alles – Bücher, Lampe, Fotos, Drehbuch – vom Nachttisch und sank dann, den Kopf in den Händen, völlig erledigt aufs Bett. Als Tash zu ihm kroch, knisterten die einzelnen Drehbuchseiten unter ihren Knien, und sie streckte die Hand nach seiner Schulter aus. Nur eine Sekunde später ergriff seine Hand die ihre und hielt sie fest umklammert. Sie drückte ihre Stirn gegen seinen warmen Rücken und schloß die Augen. Das Nachlassen der Anspannung war so überwältigend, daß sie sich ganz schwach fühlte und weiche Knie bekam. Niall drehte sich um und spähte durchs Zimmer, das über und über von Drehbuchseiten bedeckt war. Es wirkte so weiß, als hätte es gerade geschneit. »Ich sag's ja immer, dies Drehbuch liegt einfach überall herum«, seufzte er.

Trotz ihrer furchtbar mißlichen Lage fühlte Tash ein Glucksen in sich aufsteigen. Und dann, angestachelt von den aufgeladenen Empfindungen, die sich in ihr Bahn gebrochen hatten, platzte es heraus. Sie schüttelte sich vor Lachen und mußte gleichzeitig weinen. Niall nahm sie zärtlich in die Arme. »Wie um alles in der Welt«, er wischte ihr sanft über die Augen, »wollen wir das nur deiner Mutter beibringen?«

Weder Tash noch Niall waren am nächsten Morgen fähig, Alexandra ihre so weitreichende Entscheidung zu beichten. Alte Hits von den Supremes summend, sprühte sie so sehr vor guter Laune, während sie Eier zum Frühstück kochte, daß sie es einfach nicht übers Herz brachten.

»Sag du's ihr – sie ist deine Mutter«, zischte Niall, als Alexandra verschwunden war, um noch mehr Kaffee zu kochen.

»Nein, das macht's nur schlimmer – du bist unparteiisch, wenn sie hysterisch wird«, flüsterte Tash zurück. »Und mit dir wird sie nicht so schnell Streit suchen.«

Doch trotz ihrer aufsteigenden Panik sagte keiner von beiden etwas zu Alexandra, und sie gingen ihr den ganzen Vormittag aus dem Weg wie zwei Kinder, die sich sträubten zuzugeben, daß sie einen wertvollen Spiegel zerbrochen hatten. Tash bemerkte, daß sie plötzlich miteinander redeten, als wäre ihnen eine Ehrlichkeitsdroge verabreicht worden. Erleichtert konnten sie jetzt völlig aufrichtig sein, sie waren freundlicher zueinander, offener und auch weniger gereizt. Auf einem Streifzug durch die Umgebung erzählten sie sich gegenseitig von dem Druck, unter dem sie gestanden hatten, von den Schrecken der letzten Wochen, und sie spekulierten über die Probleme, die ihnen noch bevorstanden. Tash wurde plötzlich von der seltsamen Empfindung ergriffen, als träfe sie nach vielen Jahren einen Exfreund wieder, mit dem sich sofort die alte Vertrautheit einstellte und mit dem sie beglückt und klopfenden Herzens nostalgisch schwelgen konnte. Sie fühlte sich fast wie neugeboren.

Alexandra war eine der ersten, die ihre neuerliche Zuneigung bemerkte, und sie tendierte mehr denn je zu der Meinung, daß das von ihr geplante Wochenende ein voller Erfolg gewesen war. Während eines Lunchs im Freien mit Erbsensalat, Pasteten und Toast behandelte sie die beiden nachsichtig, schlug jedesmal, wenn Niall einen Witz machte, entzückt die Hände zusammen und sah ihnen zuliebe sogar von ihrem Lieblingsthema Hochzeit ab. Sophia, die ebenfalls ein wachsames Auge hatte, blieb sehr viel skeptischer als ihre Mutter.

»Sie sind ein wunderbares Paar!« seufzte Alexandra, während Sophia ihr in der Küche half. »Und wahnsinnig ineinander verliebt. Ich hatte ja auch so meine Zweifel, aber ich denke, sie sind einfach zwei verwandte Seelen.«

»Letzte Nacht hatten sie einen hitzigen Streit.« Sophia zog ihre Nase kraus. »Ich hab's gehört, ob ich nun wollte oder nicht. Sie haben sich schreckliche Dinge an den Kopf geworfen.«

»Sie sind eben beide sehr emotional.« Alexandra winkte ab, als handelte es sich bei Sophias Einwand um eine lästige Wespe. »Ein Streit kann enorm erregend sein, Schatz – Pascal und ich triezen uns auch oft ein bißchen beim Zähneputzen, das verleiht der Liebe erst die richtige Würze.«

Während Tash nachmittags ihre Sachen für die Rückfahrt nach England packte, wurde ihr klar, daß sie im Laufe der nächsten Stunde etwas sagen mußte, oder es würde zu spät sein. Nach dem Lunch war Pascal ein letztes Mal mit Ben und Niall in die Bar im Dorf gefahren, um die »Hochzeitsgespräche« der Frauen nicht zu stören. Bevor sie sich auf den Weg gemacht hatten, war Tash zu Niall gerannt. »Du sagst es Pascal und Ben, und ich rede mit Mama und Sophia, okay?«

»Sicher, Engel?«

»Wir müssen es ihnen sagen, Niall.« Auf diese Weise, so hatte sie sich überlegt, war die Last gerecht verteilt und sie wären beide angespornt, es auch wirklich zu sagen; denn schließlich konnten sie später nicht wieder aufeinandertreffen, wenn nur die eine Gruppe von beiden Bescheid wußte.

Und dennoch. In gut einer Stunde war es ihr jetzt nicht gelungen, ihre Mutter unter einem Vorwand auf die Terrasse zu locken und das Thema anzuschneiden. Sie saß auf dem blumenübersäten Bettüberwurf im Turmzimmer, das sie mit Niall geteilt hatte, starrte stumpfsinnig an die Wand und fragte sich, was sie nur tun sollte. Wenn sie es ihnen jetzt sagen würde, wäre endlich diese Panik, daß ihnen die Zeit davonlief, vorbei. Andererseits würde es aber auch bedeuten, all die äußerst gewissenhafte Planung von Henrietta und ihrer Mutter zunichte zu machen. Ihre Schläfen pochten, und sie blinzelte ein paarmal, um wieder einen klaren Gedanken zu fassen.

Plötzlich sah sie, daß sie eines ihrer eigenen Bilder anstarrte. Es zeigte Rooter, den alten Schwerenöter, den Alexandra und Pascal einige Jahre lang quasi adoptiert hatten und der alle Hündinnen im weiten Umkreis geschwängert hatte und so auch zu Beetroots Vater geworden war. Tashs Bild ließ ihn aussehen wie einen riesigen, zotteligen Bettvorleger mit wilden Augen. Ihr Blick trübte sich, als sie sich an ihn erinnerte, an seine großartige Persönlichkeit, seine Überschwenglichkeit und seinen vollständigen Mangel an Moral. »Wenn Niall ein Hund wäre, dann einer wie Rooter«, murmelte sie vor sich hin. Sie fragte sich eben, welche Art Hund Hugo wohl wäre, als Sophia unter dem Vorwand, ihren Sarong holen zu wollen, hereinkam.

»Ich hab ihn auf dein Bett gelegt.« Tash sah von dem Bild weg.

»Oh – ja, richtig.« Sophia stand ein paar Sekunden unentschlossen im Türrahmen, bevor sie sich neben Tash setzte. »Alles in Ordnung, Fanny?« fragte sie sanft. »Mit Niall? Ihr wirkt beide ein bißchen angespannt.«

Tash stutzte leicht, als sie ihren Spitznamen aus Kindertagen hörte und den sanften Ton in Sophias Stimme vernahm. »Warum fragst du?« Sie sah ihre Schwester an und bemerkte den liebevollen Ausdruck in ihrem schönen Gesicht. Wann immer Sophia ihre so beherrschte Miene fallenließ, wirkte sie mit diesen großen, gefühlvollen Augen wie jemand, dem man unbesehen seine Sorgen anvertrauen mochte. Doch Tash hatte ihr in der Vergangenheit häufig genug ihre Sorgen anvertraut, um zu wissen, daß Sophia entsetzlich indiskret sein konnte. Zwar war ihr klar, daß ihr eigentlich nichts Besseres passieren konnte, aber Tash war auch noch immer vorsichtig darauf bedacht, die Schrecklichkeiten in einer gewissen Balance zu halten.

»Ich frage dich, weil ich mir Sorgen mache«, sagte Sophia. »Und weil ich glaube, daß du sehr unglücklich bist. Und außerdem weiß ich, daß es da eine ganz bestimmte Person gibt, die sehnsüchtig auf deinen Sinneswandel hofft.«

»Wer?« Tash starrte sie verblüfft an.

Sophias perfekt geschwungene Augenbrauen schossen in die Höhe, als sie die Aufregung in Tashs Augen sah. Eine so enthusiastische Reaktion hatte nicht mal sie erwartet. »Oma«, sagte sie weich. »Sie ist völlig aufgebracht, weil deine Hochzeit und die entscheidende Runde ihres Bridge-Turniers sich in die Quere kommen. Sie hat gedroht, die Hochzeit zu boykottieren.«

Als Niall, Ben und Pascal einigermaßen angeheitert aus der Bar zurückkehrten, saßen Tash und die anderen unter den grünen Sonnenschirmen auf der Terrasse und tranken Tee. Der Garten stand nach einem kurzen Gewitter unter Wasser, und die Hosenbeine der Männer waren bis an die Knie durchweicht. Ihrer lärmenden Bonhomie entnahm Tash, daß wohl auch Niall nichts gesagt hatte. Sie versuchte verzweifelt, seinen Blick aufzufangen.

Er setzte sich neben sie und schüttelte den Kopf. »Tut mir leid, Engel, ich hab's einfach nicht fertig gebracht.«

Tash legte ihm die Hand auf den Arm und sah zu ihrer Mutter hinüber, die der auf ihrem Schoß sitzenden Polly gerade versicherte, was für eine prächtige Brautjungfer sie abgeben würde, ob nun mit gepierctem Ring im Nabel oder ohne.

»Ich auch nicht«, flüsterte sie.

Sophia, die Tashs zärtliche Gesten beobachtet hatte, verengte ihre Augen. Ihre Schwester war sehr viel durchtriebener, als sie je angenommen hatte.

Im Zug verdüsterte sich Tashs und Nialls Stimmung zusehends, als sie sich das enorme Ausmaß ihrer Feigheit vor Augen führten. Jetzt waren sie quasi endgültig zu der Taktlosigkeit gezwungen, die Hochzeit schriftlich abzusagen. »Heute abend schreiben wir den Brief«, versprach Niall. »Wenn wir Zoe und die anderen besucht haben.«

Tash hatte bislang nicht geahnt, daß sie Zoe und die anderen noch besuchen würden – sie wollte später eigentlich nur Beetroot abholen und nach den Pferden sehen. Doch statt dessen dirigierte Niall den Taxifahrer von Marlbury direkt zur Farm. Es war schon neun; und in dem Moment, als sie die Küche betraten, setzten sich gerade alle zum Essen hin. Zoe hätte normalerweise gelacht und zwei weitere Gedecke aufgelegt. Doch zu ihrer aller Bestürzung brach sie in Tränen aus.

»Engel!« Niall lief zu ihr und nahm sie in die Arme. »Was denn? Sch, sch ...«

Tash stand etwas nutzlos herum und starrte die anderen an. Gus und Penny sahen verlegen aus. Rufus, der ihren Blick auffing, verdrehte die Augen und fuhr sich mit einem imaginären Messer über die Kehle, was wohl auf schlechte Nachrichten hindeuten sollte. Nur India stand auf und nahm Tash beim Arm, Mitleid lag in ihren großen blauen Augen.

»Mama hat heute morgen Giblets überfahren«, sagte sie. »Er ist einfach auf die Straße gelaufen – sie konnte nichts machen. Seitdem weint sie sich die Augen aus dem Kopf.«

»Wir haben den ganzen Nachmittag lang die Federn eingesammelt, damit sie nicht das erste sind, was ihr zu sehen bekommt«, seufzte Rufus. »Das hat ewig gedauert.«

»Ich hab keine Federn gesehen«, sagte Tash verwirrt und blickte zu Zoe hinüber, die in Nialls Armen weinte, während er ihr versicherte, wie viel wichtiger es sei, daß ihr dabei nichts passiert war.

»Es tut mir so leid!« sagte sie. »Plötzlich war er da – ich bin nicht mal schnell gefahren. Ich konnte nicht mehr anhalten.«

»Schon gut, Engel«, sagte Niall weich. »Er war doch bloß ein häßlicher Hahn. Wir lieben dich doch viel mehr als den dummen Giblets.«

»Vielleicht wollte er es hinter sich bringen«, sagte Tash unbeholfen; sie fühlte sich überflüssig. »Er wollte wohl kein Opfer kaputter Verhältnisse werden.«

Gus sah sie merkwürdig an, doch Tashs Aufmerksamkeit war von Zoe und Niall in Anspruch genommen. Es lag nichts Romantisches in ihrer Geste, aber sie kündete von einer Nähe und Vertrautheit, die ihr bisher entgangen waren. Sie empfand keinerlei Eifersucht – sie fragte sich bloß, wie sie es so lange hatte übersehen können. Bestärkt in ihrem Entschluß, öffnete sie den Mund und wollte eben die unvorstellbare Neuigkeit verkünden, als Rufus laut und aufgeregt begann, den neuesten Klatsch auszubreiten.

»Diese Filmleute rennen mittlerweile überall bei Hugo herum – und das neueste Gerücht ist, daß er eine neue Freundin hat. Ratet mal, wen?«

»Wen?« fragte sie krächzend. Sie fühlte sich, als würde jeden Moment ihre Lunge kollabieren.

»Ihr werft euch weg.« Rufus grinste verschlagen. »Deine Ex, Niall.«

»Lisette?« Niall begann zu lachen, ohne darauf zu achten, daß Tash genauso weiß geworden war wie die Wand hinter ihr.

»Und das ist heute morgen gekommen.« Rufus wedelte mit einer Sleeping-Partners-Postkarte herum. »Die Einladung zu einer Party.«

»Eine Party?« Niall lachte noch immer. »Erzähl mir nicht, daß sie sich schon verloben?«

»Nein, es ist eine Filmparty – im Olive Branch.« Rufus las die

Karte laut vor: »Zu dem doppelten Anlaß des ersten Drehs von ›Im Himmelbett‹ und der baldigen Hochzeit seines Stars Niall O'Shaughnessy mit Natasha French. Nur auf Einladung. – Und das hier ist das beste: Alle Rechte exklusiv bei ›Cheers!‹.«

»Mist!« Niall schlug plötzlich die Hände über dem Kopf zusammen.

Tash starrte ihn an. »Was ist denn?«

Er stöhnte. »Es steht in meinem Vertrag. Herrgott, das hab ich vergessen.«

»Was denn, Niall?« Tashs Blicke schossen ängstlich durch den Raum.

»Ich hab gar nicht richtig drüber nachgedacht«, murmelte er, nahm seine Hände vom Gesicht und starrte sie gequält an. »Lisette hat eine Publicity-Klausel in meinen Vertrag eingefügt, in letzter Minute noch. Sie und Bob Hudson haben einen Deal abgeschlossen, der meine Gage um 50 Prozent erhöht hat. Einen PR-Deal mit ›Cheers!‹.«

»Dieser Zeitschrift ›Cheers!‹?« fragte Penny aufgeregt und hielt eine Ausgabe des Hochglanzmagazins hoch, das von Fotogeschichten der Stars bei der Arbeit und zu Hause lebte. Sie schämte sich natürlich zu Tode, weil sie es kaufte, war aber von dem Blick durchs Schlüsselloch nichtsdestotrotz fasziniert.

»Ja, genau.« Niall sah Tash abbittend an. »Sie zahlen mehrere Zehntausende für die Exklusivrechte an den Hochzeitsbildern – Fotos von der Trauung, einfach alles.«

»Phantastisch!« rief Rufus aus. »Eure Fotos in ›Cheers!‹.«

Tash fing Zoes Blick auf. Aus ihren warmen blauen Augen strömte ein solches Mitgefühl, daß sie am liebsten quer durch die Küche zu ihr gestürmt wäre, um in ihren Armen zu weinen. Das war alles ein solch schrecklich schäbiger Schlamassel, und sie hatte nicht die leiseste Ahnung, wie sie da wieder herauskommen sollten.

»Willst du wirklich die ganzen zwei Wochen in Berkshire verbringen?« Matty sah zu, wie Sally ihren Koffer packte. Verkrampft saß er in dem Schlafzimmersessel und wirkte so verloren wie ein Hund, der wußte, daß er ausgesetzt werden sollte.

»Ja«, murmelte sie, sah ihn aber nicht an. »Ich denke, ich kann dich so lange alleine lassen.«

»Und wenn ich wilde Partys schmeiße?« witzelte er schwach.

»Wie du willst«, murmelte Sally und ging zum Schrank. »Aber paß bitte auf, daß es keine Glasränder auf dem Holz gibt.«

»Ich könnte auch eine heiße Affäre anfangen.« Er folgte ihr mit dem Blick, als sie einen Stapel Sweater aufs Bett legte; Ärger ergriff ihn. »Eine wilde Sex-Geschichte.«

»Das bezweifle ich doch sehr stark.« Sally sortierte die Sweater aus.

»Was soll das denn heißen?«

»Na ja, solltest du andere Frauen genauso entsetzlich wie mich behandeln, hast du wohl kaum Gelegenheit, innerhalb von zwei Wochen einer an die Wäsche zu kommen.«

Er blinzelte erstaunt. »So schrecklich bin auch wieder nicht, Sals.«

Sally legte einen Sweater in ihren Koffer und sah zu ihm hinüber. »Du hast dich höllisch verhalten in letzter Zeit, Matty, und mich nur noch heruntergemacht. Du hast überhaupt keinen Respekt mehr vor mir.«

»Natürlich respektiere ich dich.« Er starrte sie mit aufgerissenen Augen an.

»Ja, und zwar so sehr, daß du über das einzige, was ich seit Jahren auf die Beine gestellt hab, nur lachst«, zischte sie. »Seit ich diesen Job mache, hattest du nichts Besseres zu tun, als mich anzugiften.«

»Weil es nichts Eigenständiges ist. Lisette nutzt dich doch nur aus. Warum begreifst du das nicht.« Er vergrub verzweifelt sein Gesicht in den Händen.

»Und das ist dein Vorrecht, was?« murmelte sie. »Mich auszunutzen. Wenigstens bezahlt Lisette mich.«

»Was?«

»Bevor du so geringschätzig auf mich herabblickst, solltest du dich mal an die eigene Nase fassen. Du stehst jeden Morgen auf, nur um den ganzen Tag lang ununterbrochen auf den Bildschirm deines Computers zu starren – du spielst doch öfter Patience, als du schreibst. Wann hast du dich eigentlich das letzte Mal ernsthaft um ein Projekt bemüht, anstatt nur halbherzig nachzufragen, Monate, nachdem andere den Job schon hatten?«

Matty wußte nicht, was er antworten sollte.

»Wahrscheinlich hast du's vergessen, weil's schon so lange her ist«, seufzte sie. »Ich wünschte, deine Arbeit würde dir wieder Spaß machen, Matty, und du müßtest dich nicht so quälen, nur um überhaupt was zu produzieren. Es war schrecklich, mitanzusehen, wie du dich jeden Tag zur Arbeit zwingst, während ich am liebsten aus dem Haus gerannt und selbst arbeiten gegangen wäre.«

»So eingesperrt fühlst du dich?« Er hielt die Hand vor den Mund.

»Nicht immer.« Sie rieb sich die Stirn. »Ich kümmere mich sehr gern um die Kinder, und sogar um dich, obwohl ich gegen ein gelegentliches Dankeschön nichts einzuwenden hätte. Aber es wurmt mich, wenn du so auf mich heruntersiehst. Du scheinst zu vergessen, daß ich auch mal berufstätig und was anderes als Mutter, Köchin und Wäscherin war. Als würde ich mit der Hausarbeit meine Hirnzellen einbüßen oder als wäre mit jeder Schwangerschaft mein Intellekt geschrumpft.«

»Aber warum hast du von diesem Job nichts gesagt? Du hast mich einfach vor vollendete Tatsachen gestellt.«

»Hätte ich vielleicht um Erlaubnis fragen sollen?«

»Solche Dinge müssen doch besprochen werden.« Er sah zu, wie sie den Koffer schloß. »Es gibt doch so was wie einen Kompromiß.«

»O ja, natürlich. Du triffst die Entscheidung, und ich schließe den Kompromiß. Es war einfach mal an der Zeit, daß du merkst, wie es ist, wenn alles für selbstverständlich gehalten wird.«

Matty starrte sie entsetzt an. »Herrgott, Lisette macht wirklich ein selbstsüchtiges Miststück aus dir.«

»Und du hast dich in den letzten Jahren zum Frauenverächter gemausert, Matty.«

»Hab ich nicht!«

»Du tust immer so edel und politisch korrekt wie eine amerikanische Stellenanzeige, aber unter der Oberfläche bist du genauso reaktionär wie dein Vater, nicht wahr? Ich kann selbst kaum glauben, daß es so lange gedauert hat, bis ich das durchschaut habe.«

»Wie kannst du es wagen, mir vorzuwerfen, ich sei wie mein Vater!« klagte er. »Ich nehm nicht alles als selbstverständlich hin, Sally. Und ich würde nie wie James meine Ehe aufs Spiel setzen. Wenn du etwas weniger egozentrisch wärst, hättest du bemerkt, daß ich in letzter Zeit ein verdammt guter und treuer Ehemann war. – Herrgott, hätte ich bloß den Mund gehalten.«

»Was meinst du damit?« Sally erstarrte.

»Ich hätte fast eine Affäre begonnen«, murmelte er vorwurfsvoll. »Sie war klug, witzig und gebildet, und fast war's soweit. Ich fühlte mich einsam. Aber ich liebe dich, Sally. Meine Schuldgefühle haben mich fast umgebracht. Doch jetzt, wo ich weiß, was du von mir hältst, wünsche ich mir fast, ich hätte es getan.«

»Jetzt hast du ja die Chance.« Sie hievte ihren Koffer vom Bett und erstickte ein Schluchzen. »Ruf sie doch an diese Woche.«

Von allen möglichen Zeitpunkten hatten Niall und Tash den wirklich ungünstigsten gewählt. Es war die Woche vor dem dreitägigen Turnier in Badminton, auf das alle Lime-Tree-Bewohner seit Monaten hinarbeiteten, und Tash mußte zwei Pferde für die Hauptrunden vorbereiten. Die Dreharbeiten auf Haydown sollten am Mittwoch beginnen, und für Niall standen vorher ständig Lese- und Kostümproben an. Sie waren beide derart eingespannt, daß eine Absage der Hochzeit völlig unmöglich schien; und aus reiner Feigheit diskutierten sie noch stundenlang ihr Dilemma, anstatt es einfach anzupacken. Tash hatte jetzt begriffen, daß Lisettes Produktionsfirma Sleeping Partners auf die Publicity der Hochzeitsfotos in ›Cheers!‹ angewiesen war, um ihren ersten Kinofilm zu promoten. Es war schon schlimm genug, allein die Hochzeit abzusagen, auch ohne Niall noch aus dieser katastrophalen Klausel herauswinden zu müssen. Doch solange sie dies Problem nicht gelöst hatten, konnten sie nicht mal hinter vorgehaltener Hand über ihre Entscheidung sprechen.

Zwei Tage lang redeten sie sich damit heraus, keine Zeit zu haben. Aus reiner Gewohnheit lebten sie weiterhin gemeinsam im Old Forge und schliefen wie zwei alte Freunde beim Zelten weiterhin im selben Bett. Tash, die von der Arbeit mit den Pferden völlig erledigt war, kümmerte sich nicht weiter darum, daß sein warmer, schwerer Arm jeden Morgen in ihrem Gesicht lag; ihre Situation war einfach zu lächerlich. So wie sie vor der Heirat zurückgeschreckt waren, so schienen sie jetzt auch vor der endgültigen Trennung zurückzuschrecken.

Am Dienstag abend konnten sie es nicht mehr länger aufschieben. Auf der Farm Gesprächen über die Hochzeit auszuweichen, kam immer mehr dem Kunststück gleich, im Parlament nicht über Politik reden zu wollen. Und Niall wurde immer nervöser, weil die Produktionssekretärin ihn schon zweimal auf eine Homestory für ›Cheers!‹ angesprochen hatte. Tash, die mit einer faulen Ausrede früher als gewöhnlich von der Farm verschwunden war, schenkte für beide zwei riesige Gläser Rotwein ein und überredete Niall, seinen Agenten, den gerissenen Bob Hudson anzurufen. »Ich erzähle meiner Mutter so lange nichts, bis wir wissen, woran wir mit diesem Publicity-Deal sind«, erklärte sie. »Sonst verbreitet sich die Nachricht schneller, als würde CNN von einem chinesischen Atomangriff auf Taiwan berichten.«

»Du hast recht.« Niall sah in etwa so begeistert aus wie Kurt Cobain auf einem Michael-Jackson-Konzert. »Ich werde Bob bitten, sich den Vertrag noch mal anzusehen.«

Während sie ihn telefonieren sah, spürte Tash einen Stich der Trauer in der Brust über das, was sie verloren hatten. Mehr als alles andere schmerzte sie ihr Scheitern. Tash stützte den Kopf in die Hände. Sie hatten beide auf ein Happy-End gehofft, ohne wahrhaben zu wollen, daß sie Figuren in zwei verschiedenen Geschichten waren. Und weil sie es anderen überlassen hatten, das Märchen ihrer Hochzeit zu schreiben, steckten sie in fürchterlichen Schwierigkeiten.

»Ich bin erledigt«, sagte Niall finster, als er fast eine Stunde später auflegte. »Bob sagt, ›Cheers!‹ wird Sleeping Partners auf jeden Fall verklagen, wenn sie die Fotos nicht bekommen – es steckt bereits zu viel Geld in den Vorarbeiten. Und die Produktionsfirma wird dann mich mit Klagen überziehen. Er hat sich den Vertrag noch mal angesehen, er ist absolut wasserdicht. Selbst wenn ich auf meine Gage verzichte, komm ich da nicht mehr raus.«

»Du kommst aus diesem Vertrag überhaupt nicht mehr heraus?« fragte Tash entsetzt.

Er schüttelte den Kopf. »Jetzt nicht mehr. Bob sagt, ich müßte den ganzen Publicity-Deal abgelten, was die Summe meiner Gage um ein Vielfaches übersteigen würde.«

»Wie viel wäre das?« fragte Tash nervös.

»Reine Verhandlungssache.« Er ließ sich völlig entmutigt neben sie fallen. »Und als ich sagte, ich würde jetzt gleich mit Lisette reden, ist Bob fast explodiert, denn sie hat mich finanziell vollständig im Griff – im Schwitzkasten, um genau zu sein.«

»Aber sie war hinter dir her!« betonte Tash. »Du hast die Rolle doch nur angenommen, weil mir das Skript so gut gefiel und David Wheaton dich unbedingt wollte. Sie braucht dich.«

Er seufzte. »Ich bin für den Marktwert des Films sehr wichtig.« Er lehnte sich zurück, als Beetroot knurrte. »Die Rolle hab ich nicht nur, weil ich der beste Schauspieler dafür bin, Tash. Ich hab sie bekommen, damit der Film sich in Amerika verkauft.«

»Was soll das heißen?«

»Lisette hat mich besetzt, weil mein Name die Leute drüben ins Kino lockt«, erklärte er. »Der Deal mit ›Cheers!‹ ist erst zustande gekommen, als sie von der Hochzeit erfahren hat – die Fotografen arbeiten ja auch für Zeitschriften in den Staaten. Mein Name ist bekannt, und die Amerikaner lieben diese Art von Promotion. Es geht gar nicht nur um den Vertrag mit ›Cheers!‹, auf den Dominoeffekt kommt's an – drüben gibt's noch jede Menge weitere ›Cheers!‹. Das ist Lisettes erster Kinofilm. Sie hat drei Jahre geackert, um so weit zu kommen, und wenn ich ihr jetzt, kurz vor dem Countdown, das wichtigste PR-Instrument kaputt mache, hat sie gar keine andere Wahl, als mich vor Gericht zu bringen.«

»Kannst du's dir wirklich gar nicht leisten, dich da irgendwie herauszukaufen?« fragte Tash mutlos.

Er schüttelte den Kopf. »Tut mir leid, Engel. Du weißt ja, daß ich kein Verhältnis hab zum Geld – meine letzten dreißigtausend sind gerade ans Finanzamt gegangen, und ich schulde ihnen noch weitere dreißig bis Juli. Wenn Sleeping Partners klagt und gewinnt, muß ich wohl einen Offenbarungseid leisten. Das heißt, sie ziehen meinen Paß ein, bye-bye Amerika. Meine Karriere wäre, zumindest für ein paar Jahre, am Boden.«

»O Niall.« Tash nahm ihn in die Arme. »Das tut mir so leid.«

»Herrje, wenn ich diesen verdammten Vertrag bloß nie unterzeichnet hätte!« Er schloß die Augen. »Es schien so nebensächlich – eine kleine Änderung in letzter Minute, eine höhere Gage, Hochglanzfotos von der Hochzeit. Ich hab Bob sogar ausgelacht, als er auf eine Ausstiegsklausel bestand, falls die Hochzeit abgesagt würde. Zu der Zeit hätte ich nicht im Traum daran gedacht, daß wir es uns anders überlegen könnten.«

Tash biß sich schuldbewußt auf die Lippe, doch als ihr klar wurde, was er da gerade gesagt hatte, keimte Hoffnung in ihr auf. »Aber wenn es eine Ausstiegsklausel gibt, ist doch alles okay?«

»Es gab eine Deadline«, seufzte er und ergriff ihre Hand. »Und die war vor zwei Wochen. Wenn wir die Hochzeit jetzt absagen, meint Bob, muß ich für alle Verluste aufkommen, die Sleeping Partners aufgrund mangelnder Publicity erleidet. Das kann sich um Hunderttausende handeln, wenn's vor Gericht geht – vielleicht sogar mehr. Wie gesagt, diese blöde Klausel könnte meinen Bankrott bedeuten.«

»Hört sich an, als hätte Lisette es geplant.« Tash schloß die Augen.

»Das glaub ich nicht, Engel, wirklich nicht.« Er nahm ihr Gesicht in seine Hände und blickte gequält. »Das ist ja gerade das Schreckliche. Ich glaub, sie wollte uns helfen. Und dieser PR-Deal war für sie auch ein gutes Zugpferd ihren Geldgebern gegenüber. Platzt der jetzt, verliert sie an Renommee in der Branche, und das kann sie unmöglich geplant haben. Dieser Film ist ihr Baby – sie wird die Panik kriegen, wenn ich aus dem ›Cheers!‹-Deal aussteigen will. Deswegen darf sie vorerst auch nichts erfahren.«

»Oder du stehst vor Gericht und verschaffst dem Film eine ganz andere Art von Publicity«, stöhnte Tash, der das fast zu verständnisvoll klang. »Und was sollen wir Bobs Ansicht nach tun?«

»Er hat zwei Vorschläge gemacht.« Niall ließ ihr Gesicht wieder los und nagte unbehaglich an seinem Daumennagel. »Entweder wir sagen so lange nichts, bis ich das Geld für Sleeping Partners irgendwie zusammengekratzt habe.«

Tash verdrehte die Augen. »Oder?«

Nialls tragisch-komische Miene verzog sich zu dem traurigen Lächeln eines Clowns. »Oder die Hochzeit findet wie geplant statt.«

»Das geht nicht!« japste sie.

»Bob hatte den ausgeflippten Einfall, die Sache bis zum allerletzten Augenblick auszureizen.« Niall lachte und schüttelte den Kopf. »Wir sollen am Altar so eine Art absurdes Theaterstück aufführen, bei dem du dich weigerst, Ja zu sagen, und aus der Kirche rennst, während die ›Cheers!‹-Leute ihre Kameras draufhalten. Auf diese Weise würde Sleeping Partners eine größere Publicity bekommen, als sie zu träumen gewagt hätten, und der Vertrag wäre auch eingehalten. Ich hab's ja immer gesagt, Bob hat jede Menge kriminelle Energie.«

Tash starrte ihn absolut entsetzt an. »Das können wir nicht machen, Niall. Das kann ich meiner Familie unmöglich antun.«

»Ich weiß, Engel, ich weiß. Und ich würde dich auch nie darum bitten.« Er strich ihr über die Wange. »Ich hab zu Bob gesagt, da könnten sie mich gleich verklagen, bevor ich das von dir verlange.«

»Und was hat er geantwortet?«

Niall grinste. »Daß er mich, wenn das so ist, auch verklagen wird.«

Tash vergrub ihr Gesicht in den Händen. »Es muß doch einen anderen Ausweg geben«, stöhnte sie. »Ich kann doch nicht zugucken, wie du vor Gericht gezerrt wirst, weil meine verrückte Großmutter einen Glasring aus einem Weihnachtsknallbonbon für einen Verlobungsring gehalten hat. Wir hätten uns nie darauf einlassen dürfen.«

»Uns wird schon noch was einfallen.« Er umarmte sie fest und stand dann auf, um eine weitere Flasche Wein zu öffnen.

»Aber wann?« Tash wurde blaß. »Die Hochzeit findet in weniger als drei Wochen statt.«

»Ich muß irgendwie das Geld auftreiben«, seufzte er und suchte nach dem Korkenzieher. »Bob arbeitet dran – ich hatte letzte Woche in Los Angeles ein paar Castings, und er hakt da mal nach; aber wir müssen wenigstens noch für ein paar Tage schweigen wie ein Grab. Du weißt ja, wie hysterisch Amerikaner auf Prozesse reagieren. Schon die kleinste Andeutung einer Klage gegen mich würde die Besetzungscouch in Hollywood in ein Nagelbrett verwandeln. Und wenn sich nichts ergibt, muß ich eben mit Lisette reden und die

Konsequenzen tragen. Wie gesagt, ich tu dir das nicht an, nur um meinen Hals zu retten. Dafür bedeutest du mir zuviel.« Er setzte sich wieder neben sie und ignorierte Beetroots Knurren.

»O Niall.« Tash lehnte ihre Stirn gegen seine. »Wenn ich nur etwas tun könnte. Ich müßte nächste Woche Badminton gewinnen, um an Geld heranzukommen. Aber selbst das würde längst nicht reichen.«

»Prächtig!« jubelte Niall, der plötzlich strahlte, als hätte sie das Problem gelöst.

»O Niall, ich hab kaum eine Chance.« Tash lachte. »Ehrlich gesagt, glaub ich, Bobs Idee wäre noch immer die beste.«

»Abwarten.« Er küßte sie auf die Nase und goß Wein ein. Irritiert fiel ihr auf, daß er die erste Flasche fast allein ausgetrunken hatte. »Du hast mich da, glaub ich, gerade auf eine Idee gebracht.«

»Ja?« Tashs Gesicht hellte sich auf. »Was für eine?«

»Gib mir Zeit bis morgen.« Er nahm einen großen Schluck. »Ich muß erst mal vorfühlen und bin auch nicht sicher, ob du einverstanden bist.«

»Einverstanden womit?« fragte sie unbehaglich.

Aber er küßte sie nur noch ein weiteres Mal auf die Nase. »Sag zu niemandem ein Sterbenswörtchen – vor allem nicht zu deiner Mutter.«

Alexandra rief an, als Tash gerade in die Badewanne gestiegen war. Tropfnaß stand sie mitten im Schlafzimmer mit einer wilden Beetroot, die versuchte, sie trockenzulecken, und hörte sich die begeisterten Beschreibungen von den Kleidern der Brautjungfern an. »Und ich hab mit Nialls Mutter gesprochen, Schatz – eine ganz außergewöhnliche Frau; sie hat mich immer Kindchen genannt«, hauchte sie. »Sie fährt diese Woche zu Verwandten nach Liverpool, und Nialls Vater kommt kurz vor eurem großen Tag nach. Sie scheint merkwürdigerweise zu glauben, Hugo bringt sie unter. Aber er hat nichts dergleichen gesagt, als wir letzte Woche telefonierten. Er hat sogar rundheraus abgelehnt, überhaupt irgend jemanden unterzubringen, weil es ihm peinlich ist, wie es in Haydown zur Zeit aussieht. Also ehrlich, ziemlich humorlos, der Gute – ich hab mich nach dem Gespräch stundenlang gekugelt vor Lachen. Und, weißt du schon, ob du nun Rosen für die Knopflöcher der Herren möchtest oder doch lieber etwas Traditionelleres? Henrietta *muß* es Montag wissen. Sie hat übrigens James und die Mädchen überredet, dich dieses Jahr in Badminton anzufeuern. Ist das nicht super?«

Von Mittwoch an waren die gewaltigen Auswirkungen der Dreharbeiten auf Hugos Haus und die umliegenden Dörfer unübersehbar. Der kühle, erst langsam beginnende Sommer wurde unsanft gestört von den Geräuschen der Autos und Lastwagen, dem Absperren der Straßen für die Dreharbeiten und der lärmenden Anwesenheit der Filmleute im Olive Branch, das zu Anges Entzücken zum Pub der Crew erkoren wurde.

Hugo, dem versichert worden war, daß die Dreharbeiten ihn nur in sehr geringem Maße einschränken würden, wurde fuchsteufelswild, als ihm der Zugang zu einigen Zimmern im Haus verwehrt wurde, er durch den Garten gehen mußte, um die Ställe zu erreichen, und er außerdem aufgefordert wurde, doch seine Hunde anzuleinen, nachdem sie während einer Liebesszene quer durchs Bild geschossen waren. Selbst aus seinem Schlafzimmer war er hinauskomplimentiert worden, da Nialls diverse Verführungsszenen dort spielten. Anfangs sollte Hugo sogar ganz ausziehen und auf Kosten der Filmfirma zusammen mit der Crew in einem Hotel in Marlbury wohnen; doch das hatte er rundheraus abgelehnt. Zu seinem großen Ärger spielte Niall den charmanten Tunichtgut und Hauseigentümer, der den ganzen Tag in weiten Sweatern und alten Jeans im Haus herumlungerte und hinreißende Frauen verführte. Erst gestern war ihm das Haar geschnitten worden, Hugos Frisur verdächtig ähnlich – über den Ohren und im Nacken sehr kurz und auf dem Kopf länger und lockig. Auch diesen heiseren, gedehnten Akzent der Oberschicht hatte Niall angenommen, und Hugo liebäugelte mit dem Gedanken, sich einen Bürstenhaarschnitt und einen Berkshire-Akzent zuzulegen. »Er äfft mich nach«, wütete er.

»Nun, im Film gehört ihm das alles hier ja auch«, erklärte Lisette.

»Und die ganze nächste Woche wollen sie ihn beim Bumsen in meinem Bett filmen.«

»Du solltest dich geschmeichelt fühlen.« Sie lächelte verschlagen. »Denn von dir kann das nicht gerade behauptet werden.«

Um Hugos Wut noch auf die Spitze zu treiben, blockierte an diesem Nachmittag ein enormer Lastwagen die Einfahrt, so daß er mit seinem Transporter nicht vom Grundstück fahren konnte. Er wollte mit Bodybuilder zum Galopptraining bei einem Freund in Lambourne und war bereits zu spät dran. »Können Sie den zur Seite fahren?« schrie er einem der Männer zu, die riesige Beleuchtungssysteme abluden.

»In 'ner halben Stunde.« Der Mann zuckte die Achseln.

»Sofort!« brüllte Hugo. Aber er wurde ignoriert.

Während er an den Transporter gelehnt wartete, bis die Männer fertig waren, sah er Sally French an der Koppel vorbeigehen, die momentan als Parkplatz für die Kostüm-, Make-up- und Schauspieler-Wohnwagen benutzt wurde. Ihr Gesicht wirkte müde unter der dicken Schicht Make-up, und Hugo fragte sich gerade, ob es ihr wohl gut ginge, als er sah, wie sie seinen Doppelgänger Niall ansprach. Weil er mit dieser affigen Kopie nichts zu tun haben wollte, lehnte er sich zurück und zündete sich eine Zigarette an. Plötzlich hörte er, wie Niall mit seiner weichen irischen Stimme einen vertrauten Namen nannte. Diesen Namen hätte er von ihm am allerwenigsten erwartet. Soweit er wußte, erinnerte Niall sich zumeist nicht einmal an ihn.

»Aber ich dachte, sie will ihn unbedingt für ein Jahr ausleihen?« sagte Niall. »Du hast doch gesagt, sie will die Publicity.«

»Tut mir leid, Niall.« Sally klang unendlich müde. »Das war so eine alberne Idee von mir, die Lisette nie ernstgenommen hat. Und sie will ganz sicher keinen Tausch gegen die ›Cheers!‹-Geschichte.«

»Tashs Verwandte wollen ihre Fotos nicht in dieser Zeitschrift sehen«, sagte Niall. »Du weißt ja, was für ein Snob ihr Pa sein kann.«

»Aber du hast vor Monaten zugestimmt, Niall. Es ist alles arrangiert.«

»Ich weiß, ich weiß. Es ist ja nur, weil du die Idee hattest, Snob unter dem Filmtitel in Badminton starten zu lassen, und wir dachten, Lisette –«

»Sie hat keinen Gedanken daran verschwendet, fürchte ich.« Sallys Stimme klang flach und mutlos. »Sie ist ganz wild auf diese Hochzeits-Story. Ich sollte dir sogar eine Info über einen Fotografen geben, Gott, was war das gleich wieder? Wohl nicht so wichtig. Soll ich sie fragen, ob sie später Zeit für dich hat?«

»Nein, nein, ist nicht so wichtig«, sagte Niall hastig. »Ich dachte nur, diese Sponsoridee wär eine Alternative, das ist alles.«

»Tut mir leid«, seufzte Sally. »Aber ein Gutes hatte die Sache dann doch. Du wirst dich freuen, das zu hören.«

»Ach ja?« Niall klang extrem zerstreut.

»Sie will ihren Anteil an Snob Tash überschreiben, wenn ihr verheiratet seid«, sagte Sally etwas fröhlicher. »Als Hochzeitsgeschenk.«

»Was?« Niall schien entsetzt von der Aussicht.

»Sie hat es schon mit ihrem Anwalt besprochen«, erzählte Sally. »Wenn ihr beide heiratet, geht ihr Anteil an Snob an Tash über. Alles völlig legal. Ich dachte, du würdest dich freuen.«

»Klar doch«, krächzte Niall. »Ich bin entzückt, Engel, ehrlich. Wenn das so ist, werde ich Tashs Pa auf jeden Fall von dieser ›Cheers!‹-Sache überzeugen. Tu mir einen Gefallen, Sals, und vergiß, was ich dir da gerade erzählt hab, ja? Ich möchte Lisette nicht unnötig beunruhigen. Vor allem nicht, weil sie es für Tash tut.«

Hugo trat seine Zigarette aus und sah, wie Niall, völlig in Gedanken versunken, auf das Haus zuging. Er wirkte absolut verstört, als hätte er soeben von einem Verhängnis erfahren und nicht von *dem* Geschenk überhaupt. Hugo war höchst erfreut über das, was er da gerade gehört hatte; wenn er auch nicht wußte, was er davon halten sollte.

Die ›Vogue‹ lag aufgeschlagen auf dem Küchentisch der Lime-Tree-Farm, so daß es jedesmal von Krümeln knisterte, wenn eine Seite glattgestrichen wurde; und ein feuchter Kaffeerand wellte einen blaßgrünen Seidenanzug, der wunderbar zu einer strahlenden Junihochzeit mit prickelndem Champagner passen würde. »Findest du, daß Grün sehr alt macht?« Sogar Penny Moncrieff fragte sich jetzt, keine drei Wochen vor dem Fest, ob sie etwas Neues zum Anziehen brauchte.

Zoe antwortete nicht. Penny war schon aufgefallen, daß sie in letzter Zeit besonders zurückhaltend war, vor allem wenn die Sprache auf Tashs und Nialls Hochzeit kam. Irgend etwas an ihrem Verhalten war äußerst merkwürdig, aber Penny konnte nicht genau sagen, was eigentlich. Wenn sie nicht absolut sicher gewesen wäre, daß an der Männer-Front alles ruhig war, hätte sie geschworen, daß Zoe einen neuen Liebhaber hatte.

»Sitzt du an einem neuen Buch?« fragte Penny beiläufig und blätterte eine Seite mit magersüchtigen Models am Strand um.

»Was?« Zoe hatte aus dem Fenster gestarrt. »Oh – nein, nichts dergleichen. Ich geh mal mit Enid raus – vielleicht schau ich mir die Dreharbeiten an. Ich hab Hugo und Lisette Norton für Freitag zum Dinner eingeladen. Frag doch Tash und Niall, ob sie auch kommen.«

»Ist das wirklich eine gute Idee?« Penny war leicht bestürzt. »Sie sind nicht gerade die vier besten Freunde, oder?«

»Es könnte ganz lustig werden.« Zoe sah durchs Fenster, wie Tash auf Hunk neben Gus auf dem alten Fashion Victim in den Hof ritt. Sie schienen sich heftig zu streiten. »Vielleicht lade ich Sally French auch ein – Tashs Schwägerin. Ich hab sie immer gemocht.«

»Aber Tashs furchtbaren Bruder lädst du doch nicht ein, oder?« Penny blickte entgeistert. Sie hielt die Idee einer Dinner-Party am Wochenende vor Badminton grundsätzlich für albern – das Ganze konnte im Chaos enden.

Zoe räusperte sich unbehaglich. »Vielleicht. Das soll Sally entscheiden – vielleicht hat sie auch gar keine Zeit. Ich glaube, Lisette scheucht die Arme ganz schön herum.«

Penny betrachtete sie nachdenklich und fragte sich, woher sie das alles wußte. Sie nahm an von Tash. »Ist Lisette wirklich mit Hugo zusammen?«

»Der Gerüchteküche nach zu urteilen, ja.« Zoe suchte nach Enids Leine. »Aber mich haben sie auch mal mit Godfrey Pelham verkuppelt, nur weil wir in Marlbury denselben Kochkurs in orientalischer Küche besucht hatten.«

»Kirsty wird am Boden zerstört sein.«

»Ich überlaß es ihr, ob sie kommen möchte.« Zoe band Enid

eine alte Schnur um, da sie die Leine nicht gefunden hatte. »Aber ich lad auch Stefan ein; das macht's vielleicht ein bißchen einfacher.«

»Stefan?« Penny zählte in Gedanken mit und wurde bereits leicht panisch. Sie konnten es sich nicht leisten, so viele Gäste zu bewirten – vor allem nicht so starke Trinker wie Stefan und Niall. Die Fahrt nach Badminton mit vier Pferden würde sie schon ein Vermögen kosten. Sie klappte die ›Vogue‹ demonstrativ zu.

Zoe stand bereits an der Tür und stieg in ihre Schuhe. »Ich glaube, Stefan verehrt Kirsty.« Aus ihrem Mund klang das wunderbar altmodisch. »Er ist praktisch jede Minute hier, seit ihre Affäre mit Hugo zu Ende ist. Hast du das nicht bemerkt?«

Zu Tashs Entsetzen warteten ein dümmlich lächelnder Fotograf und eine Puderquasten schwingende Stylistin vor ihrer Haustür, als sie von der Lime-Tree-Farm nach Hause kam, und beschwerten sich quasselnd, wie spät es schon sei. Mit einer wahren Flut von Küßchen und ohne ein Wort der Erklärung stolperten sie ins Old Forge und verbrachten eine Stunde mit dem Aussortieren ihrer Garderobe, die sie schrill kichernd als extrem unfotogen deklarierten.

Niall stieß zu ihnen, als Tash sich gerade für ein albernes Foto gegen den Herd lehnte, ein Glas Champagner in der einen und ihren Burghley-Pokal in der anderen Hand, während sie gleichzeitig Beetroot einen Kuß zuhauchte. Ihr Haar, das gefährlich aufgetürmt war, drohte an der Dunstabzugshaube kleben zu bleiben, und sie trug ihre vollständige Dressurkluft: Jackett, Weste, Stiefel, Breeches und Reitgerte. Einerseits sah sie hinreißend aus, andererseits aber auch furchtbar elend; ihre großen geschminkten Augen flehten ihn um Hilfe an, als er durch die Tür trat. Beetroot, die ebenfalls toupiert worden war, knurrte bedrohlich.

»Niall, Süßer. Endlich!« Der Fotograf begrüßte ihn wie einen alten Freund, obwohl er ihn zum ersten Mal sah. »Marcelle pudert Sie, und dann machen wir draußen noch ein paar Fotos, bevor wir kein Licht mehr haben.«

»Was zum Teufel ist hier los?« polterte Niall.

»Sie sind von ›Cheers!‹«, sagte Tash schwach. »Der Termin ist mit der Produktionsfirma besprochen. Wir hätten um drei hier sein sollen.«

»Wir halten euch zwei Turteltauben nicht zu lange auf.« Der Fotograf ging mit einem Lichtmesser auf Niall zu.

»Wir haben Ihnen ein paar Sachen rausgelegt, Niall – suchen Sie was aus.« Marcelle puderte noch mal Tashs Stirn. »Gott, was glänzen Sie, Schatz. Sie haben bestimmt eine zu fettige Haut.«

»Kann ich Natalie in diesem roten Partykleid haben, Marcelle?« fragte der Fotograf, während er nach draußen ging, um das Licht zu testen.

»Herrgott!« Niall blieb wie angewurzelt in der Tür stehen.

Einen Augenblick lang dachte Tash, er würde sie hinauswerfen, doch dann fügte er sich sanftmütig, und sein Gesicht zeigte dieses charmante Filmlächeln. Innerhalb weniger Minuten war er völlig in seine Rolle geschlüpft und lachte und scherzte mit dem Fotografen, der sie auf dem Sofa, auf dem Bett und in den altersschwachen Gartenstühlen aufnahm. Tash war so perplex, daß sie alles tat, was von ihr verlangt wurde.

»Bißchen unordentlich hier, wie?« Der Fotograf schnaubte mißbilligend. »Halten Sie doch den Hund zurück, Süße, ja? Sieht aus, als wolle er Niall beißen.«

Plötzlich mußte Tash krampfhaft ein Kichern unterdrücken. Die Situation war einfach zu absurd. Doch als sie Niall ansah, bemerkte sie, daß sein Blick, auch wenn er noch immer dieses charmante Lächeln im Gesicht hatte, dunkel und elend wirkte. Ihr war, als hätte ihr jemand eine kalte Dusche verpaßt. Sie würde Alpträume bekommen von all dem. Schließlich mußte Niall die beiden praktisch hinauswerfen. Und als sie gegangen waren, fiel seine fröhliche Fassade sofort von ihm ab.

»Ich kann einfach nicht glauben, was da passiert ist«, flüsterte sie und sah ihn fragend an, als er sich einen Scotch einschenkte. Seine Hände zitterten so stark, daß er fast die Hälfte verschüttete.

»Ich hatte wirklich keine Ahnung.« Er drehte sich zu ihr um, sein Gesicht war fahl. »Das muß Lisette arrangiert haben, und dann hat sie vergessen, es mir zu sagen. Herrgott!«

»Ist was passiert?« Tash ließ sich aufs Sofa fallen. Diese unheilvolle, schuldbewußte Traurigkeit in seinen Augen bedeutete nichts Gutes. »Du wolltest heute doch etwas unternehmen, oder nicht?«

»Gott, ich hab gedacht, es könnte funktionieren.« Er rieb erregt seine Stirn. »Tut mir leid, Tash. Wahnsinnig leid. Ich hab's nur noch schlimmer gemacht.«

»Was meinst du damit, schlimmer gemacht?« Tash starrte ihn an. »Ich dachte, schlimmer ginge es nicht mehr.«

»O doch.« Er schüttelte den Kopf. »Gestern abend war das Problem bloß, daß ich verklagt werden würde, wenn wir die Hochzeit absagen.«

»Es meiner Familie beizubringen, wird uns auch noch Kopfschmerzen bereiten«, erinnerte sie ihn. »Ich bin mir ziemlich sicher, daß mein Vater mir das niemals verzeihen wird.«

Ein weiterer Scotch lief seine Kehle hinunter. »Tut mir leid, Engel, ich weiß, sie werden einen Aufstand machen – meine Mutter übrigens auch. Aber glaub mir, ich würde dich nicht bitten, wenn's nur darum ginge, meine Haut zu retten.«

»Mich worum bitten?«

Er trank bereits das dritte Glas. »Du mußt mir etwas versprechen.«

»Was?« Tash hätte die Flasche am liebsten aus dem Fenster geworfen. Er flüchtete sich in den Alkohol, und binnen Minuten würde er wieder diese Figur spielen und sie mit diesem Vertrau-mir-Charme abspeisen, der zu dem unwiderstehlichen Lügenbold aus dem Film gehörte.

»Du mußt mir versprechen«, sagte er unsicher, und seine Augen blickten sie dabei verzweifelt an, »daß du noch eine Zeitlang behaupten wirst, daß die Hochzeit stattfindet. Glaub mir, Tash. Wenn wir nicht weiterhin so tun, als würden wir am Samstag in zwei Wochen heiraten, verlierst du mindestens genauso viel wie ich.«

»Was?« Tash erstarrte. »Was werde ich verlieren?«

Doch statt zu antworten, schloß Niall die Augen, und sagte: »Versprich es mir, Tash.«

Etwas in seiner Stimme ließ Tash erschauern. Sie blickte aufmerksam in sein unrasiertes Gesicht mit den vertrauten Zügen, die sich vor Anspannung und Müdigkeit sehr viel tiefer eingegraben hatten. Er sah völlig verzweifelt aus. »Was werde ich verlieren, Niall?« Sie empfand plötzlich Furcht.

Niall begann zu weinen, preßte seine Faust gegen die Stirn und schüttelte den Kopf. »Ich finde einen Ausweg, ich schwör's, ich finde einen Ausweg. Aber du mußt mir versprechen, daß du nichts sagst.«

Tash, die es nicht ertrug, ihn so unglücklich zu sehen, stolperte auf ihn zu und umarmte ihn wie eine Mutter ihr verstörtes Kind. »Ich verspreche es«, sagte sie hohl.

Das schien ihn zu beruhigen. Er fand sofort zurück zu jenem Charme, trank den Rest der Flasche und erzählte ihr von den Dreharbeiten, als hätten seine Tränen nie existiert. Noch weiter darüber mit ihm zu reden, war unmöglich – in seiner leichtfertig spritzigen Rolle war er unzugänglich. Eine halbe Stunde später machte er sich auf den Weg ins Olive Branch, um »die Kollegen« zu treffen; und er hatte sogar die Nerven, sie zu fragen, ob sie mitkäme. »Vielleicht sind Hugo und Lisette da«, sagte er, als wäre das ein überzeugendes Argument.

Tash schüttelte den Kopf; die Erwähnung dieses ganz bestimmten Paares schnürte ihr fast die Luft ab. Sie blieb allein zurück und erschrak noch einmal über ihr Versprechen. Wurde sie langsam paranoid, fragte sie sich, oder hatte er sie wirklich ausgetrickst, weil er händeringend versuchte, ihre Zustimmung zu Bobs verrückter Idee zu erschleichen. Er hatte gesagt, sie hätte genauso viel zu verlieren wie er; doch sie war wachsam ihm gegenüber, weil sie einfach nicht mehr wußte, was nun der Wahrheit und was den Phantasiegebilden seiner Rolle entsprang. Wenn er nur nicht so elend ausgesehen hätte. Doch wie gut er als Schauspieler auch war, nicht einmal er konnte in dieser Weise auf Zuruf weinen. Genauso wenig wie er das betrunkene Torkeln vortäuschen konnte, mit dem er um Mitternacht nach Hause kam.

»Stefan war da – mit Kirsty.« Er fiel über Beetroot und bemerkte gar nicht, daß sie ihn in den Knöchel biß. »Wir haben von Snob geredet. Sie sagen, du hast gute Chancen, Shuttlecock zu gewinnen.«

»Badminton.« Tash pfiff nach Beetroot.

»Das auch.« Er stieß sich den Kopf am Schrank auf der Suche

nach einer neuen Flasche Whiskey. »Kirsty schwört, das Pferd ist eins der fünf besten im Land. Fast eine Million wert, sagt sie.«

»Das stimmt.« Sie versuchte, nicht darauf zu achten, daß er jetzt Bushmills in einen viel zu kleinen Meßbecher gießen wollte.

»Aber Stefan sagt, du verkaufst eher deine Seele als Snob«, lallte er, und dann kicherte er, weil er vergessen hatte, den Deckel von der Flasche zu schrauben.

Tash saß wie versteinert da. Er schlug doch nicht gerade das vor, von dem sie glaubte, daß er es vorschlug, oder? Sollte sie Snob verkaufen, um ihm aus dem PR-Deal herauszuhelfen? Sie fiel fast in Ohnmacht, als sie daran dachte, daß Snob offiziell ohnehin Niall gehörte. Nichts konnte ihn daran hindern, ihren geliebten Kastanienbraunen zu verkaufen, wenn er es wollte. Das Geld, das er für ihn bekommen würde, könnte alle seine Probleme lösen. »Wovon sprichst du, Niall?« krächzte sie und versuchte, nicht zu weinen.

Er lehnte sich an einen Küchenschrank und blickte unbestimmt in ihre Richtung. »Möchtest du mich heiraten, Tash?« Er hickste.

Sie schüttelte verwirrt den Kopf.

»Möchtest du?« wiederholte er.

»Nein, Niall.« Sie schüttelte weiter den Kopf.

»Wenn das so ist«, er schloß seine Augen, »haben wir beide unsere Seelen verkauft. Ich hab ja immer gesagt, wir sind Seelenverwandte.«

Er war so betrunken, daß er laut schnarchend auf dem Küchenboden einschlief, den Meßbecher noch fest umklammert. Weil er viel zu schwer war, blieb Tash nichts anderes übrig, als ihm ein Kissen und eine Decke zu bringen. Er wirkte so verzweifelt und erbärmlich, daß Tash keinen Groll spürte, nur eine aufsteigende Panik in der Brust.

12

Am Freitag von Zoes Dinnerparty war Tash klar, daß sie zu oft nicht bei der Sache war. Ihre Reitkünste drohten auf den Hund zu kommen, und keines ihrer Pferde für Badminton machte Fortschritte. Unfähig, sich zu konzentrieren, machte sie alles nur noch schlimmer, weil sie ihnen ihren Willen ließ. Hunk, der erfahrenere der beiden, hatte mit einem Anfall von Überdruß zu kämpfen und schlurfte durch die Trainingsarena wie ein Teenager, der dazu verdonnert war, mit seinen Großeltern an die See zu reisen. Und mit Snob war es sogar noch schwieriger – jedes Training mit ihm glich einem Machtkampf, den er meist auch noch gewann; gerade jetzt, wo er so fit für Badminton war. So gräßlich hatte er sich noch nie aufgeführt, und Tash wußte, daß es hauptsächlich ihr Fehler war. Snob benötigte endloses Training, bis sie sich völlig auf seine Konzentration und sein Vertrauen verlassen konnte, doch sie hatte zuletzt diese Zeit kaum mehr gehabt. Im vergangenen Monat hatte sie ihn vernachlässigt wegen ihrer Probleme mit Niall und der zunehmenden PR-Arbeit für ihren Sponsor. Und während sie am Freitag morgen versuchte, ihn zu ein paar Trainingssprüngen zu überreden, beobachtete zu ihrer Schande ausgerechnet Gus, wie Snob eine Hürde mitnahm. »O Gott!« Er schlug die Hände vor die Augen und ging zum Haus zurück. »Ich kann da nicht hingucken.« Tash spürte, wie ihr flammende Röte ins Gesicht schoß. Sie wußte, daß sie zur Zeit abgrundtief schlecht war, doch das linderte die Demütigung in keiner Weise. Und sie wußte auch, daß Gus sich trotz seines Zynismus' wirklich Sorgen um sie machte. Anfang der Woche hatte er sie bereits angebrüllt, daß sie, die talentierteste Schülerin, die er je gehabt habe, reiten würde wie eine tote Antilope, die auf einen Packesel gebunden worden sei. Es war das erste Mal gewesen, daß er ihr überhaupt Talent zugestanden hatte.

Später hatte Snob keine große Lust, über die Feldwege zu trödeln. Er war fit und ausgesprochen aufgeregt, weil eine von Gus' Stuten rossig war, und ließ Tash auf einem Hügelkamm fünf Meilen von zu Hause entfernt einfach stehen. Also mußte sie auf Haydown, das auf dem Nachhauseweg lag, fragen, ob sie ihr suchen halfen. Sie betete zu Gott, daß sie Stefan oder einen der Stallknechte antreffen möge. Der Gedanke, mit ihren roten Augen, den fettigen Haaren und den nervösen Flecken im Gesicht auf Hugo zu treffen, schreckte sie. Sie hatte tapfer versucht, ihn diese letzte Woche aus ihrem Kopf zu verbannen; doch ohne Erfolg. Vor ihrem geistigen Auge räkelten sich Hugo und Lisette wie zwei geschmeidige Katzen lustvoll auf seinem riesigen antiken Himmelbett. Trotzdem aber waren ihre Gedanken an ihn mit der Zeit immer überspannter geworden. Besonders eine Phantasie hatte sie den Alptraum der ganzen letzten Tage durchstehen lassen, immer dann wenn die Panik sie hinwegzuspülen drohte. In ihren wildesten Tagträumen hoffte sie, Hugo würde sie aus ihrer vertrackten Lage retten. Sie hatte sich ausgemalt, wie er bei der Trauung aufspringen würde, während der Standesbeamte die Anwesenden fragte, ob jemand einen Grund kenne, weshalb dieses Paar nicht heiraten sollte. »Ja!« würde er gedehnt rufen. In diesem Moment würden alle Gäste sich erstaunt umdrehen, und er würde den Gang entlang auf sie zugehen und sie bei der Hand nehmen. »Tash ist mein ein und alles«, würde er sehr weich sagen, die Stimme heiser von Liebe. »Und wenn ich nicht den Rest meines Lebens mit ihr verbringen darf, kann ich nicht weiterleben. Tut mir leid, Niall, mein Freund.« Und dann würde er sie zu Nialls großer Erleichterung und dem wütenden Entsetzen ihres Vaters hochheben und hinaustragen.

Von diesem Märchen völlig gefangengenommen, spazierte Tash mitten in die Dreharbeiten hinein. Überall wimmelte es von Filmleuten, die aus Plastikbechern Tee tranken und plauderten; verschiedene Lastwagen und mehr als ein Dutzend Autos parkten kreuz und quer auf Hugos Grundstück; und auf der großen Wiese vorne standen riesige Filmleuchten herum, die wie überdimensionale Lollis wirkten. Sie kam nicht einmal durchs Haupttor hinein, weil dort noch gefilmt wurde. Ein Sklave mit Walkie-talkie scheuchte sie weg, und sie mußte durch die engen Straßen von Maccombe und dann noch eine weitere halbe Meile laufen bis zu Hugos rückwärtiger Auffahrt. Während sie sich durch den Schlamm kämpfte, sah sie auf einem Feld in der Nähe plötzlich Hugo, der Bodybuilder trainierte. Mit rotem Gesicht und völlig verschwitzt duckte sie sich hinter eine Hagedornhecke und hielt den Atem an, damit er sie nicht bemerkte. Doch wie magisch angezogen, mußte sie wieder und wieder hinsehen. Bod war biegsam wie eine Schlange und drehte und wand sich unter Hugos sanfter Kontrolle, sein geschmeidiger schwarzer Körper glänzte in der Sonne wie Öl, und seine Muskeln zeichneten sich bei jeder Bewegung ab. In mancher Hinsicht erinnerte er sie an Snob – das gleiche aufbrausende Temperament, die enorme Ausdauer und der ungebrochene Wille. Wie Snob war auch er schwer gebaut, vorzüglich proportioniert und tapfer wie ein Löwe. Aber ganz im Gegensatz zu Snob gehorchte er Hugo auf das leiseste Wort hin. Entmutigt schlich Tash sich weg.

Stefan war der erste, den sie sah; er saß auf einem umgedrehten Futtereimer und rauchte heimlich eine Zigarette. Hugo rauchte zwar selbst wie ein Schlot, wurde aber ziemlich ungenießbar, wenn jemand es wagte, bei den Ställen zu rauchen. »Tash, Schatz – er ist hier!« Stefan lief auf seinen langen dünnen Beinen auf sie zu.

»Was?« Sie sah sich verwirrt um, aber es waren nur einige Stallmädchen zu sehen.

»Snob.« Stefan nahm sie beim Arm und führte sie zu einer entfernten Box. »Er ist mitten in eine Filmaufnahme vom Haus hineingetrabt und hat sich über die extra angebrachten Geranien hergemacht.« Er lachte. »Wir haben ihn da untergebracht – und gedacht, du wirst schon auftauchen. Da fällt mir was ein ...« Er ließ sie bei der Stalltür stehen und rannte zum Telefon im Sattelraum.

Als er wiederkam, hatte Tash sich schon mit dem noch immer ziemlich bärbeißigen Snob befaßt und seine wundersamerweise unverletzten Beine und das nur leicht beschädigte Zaumzeug überprüft. »Macht er dir das Leben schwer?« fragte Stefan und schob seine Sonnenbrille auf sein blondes Haar.

Tash nickte und hörte, wie in der Ferne jemand um Ruhe am Set bat. »Höllisch mit den Filmleuten, oder?« fragte sie und bemerkte, daß dort, wo der Hof sich normalerweise zum Haus und dem Garten öffnete, eine riesige Leinwand mit falscher Hecke aufgebaut worden war, die zugleich als Schallschutz diente. Rechts auf Hugos alter Ponykoppel, kurz Flat Pad genannt, waren noch weitere Wohnwagen versammelt, deren Fenster in der Sonne glitzerten.

»Es ist mörderisch«, gab Stefan zu. »Laß uns bei einem Kaffee über sie herziehen, während wir auf Hugo warten – er sagt, er kommt in einer Minute. Ich sollte ihn anrufen, wenn du auftauchst.«

»Aber ich –« Tash sah verblüfft aus.

»Er hat sein Handy bei sich«, erklärte Stefan. »Nur er ist an deinen Kastanienbraunen herangekommen. Es gab ein regelrechtes Chaos – da sind Kameramänner um ihr Leben gerannt. David Wheaton hat getobt. Er sagt, dein Pferd hat meterweise Film vernichtet. Als Hugo Snob vom Schlachtfeld führte«, sagte Stefan fröhlich, während sie auf den Hintereingang des Hauses zugingen, »hat Niall schlicht bestritten, das Pferd vorher schon mal gesehen zu haben. Was allerdings jeden wunderte, denn Snob durchsuchte seine Taschen nach Polos.«

Die Küche war überfüllt von seltsamen Filmgestalten, unter denen sich auch Hugos Mutter Alicia befand, die ihren Mops Gordons auf dem Arm trug, vor sich hin grummelte und ihren Gang übte. Ihr war die »Extrarolle« einer ziemlich reichen Nachbarin zugestanden worden, die in den verschiedensten Szenen immer mal zu sehen war, wenn sie ihre Hunde ausführte. Sogar Gordons – der wegen seines üblen Charakters von allen außer seiner Herrin nur Gangster genannt wurde – war so zu einer kleinen Rolle gekommen. »Hugo und ich können nur das Dachgeschoß und die Küche hier benutzen«, beklagte sich Stefan, »er sagt, ihn erinnert's an seine Schulzeit; aber ich schwöre dir, da oben gibt's Mäuse.«

»Ich dachte, Lisette würde hier wohnen?« Tash, die puterrot anlief, sah sich nervös in der Küche um, entdeckte aber nur Filmtypen in Jeans.

Stefan schüttelte den Kopf und unterdrückte ein Lachen. »Gott, nein! Sie hat im besten Hotel von Marlbury eingecheckt.«

»Aber sind Hugo und sie nicht zusammen?« Tash wurde, soweit das möglich war, noch roter. Auf der Lime-Tree-Farm waren alle überzeugt, daß Lisette Hugo zumindest ins Bett gezerrt hatte; doch ein winziger Hoffnungsschimmer hielt Tashs Tagtraum am Leben.

»Schhh!« Stefan verdrehte die Augen in Richtung der Filmleute, die glücklicherweise nichts gehört hatten. »Warum fragst du? Hat Niall was gesagt?«

»Niall hat alles mögliche gesagt«, antwortete sie traurig.

»Er ist ganz aufgeregt wegen der Hochzeit, nicht wahr?« Stefan öffnete eine frische Kaffeedose.

»Was ist er?« rief sie.

»Alle hier reden von nichts anderem.« Er grinste und löffelte Kaffeepulver in die Maschine. »Niall unterhält in den Pausen die ganze Crew mit all den extravaganten Arrangements deiner Mutter. Ich hatte keine Ahnung von den Dimensionen. Mittlerweile hat er jeden von der Crew zum Empfang eingeladen. Und ›Cheers!‹ schießt Fotos von allen.«

»Er hat was?« Tash fiel fast in Ohnmacht. Der einzige, auf den sie im Moment schießen wollte, war Niall. Als sie schließlich den starken schwarzen Kaffee, eine echte Stefan-Kreation, trinken wollten, schlenderte Hugo herein, durchgeschwitzt, die Breeches voller Grasflecken und das Haar verwuschelt.

»Hi.« Er lächelte freundlich. »Du hast ihn also eingeholt?«

»Ja«, krächzte Tash, sah ihm in die Augen und stellte zu ihrem Entsetzen fest, daß sie weiche Knie bekam. »Er ist ein bißchen gereizt heute – die Hitze wahrscheinlich. Wie geht's denn Bod?« Sie wich seinem Blick aus, atemlos, weil sie so schnell gesprochen hatte.

»Wunderbar.« Hugo goß sich einen halben Becher Kaffee ein und setzte sich zu seiner Mutter, die am Tisch ihr Make-up erneuerte; doch er achtete auf Abstand zu Gangster, der bedrohlich knurrte. »Er macht sich so gut, daß es schon fast unheimlich ist«, fuhr er fröhlich fort. »Wenn ich bloß noch so ein Pferd finden könnte. Er sollte schon auf der Wiese seinen Lebensabend genießen, aber ich hab noch keinen Ersatz.«

»Ich dachte, er ist erst elf?« sagte Tash überrascht.

Einen Augenblick lang schien sich Hugos Blick zu verhärten, und das Blau seiner Augen nahm einen frostigen Ton an. »Ist er auch«, sagte er ruhig. »Aber ich brauche bald ein anderes Toppferd, oder ich hab ein echtes Problem.«

Tash dachte kurz an Surfer, sagte aber nichts. Sie hatte ohnehin das Gefühl, bereits etwas Falsches gesagt zu haben, auch wenn sie nicht wußte, was. »Bist du gut vorbereitet für Badminton?« fragte sie und schob nervös ihren Kaffeebecher auf dem Tisch hin und her, um ihre Nerven zu beruhigen. Ihm so nahe zu sein, ließ sie erbeben.

Er zuckte die Achseln. »Man soll das Schicksal nicht herausfordern, aber es wird wohl unser letzter Versuch sein. Ich hab nie gesagt, daß ich nicht genauso wie jeder andere gewinnen will. Und du?«

Tash schüttelte ihren Kopf. »Ich bin nicht sicher, ob dies mein Jahr ist. Snob macht, was er will.«

»Wie geht's Mickey?« fragte er ruhig, offensichtlich bemerkte er ihren Gefühlsaufruhr nicht.

»Großartig.« Tash versuchte, sich wieder in den Griff zu bekommen. »Er ist noch immer ein Baby, aber er lernt enorm dazu. Die Zeit mit dir hat ihm gut getan«, fügte sie schuldbewußt hinzu.

»Wie schön, wenn ich helfen konnte.« Hugo klang verärgert.

»Doch, das hast du!« Tash spürte, wie taktlos sie war. »Er nimmt sich jetzt – äh – viel mehr zusammen. Du solltest ihn dir mal ansehen. Er sieht wunderbar aus.«

»Vielleicht schau ich heute abend mal bei ihm vorbei.«

Tash schloß die Augen. Zoes Dinnerparty hatte sie vollkommen vergessen. Als Niall ihr erzählte, daß er die Einladung in ihrer beider Namen angenommen hatte, war sie entsetzt gewesen. Und dann schien sie im Vergleich zu ihren anderen Sorgen wieder ganz bedeutungslos. Ob es wohl schon zu spät war, um noch eine Grippe vorzutäuschen?

»Wie ich höre, findet auf der Farm heute abend so etwas wie eine Party statt«, sagte Alicia eifersüchtig.

»Du wärst bestimmt eingeladen, Mutter«, murmelte Hugo,

»aber die Moncrieffs fürchten, Gangster könnte eins ihrer Badminton-Pferde als Horsd'œuvre verspeisen. Bei deinem letzten Besuch hat er eine von Gus' trächtigen Stuten angegriffen, falls du dich erinnerst.«

»Ich könnte ihn zu Hause lassen«, grummelte Alicia. »Und nenne ihn nicht so, Hugo. Er heißt Gordons. Diese charmante Lisette hat gesagt, er hat heute Starqualitäten bewiesen.« Sie küßte den kleinen Hund auf den Kopf, und er biß ihr beinahe in die Hand.

Tash, die für ihr Leben gern gewußt hätte, was sich zwischen Lisette und Hugo abspielte, spürte, wie ihr Herz vor Aufregung hüpfte. Sie holte einmal tief Luft. »Ich hab Lisette seit deiner Party gar nicht mehr gesehen«, sagte sie entschlossen und suchte in seinem Gesicht nach Anzeichen der Leidenschaft.

»Oh, du wirst sie bestimmt wiedererkennen«, gab er jedoch nur trocken zurück. »Sally kommt heute abend scheinbar auch – vorhin hatte sie Lisettes Handy mit Beschlag belegt und versuchte, Matty von den Vorzügen eines Babysitters zu überzeugen.«

»Sally ist hier?« Tash war überrascht. In all ihrer Panik der letzten Tage hatte sie vergessen, daß ihre Schwägerin an dem Film mitarbeitete.

»Schon seit einer Woche«, murmelte Hugo, und seine saphirblauen Augen wurden wieder eisig. In seiner Stimme schwang der alte Sarkasmus. »Du interessierst dich wohl überhaupt nicht für das, was dein Verlobter tagsüber macht, was?«

Tash wand sich verlegen, und ihr Blick klebte geradezu auf dem Tisch. Am liebsten hätte sie die Wahrheit laut herausgeschrien – wäre tanzend nach draußen gerannt, hätte sich in Hugos wundervollen Gärten ausgetobt und immer wieder gebrüllt, daß sie gar nicht daran dächte, Niall zu heiraten, geschweige denn mit ihm die Flitterwochen auf den Cayman-Inseln zu verbringen. Und die Crew hätte jede Sekunde ihres Freudentanzes filmen müssen, in Großaufnahmen und mit Weitwinkeln, mit ihrem fettigen Haar und all dem anderen. Aber wenn sie das tun würde, wäre Nialls Karriere am Ende, Bobs Plan in den Himmel geschossen und weit und breit keine Hoffnung mehr, den wunderbaren und schwierigen Snob behalten zu können. Also beobachtete sie statt dessen, wie ihr verschütteter Kaffee in das rohe Holz des Tisches sickerte, zusammen mit ihrem Mut.

»Niall muß hier ja irgendwo stecken, du solltest dich mal blikken lassen«, murmelte Hugo. »Sein Wohnwagen ist der erste auf Flat Pad – der, aus dem in dicken Schwaden der Zigarettenrauch quillt.«

Weil sie fürchtete, daß ein weiteres Wort ihr Schweigen zunichte machen könnte, eilte Tash in Richtung Flat Pad davon, vorbei an halbleeren Kostümwagen, die von Plastikplanen überzogen waren, und entdeckte Niall in einem ziemlich ramponierten Wohnwagen, zusammen mit einem Mädchen von der Maske, dem Regisseur und einem Handy, in das sich sein weicher irischer Wortschwall ergoß. Er legte gerade auf, als Tash ihren Kopf zur Tür hereinsteckte und schenkte ihr, peinlich berührt, sein charmantes Lächeln. »Hi, Engel – komm rein.«

Der arrogante Regisseur David Wheaton, der das Mädchen von der Maske gerade hinauskomplimentierte, sagte auch gleich zu Tash noch, daß sie abhauen könne. »Hör mal, wir sind hinter dem Zeitplan«, blaffte er Niall an, ohne zu merken, daß Tash sich mit dem Gehen Zeit ließ. »Und du rufst hier deine verdammte Freundin an, die keine verdammten zwei Meilen entfernt wohnt! So sehr ich deine Anhänglichkeit auch schätze und mich über deine Hochzeit freue, ich *bestehe* darauf, daß von dir auch was kommt. Ich hab dich für einen Profi gehalten und nicht für einen liebeskranken Gockel!«

»Äh, David«, Niall sah Tash an, »das ist –«

»Und außerdem trinkst du zuviel!« polterte David weiter und starrte das volle Glas Scotch auf dem Tisch an. »Mittlerweile gehst du ja mit deiner heißgeliebten Freundin zu den Anonymen Alkoholikern, aber ich brauch dich hier am Set nüchtern – das hält uns sonst auf.«

»Tut mir leid, David.« Er lächelte entschuldigend. »Das ist Tash.«

David sprühte nur so vor Charme, als er erkannte, daß Tash die mysteriöse Verlobte war. Er küßte sie auf beide Wangen. »Wie reizend, dich doch noch zu treffen, Püppchen.« Er strahlte sie mit einem breiten Lächeln an, wobei seine Blicke sie erstaunt musterten: die schmutzigen Breeches, das fettige Haar und die Flecken im Gesicht.

Sie war über und über rot geworden und konnte Niall kaum ansehen. »Tut mir leid, ihr seid beschäftigt«, stotterte sie und drehte sich zu Niall um, dessen Lächeln nicht eine Sekunde gewankt hatte. »Ich wollte dich nur an dein AA-Treffen heute abend erinnern.«

»Heute abend ist Zoes Dinnerparty, Engel.« Niall lächelte heiter, doch seine Augen waren leer.

»Ach ja«, sagte Tash hilflos. »Wie dumm – ich hab wohl die Tage verwechselt.« Sie versuchte ein kleines fröhliches Lachen auszustoßen, das aber leider eher wie der Todesschrei eines Meerschweinchens klang, und verschwand, um Snob zu holen.

Auf dem Hof stritt Hugo sich mit Stefan und einem Stallknecht über eine Futterbestellung, die storniert worden war. Er bemerkte kaum, wie Tash zu den Boxen ging und hastig versuchte, Snobs angerissenen Zügel notdürftig zu flicken. Erst als sie mit ihm zurück in den Hof kam, wurde Hugo still und sah zu, wie sie aufsaß. »Na, hast du dich nett mit Niall unterhalten?« fragte er verächtlich.

Das war zu viel für Tash. Ohne ein weiteres Wort trabte sie davon.

»Offensichtlich nicht.« Hugo drehte sich wieder zu den anderen um. »Wo waren wir?« Er starrte sie einen Moment lang an, dann ging er aufs Haus zu. »Ach, Scheiß drauf«, seufzte er, »bestellt einfach mehr.« Stefan und der Stallknecht tauschten einen erstaunten Blick aus.

Eine halbe Stunde später spürte Stefan Hugo im Dachgeschoß auf, wo er sich hinter einer Ausgabe von ›Horse and Hound‹ vergraben hatte. »Die Antwort lautet nein«, sagte er, ohne aufzusehen.

Stefan blieb in der Tür stehen. »Ich mach mir wirklich Sorgen wegen Tash«, begann er behutsam.

»Ach, ja?« Hugo blätterte gelangweilt eine Seite um.

»Du denn nicht?« Stefan sah ihn verblüfft an.

»Nicht besonders«, murmelte er. »Sollte ich? Was hältst du

übrigens davon, wenn ich ihnen eine Katze zur Hochzeit schenke. Wäre doch ziemlich passend, da Niall jeden Morgen mit einem Kater aufwacht.«

»Hör auf, Hugo«, lachte Stefan. »Du siehst doch auch, wie unglücklich sie ist. Und da du mehr oder weniger ihre Karriere gesponsert hast, wirst du sie doch auch emotional unterstützen.«

»Ich zahle für sie, um Gus zu helfen«, schnauzte Hugo. »Und weil sie eine verdammt gute Reiterin ist – du weißt doch, daß in diesem Geschäft ohne Geld nichts geht. Ihr Privatleben interessiert mich nicht.«

»Und dann sollte ich dich heute wohl auch nur deswegen anrufen, weil du deine Investition begutachten wolltest, was?«

»So in etwa.«

»Du kannst sie nicht kaufen, Hugo.« Stefan schüttelte seinen Kopf. »Hast du das noch immer nicht gemerkt?«

»Stef ...«, warnte er ihn eisig.

»Dein Vater hat dich mit einer hübschen finanziellen Erbschaft versorgt, aber ohne jedes Erbe in emotionaler Hinsicht, nicht wahr? Kirsty meint, daß du dich Frauen gegenüber so barbarisch aufführst, weil du Angst hast vor der Liebe. Du hältst sie für ein Zeichen von Schwäche, nicht wahr?«

»Raus!« schrie Hugo. »Wie kannst du es wagen, so herablassend mit mir zu sprechen und irgendwelche Andeutungen über meinen Vater zu machen.«

»Aber sie hat recht, nicht wahr? Ich wette, dein alter Herr hat dir, um deine Tränen zu trocknen, immer ein neues Pony gekauft oder dir gleich Geld zugesteckt, was?«

»Nicht ganz.« Hugos Gesicht war wutverzerrt, und seine Augen blickten so zornig, daß Stefan entsetzt erbleichte. »Er hat mich für gewöhnlich verprügelt, wenn du's genau wissen willst. Und falls ich nicht das gleiche mit dir machen soll, schlage ich vor, du verschwindest jetzt.«

»Okay.« Er zog sich hastig zurück. »Du hast gewonnen.«

»Das«, sagte Hugo bitter, »ist etwas, das mir schon lange nicht mehr gelungen ist.«

Als Tash und Niall an diesem Abend vom Old Forge zur Farm gingen, sprach sie ihn endlich auf seine Trinkerei an. »Sei ehrlich«, bat sie. »David Wheaton hat mir gesagt, wie dankbar er mir sei, daß ich mit dir zu den AA-Treffen gehe. Ich wußte überhaupt nicht, wo ich hingucken sollte. Und dann hörte er gar nicht mehr auf, von all den Telefonaten und endlos langen Lunches zu reden. Das ist doch der totale Blödsinn, Niall. Du kannst mich doch nicht immer benutzen, um die Wahrheit zu vertuschen.«

»Das mit dem Alkohol hab ich im Griff, Engel.«

»Das stimmt doch nicht, Niall«, protestierte sie. »Ich weiß, ich hab versprochen, noch eine Weile stillzuhalten; aber es bringt mich schier um. Soll ich einfach zugucken, wie du weiter trinkst und alles noch schlimmer machst? Du erzählst den Leuten alberne Geschichten, und ich dachte, du suchst nach einer Lösung.«

»Mach ich ja auch, Engel, wirklich.« Er griff nach ihrer Hand und drückte sie. »Aber Lisette ist ein bißchen mißtrauisch geworden, weil du nie auf dem Set erschienen bist; und da hab ich eben von den Hochzeitsvorbereitungen erzählt. Es ist vielleicht etwas ausgeufert, das ist alles.«

»Ausgeufert?« Tash lachte dumpf. »Herrgott, Niall!« Sie machte sich von ihm los. »Erkennst du nicht, daß du alles noch schlimmer machst? Wie lange soll diese lächerliche Scharade denn weitergehen?« Am liebsten hätte sie geschrien: Wie lange dauert es noch, bis du Snob verkaufst? Aber einmal ausgesprochen, müßte sie die Tatsache akzeptieren; und den Mut brachte sie nicht auf. Wie sehr sie auch versuchte, sich einzureden, daß es keine andere Lösung gab, so sehr hoffte sie auch verzweifelt auf ein Wunder.

Niall beschleunigte seinen Schritt. »Wir sollten es unbedingt für uns behalten bis zu Lisettes Filmparty – dem Abend, an dem du aus Gloucestershire zurückkommst. Hab ich das Geld bis dahin nicht aufgetrieben, trage ich die Konsequenzen, das schwöre ich.«

»Aber dann bleibt nur noch eine Woche, um die Hochzeit abzusagen.« Sie schauderte. »Das können wir doch nicht machen.«

»Wir müssen, Tash.«

»Soll ich zusehen, wie du weiter Geschichten erzählst und dich um deinen Verstand trinkst, nur damit ich in Badminton starten kann? Wie, um alles auf der Welt, konntest du bloß die Chuzpe besitzen und erzählen, daß du zu den AA-Treffen gehst?«

»Weil ich es tue«, sagte er leise.

»Du tust was?« Tash blieb mitten auf der Straße stehen.

Ganz ruhig wartete er, die Hände tief in den Taschen vergraben. Es war ein schwüler Abend, der das nahende Gewitter schon ahnen ließ. Da Tash sich nicht bewegte, stieß er einen tiefen Seufzer aus. »Ich weiß, ich saufe noch immer wie ein Loch, Engel, aber ich will mir helfen lassen. Ich möchte wirklich aufhören.«

»Aber wann? Ich meine, wie?« Sie starrte ihn ungläubig an.

»Zoe geht mit mir hin«, sagte er nach einer Pause. »In Marlbury – immer donnerstags. Wir waren gestern abend da. Es findet im großen Gemeindesaal der Reformierten Kirche nach –«

»– nach dem Treffen der Weight Watchers statt«, beendete Tash seinen Satz und wußte nicht, ob sie lachen oder weinen sollte. »Ich weiß, wann es stattfindet. Warum hast du nichts zu mir gesagt?«

»Ich dachte, du würdest dich ärgern«, sagte Niall und wich ihrem Blick aus.

»Ärgern?« Unerwartet füllten sich ihre Augen mit Tränen. »Herrgott, ich bin so stolz auf dich – schon seit Wochen hoffe ich, daß du etwas unternimmst.«

»Du hast nie was gesagt.« Er seufzte und setzte den Weg zur Farm fort. »Du hast getan, als gäbe es kein Problem. Ich dachte, es interessiert dich nicht.«

Tash biß sich auf die Lippen. Wie groß ihre Sorgen auch gewesen waren, ihr Schweigen hatte ihn einsam gemacht. »Und Zoe hat es gemerkt?«

Er nickte. »Wochenlang hat sie auf mich eingeredet, obwohl ich es immer abgestritten hab. Bis ich schließlich so weit war. Manchmal erinnert sie mich an Matty – komisch eigentlich.«

Komisch war auch, daß Matty und Zoe die beiden ersten waren, die sie zu Gesicht bekamen, als sie sich in der Küche der stürmischen Begrüßung der Hunde erwehrten und ihre Mitbringsel, Wein und die ersten Erdbeeren, überreichten. »Wie herrlich.« Zoe nahm ihnen alles ab und stand mit den Sachen unter das Kinn geklemmt da. »Matty hat gerade von seinem neuen Projekt erzählt, der Korruption beim Pferderennen. Da kannst du ihm sicher helfen, Tash.«

Tash starrte sie beide an und hatte keine Ahnung, wie sie das anstellen sollte. Sie verstand vom Pferderennen genauso wenig wie vom Industriemanagement. Und plötzlich, als sie von einem zum anderen sah, ging ihr auf, daß Matty derjenige gewesen sein mußte, den Zoe auf der Party vor zwei Jahren geküßt hatte. Sie war immer davon ausgegangen, daß es Hugo gewesen wäre, doch ein Blick auf die zerknirschte Miene ihres Bruders belehrte sie eines Besseren. Zoe und Matty, beiden war das Wiedersehen hochnotpeinlich, begegneten sich mit ausgesuchter Höflichkeit. Zoe, die in einem exquisiten stahlgrauen Kleid durchs Haus schwebte, sah hinreißend aus, war aber sehr nervös. »Ich hatte noch Zeit.« Zoe lächelte, als Tash ihr ein Kompliment machte. »Du siehst aber auch glänzend aus.« Ihre Augen weiteten sich leicht, als sie erkannte, was Tash trug. »Sogar erstaunlich gut.«

Um sich nach diesem höllischen Tag etwas besser zu fühlen, hatte Tash mutig den Versuch gestartet, wenigstens nicht mehr länger wie eine Heroinabhängige auf Entzug herumzulaufen. Sie wußte, daß sie in Geschmacksfragen mit Lisette nicht konkurrieren konnte, wollte aber Hugo kein weiteres Mal so nachlässig unter die Augen treten wie vorhin auf Haydown. Sie hatte die ausgesprochen weiche Lederjeans ausgewählt, die Niall ihr aus den Staaten mitgebracht und die zu tragen sie bislang nicht den Mut aufgebracht hatte. Sie war knalleng, und ihre Beine wirkten endlos darin; aber sie war eindeutig zu warm an so einem schwülen Abend. Ihre blaue Seidenbluse klebte ihr bereits an der Brust, und es war einfach zu feucht gewesen, um noch groß Make-up aufzutragen – sie hatte nur ihre Sommersprossen abgedeckt und die Haare zu einem Pferdeschwanz gebunden.

»Tash sieht heute abend so großartig aus«, Matty verdrehte die Augen, »weil die Gewitterhexe sich mit Schwefel parfümiert hat und auf dem Weg hierher ist. Der Versuch, einen Feind mit den eigenen Waffen zu schlagen, hm?« Er zwinkerte seiner Schwester gewitzt zu.

»Da komm ich nicht mit.« Niall schüttelte den Kopf.

»Er meint Lisette, Niall«, seufzte Zoe.

»Ich hatte keine Ahnung, daß diese Frau eingeladen ist«, schnaubte Matty. »Und hätte ich's gewußt, wäre ich garantiert nicht gekommen.«

»Sie kommen ein bißchen später«, erklärte Zoe eilig und entkorkte eine weitere Flasche Wein. »Hugo hat vor zwei Minuten angerufen, Lisette sieht sich noch die Muster oder was ähnlich Kryptisches an. Sie bringen Sally und David Wheaton mit. Es werden immer mehr. Fast hätte ich euch gebeten, Geschirr und Stühle mitzubringen.«

»Niall und Tash haben keine Stühle«, betonte Matty, der leicht errötete, weil auch er erst in letzter Minute dazugestoßen war. »Bloß gußeiserne Gartenmöbel.«

Tash bemerkte, daß ihr Bruder dicker war als sonst, was ihr seltsam schien, da Sally ihn in letzter Zeit als besonders mißmutig schilderte. Ihrer Erfahrung nach hatte Matty nur zugelegt, wenn er sich glücklich und zufrieden fühlte, und das kam so selten vor, daß er meist so hager wie ein Ballettänzer war – immer verbissen und angespannt. »Wie geht es dir?« fragte sie ihn vorsichtig. »Du siehst unglaublich gut aus.«

»Es geht mir auch gut.« Er lächelte schelmisch – eine weitere Seltenheit. »Ich hab diese Woche endlich zwei gute Aufträge an Land gezogen und, was noch besser ist, einen Koproduzenten für beide Deals gefunden, der mich machen läßt, was ich will, solange es brillant ist; und das wird es werden.«

»Mein Gott! Das ist ja hervorragend!« Niall sprang auf ihn zu und schüttelte lebhaft seine Hand.

Tash lächelte ihn an. »Ich freu mich so für dich. Sally schwebt bestimmt auf Wolken – jetzt steht ihr beide nicht mehr so unter Druck.«

Doch Matty blickte unbehaglich drein. »Sie weiß es noch nicht.« Er verzog das Gesicht. »Ich hatte noch keine Gelegenheit, es ihr zu sagen – deswegen bin ich hauptsächlich hier.«

»Sie wird platzen vor Freude«, beteuerte Tash.

»Na, mal sehen.« Er spähte kurz zu Zoe hinüber und zweifelte, ob es eine weise Entscheidung gewesen war, überhaupt zu kommen. »Ich nehme an, dir geht es auch gut«, sagte er zu Tash, ohne besonders interessiert zu klingen.

»Nicht schlecht.« Sie zuckte die Achseln und nahm eine Handvoll Chips aus einer Schale auf dem Tisch. Sie war entschlossen, es heute abend ein für allemal zu tun. Auch wenn Niall es noch so gern unter der Decke halten wollte, sie mußte die Wahrheit über die Hochzeit sagen. Sie würde verrückt werden, wenn sie es nicht tat. Und sollte es bedeuten, daß Snob verkauft wurde, dann war daran eben nichts zu ändern. Sie wollte es einfach nur noch hinter sich bringen. Doch sie mußte warten, bis alle da waren – vor allem Lisette. Der heutige Abend war perfekt, um es zu verkünden: Lisette blieb keine andere Wahl, als im Kreise so vieler Leute auf einen Kompromiß einzugehen; und wenn dieser Kompromiß darin bestand, Snob zu verkaufen, um Lisette auszuzahlen, so war auch gleich ein Käufer zur Hand – Hugo würde ruckzuck sein Scheckheft zücken und sie, wie sie es vorhergesehen hatte, aus ihrer vertrackten Lage erretten; wenn auch nicht mit einer Liebeserklärung wie in der romantischen Version ihrer Tagträume.

»Und ihr wollt es noch immer bis zum verflixten siebten Ehejahr schaffen?« Matty blickte Niall aufmerksam an. »Oder soll diese spezielle Ehe doch länger dauern?«

Zum Glück schlenderte in diesem Moment Rufus in die Küche und fragte, ob er ein Bier haben könnte, immerhin sei es doch eine besondere Gelegenheit.

»Was ist denn so besonders?« Zoe beobachtete, wie er den Kühlschrank plünderte.

»Na ja, eine Dinnerparty eben. Das gibt's ja nicht so oft. Übrigens kommen da gerade ein Auto und ein Motorrad.« Er zündete sich unbeholfen eine Zigarette an und schrie auf, als die Flamme des Feuerzeugs seine Nasenspitze ankokelte.

Zoe sah aus dem Fenster. »Ach, das ist nur Stefan auf diesem albernen Motorrad von Hugo. Und das scheint Sally zu sein, die da aus dem Auto steigt. Wie schön sie ist. Aber wer ist das neben ihr?«

Niall blickte über ihre Schulter und spähte auch hinaus. »Ach, du meine Güte!« Seine Augen weiteten sich besorgt. »Meine Ma.«

Tash spürte, wie alle Farbe aus ihrem Gesicht wich, und hörte Ma O'Shaughnessys laute, fröhliche Stimme vom Hof hereintönen. Nur Augenblicke später füllte sie den ganzen Raum aus, nicht nur mit ihrem riesigen Umfang, sondern auch mit dem umwerfenden Lavendelduft, der sie umgab.

»Da bist du ja, Junge!« rief sie und warf sich mit solcher Wucht auf Niall, daß sein spinatgrüner Jumper es fast nicht überlebt hätte. »Herrgott, du riechst nach Sprit, ganz wie dein gottverdammter Vater. Freust du dich, deine alte Ma zu sehen?«

»Gewaltig.« Niall gelang es schließlich, sich zu befreien. »Was machst du denn hier?«

Sie sah ihn verschmitzt an und suchte den Raum nach Tash ab. »Ich besuch diese Woche deine Tante Maria in Liverpool – Montag nehmen sie ihr die Gallenblase raus –, und da dachte ich, besuch doch auch gleich mal deinen Sohn und guck nach, wie das mit dieser Hochzeit so läuft. Ah, da ist ja das Kindchen!« Sie polterte auf Tash zu und drückte sie an ihre Brust. »Den beiden albernen Mädchen traue ich nicht, die das für euch organisieren – zwei richtige Hühner, wenn du mich fragst. Eine ist deine Mutter, stimmt's, Tash?«

Tash zog ihre hochgerutschte Bluse herunter und betrachtete Ma O'Shaughnessy mit einer Mischung aus Furcht und Staunen. »Was für eine Überraschung. Wann bist du angekommen?«

»Vor einer Stunde bin ich vor dem Hotel von diesem feinen Pinkel vorgefahren. Gott, was ist der Mann für ein Trottel!« Sie ließ sich schwerfällig am Tisch nieder, und einer der alten wackeligen Stühle der Moncrieffs ächzte wie ein Schiff im Sturm. »Also, wer bringt mir was zu trinken, oder muß ich mir selbst was holen?«

Während Niall seiner Mutter einen Scotch nach Art der Familie einschenkte, setzte Tash sich pflichtbewußt neben Ma und hörte zu, wie sie weitschweifig in ihrem heiseren Bariton den hochnäsigen Hotelier beschrieb, der sich geweigert hatte, ihre Koffer zu tragen. Abgesehen von ihrer massigen Figur, den wilden Locken und der roten Nase war sie eine ungeheuer attraktive Frau, mit denselben samtig dunklen Augen wie ihr Sohn, rosigen Wangen und einer hellen, sommersprossigen Haut. Ihr Lachen war berühmt-berüchtigt, und sie behauptete, die beste Köchin in ganz Irland zu sein.

»In welchem Hotel bist du denn abgestiegen?« fragte Tash, als Ma einmal Luft holen und einen Schluck Scotch trinken mußte.

Sie verzog das Gesicht, der Whiskey war offenbar entsetzlich, und nickte zu Sally und Stefan hinüber, die sich an der Tür vor Lachen bogen. »In dem, wo auch die beiden Teenager da wohnen, stimmt's?«

Sally, die vor lauter Gekicher kein Wort herausbrachte, konnte nur nicken. Sie hatte noch nicht mal Matty begrüßt, fiel Tash auf. Statt dessen lehnte sie sich gegen Stefan und lachte sich ins Fäustchen.

»Beauchamp Towers.« Stefan riß sich zusammen und nickte ernsthaft. »Steht nicht im Reiseführer, hat aber in der Gegend einen guten Ruf.«

»Nun, ich weiß nur, meinen Freunden empfehle ich's nicht.« Ma rümpfte noch einmal die Nase. »Ich versteh nicht, wie deine liebe Mutter es mir empfehlen konnte, Tash. Um ehrlich zu sein, ein schreckliches Haus. Und ein ganz furchtbarer Mensch leitet es. Ich meine, ich bin ja nur von Irland rübergekommen, aber dieser junge Mann dort ist aus Schweden angereist, um hier Urlaub zu machen, stimmt doch?« Sie nickte Stefan zu, der zusammenbrach vor Lachen.

»Soll das heißen, du wohnst bei Hugo, Mama?« Niall war entgeistert.

»Wenn das dieser Mensch ist, dann ja – jedenfalls solange ich nichts anderes finde, aber ich bleib nicht lange.« Ma nahm noch einen Schluck Scotch und verzog wieder das Gesicht. »Nicht nur die Zimmer sind entsetzlich«, fuhr sie fort, »da wird auch noch so eine Art Werbefilm für das Hotel gedreht – überall liegen Lampen und Kabel auf dem Boden. Es ist eine gottverdammte Gefahr für die Gesundheit.«

Niall warf Sally einen verärgerten Blick zu. »Habt ihr es ihr nicht erklärt?«

Sie wischte sich die Augen und versuchte wieder Atem zu schöpfen. »Glaub mir, wir haben's versucht. O ja, wir haben's wirklich versucht. Sie hält Lisette für die Frau von der Rezeption.«

»O Gott, Mutter!« Niall seufzte.

»Fluche nicht, mein Junge. Ich darf es, weil ich eine unbefleckte

Seele hab und in die Messe geh. Du könntest auf der Stelle tot umfallen, so wie du da stehst als großer Sünder«, schimpfte sie und tätschelte Tashs Hand. »Und jetzt möchte ich von meiner zukünftigen Schwiegertochter alles über die Hochzeit hören.«

Während sie tief einatmete, entschied Tash, daß es jetzt oder nie passieren sollte. Sie mußten es dann nur noch Lisette beibringen. »Die Sache ist ...«, versuchte sie sich über das Gebrabbel hinweg Gehör zu verschaffen, als Gus in die Küche schlenderte und verkündete, er hätte Ted auf einen Drink eingeladen. Ihnen auf dem Fuß folgte India, womit die Küchen-Stehparty komplett war.

»Sind noch irgendwo Chips, Mama?« rief Rufus.

»Die Sache ist ...«, wiederholte Tash.

»Kann ich ein Radler haben, wenn Ruf Bier trinkt, Mama?« fragte India. »Du siehst toll aus, Tash. Wahnsinn, diese Jeans.«

»Niall und ich haben uns überlegt, daß es ...«

»Könnt ihr vielleicht alle hier verschwinden, solange ich koche!« schrie Zoe. »Das ist ja wie im Irrenhaus.«

Nur Sekunden später scheuchte Niall jeden aus der Küche, einschließlich Tash. »Ich wollte es ihnen sagen«, zischte sie, als er sie nach draußen schob.

»Herrje, doch nicht jetzt – nicht heute abend.« Er sah entsetzt aus. »Es wird noch schwierig genug, zu erklären, daß Hugos Haus kein Hotel ist. Mach nicht alles noch komplizierter. Tu's meiner Mutter zuliebe, Tash, ich bitte dich!« Er klang völlig verzweifelt.

Tash hatte sowieso keine Chance mehr, da Ma in das unordentliche Wohnzimmer der Moncrieffs ging, sich sofort auf das beste Sofa zwischen India und Rufus fallen ließ und ihnen merkwürdige Geschichten über Nialls Teenagerzeit erzählte, die alle erfunden waren. Tash hatte sie bei ihrem Besuch in Irland letztes Jahr schon zu hören bekommen und war nur froh, daß Niall in der Küche bei Zoe geblieben zu sein schien. Bei der langen Anrichte am anderen, eher dunklen Ende des Zimmers führte Matty ein leises, angeregtes Gespräch mit Sally und erzählte ihr seine Neuigkeiten. Ihrem schweifenden Blick und ihrer gelangweilten Miene entnahm Tash, daß Sally nicht ganz so entzückt war, wie ihr Bruder es sich vorgestellt hatte.

Also half Tash, Drinks auszuschenken, und setzte sich schließlich neben Stefan, der auf dem Sofa mit dem gebrochenen Fuß lümmelte. »Ich dachte, Kirsty wäre auch hier«, sagte er traurig. »Aber Ted sagt, sie ist mit Franny Pizza essen gegangen.«

»Wahrscheinlich will sie nicht auf Hugo und Lisette treffen«, flüsterte Tash, die ihr das sehr gut nachfühlen konnte.

»Warum denn nicht?« fragte Stefan verwirrt.

Tash biß sich auf die Lippen und erinnerte sich, daß Penny erst heute morgen erzählt hatte, wie verknallt Stefan in Kirsty war. »Ach, nur so.« Sie sah, wie Sally im Flüsterton Matty etwas vorwarf.

»Bist du gut nach Hause gekommen heute, hm?« Er lächelte sie an.

»O ja, prima.« Tash wandte ihren Blick ab von dem Streit ihres Bruders und ihrer Schwägerin und spürte, daß sie rot wurde. »Also – äh.« Sie suchte nach einem anderen Gesprächsthema und sah, wie Matty mit irritierter Miene aus dem Zimmer fegte. »Wie findest du Nialls Mutter?«

»Sie ist völlig verrückt«, sagte Stefan einfach und fügte flüsternd hinzu: »Hugo hat gedacht, sie wäre eine streunende Irre oder irgendein schlechter Scherz der Filmcrew.« Er begann fröhlich zu kichern. »Deine Hochzeit wird absolut schrill.«

»Enorm lustig, ja.« Sie bemerkte nicht, daß Stefan ihr Gesicht aufmerksam betrachtete, und sah Sally, die trotz Mattys mürrischem Abgang überraschend aufgekratzt wirkte, auf sich zukommen. Sie hatte ihre Haare mit einem Satinband zurückgebunden, was ihre lustigen Augen und ihren schön geschwungenen Nacken betonte. Ihr weiches Angorakleid war viel zu warm für die Jahreszeit, und so glühten ihre Wangen nicht nur von den Gin-Tonics, die sie bereits auf Haydown getrunken hatte.

»Tash, Schatz, du bist, genau wie ich, viel zu warm angezogen – und viel zu trendy. Wir müssen beide Shop-aholics sein.« Sie setzte sich zu Stefan auf die Armlehne. »Du bist nie am Set – und kommst nie, um auf Niall aufzupassen, der nur Unsinn treibt, wie immer.« Sie zwinkerte ihr fröhlich zu. »Aber statt dessen verschwindet er jede freie Minute. Das macht Lisette rasend.« Sie wischte ein paar imaginäre Hundehaare von Stefans Schulter. Eine komische Geste, die Tash nicht ganz einordnen konnte – doch sie war zu verwirrt von dem, was Sally gerade ausgesprochen hatte. Sie wollte schon antworten, daß Niall nicht zu ihr, sondern wohl eher in den Pub ginge – doch sie schluckte es in letzter Sekunde herunter und bot Sally noch einen Drink an.

»Wein, bitte – und könntest du gucken, ob mit Matty alles okay ist? Er hatte gerade mal wieder eine seiner Launen.«

In der Küche saß Niall mit einem jetzt ziemlich düster gelaunten Matty und der Scotch-Flasche am Tisch, während Zoe Salat putzte und Hugo verfluchte, weil er so spät dran war. »Was denken Lisette und er sich eigentlich, Herrgott?« stöhnte sie. »Ich hab gesagt, spätestens um acht.«

»Wie ich Hugo und Lisette kenne, liegen die im Bett«, sagte Matty ätzend. Seine gute Laune war völlig dahin.

Tash, die den Kopf in den Kühlschrank gesteckt hatte, um Wein zu suchen, klebte mit der Nase an einem muffigen Blumenkohl. Ihr Herz raste.

»Unsinn!« höhnte Niall. »Er und Lisette sind nicht zusammen – ich muß es schließlich wissen.«

»Du führst wohl Buch, was?« murmelte Matty verärgert.

»Der Grund, warum ich's wissen muß, heißt David Wheaton – sie haben sogar ein gemeinsames Zimmer im Hotel«, sagte Niall fröhlich. »Warum sollte sie David schon nach einem Monat mit Hugo betrügen?«

»Wäre nicht untypisch«, sagte Matty gemein und drehte sich irritiert zu seiner Schwester um. »Sag mal, Tash, kühlst du dein Gesicht, oder bist du aus Versehen festgefroren?«

Mit einer Flasche Wein in der Hand tauchte Tash wieder auf, und trotz der eisigen Kälte des Kühlschranks brannte ihr Gesicht vor Hitze.

»Fühlst du dich gut, Engel?« Niall sah sie besorgt an.

Sie griff an die Arbeitsplatte, um sich festzuhalten, stand auf und nickte. Tash war so erleichtert, daß Hugo nicht mit Lisette schlief, daß sie am liebsten in der Küche herumgerannt wäre und alle abgeküßt hätte.

»Wenn man vom Teufel spricht …«, Zoe lehnte sich zum Fenster. »Da kommen sie – Herrgott, fährt Hugo schnell.«

»Scheiße.« Matty stürzte seinen Scotch hinunter. »Ich wette, sie freut sich diebisch, zu sehen, wie Sals mit diesem Schweden flirtet. Wenn sie nicht bald von ihrem Spielzeug abläßt, kann ich euch für nichts mehr garantieren.«

Niall erhob sich. »Ich geh mal besser zu meiner Mutter, bevor sie Hugo vorwirft, er würde das Hotel unbeaufsichtigt lassen.« Er ging hinaus, und ein ziemlich niedergeschlagener Matty folgte ihm.

Tash sah Zoe an und gab es auf, die Korkenkrümel aus der Flasche zu fischen, die sie eben geöffnet hatte. Sie wollte unbedingt mit ihr reden, wie lausig ihr Timing auch immer sein mochte. Zoe, die direkt unter einem Deckenstrahler stand und Dillmayonnaise anrührte, schimmerte silbern im Licht und wirkte ätherisch wie ein Engel.

»Er hat mir von den AA-Treffen erzählt«, sagte Tash vorsichtig.

»Da bin ich aber froh.« Zoe sah sie nicht an. »Ich hab ihn darum gebeten, aber es war ihm zu peinlich.«

»Du bist so gut zu ihm.« Tash schluckte. Ihre Kehle war plötzlich staubtrocken.

»Nicht mehr als sonst.« Zoe wirkte immer unruhiger, ihr Schneebesen rotierte wie wild. »Ich war einfach nur da, wenn er jemanden zum Reden brauchte – das tu ich auch für dich, Schatz.«

Tash holte tief Luft; sie wußte, daß sie nicht mehr viel Zeit hatte, weil Hugo den Wagen bereits parkte. Sie mußte mit Zoe sprechen, bevor er hereinkam, mußte unbedingt wenigstens einen Teil ihres chaotischen Lebens ins reine bringen, ehe sie ihn sah. »Das klingt vielleicht seltsam, aber ihr beide wirkt wie ein Paar.«

»Was?« Zoe zuckte nervös und sah zum Fenster hinaus, wo der Range Rover gerade in verrücktem Tempo zurücksetzte.

»Wirklich«, beharrte Tash. »In letzter Zeit fällt es mir auf. Du und Niall, ihr wirkt – verhaltet euch wie ein Paar, das seit Jahren zusammen ist.«

Zoe wagte kaum noch, sich zu bewegen, der Schneebesen ruhte in der Schüssel, die sie mit der Hand noch festhielt. »Wirklich?«

Tash nickte und hörte, wie draußen der Motor abgestellt wurde und Ma im Wohnzimmer rief: »Nicht dieser gottverdammte Kerl!«, nachdem sie vor Hugos unmittelbar bevorstehendem Eintreffen gewarnt worden war. »Du weißt, wie's um uns steht, oder?« fragte Tash eindringlich.

Zoe nickte, ihre klugen blauen Augen wurden weich.

»W-wie lange schon?« fragte Tash.

Sie zuckte die Achseln. »Offiziell ein paar Tage, glaub ich. Seit ihr aus Frankreich zurück seid. Aber ich hab's schon seit Wochen geahnt – vielleicht länger.«

»Er hat nicht auf der Farm angerufen, um mich zu erreichen, oder?« Tash beobachtete ihr Gesicht, während das Knallen von Autotüren jetzt an ihr Ohr drang. »Ich meine, anfangs vielleicht, aber jetzt ruft er immer hier an. Und du kannst nicht behaupten, daß er das meinetwegen macht.«

»Nein, das kann ich nicht.«

»Bist du – ich meine, hast du – «

Zoe schüttelte vehement den Kopf. »Nein! Wir sind befreundet, Tash, mehr nicht. Ich schwöre, das Intimste zwischen uns in der vergangenen Woche waren ein paar gemeinsame Essen, bei denen wir davon gesprochen haben, wie schrecklich er sich deinetwegen fühlt – und eine heimliche Fahrt zum AA-Treffen. Es ist alles andere als eine wilde Affäre.«

Gestalten waren jetzt auf der Auffahrt zu erkennen. Tash konnte Lisettes rauchige, sexy Stimme ausmachen, die sich wütend erhob, weil Hugo so schnell gefahren war. Gerne wäre sie ans Fenster gerannt und hätte hinausgerufen, daß sie noch einen Augenblick warten sollten; sie wünschte sich sehnlichst, diese Situation, die sie zu ersticken drohte, endlich aufzulösen. »Er läßt es mich niemandem sagen«, murmelte sie heiser; im Hintergrund hörte sie Hugos weiche gedehnte Stimme. »Ich möchte es heute abend sagen, aber er läßt mich nicht. Er meint, wir müssen es noch eine weitere Woche geheimhalten.«

Zoe wandte sich ab, ihre Stimme bebte. »Ich hab mir den Mund fusselig geredet, Tash. Es ist wie mit seinem Trinken – ihm zu sagen, er soll aufhören, führt zu gar nichts. Nimm ihn an die Hand und laß ihn nicht wieder los, bis er weiß, daß du zu ihm hältst.«

»Das hab ich schon vermasselt«, flüsterte Tash rauh.

»Und er spielt darüber hinweg«, fuhr Zoe eindringlich fort. »Er versteckt sich vor der Wahrheit, so wie er zahllose Flaschen im Old Forge versteckt hat und meinte, du würdest es nicht merken. Er fürchtet, du wirst ihm niemals vergeben, wenn er dir beichtet, welche Konsequenzen sein ganzes Chaos für dich haben könnte. Es tut mir so leid, Schatz, aber du wirst am Boden zerstört sein, wenn du's erfährst.«

»Ich weiß«, murmelte Tash, während ihr langsam die Tränen über die Wangen rollten. »Ich werde Snob verlieren. Aber wenn das ihm da heraushilft, dann tu ich's. Niall muß ihn nur verkaufen.«

»Das glaubst du?« Zoe schnappte nach Luft. »Daß Niall ihn verkaufen will?«

»Muß er das denn nicht?« fragte Tash verwirrt. »Braucht er nicht das Geld, um sich aus dem ›Cheers!‹-Deal herauszukaufen?«

»Schatz, das würde er dir niemals antun, nicht mal, wenn er könnte. Er weiß, wie hart du mit diesem Pferd gearbeitet hast. Deswegen will er ja unbedingt, daß ihr beide in Badminton starten könnt, ohne daß die Regenbogenpresse dich ständig mit Fragen nervt und du dich nicht mehr konzentrieren kannst – denn das wird unweigerlich passieren, sobald auch nur das kleinste Gerücht umläuft, glaub mir. Es wäre einfach furchtbar für dich. Verstehst du denn nicht, daß er aus diesem Grund dieses Spiel für euch beide spielt?«

»Und danach?«

»O Tash! Ich weiß es auch nicht.«

Zoe setzte die Schüssel mit einem Knall ab, rannte quer durch die Küche und nahm Tash in die Arme, die erstickt schluchzte. Tash atmete ihren herrlichen, kühlen Geruch ein und spürte, wie Zoes Kraft und Wärme sie langsam stärkten und ihr Auftrieb verliehen. Die Hunde begannen zu bellen, während Hugo und seine Gefolgschaft zwischen den parkenden Autos aufs Haus zugingen. Sie hatten die Tür fast erreicht.

»Du mußt mir helfen, Zoe«, sagte Tash verzweifelt. »Du mußt absolut ehrlich zu mir sein. Liebst du Niall?«

Zoe trat einen Schritt zurück, um sie anzusehen; ihre blauen Augen blickten wachsam. »Natürlich – ich liebe euch beide.«

»Nein, nicht so«, Tash rang um Worte. »Liebst du ihn? Ich meine Liebe, Liebe. Ich bin fast sicher, daß er dich liebt. Er liebt dich unsterblich – er ist ganz verrückt vor Liebe.«

Zoe erstarrte, ihre Arme versteiften sich. »Red keinen Unsinn«, spottete sie abwehrend.

»Oh, ich kenne Niall.« Tash lachte trotz ihrer Tränen. »Und ich weiß, was für ein Feigling er ist, wenn er einem seine Gefühle gestehen soll; er fürchtet die Zurückweisung – wie ich, deswegen sind wir ja auch so ein hoffnungsloser Fall. Das mußt du ihm abnehmen, Zoe. Wenn du ihn liebst, dann mußt du ihn an die Hand nehmen, wie du vorhin gesagt hast. Denn solange du das nicht tust, läßt er meine nicht los.« Zoe starrte sie schweigsam an, und Tash beschlich plötzlich die Furcht, daß sie sich geirrt haben könnte. »D-du liebst ihn, nicht wahr?« stammelte sie.

Zoe lächelte – dieses liebliche Lächeln, das ihr schönes kühles Gesicht mit Wärme und Sympathie erfüllte. In ihren blauen Augen blitzten die Tränen. »Ich fange gerade damit an.« Sie nickte und drückte Tash fest an sich. »Und eines gar nicht mehr so fernen Tages werde ich ihn so sehr lieben, wie du Hugo liebst.«

Tash war schockiert.

»O Schatz, es ist absolut offensichtlich, daß du ihn liebst.« Zoe lachte durch ihre Tränen hindurch. »Immer schon.«

Ein lautes Klopfen an der Haustür trennte sie, und Zoe griff nach dem Geschirrhandtuch, um ihre Tränen zu trocknen. Tash suchte nach etwas Ähnlichem, aber es war schon zu spät. Hugo und Lisette betraten bereits die Küche mit Champagnerflaschen im Arm und noch einem weiteren Gast – David Wheaton, der ihnen in einer alten bequemen Cordhose und dem gleichen karierten Hemd, das Gus heute abend trug, folgte.

»Entschuldige die Verspätung.« Hugo ging auf Zoe zu und gab ihr einen Kuß. »Du hast doch nichts dagegen – ich hab David versichert, daß es bei dir immer völlig ungezwungen zugeht. Es gibt doch keine einzelnen Bœuf en croûte oder so was?«

»Nein, nein – einen ganzen Lachs, das geht schon«, sagte Zoe ziemlich entmutigt.

»Hi, Tash – die Augen noch ganz taufrisch, was?« Hugo drehte sich mit einem sarkastischen Lächeln zu ihr um.

Tash sagte nichts – das Herz raste ihr in der Brust – und wandte ihm den Rücken zu, während sie in der Besteckschublade kramte. Warum war er bloß immer so grausam? In ihren Ohren dröhnte noch, was Zoe eben gesagt hatte, und sie wurde fast paranoid vor Angst, daß sie seit einer Ewigkeit herumlief und es für jeden absolut offensichtlich war, wie sehr sie Hugo liebte. In Zukunft mußte sie ihre Gefühle besser verbergen.

Sie versteifte sich, als Hugo plötzlich hinter sie trat und mit seiner Hand nach ihrer griff. Sehr langsam und vorsichtig zog er ihre Finger aus dem gefährlichen Durcheinander an Messern und drehte sie zu sich herum, um ihr ins Gesicht zu sehen. »Ist was nicht in Ordnung?« murmelte er, nicht gänzlich unfreundlich. Seine kühlen blauen Augen forschten in ihrem Gesicht. »Das ist doch wohl ein ziemlich alberner Versuch, sich die Pulsadern aufzuschneiden.«

Mit seinem alten Sweatshirt und den schwarzen Jeans schien er sich noch weniger Mühe gegeben zu haben als Niall. Tash fiel auf, daß ein Ärmel ganz voll Heu war und seine Armbanduhr falsch herum am Handgelenk saß. »Ist was nicht in Ordnung, Tash?« wiederholte er.

Ohne weiter nachzudenken, sagte sie laut: »Du!« und verschwand ins Eßzimmer, um noch ein Gedeck aufzulegen und nach einem Stuhl zu suchen, der unter Ma nicht zusammenbrechen würde. Sie fühlte sich jämmerlich und klein. Das Gespräch mit Zoe hatte sie ausgelaugt, und doch war sie keinen Schritt weiter als zu Beginn des Abends, auch wenn sie jetzt davon ausgehen konnte, daß Niall Snob nicht verkaufen würde. Sie wünschte nur zu erfahren, ob er überhaupt etwas plante, außer auf Lisettes Party irgendein Drama zu inszenieren. Heute abend jedenfalls würde er in der geschwätzigen, zwanghaft lügnerischen Art seiner Filmfigur jedem, der es hören wollte, begeisterte Geschichten über die Hochzeit auftischen – und er hatte ja ein großes Publikum. Tash war nicht sicher, ob sie den Abend durchstehen würde, ganz abgesehen von einer weiteren Woche, in der sie so tun mußte als ob. Hugo wollte ganz offensichtlich um sie herumstolzieren und sie mit seinem Sarkasmus zur Weißglut treiben, während sie sich nichts sehnlicher wünschte, als von ihm auf rohe Neandertaler-Art über die Schulter geworfen und nach Maccombe verschleppt zu werden, wo er sie verführen, ihr seine Liebe schwören und ihr Leben wieder in Ordnung bringen sollte. Sie wußte, daß dies nicht gerade eine besonders feministische Phantasie war, doch sie fühlte sich viel zu erschöpft und gestreßt, um ihn über ihre Schulter zu werfen und ihr Leben selbst wieder in Ordnung zu bringen.

Es war heiß, ein stickiger Abend, und die Gespräche vor dem Dinner drehten sich, wie nicht anders zu erwarten, um Filme und Hochzeiten; ein bißchen zu sehr um Hochzeiten, für Tashs Geschmack, die kaum ein Wort sagte, da sie fürchtete, jeden Moment in Tränen auszubrechen. Sie vermied es, in Hugos Richtung zu sehen, und fing immer wieder Nialls Blicke auf, der viel zu viel auf leeren Magen trank und den treusorgenden Verlobten spielte. Trotz dieser absolut überzeugenden Vorstellung verlor er jedoch auch nie Zoe aus den Augen, drehte sich zu ihr um, wenn sie lachte, bot ihr seine Hilfe an oder hielt ihr die Tür auf, wenn sie mit einem Tablett Horsd'œuvres hereinkam. Es war beinahe mit Händen zu greifen, daß sie durch unsichtbare Bande verbunden waren, und Tash fragte sich, warum kein anderer es bemerkte. Die meisten Gäste schienen die bevorstehende Hochzeit eben für einen Glücksfall zu halten.

Zu Tashs Überraschung war Lisette freundlicher denn je, fragte nach ihren Pferden – deren Namen sie alle parat hatte –, entschuldigte sich, weil Niall oft so lange am Set war, und erzählte Tash, wie sehr sie sich freute, diese Party zu Ehren ihrer Hochzeit und dem Ende der Dreharbeiten in Berkshire geben zu können. »Niall hat dir sicher schon von meinem kleinen Hochzeitsgeschenk erzählt?« Sie lächelte zweideutig. »Es sollte eine Überraschung werden, aber Sally hat sich diese Woche verplappert.«

Tash zuckte eher ratlos die Achseln und fragte sich, wovon um Himmels willen sie sprach.

»Na ja, eigentlich bin ich nicht am Reitsport interessiert – auch wenn Hugo sagt, er sei genauso gut wie Sex«, sagte Lisette leichthin. »Aber ich dachte, es wär eine nette Geste – dir meinen Anteil an dem Pferd zur Hochzeit zu überschreiben.«

»D-deinen Anteil?« krächzte Tash.

»Ziemlich alberne Sache«, Lisette lachte und amüsierte sich

großartig. »Keiner von uns hatte bisher eine Ahnung davon. Aber das ist ja jetzt auch egal, nicht wahr? Ich werde meinen Anwalt mit dem Papierkram beauftragen, dann ist es rechtskräftig.«

»Sehr freundlich von dir«, hauchte Tash schwach.

»Viel zu freundlich!« David lachte herzlich. »Du ahnst nicht, was das Tier wert ist, Lisette.«

»Oh, ich kann's schon über den Daumen peilen.« Sie zwinkerte Tash zu. »Und weil mir das Pferd offiziell noch zur Hälfte gehört, werde ich die ganze Crew aufscheuchen, damit sie dich in Badminton anfeuert, Tash – wenn du gewinnst, nehme ich vielleicht sogar zum ersten und letzten Mal mein Besitzrecht in Anspruch. ›Cheers!‹ ist ganz scharf auf ein paar Fotos von ihm, hat Sally das erwähnt? Vor allem, weil er bei der Hochzeit die Kutsche ziehen soll.«

Herrje, dachte Tash, als sie weiterging, das war's dann wohl. Snob gehört ihr bereits zur Hälfte. Und wenn Niall und sie nicht heirateten, konnte Lisette ihn auch noch auf die andere Hälfte und was sonst noch alles verklagen. Kein Wunder, daß er so verzweifelt darauf bestanden hatte, es geheimzuhalten. Tash begriff plötzlich, warum er sich fast um den Verstand getrunken und die ganze letzte Woche nur in seiner Rolle gelebt hatte. Er wollte unbedingt verschleiern, daß er ihren talentierten, heißgeliebten Kastanienbraunen schon lange, bevor er die Rolle in ›Im Himmelbett‹ angenommen hatte, an sie überschreiben mußte. Als Snobs rechtmäßige Mitbesitzerin konnte Lisette ihr jederzeit verbieten, ihn weiterhin zu reiten. Ob Niall nun verklagt wurde oder nicht, Tash mußte befürchten, ihn zu verlieren. Aller Wahrscheinlichkeit nach war ihr Ritt in Badminton ihr letzter mit Snob.

Sie ließ sich schwer auf das Sofa fallen, in jeder Hand eine Weinflasche, die sie so fest umklammert hielt wie ein Skirennläufer seine Stöcke, der sich das erste Mal den Abgrund hinunter stürzt. Einige Augenblicke später entwand eine Hand ihr entschlossen erst die eine und dann die andere Flasche, was schon einem kleinen Kunststück glich, denn sie klammerte sich an sie, als hinge ihr Leben von ihnen ab. Tash blickte weiter starr auf den Boden und fixierte einen hellen Fleck auf dem ramponierten Teppich der Moncrieffs. Jemand setzte sich neben sie und fragte sie etwas. Doch Tash nahm keine Notiz.

Dann stieg ein vertrauter Geruch ihr in die Nase. Sie atmete den herben Duft dieses Aftershaves tief ein und hörte auf zu seufzen. Ich darf jetzt nicht weinen, sagte sie nachdrücklich zu sich selbst. Ich muß cool und gefaßt und würdig wirken. Es sind schließlich noch neun Tage zu überstehen, bis meine Welt zusammenbricht.

»Das erste Mal vor Badminton ist jeder aufgeregt«, murmelte Hugo.

»Wie kommst du darauf, daß ich nervös bin?« fragte sie in einem Ton, von dem sie hoffte, daß er cool und würdig klang.

»Bist du nicht deswegen so angespannt?« Er sah sie neugierig an.

»Oh – doch. Bin ich«, murmelte sie und war ziemlich entsetzt, daß ein kleiner Chipskrümel aus ihrem Mund sich diesen Moment ausgesucht hatte, um im hohen Bogen auf Hugos Glasrand zu landen. Irgendwie machte das die zerbrechliche Atmosphäre zunichte.

Hugo tat, als hätte er nichts bemerkt, und senkte seine Stimme, so daß niemand ihn hören konnte. »Tash, hast du Schwierigkeiten?«

Aufgeschreckt blickte sie in seine Augen und sah – da sie drohte, in ihnen zu ertrinken – schnell wieder weg. Sie fand, wenn sie schon kaum noch etwas zu verlieren hatte im Leben, dann sollte dem doch wenigstens etwas Positives abzugewinnen sein. »Wenn ich dieses Jahr in Badminton gewinne, würdest du dann etwas für mich tun?« fragte sie.

»Sicher«, sagte er wachsam.

Tash sah sich um, ob auch niemand zuhörte, und ihr Gesicht lief rot an. »Würdest du mich küssen?« Ohne auf eine Antwort zu warten, stand sie auf und ging, so schnell und würdevoll, wie es ihr möglich war.

Viel später als geplant setzten sie sich zu Tisch, und da zwei unerwartete Gäste unter ihnen waren – von denen zumindest einer den Platz von zweien beanspruchte –, herrschte ein Gedränge wie in einem Restaurant zur Mittagszeit. Die Kerzen waren schon halb heruntergebrannt, und eine der Katzen war quer über das weiße Tischtuch marschiert, worüber jeder außer Ma höflich hinwegsah. »Ich sag euch, wie bei mir zu Hause!« dröhnte sie entzückt. »Hoffentlich kannst du kochen, Zoe – ich weiß eine gute Mahlzeit zu schätzen.«

Zoes Essen war wie immer recht ausgefallen. Sie kämpften sich durch einen Anchovis-Knoblauch-Salat, der so scharf war, daß Sally die ganze Zeit das Wasser in den Augen stand und David im Bad verschwinden mußte, weil er das Pech hatte, drei Knoblauchzehen auf einmal erwischt zu haben.

»Gott, köstlich!« Ma nahm sich die Reste von Tashs Teller. »Sind diese knusprigen kleinen Dinger Nüsse? Brich dein Brot, wie Gott es dir befiehlt, Niall, und fuchtel nicht mit dem Messer herum wie ein Mörder.«

Gerade, als Zoe den in Pernod und Balsamico gegarten Lachs auftrug, klingelte nebenan das Telefon. Fast alle Familienmitglieder, die den Lachs mißtrauisch beäugten, sprangen erleichtert auf. »Ich geh ran!« Gus hatte sich schon auf den Weg gemacht.

Tash stand in der Küche und wußte nicht, ob sie den pürierten Löwenzahn und die schwedische Dauphinoise oder die gebratenen Spargelspitzen mit Weintrauben und Birnen hineintragen sollte. Gus fluchte nebenan, während er das Telefon unter einem Papierstapel suchte. Ein Tablett balancierend hörte sie, wie er den Anrufer jovial begrüßte (es mußte ein Freund sein), bevor er seine Stimme zu einem ernsten, eindringlichen Flüstern senkte. Als sie gerade mit den Spargelspitzen ins Eßzimmer gehen wollte, rannte er sie fast über den Haufen, rief nach Hugo und verschwand gleich wieder zum Telefon.

Hugo, der sich von der Sorge in Gus' Stimme nicht beirren ließ, schlenderte an Tash vorbei, die sich gerade ein paar Spargelteile aus dem Ausschnitt fischte. Er war offensichtlich angetrunken. »Wie ein anmutiges Mädchen beim Festschmaus«, seine Augen funkelten, »das seine Gaben feilbietet.«

»Hört sich nach ›Tom Jones‹ an«, witzelte Tash nervös.

»Diesem Sänger?« Er sah sie verwirrt an.

»Ich spreche von dem Buch.« Sie räusperte sich. »Lauter opulente Festmahle und Obszönitäten im Heu.«

Ohne ein Wort zu sagen, starrte Hugo sie einen Augenblick an, dann lächelte er. »Ist wohl das erste Mal, daß ich Badminton tatsächlich nicht gewinnen will«, murmelte er und ging, als Gus ihn zur Eile antrieb.

Erst nach einigen Sekunden hatte sie sich von der überwältigenden Explosion der Lust in ihrem Körper erholt. Das war eine Aufforderung. Es mußte eine Aufforderung sein – sogar sie erkannte eine Aufforderung, wenn sie ihr in Form dieses Lächelns, das Hugo ihr gerade geschenkt hatte, begegnete. Ein Lächeln, das sich ihr eingebrannt hatte. Ein Lächeln wie ein Blitzschlag, der sie durchfuhr und elektrisierte.

Tash bot gerade anmutig Zoes Kochkunstwerke feil, als Gus hereinstürmte und sich aufgeregt umsah. »Bodybuilder – er ist in seiner Box gestürzt. Jenny glaubt, er hat sich ein Bein gebrochen.« Stefan stand ruckartig auf und eilte aus dem Zimmer.

»Hört mal, Hugo spricht gerade mit John Fortescue, und er wird gleich nach Hause wollen. Aber er hat zu viel getrunken«, sagte Gus dringlich. »Ich hab leider auch schon zuviel intus. Wer von euch beiden ist gefahren?« fragte er Lisette und David.

»Hugo hat uns gefahren«, bemerkte Lisette. »Ich dachte, er wollte nüchtern bleiben.«

»Matty?«

Er schüttelte seinen Kopf. »Ich hab mindestens eine halbe Flasche Wein getrunken.«

»Ich werd fahren, das werd ich«, bot Ma an und stieß leicht auf. »Wenn sie mich anhalten, sag ich einfach, ich bin nicht von hier.«

»Ich ruf ein Taxi.« Gus sah besorgt auf seine Uhr.

»Er wird auf keinen Fall solange warten«, betonte Zoe. »Wieviel hast du getrunken, Tash?«

Sie war viel zu sehr mit dem Ausschenken beschäftigt gewesen, um selbst viel zu trinken. »Ein Glas vielleicht. Mehr nicht.«

»Okay, nimm den Landrover«, ordnete Gus an. »Stefan will vielleicht auch mit.«

»Aber du fährst doch nicht mit, oder?« Penny blickte ihn ängstlich an.

»Natürlich, verdammt noch mal!« Er starrte sie an. »Das Pferd ist ernsthaft verletzt. Hugo wird ausrasten.«

Betäubt lief Tash am Arbeitszimmer vorbei, wo Hugo den Tierarzt mit verzweifelter Stimme bat, zu warten, bis er da sei. Sie griff nach den Schlüsseln für den Landrover, rannte hinaus und ließ ihn an. Aufgewühlt saß sie dort und wartete. Bodybuilder war ein großes, kräftiges Pferd – er könnte sich sogar von einem Bruch erholen, wenn er gut gepflegt würde. Und soweit sie wußte, war ein Bruch, den ein Pferd sich in der Box zuzog, selten so schlimm, daß es eingeschläfert werden mußte. Aber wie auch immer es ausgehen würde, Hugo hatte in Badminton keine Chance mehr. Endlich sah sie ihn auf den Wagen zurennen. Sein Gesicht war bleich vor Sorge.

»Fahr los!« zischte er, als er auf den Beifahrersitz sprang.

»Was ist mit Stefan und Gus?« Tash starrte zum Haus hinüber.

»Ich hab ihnen gesagt, sie sollen hierbleiben. Fahr jetzt endlich, oder ich setz mich selbst ans Steuer.«

Es war eine schnelle und schweigsame Fahrt, auf der Hugo unablässig nervös mit den Fingern trommelte und ungeduldig Kette rauchte. Draußen bot sich ihnen eine atemberaubende Nacht dar, die letzte Dämmerung hing noch über dem seidig schimmernden Himmel, der warm und schwer auf den samtweich geschwungenen Hügeln lag; ein Gewitter hing in der Luft. Tash bugsierte den ächzenden Landrover durch die engen Straßen von Maccombe und erreichte schließlich die hintere Auffahrt von Haydown. Noch bevor sie den Wagen ganz abgebremst hatte, war Hugo bereits herausgesprungen und in Bods Box verschwunden. Durch die Türritzen fiel ein dünner Lichtstrahl.

Tash stellte den Motor ab und kletterte heraus; merkwürdige Stille umfing sie. Kein Hundegebell war zu hören, und auch die Pferde gaben keinen Laut; nicht einmal das übliche Radiogeplärr aus den Zimmern der Stallknechte dröhnte über den Hof. Auch die Flutlichter brannten nicht. Ihr wurde kalt. Wenn Bodybuilder behandelt wurde, hätte es da nicht heller, lauter, geschäftiger zugehen müssen? Unsicher, was sie tun sollte, wartete sie beim Landrover und sah plötzlich Jack Fortescue aus dem großen Büro bei den Ställen treten. Er kratzte seinen kahlen Kopf und spähte zum Landrover hinüber.

»Ach, du bist es, Tash.« Er ging auf sie zu. »Was machst du hier?«

»Ich hab Hugo hergefahren.« Sie sah, daß er unter seiner alten Lederweste und den Gummistiefeln einen Abendanzug trug.

Plötzlich wirkte er aufgebracht. »Wo ist er?« fragte er eilig.

»In der Box.« Tash nickte in die Richtung. Die obere Klappe war jetzt leicht angelehnt, und ein mattes Licht fiel auf den Hof.

»Mist.« Jack rieb sich die Stirn. »Wir mußten Bod vor zehn Minuten einschläfern.«

»Was?« rief Tash. »Aber er war doch bloß gestürzt.«

Jack war schon auf dem Weg zur Box. Tash lief hinter ihm her und stolperte. »Er hat Todesqualen gelitten«, murmelte er, als sie die Tür erreichten. »Es war meine Entscheidung. Hugo war nicht da.«

»Dann hättest du Bod noch mehr Schmerzmittel geben müssen!«

Er schwieg einen Moment. »Das hätte ihn auch umgebracht. Ich muß jetzt mit Hugo reden. Entschuldige.« Er verschwand in der Box und schloß die Tür hinter sich.

Für den Bruchteil einer Sekunde erhaschte Tash einen Blick und sah, wie Hugo neben dem großen schwarzen Kopf kniete und ihn in den Armen hielt. Sie wartete noch ein paar Minuten draußen, doch sie hörte nichts. Zorn und Unwillen regten sich in ihr. Sie konnte einfach nicht begreifen, daß Jack eine so katastrophale Entscheidung ohne Hugo getroffen hatte. Es war unvorstellbar. Er war einer der besten Tierärzte des ganzen County und wußte sehr gut, was ein Reitpferd für das Glück, Leben und den Unterhalt seines Besitzers bedeutete. Er hatte Hugo sein bestes Pferd genommen. Am liebsten hätte sie einen Stein in die Windschutzscheibe seines blitzenden Discovery geschleudert und die Reifen aufgeschlitzt.

Sie setzte sich auf die Motorhaube des Landrovers, die Füße auf der Stoßstange, und sah hinab in das dunkle Tal, über das Feld hinweg, das sie mit Hugo vor Wochen hinabgeschossen war, überzeugt, sie würde Niall heiraten und mit ihm glücklich werden. Sie dachte daran, wie Hugos warme Hand ihr Bein gestreichelt hatte und sie vor Erregung fast dahingeschmolzen war, obwohl sie gedacht hatte, er würde sich nur über sie lustig machen. Sie sehnte sich seit so vielen Jahren nach ihm, manchmal mit solcher Gewalt, daß es körperlich schmerzte; doch wann immer er sich ihr näherte, war sie zurückgewichen, verschreckt von ihren eigenen Gefühlen und der Angst, daß er sie doch nur vorführen und sich an ihr rächen wollte. Denn das einzige Mal, als er wirklich Gefühle gezeigt hatte, vor zwei Jahren in dem wildwuchernden Garten ihrer Mutter in Frankreich, war sie völlig betört gewesen von Niall. Die Erinnerung daran ließ sie verzweifelt die Hände vors Gesicht schlagen.

»Möchtest du vielleicht einen Tee?«

Sie sah auf. Jenny, die ohne ihren üblichen Hut seltsam nackt wirkte, stand mit verweinten Augen da. Tash schüttelte den Kopf. »Das mit Bod tut mir so leid«, krächzte sie.

Jenny putzte sich vernehmlich die Nase und spähte zur Box hinüber. »Ist Hugo da drin?« Sie schniefte. »Er war ein Schurke, der alte Bod, aber wir haben ihn alle gemocht – vor allem, weil Hugo ihn so mochte. Er war völlig fertig, als er das von der Hufrollenentzündung erfuhr, und jetzt das.«

»Was sagst du da?« Tash starrte sie entgeistert an.

»Er hatte eine Hufrollenentzündung, Tash«, sagte Jenny leise. »Sehr frühes Stadium – Jack hat es erst vor zwei Monaten diagnostiziert. Kurz nachdem Hugo Surfer verloren hatte.«

»O Gott!« Tash schlug sich die Hand vor den Mund.

»Jack mußte es tun – er hatte keine andere Wahl. Das Pferd litt Todesqualen – der dumme Kerl hat noch versucht, wieder aufzustehen, obwohl er fast ohnmächtig von Schmerzmitteln war. Er hätte sich nie wieder erholt, nicht unter diesen Bedingungen.«

Die Hufrollenentzündung war eine der grausamsten Pferdekrankheiten, eine äußerst seltene Entzündung eines winzig kleinen Knochens im Huf, die sich schleichend entwickelte und unheilbar war. Sie bereitete dem Tier qualvolle Schmerzen, die nur bis zu einem gewissen Grad durch Schmerzmittel und Hufeisen gemildert werden konnten, und ein Pferd wie Bodybuilder, das trainieren und Wettkämpfe reiten wollte, verlor seine Lebenslust, bevor die Krankheit ihm das Leben nahm.

»Er hätte nach dieser Saison keine Wettkämpfe mehr bestreiten können«, schniefte Jenny und rieb sich die Augen. »Er wäre in den nächsten anderthalb Jahren wegen der Schmerzen immer langsamer geworden, und spätestens in drei Jahren wäre er völlig lahm gewesen.« Jenny zuckte die Achseln. »Hugo hätte ihm einen Nerv durchtrennen lassen können, aber es ist einfach zu riskant. Komm später auf einen Tee herein, wenn du möchtest.« Auf ihrem Weg zurück ins Büro warf sie einen besorgten Blick auf die heranziehenden Gewitterwolken.

Als Hugo und Jack schließlich wieder herauskamen, sprachen sie noch eine Weile mit gedämpften Stimmen an der Box. Jack überreichte Hugo ein paar Papiere, klopfte ihm auf die Schulter und ging dann, Tash kurz zunickend, zu seinem Discovery. Hugo knipste das Licht aus und verriegelte die Boxentüren sorgfältig. Eine Sekunde lang preßte er seine Stirn gegen das Holz. Tash fragte sich, ob sie bleiben sollte; doch dann überließ sie die Entscheidung ihm. Wenn er wollte, konnte er einfach an ihr vorbei ins Büro oder ins Haus gehen oder sie auch anschreien, daß sie verschwinden solle. Es war ihr egal, in diesem Zustand würde sie ihn nicht einfach allein lassen.

Er ging auf den Landrover zu, den Blick starr in das dunkle Tal gerichtet. Schweigend setzte er sich zu Tash auf die Motorhaube und zündete sich eine Zigarette an. Seine Hände zitterten so stark, daß er das Feuerzeug fallen ließ. Es schlug klimpernd gegen die Stoßstange und blieb auf dem Asphalt liegen. »Das Gewitter ist nicht mehr weit weg.« Er spähte zum Himmel.

Tash nickte wortlos. Sie hätte gern etwas Tröstendes gesagt, doch die Worte blieben ihr im Halse stecken, und sie kämpfte mit den Tränen. Sie konnte nicht glauben, daß er so gleichgültig war. Er stand wohl unter Schock.

»Bleibst du noch ein bißchen?« fragte er.

»Natürlich, solange du möchtest.«

»Oh, ich werd dich nicht lange aufhalten.« Seine Stimme klang eisig. »Du kannst es doch bestimmt gar nicht erwarten, auf die Dinnerparty und zu deinem Niall-Schatz zurückzukommen.«

»Ich geh nicht wieder hin.« Sie schüttelte den Kopf. »Ich fahr nach Hause.«

Für ein paar Augenblicke schwieg er, zog an seiner Zigarette und starrte in die Ferne. Doch dann stöhnte er laut auf und ließ seinen Kopf in die Hände sinken. »Ich kann's einfach nicht glauben«, flüsterte er heiser. »Ein verdammt teuflisches Jahr. Ich hab dieses Pferd angebetet, Tash.« Seine Stimme klang belegt. »Er war so verdammt klug, einfach brillant. Ich hab das Mistvieh geliebt. Warum mußte er wie ein Idiot in seiner Box stürzen? Es ist so – so sinnlos.«

»Ich weiß.« Sie legte ihm die Hand auf die Schulter.

Lange saßen sie so nebeneinander, Hugo verzweifelt vornübergebeugt und Tash mit der Hand auf seiner Schulter. Es war Wind aufgekommen, ihre dünne Seidenbluse flatterte, und Gänsehaut überzog ihren ganzen Körper. Die Wolken zogen sich schwarz über ihren Köpfen zusammen. Schließlich sah er auf, die Haare zerzaust, mit wildem Blick. »Zweimal in zwei Monaten. Die Leute werden glauben, daß ein Fluch auf mir liegt. Sie werden ihre Pferde nicht mehr bei mir unterbringen.«

»Das stimmt nicht«, versicherte sie ihm. »Es wird ihnen unglaublich leid tun, und sie werden wütend sein, wie ungerecht das Leben ist.«

»Findest du?« fragte er und drehte sich zu ihr um, seine Augen glitzerten plötzlich in der Dunkelheit. »Daß das Leben ungerecht ist?«

»Manchmal«, sagte sie ausweichend. »Zu dir schon in diesem Jahr.«

Ein lautes Donnergrollen entlud sich in einiger Entfernung, und Tash rückte nervös hin und her. Hugo schien es nicht zu bemerken, obwohl er sie noch immer mit gequältem Blick anstarrte.

»Bis jetzt war's das schlimmste Jahr meines Lebens – und es ist erst Mai.« Er fuhr sich durchs Haar. »Mal sehen, was ich bis Dezember noch so alles verliere. Bis jetzt hab ich meine besten Pferde verloren, mein Herz und mein Haus an einen Haufen Idioten mit Walkie-talkies. Gehst du mit mir ins Bett? Ich hab Angst vor Gewitter.«

Einen Moment lang fragte Tash sich, ob sie sich verhört hatte.

»Gehst du mit mir ins Bett?« wiederholte er mit tiefer, ruhiger Stimme.

Wären die Umstände nicht so fürchterlich gewesen, hätte sie gelacht. Fast ihr halbes Leben lang hatte sie auf diese Frage gewartet – und hier war sie nun, an dem wahrscheinlich schlimmsten Abend, den sie je miteinander verbracht hatten. »Nein«, sagte sie entschlossen, ohne ihren Blick abzuwenden.

»Nein?«

»Nein.« Sie schüttelte ihren Kopf und fuhr zusammen, als es über das Tal hinweg donnerte, viel näher diesmal.

»Dann nicht.« Er zuckte die Achseln. »Ich dachte, ich frag mal, wenn du schon hier herumhängst. Hätte ja sein können, das du drauf wartest.«

Tash seufzte. »Bitte, Hugo, hör doch auf damit. Nicht jetzt – nicht heute abend.«

»Aufhören womit?« fragte er. Sein Gesicht schien in einem Wetterleuchten fahl auf.

»Mit diesem ›Tash ist ganz verrückt nach mir‹-Gerede. Das ist schrecklich demütigend. Warum hörst du nicht endlich damit auf?«

»Du hast mich doch gefragt, ob ich dich küssen würde, wenn du Badminton gewinnst«, schnauzte er. Er sah sie frech an.

»Ich weiß.« Beschämt starrte sie in den verhangenen Himmel. »Und es tut mir leid. Das war albern.« Sie strich sich Haare aus dem Gesicht.

»Warum hast du's dann getan?«

Sie blinzelte, als ihr ein großer Regentropfen auf die Nase fiel. Am liebsten hätte sie weit ausgeholt zu einer langen Erklärung, doch er starrte sie so wild und verstört an, daß sie keinen Ton herausbrachte. Es war wahrscheinlich das letzte, was er jetzt hören wollte. Wenn sie ihm erzählte, was los war, dann würde sie völlig zusammenbrechen, das wußte sie; aber sie schuldete es Hugo, jetzt stark zu bleiben. Sie hatte kein Recht, ihn mit ihren Problemen zu belästigen. »Dir gehört all mein Mitgefühl heute abend, Hugo«, sagte sie. »Ich würde alles tun, wenn ich die Zeit zurückdrehen und dir Bod wiedergeben könnte. Doch das kann ich nicht. Ich kann dir nur eine Freundin sein, aber du machst es einem manchmal verdammt schwer.« Sie streckte die Hände nach seinen aus, doch er zog seine Finger zurück.

Der Himmel hatte mittlerweile seine Schleusen geöffnet, und ein beständiger Regen fiel auf sie hernieder – behutsam zunächst wie zur Probe, doch dann immer stärker, bis er zuletzt auf das Dach des Landrovers prasselte.

»Ich hab's absichtlich schwer gemacht.« Plötzlich griff er nach ihrem Handgelenk. »Herrje, unmöglich machen wollte ich es. Ich will nicht dein verdammter Freund sein, Tash! Versuch ich nicht schon das ganze Jahr, dir das beizubringen?«

Sie wollte ihre Hand aus seinem Griff lösen, doch er hielt sie fest. Der Regen trommelte auf ihre Köpfe. Das Haar klebte Tash im Gesicht, und ihre Seidenbluse schrumpelte wie alte Haut.

»Ich will nicht dein Freund sein«, wiederholte er. Seine Finger schnitten ihr in die Haut. »Das ertrag ich nicht – es schmerzt zu sehr. Ich dachte, ich könnte es. Aber es geht nicht.«

Sie rieb ihr Handgelenk, als sie sich endlich losgemacht hatte, und er rückte verzweifelt von ihr ab, Wasser rann ihm über das Gesicht. Ihr Herz vollführte wieder diese verrückten Sprünge, und sie keuchte. Dies war absolut nicht der richtige Augenblick, um über ihre Gefühle für ihn zu sprechen; ihr Timing war schon immer lausig gewesen. »Was willst du dann?« krächzte sie.

Er sah auf, in seinen Augen hing die Erschöpfung. »Was soll das? Warum verdammt noch mal sollte ich dir das erzählen?«

Tash zitterte, der Wind peitschte den Regen gegen ihre Haut. Das Wasser ging inzwischen sintflutartig auf sie herab, und es kam ihr so vor, als befänden sie sich unter Wasser.

Keiner von beiden bewegte sich.

Aus der Ferne näherte sich ein Motorrad dem Hof, dessen Dröhnen das Gewitterprasseln übertönte. »Ich glaub, da kommt Stefan.« Ein lautes Donnern legte sich über ihre Stimme, und im nächsten Moment entlud sich ein taghеller Blitz über dem Tal. Als das Motorrad die Auffahrt erreicht hatte, erstarb das Dröhnen. »Ich liebe seit Jahren schon ein und denselben Mann«, sagte sie zu Hugo, und ihre Stimme schwankte vor Hast, weil sie ihr Geständnis loswerden wollte, noch bevor Stefan sie hören konnte. »Und es ist nicht Niall.«

Hugo drehte sich zu ihr um, sein trauriger, dunkler Blick ruhte auf ihrem Gesicht. Stefan bahnte sich bereits einen Weg durch die Pfützen. »Ich war nur einmal wirklich verliebt«, murmelte Hugo plötzlich, in dem Wind war seine Stimme fast nicht zu vernehmen. »Schreckliches Gefühl – ich bin überhaupt nicht damit klargekommen. Wenn's euch beiden gelingt. Das ist wie mit dem Knoblauch, man wird den Geschmack nicht wieder los.«

»Und jetzt?«

Er zuckte finster die Achseln. »Wer immer gesagt hat, es sei besser, geliebt und diese Liebe verloren zu haben, als gar nicht geliebt zu haben, war ein trauriger Dummkopf.«

»Tennyson.« Ihre Stimme schwankte.

»Du warst schon immer belesener als ich.«

»Es gibt eine Menge Gedichte über die unerwiderte Liebe«, krächzte sie. »Und ich hatte jahrelang Zeit, sie zu lesen.«

Er sagte nichts, seine dunklen Augen blinzelten durch den schweren Regen hindurch.

Und dann stand Stefan neben ihnen, völlig durchweicht. Mitgefühl lag in seinem jungenhaften Gesicht. »Scheiße, ich werd noch verrückt. Jack hat auf der Farm angerufen.« Er wischte sich mit seinem Motorradhandschuh das Wasser aus dem Gesicht.

»Ah – die nächste Schicht ist pünktlich.« Hugo lächelte ihn an, bevor er wieder Tash ansah. »Sie sind entlassen, Schwester French.«

»Hugo –«

»*Weg hier*!« Sein Gesichtsausdruck war giftig.

»Beruhig dich, Hugo.« Stefan hielt ihn zurück, als er auf Tash losstürmen wollte, die von der Motorhaube gesprungen war.

»Du hattest deinen Spaß und hast alles zu hören bekommen, was dich glücklich macht«, fuhr Hugo sie an. »Geh zu Niall und erzähl ihm, was für ein trauriger Bastard ich bin.«

»Hugo, hör doch zu –«

»Hau ab, hau ab, *hau ab*!« schrie er, vergrub sein Gesicht in den Händen und begann zu schluchzen. »Um Himmels willen, schmeiß sie raus, Stef, schmeiß sie raus.«

Während Hugo wankend auf das Haus zuging, küßte Stefan Tash hastig auf die Wange und schob sie in den Landrover. »Ich geh ihm besser nach«, schrie er, um das Geprassel auf dem Autodach zu übertönen. »Ich kümmere mich um ihn. Fahr bloß vorsichtig.«

Tash weinte den ganzen Weg bis Fosbourne, was kaum etwas ausmachte, da sie durch die Windschutzscheibe ohnehin nichts gesehen hätte; die Scheibenwischer waren kaputt. Obwohl sie einige Büsche am Wegesrand mitnahm, kam sie heil zu Hause an. Das Old Forge lag düster und verlassen da, und die arme Beetroot, die sich völlig verängstigt unter einem Tisch verkrochen hatte, lief zitternd auf sie zu. Tash ließ sich auf das Sofa fallen. »Er denkt, ich bin überglücklich mit Niall«, erzählte sie Beetroot ungläubig. »Wie kann ich nur jemanden lieben, der so dämlich ist? So ungehobelt, dickköpfig und hochnäsig?«

13

Am nächsten Morgen saßen alle wie üblich lärmend um den Frühstückstisch der Lime-Tree-Farm, begierig zu erfahren, was auf Haydown passiert war. Nur Zoe fehlte – sie war einkaufen, wie die anderen versicherten.

»Ist denn schon geöffnet?« Tash sah müde auf ihre Armbanduhr. Es war noch vor sieben.

»Muß wohl«, sagte Penny.

Tash hätte gern mit Zoe über Hugo gesprochen; sein Wagen stand noch immer draußen. Am liebsten wäre sie heute morgen sofort zu ihm gefahren, um zu sehen, wie es ihm ginge. Doch sie hatte den Mut nicht aufgebracht. Sie war der überaus scharfsinnigen Ansicht, daß sie die letzte sei, die er sehen wollte.

»Sally hat gerade angerufen«, sagte Penny, die, während sie Toast aß, ihre Haare mit einem Handtuch trocken rubbelte. »Scheinbar ist sie heute morgen als erste auf Hugo getroffen, der zitternd mit seinen Hunden in der Küche saß, während Stefan am Tisch schlief. Sie glaubt, die beiden haben die ganze Nacht geredet, aber Hugo rennt noch immer wie ein Verrückter herum. Ich hab ihn im Hintergrund brüllen hören.«

»Sein bestes Pferd ist eingeschläfert worden.« Tash seufzte und schenkte sich Kaffee ein. »Da hätte ich auch nicht schlafen können.«

»Was ist denn eigentlich passiert?« Gus hatte ihre roten Augen gesehen. »Wir dachten, du kommst zurück.«

Es herrschte reges und aufgekratztes Treiben auf der Farm. Tash hörte, wie India in ihrem Zimmer über der Küche herumlief, und Rufus hatte seine Stereoanlage bereits auf volle Lautstärke aufgedreht. Auf dem Treppenabsatz pfiff jemand, und draußen unterhielten sich Ted und Franny lauthals über irgendwelchen Klatsch. Tash setzte sich neben Gus an den Tisch und gab ihnen eine Kurzfassung dessen, was auf Haydown vorgefallen war. Ihr merkwürdig verlaufenes Gespräch über Liebe und den Umstand, daß Hugo sie später quasi hinausgeworfen hatte, verschwieg sie wohlweislich. Das Ganze erschien ihr wie ein böser Traum, und sie konnte kaum mehr glauben, daß es tatsächlich stattgefunden hatte.

»Ich hatte keine Ahnung von Bods Hufrollenentzündung«, sagte Gus absolut entgeistert. »Wie schrecklich! Und Hugo hat kein Sterbenswörtchen von sich gegeben. Das muß ihn fertiggemacht haben.«

»Er war am Boden zerstört.« Tash verbrühte sich an ihrem Kaffee fast den Mund. »Aber er konnte nichts machen. Badminton sollte ihr letzter gemeinsamer Wettkampf werden. Jetzt wird er wohl kaum starten.«

In diesem Moment betrat Kirsty die Küche, sie sah gereizt aus. »Dieser Freund von euch ist noch immer im Bad«, beschwerte sie sich, ließ sich am Tisch nieder und ging die Post durch. »Hi, Tash. Tut mir leid, das gestern. Geht's Hugo gut?«

»Nicht besonders.« Tash sah sie an, doch sie war schon mit einem Brief aus Australien beschäftigt, der sie weit mehr zu interessieren schien als Hugos Wohlergehen.

»Eine halbe Stunde ist er da schon drin. Was macht er? Streicht er die Wände neu?«

»Das ist Matty«, erklärte Penny mit gedämpfter Stimme. »Er hat sich gestern abend völlig betrunken und ist hiergeblieben. Nachdem du weg warst, gab's noch einen kleinen Disput, um ehrlich zu sein.«

»Ja?« Tash war nicht übermäßig interessiert. Die Probleme ihres Bruders schienen ihr momentan geradezu absurd.

Penny wurde rot. »Sally und er haben am Tisch einen richtigen Ehestreit vom Zaun gebrochen – während wir alle zuhören mußten. Es war totpeinlich. Nialls Mutter hat fast eine Herzattacke erlitten.«

»Dein Bruder hat sich geweigert, Fisch zu essen, weil er Vegetarier ist.« Gus löffelte Zucker in seinen Tee. »Und Sally hat gewitzelt, er hätte eben eine Vorliebe für junges Gemüse.«

»Und dann haben sie sich gegenseitig Untreue vorgeworfen.« Penny schüttelte den Kopf. »Oder vielmehr Matty hat ein Geständnis abgelegt.«

Gus räusperte sich. »Er hat Sally vor allen Leuten erzählt, daß er vor zwei Jahren auf einer Party bei uns einen heißen Flirt mit Zoe hatte. Und India und Rufus haben dabeigesessen und jedes Wort gehört. Die arme Zoe wußte gar nicht, wo sie hingucken sollte. Er hat sie sogar gebeten, ihm auf die Sprünge zu helfen, als er in die Details ging.«

»Ich dachte, das war nichts weiter als eine betrunkene Knutscherei.« Tash rieb sich müde die Augen. »Nichts Ernstes jedenfalls.«

»Du hast davon gewußt?« Penny starrte sie an.

»Niall hat's mir erzählt. Hat er übrigens hier übernachtet? Vielleicht mit Matty geredet oder so?« Sie hoffte, er war nicht irgendwo völlig betrunken zusammengebrochen.

Gus und Penny tauschten einen Blick aus. »Ja, so in etwa. Er hat seine Mutter dazu überreden können, ins Hotel der Crew zu gehen – Lisette und David haben sie und Sally im Taxi mitgenommen.«

»Die arme Zoe.« Tash lächelte traurig. »Ihre Dinnerparty ist ziemlich den Bach hinunter gegangen, was?«

»Oh, ich denke, es gab da eine Art Ausgleich.« Gus räusperte sich unbehaglich.

Tash wußte, sie hätte gut daran getan, Hunks glanzlose Dressur etwas aufzupolieren, doch sie wollte weg von der Farm, wo sich alle Gespräche nur um die katastrophale Dinnerparty und Hugos furchtbaren Verlust drehten. Sie ritt mit Mickey Rourke durch die Fosbourne-Dörfer und hinaus auf die alten Reitwege. Als die üppigen Baumwipfel sich wie ein grünes Dach über ihr schlossen, versuchte sie sich zu konzentrieren und lauschte auf den Rhythmus von Mickeys dumpfem Hufschlag auf dem durchweichten Grasboden. Die Bäume waren vom Regen der letzten Nacht noch feucht, und hier und da fielen ihr dicke Tropfen auf die Schultern und den Kopf. Mickey stolperte wieder und wieder über vom Regen freigewaschenes Wurzelwerk und rutschte auf dem nassen Gras herum. Was hatte Hugo gleich wieder gesagt: »Das unbeholfenste und dämlichste Pferd, das mir je untergekommen ist«?

Er hatte in diesem Jahr seine zwei besten Pferde verloren, und vielleicht würde er auch noch seinen Sponsorvertrag verlieren, da er jetzt nicht in Badminton starten konnte und auch international keine Chancen mehr hatte. Zwar besaß er viele talentierte junge Pferde, aber keines von ihnen war bereits reif für die großen Wettkämpfe. Er müßte sie alle verkaufen, um sich ein Toppferd leisten zu können – und der Typ war Hugo nicht; er lebte und arbeitete vielmehr mit seinen Pferden und zog sie sich selbst heran. Sein bestes Nachwuchspferd in diesem Jahr war Mickey Rourke gewesen, und den hatte er Tash gegeben. Vorher hatte er ihr Drunken Hunk verkauft, weil Hugo fest daran glaubte, daß zwischen Pferd und Reiter die Chemie stimmen mußte.

Tash wußte sehr genau, mit welchem Pferd für Hugo die Chemie stimmte. Es war ein Pferd, das Bodybuilder auf bereits unheimliche Weise glich. Und Hugo hatte sofort diesen rätselhaften Gleichklang gespürt bei den seltenen Gelegenheiten, zu denen er es ritt – den Gleichklang, um den Tash sich immer wieder bemühte, den herzustellen ihr aber nicht gelang. Tash starrte Mickeys wackelnde graue Ohren an, und Tränen traten ihr in die Augen. Gestern noch war sie entsetzt gewesen über die Aussicht, Snob nach Badminton verkaufen zu müssen; doch jetzt schien es ihr, als wäre dies seine einzige Möglichkeit, seinen Anlagen entsprechend gefordert zu werden. Bodybuilder würde Maccombe nie wieder verlassen; Hugo hatte seinetwegen auf einen letzten gemeinsamen Sieg gehofft. Auch Tash war auf diesen Sieg aus gewesen, wenn auch aus weniger ehrbaren Gründen; und wenn sie jetzt diese letzte Chance, sich selbst zu beweisen, aufgab, das wußte sie, dann verhalf sie Hugo zu einer zweiten Chance. Sie war nur nicht sicher, ob sie tatsächlich den Mut aufbringen würde.

An diesem Abend kehrte Niall nach einem sehr langweiligen Drehtag ins Old Forge zurück, der hauptsächlich mit Warten vertan worden war, denn die Wiese für das geplante Filmpicknick hatte getrieft vor Nässe. Er war seltsam aufgeregt, und Tash wußte nicht, was sie davon zu halten hatte, daß er so schnell sprach und im Zimmer herumlief, während er hastig seine Post durchging und sich ein Paar frische Hosen anzog. Er machte sich erst gar nicht die Mühe, zu erklären, wo er die letzte Nacht verbracht hatte, noch fragte er, was auf Haydown vorgefallen war – wenn er auch jede Menge zu Bods schlecht abgepaßtem Tod zu sagen wußte.

»Hugo hat sich heute wie ein Irrer aufgeführt«, erzählte er, als er in Unterhosen dastand. »Er hat einen riesigen Bagger bestellt, der gegen Nachmittag aufgekreuzt ist und ein enormes Loch in dieses Stoppelfeld gebuddelt hat, wie heißt es gleich wieder?«

»Twenty Acres?«

»Ja, genau. Lisette ist fast durchgedreht – Montag soll da die Szene mit dem Motorrad gedreht werden, und er gräbt es um. Als nächstes taucht ein Kran auf, und bevor du noch genau hingesehen hast, schwebt da ein totes Pferd vor deiner Nase und wird in diesem Loch versenkt!«

Typisch Niall, die Geschichte in diesem flapsigen Ton zu erzählen. Tash hätte ihm für seine Unsensibilität am liebsten eins auf den Deckel gegeben. Er mußte völlig verstört oder betrunken sein, oder beides.

»Er hat Bod begraben.«

»Das hat er.« Niall nickte. »Und Lisette hat die ganze Zeit auf ihn eingebrüllt, daß das Pferd vor der Szene mit dem Motorrad da wieder raus muß, weil sie die Schauspieler nicht für einen Pferdefriedhof versichert hätte. Ich sag dir, es war der reine Wahnsinn. Schließlich ist Hugo ins Haus gestürzt und hat sie einfach stehenlassen. Herrje, der Mann macht mir manchmal richtig angst. Ich geh heute abend aus, okay?« Er sah sie verschmitzt an, als stünde er kurz davor, ihr etwas zu gestehen, doch Tash war schon fast an der Tür.

»Ja, okay«, sagte sie und griff nach ihrem Mantel. »Ich auch.« Halb betäubt fuhr sie mit dem Designklassiker nach Maccombe und konnte noch die Reste der tiefen Spuren erkennen, die der Landrover gestern in den schlammigen Boden gefräst hatte. Es war ein milder Abend, und die Sonne, die auf dem Hügelkamm lag wie ein Ball auf der Nase eines Seehundes, tauchte das Tal in das letzte glutrote Licht des Tages.

Auf Haydown wimmelte es noch von Filmtypen, die Kabel einsammelten, Möbel herumtrugen und mit ihren unvermeidlichen Walkie-talkies alles zweimal kontrollierten. Vor Aufregung zitternd traf Tash Stefan auf dem Hof. »Ich dachte, heute abend wird nicht gedreht?«

»Wird auch nicht. Es gab nur jede Menge Ärger wegen dieses riesigen Lochs. Sie hinken ihrem Zeitplan hinterher oder so was. Sieht aus, als käme Lisettes Abschlußparty viel zu früh.«

Tash schloß die Augen. Das würde es noch hundertmal schwieriger machen, auf der Party ihre Trennung bekanntzugeben. »Ich hab schon von dem Drama gehört«, seufzte sie und sah auf Twenty Acres hinunter. Außer ein paar Abdrücken von schweren Reifen und einem frischen erdigen Rechteck war kaum noch etwas zu erkennen. »Ist Hugo da?«

»Weiß nicht – wart mal.« Er lehnte sich über den Zaun und rief einem Stallknecht zu: »Ist Hugo mit Broker zurück?«

»Schon Stunden.« Er nickte in Richtung Haus. »Da drin. Immer dem Whiskeygeruch nach.«

Als Tash ihn schließlich aufspürte, war er keineswegs betrunken. Oben im alten Kinderzimmer nippte er an seinem Tee, hatte einen Walkman in den Ohren und las Zeitung. Scheinbar war dies einer der wenigen Orte in seinem eigenen Haus, an denen er zur Zeit ein bißchen Ruhe fand. Er sah schmutzig und zerzaust aus und trug noch seine Reitkleider, an denen Heu hing. Für Tash hatte er nie verlorener und begehrenswerter ausgesehen; sein schönes Gesicht wirkte unglücklich. Sie kämpfte gegen ihr Bedürfnis an, sofort auf ihn zuzulaufen, und blieb an der Tür stehen, bis er sie bemerkte und die Kopfhörer abnahm.

»Was willst du?« fragte er wachsam. Seine blauen Augen waren schmal vor Müdigkeit und rot unterlaufen.

Sie stand da, bemüht, die Fassung zu wahren und nicht in rührselige Tränen auszubrechen oder ihn mit Mitgefühl zu ersticken. »Ich möchte, daß du mir hilfst«, sagte sie entschlossen und ging auf ihn zu. »Ich möchte, daß du in Badminton Snob für mich reitest.«

»Was?« Er starrte sie gleichmütig, aber aufmerksam an.

»Ich brauche dich – möchte, daß du – Snob reitest. Ich kann es nicht«, erklärte sie hastig. »Wir haben Probleme, und das ist gefährlich – jeder sagt mir das seit Wochen, aber ich konnte ihn einfach nicht abmelden, weil er so gute Chancen hat. Nur nicht mit mir. Du kannst ihn reiten; du bist schon immer besser mit ihm zurecht gekommen als ich.« Hugo starrte sie weiterhin schweigsam an. Jetzt, wo sie dicht vor ihm stand, sah Tash die tiefen Ringe unter seinen Augen und das leichte Zucken seiner Wangen. »Ich hab die Leiterin des Startkomitees heute angerufen, und sie sagt, wenn wir bis Montag morgen den Wechsel melden, dann gibt es keine Probleme. Bitte, Hugo.« Das Zucken seiner Wangen nahm merklich zu, und er hatte seine Hände zu Fäusten geballt, so daß die Knöchel weiß hervortraten. »Tust du es?« fragte Tash vorsichtig, der das gefährliche Glitzern in seinen Augen gar nicht gefiel.

Er holte bebend Luft, und dann explodierte er. »Wie kannst du es *wagen*? Wie kannst du so unsensibel und kindisch und schlichtweg *idiotisch* sein und mir für meinen Verlust so eine Art Trostpflaster anbieten?«

Sie wich vor ihm zurück, als er aufstand. Er zitterte am ganzen Körper, und sein Gesicht war wutverzerrt. »Du blöde Kuh!« brüllte er und rannte wild auf und ab. »Wie kannst du dazu imstande sein – allein der Gedanke ist ja schon jenseits von Gut und Böse. Herrje!«

»Ich möchte dir helfen, Hugo. Verstehst du das denn nicht?«

»O ja, verstehe«, schnauzte er. »Das verstehe ich sogar sehr gut. Ich wette, du und Niall, ihr hattet heute abend ein nettes kleines Gespräch darüber, hm? ›Wie kann ich dem armen Hugo bloß helfen, jetzt wo sein bestes Pferd abgekratzt ist, Niall, Schatz?‹ – ›Ich weiß, Tash, Engel!‹« Er äffte Nialls Tonfall perfekt nach. »›Warum bietest du ihm nicht deins an?‹ – ›O Niall, du bist ja so klug, Schatz. Das werde ich tun.‹ So wie das reiche Kind das arme auf seinem Fahrrad fahren läßt!«

»So war es nicht! So hab ich es nicht gemeint!«

»Vielleicht wolltest du es nicht, aber ich fürchte, du hast es getan, Schatz.« Er dehnte jedes Wort, und seine Stimme triefte von ätzendem Spott. »Bod ist kein kaputtes Spielzeug, für das ich

Ersatz brauche. Ich hab Schweiß und Tränen in dieses Pferd gesteckt – es war ein Star und ein verdammt guter Freund. Und jetzt ist es tot. Also *wage* nicht, mir eins anzubieten, in das du zwei Jahre Arbeit gesteckt hast, damit ich jetzt beweise, daß ich der bessere Reiter bin. Dafür brauche ich Gloucestershire und deine Sentimentalitäten nicht.«

Tash war in Tränen aufgelöst und brachte kein Wort heraus. Wie sehr hatte sie die Situation verkannt. Sie zuckte, als er sie gegen eine Wand zurückdrängte. Sein bleiches, zorniges Gesicht war nur Zentimeter von ihrem entfernt.

»Ich hab nicht geahnt, daß du derart oberflächlich sein kannst, Tash«, flüsterte er anklagend. »Herrje, ich fasse es nicht, daß ich so viel von dir gehalten hab. Das war kompletter Schwachsinn, als ich gestern sagte, daß ich dich liebe. Ich war bloß völlig fertig und am Ende wegen Bod.«

Einen Augenblick lang meinte Tash, sie hätte ihn falsch verstanden. Den ganzen Tag lang war sie das Gespräch wieder und wieder durchgegangen. Sie wußte genau, was er gesagt hatte. Sie blickte in sein zorniges Gesicht, betrachtete seine eisigen Augen, den verzerrten Mund und die schöne, gerade Nase, deren Nasenflügel verächtlich bebten. »Du hast nicht gesagt, daß du mich liebst, Hugo«, erwiderte sie.

»Nicht?« Sein Blick flackerte. »Bist du sicher?« Er klang, als gäbe er eine Futteranordnung, barsch und kurz angebunden.

Sie nickte wild. »Du hast gesagt, du willst nicht mein Freund sein und daß die Liebe wie Knoblauch ist und daß Tennyson ein trauriger Dummkopf war. Und dann hast du mich rausgeworfen.«

»Oh.« Er rieb sich unbehaglich das Kinn und trat einen Schritt zurück. »Scheinbar war ich in einer eher philosophischen Stimmung.« Er wirkte enorm verlegen. So linkisch und befangen hatte Tash ihn noch nie erlebt.

»Wie –«, begann sie vorsichtig, ihre Stimme zitterte aufgeregt vor Hoffnung, »– kommst du darauf, du hättest gesagt, daß du mich liebst?«

Er drehte sich wieder zu ihr um und kaute einen Moment peinlich berührt auf seinen Lippen. Doch dann kehrte das leicht spöttische Lächeln in sein Gesicht zurück. »Ich wollte wohl vögeln.« Er zuckte die Achseln. »Wenn ich mich nicht irre, hab ich sogar gefragt. Und ich hätte gut eine Aufmunterung vertragen – ›Ich liebe dich‹ funktioniert eigentlich immer. Gott sei Dank hab ich's gar nicht erst versucht – ich war wohl auch viel zu betrunken, um noch was zustande zu bringen.«

Sie schrie auf und zuckte zurück wie von einem Schlag getroffen. »Das ist nicht dein Ernst!«

»Nicht?« Er lachte. »Du warst es doch, die mir vorher auf der Farm ein eindeutiges Angebot gemacht hat. Oder gibt's dieses kindische ›Küß die Braut‹ nur, weil du sowieso keine Chance in Badminton hast? Deswegen bietest du mir Snob jetzt wohl auch an. So hat wenigstens er eine Chance.«

Schluchzend holte Tash aus und schlug ihm, ohne lange nachzudenken, mit der Wucht ihres ganzen Gewichts mitten ins Gesicht. Sie zuckte zusammen, und ihre Hand brannte vor Schmerz. Einen Moment lang starrte er sie an, die Tränen standen ihm in den Augen, und eine seiner Wangen flammte rot auf. Mit großen Schritten eilte er aus dem Zimmer; das Klacken seiner Absätze auf dem polierten Boden hallte düster nach.

Niall kam in dieser Nacht wieder nicht nach Hause. Das Telefon klingelte und klingelte, aber weil Tash sicher war, daß entweder ihre Mutter oder Henrietta anriefen, um mit ihr über die Hochzeit zu sprechen, hob sie gar nicht erst ab; sie hatte das Fax und den Anrufbeantworter ausgeschaltet und ließ es einfach klingeln. Mit Beetroot im Arm hörte sie sich auf voller Lautstärke Abbas ›Greatest Hits‹ an, um sich selbst für ihre idiotische Idee zu bestrafen. Hugo hatte recht, sie war oberflächlich. Sie hätte so gern geglaubt, daß er ihr gestern abend fast seine Liebe gestanden hatte; doch wenn sie mit der quälenden Nüchternheit des Rückblicks darüber nachdachte, dann hatte er sie auf Zoes Dinnerparty kaum beachtet und nur seine üblichen spöttischen Kommentare abgegeben. Erst nachdem sie ihn um diesen Kuß gebeten hatte, flirtete er mit ihr. Und da war er schon betrunken gewesen. Später dann auf Haydown war sie geblieben, um ihn zu trösten, doch statt ihn über seinen Verlust reden zu lassen, hatte sie ihn in ein

Gespräch über ihre Gefühle füreinander verwickelt. Kein Wunder, daß sie abhauen sollte, als Stefan angekommen war. Am liebsten wäre sie vor Scham im Boden versunken.

Ihre Mutter hatte sie die alte Binsenweisheit gelehrt, daß man etwas nur genug wollen mußte, um es auch zu bekommen. Tash hielt sich für den lebenden Beweis, daß nicht hinter jedem Klischee tatsächlich auch eine Wahrheit lag. Wenn man etwas sehr stark und sehr lange wünschte, wurde nur die Enttäuschung, es nicht zu bekommen, größer und größer.

»Du bist noch da?« schnauzte Hugo, als er Lisette mit einem großen Gin-Tonic in der Küche antraf – ziemlich wahrscheinlich sein eigener. Ohne Zweifel wollte sie ihn noch einmal wegen des Dramas um Twenty Acres zusammenstauchen.

Doch sie begrüßte ihn statt dessen mit einem schmeichelnden Lächeln. »Ich hab auf dich gewartet«, schnurrte sie fröhlich. »Stefan sagte, du würdest dich im Dachgeschoß herumdrücken; aber ich bin nicht weiter als bis zur Tür gekommen. Ein richtiger Schweinestall da oben.«

»Du kannst gerne den Staubsauger schwingen, wenn du es willst«, gab er zurück und holte sich Milch aus dem Kühlschrank.

»Werd nicht komisch, Hugo.« Sie lächelte, lehnte sich gegen den alten Küchenschrank und beobachtete ihn. »Ich möchte mit dir plaudern.«

»Ach ja?« Er trank die Milch direkt aus der Tüte.

»Über Niall.«

»Dann will ich's nicht wissen.« Er ging auf die Tür zu.

Lisette ließ das Eis in ihrem Glas klicken und wartete, bis er fast aus der Küche draußen war. »... und Zoe Goldsmith.«

Er blieb im Türrahmen stehen und drehte sich sehr langsam zu ihr um, sein Gesicht zeigte keine Regung. »Was ist mit ihnen?«

»Du hast doch gesehen, wie sie gestern aneinandergeklebt haben – und du hast auch Tash gesehen, die aussah, als wär eine Welt zusammengebrochen. Behaupte nicht das Gegenteil, Schatz. Du bist ihr mit den Blicken überallhin gefolgt.«

»Seitdem ist eine Menge passiert«, murmelte er und lehnte sich gegen den Türrahmen.

»Das ist wahr.« Sie nahm einen großen Schluck von ihrem Drink und beobachtete ihn über den Glasrand hinweg. »Ich weiß zum Beispiel, daß du heute mit Tash gesprochen hast. Sie sah vorhin aus, als hätte es in der Familie einen Todesfall gegeben.«

»Ach ja?« Er schüttelte die Milchtüte.

»Was hast du zu ihr gesagt, Hugo?« fragte Lisette.

»Das geht dich nichts an.«

Sie ließ wieder das Eis in ihrem Glas klicken. Ihre Stimme klang hart. »Hast du ihr gesagt, daß Niall und Zoe die letzte Nacht zusammen verbracht haben?«

»Hab ich was?« Hugo starrte sie an, ehrlich erstaunt. »Warum sollte ich das tun? Das stimmt doch nicht, oder?«

Lisette öffnete den Mund und schloß ihn wieder, ihre katzenhaften Augen betrachteten ihn mißtrauisch. »Natürlich stimmt es nicht. Nur Klatsch und Tratsch vom Set – du weißt ja, wie da übertrieben wird. Ich möchte nur nicht, daß Tash davon erfährt und unglücklich ist.«

»Natürlich nicht.« Hugo lächelte sie gleichmütig an.

»Dann ist es ja gut.« Lisette leerte ihr Glas und wollte das Gespräch beenden.

»Du überschreibst deinen Anteil an Snob auf Tash, wenn sie heiraten, nicht wahr?« sagte Hugo träge.

»Ja, ich steh zu meinen Versprechen«, murmelte sie und griff nach ihrer Handtasche. »Ich hab dir gesagt, daß ich ihn an niemand anderen verkaufe, obwohl ich es ziemlich verrückt finde, daß du mein Angebot abgelehnt hast.«

»Nun, ich hab meine Meinung geändert.« Hugo ging auf sie zu und sah ihr direkt in die Augen. »Ich möchte deinen Anteil kaufen, jetzt.«

»Zu spät.« Sie winkte ab. »Ich hab diese Woche mit meinem Anwalt gesprochen. Er macht die offiziellen Dokumente fertig – ich hatte keine Ahnung, was das für ein Aufstand ist. Hast du gewußt, daß das Pferd mehr wert ist als ein kleines Haus in Chelsea?«

»Natürlich.« Hugo war nur noch einen Meter von ihr entfernt. »Ich zahle, was dein Anteil wert ist – den ganzen Betrag. Ich feilsche nicht.«

Sie schüttelte den Kopf und hielt seinem Blick stand. »Ich hab's Tash bereits versprochen. Und wir wollen doch nicht ihr kleines Herz brechen, oder? Nicht deinem Lieblingsprotegé.«

Hugo bohrte seinen Blick in ihre Augen und lächelte leichthin. »Ich bin nicht an ihr interessiert. Mich interessiert nur das Pferd.«

»Klar!« spottete sie. »Und daß Tash meinen Anteil nur erhält, wenn sie Niall heiratet, hat nichts mit deinem plötzlichen Sinneswandel zu tun? Über diese kleine Klausel hab ich auch nachgedacht. Ziemlich gelungen, hm? Ich dachte mir schon, das könnte dich richtig anfressen.«

»Du hast es vielleicht nicht bemerkt«, sagte Hugo, sein Gesicht zeigte absolut keine Regung, »aber ich hab gestern mein bestes Pferd verloren. Meine Karriere ist gefährdet, und wenn ich kein anderes Toppferd finde, bin ich bald auch noch meinen Sponsor los. Snob ist genau der richtige.«

»Und wie kommst du auf die Idee, Niall würde dir je seinen Anteil verkaufen, gesetzt den Fall, ich stimme zu?« Lisette lächelte höhnisch.

»Weil ich ihm ein Angebot machen werde, das er nicht ablehnen kann«, sagte Hugo ganz direkt.

Lisette lachte. »Du bist wirklich ein egoistischer Bastard, was, Hugo?«

Weniger als ein Meter trennte sie jetzt noch voneinander. Lisette konnte die Hitze spüren, die von ihm ausging, und den leichten Hauch von Schweiß und Heu. Seine Augen blitzten sie so verführerisch an, daß sie einfach nicht anders konnte und lächeln mußte. Gott, wie gut er aussah. Sie zweifelte keinen Moment daran, daß er einer der begehrenswertesten Männer war, die sie je getroffen hatte, zehnmal so viel wert wie die oberflächlichen, egozentrischen Davids mit ihren heuchlerischen Affären und ihrem pseudointellektuellen Getue. Hugo war ein Hitzkopf und durch und durch verschlagen. Nicht allein, daß er so gut gebaut war und sie den ungläubigen Blick über soviel Perfektion kaum von ihm wenden konnte, er besaß auch diesen hoffnungslos leidenschaftlichen Willen, den sie von sich selbst kannte. Sie waren beide Menschen, die sich in ihrem Wollen verzehrten und es niemals hinnahmen, zu verlieren, wie aussichtslos die Lage auch schien. Und Lisette hatte Hugo schon seit sehr langer Zeit gewollt. Doch noch mehr hatte sie eine erfolgreiche Karriere gewollt, und sie wußte, daß es um ihre Karrierechancen weitaus besser stand. Hugo würde ihr durch die Finger gleiten, noch bevor sie sich mit dem Geruch seiner Haut vertraut gemacht hätte. Er war schwieriger zu fassen als ein Blatt im Sturm.

»Okay«, sagte sie, und ihre Stimme wurde weich und vertraulich. »Ich schlage dir einen Handel vor. Unter zwei Bedingungen kannst du meinen Anteil kaufen. Die erste ist, daß das Pferd Badminton gewinnt.«

»Herrje, du gibst dich nicht mit Kleinigkeiten ab, was?« Er lachte bitter. »Und die zweite? Daß er seine Flügel ausbreitet und abhebt?«

»Die andere ist«, Lisette lächelte entzückt, »daß du die Finger von Tash French läßt. Wenn ich höre, daß du ihr auch nur zugezwinkert hast, ist unser Handel gestorben. Und glaub mir, ich hab meine Ohren überall. Faß sie nicht an, Hugo. Hände weg. Sie hat sich vor zwei Jahren gegen dich und für Niall entschieden. Und sie wird nicht zwei Wochen vor der Hochzeit ihre Meinung ändern.«

Hugo hob eine seiner geraden dunklen Augenbrauen. »Nicht mal, wenn Niall eine Affäre mit Zoe Goldsmith hat?«

»Ich hab doch gesagt, nichts weiter als Klatsch«, sagte Lisette leichthin. »Du hast ihn auf Zoes Dinnerparty doch erlebt. Er hat nonstop von der Hochzeit geredet. Du mußt langsam akzeptieren, daß Tash ihn heiraten wird, Hugo. Sie liebt ihn. Das einzige, worum du deine langen Beine schlingen kannst, ist ihr Pferd. Näher kommst du nicht ran.«

»Junge, du wahrst wirklich mit aller Macht Nialls Interessen, was? Klingt, als wärst du seine Mutter und nicht seine Exfrau.«

»Du sollst beiden nicht in die Quere kommen, Hugo.« Lisette griff nach ihrem Autoschlüssel. »Dieses Angebot mache ich dir nur, weil du so unglaublich unwiderstehlich bist. Ich bring's nicht über mich, dir eine plumpe Abfuhr zu erteilen. Ist der Handel also perfekt?«

Hugo zuckte die Achseln. »Klar. Snob muß Badminton gewinnen, und ich muß die Finger von Tash lassen; dann kann ich deinen Anteil kaufen. Meine Chancen, Niall zu heiraten, stehen, offen gesagt, besser.«

Während Tash am letzten Sonntag vor Badminton Snob trainierte, schöpfte sie wieder Hoffnung, daß ihr dieser härteste – und vielleicht letzte – gemeinsame Wettkampf doch Freude machen könnte. Er war gefügig und hörte auf sie, so daß sogar Gus ihnen nach dem stundenlangen Springtraining applaudierte. »Großartig! Mach den Rest der Woche so weiter, und ich setz einen Fünfer auf dich.«

Doch schon am Nachmittag machte Snob diese Ansätze wieder zunichte, als sie gemeinsam mit Ted auf Mickey und Kirsty auf ihrer großartigen Stute Betty Blue ausritten. Aufgeschreckt von einem Drachen, den ein kleiner Junge fliegen ließ, drehte er vollkommen durch und war der Ansicht, er müßte so schnell und so weit, wie nur irgend möglich, von diesem potentiell lebensgefährlichen fliegenden Mordinstrument davonstürmen – während Tash sich nur ducken konnte, um von den vorbeiflitzenden Baumästen nicht von Snobs Rücken gefegt zu werden. Sie brauchte fast eine Meile, bis sie das Tempo drosseln konnte, und hatte den ganzen Rückweg mit seinem Temperament zu kämpfen, so daß sie ihrem Glücksstern dankte, als sie schließlich die beiden anderen ohne Verletzungen heil wieder erreichten. Er war wie ein Bulldozer durchgegangen und hätte, da er so unglaublich fit war, noch meilenweit rennen können, wenn er dazu entschlossen gewesen wäre. Das war ein Vorgeschmack gewesen auf das, was ihr passieren konnte, wenn er sich beim Geländeritt gegen sie durchsetzte; und die Aussicht schreckte sie.

Zu ihrer Überraschung saß Hugo am Küchentisch der Lime-Tree-Farm, trank Kaffee und plauderte angeregt mit Gus, als sie hereinkam. Es war das erste Mal, daß sie ihn nach seinem Wutanfall wiedersah, und sie war verständlicherweise gereizt, während sie im Kühlschrank nach einer Coke suchte. Sie brachte es nicht über sich, ihn zu grüßen, und wollte so schnell wie möglich den Rückzug antreten. Doch Gus winkte sie heran und bat sie, sich zu ihnen zu setzen.

»Hugo möchte einen Vorschlag machen.« Er lächelte sie verschmitzt an. »Einen Vorschlag, der dir nicht ganz neu sein dürfte.«

»Ach ja?« Tash ließ sich auf einen Stuhl am entgegengesetzten Tischende fallen, doch auf derselben Seite, so daß sie Hugo nicht ins Gesicht sehen mußte.

»Ich bin nicht sicher, ob's wirklich richtig ist«, sprach Gus weiter. »Vor allem nicht nach deinem Training heute morgen.«

»Ach ja?« wiederholte Tash. Aus dem Augenwinkel sah sie, daß Hugo seinen Stuhl in ihre Richtung gedreht hatte; doch sie fixierte weiterhin Gus.

»Ich reite Snob am nächsten Wochenende«, sagte Hugo rauh; auch er sah sie nicht an. »Wenn du möchtest. Du hast gesagt, es gäbe da ein, zwei Probleme, die ein anderer Reiter vielleicht lösen könnte.«

Tash schluckte und sagte einen Moment lang gar nichts. Die Versuchung, zu erwidern, daß da nichts dergleichen war, erschien ihr übermächtig; doch sie wußte, sie würde sich selbst etwas vormachen. Dennoch regte sich Widerstand in ihr, weil er ihr diesen Vorschlag gestern abend noch ins Gesicht geschleudert hatte. Wie konnte er nur den Nerv besitzen, eine solche Kehrtwende zu vollführen ohne ein Wort der Entschuldigung.

»Ich hab ja gesagt, sie legt's nicht drauf an.« Gus lachte. »Heute morgen ist er kolossal gelaufen, und sie hat dieses Jahr unvorstellbar viel Arbeit in ihn gesteckt, nicht wahr, Tash?«

»Ja.« Sie schluckte.

»Was sagst du also zu Hugos Vorschlag?«

Tash war nicht in der Lage, zu antworten. Vor allem weil sie wünschte, ja zu sagen, da es Snob eine echte Chance eröffnete. Vielleicht war sie nicht für Hugo gemacht, aber Snob war es, das wußte sie. Sie hatte Snob in vielfacher Hinsicht so idealisiert, weil er für sie eine Art Hugo gewesen war: kompromißlos, stolz und anhänglich. Und wie sie daran gescheitert war, Hugos Achtung zu erringen, so sah sie sich jetzt scheitern mit dem Pferd, mit dem sie sich selbst hatte beweisen wollen.

»Tash?« Hugo versuchte, ihren Blick aufzufangen.

»Du kannst ihn reiten.« Sie stand auf und sprach ihre nächsten

Worte über seinen Kopf hinweg. »Ich sag den Offiziellen Bescheid. Das wird kein Problem sein – vor allem, wenn sie erfahren, was mit Bod passiert ist.« Verstohlen sah sie ihn an und fügte höhnisch hinzu: »Du hast bestimmt die Sympathien auf deiner Seite. Und für ein paar Punkte bei der Dressur reicht das immer. Das ist sein Schwachpunkt.« Damit ließ sie ihn stehen und lief auf den Hof hinaus

»Tash liebt diesen Kastanienbraunen.« Gus schaute ihr nachdenklich hinterher.

»Ich weiß«, sagte Hugo, beugte sich zu Beetroot und lachte, als sie ihm eifrig das Kinn abschleckte. »Und ich werde mich bei ihr bedanken. Aber zunächst einmal lade ich euch drei zum Dinner ein. Würdest du ihr bitte ausrichten, daß ich sie mit euch zusammen heute abend im Olive Branch erwarte?«

»Ein gemeinsames Dinner?« Gus sah skeptisch aus. »Ich bin nicht sicher, ob sie kommen wird.«

Doch Hugo grinste nur und blickte zu Penny hinüber, die in einem Haufen Anmeldeformulare stöberte.

»Mist, Zoe ist völlig weggetreten in letzter Zeit«, brummte sie. »Miranda Bingham hat gerade angerufen und gefragt, warum wir dieses Jahr nicht nach Hyam Park kommen. Zoe muß vergessen haben, die Anmeldungen abzuschicken, und jetzt ist es zu spät.«

»Sagt's mir, wenn ich auf dem Holzweg bin.« Hugo ließ Beetroot auf seinen Schoß krabbeln. »Treffen Zoe und Niall sich?« Er fragte so beiläufig, als hätte er sich nach den Eheproblemen der königlichen Familie erkundigt.

Einen Moment lang setzten Penny und Gus Unschuldsmienen auf und warfen sich verlegene Blicke zu. Dann stieß Penny einen tiefen Seufzer aus. »Albern, was? Ich weiß ja, daß er einen Ruf zu verteidigen hat, aber zwei Wochen vor der eigenen Hochzeit, das ist absolut lächerlich, zumal er noch immer ganz wild auf die Hochzeit zu sein scheint.«

»Weiß Tash es?« Hugo musterte sie.

»Kaum.« Gus verdrehte die Augen und sah zur Decke hoch. »Sie war viel zu beschäftigt mit Snob, und Niall hat die perfekte Ausrede mit seinen Dreharbeiten. Das ist wie in einer französischen Verwechslungskomödie, nur daß keiner französisch spricht –

Tash geht zur einen Tür raus, und Niall schlüpft zur anderen herein, ein einziges schwärmerisches Lächeln. Er ist einfach zu nett, doch diese Woche hätte ich ihm den Hals umdrehen können.«

»Sei fair«, betonte Penny. »Wir glauben, es geht erst seit Freitag abend, als Tash …« Plötzlich erinnerte sie sich, warum Tash gegangen war.

»Sprich weiter«, murmelte Hugo.

»Nun«, Penny war sehr zurückhaltend, »an dem Abend schienen sie verändert – viel freimütiger. Ich kann wirklich nicht sagen, was passiert ist, aber das Verrückte war, daß keiner einen Kommentar abgegeben hat. Sie wirken so vertraut – irgendwie so passend. Sogar die Kinder lieben ihn. India scheint sie ganz offen zu ermutigen.«

»Die arme Tash«, seufzte Gus. »Das ist furchtbar für sie. Sie glaubt, sie wird in zwei Wochen Mrs. O'Shaughnessy.«

»Ein ziemlich schlechter Witz!« schnaubte Penny. »Ich meine, braucht er einen britischen Paß oder so was?«

»Nein.« Hugo rieb nervös sein Kinn. »Aber vielleicht möchte Tash ein Ausreisevisum. Ich kann nur hoffen, daß ich die Braut noch vorher küsse.«

Tash war nicht sicher, was sie an diesem Abend im Olive Branch von Hugo halten sollte. Sie war nur erschienen, weil Penny sie so sehr darum gebeten hatte. Doch Hugo war der letzte, mit dem sie an diesem Abend an einem Tisch zu sitzen wünschte. Er kreuzte in sauberen Hosen und einem grünen italienischen Jackett auf, bei dem Marco Angelo die Augen übergingen. Er sah wirklich prächtig aus und roch so gut, daß Tash von ihm abrücken mußte. Sein gewelltes Haar glänzte, und seine Augen sprühten klar und lebhaft, ohne den geringsten Anflug von Spott. Tash begriff einfach nicht, was in ihn gefahren war. Er nahm ihr sogar den Mantel ab und hängte ihn auf, bevor er sie an ihren Barhocker geleitete.

»Ich dachte, Penny und Gus kommen auch?« murmelte sie, während sie an der Bar auf einen Tisch im Restaurant warteten.

»Sie kommen etwas später – sie haben angerufen. Du siehst sehr schön aus.« Das hatte er so schnell und leise angefügt, daß es eine Weile dauerte, bis Tash es registrierte.

Sie hatte sich nach einer hastigen Dusche mit solcher Eile angezogen, daß ihre Sachen an ihrem noch feuchten Körper klebten. Nach dem Dressurtraining mit Hunk war sie sehr spät drangewesen und hatte sich einfach in ein rotgepunktetes Sommerkleid geworfen, daß zwar altmodisch, aber sexy war, wie Niall fand. Sie war schon auf halbem Weg gewesen, als sie feststellte, daß die oberen drei Knöpfe fehlten und es bei genauerem Hinsehen praktisch durchsichtig war und ihre schwarze Unterwäsche durchschien, wenn sie auch nur vor einer Kerze stand.

»Ich dachte, wir essen in der Bar«, Tash spähte in das Restaurant, wo die Frauen sehr viel eleganter gekleidet waren.

»Wenn du möchtest, tun wir es.« Er sah sich nach einem Tisch um.

»Ist mir egal.« Sie streckte das Kinn vor und nahm einen Schluck Gin-Tonic. Keine so gute Idee, das mit dem Kinn, stellte sie fest, als ein paar Spritzer ihr in den Ausschnitt genau zwischen die Brüste rollten. Sie war ganz durchgedreht. Sie wollte cool und abweisend sein, aber das war völlig unmöglich. Der alte Zauber wirkte einfach jedesmal; sie mußte nur in einem Raum mit ihm sein, um sich zu fühlen wie ein Alka-Seltzer, das in Fanta aufgelöst wird.

Hugo lächelte und neigte ihr seinen Kopf zu, so daß sie in diese blauen Augen schauen mußte. Sie war verblüfft über die Wärme, die in ihnen lag; ein so seltsamer Ausdruck, daß sie ihn immerzu anstarrte.

»Ich entschuldige mich für gestern«, sagte er leise. »Das war unverzeihlich grob. Ich weiß, du hattest die besten Absichten.«

»Nun, dein Sinneswandel hat ja nicht lange auf sich warten lassen«, sagte sie brummig. »Und deine Entschuldigungen gehen mir langsam auf die Nerven.«

Einen Moment lang sah es so aus, als würde er ihr den Kopf abreißen, doch er sagte nur: »Es tut mir leid, ich war in einem fürchterlichen Zustand.«

»Ich wollte es nicht noch schlimmer machen. Ich wollte bloß –« Sie zögerte. Es schien ihr unmöglich, es zu erklären.

»Du wolltest was?« fragte er nach.

»Nichts.« Tash schüttelte den Kopf und sah weg. »Vergiß es. Du hast recht, mein Timing war schon immer lausig.«

»Das kannst du laut sagen.« Er zuckte die Achseln. »Diese Hochzeit zum Beispiel.«

»Was soll das heißen?« Sie sah ihn scharf an, doch seine Miene war ausdruckslos.

»Eine Woche nach Badminton – mitten in der Saison, Tash.« Er lächelte. »Was hast du dir dabei gedacht?«

Sie wand sich verlegen. »Das war die Idee meiner Mutter«, murmelte sie hastig. Am liebsten hätte sie das Thema gewechselt; es drehte ihr den Magen um. Sie hatte Niall in den letzten zwei Tagen nicht länger als fünf Minuten gesehen, und noch immer bestand er darauf, daß sie bis zu der Party zu keinem ein Sterbenswörtchen sagten. Er schien auf ein Wunder zu warten.

»Ich hoffe, daß die Hochzeit das wert ist«, sagte Hugo träge, ohne ihr Gesicht auch nur einen Moment aus den Augen zu lassen.

»O sicher«, sagte sie hohl. Er klang schon genauso eifrig wie ihre Mutter. Sie fühlte eine aufsteigende Übelkeit. »Möchtest du also mit mir über Snob reden?« Sie versuchte das Thema zu wechseln.

»Nein – laß uns das morgen tun«, sagte er sanft und sah zur Tür hinüber, die sich öffnete. »Sag mal«, er senkte die Stimme, »macht's dir eigentlich was aus, daß Niall völlig verrückt ist nach Zoe?«

»Was?« Sie fiel fast vom Stuhl.

»Weil«, er betrachtete sorgsam sein Glas, bevor er einen Schluck nahm, »es mir nämlich was ausmacht. Es macht mir was aus, weil ich so verrückt nach dir bin, daß ich nachts nicht schlafen kann. Und da du mir schon meine acht Stunden Schlaf raubst – wär's doch sehr viel erfreulicher, wenn du bei mir wärst.«

Sie starrte ihn an, das Kinn klappte ihr herunter. Doch im nächsten Augenblick standen auch schon Penny und Gus neben ihnen, küßten sie und entschuldigten sich für die Verspätung. Hugos Timing war perfekt. Sie hatte nicht die geringste Chance, ihm irgend etwas zu erwidern.

Für den Rest des Abends benahm er sich wie der perfekte Gentleman und achtete darauf, daß ihr Glas immer gefüllt und ihr Teller nie leer war. Heiter und fröhlich unterhielt er sich mit ihnen allen, ohne sie besonders zu bevorzugen oder gar mit ihr zu flirten. Wenn seine Hand zufällig die ihre berührte, zog er sie zurück; wenn sein Blick den ihren traf, lächelte er und sah wieder weg. Doch dann spürte sie einen leichten warmen Druck an ihrem Fuß. Tash schlug plötzlich das Herz bis zum Hals, und sie hatte ernsthafte Schwierigkeiten, dem etwas langweiligen Gespräch mit Gus über Hunks Sehnenzerrung überhaupt noch zu folgen. Es pochte so wild in ihr, daß sie in ihrer Aufregung geradezu fieberhaft fußelte.

»Geht es dir gut, Tash?« Gus sah sie seltsam an. »Nur weil du mich getreten hast.«

»Prima!« Sie schluckte und errötete heftig. Ich muß ihn richtig verstanden haben, sagte sie sich selbst. Ich bin sicher, er hat's gesagt. Ich bin sicher, er hat gesagt, daß er verrückt nach mir ist. O Gott, ich muß ihn unbedingt allein sprechen, *sofort*. Ich möchte, daß er es noch einmal sagt. Verzweifelt bemühte sie sich, seinen Blick aufzufangen, aber er plauderte mit Penny über Lisettes Party und weigerte sich standhaft, in ihre Richtung zu sehen.

Penny wandte sich als erste an sie. »Du bist bestimmt aufgeregt, Tash. Erst diese rauschende Party und dann nur noch eine Woche bis zum Ja – oder hast du vor, was anderes zu sagen?«

»Was?« rief Tash und sah von ihr zu Hugo wie ein Schiedsrichter beim Tennismatch.

»Plant ihr irgendein witziges Gelübde wie ›Ich will dich ehren und lieben in reichen wie auch in von Steuern gebeutelten Zeiten‹?«

»O nein – ich meine, ich weiß nicht. Keine Ahnung.« Verwirrt legte sich ihre Stirn in Falten. Sie griff nach Messer und Gabel und machte sich hastig über das Lamm auf ihrem Teller her.

»Freut mich, daß du's noch gesehen hast.« Hugo lachte.

Sie sah auf. Alle anderen hatten längst aufgegessen. In den nächsten zehn Minuten betete sie darum, daß Gus und Penny beide zur gleichen Zeit auf die Toilette mußten, damit sie Hugo allein sprechen konnte. Absichtlich schenkte sie ihnen immer wieder Wasser und Wein nach, sie ging sogar selbst einmal, um sie zu animieren. Doch ohne Erfolg, sie mußten Blasen haben so groß wie Kamelhöcker. Schließlich rettete sie sich in die Idee, ihnen zu sagen, daß sie nicht aus reiner Höflichkeit noch bleiben mußten, wenn sie lieber schon vor dem Dessert gehen würden.

»Warum?« Gus war bloß irritiert.

Nachdem Gus und Hugo sich durch die verschiedenen Desserts gekämpft hatten und beratschlagten, welchen Kaffee sie trinken wollten, war Tash etwas Todsicheres eingefallen, und sie gähnte herzhaft. »Ich bin zum Umfallen müde«, entschuldigte sie sich. »Vielleicht sollte ich besser gleich nach Hause gehen – danke für das schöne Essen, Hugo.« Für den Bruchteil einer Sekunde wartete sie darauf, daß er ihr anbot, sie zum Old Forge zu begleiten.

Doch Penny war schneller. »Gute Idee – ich bin auch kaputt. Komm mit auf einen Tee und hol Beetroot ab. Wir lassen die Männer allein über ihre Pferde reden.«

Tash fluchte lautlos vor sich hin. Wie hatte sie das vergessen können. Sie hätte lieber einen doppelten Espresso bestellen sollen. Auf dem Nachhauseweg sprach Penny nur sehr wenig, und Tash hatte das ungute Gefühl, als erwartete sie irgendeine Art Geständnis. Sie war aber viel zu verwirrt und enttäuscht, um selbst viel zu reden, und lief mit solchem Tempo auf die Farm zu, daß Penny Mühe hatte, Schritt zu halten. Tash stieß die Haustür auf, wollte sich nur Beetroot schnappen und gleich wieder gehen.

Zoe und Niall standen in inniger Umarmung beim Kühlschrank und küßten sich. Abgesehen von der schäbigen Umgebung – der Unordnung, den Essensresten und den schmutzigen Geschirrhandtüchern – war es ein Kuß, so zart und die Welt aus den Angeln hebend, wie er Niall kaum jemals auf der Leinwand gelingen dürfte. Tash blieb stehen und starrte sie verwundert an.

»Warum rennst du denn so, Tash! Ich hab –«, keuchte Penny hinter ihr und blieb schockiert stehen.

Augenblicklich fuhren Niall und Zoe entsetzt herum und starrten vollständig entgeistert, als sie erkannten, wer dort stand.

»Herrje, Engel, es tut mir so leid!« Niall rannte auf sie zu. »Wir wollten nicht, daß du so davon erfährst. Wirklich nicht. Es tut mir –«

»Ich wußte es schon, Niall.« Sie hielt ihm die Hand auf den Mund und sah, wie er mit Tragödenmiene Überraschung an den Tag legte; seine weichen braunen Augen schimmerten, und seine schwarzen Locken fielen über seine gerunzelten Augenbrauen. Und fast hätte sie gelacht. Genauso hatte sie sich seine Reaktion vorgestellt. In Ausdruck, Wort und Gestik. »Ich wußte es«, wiederholte sie. »Und es macht mir nichts aus. Ehrlich nicht. Ihr seid ein schönes Paar.« Langsam trat sie den Rückzug an, pfiff nach Beetroot und ging.

Völlig unerwartet liefen ihr die Tränen übers Gesicht, als sie die Straße entlangstolperte und zu begreifen versuchte, was sie da gesehen hatte. Sie durfte weder überrascht noch eifersüchtig oder wütend sein – dazu hatte sie kein Recht mehr. Und dennoch verspürte sie einen gewaltigen Gefühlsausbruch, jetzt, da sie die Affäre in Technicolor vorgeführt bekommen hatte. Niall liebte Zoe – es stand ihm ins Gesicht geschrieben. Deswegen war er ihr in den letzten Tagen auch ausgewichen, selbst peinlich berührt von der Eile, mit der er sich von ihrem Verlobten in Zoes Geliebten verwandelt hatte. Niall war immer schon so gewesen; er haßte es, allein zu sein – doch Zoe war mehr als nur eine Geliebte. Sie war gemacht für ihn, und er mußte es schon seit Monaten geahnt haben. Tash hatte ihm diese Eile längst vergeben. Schließlich hatte er ihr ihre Unaufrichtigkeit auch verziehen, nicht wahr? Er hatte ihr verziehen, daß sie von Anfang an jemand anderen mehr geliebt hatte als ihn. Wie sehr sie auch versucht hatte, es zu verdrängen.

»Ich liebe Hugo«, sagte sie laut, um es auszuprobieren. Beetroot sah sie aufmerksam an und schien zuzustimmen. Also sagte Tash es noch einmal. Und noch viele Male. Niall, das wußte sie, war in vielem der bessere, freundlichere, klügere Mann, aber ihr Verstand kam nicht an gegen ihr wildes Verlangen. Sie liebte Hugo sogar dafür, daß er zornig, dickköpfig und verwöhnt war, weil sich unter seinem glatten, unnachgiebigen Äußeren eine wunderbare Großzügigkeit verbarg. Manchmal war sie kaum wahrzunehmen, doch sie war unerschütterlich, andauernd und überraschend selbstlos. Denn sobald jemand oder etwas seinen Respekt gewonnen hatte, ließ Hugo nie mehr davon ab.

Für Tash war es wahrscheinlich schwerer als für jeden anderen, seinen Respekt zu gewinnen. Denn im Sommer vor zwei Jahren war er im Garten ihrer Mutter in Frankreich auf sie zugekommen, und sie hatte den Fauxpas schlechthin begangen. Sie hatte Hugo getroffen, wo er am verwundbarsten war – in seinem Stolz. Und es war unmöglich für sie gewesen, auch nur noch einmal in die Nähe seiner gut bewachten Gefühle zu gelangen. Sogar seine zunehmende Unverschämtheit war ein versteckter Hinweis gewesen. Naiv hatte sie angenommen, daß sein Spott und Rückzug von ihr zusammentraf mit ihren ersten sportlichen Erfolgen. Im Rückblick erkannte sie, daß ihre Freundschaft sich in dem Moment abgekühlt hatte, als Niall das Old Forge gemietet und sie zusammengezogen waren. Und Hugo war sogar noch aufbrausender geworden seit der Bekanntgabe ihrer Verlobung. All diese höhnischen Fragen nach ihren Gefühlen für ihn und der Spott, wenn er sie an ihre Schwärmerei erinnert hatte. Sie dachte, er spiele mit ihr, während er verzweifelt bemüht war, die Spielregeln zu begreifen. Stolz wie er nun mal war, wollte er unter keinen Umständen das Gesicht verlieren.

Und heute abend hatte Hugo zugegeben, daß er so verrückt nach ihr war, daß er nicht schlafen konnte: Die Worte hallten nach in ihr, und noch in Stunden würde sie sie hören, sich an seine weiche, warme, gedehnte Stimme erinnern und erschauern.

Wie angewurzelt blieb sie stehen, als sie sich plötzlich klarmachte, daß sie noch immer in dreizehn unglücklichen Tagen Niall heiraten würde. In all ihrer Aufregung und der Badminton-Hektik hatte sie die Realität einfach ausgeblendet.

Am nächsten Morgen beobachtete Tash, wie Hugo auf dem aufgeregten Snob in der kleinen Trainingsarena der Moncrieffs über die Hindernisse setzte – sie hielt den Atem an vor Bewunderung und Neid. Snob respektierte diesen Reiter mit den längeren Beinen, dem schwereren Körpergewicht und dem festeren Zugriff, und er freute sich ganz offensichtlich über den Wechsel. Zu Anfang hatte er sich temperamentvoll gewehrt, weil er nicht seinen üblichen Weg gehen konnte, hatte gezogen und den Kopf gesenkt. Doch es dauerte nicht lange, bis er sich beruhigt hatte; und Tash wünschte fast, er hätte etwas mehr Widerstand gezeigt. Aber es schien, daß sowohl er als auch Hugo einen ihrer besten Tage hatten.

»Du hast ihm wirklich Manieren beigebracht«, gratulierte Hugo ihr. »Und du mußt ihn rund um die Uhr trainiert haben. Ich kenne kaum ein Pferd, daß so fit und beweglich ist.«

Er benahm sich ausgesucht höflich gegen sie, und sie war vollkommen verwirrt. Am liebsten hätte sie ihn sofort alleine gesprochen und ihn gefragt, wie sie sein Geständnis im Olive Branch aufzufassen habe, doch es herrschte rege Betriebsamkeit auf dem Hof, und es gab keine Chance auf eine ruhige Minute.

Schon im letzten Jahr hatte Tash all die aufregenden Vorbereitungen für Badminton mitgemacht, wenn sie auch mit Snob nicht an den Wettkämpfen teilgenommen hatte – statt dessen war sie für Gus als Stallmädchen mitgefahren. Dieses Mal war sie als Reiterin dabei, und die Aufregung war unvergleichlich viel größer. Es war das wichtigste Turnier des Jahres, und eine ganz spezielle Atmosphäre umgab es. Am Tag vor ihrer Abfahrt nach Gloucestershire herrschte auf der Lime-Tree-Farm eine aufgekratzte Partystimmung, gemischt mit angespannter Nervosität; jeder stolperte über jeden und konsultierte wieder und wieder den großen Wandplan mit den Terminen, den Gus ausgearbeitet hatte.

India sollte für Tash und Hunk mitfahren, während Ted sich sowohl um Gus und Fashion Victim als auch um Kirstys Stute Betty Blue kümmern würde. Penny fuhr ebenfalls mit, war aber wie immer viel zu aufgeregt und würde statt dessen die Punktestände im Auge behalten. Nur Zoe bekam von all dieser gespannten Erwartung gar nichts mit, denn weder sie noch Enid ließen sich je blicken. Sie schlief meist so lange, bis das gemeinsame Frühstück beendet war, und machte sich dann mit Enid zu einem langen Spaziergang auf; wahrscheinlich zum Set in Maccombe. Und wenn sie am Nachmittag zurückkehrte, eilte sie sogleich wieder mit dem Auto, das gerade abkömmlich war, davon. Auch Niall war bis gestern abend nicht zu sehen gewesen. Tash hatte sich ganz allein der Fragen, ob die Hochzeit denn nun stattfinden und was aus Lisettes Party werden würde, erwehren müssen.

Zuerst wimmelte sie alle mit einem Achselzucken ab, doch schließlich brüllte sie jedermann sofort entgegen, daß sie nicht darüber sprechen wolle. Dabei wurde ihr immer klarer, wie dringlich die Lage war. Als sie am Montag abend ins Old Forge kam, hatte Niall Kleidung für ein paar Tage abgeholt und ihr eine Nachricht hinterlassen, mit der er ihr Glück wünschte für Badminton und ihr versicherte, daß er sich vor der Party mit ihr in Verbindung setzen würde. Wie das funktionieren sollte, war ihr allerdings schleierhaft, da eines unmittelbar auf das andere folgte. In seiner ausladenden, krakeligen Handschrift hatte er geschrieben:

Ich kann mich gar nicht genug entschuldigen für all dies. Ich benehme mich feige wie immer, aber ich brauche Zeit, um meine Gedanken zu ordnen. Das Beste wird sein, wenn ich mich für ein paar Tage ins Hotel der Crew zurückziehe. Bitte halte bis Sonntag durch. Ich werde dich immer dafür lieben.

Und wieder klingelte das Telefon unaufhörlich. Diesmal hatte Tash einfach den Stecker aus der Dose gezogen und den ganzen Abend lang alle alten Badminton-Videos von Gus angesehen, um sich auf das bevorstehende Turnier zu konzentrieren. Hugo war, so weit sie wußte, mit seinem Sponsor zum Dinner aus und konnte es also nicht sein. Er war auch heute wieder die Höflichkeit in Person gewesen, und all ihren Versuchen, ihn allein zu sprechen, war er nach wie vor ausgewichen. Sie begann, an seinen Motiven zu zweifeln, und fürchtete, er würde sich als so hinterhältig wie immer erweisen. Wenn Hugo glaubte, er hätte den Sieg schon in der Tasche, weil er ihr weisgemacht hatte, daß er sie liebte, um an ihr Pferd heranzukommen, dann war das Mindeste, was sie tun konnte, ihn an jenem Tag mit Hunk zu schlagen. In dieser Nacht war sie ganz besessen von diesem Gedanken, und sogar die nervenaufreibende Hochzeitspanik vergaß sie darüber.

Henrietta setzte sich ins Eßzimmer und kontrollierte noch einmal, ob James auch wirklich mit seinem neuen Rasenmäher beschäftigt war, bevor sie in Frankreich anrief. James legte solche Gespräche normalerweise auf den Abend – doch dieses Mal konnte und wollte Henrietta nicht warten. »Sophia hat mich gerade angerufen«, hauchte sie, sobald Alexandra abgehoben hatte.

»Mich auch«, jammerte Alexandra. »Ich dachte mir schon, daß sie dich angerufen hat, weil bei dir die letzten zwanzig Minuten besetzt war. Glaubst du, daß sie recht hat? Das Ganze ist einfach bodenlos.«

»Das weiß Gott allein, aber sie scheint vollkommen überzeugt. Hast du versucht, Tash zu erreichen?«

»Seit Tagen, Schatz. Sie geht nie ran.«

»Wann kommst du nach England?«

»Nun, eigentlich wollten wir am Mittwoch in einer Woche fahren. Aber ich sollte mich wohl direkt auf den Weg machen.«

»Du kannst bei uns wohnen.«

»Wird James das recht sein?«

»Natürlich nicht. Aber das ist ein Notfall.« Henrietta sah wieder aus dem Fenster und verzog das Gesicht, als ihr bewußt wurde, was sie da gerade zugesagt hatte.

14

Als der Transporter der Lime-Tree-Farm – neu ausgerüstet und mit dem Logo von Tashs Sponsor geschmückt – am Dienstag nachmittag in Badminton Park ankam, wurden sie alle einem langen Sicherheitscheck unterzogen, wie er nur auf den ganz großen internationalen Turnieren üblich war. Auf den meisten Wettkämpfen kannte jeder jeden, und die Reiter waren daran gewöhnt, daß die Zuschauer zwischen den Pferdeboxen umherstreiften. In Badminton war jeder Bereich strikt abgetrennt und bewacht. Sie erhielten alle farbige Bänder fürs Handgelenk, die jedesmal vom Sicherheitspersonal überprüft werden würden, wenn sie sich einem der Bereiche nähern wollten. Dann wurden die Pferde abgeladen und zur Identifikation kurz mit ihren Papieren abgeglichen, bevor sie in den weitläufigen Stallungen des Turniergeländes untergestellt werden durften. Normalerweise dienten sie dem Duke von Beaufort für die Jagd. Sogar vor dem schwarzen, regenverhangenen Himmel wirkten sie so schön, daß Tash ihre Schritte verlangsamte: niedrig gebaut und von hellbeiger Farbe, beschrieben sie einen vollendeten Halbkreis. Sie schienen vor gespannter Erwartung zu summen; überall liefen Stallknechte herum, und Reiter begrüßten sich freudig und beklagten sich über das Wetter oder ihre Startnummern. In der Reihenfolge dieser Startnummern wurden auch die Pferde der Lime-Tree-Farm untergestellt. Snob, der bereits am Vormittag mit Hugo angekommen war, hatte bei der Auslosung eine hohe Nummer erhalten und stand deswegen ganz in der Nähe von Happy Monday, Stefans Pferd, das auch erst spät startete.

Tash ließ die anregende Atmosphäre auf sich wirken und lief aufgekratzt und nervös auf dem Gelände herum, um alte Freunde und Konkurrenten zu begrüßen. Später holte sie Hunk zu einem Ausritt aus seiner Box, weil sie ihn an die Umgebung gewöhnen wollte, und blieb ehrfürchtig vor dem alten herrschaftlichen Badminton House stehen. »Ich bin hier«, murmelte sie verblüfft. Erst jetzt erkannte sie plötzlich, wie weit sie es gebracht hatte. »Wir sind hier. Wahnsinn!« Während all der Schrecklichkeiten der letzten paar Wochen hatte sie fast vergessen, welche Leistung das war. Dies hier war das größte Ereignis der Reitsaison, das härteste und gefürchtetste Turnier des ganzen Jahres. Und für dieses überschäumende und hochgespannte Gefühl der Erwartung war sie in all den Monaten vor Sonnenaufgang aus dem Bett gekrochen, hatte geschuftet, geschwitzt und sich selbst nicht geschont. Sie war aus den Vorrunden bis zu diesem großen Turnier vorgedrungen. Ob sie gewann oder verlor, war einerlei, und Hugo schlagen zu wollen, war eine alberne Anwandlung. Es war ihr egal, wer gewann, sie wollte einfach nur starten und von der Erfahrung, es hier geschafft zu haben, profitieren. Jubelnd vor Freude verfiel sie mit Hunk in einen leichten geschmeidigen Galopp – und ritt beinahe Brian Sedgewick, den Meisterschaftsfavoriten, nieder, der mit seinem Dobermann spazierenging.

Am nächsten Morgen fand in dem gestreiften Zelt der Reiter eine offizielle Lagebesprechung aller Teilnehmer statt, bei der sie die großen Streckenkarten für die Ausdauerwettkämpfe am Samstag erhielten, über organisatorische Dinge informiert wurden und erfuhren, wo sie sich während der vier Wettkampftage verpflegen und treffen konnten. Viel zu aufgeregt, um sich wirklich konzentrieren zu können, erlebte Tash diese Besprechung wie in einem Traum und spähte hinüber zu den Großen und Erfolgreichen des Reitsports, die direkt neben Anfängern wie ihr saßen. Gus, der schon oft dabei gewesen und von dem frühen Beginn um fünf Uhr morgens völlig erledigt war, schlief mit offenem Mund. Hugo starrte unbeweglich nach vorne, wie sehr Tash auch bemüht war, seinen Blick aufzufangen; sogar er wirkte angespannt, registrierte sie mit einiger Befriedigung. Sie war fasziniert von dem Ereignis, und doch ertappte sie sich dabei, wie ihre Augen wieder und wieder zu ihm hinüberwanderten.

»Verdammt großzügig, ihm die Zügel zu überlassen«, sagte Brian Sedgewick, als sie vom Zelt zu den Landrovern gingen, die sie zur Besichtigung der Strecken bringen sollten. Tashs Entscheidung, Hugo nach Bodybuilders plötzlichem Tod Snob zu überlassen, war Gesprächsthema Nummer eins auf dem Gelände.

»Das ist verrückt, Tash«, wandte dagegen Lucy Field ein, warf ihren blonden Pferdeschwanz nach hinten und setzte sich eine Baseballkappe auf. »Hugo wird dich schlagen.«

»Sei dir da nicht so sicher«, meinte Brian und legte Tash den Arm um die Schulter. »Ziemlich kluge Entscheidung, sich beim ersten Mal auf ein Pferd zu konzentrieren – zwei Runden sind der reine Wahnsinn, viel zu anstrengend. So bist du auf der sicheren Seite.«

»Danke.« Tash lächelte in sein schiefes Clownsgesicht. Doch als sie später hörte, daß er gegen den schottischen Reiter Glen Bain zehn Pfund auf Hugos Sieg gesetzt hatte, beschlich sie ein ungutes Gefühl. Brian hatte hinzugefügt, Hugo wäre schließlich schon seit Jahren hinter diesem Pferd her...

Auch die Besichtigung der Strecken heiterte sie nicht wieder auf. Diese erste – und einzige offizielle – gemeinsame Besichtigung war die vielleicht am wenigsten ernsthafte. Bei dieser Gelegenheit wurden an den neuen Hindernissen Witze gerissen und an den alten Anekdoten und Horrorgeschichten aus den vergangenen Jahren erzählt; nur sehr selten gab es einmal ernsthafte Tips oder Ratschläge. Jeder Reiter würde die Strecken noch mindestens einmal abgehen, um sich die Schwierigkeiten jedes einzelnen Hindernisses genauestens einzuprägen, Zeiten zu nehmen, Schritte abzuzählen und sich Alternativen zur direkten Route zu überlegen, die am wenigsten Zeit kosteten. Doch schon jetzt, bei diesem ersten Überblick, war Tash froh, daß sie hier nicht mit Snob antreten würde. Während auf anderen Turnieren die Schwierigkeitsgrade sich in größeren und kleineren Abständen abwechselten, folgte hier eine Herausforderung auf die nächste, ohne jede Verschnaufpause. Mit dem zuverlässigeren Hunk würde es schwierig genug werden, eine sichere Route zu finden, doch zumindest drückte sie nicht die Sorge, welche Katastrophe wohl eintreten würde, wenn er statt auf das Hindernis auf den Boden blicken und seinen Kopf zwischen die Knie ziehen würde. Auch die erfahrensten Reiter zeigten noch immer gehörigen Respekt vor solchen Hindernissen wie dem fast rechtwinkligen Vicarage Vee, dem gähnenden Graben unter Cross Questions, den Bodenwellen beim Quarry und natürlich vor dem jäh abfallenden Sprung in den Lake, bei dem das Pferd innerhalb von Sekunden ins Schwimmen geraten konnte, wenn der Reiter ihn zu wagemutig angegangen war.

Von den neuen Hindernissen galten ein oder zwei als ungeheuer schwierig, und einige Reiter kratzten sich ungläubig am Kopf, als sie die scharfen Winkel und engstehenden Spitzen einer Dreierkombination sahen, die höchste Konzentration und einen perfekten Rhythmus verlangten. Eines von ihnen, Three Scythes, bereitete Tash am meisten Sorge; es war eine äußerst komplizierte Kombination aus soliden Baumstämmen und silbrigen geschwungenen Bögen. Es war eine Herausforderung an den Reiter, die auf einen Schlag beweisen sollte, ob er sein Pferd wirklich kontrollierte und sich vor dem Durchgang eine Strategie zurechtgelegt hatte. Und nur eine einzige direkte Route war hier möglich, die zwar Zeit einbrachte, aber absolute Perfektion verlangte. Alle Alternativen beschrieben einen Umweg und konnten möglicherweise den Sieg kosten. Tash hatte den Eindruck, daß der Geländeritt hier entschieden werden würde; und es war genau die Sorte Hindernis, die Snob gar nicht mochte.

»Hier würde ich gut aufpassen«, sagte sie zu Hugo, als sie bei Three Scythes standen. »Snob ist vielleicht kräftig, aber drei solche Sprünge in Folge strengen ihn an, und er kann einen fatalen Fehler machen.«

»Mit dir vielleicht«, Hugo betrachtete die Kombination aufmerksam, »aber am Samstag reite ich ihn.«

Tash beherrschte ihre Wut. »Ich würde die Alternativen wirklich eingehend prüfen«, warnte sie. »Wenn du eine Route findest, auf der du ihn nicht so hart rannehmen mußt, ist das die bessere Lösung. Snob braucht seinen Rhythmus; auch wenn ihr Zeit verliert, es ist sicherer. Solche Hindernisse sind für ihn die Hölle.«

Für den Nachmittag war die erste tierärztliche Untersuchung angesetzt. Es war eine ziemlich große Angelegenheit, die direkt vor Badminton House stattfand und an der eine Vielzahl Offizieller teilnahm. Für Hunks Schönheitspflege hatte India fast den halben Tag geopfert, und jetzt schimmerte er so seidig, daß Tash beinahe ihr blasses Gesicht in seinem Fell gespiegelt sah, während sie darauf wartete, ihn die gerade Auffahrt hinauf zu geleiten. Obwohl er jetzt seit zwei Monaten fit war, zerrte er sich gelegentlich seine Sehne, vor allem wenn es kalt und feucht war. Bislang hatte sich das Wetter diese Woche gehalten, nur ein kühler Wind war aufgekommen und die Sonne hin und wieder bedeckt gewesen. Doch die Vorhersage fürs Wochenende war schlecht, und viele Reiter hatten bereits ihre besorgten Blicke nach Westen gerichtet, wo dunkle Wolken einen Sturm ankündigten.

Weil Tash ursprünglich mit zwei Pferden gemeldet war, kam sie mit Hunk als eine der ersten dran. Snob, der ihr zweites Pferd hätte sein sollen, stand ganz hinten auf der Liste; und so war Hugo noch nicht einmal draußen zu sehen, als Tash mit Hunk vor die Kommission gerufen wurde. Wie Madonna im Schatten ihres riesigen Bodyguard, so joggte Tash neben Hunk her und versuchte seinen Kopf oben zu halten, wie Gus ihr geraten hatte – doch er stöberte immer wieder nach Polos in ihren Taschen. Fröhlich tänzelte er neben ihr her, die schwarzen Ohren aufmerksam aufgestellt, mit klappernden Hufen und feurigen Augen. Es gab nicht die geringste Beanstandung. Sie war erleichtert und sah, wie eine halbe Stunde später auch Fashion Victim die Kommission passierte, obwohl die Tierärzte zunächst einige Sekunden zögerten und Gus sprechen wollten.

»Was haben sie gesagt?« fragte Tash.

»Ach, das übliche über seine Atmung – du weißt ja, er keucht wie ein obszöner Anrufer. Es ist immer das gleiche Frage-und-Antwort-Spiel.«

Die legendäre Olympiateilnehmerin Julia Ditton, die Tash früher unsagbar bewundert hatte, streifte in Badminton Park umher auf der Suche nach Material für eine Fernsehreportage, die am Samstag vor der Live-Übertragung der Ausdauerwettkämpfe gesendet werden sollte. Sie interviewte Stallknechte und

Reiter und erklärte den Zuschauern alles, was es rund ums Reiten zu wissen gab. Bei einem Futterbehälter stieß sie auf Tash. »Würden Sie mir wohl ein Interview über die Sache mit Snob und Hugo geben? Er hat schon zugestimmt.«

Zögernd willigte Tash ein. Bei solchen Gelegenheiten hatte sie für gewöhnlich einen Knoten in der Zunge, verwechselte Wörter und Buchstaben und womöglich auch noch rechts und links. So hatte sie einmal einem Fernsehreporter live erzählt, sie hätte sich »föllisch geheut« über ihren Sieg in Bramham. Hugo dagegen war redegewandt und wirkte sehr sexy auf dem Bildschirm, was nicht ohne Auswirkung auf die Menge seiner weiblichen Fans geblieben war. Das Fernsehteam bestand aus einem gelangweilten Kameramann und einem fast kahlköpfigen Tonmeister mit Kopfhörern, der ein pelziges Mikrofon durch die Lüfte schwang. Und hinter ihnen lungerte ein herrschsüchtiger BBC-Produzent namens Paul herum, der unablässig in sein Handy hineinquasselte.

»Wird das lange dauern? Ich muß noch vor die Kommission«, schnauzte Hugo. Er sah absolut unwiderstehlich aus in seiner cremefarbenen Weste und den marineblauen Cordhosen, auch wenn er mürrisch wirkte. Tash faßte den festen Entschluß, für den Rest der Woche mehr auf ihr Äußeres zu achten, denn wenn sie weiterhin nachlässig frisiert in Pennys altem blauen Jackett herumlief, brauchte sie sich nicht zu wundern, wenn er sie keines Blickes würdigte.

Zu Anfang plante Paul, daß Tash und Hugo Snob für das Interview in ihre Mitte nehmen könnten, doch Snob zeigte auf den ersten Blick eine tiefe Abneigung gegen Pauls Hut und das Mikrofon des Tonmeisters. Nachdem er wieder in seiner Box war, setzte Paul Tash statt dessen auf einen Strohballen, und Hugo sollte in romantischer Pose, ein Bein auf den Ballen gestützt, hinter ihr stehen. Die Szene wirkte äußerst gekünstelt, und Julia verdrehte die Augen gen Himmel. Sie wartete auf das Nicken des Kameramannes und drehte sich dann mit einem freundlichen Lächeln zu ihnen um. »Hugo, wir waren wohl alle schockiert, als wir von dem tragischen Tod Ihres Pferdes Bodybuilder gehört haben. Wie geht es Ihnen, wenn Sie heute daran denken?«

Tash fühlte, wie Hugo angespannt seinen Fuß ins Stroh bohrte. »Nicht besonders«, gab er zu. »Ein großartiges Pferd – wohl das beste, das ich je hatte. Es konnte jedes Hindernis bei praktisch jedem Tempo nehmen. Ich hab ihn bewundert und bin sehr bestürzt über seinen Tod – alles andere wäre eine Lüge.«

Das trifft sie mitten ins Herz, dachte Tash. Die rauhe, gedehnte Stimme mit dem leichten Anflug von Traurigkeit würde alle weiblichen Teenager zu Tränen rühren.

»Und wegen dieses Verlustes hatten Sie sich wohl auch keine Chance auf einen Start ausgerechnet?«

»Nein, es sollte das erste Wochenende der Saison werden, das ich zu Hause verbringe.« Sein Fuß begann jetzt, sich unter Tashs Hintern zu bohren. »Obwohl mein Haus gerade von einer Filmcrew belagert wird.«

Julia entschied sich, nicht darauf einzugehen, und machte weiter.

»Aber Sie hatten andere Pläne, nicht wahr, Tash?«

Das pelzige Mikrofon schwenkte zu ihr herüber, und Tash spürte einen Kloß im Hals. »Ja«, gelang es ihr, zu antworten.

Julia lächelte freundlich und wartete auf mehr.

»Würden Sie uns erzählen, was passiert ist?« fragte sie schließlich ungeduldig nach.

»Tash hat mir angeboten, ihr Pferd Foxy Snob zu reiten«, schaltete Hugo sich gewandt ein, als Tash immer noch kein Wort herausbrachte. »Ein brillantes, aber schwieriges Pferd, das seinen Reiter fordert. Tash meinte, daß ihm ein Wechsel guttun könnte, und da ich gerade ohne Pferd war, bot sie es mir an. Ich hoffe, ich werde Niall und ihr das schönste Hochzeitsgeschenk machen und hier in Badminton gewinnen.« Sein Fuß traf ihre Niere, und sie zuckte leicht zusammen.

Julia zwinkerte Tash verstohlen zu und wandte sich wieder an sie. »Wie bestimmt die meisten von Ihnen wissen, heiratet Tash French am Samstag in einer Woche den Schauspieler Niall O'Shaughnessy. Und trotzdem nimmt sie an diesem Samstag mit ihrem zweiten Pferd Hunky Drunk am härtesten Turnier des Landes teil. Tash, was ist aufregender für Sie, der Wettkampf oder Ihre Hochzeit mit dem Traummann einer jeden Frau?«

Tash bemerkte, daß der Kameramann direkt auf ihr Gesicht hielt. »Hmmm ...« Sie hustete. »Beides eigentlich.«

»Und wird der wunderbare Niall denn kommen, um Sie zu unterstützen?« Julia wirkte ganz mädchenhaft.

»Er – äh – dreht.«

»Wie schade! Ich wette, er ruft ständig an und hofft, daß Sie sich nicht noch vor dem großen Tag verletzen?«

Tash hustete wieder. »Nun, es wäre nicht das erste Mal im Reitsport, daß eine Braut mit flauem Becken zum Altar geht – äh – blauen Flecken«, stotterte sie. »Vielleicht muß man mich ja auch zum Jagen tragen, wie das Sprichwort heißt.« Sie war sich über die Bedeutung nicht ganz im klaren, aber was sollte es.

Julias blaßblaue Augen weiteten sich überrascht, und sie lachte nervös. »Ja, so in etwa. Sie werden also gegen Ihr eigenes Pferd antreten?«

»Ja.« Diese Antwort war Tash entschieden lieber, so gab es wenigstens keine Mißverständnisse.

»Ist das nicht eine seltsame Situation?«

»Nein.«

»Haben Sie das schon einmal getan?«

»Ja.« Sie schüttelte den Kopf. »Ich meine, nein. Ich meine, auf der Farm, wo ich trainiere, arbeiten wir mit vielen Pferden. Da passiert es immer mal, daß ein Pferd von einem Teammitglied geritten wird, auch wenn ich es selbst trainiert habe. Und gegen das trete ich dann auch im Wettkampf an. Welches Pferd zu welchem Reiter paßt, das ist oft eine Entscheidung der letzten Minute. Wie mit den Männern eigentlich!«

»Verstehe.« Julia drehte sich zu dem Produzenten um. »Sollen wir das noch mal machen?«

Er zuckte die Achseln. »Ist mir egal – von mir aus schneide es. Machen wir noch eine Aufnahme von dem Mistvieh. Welches ist es?« Pauls Miene hellte sich sofort wieder auf, als er India entdeckte, die neben Snob stand; seine Augen glitten ihre langen Beine rauf und runter. Und plötzlich konnte er gar nicht genug bekommen von Snob: Snob von vorne, Snob von der Seite, Snob mit Zaumzeug und Snob ohne Zaumzeug – solange nur India immer im Bild war. Als Hugo mit ihm schließlich zu den Tierärzten mußte, hätte Paul am liebsten mit einem ähnlich aussehenden Pferd weitergemacht. Doch das unterband zum Glück Julia Ditton.

Nach der Untersuchung, die Snob ohne Probleme hinter sich gebracht hatte, kam Hugo mit einem breiten Grinsen auf Tash zu. »Ich werde dich ausquetschen müssen, was du mit diesem Pferd angestellt hast. Es ist so topfit wie Linford Christie.«

Tash fühlte sich enorm geschmeichelt, ihr Selbstvertrauen war momentan nicht gerade auf der Höhe. Doch nach diesem kurzen Intermezzo verschwand Hugo auch schon wieder und überließ Snob Jennys Obhut. Langsam wurde es so etwas wie eine schlechte Angewohnheit. Abgesehen von ihrem gemeinsamen Interview hatte sie ihn noch kaum gesehen.

»Ich wette, er telefoniert mit einer seiner vielen Freundinnen«, spottete Kirsty und blies sich ihre roten Haare aus den Augen. »Stefan sagt, daß er gerade ganz verrückt auf eine Frau ist. Den ganzen Tag lang rennt er nur mit seinem Handy herum. Glaubst du, daß du die direkte Route nehmen kannst bei Three Scythes?«

Tash zuckte die Achseln, kaute auf ihren Lippen und fragte sich, nach wem genau Hugo im Moment so verrückt war. Sie hatte auch schon bemerkt, daß er bei jeder sich bietenden Gelegenheit telefonierte.

»Hunk schafft den letzten Sprung nicht«, sagte Kirsty ruhig zu ihr. »Er hat nicht genug Antrieb.«

»Das hab ich auch nicht.« Tash ging, ohne einen Gedanken an die Scythes zu verschwenden. Doch später im Transporter der Lime-Tree-Farm kippte sie einen Kaffee mit Scotch hinunter und war bemüht, nicht zu zittern. »Es ist zu groß und gefährlich«, sie schluckte, »ich kann es nicht, ich kann es einfach nicht.«

»Das sagt jeder beim ersten Mal«, wehrte Penny ab. »Wie bei der Hochzeit – nächste Woche um diese Zeit wirst du das zu Niall sagen.« Sie zog die Augenbrauen hoch, und ihr Gesicht war ein einziges großes Fragezeichen.

Am nächsten Morgen machte Tash sich im Küchentrakt von Badminton House über ein riesiges englisches Frühstück her – im alten Speisesaal der Diener war eine Cafeteria eingerichtet worden.

Zwanzig Minuten später gab sie alles wieder von sich. Und eine weitere Stunde später kam das, was noch im Magen geblieben war, hinten heraus.

Doch trotz der Ängste, die sie schüttelten, zeigte Tash mit Hunk eine ganz ordentliche Dressur und beendete den Tag auf Platz fünf. Weil aber viele der Topkonkurrenten – darunter auch Gus, Stefan und Hugo – ihre Dressur erst am folgenden Tag absolvierten, wußte sie, daß sie auf diesem Platz nicht lange bleiben würde. Die Warterei würde ihr revoltierendes Magen-Darm-System endgültig zugrunde richten, und sie haderte mit ihrem Schicksal eines frühen Starts. Doch dieser hatte auch seine Vorteile ...

Donnerstag abend fand die offizielle Cocktailparty in Badminton House statt – zwei hochherrschaftliche Stunden, in denen alle Reiter und Offiziellen bei Champagnercocktails in grandioser Umgebung parlierten, bis sie traditionellerweise weiterzogen in den Pub, um sich richtig zu amüsieren. Für diejenigen, die die Dressur noch vor sich hatten, war das eine angespannte, nüchterne Verpflichtung, doch für alle anderen, die wie Tash schon ihre Runden in dem gefürchteten Rechteck gedreht hatten, bedeutete diese feucht-fröhliche Atmosphäre eine kurze Auszeit. Stundenlang hatte sie sich für Hugo mit ihrem Outfit und dem Make-up abgemüht, bis sogar sie selbst meinte, daß sie einigermaßen umwerfend aussah; doch er blickte den ganzen Abend über kaum einmal in ihre Richtung. Er schien ihr sogar aus dem Weg zu gehen, denn wann immer sie sich quer durch den Raum in seine Nähe vorarbeitete, war er auch schon in die entgegengesetzte Ecke unterwegs.

Enttäuscht flüchtete sie zu den Stallungen, wo das besorgte Sicherheitspersonal wissen wollte, was sie hier zu suchen habe. »Ich will mein Pferd sehen«, rief sie ziemlich hysterisch. »Ich spreche am Abend vor einem großen Wettkampf immer mit ihm.« Achselzuckend sahen sie auf ihr kurzes Seidenkleid und behielten sie – oder vielmehr ihren Hintern – im Auge, während sie zu Snobs Box rannte und, an seinen kastanienbraunen Hals geschmiegt, weinte.

Am Freitag morgen schüttete es wie aus Kübeln. Die Reitkappe gegen den strömenden Regen gedreht, die nassen Schultern glänzend wie Öl und mit völlig durchweichten Breeches vollführte Hugo mit Snob im Dressurdurchgang einen meisterhaften Sieg der Reitkunst über das Wetter. Doch das Wasser peitschte ihnen ins Gesicht, wann immer sie sich der Jury zuwandten; und Snob hatte fast die ganze Zeit die Ohren flach angelegt. Obwohl sie einige brillante Schritte zeigten, waren ihre Läufe nicht wirklich gerade, denn Snob ging wegen des Regens immer wieder leicht seitwärts. Auch die verschiedenen Kameras und riesigen Blumenarrangements trugen zu seiner Nervosität bei, und so beendeten sie ihren ersten Wettkampftag auf einem der hinteren Plätze.

Als Tash danach zu ihnen ging, hörte sie, wie Glen Bain gerade eine seiner vielen Theorien zum Besten gab, die allesamt das Reiten mit dem Sex verglichen. »Die Dressur ist wie das Vorspiel. Je mehr du dich im Griff hast und zurückhältst, desto besser wird das große Ereignis – der Geländeritt«, sagte Glen völlig ernsthaft.

»Hat eher was von Vor*spülen* da draußen«, entgegnete Hugo, der sich die Haare mit einem Handtuch rubbelte. Als er Tash kommen sah, brach er ins Zelt der Reiter auf, um dort auf seine Punktzahl zu warten. Tash fühlte sich zu entmutigt, um ihm zu folgen. Sie hatte ihn aufmuntern wollen, doch schon wieder war er weg. Fast empfand sie ein bißchen Stolz auf ihren Kastanienbraunen, weil er Hugo einen so harten Tag beschert hatte.

Am Freitag nachmittag hatten alle Teilnehmer den Dressurdurchgang hinter sich gebracht, und Tash war mit Hunk auf den dreizehnten Platz zurückgefallen. Nachdem sie bereits gemeinsam mit Gus die Strecken und ihre Schwierigkeiten begutachtet hatte, drehte sie vor dem morgigen Geländeritt noch einmal allein eine Runde. Doch anstatt sich wirklich auf die Hindernisse zu konzentrieren, beherrschten Zoe und Niall ihre Gedanken. Sie wünschte, wenigstens einer von ihnen würde sich melden; gewissenhaft hörte sie jeden Abend die Mailbox von Gus' Handy ab, doch nie war eine Nachricht für sie da.

Sie sah Hugo in einiger Entfernung mit einer Gruppe von Freunden, zu der auch Stefan, Brian Sedgewick und der fröhlich-anzügliche Glen Bain gehörten, die Hindernisse besprechen,

Abstände abmessen und Strategien austüfteln. Am Rande der Strecke zogen Arbeiter lange Seile, damit die Zuschauer nicht unter die Hufe der Pferde gerieten. Tash schüttelte sich, als sie an der Hochtribüne vorbeikam, von der aus die Zuschauer einen hervorragenden Blick auf den Lake hatten für den Fall, daß es einen spektakulären Sturz ins Wasser gab. Sie pfiff nach Beetroot, die unter der Tribüne geschnüffelt hatte, doch der Hund war verschwunden. Erst als Hugo und die anderen wieder in ihr Blickfeld kamen, sah sie, daß Beetroot bei ihnen war und Hugo lachend Stöcke warf. Wenigstens Beetroot kommt noch mit ihm aus, dachte sie.

Als sie zurückkam, wartete Beetroot schon bei Ted auf sie, der Vic eine Inhalation zur Verbesserung seiner Atmung verabreichte. »Hugo hat sie zurückgebracht«, erklärte er, »und gesagt, du wärst naß wie Ophelia und solltest dir einen Regenhut zulegen.« Erstaunt, daß Hugo sie überhaupt bemerkt hatte, warf sie ihre nassen Haare zurück und ging mit Beetroot zur Box, um sich abzutrocknen. In dieser Nacht schlief sie kaum, und erotische Phantasien beherrschten ihre Gedanken. Wieder und wieder vergegenwärtigte sie sich diesen Kuß vor zwei Jahren am Swimmingpool ihrer Mutter auf Champegny. Dieser Kuß würde ihr endgültig die Hugo-Schwärmerei austreiben, die ihre Teenie-Jahre verheert hatte – so glaubte sie damals. Doch im Rückblick erkannte sie, daß sie – vorher nicht und auch danach nie wieder – je so geküßt worden war. Wenn ich an diesem Wochenende mit Hunk gewinne, sagte sie zu sich selbst, dann wird Hugo mich küssen. Bitte, bitte, lieber Gott, laß mich gewinnen.

Der Tag der Ausdauerwettkämpfe begann mit einem der schlimmsten Stürme der Woche. Verschiedene Bäume waren umgestürzt, und die Starts mußten verschoben werden. Tash, die als eine der ersten startete und Hunk schon bewegt hatte, lief aufgeregt und mit pochendem Herzen zwischen den Boxen herum. So langsam dämmerte ihr, worauf sie sich eingelassen hatte. Hunk ließ sich kaum aus der Ruhe bringen, fraß die Kilometer mit seinen langen Beinen nur so weg und sprang sehr akkurat. Aber er besaß nicht Snobs athletische Kraft und war auch noch nie unter solch entsetzlichen Bedingungen an den Start eines so schwierigen Turniers gegangen. Tash hatte im vergangenen Jahr viel intensiver mit Snob trainiert als mit Hunk, der ziemlich lange gelahmt hatte. Sie wußte, daß er die Fähigkeit und das Talent besaß, hier zu bestehen, doch sie traute weder seiner Ausdauer noch ihrem Selbstvertrauen. Ich werde Badminton bei Sturm reiten müssen, sagte sie zu sich, während sie in den Regen starrte und ihre Zähne klapperten. Einer der Offiziellen winkte sie und die anderen frühen Starter heran. »Es kann losgehen«, sagte er. »Das Wetter hat sich etwas beruhigt, aber der Boden wird enorm rutschig sein. Also seien Sie um Gottes willen vorsichtig. Viel Glück.« Tash hob sich der Magen, und einen Moment fürchtete sie, sie müsse sich übergeben. Sie rannte zu den Toiletten, wo sie auf Kirsty traf, die drei Starts nach ihr dran war. »Nie wieder Weight-Watchers«, witzelte sie schwach. »Das hier ist besser als jede Diät.«

Als Tash mit Hunk zum Wiegen ritt, murmelte sie ihr zweites Stoßgebet innerhalb von vierundzwanzig Stunden. Nur daß sie diesmal nicht um einen Kuß betete. Sie hoffte bloß, den Tag lebend zu überstehen. Der erste Abschnitt der Ausdauerwettkämpfe, Phase A, war ein recht gemächlicher Ritt von dreieinhalb Meilen, der zum Aufwärmen diente. Zwar wurde die Zeit genommen, doch das Limit war so hoch angesetzt, daß auch zu Fuß kaum die Chance bestand, die Zeit zu überschreiten. Tash zog die Schultern gegen den Wind hoch, sah von Zeit zu Zeit auf ihre Stoppuhr, die sie am Handgelenk herumschob, und verglich die Daten mit denen auf der Checkliste an ihrem linken Arm. Sie wußte, daß sie pedantisch war, doch es beruhigte ihre Nerven. Der weiche Boden schien Hunk in keiner Weise zu schaffen zu machen, und er nahm von der Nässe kaum Notiz; aber Tash machte sich dennoch Sorgen. Bei diesem feuchten Wetter konnte seine alte Zerrung jederzeit neu aufflammen, und der rutschige Untergrund sorgte nicht gerade für eine gleichmäßige Belastung.

Als sie die Hindernisstrecke erreichten, lagen sie mehr als eine Minute unter der Zeit. Hunk tänzelte erwartungsvoll vor dem vierminütigen Galopp über die acht Zäune, und Penny, die ganz in ihrer Nähe stand, feuerte sie wie immer freudig an. Auf der Strecke blieb Hunk mit seinen ausgreifenden Sprüngen fehlerfrei, und während der Wind ihr ins Gesicht schlug und um ihre Ohren pfiff, schöpfte Tash langsam wieder Mut und Selbstvertrauen. Sie war so gewöhnt an die Machtkämpfe mit Snob, daß sie schon fast vergessen hatte, wie selbstverständlich Hunk ging. Auf halber Strecke wollte sie die Zeit abgleichen, doch ihre Stoppuhr stand; erneut stieg Panik in ihr auf, da sie jetzt ihr Timing vom Schicksal und Hunks gleichmäßigem Rhythmus abhängig machen mußte. Schmutz und Wasser spritzten ihr unaufhörlich ins Gesicht.

Sein Rhythmus war leider nicht auf ihrer Seite gewesen. Penny hob entgeistert die Hände. »Fast eine Minute drüber! Was ist passiert?«

»Meine Uhr steht!« keuchte Tash ihr über die Schulter zu und ritt gleich weiter zum Start von Phase C, einem langen Querfeldeinritt mit engem Zeitlimit. Als sie wieder auf ihre Stoppuhr drückte, flammte kurz das Datum auf, und dann fiel sie völlig aus. Jetzt war sie auf ihre alte Swatch angewiesen, die zerkratzt und deren Sekundenzeiger verbogen war. Irgendwie kam sie innerhalb der erlaubten 45 Minuten an die Boxen zurück. Und trotz der ständigen Blicke auf die Uhr war Tash auf eine Unregelmäßigkeit an Hunks Hinterlauf aufmerksam geworden. Als sie auf die Tierärzte in den Boxen zu trabten für die zehnminütige Pause vor dem Start zu Phase D, dem Geländeritt, ging Hunk nicht mehr so flüssig wie zu Beginn des Wettkampfs.

»Okay, Sie können jetzt absteigen.« Ein Tierarzt kam auf sie zu und hörte Hunks Herzschlag ab.

»Ist Gus da?« fragte Tash India, die verwirrt blickte.

India hatte schon zu Schwamm und Eimer gegriffen, rieb Hunk ab und kühlte seinen Hals und seinen Bauch, während der Tierarzt mittlerweile seine Temperatur nahm. »Er ist bei Kirsty«, erklärte sie. »Betty hat ein Hufeisen verloren, und Ted konnte keinen Ersatz auftreiben.«

»Mist!« Tash griff nach einer neuen Stoppuhr und sah sich nach Hilfe um. Sie mußte jetzt die Entscheidung treffen, ob sie mit Hunk im Wettbewerb bleiben oder ihn schonen sollte; und sie benötigte dringend fachlichen Rat. Obwohl auf dem Gelände viele Personen herumliefen, waren die meisten Reiter doch nicht zu sehen, da sie sich auf ihre eigenen Starts konzentrierten. Auch der Tierarzt sah inzwischen besorgt aus. »Leichte Zerrung der Sehne, oder?« murmelte er und wandte sich an einen Kollegen, nachdem er India gebeten hatte, Hunk herumzuführen.

Plötzlich entdeckte Tash Hugo. Er sprach ganz in der Nähe mit dem großartigen australischen Reiter Mick James, der als erster gestartet war und ihm Tips gab. Micks Gesicht war schlammbespritzt und seine Seite schwarz von Dreck; ganz offensichtlich war er gestürzt. Hugo selbst hatte noch eine Stunde Zeit und war bislang nicht einmal umgezogen. Tash rannte auf ihn zu. »Ich brauche deinen Rat!« rief sie. »Hunks Sehne ist gezerrt. Ich weiß nicht, ob ich weiterreiten soll.«

Ohne ein Wort folgte Hugo ihr und betastete sofort Hunks Bein. Die Tierärzte waren sich noch uneinig. Tash wußte, daß sie nur auf Hunks Ausscheiden aus dem Wettbewerb bestehen konnten, wenn sein Gang unregelmäßig war, doch das war er nicht. Sie wollte aber auch nicht um jeden Preis weitermachen, denn ein Geländeritt wie hier in Badminton bei diesem Wetter konnte Hunks alte Verletzung wieder aufleben lassen und ihn für Monate, wenn nicht sogar für immer außer Gefecht setzen. Andererseits wollte sie aber auch keine voreilige Entscheidung treffen und nachher als Feigling dastehen vor Gus und ihrem Sponsor. Mogo war mit einem Stand auf dem Gelände, und der Geschäftsführer hatte sie heute morgen auf Gus' Handy sogar zweimal angerufen, um ihr Glück zu wünschen. Sie erwarteten sie nach dem Geländeritt schlammbedeckt und tapfer am Stand, um Autogramme zu geben; aber wenn sie frühzeitig ausschied, war die Attraktion für die Zuschauer nicht mehr so groß.

»Führ ihn herum.« Hugo nickte India zu, deren besorgtes Gesicht angespannt war. Hunk war bester Laune; doch als er sich drehte, zeigte sein Hinterlauf eine zwar nur leichte, aber verräterische Neigung. Hugo betastete noch einmal sein Bein, dann drehte er sich zu Tash um und faßte sie sanft beim Arm. »Bei diesem Wetter ist es nicht sicher.« Er blickte zu den Tierärzten hinüber. »Wie sehen Sie das?«

»Keine Beanstandungen bei den Checks.« Der ältere zuckte die Achseln. »Keine Schwellung, kein Lahmen, und er ist fit. Aber er hat eine leichte Zerrung, das könnte eine Warnung sein. Liegt bei Ihnen. Sie kennen das Pferd.«

Tash sah Hunk an, der mit aufgestellten Ohren Grimassen schnitt. Seit seiner Verletzung war da immer ein Schwachpunkt geblieben, der sich erst im Fortgang eines Wettbewerbs bemerkbar machte, und dies hier war Badminton, nicht irgendein Feld-und-Wiesen-Springreiten. Hunk war ein zuverlässiges Pferd, das alles für sie geben würde – doch für dieses Turnier reichte es momentan einfach nicht. Und Tash wußte das. Tief drinnen hatte sie es sogar schon vor dem Start gewußt, und sie war wohl nur der albernen Vorstellung von diesem Kuß nachgejagt. »Wir scheiden aus«, sagte sie zu einem der Offiziellen. Die Tränen traten ihr in die Augen, während er durch sein Walkie-talkie die Entscheidung weitergab. Nur Sekunden später ging die Neuigkeit über den Lautsprecher, und ein leichtes Raunen des Bedauerns fuhr durch die Umstehenden, unter denen sich, wie Tash entsetzt feststellte, auch der ›Cheers!‹-Fotograf befand, der diese Homestory über sie und Niall gemacht hatte. Seine Nikon blitzte ein paarmal auf, als er ihre tapfere Enttäuschung für die große Hochzeitsreportage festhielt. Sie setzte ein entschuldigendes Lächeln auf, doch es fehlte nicht viel, und sie wäre in Tränen ausgebrochen. Der große Mick James trat auf sie zu, zwinkerte und klopfte ihr auf die Schulter. »Hätt ich genauso gemacht. War einfach Pech.« Es war das erste Mal, daß er überhaupt mit ihr gesprochen hatte.

Hugo stand noch immer ganz ruhig neben ihr, und Tash zuckte überrascht, als er sanft den Arm um ihre Schultern legte und sie an sich zog. »Laß ihn noch zehn Minuten gehen«, rief er der traurigen India zu, »bevor du ihn in die Box bringst. Und lach doch mal, um Gottes willen – du kannst am Nachmittag Jenny mit Snob helfen. Er macht ihr angst. Ich kümmere mich um Tash.«

Schweigend führte er sie zu den Wagen. Sie rang um Fassung. Über dem Gelände kreiste wie eine riesige Motte ein TV-Hubschrauber, und Tash wünschte sehnlichst, er würde Bilder von Hunk und ihr zeigen, wie sie den Geländeritt von Badminton mit Bravour meisterten. Große dicke Tränen rollten ihr über die Wangen. »Ich m-möchte G-gus und P-penny so nicht sehen«, weinte sie.

Hugo wandte sich nach rechts zu seinem eigenen Wagen, wo sie nicht Gefahr lief, jemandem von der Lime-Tree-Farm in die Arme zu laufen. Er schenkte ihr einen sehr starken Tee mit viel Milch und einem guten Schuß Brandy ein. »Ist dein Sponsor da?«

Tash nickte und wischte sich mit den Hemdsärmeln die Tränen ab. »Ich sollte nach meiner Runde an den Mogo-Stand kommen.«

»Mike Seith und Peter Lisson wissen, wie's laufen kann.«

Tash zog die Nase hoch. »Ich kann da jetzt nicht hingehen.«

»Warte, bis ich mit Snob durch bin, dann gehen wir gemeinsam«, schlug er vor. »Schließlich reite ich heute unter ihrer Flagge. Ich werd deine Hand halten – oder vielleicht mußt du meine halten, wenn Snob mich ins Wasser wirft.«

Der Gedanke an Snob gab ihr fast den Rest. Tash putzte sich laut und vernehmlich die Nase und versuchte, sich wieder zu fassen. Hugo stand vor einer seiner härtesten Prüfungen auf ihrem eigensinnigen Pferd, und das bei furchtbarem Wetter. »Mußt du dich nicht vorbereiten?« Sie sah auf die Uhr. Als sie merkte, daß sie noch immer die Ersatzstoppuhr am Handgelenk trug, nahm sie sie ab und warf sie auf den Tisch.

»Zeit genug.« Hugo setzte sich ihr gegenüber. »Schon besser?«

Sie nickte und wagte nicht zu sprechen; sie glaubte einfach nicht, wie freundlich er war.

»Das tut höllisch weh.« Er begann mit der Stoppuhr auf dem Tisch zu spielen. »Schlimmer, als die tierärztliche Untersuchung morgen früh nicht zu bestehen. Ist mir vor ein paar Jahren passiert – schrecklich.«

Tash zuckte die Achseln. »Große Chancen hatte ich sowieso nicht. Spätestens an der Dreierkombination hätte es Strafpunkte gehagelt.«

Hugo grinste. »Nach meiner furchtbaren Dressur hab ich praktisch schon welche.«

»Snob ist phantastisch im Gelände«, sagte sie. »Wenn du fehlerfrei bleibst, kannst du das wettmachen.«

»Keiner bleibt heute fehlerfrei, Tash – nicht im Zeitlimit. Mick sagt, er hat zweimal um sein Leben gefürchtet.«

Tash biß sich auf die Lippen. Es war praktisch eine Neuauflage von Lowerton – das Wetter fast genauso schlecht, aber die Strecke viel, viel härter. Wenn er Snob so ritt wie damals Surfer, könnte es in einer Katastrophe enden. Sie versuchte, den Gedanken zu verdrängen. »Es wird etwas einfacher, wenn der Boden nicht mehr ganz so rutschig ist.« Sie nahm das Taschentuch, das Hugo ihr anbot, und putzte sich dankbar die Nase.

»Darauf hoffe ich.«

»Wo ist Mick gestürzt?« fragte sie und trompetete laut.

»Bei Three Scythes.«

Tash blinzelte. »Hat er die direkte Route genommen?«

Er nickte. »Erzähl mir nicht, wie ich reiten soll«, sagte er schnell. In seiner Stimme schwang die alte Arroganz. »Das weiß ich selbst.«

»Wenn du über links gehst, kannst du noch auf den letzten Teil der direkten Route gelangen«, sagte Tash trotzdem. »Ich bin gestern so gegangen – es ist nicht sofort zu sehen, aber für Snob ideal. So bleibt er in seinem Rhythmus. Und du verlierst kaum Zeit, wenn –«

»Tash.« Hugo hielt ihr über den Tisch hinweg die Hand auf den Mund. »Hör auf.«

Sie wich zurück, weil ihre Nase noch immer triefte. Leicht irritiert sah Hugo sie an, sagte aber nichts, sondern stand auf und griff nach dem Brustschutz, der auf seinem Bett lag. Noch bevor Tash genau begriffen hatte, was geschah, stand er auch schon in Unterhosen da und zog sich um. Sie blickte aus dem Fenster, um seinen schönen Körper nicht anzustarren. Trotz ihrer Tränen spürte sie sehr deutlich das alte vertraute Begehren in sich aufsteigen.

»Wartest du an der Box auf meinen Zehn-Minuten-Stopp mit Snob?« fragte er nach einer Weile.

»Natürlich.« Sie drehte sich um. »Wenn du möchtest.«

Er stand jetzt in seinen Breeches da, mit nacktem Oberkörper. Tash starrte ihn wie hypnotisiert an, seine glatte braune Brust und seine breiten Schultern, die von all den Stunden im Sattel stark und kräftig waren. Ehrfürchtig blinzelte sie und schob sofort die Schuld für dieses heiße Kribbeln zwischen ihren Beinen dem Brandy zu. Gierig trank sie den Rest ihres Tees aus. Ich könnte glatt eine Vorliebe für Brandy entwickeln, fuhr es ihr durch den Kopf.

»Alles okay?« Er sah sie neugierig an, bevor er in sein schwarzes Polohemd schlüpfte. »Hier – zieh das an, sonst bist du wieder ganz durchweicht.« Er warf ihr eine mit Werbung bedruckte Wachsjacke zu. Einer von Mogos Erzrivalen, wie sie besorgt feststellte; aber sie zog sie an.

Als Hugo fertig war, putzte sie sich ein letztes Mal die Nase und stand auf. Die Wärme des Brandy durchlief sie und stärkte ihr Selbstvertrauen, allerdings stärkte es auch ihr Begehren. Eilig schob sie sich an Hugo vorbei, um aus dem Wagen zu steigen. »Danke«, sagte sie schnell, »daß du dich um mich gekümmert hast.«

Er griff nach seiner Kappe und grinste. »Der reine Egoismus.«

Tash lächelte unbeholfen, ohne ihn zu verstehen. »Viel Glück«, fügte sie hinzu, als er neben sie trat. In dem engen Eingangsbereich trennten sie nur Zentimeter. Tash hatte die Klinke in der Hand, doch ihre Finger gehorchten nicht ihrem Kopf, und sie stand einfach nur da.

»Ich werd mein Bestes tun«, versprach Hugo und wartete geduldig.

Sie stand noch immer da und wagte, sich zu ihm hochzurecken und ihm einen Kuß auf die Wange zu geben. Es war eine so alltägliche Geste, die sie jeden Tag auf der Lime-Tree-Farm hundertmal vollführte; doch ihm gegenüber nahm sie enorme Dimensionen an. Sie brauchte so lange, bis sie ihre Lippen gespitzt hatte, daß Hugo ihr schließlich, amüsiert über ihre Verwirrung, geduldig die Wange darbot. Erst im letzten Moment drehte er sein Gesicht, so daß sie ihm diesen flüchtigsten aller Küsse direkt auf den Mund setzte. »Viel Glück.« In Sekundenschnelle war sie zur Tür heraus.

Schweigend gingen sie zu den Boxen hinüber. India war noch mit Hunk beschäftigt, und Ted führte Betty Blue herum, die eine wasserdichte Decke trug, damit sie sich nicht zu schnell abkühlte.

»Wie hat Kirsty sich geschlagen?« fragte Tash so fröhlich wie möglich.

»Zwei Verweigerungen und ein Haufen Fehlzeiten«, stöhnte er. »Und damit ist sie eine der besten bis jetzt – sie ist mit Penny im TV-Zelt, Gus ist in Phase A. Tut mir leid, daß du draußen bist. Gus hat noch nach dir gesucht. Ach ja, und dieser Geschäftsführer von Mogo auch.«

»O Gott!« stöhnte Tash und ging zu Jenny und Snob, um hallo zu sagen. »Snob sieht hervorragend aus«, gratulierte sie Jenny.

Sie zog eine Grimasse. »Zweimal hat er mir fast den Arm abgerissen – hier.« Jenny zeigte zwei blauschwarze Flecken. »Brians erstes Pferd, Babe Magnet, ist ausgerutscht und gestürzt; wahrscheinlich verliert es ein Auge – der Tierarzt kümmert sich gerade darum.«

Tash schauderte, und plötzlich beschlich sie ein ungutes Gefühl. Snob war aufgeregt und übermütig wie immer, hoffentlich würde Hugo ihn auch wirklich halten können. Er sprach gerade sehr ernsthaft mit Brian Sedgewick, der unter seiner Schmutzschicht aschfahl im Gesicht war. Ihren grimmigen Mienen entnahm sie, daß der Tierarzt das Auge von Babe Magnet nicht hatte retten können. Ihr wurde fast übel.

»Scheißwetter«, brummte Ted, der wieder mit Betty Blue an ihr vorbeiging. Dauernd gibt's irgendwo einen Unfall, und alle müssen warten. Geradezu ein Wunder, daß es noch keine Toten gegeben hat.«

»Sag nicht so was!« Tash kreuzte ihre Finger. »Ich geh Penny suchen.«

Sie ertrug es nicht, noch länger in Snobs Nähe zu sein. Es war ausgeschlossen, ihn aus dem Wettkampf zu nehmen, nur weil sie so ein Feigling war. Doch sie fühlte sich wie eine Mutter, die ihren Sohn an den Toren des Kolosseums abgab und wußte, daß heute die Löwen gefüttert würden. Ohne ein weiteres Wort zu Hugo ging sie in Richtung TV-Zelt. Bei den Sponsorständen, die hauptsächlich Gummistiefel und Wachskleidung anboten, fiel sie fast vornüber, als ein kleines Kind begeistert an ihrer Jacke zerrte.

»Lotty!« rief sie entzückt, als sie das schwarzhaarige kleine Mädchen erkannte, das von Kopf bis Fuß in der neuesten Kinderkollektion von Barbour steckte.

»Wo ist dies aufmüpfige Gör?« schimpfte eine ärgerliche Stimme, und Sophia löste sich von einem Stand mit Regenschirmen. »Kaum läßt man sie eine Sekunde aus den Augen – Tash!«

»Hi.« Tash ließ Lotty wieder herunter und sah, daß ihre Schwester genau dasselbe Outfit trug wie ihre Tochter. Neben ihr wedelte Josh mit Zügeln, ebenfalls identisch gewandet. Nur Ben, der einen Augenblick später mit einem schreienden Henry zu ihnen stieß, trug wie üblich seinen uralten Kutschermantel und einen unglaublich altmodischen australischen Buschhut, mit dem er aussah wie der Dorftrottel.

»Der kleine Kerl hier hat gerade was produziert«, sagte er und hielt seinen Sohn auf Armeslänge von sich entfernt.

Sophia ignorierte ihn und hielt ihre Kinder fest, während sie Tash auf die Wange küßte. »Hast du Papa und Henrietta schon gesehen?«

»Nein.« Tash erschrak. Sie hatte sie vollkommen vergessen. »Sind sie schon hier?«

»Sollten sie eigentlich, aber wir hatten eine Stunde Verspätung und haben sie noch nirgends gefunden. Die Autobahn war völlig verstopft. Wir wollten sie am Stand deines Sponsors treffen, aber da sind sie nicht. Und auf dem Gelände waren wir auch noch nicht. Gehst du jetzt hin?«

»Aufs Gelände?« Tash sah sie verdutzt an. »Eigentlich war ich –«

»Nein, Unsinn, zu deinem Sponsor – Mogo, oder?« Sie suchte an Tashs Jacke nach dem Logo. Doch Tash wich zurück. »Papa und Henrietta möchten zu gerne über die Hochzeit mit dir reden, Tash – und wenn wir schon dabei sind, ich auch.« Sophia sah sich um. »Wo ist denn Bernadette schon wieder?«

»Ich geh ins TV-Zelt, um mir den Geländeritt anzusehen.« Es war ihr ganz und gar unmöglich, heute über die Hochzeit zu reden. Sie hatte sich selbst noch nicht mal erlaubt, darüber auch nur nachzudenken.

»Ist es da trocken?« Sophia sah mißbilligend in den wolkenverhangenen Himmel.

»Es ist nur für Reiter und Offizielle«, entschuldigte sich Tash. Das entsprach nicht ganz der Wahrheit, aber die Aussicht, daß Sophias geplagtes Au-pair-Mädchen dort mitten drin Windeln wechseln würde, schreckte sie.

»Dieser kleine Kerl braucht was Frisches, Sophs.« Ben wirkte immer verzweifelter, während er mit Henry wie mit einem geladenen Gewehr herumfuchtelte. »Schon die Runde gedreht, Tash, altes Haus?«

Erleichtert entdeckte Tash in diesem Moment in einiger Entfernung Henrietta, die fast über einen Hund stolperte, während sie versuchte, mit James' üblichem militärischen Gang Schritt zu halten. »Sieh mal, da ist Papa«, sagte sie zu Sophia und machte sich, als die Merediths wild zu winken begannen, schnell auf den Weg. In ihrer Eile übersah sie allerdings die schlanke elegante Frau in Henriettas Begleitung, die ihren Lederhut gegen den Regen weit ins Gesicht gezogen hatte.

Penny hatte das Zelt bereits wieder verlassen, um Gus zu unterstützen, doch Kirsty war noch da und paßte auf Beetroot auf.

»Glückwunsch, du bist durchgekommen«, begrüßte Tash sie.

»Schade, daß du draußen bist«, erwiderte Kirsty. Sie trug eine Jacke über ihrem Reitanzug, doch in ihrem Gesicht waren noch deutlich die Schlammspuren zu sehen, die jene, die es schon hinter sich hatten, von denen schieden, die es noch vor sich hatten. Tash sah an sich herunter und stellte fest, daß sie wohl irgendwo dazwischen lag.

Sie setzte sich zu Kirsty und Glen Bain und verfolgte auf dem Bildschirm ein paar Durchgänge, darunter auch Stefans. Julia Ditton und ihr Kamerateam liefen übers Gelände, ständig auf der Suche nach einem Interview mit den Reitern, die es glücklich geschafft hatten. Wann immer die Kamera ins Zelt schwenkte, rückten nervöse weiße Gesichter ins Blickfeld, die mit jeder neuen Runde ihren Platz gefährdet sahen. Kirsty, die sich bislang auf Platz vier hielt, konnte so eine eher seltsame Großaufnahme ihres verschmutzten Gesichts begutachten, während Tash sich wohlweislich weit zurückgelehnt hatte, damit Hugos Jacke, die sie noch trug, nicht ins Bild geriet und ihren Sponsor verärgerte. Schließlich zog sie sie ganz aus und setzte sich darauf, denn im Zelt herrschte dampfige Wärme. Weil sie aber unbequem auf etwas Hartem saß, stöberte Tash in den Taschen. In der einen steckte eine Packung Pfefferminz und in der anderen Hugos alte lederne Brieftasche, die mit all seinen Kreditkarten bestückt war. Wie konnte Hugo, der in solchen Dingen sehr pingelig sein konnte, sie nur in der Jackentasche vergessen.

»Das ist doch Hugos Jacke, oder?« Kirsty sah zu ihr hinüber.

Tash nickte.

»Er ist heute morgen damit ausgeritten«, erklärte Kirsty. »Und das ist seine Brieftasche.« Sie nahm sie Tash aus der Hand und ließ den Inhalt durch ihre Finger gleiten. »Guck mal, Fotos – ah! Eins von Bod. Und das muß sein Vater sein … Herrgott, das kenn ich!« quietschte sie verblüfft.

»Was?« Tash löste ihren Blick vom Bildschirm, wo Stefan sich eben mit Happy Monday am Quarry abmühte. Es war eines der anzüglichen Polaroids, die sie für Nialls Valentinskarte aufgenommen hatte. Hugo hatte es abgeschnitten, damit es in seine Brieftasche paßte, doch es war noch immer zu erkennen, wie wenig sie trug. »Wo kommt das denn her?« Verlegen steckte Tash es sofort zurück. »Sieh mal, Stefan hat einen Stopp an den Cross Questions.«

Aber Kirsty starrte unverwandt weiterhin Tash an, und das rote Haar fiel ihr ins Gesicht, als sie den Kopf mit einem komischen Lächeln senkte. »So wird ein Schuh draus«, murmelte sie weich. »Wie konnte ich nur so blöd sein.«

»Wovon sprichst du?« Tash preßte die kalten Hände gegen ihre brennendheißen Wangen. Glen Bain hörte interessiert zu.

»Er wollte nie, daß ich zu ihm nach Hause komme«, hauchte Kirsty, als fiele ihr das zum ersten Mal auf. »Er wollte immer auf die Farm kommen – und ich sollte ihm witzige Geschichten erzählen, wie du vom Pferd gefallen bist, das falsche Futter ausgeteilt hast oder was auch immer. Und er war ganz wild darauf, zu hören, daß Niall nicht vom Set wegkonnte. Eigentlich hat er ziemlich viel von dir gesprochen – ich hab mich immer gewundert, warum er so gehässig war. Jetzt weiß ich es.«

»Was weißt du?«

Kirsty sah sie mit einem sarkastischen Grinsen an. »Tu nicht so blöd, Tash. Er hat mich sogar genötigt, dich zu überreden, doch zur Silvesterparty zu kommen.«

»Penny hat ihn darum gebeten«, erinnerte Tash sie.

Doch Kirsty schüttelte den Kopf. »Das war Hugos Idee. Seit eurer Verlobung hat er versucht, mich loszuwerden. Herrje! Diese Frau, von der Stefan erzählt hat, daß Hugo sie so liebt, bist *du*, Tash. Das bist du!«

Ein Aufstöhnen ging durch das Zelt, und Kirsty drehte sich zum Bildschirm um. »Ist Stefan gestürzt?« Sie wurde bleich.

»Nein.« Lucy Field kippte bereits einen Gin-Tonic, obwohl sie noch reiten mußte. »Happy hatte noch einen Stopp, er ist ausgeschieden.«

»Aber er hatte es doch fast geschafft!« Kirsty stand auf und rannte aus dem Zelt.

»Kirsty!« Tash rief ihr noch nach. Ohne wirklich zu begreifen, was geschah, saß sie da, plauderte gedankenlos mit eintreffenden Teilnehmern, gratulierte und sprach Bedauern aus. Alle erzählen mir ständig, was Hugo empfindet, dachte sie völlig schwindelig, und ich merk's nicht und tu so, als wäre ich nur albern verknallt. Über das ganze Gesicht grinsend entschied sie, daß sie jetzt nach ihrer Familie suchen wollte, um mit ihr erst Gus und dann Hugo zuzusehen. Während sie aus dem Zelt ging, streifte sie Hugos Jacke wieder über und steckte glücklich schnüffelnd wie ein Hund ihre Nase hinein.

Zum ersten Mal heute nahm Tash ganz bewußt die große Menschenmenge wahr, die sich in Wachsjacken, Regenhüten und grünen Gummistiefeln wie eine schlammige Woge vorwärtsschob. Hier und da tanzten Regenschirme in der Flut, Hunde und Kleinkinder schlängelten sich durch das Gewühl, und überall verstreut lagen Fast-Food-Tüten, Papierservietten und Wettkampfprogramme, die vom Wind immer wieder durch die Luft gewirbelt wurden. Wegen des schlechten Wetters quollen die überdachten Sponsorstände über von Besuchern, wogegen die Zahl der Zuschauer, die draußen an den Strecken gegen Wind und Regen kämpften, für den Tag der Ausdauerwettkämpfe eher mäßig war.

Tash traf Sophia an einem Stand, der Sweatshirts mit riesigen friesischen Kühen anbot, deren Euter wie kleine seidene Finger an den gestickten Motiven baumelten. Eine elegante Gestalt mit Lederhut stieß sie beinahe zu Boden, als sie ihr um den Hals fiel.

»Tash, Schatz! Henrietta und ich sind sehr, sehr böse auf dich, eigentlich müßte ich mit dir schimpfen. Aber ich freu mich so, dich zu sehen. Warst du schon auf der Strecke? Führst du? Wow, was für eine schöne Jacke – ist die neu? Du hättest sie kleiner nehmen können.«

Tash trat einen Schritt zurück und sah, daß das feine Gesicht ihrer Mutter sie mit neugieriger Miene musterte. »Ich bin nicht mehr im Wettbewerb, Mama«, seufzte sie und beantwortete die wichtigste Frage zuerst. »Aber was um Himmels willen machst du hier? Ich dachte, du kommst mit Pascal erst nächste Woche?«

»Das tun wir auch – ich meine, er tut es. Aber wir müssen dringend über diese Hochzeit reden, Schatz. Also bin ich hier.« Alexandra sah sie mit kleinen runden Augen unter ihrer Krempe hervor an. »Jetzt begrüße deinen Pa und Henrietta, und dann laß uns alle irgendwo einen großen Drink nehmen.«

Nachdem sich alle gegenseitig begrüßt hatten, setzten sie sich in Richtung der Startboxen in Bewegung.

»Geht's hier zur Bar?« fragte Alexandra hoffnungsvoll. »Ich muß jetzt gleich mit dir reden, Schatz.«

Tash gefiel der aufgeregte Ton ihrer Mutter überhaupt nicht. Sie ignorierte sie und ging einfach weiter zu den Boxen, wo Gus gerade nach seiner Zehn-Minuten-Pause wieder aufsaß. Da ihre Familie den Bereich der Pferde nicht betreten durfte, blieb sie am Zaun zurück.

»Tash!« rief Gus und versuchte, Vic daran zu hindern, in ihren Taschen zu stöbern. »Schade, daß du aufgeben mußtest.«

»Es würde mir weniger ausmachen, wenn du fehlerfrei bleibst.«

Als er für den Geländeritt angezählt wurde, drängte Penny sie ins TV-Zelt. »Kommt deine Familie ohne dich zurecht?« fragte sie besorgt.

»Verdammt! Ich hab sie ganz vergessen.« Tash wollte schon wieder von ihrem Stuhl aufstehen, doch Penny hielt sie zurück. »Bleib – ich brauch dich nötiger. Wo ist Ted?«

»Noch bei den Boxen, glaub ich.« Tash sah sich um. Sie wäre selbst gern hingegangen, um ihre Familie einzusammeln. Es war ihr peinlich, sie so stehenzulassen, doch ihr war auch nicht entgangen, daß ihnen allen heute – Ben vielleicht ausgenommen – ein seltsam ernsthaft-eifriger Ausdruck ins Gesicht geschrieben stand. Das machte ihr angst.

»Mist! Er sollte meine andere Hand halten.« Penny ärgerte sich.

»Das tu ich«, bot Glen Bain vielleicht etwas zu eifrig an. Doch Penny griff dankbar nach seiner Hand und verfolgte in den nächsten zwölf Minuten schweigsam und vor Anspannung zitternd Gus' Durchgang. Nur einmal, als Vic im Schlamm fast versank, stöhnte sie entsetzt auf.

»Er schafft es«, versicherte Tash. Penny quetschte ihre Hand.

»Wie ist die Zeit?« fragte Penny gepreßt. »Wenn Brian auf Foreign Agent nicht schneller ist, kriegt Gus den Sponsorvertrag mit Bettapet. Unsere einzige Chance, weiterzumachen.«

Sie liefen zurück zu den Boxen, um den Endspurt zu sehen. Schließlich galoppierte Gus nur dreizehn Sekunden über dem Limit durchs Ziel, und er grinste von einem Ohr zum anderen. Damit war er der Zweitschnellste des Tages; vor Aufregung brachte er kaum ein Wort heraus. Als er von Vic absaß, hielt ihm Julia Ditton sofort ein Mikrofon unter die Nase, aber er lächelte sie nur beseligt an. Er umarmte Penny, bis diese fast zu ersticken drohte, ging ins Zelt, um sich einzutragen, kam wieder und fiel Tash, Penny und Ted um den Hals. Auch der keuchende Vic wurde nicht verschont.

»Tash!« schrie aus einiger Entfernung eine Stimme, und als sie sich umdrehte, sah sie Ben winken und in die Richtung deuten, wo eben ein wohlbekannter Kastanienbrauner alles daran setzte, ein paar überflüssige Stallknechte zu erschlagen.

»Mist!« Ihr fiel ein, daß sie Hugo versprochen hatte, zu ihm zu kommen, und rannte hinüber. Er saß auf einem umgekippten Eimer, während Jenny mit Indias Hilfe Snobs stampfende Beine einrieb. Snob wieherte laut und aufgeregt, als er Tash entdeckte. Hinter dem Zaun, der die Boxen von den Zuschauern trennte, stand ihre lärmende Familie. Alexandra lehnte sich weit über den Zaun und versuchte hartnäckig, Hugo ein Wort zu entlokken, der sich aber standhaft weigerte, sie auch nur wahrzunehmen. Tash arbeitete sich durch den Schlamm bis zu ihm vor. »Wie läuft's?«

»Er rennt wie ein wild gewordenes Nashorn«, stöhnte er und sah sie, eine feuchte Locke in der Stirn, an. »Meine Arme werden abfallen, wenn ich da wieder aufsteige.« Er verdrehte die Augen.

Tash lächelte. »Der Geländeritt macht viel mehr Spaß«, versicherte sie. »Und er geht immer in vollem Tempo über die Hindernisse, da kannst du nichts machen.«

»Erzähl mir davon.« Er bewegte seine Finger, um sie wieder zu spüren. »Jenny hat mir gerade vorgeworfen, daß ich zu schnell bin. Aber glaub mir, wenn ich gewußt hätte wie, wär ich langsamer geritten.«

Tash kicherte. »Er ist absolut fit, das macht ihm nichts aus – hat ihm wahrscheinlich sogar gutgetan, ihn ein bißchen abgeregt.«

»Und mich total aufgeregt.« Hugo stand auf, und Jenny verkündete: »Drei Minuten.«

»Kann ich irgendwie helfen?« Tash blickte sich verlegen um.

»Du kannst mir noch mal Glück wünschen«, sagte er leichthin und zog seine Handschuhe an.

»Viel Glück.« Sie sah in seine verschmitzten Augen.

»Nicht so.«

Mit klopfendem Herzen spähte sie nach den vielen weiblichen Fans, die ihn aus der Ferne anhimmelten. Ihre zeternde Familie zischte vom Zaun her immer dringlicher, daß sie sie jetzt und sofort unbedingt sprechen müßte. Doch plötzlich war das alles nicht mehr wichtig. »Viel Glück.« Sie stellte sich auf die Zehenspitzen und küßte ihn sehr langsam und ganz leicht auf den Mund. Nur für eine Sekunde gaben seine Lippen nach. Seine Augen blickten sie so intensiv an, als würde er ihren Kuß jeden Moment leidenschaftlich erwidern, und vor Aufregung fiel sie beinahe in Ohnmacht. Doch er lächelte sie einfach nur an und saß auf. »Genau wie ich«, murmelte Tash matt und ging auf ihre Familie zu, von deren Gerede sie kein Wort verstand, bis Hugo und Snob mit einem riesigen Satz gestartet waren. Der Schlamm flog ihnen um die Ohren.

»Können wir denn jetzt miteinander reden«, bat Alexandra, sobald sie außer Sichtweite waren.

Tash ging bereits in Richtung Gelände und lauschte angestrengt auf den Kommentator. Am liebsten hätte sie Hugos Durchgang auf dem Bildschirm verfolgt, umgeben von Freunden, die ihren momentanen Adrenalinstoß verstanden und ihr die Hand gehalten hätten. Nur leider bestand keine Möglichkeit, ihre auffällige Familie ins TV-Zelt zu schmuggeln. Also machte sie sich mit Beetroot und den anderen im Schlepptau auf zur Hochtribüne beim Lake.

»Du scheinst dich mit Hugo ja wunderbar zu verstehen«, keuchte Alexandra aufgeregt, als sie auf die Tribüne kletterten.

»Ja«, sagte Tash und hörte, wie der Kommentator bekanntgab, daß Snob Zig Zag fehlerfrei übersprungen hatte. Sie setzte sich zwischen ihre Mutter und Ben, die beiden einzigen, die mit ihr Schritt gehalten hatten.

»Und Niall?«

»Was ist mit Niall?« Tash zog Beetroot auf ihren Schoß. Mittlerweile kletterte auch der Rest der Familie mit rotem Gesicht herauf.

»Hat er eine Affäre mit Zoe Goldsmith?« Alexandra verschwendete keine Zeit mit Höflichkeiten. Henrietta, die neben Ben Platz nahm, war von dieser Direktheit schockiert. »Sophia behauptet das.«

»Ja. Sie lieben sich«, sagte Tash schlicht. »Sei mal eine Sekunde still. Gleich kommt wieder was über Hugo.«

Der Kommentator verkündete, daß Hugo und Snob jetzt auch Luckington Lane fehlerfrei hinter sich gebracht hatten und einen großartigen Ritt hinlegten. Tash schien die einzige zu sein, die jedes Wort begierig aufsog. Alle Umstehenden hörten neugierig dem Gespräch ihrer Verwandten zu.

»Willst du ernsthaft behaupten, daß Niall jemand anderen liebt?« stammelte Henrietta, deren blasse Augen sich entgeistert weiteten.

»Aber ihr seid verdammt noch mal verlobt!« Sogar James schaltete sich jetzt ein.

Tash ignorierte sie. Der Kommentator sprach wieder von Hugo: »... mit fliegenden Hufen ... und fehlerfrei passiert ... auf der direkten Route. Hugo Beauchamp auf Foxy Snob greift jetzt an.« Sie seufzte erleichtert auf. Fast ein Drittel der Strecke hatten sie bereits hinter sich und ein paar der gefährlichsten Hindernisse gut überstanden. Sie schwitzte vor Nervosität. Gleich würden sie bei Three Scythes ankommen.

Alexandra und Sophia plapperten erregt über Niall, doch ihre Stimmen wurden von lautem Jubel übertönt, als Brian Sedgewick auf Foreign Agent ins Blickfeld kam, mit Sprüngen wie aus dem Lehrbuch den Lake überwand und auf donnernden Hufen die nächste Schwierigkeit in Angriff nahm.

»Es scheint dir gar nichts auszumachen, Tash«, klagte Alexandra, als der Jubel wieder abklang.

»Stimmt«, sagte sie nur. »Sei jetzt bitte ruhig, ich möchte das hören.«

»... Hugo Beauchamp auf Foxy Snob ohne Fehler am Vicarage Vee, ein mutiger Sprung über die direkte Route – die Kombination fast überflogen. Und weiter zu Three Scythes – noch ist keiner fehlerfrei über die direkte Route gegangen, aber Hugo scheint es zu versuchen ...« Tash stockte der Atem vor Entsetzen, und sie stieß ihrer Mutter den Ellenbogen hart in die Seite, als sie wieder den Mund aufmachte. »... doch, nein, Hugo geht über links ... das erste Mal heute, daß wir diese Variante sehen ... und er ist durch, und fehlerfrei – sehr klug angegangen. Die beiden zeigen Kampfgeist trotz ihrer Dressurnote ...« Tash lachte von einem Ohr zum anderen. Er war ihrem Rat gefolgt. Sie hätte ihn erdrücken mögen, so stolz war sie auf ihn.

»Ich muß schon sagen, Tash«, begann Henrietta mit hoher, erregter Stimme, »du benimmst dich gar nicht so, wie wir erwartet hatten.«

»Nicht?« Sie strahlte ihre Stiefmutter an.

»Nein – wir dachten, du wärst fürchterlich niedergeschlagen!«

»Ich könnte nicht glücklicher sein.« Tash hörte, wie durchgegeben wurde, daß Hugo und Snob jetzt auf dem langen Galopp zum Lake seien. Als sie den ersten kastanienbraunen Schimmer ausmachen konnte, griff Tash nach Beetroot, und all ihre Gedanken konzentrierten sich nur noch auf das Pferd, das sie liebte, und den Mann, den sie anbetete.

Lake, das hieß in diesem Jahr, daß Pferd und Reiter über ein hohes Hindernis setzen und einen jähen Sprung ins tiefe Wasser überstehen mußten. Eine Drehung nach rechts führte sie dann heraus, indem sie auf die Plattform einer Art schiffbrüchigen Bootes setzten und über Bug und Heck sprangen. Tash sah auf den ersten Blick, daß Hugo all seine Kraft und Konzentration aufbringen mußte, um Snob unter Kontrolle zu halten – sein Gesicht war schlammbespritzt und verzerrt vor Anspannung. Snob schien in seiner Aufregung und seinem Eifer geradezu zu fürchten, die Hindernisse könnten davonlaufen. Während sie die Strecke auf dem Weg zum Lake entlangdonnerten, irritierten ihn plötzlich die sich hin und her bewegenden Zuschauer mit ihren Hüten und schwanzwedelnden Hunden. Er versuchte, von leichter Panik erfaßt, zur Seite auszubrechen und begann, mit dem Kopf zu nicken, so daß Hugo die Balance verlor und ihm die Zügel durch die nassen Handschuhe glitten. Im nächsten Augenblick rannte Snob, den Kopf wieder nach unten gezogen, in voller Geschwindigkeit auf den Lake zu. Doch kurz vor dem Hindernis warf er den Kopf in den Nacken.

Tash schrie auf, ohne die anderen zu beachten.

Hugo hatte die größte Mühe mit Snob. Und dann waren sie auch schon mit einem enormen Satz im Wasser und sanken tiefer und tiefer ein, Fontänen spritzten. Tash war erstaunt, daß Hugo sich überhaupt noch oben halten konnte; sie wäre wahrscheinlich schon längst ans Ufer zurückgekrault.

»O Gott, er geht baden!« stöhnte Ben und bedeckte seine Augen.

Die Zuschauer heulten auf in Erwartung eines neuen Sturzes, aber in allerletzter Sekunde gelang es Hugo, die verworrenen Zügel wieder in den Griff zu bekommen und mit Snob – wenn auch ziemlich unelegant – auf die Plattform zu setzen und den Lake hinter sich zu lassen.

Tash und Ben, die sich gegenseitig aufgeregt festgehalten hatten, schrien begeistert auf. Ben beruhigte sich als erster wieder. »Äh – ja, tolle Sache, das, wie? 'tschuldige, wenn ich dich festgehalten habe.« Er wich zurück und wurde rot.

Sophia, die die ganze Zeit über versucht hatte, Lotty und Josh bei Laune zu halten, übergab die beiden entnervt Bernadette und drehte sich dann zu Tash um. »Heiratest du Niall denn nun, oder nicht?« fragte sie.

»Um die Wahrheit zu sagen«, Tash stand auf und wartete die Durchsage ab, daß Hugo und Snob die Beaufort Staircase sicher hinter sich gelassen hatten, »ich hab ihn länger nicht gesehen und konnte ihn nicht fragen – entschuldigt, jetzt möchte ich Snobs Zieleinlauf sehen.«

Sie starrten ihr alle mit offenem Mund nach, als sie davonrannte. Am Ziel warteten schon Jenny, Penny und India; und Tash führte einen kleinen Freudentanz auf, denn soeben kam die Durchsage, daß Hugo noch im Limit lag.

»Wenn er in der Zeit bleibt, geht er in Führung«, jubelte India.

Ein Stück weit hinter ihnen stand Julia Ditton. Sie suchte nach Brian Sedgewick, der mit Foreign Agent gerade hereingekommen war und jetzt auf dem dritten Platz lag – einen hinter Gus. Noch führte die schnelle Neuseeländerin.

»Da kommen sie!« schrie Penny, als Hugo und Snob plötzlich aus dem Wald schossen.

Tash sah zu, wie sie auf das letzte Stück gingen. Ihr Herz schlug vor Stolz schneller, als sie bemerkte, wie gut die beiden bereits zusammenarbeiteten. Mit aufgestellten Ohren und glänzenden Augen rannte Snob beinahe den Schiedsrichter um und brauchte wie immer ewig, um das Tempo zu drosseln.

»Bin ich drin?« Hugo keuchte, als er schließlich mit Snob bei den anderen ankam.

»Ich glaub schon«, sagte Penny und sah auf ihre Stoppuhr. »Vielleicht zwei Sekunden drüber.«

Hugo hörte kaum zu und starrte nur Tash an, die Snobs Kopf in beide Hände nahm. »Das war eine der aufregendsten Viertelstunden meines Lebens«, sagte er freudig erregt zu ihr, »und dazu rechne ich auch die drei Minuten vor dem Start.«

Tash, deren Herz hämmerte, verbarg ihr Lächeln, das so gar nicht mehr aufhören wollte, an Snobs Wange.

Als Hugo absaß, begann die übliche Wettkampfroutine: Untersuchung durch die Tierärzte und Fragen der Schiedsrichter an den Reiter. Tash ging um Snob herum und half, die zweite Brustplatte auf der anderen Seite zu lösen, wobei ihre Hand zufällig Hugos behandschuhte Finger berührte. Er hatte gerade den Sattelgurt gelöst, und für einen kurzen Augenblick hielt er ihre Hand fest, bevor er fast übergangslos zum Wiegen gedrängt wurde.

Gratulationen regneten auf ihn herab, als er, den Sattel noch gegen die keuchende Brust gedrückt, wieder in den Zielbereich zurückkehrte, wo ihn schon Julia Ditton mit ihrem Team zum Interview erwartete.

»Sie sind mit einer Zehntel-Strafminute in Führung gegangen, Hugo. Wie fühlen Sie sich?«

»Ziemlich gut, aber meine Arme schmerzen wie nach einem Ruderrennen in Oxford.« Seine Augen durchforschten die Menge. Plötzlich griff er nach der entsetzten Tash und zog sie ins Bild. »Diesem Mädchen hier sollten Sie gratulieren«, sagte er überschwenglich. »Sie hat ihn trainiert.«

»Freuen Sie sich, Tash?« fragte Julia.

»Wir beide sind sanz von den Gocken – äh, ganz von den Socken«, brachte sie heraus.

»Und ist dies das Hochzeitsgeschenk, das Sie sich gewünscht haben?« Julia zwinkerte.

Tash sah verloren drein und blickte von Hugo zu Snob.

»Das entscheidet sich morgen«, sagte Hugo standhaft.

15

Während sie in der Bibliothek von Haydown der Live-Übertragung aus Badminton zusah, kaute Lisette besorgt auf ihren Lippen.

»Hab ich viel verpaßt?« fragte Sally, die frisches Wasser für die Kaffeemaschine geholt hatte.

»Nichts Wichtiges.« Lisette beobachtete, wie sie die Hälfte des Wassers auf eine von Hugos antiken Kommoden goß. Sie ließ sich diese Woche ziemlich gehen, ihre Haare waren nicht frisiert, und sie trug wieder diese alten Leggings, dachte Lisette verächtlich. Außerdem sprach sie dauernd von ihren Kindern.

»Wer führt denn im Moment?«

Lisette knirschte mit den Zähnen. »Hugo.«

»Aber, das ist ja wunderbar!« Sally vergoß auch noch den Rest des Wassers, während sie sich herumdrehte.

»Nicht wahr?« Lisette starrte unverwandt auf den Bildschirm.

»Wie schade, daß aus meiner Idee nichts geworden ist«, seufzte Sally. »Denk nur mal an die Publicity, wenn Tash das Pferd von Sleeping Partners zur Hochzeit geschenkt bekäme.«

»Deine Schwägerin reitet das Pferd nicht mal, Sally«, schnauzte Lisette. »Da war von Anfang an kein Drive dahinter.«

Sally sah sie erschrocken an, ihre sonst fröhlichen Augen wirkten verletzt. »Genau das hat Matty auch gesagt«, flüsterte sie.

»Nun, dann hatte er recht, tut mir leid.« Lisettes Stimme wurde wieder weicher, als ihr aufging, wie hart sie geklungen hatte.

»Ich hab mich so mit ihm gestritten, daß ich ihm sogar Fleischbrühe auf seine Pizza gegossen hab«, erinnerte sie sich entsetzt.

»Ich würd's mir gut überlegen, ob ich ihm nach dem Fiasko letzte Woche überhaupt noch mal was zum Essen hinstelle«, murmelte Lisette.

Sally schloß die Augen und drehte sich zur Kaffeemaschine um.

»Wirst du dich scheiden lassen?« fragte Lisette ganz direkt.

»Ich weiß es noch nicht.«

»Aber er hat dich letzten Freitagabend vor allen Leuten gedemütigt«, betonte Lisette. »Ich dachte, ich höre nicht richtig, als er Zoe Goldsmith fragte, ob sie sich noch erinnere, wie es zwischen ihnen auf dieser Party abgegangen sei. Ich dachte zuerst, sie hätten sich gestritten oder so, bis ich begriff, daß er was mit ihr hatte, während du mit dickem Bauch zu Hause gesessen hast.«

»Das ist kein Grund für eine Scheidung«, murmelte Sally und wurde rot vor Verlegenheit. Sie fürchtete, jemand könnte sie hören. Zwar arbeiteten sie heute nur mit kleiner Besetzung, doch Flavia Watson und einige andere liefen durchs Haus, während sie auf den Beginn der nächsten Szene warteten. Ohne Niall konnten sie jedoch nicht anfangen, und er war noch immer nicht vom Lunch zurück.

»Vielleicht nicht.« Lisette drehte den Ton vom Fernseher leise, als zum Golf hinübergeschaltet wurde. »Wenn du ihm verzeihst.«

»Er hat sie nur geküßt!« Sally knallte die Kanne auf die Kommode. »Wenn ich mich richtig erinnere, hast du noch was ganz anderes getrieben, bevor Niall sich hat scheiden lassen. Du bist auf Partys gegangen und hattest praktisch mit jedem Mann, der da war, öfter geschlafen als mit Niall.«

»Die Mischung macht's«, sagte Lisette kühl. »Und wir sprechen nicht von Niall; übrigens habe ich mich scheiden lassen. Wir sprechen von Matty. Er hat dich auf dieser Dinnerparty zum Gespött gemacht.«

»Vielleicht hatte ich es ja verdient.« Sally suchte nach Filtertüten. »Ich hatte ihn doch nur eingeladen, um ihm zu zeigen, wie gut ich in meinem neuen Leben ohne ihn zurecht komme. Er wollte mir die Wahrheit sagen und wußte einfach nicht wie. Mir hat eigentlich nur Zoe Goldsmith leid getan, ihre Kinder waren dabei.«

»Die haben sich anscheinend bestens amüsiert.« Lisettes Augen flackerten bei der Erwähnung von Zoe Goldsmith, und sie hoffte, Sally würde jetzt nicht wieder ein Loblied auf ihre eigenen Kinder anstimmen.

Doch glücklicherweise tauchte Niall vorher auf. Er kam direkt aus der Maske, und Schminktücher hingen ihm aus dem Kragen. »War Tash schon dran?« fragte er und spähte auf den Bildschirm. »Herrje, da rennen ja überall Leute herum. Meinst du, das sind militante Tierschützer?«

»Das ist Golf, Niall«, sagte Lisette trocken. »Und Tash ist schon vor Stunden ausgeschieden. Wo bist du gewesen? Flavia ist fast verrückt geworden, weil sie dich die letzte Stunde nirgends aufgetrieben hat. Wir mußten unterbrechen, und wir hinken unserem Zeitplan schon zwei Tage hinterher – was vor allem deine Schuld ist. Wenn wir noch weiter übers Budget gehen, werde ich dich verklagen.«

»Was?« Er schluckte.

»Das war nur ein Witz.«

»Daß du nicht mal was von Tashs Ausscheiden wußtest, Niall!« Sally schüttelte den Kopf und lachte. »Du heiratest sie in einer Woche.«

»Ich weiß.« Er fing Lisettes Blick auf, und plötzlich trat sein unwiderstehliches Lächeln in sein Gesicht. »Und es gibt noch immer jede Menge zu organisieren. Deswegen bin ich so spät dran. Ich hab den Ring meiner Großmama zum Juwelier gebracht, um ihn ändern zu lassen.«

»Diese Hochzeit sollte unbedingt planmäßig laufen«, sagte Lisette zu ihm, und ihre Augen verengten sich. »Ich setz darauf, daß es eine verdammt spektakuläre Sache wird – Sally sagt, ihre Schwiegermutter hat keine Kosten gescheut. Und ›Cheers!‹ will was sehen fürs Geld.«

»Und das werden sie auch, Engel.« Seine Augen blitzten. »Es wird jeden einzelnen Penny wert sein. Die Hochzeit findet wie geplant statt.«

Nach Hugos hervorragendem Durchgang verging der Nachmittag wie im Fluge. Sophia und Ben waren mit zwei Flaschen Champagner im Transporter der Lime-Tree-Farm aufgetaucht, wo Hugo und Gus ohne Unterlaß von ihren Geländeritten erzählten. Als auch noch Tashs Familie gemeinsam mit Stefans Eltern dazustieß, war der Wagen voll bis unter die Decke. Auch Kirsty und Penny tranken ganz gut mit, und die Stimmung war bestens. Nur Jenny, Ted und India waren bei den Ställen geblieben, um die Pferde zu versorgen. Da so viele Leute gleichzeitig da waren, fand Alexandra wenigstens keine Gelegenheit, Tash weiterhin auf den Pelz zu rücken; doch Tash gelang es aus eben diesem Grund leider auch nicht, in Hugos Nähe vorzudringen. Sie hatte ihm noch nicht einmal richtig gratuliert. Nach zwei Gläsern Champagner spürte sie ein fast überwältigendes prickelndes Verlangen, ihm um den Hals zu fallen und ihm zu sagen, daß sie ihn liebe. Aber sie hatte einen Plan geschmiedet.

Heute abend würde im großen Zelt der Reiter der Badminton-Ball stattfinden, eine riesige Party zum Abschluß der Ausdauerwettkämpfe, der selbst eine Art Ausdauerübung darstellte, bei der sich jede Menge aufgekratzter Reiter bis in die frühen Morgenstunden amüsierten: entweder mußten sie ihre Erfolge feiern oder aber ihre Niederlagen ertränken. Das war genau die richtige Gelegenheit, entschied sie, um Hugo zu sagen, was sie für ihn empfand. Denn, wie sagte ihre Mutter immer, es gab nichts Intimeres als eine große Party. Und Tash platzte fast vor Begehren und würde Hugo gegenüber extrem intim werden.

Der Champagner mußte sehr schnell durch bulgarischen Chardonnay ersetzt werden, was aber niemanden störte, denn alle tranken fröhlich weiter und rannten abwechselnd zum Zielbereich, um die Zeiten der ausstehenden Reiter zu erfahren. Am Ende des Ausdauertages führte Hugo die Wertung an, Gus war dritter vor Brian Sedgewick und Kirsty leider auf Platz 28 zurückgefallen. Stefan und Tash, beide ausgeschieden, trösteten sich mit einer großen Schachtel Pralinen, die Hugo am Morgen von einer Anhängerin geschenkt bekommen hatte.

»Ich möchte eine mit Cremefüllung.« Kirsty kämpfte sich durch die ausgelassene Meute. Hugo saß noch mit Gus am anderen Ende des Wagens. »Stefan und ich finden«, sagte sie streng zu Tash und suchte sich eine Praline mit Erdbeercreme aus, »daß du dir überlegen mußt, wen du willst – Niall oder Hugo.«

Tash schluckte.

»Du mußt dich entscheiden, Tash«, flüsterte Stefan, sein Blick fuhr über ihr Gesicht. »Du kannst ihn doch nicht noch länger so zappeln lassen. In einer Woche sollst du Mrs. Niall O'Shaughnessy werden, und du siehst Hugo die ganze Zeit an, als würde er dich am Altar erwarten. Und dann diese ganzen Anrufe ständig. Vielleicht hat er sich schon einen Seelenklempner zugelegt.« Stefan griff nach einer Nougatpraline und sah Tash sehr ernst an.

Sie schluckte entsetzt. Ein Stückchen Haselnuß war ihr in die Luftröhre geraten und erstickte sie beinahe. »Wirklich? Er wirkt so ausgeglichen heute.«

»Alles Fassade.« Kirsty schüttelte den Kopf. »Du kennst ihn doch.«

»Der arme Hugo«, flüsterte Tash, und sie war entsetzt, als Alexandra zehn Minuten später alle Anwesenden zu einem gemeinsamen Dinner einlud.

»Aber heute ist der Ball«, jammerte sie.

»Ach, da gehen wir sowieso nie hin«, sagte Penny abwehrend.

»Ja, Schatz, komm mit.« Alexandra warf ihr einen ungewohnt strengen Blick zu. Einen Moment lang hoffte Tash, die Idee würde keinen allgemeinen Anklang finden; ja sie hoffte sogar, Hugo würde sich weigern. Doch vergeblich. Henrietta und James stimmten Alexandra ungewöhnlich erfreut zu, und damit gab es kein Entrinnen mehr.

Als sie alle auf dem Weg zu den Autos waren, lief Hugo plötzlich neben ihr und hakte sich unter. »Du hast mir noch gar nicht gratuliert.« Tash sah in diese aufmerksamen, lachenden blauen Augen, und Schauer der Erregung durchrieselten sie.

Doch eine dröhnende Stimme ließ sie fast aus den Schuhen kippen. »Noch hast du nicht gewonnen, Hugo, alter Freund.« Ben gesellte sich jovial zu ihnen. »Hör mal, Sophs und ich werden uns absetzen und diese Dinnersache auslassen. Die Kleinen sind ein bißchen überfordert, und das Au-pair ist in Tränen aufgelöst. Viel Glück morgen, Hugo.«

»Danke.« Hugo sah noch immer Tash an.

Ben schlug ihnen fröhlich auf die Schulter. »Wir sehen euch beide bei der Hochzeit!« Summend lief er bis zu den Autos neben ihnen her.

Tash hätte am liebsten aufgeschrien, da sie sah, wie sich Hugos Blick verhärtete. Genauso plötzlich wie er sie untergehakt hatte, ließ er sie jetzt los und entschied sich, mit Penny und Gus in dem einzigen Taxi zu fahren. Um ihrer neugierigen Familie nicht ausgeliefert zu sein, stieg sie zusammen mit Kirsty und Stefan in den Leihwagen von dessen Eltern. Kirsty nickte zu dem Jaguar ihres Vaters hinüber und meinte, das sei doch sicher sehr viel bequemer. Doch Tash stammelte nur: »Nein, nein – das geht schon«, schlug die Tür zu und sah noch Hugos unbewegliches Profil im Taxi an sich vorbeigleiten.

Wie immer zeigte Niall ein Gespür für theatralische Momente. Sie hatten sich gerade alle in einem eleganten Restaurant in der Nähe von Bath niedergelassen und stießen auf den großartigen Tag an, als Gus' Handy schrillte. Tash duckte sich, als er sagte, wer dran war. Sie brachte es nicht fertig, Hugo auch nur anzusehen. Zitternd griff sie nach dem Apparat und suchte nach einer stillen Ecke, doch sie saß eingezwängt an einer Wand zwischen mehreren anderen. Der einzige Ausweg bestand darin, unter den Tisch abzutauchen; also blieb sie lieber sitzen.

»Engel, können wir sprechen?« hauchte Niall durch eine knackende Leitung. »Bist du allein?«

Tash spähte, als sie aufsah, in fast ein Dutzend faszinierte Gesichter und schluckte. »Nicht wirklich, nein.«

Alexandra ihr gegenüber machte frenetische Mundbewegungen, die alle besagten: »Ist das Niall?«, und Penny verbrannte sich fast die Haare an einer Kerze, während sie sich über den Tisch lehnte.

»Oh – verstehe.« Seine Stimme wurde immer wieder von Knacken unterbrochen. »Ich hab ... daß ... ausgeschieden, Engel. Tut mir so leid.«

»Danke.« Tash rutschte hin und her. Die Verbindung war entsetzlich. Sie verstand nur Bruchteile dessen, was er sagte. »Tut mir ... nicht früher angeruf ... viel gearbei ... umbringen.«

»Was? Umbringen?« Tash lehnte sich in ihrem Stuhl weiter zurück, um eine bessere Verbindung zu bekommen. Ihre ganze Familie lehnte sich mit aufgerissenen Augen weiter vor, um besser zuhören zu können.

Die Verbindung wurde fast noch schlechter. »Engel, der Film ... Zeitplan ... ber dem Budget ... unsere ... igkeit ... macht ... ette fertig.«

»Was macht Lisette fertig?« Jetzt hörte Tash durch die Leitung auch noch einen hohen metallischen Pfeifton. Sie verstand immer weniger.

»Wir film ... och zwei Tag ... alle ... mich erschie ...«

»Das hab ich nicht verstanden.« Tash lehnte sich wieder vor. »Was?«

»Sie werden mich erschießen, wenn ich vor Drehende so einen Wirbel veranstalte.« Der Pfeifton hatte wieder nachgelassen, und seine Stimme klang deutlicher. Das Knacken unterbrach die Leitung jetzt kaum noch.

»Ach, erschießen.« Tash nickte.

»Lisette scheint irgendwas zu ahnen«, sprach er weiter. »In ihrer momentanen Verfassung könnte sie eine Dummheit machen.«

»Was soll das heißen, eine Dummheit machen?« fragte Tash, die die wilden Handzeichen ihrer Mutter ignorierte.

Die Leitung war jetzt stabiler, aber sie hörte ihn mal ganz leise und dann wieder ganz laut. »Wir müssen uns morgen abend unbedingt treffen«, sagte er eindringlich. »Vor der Party. Im Old Forge. Ich muß dich um einen enormen Gefallen bitten, einen gigantischen, all mein Glück hängt davon ab.« Er klang sehr erregt. Freudig erregt, wie Tash verblüfft feststellte.

»Ach ja?« Tash merkte, daß inzwischen jeder am Tisch sie entsetzt anstarrte. Sie lächelte sie entschuldigend an.

Es war eine lange Pause eingetreten, und Tash fürchtete schon, daß die Leitung endgültig zusammengebrochen war, doch schließlich sprach Niall mit weicher, überredender Stimme weiter. »Engel, ich möchte, daß die Hochzeit stattfindet.«

»Was möchtest du?« rief Tash.

»Das war Zoes Idee«, gab er zu.

»Hast du Zoe gesagt?«

Wieder trat eine lange Pause ein, unterbrochen von einem scharfen Piepton, der ankündigte, daß die Batterie von Gus' Handy bald leer war. Niall redete mit einem dunklen, entschuldigenden Ton in der Stimme weiter. »Ich liebe Zoe, Tash. Tut mir leid, Engel, ich muß ehrlich sein. Sie ist diejenige, die mich das alles durchstehen läßt. Ich bete sie an – sie ist so stark und gut und klug. Wenn sie an mich glaubt, riskiere ich es, und dann bin ich der glücklichste Kerl auf Gottes weitem Erdboden.« Plötzlich hörte Tash sein so lange verlorenes, liebenswert polterndes Gelächter.

»Was riskieren?«

Die Verbindung wurde wieder schlechter. »Zoe findet die Idee, ›Cheers!‹ am nächsten Samstag eine echte Überraschung zu bieten, einfach wundervoll. Sie sagt, sie hat immer schon geglaubt, daß in letzter Minute umgeworfene Hochzeiten am längsten halten.«

Tash fragte sich, ob Zoe ihm neuerdings Gesellschaft leistete bei seinen Trinkgelagen. »Was schlägst du mir da vor?«

»Das geht alles auf das Konto von Bob Hudson.« Nialls Lachen wurde zerhackt von der wieder stark knackenden Leitung, was ein wenig schwachsinnig klang. »Schließlich war... altar-native Hochzeit ja... Idee... Am liebsten würd... erzähl... aber er plaudert's...« Einen Augenblick lang war die Verbindung abgerissen.

»Niall?« Tash schüttelte das Handy. »Niall?«

»... Lisette... zu diesem Zeitpunkt... sagen, das... Selbstmord.« Plötzlich war seine Stimme wieder da.

»Selbstmord! Niall, wenn du mir –« Tash wollte gerade sagen, wenn er ihr vorschlug, diese entsetzliche Schmierenkomödie vor dem Altar aufzuführen, dann würde *sie* Selbstmord begehen. Doch sie sah noch früh genug, daß ihre Familie praktisch schon über dem Tisch lag, um auch ja nur kein Wort zu versäumen.

»Glaub mir, Tash, wir haben es wieder und wieder durchgesprochen«, sagte Niall eindringlich. »Und ich schwöre dir, wenn du in dieser Sache zu mir hältst, dann erkläre ich es irgendwann auch deiner Familie.«

Das Handy piepte laut. »Niall, die Batterie ist fast leer«, sagte Tash entmutigt.

»Ich muß dich morgen sprechen, Engel«, bat er. »Ich muß dich davon überzeugen, daß es funktioniert. Versprich mir, daß du bis dahin mit niemandem darüber redest.«

»Okay.« Tash blickte Hugo aufmerksam an und sah dann schnell wieder weg. Sie konnte den Schmerz in seinem schönen, beherrschten Gesicht nicht ertragen.

»Danke, Engel!« Niall klang jetzt wie ein aufgeregter kleiner Junge. »Wenn du zustimmst, haben wir vielleicht sogar noch eine Chance, zu verhindern, daß Hugo sich Snob unter den Nagel reißt.«

»Was?« Sie gefror und sah noch einmal zu ihm hinüber. Er starrte sie mit mörderischer Miene an. Vielleicht war er so verletzt nun auch wieder nicht ...

»Ich hab gehört, wie Lisette heute mit ihm telefoniert hat, Engel. Ich bin nicht ganz sicher, aber sie wird Hugo das Pferd wohl verkaufen, wenn wir die Hochzeit absagen. Sie sprach von ihrem Handel.«

Das Handy piepte jetzt im Sekundentakt. Tash fürchtete, die Verbindung könnte abbrechen, bevor sie noch mehr erfahren hatte. »Was genau hat sie gesagt?«

Sie war erstaunt, als Niall nur lachend antwortete. »Tash, das ist doch jetzt egal. Warte bis morgen abend. Zoe ist überzeugt, du mußt zu Hugo nur sagen –« Ein letzter Piep, und dann war die Leitung tot.

Ein unheilvoll gespanntes Geflüster setzte ein am Tisch. Tash legte auf und gab Gus sein Handy zurück. »Das war Niall«, sagte sie zittrig.

»Das haben wir uns schon gedacht«, schnauzte ihr Vater.

»Was ist los, Schatz?« Alexandras große Augen sahen sie besorgt an. »Er hat nicht gedroht, sich etwas Schreckliches anzutun, oder?«

»Nein, Mama«, murmelte sie. Nicht sich selbst, hätte sie gern geschrien, nur mir. »Er war sogar ausgesprochen fröhlich.«

»Wird die Hochzeit denn nun stattfinden?« fragte Henrietta nervös.

Tash, die ihrer Stimme nicht traute, nickte nur. Und dann sah sie unwillkürlich zu Hugo hinüber. Er zündete sich eine Zigarette an, und seine Hände zitterten leicht. In seinem Gesicht aber spiegelte sich nichts als äußerste Verachtung; seine blauen Augen bohrten ihren Blick mit solchem Zorn in die ihren, daß es sie beinahe gegen die Wand drückte. Verzweifelt senkte sie den Blick.

Penny, Gus und die anderen polterten im Wagen, daß es in Tashs Kopf nur so dröhnte, und so schlich sie bereits bei Sonnenaufgang mit einem fürchterlichen Kater zu Snob und den anderen Pferden, um ihnen beim Morgentraining zuzusehen. Sie konnte ihren sich hebenden Magen gerade so lange besänftigen, bis sie sicher war, daß Snob sehr viel besser aussah als sie; dann stürzte sie wieder auf die Toilette, um sich zu übergeben.

»Sie ist mit den Nerven ganz am Ende«, sagte India besorgt, »so sehr zittert sie um Hugos und Snobs Sieg.« Da sie den vergangenen Abend zu Hause verbracht hatte, ahnte sie nicht, wie sturzbetrunken Tash gewesen war, als Stefans schweigsamer schwedischer Vater sie beinahe bewußtlos in den Transporter der Lime-Tree-Farm getragen hatte.

Stefan und Kirsty, die bei Betty Blue standen, sagten nichts. Wenn es nach ihnen gegangen wäre, hätte Tash es verdient gehabt, an einer Alkoholvergiftung zugrunde zu gehen.

»Ich hab gestern abend auf der Farm angerufen«, sagte India fröhlich. »Rufus hatte eine irre Fete laufen. Gus wird in die Luft gehen. Er nörgelt jetzt schon, weil die Hochzeitsfeier dem Haus den Rest geben könnte.«

»Der Fall des Hauses Moncrieff?« murmelte Kirsty, die unruhig einen Hinterlauf von Betty betastete.

India kicherte. »Mama sagt, die Erschütterung des Hauses kann gar nicht so groß sein wie die der Hochzeitsgäste.«

»Erschütterung?« Stefan sah sie verwirrt an.

India schlug bestürzt die Hand vor den Mund, lief knallrot an, zuckte die Achseln und rannte eilig weg. Stefan war zu sehr mit Betty Blue beschäftigt, um ihre Verlegenheit zu bemerken.

Am späteren Vormittag führte Hugo einen Augen rollenden und wild ausschlagenden Snob die Auffahrt hoch, auf dem Weg zur zweiten tierärztlichen Untersuchung, die wieder vor Badminton House stattfand. Snob bestand sie problemlos. Erneut wurden die üblichen Fragen zu Fashion Victims schlenderndem Gang gestellt und seine Lungen ausgiebig abgehört, doch schließlich passierte auch er zur großen Erleichterung aller die Checks. Nur Kirsty hatte Pech; Betty Blue, die von den Ausdauerwettkämpfen erschöpft wirkte, hinkte stark. Als die Nachricht von ihrem Ausscheiden über die Lautsprecher ging, war ein enttäuschtes Murmeln beim Publikum zu vernehmen, doch Kirsty zuckte nur kläglich die Achseln und lief in Stefans Arme, um sich ausgiebig küssen zu lassen. Auf dem Rückweg zum Transporter beobachteten Stefans Eltern sie mißbilligend; leider fehlten ihnen die Englischkenntnisse, um Kirsty aufzufordern, die Hände von ihrem jungen Sohn zu lassen.

»Die beiden müssen sich gestern abend zusammengetan haben«, erzählte Gus Hugo. »Kirsty ist erst um drei gekommen. Ich konnte nicht schlafen und hab was gegessen – die Nerven. Tash hat noch immer auf dem Klo gekotzt, die Ärmste. So besoffen hab ich sie noch nie gesehen.«

»Offensichtlich trainiert sie, um mit Niall mitzuhalten«, sagte Hugo.

»Daß diese Hochzeit wirklich stattfinden soll.« Gus schüttelte den Kopf. »Einfach lächerlich – sogar ihre Familie scheint dagegen zu sein. Sie und Niall haben kaum ein Wort gewechselt, seit sie aus Frankreich zurück sind.«

»Vielleicht haben sie eine Auszeit genommen«, murmelte Hugo und ging auf einen Sportreporter vom ›Daily Telegraph‹ zu, um ihm ein Interview zu geben.

Nach der tierärztlichen Untersuchung begann das nervenaufreibende Warten auf die letzte Disziplin, das Springreiten. Zur Lunchzeit mußten alle Teilnehmer, die noch im Wettbewerb waren, zur offiziellen Parade in der Arena antreten, und die Reiter auf den hinteren Plätzen – Platz 20 und schlechter – waren die ersten, die mit ihren müden Pferden die Runde drehen durften. Für die führenden Reiter bedeutete dies eine ruhelose Warterei.

Obwohl die Stürme der letzten Tage nach Sussex und Kent weitergezogen waren, schüttete es noch immer, und Tash hatte sich schließlich mit India und Ted zum Poker in den Wagen verzogen. Ihr Kater war so schlimm, daß sie sich auch jetzt noch nicht konzentrieren konnte. Sie war leichenblaß, und ihre Augen – hatte sie festgestellt, als sie sich im Spiegel wieder erkennen konnte – glichen einem Stadtplan von London, auf dem alle Hauptstraßen mit dickem Rotstift eingezeichnet waren. Sie verging fast vor

Scham, konnte sich aber beim besten Willen nicht mehr an den letzten Abend erinnern. Sie sah noch eine Schale mit Crème brûlée vor sich, und dann Filmriß.

»Das hättest du ausspielen müssen, Tash!« stöhnte Ted und sah auf ihr Blatt. »Du hast drei Siebener.«

»Ja?« Tash hatte fast vergessen, daß sie Karten in der Hand hielt.

»Es ist sinnlos, mit dir zu pokern!« India lachte. »Geh fernsehen, dann können Ted oder ich wenigstens einen Strip hinlegen, wenn wir verlieren. Ich dachte, du wärst fröhlicher nach gestern abend.« Sie zwinkerte ihr auffällig zu.

»Was?« Tash sah ihr bezauberndes Stallmädchen an und wünschte, sie wäre wieder vierzehn. Sie hatte zwar nie so gut ausgesehen, aber Hugo zu lieben, war damals sehr viel einfacher gewesen.

»Mama hat gesagt, Niall ruft dich an.« India zwinkerte wieder, ihr Augapfel trat bedenklich hervor. »Wegen der *Hochzeit*.« Sie warf einen Blick auf Ted, aber er interessierte sich nicht für das Mädchengequassel.

Tash starrte sie entgeistert an. »Du weißt Bescheid?«

»Mama und ich haben letztes Wochenende lange über die Idee geredet. Sie wollte es Niall erst gar nicht vorschlagen. Doch Rufus und ich haben sie überzeugt, daß du auf keinen Fall was dagegen hättest.«

»Das habt ihr getan?«

»Ich wußte nicht, ob Niall ja gesagt hatte, also hab ich Mama im Hotel angerufen.«

»In welchem Hotel?« Tash war mehr und mehr verwirrt.

»O Tash, wo bist du nur mit deinen Gedanken?« India lachte. »Das ist mal wieder typisch. Eigentlich hast du's ja mir zu verdanken, nicht?«

»Wirklich?«

»Na, die Valentinskarte – ich hab dich doch überredet, sie ihm zu schicken, oder nicht?« India konnte es nicht fassen.

Völlig frustriert starrte Tash sie an und wünschte, Ted würde sich verkrümeln, damit sie India endlich fragen konnte, wovon sie eigentlich sprach; doch Ted wirkte viel zu eifrig bemüht, beim Poker zu gewinnen, jetzt wo India um einen Strip spielen wollte. Also nahm sie ihren Vorschlag von vorhin auf und setzte sich vor den kleinen tragbaren Fernseher, ohne dem Programm wirklich zu folgen. Seit sie mit Niall telefoniert hatte, war ihr Selbstvertrauen vollkommen zerrüttet, und Zweifel schüttelten sie. Gestern noch war sie überzeugt gewesen, daß Hugo genauso verrückt nach ihr war wie sie nach ihm; und jetzt sah es so aus, als sei er nur hinter ihrem Pferd her. Wenn sie genau darüber nachdachte, hatte er sie ja auch die ganze Woche kaum beachtet. Erst gestern schien sein Interesse neu aufzuflammen. Kein Wunder, denn er hatte irgendeinen Handel mit Lisette gemacht.

Tash brauchte frische Luft und schnappte sich Beetroot, um einen Spaziergang zu machen. Es regnete noch immer nachhaltig, und sie fühlte sich so zerbrechlich, daß ihr jeder Regentropfen auf den Kopf wie ein Schlag mit dem Hammer erschien. Als ihr einfiel, daß Hugo ihr gestern zu einem Regenhut geraten hatte, war sie den Tränen nahe. An einem der Stände kaufte sie sich einen knallgelben Südwester und machte sich dann auf zu den Stallungen; doch nirgends sah sie ein bekanntes Gesicht. Snob stand gut versorgt, aber beleidigt in seiner Box und weigerte sich, sie zu erkennen; und Fashion Victim döste mit halb geschlossenen Augen vor sich hin. Um wenigstens einen Verbündeten zu haben, verfütterte sie schließlich eine ganze Schachtel Polos an Hunk.

Den neuen Hut über beide Ohren gezogen, ging sie mit Beetroot ins Gelände und haderte mit ihrem Schicksal. Die Aussicht, in sieben Tagen neben Niall am Altar zu stehen und einen dramatischen Abgang zu inszenieren, entsetzte Tash, doch es gab keine andere Lösung mehr. Niall war offensichtlich nicht in der Lage, Lisette etwas entgegenzusetzen, und sie hatte die letzte Chance verpaßt, dieses ganze Chaos ihrer Familie zu beichten. Vielleicht machte Nialls Idee es für ihre Familie sogar leichter. Zumindest würde dieses Nein vor dem Altar in die Annalen der Familiengeschichte eingehen. Eine tränenreiche Flucht in letzter Minute war viel leichter zu verzeihen als dieses unglaubliche Lügengewebe, das Niall vor dem Schicksal des bankrotten Alkoholikers retten sollte. Tash war jetzt mit Beetroot auf dem besten Wege, die ganze Strecke des gestrigen Geländeritts noch einmal zu Fuß zurückzulegen. Mit diesem Hut auf dem Kopf hatte niemand sie erkannt und aufgehalten, und ihr konnte das nur recht sein. Sie hatte Zeit; und es gab jede Menge, worüber sie nachdenken mußte. Ihr Tagtraum fiel ihr wieder ein – dieser alberne Traum, in dem Hugo auf der Hochzeit aufstand und Einspruch erhob. Plötzlich erschien ihr dies so albern gar nicht mehr.

Die Parade der besten zwanzig Reiter hatte Tash verpaßt, denn Lucy Field, die auf Platz 12 lag, war auf Treasury Spokesman bereits zum Springreiten angetreten, als sie sich schließlich neben Penny niederließ. »Wie läuft's denn?« fragte sie.

»Na ja, das Wetter gestern hat alle ganz schön viel Kraft gekostet, und die Zäune fliegen nur so um. Dieser Hut ist ja schrecklich, Tash.«

Lucy Field schien Pennys Einschätzung unbedingt bestätigen zu wollen, da sie auf ihrem Pferd so gut wie jeden Zaun touchierte und ihre Runde mit 25 Strafpunkten abschloß; das ließ sie auf Platz 18 abrutschen. Doch die folgenden Reiter machten es auch nicht viel besser. Das Springreiten am letzten Tag eines solchen Turniers wie Badminton war nicht zu vergleichen mit den Anforderungen an professionelle Springreiter. Die Zäune waren längst nicht so hoch und in klaren, gut zu meisternden Linien aufgestellt. Hier ging es darum, zu zeigen, daß das Pferd nach den Strapazen des letzten Wettkampftages noch gut im Zügel ging und genügend Kraftreserven besaß. Außerdem sollte es beweisen, daß es leichte Zäune, die schnell kippten, genauso respektierte wie die widerstandsfähigen Hindernisse im Gelände. Snob war berüchtigt dafür, überhaupt keinen Respekt vor ihnen zu haben.

»Hugo war mit ihm vor einer Stunde in der Trainingsarena, und er hat einfach alles umgerissen – die Parade hat ihn viel zu sehr aufgeregt«, erzählte Penny. »Hugo hat dich überall gesucht. Wo bist du bloß gewesen?«

»Ich war mit Beetroot spazieren.« Ihr Magen drehte sich. »Hat er wirklich nach mir gesucht?«

»Eine Zeitlang.« Penny zuckte die Achseln. Glen Bain hatte eben das Springen mit fünf Strafpunkten hinter sich gebracht. »Er ist mit Snob ausgeritten, damit er sich ein bißchen abregt. Hugo sagt, er kommt mit ihm erst kurz vorm Start wieder.«

Enttäuscht verkroch Tash sich noch tiefer in ihren Sitz, als sie den Geschäftsführer von Mogo auf der Tribüne entdeckte. Weil Hugo mit einem von Mogo gesponserten Pferd auf dem ersten Platz lag, war er weiterhin sehr freundlich zu ihr gewesen; doch das konnte sich sehr schnell ändern – beides. Wenigstens trug sie heute die richtige Jacke. Sie versuchte, ihn munter anzulächeln.

»Geht's dir nicht gut?« Penny sah sie erschrocken an.

»Doch. Sogar schon viel besser als vorhin. Warum?«

»Du siehst aus, als müßtest du dich jeden Moment übergeben.«

»Ich hab gelächelt.«

»Oh. Hältst du meine Hand, wenn Gus dran ist?«

Tash zuckte zusammen. Sie hatte seit Gus' Geländeritt kein Gefühl mehr im kleinen Finger.

»Na, Tash, geht's dir besser?« fragte Stefan frech, als er mit Kirsty neben ihr und Penny Platz nahm. Sie sahen beide verstrubbelt aus. »Hast dich ganz schön amüsiert gestern abend, was?«

Tash wäre am liebsten im Boden versunken. »Hatte was von dem Abend, als ich mit zehn meine Pulsadern mit einem Plastikmesser aufschneiden wollte. Plötzlich erkannte ich, daß David Cassidy sich nie in mich verlieben würde«, murmelte sie, ohne die Augen von Roger Monk zu wenden, der auf Sex Symbol den siebten Platz erreichte.

»Du hättest David Cassidy unbedingt sagen sollen, was du für ihn empfindest«, sagte Kirsty düster, die sich neben der immer nervöser werdenden Penny niedergelassen hatte. Gus' Runde rückte näher und näher, und Penny ergriff sofort auch Kirstys Hand.

Tash hielt es nicht länger aus. Sie löste ihre Finger aus Pennys schraubstockartigem Griff, überließ Stefan ihren Platz und ging hinaus, wo sie die letzten vier Pferde in der Vorbereitung sah; sie wollte Gus und Fashion Victim unterstützen. Sie sah sich auch nach Hugo und Snob um, doch die beiden reizten es bis zum letzten Moment aus.

»Nervös?« Sie lächelte Gus an, froh, daß sie die Augen wieder aufbekam. Es hatte fast den ganzen Tag gedauert.

»Ich reiß mich zusammen«, murmelte er gepreßt. »Hugo ist

weg, und die Offiziellen drehen durch – sie fürchten, er will die Sache schmeißen. Schauerlicher Hut übrigens, den du da trägst.«

»Er ist doch ausgeritten, oder?« fragte Tash besorgt. Wieder drehte sich ihr Magen. Sie fühlte sich schon wie ein Pawlowscher Hund – nur daß sie nicht auf eine Glocke, sondern auf das Wort »Hugo« abgerichtet war.

Ted, der neben Vic stand, lachte. »Sieh mal da links rüber.« Links von Tash wurde Snob von India an einer langen Longe geführt, er trug noch die Decke, die ihn gegen den Regen schützte. Hugo allerdings war nirgends zu sehen. Ted und Gus beobachteten unterdessen aufmerksam Brian Sedgewicks Runde, die bis jetzt ohne Fehler, aber sehr langsam war. »Wenn er fehlerfrei bleibt, aber mehr als zwei Zeit-Strafpunkte hat, können wir einen Zaun mitnehmen.« Gus konnte nicht länger hinsehen und führte Vic herum. Brian beendete das Springen sogar mit vier Zeit-Strafpunkten, doch er konnte seinen vierten Platz verteidigen, weil er tatsächlich fehlerfrei geblieben war. Als Gus sich auf den Weg in die Arena machte, zog Tash Vic die Decke von hinten ab und gab sie Ted. »Viel Glück!« rief sie ihm hinterher.

»Wo ist Penny?« fragte Ted und ging mit Tash zur Arena.

»Auf der Tribüne, sie kommt von Kirstys und Stefans Händen nicht los«, sagte Tash nervös, während Gus sich vor den Schiedsrichtern verbeugte. »Als ich ging, wollten sie gerade einen Arzt rufen, der sie operativ trennt.«

»Schon geschehen«, betonte Ted. »Da sind sie.«

Eng umschlungen, trotz eines Größenunterschieds von fast 40 Zentimetern, kamen Stefan und Kirsty ebenfalls zum Eingang. »Penny raucht vor lauter Aufregung heimlich«, murmelte Kirsty.

»Sie raucht Rothmans«, Stefan pfiff bewundernd durch die Zähne, »weil die Zukunft der Farm bei dem häßlichen Kerl da liegt.«

»Vic ist nicht häßlich!« beschwerte sich Tash.

»Ich hab nicht von dem Pferd geredet.«

Vic begann die Runde in seinem üblichen Schlendergang, und seine Hinterläufe schlurften über den Boden. Er wirkte furchtbar plump, und einige Zuschauer lachten schon; doch als er die ersten Zäune übersprang, applaudierten sie sofort. Es schien fast Zauberei, daß ein so wenig dynamisch und so sehr gelangweilt wirkendes Pferd tatsächlich solch akkurate Sprünge vollführte. Springreiten war Vics heimliche Leidenschaft. Mit einem Minimum an Aufwand stolzierte er durch die Arena und erhob sich schwerelos. Die Zuschauer stöhnten betroffen auf, als er dennoch eine Latte mitnahm; aber Tash war fast sicher, daß er das absichtlich getan hatte, um zu zeigen, was er alles konnte, wenn er nur wollte.

»Penny sollte jetzt wieder hervorkommen.« Tash schloß die Augen, als Vic auf die letzte Kombination zulief.

»Ich hol sie.« Kirsty rannte los und sah noch über die Schulter, wie Vic mit Leichtigkeit auch die letzten Hürden überwand und mit einem donnernden Applaus belohnt wurde. Sobald die Zeit gestoppt war, fiel er übergangslos in einen gemütlichen Trab. Er war lange genug dabei, um die Anforderungen zu kennen, und er überanstrengte sich nie.

Als Gus herauskam und die zweitplazierte Neuseeländerin einritt, war die ganze Lime-Tree-Farm völlig aus dem Häuschen. Julias Kamerateam nahm auf, wie Gus von Vic absprang und quasi jedem, der in Reichweite stand, um den Hals fiel, darunter zwei Fremden und Captain Mark Phillips, der es sehr gelassen aufnahm. Und dann schoß aus dem Hintergrund Penny hervor, stieß einen markerschütternden Schrei aus, warf sich direkt in Gus' Arme und bedeckte ihn über und über mit Küssen. Ein einziges endloses Händeschütteln folgte, und Gus erhielt von allen Seiten Gratulationen. Er war so beliebt im Reitsport, daß fast jeder sich über diesen großartigen Coup freute, der die Lime-Tree-Farm finanziell wieder auf die Beine brachte.

»Wahnsinn!« Tash hätte die beiden am liebsten gar nicht mehr losgelassen, doch Julia Ditton rückte mit ihrem Mikrofon an, und sie wich zurück. Sofort begannen ihre Augen nach Hugo Ausschau zu halten, aber es war noch immer India, die Snob bewegte. Er wartete wirklich bis zur letzten Sekunde – was mit einem hitzköpfigen Pferd wie Snob geradezu lächerlich war. Sie fragte sich, ob er sie damit irgendwie bestrafen wollte.

Nachdem Gus sein Interview beendet hatte und die Neuseeländerin gestartet war, ging er zu Tash hinüber. »Ist Hugo endlich aufgetaucht?«

Sie schüttelte den Kopf und fragte India, die mittlerweile besorgt zu ihnen gestoßen war. Doch auch India zuckte nur die Achseln. »Er hat irgendwas von Telefonieren gemurmelt. Sie haben ihn schon ausrufen lassen. Das ist verrückt. Wenn er nicht gleich auftaucht, wird er disqualifiziert.« Aber Hugo blieb verschollen.

Die Neuseeländerin hatte das Springreiten jetzt bereits zur Hälfte absolviert. Da sie gleich zu Anfang für einen Fehler fünf Strafpunkte kassiert hatte, durfte sie keinen weiteren Zaun mehr umwerfen, wenn sie nicht hinter Gus und Brian auf den vierten Platz zurückfallen wollte. Die beiden langgedienten Profis standen Seite an Seite mit einer Zigarette in der Hand und schauten ihren Durchgang an. Sie waren viel zu alte und gute Freunde, als daß diese Rivalität um den Sponsorvertrag ihr Verhältnis hätte trüben können; und wie Brian ganz richtig bemerkte, einer mußte ja schließlich gewinnen.

Auch dem TV-Team war nicht länger verborgen geblieben, daß der Favorit des Wettkampfs nirgendwo aufzutreiben war. Es herrschte große Aufregung um Julia Ditton herum, da sie live auf Sendung gehen sollte, wenn die Neuseeländerin fertig war. Eben setzte der herzliche Applaus ein, der sie dafür belohnte, daß sie ihren zweiten Platz verteidigt hatte. Julia sprach mit aufgeregter Stimme nervös in die Kamera. »Hugo Beauchamp, der Favorit auf den Titel von Badminton, scheint, wie wir eben erfahren, bislang nicht angetreten zu sein, und die Offiziellen geben ihm noch weitere zehn Minuten. Sollte er sich bis dahin nicht melden, rückt automatisch Kerry Maguire auf den ersten Platz vor.«

Jenny, die die Zelte, die Transporter, die Ställe und auch sonst alles nach Hugo abgesucht hatte, kam mit hochrotem Kopf und dem gleichen Hut wie Tash angerannt. »Kein Lebenszeichen!« keuchte sie und blieb vor Gus und Stefan stehen. »Keiner hat ihn gesehen.«

»Die Wogen schlagen hier mittlerweile hoch«, sprach Julia weiter in die Kamera, während ihr aufgebrachter Produzent Paul auf Tash zuging und sie ungehalten anschnauzte. »Taucht Ihr verdammter Freund jetzt noch auf, oder was? Wir müssen gleich zum Rugby umschalten.«

»Wenn das so ist, sollte ich mich besser beeilen«, sagte eine weiche Stimme. »Ich habe meinen Videorecorder programmiert, um das Spiel in Twickenham aufzuzeichnen, und ich würde mich doch sehr über eine Verzögerung ärgern.«

»Hugo!« Tash drehte sich herum und sah, wie er auf sie zugeschlendert kam, während er seine rote Reitjacke zuknöpfte. Seine Wangen waren gerötet von einem kleinen Sprint. »Wo um Himmels willen bist du gewesen? Alle warten auf dich.«

»Ich hab noch einen alten Konkurrenten angerufen und um Rat gefragt.« Er prüfte den Sattelgurt und nickte India zu, daß sie Snobs Kopf halten sollte, während er aufsaß. »Ich bin immer dankbar, wenn mir jemand auf die Sprünge hilft.«

Tash griff schockiert nach seinem Stiefel und sah zu, wie er sich in den Sattel schwang und den anderen Steigbügel suchte; sein Oberschenkel lag jetzt auf ihrer Augenhöhe. Es kostete sie enorme Anstrengung, nicht einfach danach zu greifen.

»Wünsch mir Glück«, murmelte er, als die Arena geöffnet wurde.

»Viel Glück«, sagte sie düster.

»Nicht so. Ein schöner Hut, übrigens.«

Eine Sekunde lang trafen sich ihre Blicke, und er lächelte sie so offen und sorglos an, daß Tash fast hintenüber fiel. Und dann, als er eben losreiten wollte, riß Snob seinen Kopf herum, bleckte die Zähne und schnappte nach ihrem Hut, den er ihr behutsam abnahm und dann zur Begeisterung der Zuschauer in die Arena trug. Er verdient, daß Snob jeden Zaun umwirft, dachte Tash finster und knirschte mit den Zähnen. Wie kann er es nur wagen, hier so lässig zu tun! Snob wird rasen nach dieser lausigen Vorbereitung.

Wie sie befürchtet hatte, schüttelte Snob seinen Kopf und tanzte einen wilden Tango vor lauter Aufregung und Erwartung, der gelbe Hut zwischen seinen Zähnen flatterte auf und ab. In diesem Zustand würde er jeden Zaun niederpflügen, Tash war verzweifelt. Zum großen Vergnügen der Zuschauer wartete Hugo, bis er mit Snob vor den Schiedsrichtern stand. Erst dann ergriff er den zerknautschten Hut und schleuderte ihn in hohem Bogen davon. »Dieser verdammte Selbstdarsteller!« stöhnte sie und erwartete jeden Moment Snobs explosiven Ausbruch.

Doch Hugo schien Zeit zu haben und ließ den großen Kastanienbraunen in der Arena einen weiten Kreis ziehen, um ihn zu beruhigen; seine Hände waren völlig entspannt, und seine Beine bewegten sich kaum einmal, während er dem Startpunkt immer näher kam. Hugos Lippen bewegten sich die ganze Zeit über.

»Zum Teufel noch mal!« rief Gus verblüfft. »Ich hab ihn noch nie mit seinen Pferden reden sehen. Wahrscheinlich hat er heimlich Drogen gespritzt.«

»Nein – das hätte ich gesehen«, sagte Jenny völlig ernsthaft.

»Er wird noch disqualifiziert, weil er sich zu viel Zeit läßt«, nörgelte Penny und griff erst nach Tashs und dann nach Indias Hand.

Tash war nicht sicher, ob sie überhaupt noch atmete, während Hugo und Snob ihre Runde absolvierten; es hob sie bei jedem Sprung der beiden selbst vom Boden, und ihr Gesicht war starr vor Anspannung. Sie bemerkte weder, daß immer wieder eine Kamera auf sie gerichtet wurde, noch hörte sie Pennys gellenden Schrei, als sie ihre Hand fester packte – die nervliche Belastung vor der letzten Kombination war unerträglich. Snobs kraftvolle Hinterläufe spannten sich wie eine Sprungfeder. Hugo hatte ihn hervorragend unter Kontrolle, doch es kostete ihn all seine Kraft; die Anstrengung stand ihm ins Gesicht geschrieben. Sie ertrug es nicht länger und schloß die Augen. Tash rechnete jede Sekunde mit dem enttäuschten Aufstöhnen der Zuschauer. Sie vernahm das leichte Klappern von Hufen an Holz, jedoch kein Poltern herabstürzender Latten. Und dann umspülte sie ein gewaltiges Rufen, Schreien und Jubeln, und als sie die Augen wieder öffnete, sah sie in Pennys lächelndes, von Tränen überströmtes Gesicht.

»Er hat gewonnen, Tash«, sagte sie gepreßt. »Würdest du jetzt bitte meine Hand loslassen, du hast mir den Daumen gebrochen.«

Während Hugo die Arena verließ, wurde Tash beinahe erdrückt von Umarmungen und Küssen, und sie wurde gefeiert, als wäre sie selbst die Siegerin. Doch sie wußte, diese Runde hätte sie niemals so reiten können. Sie hätte nie die Ruhe gehabt, Snob so viel Zeit zu lassen – sie wäre das reinste Nervenbündel gewesen.

»Das ist dein Verdienst, Tash.« Gus schloß sie in die Arme. »Du hast geschuftet und geschuftet, um dieses verrückte Mistvieh dahin zu bringen, und das allein zählt. Glaub mir, das allein zählt.« Zum ersten Mal, seit sie ihn kannte, gab er ihr einen schmatzenden Kuß auf den Mund. »Ich bin verdammt stolz auf dich.« Auch das sagte er zum ersten Mal. Sie brach beinahe zusammen.

Total schwindelig versuchte Tash, sich zu Snob und Hugo vorzukämpfen, doch jetzt, wo sie gesiegt hatten, glich das dem Unterfangen, auf einem Rockkonzert zur Bühne vordringen zu wollen. Als Hugo absaß, standen noch immer mindestens zehn Leute zwischen ihnen, einschließlich Julia Ditton, die unbedingt ein Interview wollte. Er würdigte sie alle keines Blickes, reichte Snob an Jenny weiter und ging mit triumphierender Miene schnurstracks auf Tash zu. Mit behandschuhten Fingern nestelte er an seinem Kinnschutz, nahm die Reitkappe ab und schüttelte sein Haar, sein Gesicht sprühte vor Lachen. »Das Pferd ist was ganz Besonderes.« Seine Stimme hatte nie so melodiös geklungen. »Und das haben wir alles dir zu verdanken, Schatz.«

Tash starrte ihn an, und sie war zu nichts anderem fähig, als immer nur zu lächeln. Wie sehr sie sich auch bemühte, ernsthaft und seriös zu wirken, das Lächeln trat einfach von allein in ihr Gesicht. »Herzlichen Glückwunsch.« Sie lachte. »Du warst brillant, einfach brillant.« Am liebsten hätte sie angefügt: Und ich liebe dich, doch sie hielt sich mit aller Macht zurück. Wenn sie es jetzt hier in aller Öffentlichkeit und vom Fernsehen übertragen aussprach, wäre das für den armen Niall wie ein Boxhieb zwischen die Zähne. Sie mußte warten, bis sie Hugo für sich allein hatte; aufgeregt dachte sie bereits darüber nach, ihn sofort irgendwo in eine stille Ecke abzudrängen. Hugo betrachtete sie mit so überschwenglicher Fröhlichkeit, daß sie sich hoffnungslos in seinem Blick verlor und auch gar nicht mehr gerettet werden wollte.

»Sieht aus, als hättest du ein neues Auto«, sagte er weich. »Und ich frag mich gerade, ob du mich wohl mit zurück nach Berkshire nimmst?«

»Das ist dein Auto.« Sie schluckte. »Du hast gewonnen.«

»Ich weiß, aber ich ertrag's einfach nicht länger, daß du mit dieser französischen Kiste die Landschaft verpestest.« Jetzt hatte Julia ihn endgültig vor die Kamera gezogen.

Nun, dachte Tash, das war genau die Möglichkeit, auf die sie gewartet hatte.

Zwanzig Minuten später bei der Königlichen Preisverleihung klatschte Tash sich fast die Hände wund. Neben ihr heulte Penny wie ein Schloßhund. Das war das erste Mal, daß Tash sie weinen sah. Penny behauptete hartnäckig, sie weine, weil ihr Daumen so schmerze; doch Tash war sicher, daß es sehr viel mehr mit Gus' Erfolg und der langersehnten Finanzspritze für die Farm zu tun hatte.

»Ich bin so stolz auf ihn!« schluchzte Penny und sah durch ihren Tränenschleier hindurch, wie Gus die Hand der Königlichen Hoheit schüttelte. »Ich sag dem unleidlichen Kerl fast nie, wie sehr ich ihn liebe, doch heute nacht werde ich es tun.«

»Das tu ich auch.« Tash lachte und dachte an all die Polos, mit denen sie nachher Snob vollstopfen würde.

»Wird auch Zeit.« Penny drehte sich zu ihr um. »Du bist die einzige, die Hugo diese Woche noch nicht gesagt hat, wie sehr du ihn liebst. Wir anderen alle klingen schon wie eine Schallplatte mit Sprung.«

Sie waren fast in Marlbury, als Tash Mut faßte. Hugo, der die ganze Fahrt über Champagner aus der Flasche getrunken hatte, spielte mit den High-Tech-Reglern am Armaturenbrett des Mitsubishi, der ein Teil seines Preises war, und ließ Tash abwechselnd heiße und kalte Luft ins Gesicht blasen. Er war völlig überdreht, hatte aber bislang kaum ein Wort gesagt, abgesehen von dem höflichen Vorschlag, doch in den nächsten Gang zu schalten, nachdem sie eine Zeitlang fünfzig im zweiten gefahren war. Nach all ihren Schrottkisten konnte sie sich nur schwer an diesen großen neuen Wagen gewöhnen, vor allem nicht bei ihrer momentanen Gefühlswallung. Sie fuhr in eine Parkbucht am Rande der Autobahn und fingerte an den Knöpfen des CD-Players herum, drehte ihn versehentlich auf volle Lautstärke und verschob die Baßregler, bis sie es endlich geschafft hatte, ihn auszustellen.

»Hugo, ich liebe dich«, sagte sie, so schnell, daß sie sich zunächst fragte, ob er sie überhaupt verstanden hatte.

Eine lange Pause entstand; er starrte seine Champagnerflasche an, warf sie dann aus dem Fenster und wandte den Kopf zu ihr um. Seine Augen schimmerten, als er ihr Gesicht betrachtete, und die schwarzen Pupillen verdrängten beinahe ganz ihr Kobaltblau. Wie immer war seine Miene rätselhaft.

»Nett ausgedrückt«, sagte er schließlich.

Ein Auto raste vorbei, und der Mitsubishi wackelte leicht in dem Luftsog, während das aufspritzende Wasser in schmutzigen Schlieren die Windschutzscheibe herunterlief. Tash beobachtete die Wassertropfen und fuhr sich nervös mit der Zunge über die Lippen.

»Ich dachte nur, ich sollte es mal sagen.«

»Danke.«

Und wieder entstand eine lange Pause. Sie spielte mit den Autoschlüsseln. So enttäuscht war sie ihr ganzes Leben noch nicht gewesen.

»Na dann.« Sie steckte den Zündschlüssel ins Schloß und ließ den Motor an. »Wir bringen dich am besten ganz schnell auf diese Party von Lisette. Ihr zwei habt sicher eine Menge zu besprechen.«

Hugo beugte sich langsam zu ihr herüber und stellte den Motor ab; er steckte die Schlüssel in die Tasche, bevor er sich wieder zurücklehnte.

»War das schon alles?« murmelte er.

Tashs Libido war vollkommen entfesselt, denn als er sich zu ihr herübergebeugt hatte, war sie sicher gewesen, er würde sich verzückt auf sie stürzen. Doch nun mußten sie noch mal von vorne anfangen. »Was erwartest du denn noch?« fragte sie nervös.

Ein weiteres Auto raste vorüber, als er sich eine Zigarette anzündete. »Nun, für ein Tête-à-tête ein bißchen mehr, als nur ein Teil der Mitgift zu werden«, seufzte er und klappte sein Feuerzeug zu. Seine Hände zitterten. »Du bist ziemlich ausgebucht nächste Woche, falls du das vergessen haben solltest. Da gibt's zum Beispiel am Samstag diese Zwölf-Uhr-Verabredung, bei der du Niall O'Shaughnessy heiratest.«

»Ja. Das ist alles ein ziemliches Chaos.«

»Sieht ganz so aus.« Er nahm einen tiefen Zug und sah sie an.

»Aber ich heirate ihn nicht richtig«, sagte Tash aufmunternd. »Ich tu nur so.«

»Wie originell. Ganz in Weiß mit einem Lügenstrauß.« Er

wirkte überhaupt nicht überrascht über die Neuigkeit und ebenfalls extrem nervös. Seine Augen suchten ihren Blick. »Und wartest du bis zur totalen Honigmondfinsternis, um es deiner Familie zu sagen?«

»O Gott, es ist alles ein einziges Hickhack«, stöhnte sie und sank in ihren Sitz zurück.

»Ich weiß.« Er sah weg, und das Ende seiner Zigarette glühte wie eine Warnlampe, als er noch einmal tief daran zog.

»Ja?« Seine Reaktion auf ihre dramatische Liebeserklärung erschien ihr in keiner Weise ermutigend.

»Sag mal«, mit zusammengekniffenen Augen sah er durch die Windschutzscheibe, als würde er ins Sonnenlicht blinzeln, »rückst du mit dieser Neuigkeit jetzt heraus, weil du mich wirklich liebst oder weil Niall dich wegen Zoe Goldsmith verlassen hat?«

»Niall hat mich nicht verlassen!« beschwerte sie sich. Ihr Stolz flammte auf. »Wir haben uns gegenseitig verlassen. Diese Hochzeit war doch von Anfang an eine lächerliche Idee. Seit Monaten werden wir diesen Alptraum nicht wieder los. Unsere Beziehung hätte einer Ehe nie standgehalten, wir konnten ja nicht mal zusammenwohnen. Wie denn auch, wo ich doch die ganze Zeit hoffnungslos in dich verliebt war?«

Hugo kaute auf seinem Daumen und starrte weiterhin durch die Windschutzscheibe, so als wäre er vollkommen fasziniert von einem mit Graffiti besprühten Straßenschild. Plötzlich donnerte der Transporter der Lime-Tree-Farm an ihnen vorbei; eine riesige Wasserfontäne stob auf, und der Mitsubishi schwankte in seinem Luftsog.

Tash drehte sich wieder zu ihm um, und die Lust ließ ihren Körper erbeben. Am liebsten hätte sie ihn wie eine Kletterpflanze umschlungen und nie wieder losgelassen. »Ich liebe dich schon seit Urzeiten, Hugo«, sagte sie leise. »Ich bin damit aufgewachsen – als wär's ein Muttermal. Wie ich auch geschrubbt hab, ich bin es einfach nicht losgeworden.«

»Schön, daß es dir solche Freude gemacht hat«, murmelte er.

»Du hast es mir nicht gerade leicht gemacht«, seufzte sie.

»Na ja, du hast eben sehr überzeugend den Eindruck vermittelt, als wolltest du diesen unfähigen irischen Trinker tatsächlich heiraten – und zwar sogar, obwohl er ganz offensichtlich völlig verrückt nach Zoe Goldsmith ist.«

»Ich weiß.« Tash biß sich auf die Zunge.

»Herrje, Tash, ich hab sogar deine Schwester angerufen und ihr erzählt, daß Niall nur deshalb einen getriebenen Goldring zur Hochzeit gekauft hat, weil er's mit der Goldsmith treibt.«

Tash biß sich fast die Zunge ab. »*Du* hast Sophia das erzählt?«

»Ich bin nicht übermäßig stolz darauf.«

Während Tash Hugos Profil betrachtete, fiel es ihr wie Schuppen von den Augen. Sein Miene war offen, doch von Zweifeln gezeichnet.

»Als du gestern abend gesagt hast, daß die Hochzeit stattfindet«, sagte er nervös, »konnte ich's einfach nicht fassen. Jeder hat mir diese Woche erzählt, daß es zwischen Niall und dir aus ist. Sogar Lisette ist überzeugt, daß ihr die Hochzeit auf der Party absagt. Ich hab gedacht, dieser Bastard droht dir am Telefon, sich umzubringen, wenn du ihn nicht heiratest.«

»Was hast du gedacht?«

»Gestern abend war ich überzeugt, daß Niall dir gedroht hat, sich umzubringen, wenn du ihn nicht heiratest«, wiederholte er und klang noch immer verwirrt. »Deine Mutter auch, um genau zu sein – wahrscheinlich glaubt sie's noch.«

»Mama glaubt, Niall will sich umbringen?« Tash war entgeistert.

»Hätte er's bloß getan«, murmelte er. »Dies ganze Chaos ist seine Schuld. Ich kann einfach nicht fassen, was für einen Aufstand er macht. Zwei Alka-Seltzer und einen verdammt guten Anwalt, das hätte er gebraucht. Statt dessen macht er alles noch zehnmal schlimmer. Dem Himmel sei Dank für Zoe – ohne sie könnte Lisette noch zwölf weitere Filme auf diese Weise finanzieren.«

»Dann weißt du also Bescheid? Daß Lisette ihn verklagen will, wenn wir nicht heiraten? Und über diese Inszenierung, die Niall plant?«

»Jetzt weiß ich Bescheid. Ich hab heute fast das Springreiten versäumt, um es zu erfahren. Warum in Herrgotts Namen hast du mir nicht gesagt, was los ist, Tash? Ich hätte helfen können.«

»Ich war nicht sicher, ob du es wolltest«, sagte sie dumpf und dachte an Snob. »Schließlich hast du mir praktisch jedesmal den Kopf abgerissen, wenn ich auch nur versucht habe, dir zu sagen, wie sehr ich dich liebe.«

»Das stimmt nicht!« schnauzte er.

»Schon wieder«, seufzte sie. »Wenn ich nicht so absolut wahnsinnig nach dir wäre, hätte ich dich schon vor Jahren stehenlassen, weil du einfach schrecklich zu mir bist.«

Er sah sie an, und in seinen Augen brannte die Scham. »Ich wollte dich bestrafen, weil du mich durch diese verdammte Hölle geschickt hast«, sagte er. »Weil du mich nicht so sehr liebst, wie ich dich liebe.«

»Du liebst mich also?« hauchte sie und wäre fast gestorben vor Erleichterung.

»Wenn das nicht offensichtlich ist«, murmelte er.

»Aber du hast es mir nie gesagt.«

»War mir nicht sicher, ob du es hören wolltest.«

»Wie kannst du so was sagen?« beschwerte sie sich entrüstet. »Ich liebe dich, seit ich dich das erste Mal gesehen hab – du hast Bea Meredith auf der Verlobungsparty meiner Schwester einen hochprozentigen Drink gereicht und sie mit diesem offenen, schalkhaften Lächeln angesehen, daß sie ihn auch getrunken hätte, wenn's der vergiftete Wein von Hamlets Schwertkampf gewesen wäre.«

Er zog noch einmal tief an seiner Zigarette, bevor er sie aus dem Fenster warf und sich zu ihr umdrehte. In seinem Blick lag Erleichterung. »Ich liebe dich wahnsinnig«, hauchte er, »auch wenn du mir immer mit der englischen Literatur kommst. Herrje, Tash, wenn du wüßtest, wieviel Selbstbeherrschung mich die letzten Monate gekostet haben! Ich dachte, du wirst ihn wirklich heiraten. Einfach jeder hat von dieser blöden Hochzeit gequasselt, und die Eifersucht und der Zorn haben mich fast zerfressen. Da bin ich einfach auf dich losgegangen. Ich hab mir sogar eingeredet, daß du mich nur benutzt, um ihn zurückzubekommen. Schließlich wußtest du, was ich für dich empfinde.«

Tash sah in sein schönes, ernstes Gesicht, und ein breites Lächeln trat auf ihre Wangen. »Du denkst tatsächlich, ich wußte, was du für mich empfindest?« Sie blickte in seine Augen.

Sie flackerten nicht. »Natürlich wußtest du das. Es war doch offensichtlich«, sagte er ziemlich empört und griff nach einer weiteren Zigarette. Dann drehte er sich zu ihr um. Seine Augen weiteten sich besorgt, und die Zigarette hing ihm zwischen den Lippen. »Oder nicht?«

»Ach, Hugo, ich liebe dich wirklich.« Sie lachte, nahm ihm die Zigarette wieder aus dem Mund und warf sie zur Seite.

Ihn zu küssen, war wie Bungeespringen – man schob es ängstlich viel zu lange vor sich her, doch dann war es eine der köstlichsten Empfindungen, die man je erlebt hatte. Als seine Lippen die ihren berührten und seine Zunge zwischen ihre Lippen glitt, schlang Tash die Hände um seinen Nacken und gab sich einer lange phantasierten Zügellosigkeit hin: Ihre Finger strichen durch sein Haar, und ihr seidiges Gewicht liebkoste die weiche Haut zwischen ihnen. Sie hatte sich noch nie so glücklich gefühlt.

Als der Kuß wilder und unbeherrschter wurde, zog Hugo sie zu sich auf den Beifahrersitz, und sie begannen zu lachen, als sich ihre Kleider an der Gangschaltung und der Handbremse verhakten. Sie küßten sich immer weiter und konnten einfach nicht aufhören; ihre Füße traten gegen die Lautsprecher, und ihre Schultern stießen gegen die Gurthalterungen. Tash krachte mit dem Hintern gegen das Handschuhfach, das prompt aufsprang, und Hugo drückte seinen Ellbogen auf einen Knopf der Zentralverriegelung, so daß die Fenster und das Schiebedach sich öffneten und wieder schlossen. Selbst als der Sitz plötzlich nach hinten kippte und ihnen fast die Luft wegblieb, konnten sie nicht aufhören zu lachen und sich zu küssen; sie hatten schließlich jede Menge nachzuholen. Eng umschlungen fuhren sie mit forschenden Händen unter ihre Kleider, drehten sich herum auf dem eng begrenzten Raum und krachten gegen das seitliche Fenster und die Handbremse. Der Gummiüberzug flog vom Knüppel der Gangschaltung, der Rückspiegel zertrümmerte an der Windschutzscheibe, und die Lautsprecher der Anlage flogen herunter. Lachend preßte Tash ihre Lippen auf Hugos Mund. Wer brauchte schon Luft? Sie hatte ohnehin nie vernünftig atmen können, wenn sie in seiner Nähe gewesen war; sie hatte jede Menge Übung im Luftanhalten.

Das Auto wackelte bedenklich, als noch ein großer Lastwagen an ihnen vorbeiratterte. Tash und Hugo, die jetzt quer über den Vordersitzen lagen, merkten nichts davon. Sie bemerkten auch nicht, daß der Wagen im Zeitlupentempo vorwärts rollte, als sie sich die Hemden aus den Hosen und die Jacken von den Schultern zogen. Während sie zum ersten Mal mehr Haut als Kleider berührten, entging ihnen vollkommen, daß der Mitsubishi inzwischen an Fahrt gewann. Erst als – Hugos Hand war gerade in Tashs Hose geglitten, und ihre Finger betasteten jede einzelne seiner Rippen – eine knirschende Erschütterung zu vernehmen war, sahen sie beide auf. In genau dieser Sekunde flogen die aufgeblasenen Airbags über das Armaturenbrett und das Lenkrad und schlugen Tash mitten ins Gesicht und Hugo in die Kniekehle.

Sie waren vorwärts gerollt und an das Straßenschild gestoßen. Es war kein starker Aufprall gewesen, doch sie saßen in der supersicheren, ergonomisch gestalteten Luxusausführung eines Autos, das seine Insassen natürlich in jeder Situation abfederte.

»Was ist passiert?« Hugo sah sie an.

»Entweder hat sich die Erde bewegt oder aber das Auto.« Tash drückte den prallen weißen Airbag aus ihrem Gesicht und spähte durch das Seitenfenster auf der Fahrerseite hinaus. »Ja – das Auto.«

Lachend suchte Hugo nach seinem Taschenmesser, und nachdem er mehrere Schachteln Polos, sein Handy und ein Wirrwarr von Zetteln aus seiner Jacke zu Tage gefördert hatte, fand er es schließlich.

»Ist das nicht ein bißchen drastisch?« Tash zog ihr Kinn zurück. »Hier ist bestimmt irgendwo eine Bedienungsanleitung.«

»Ganz bestimmt sogar.« Hugo lächelte sie an. »Aber ich werde nie wieder abwarten, wenn ich dich aus einer Zwangslage befreien kann.« Damit ließ er die Luft entweichen und gab ihr einen sehr langen Kuß, der Tash so atemlos machte, daß sie fast wünschte, es wäre noch Sauerstoff in einem der Airbags, um sie zu beatmen. »Laß uns ins Old Forge fahren«, hauchte er, während seine Finger wieder unter ihre Bluse glitten.

»Das geht nicht«, keuchte sie und bebte vor Erregung, als sein Daumen über ihre Brustwarze fuhr. »Niall will mich da treffen.«

Der Daumen wurde umgehend zurückgezogen. »Warum?«

»Um mit mir über dieses schreckliche Hochzeitstheater zu reden.«

Die Realität hatte sie wieder.

»Was ist denn so schrecklich daran?« Hugo spielte mit einem Knopf an ihrer Jeans und sah sie ungläubig an.

»Das ist nicht dein Ernst?«

Seine Augen verschlangen sie. »Warum nicht? Das ist die perfekte Lösung. Nialls Abwarterei hat doch alles erst so verkompliziert – obwohl ich sicher bin, daß Lisette ihn nie verklagt hätte, wenn ihr die Hochzeit vor zwei Wochen abgesagt hättet. Aber das ist rein akademisch.«

»Was?« Tash war über die Maßen verblüfft, weil er diese vorgetäuschte Hochzeit so lässig aufnahm. Sie war entsetzt von der Idee.

»Sie hätte Niall gar nicht verklagen können.« Hugo lachte. »Denk mal drüber nach – er zahlt ihr quasi die Hälfte all seiner Einkünfte, was schon fast kriminell ist heutzutage, vor allem, weil sie selbst mittlerweile so gut verdient. Kein Gericht im ganzen Land würde den Fall einer habgierigen Exfrau verhandeln, die ihren Exmann verklagen will, weil er seine zweite Hochzeit absagt. Ein gefundenes Fressen für die Regenbogenpresse.«

So gesehen wirkte es wirklich lächerlich. Tash fragte sich verwundert, wie Niall damals so überzeugend hatte klingen können. Seine übertrieben melodramatische Einbildungskraft hatte wie immer aus der dünnsten aller Vorlagen eine Tragödie in fünf Akten gemacht. »Aber dann können wir doch einfach die Wahrheit sagen«, rief sie aufgeregt. »Warum dann überhaupt noch diese Hochzeit?«

»Nun, zum einen hängt Lisettes Film von der Publicity ab, und außerdem kann es ein riesiger Spaß werden.«

»Spaß?« Tash schluckte. Sie war so entsetzt, daß sie kein Wort herausbrachte. Das ist der Mann, dem ich gerade ewige Liebe geschworen habe, dachte sie verzagt, und er schlägt mir vor, Niall einfach so zum Spaß zu heiraten.

»Dumm ist nur«, fuhr er unbeirrt fort, ohne ihre momentanen Zweifel zu bemerken, »daß Lisette letzte Woche scheinbar Lunte gerochen hat und langsam die Panik kriegt. Schon komisch, daß sie alles daran setzt, euch zu verheiraten – wirklich gefallen kann's ihr doch nicht; aber sie sieht einfach ein zu großes Potential in der Sache, um sich Gefühle zu leisten.«

»Sprich weiter.«

»Na ja, die Notbremse hat sie doch gezogen, als sie dir sagte, daß sie dir ihren Anteil an Snob nur schenkt, wenn du Niall auch wirklich heiratest«, fuhr er fort.

Tash schloß die Augen.

»Mach dir keine Sorgen – da kann ich helfen«, sagte er sanft. »Aber ich hab leider überhaupt gar keinen Einfluß darauf, daß sie inzwischen plant, eine Publicity-Geschichte gegen die andere auszutauschen. Sie glaubt doch, daß Niall die Hochzeit heute abend absagt, schon vergessen? Während ich das hier erzähle, versammelt sie gerade die gesamte Regenbogenpresse im Olive Branch; allerdings hat sie nichts verlauten lassen, für den Fall, daß sie sich irrt und du wirklich verrückt genug bist, Niall zu heiraten. Du bist wirklich eine blendende Lügnerin, Tash. Nicht mal sie ist sich sicher.«

»Danke«, sagte sie verzagt.

»Ihr Rettungsanker«, sprach Hugo weiter und fuhr versonnen mit einem Finger die Innenseite ihres Oberschenkels entlang, »ist eine ziemlich schäbige Exklusivgeschichte über Nialls Alkoholprobleme und seine Affäre mit Zoe, die sie einem dieser gierigen Sonntagsblätter verkaufen will. Das dürfte seine Karriere ruinieren, und sie nennt Details über Zoes erste Ehe. Weißt du von Si Goldsmiths Schizophrenie? Außerdem hat Lisette jede Menge Quatsch über Zoes angebliche Verwicklung in die Pornoindustrie verzapft. Sogar dein Bruder wird erwähnt.«

»Matty?«

»Ja – Lisette hat irgend so ein Geständnis einer Knutscherei zwischen ihm und Zoe mitbekommen. Eine Art Betrug, aber ohne Sex. Den läßt sie natürlich zwischen den Zeilen anklingen. Wenn Niall heute abend ihren ehrenwerten Gästen verkündet, daß die Hochzeit abgesagt ist, händigt sie diesen Schreiberlingen ihr kleines Dossier aus, noch bevor du ihr ein Messer in den Rücken stoßen kannst. Für die ist das die große Story. Damit verglichen, erscheint das Posieren für ›Cheers!‹ doch wie ein Sonntagsspaziergang, oder?«

»Herrje!« Tash wankte. »Woher weißt du das alles?«

»Vielleicht ist es dir entgangen, aber ich hab dies Wochenende mein Handy mit mir herumgetragen, als wär's ein Teil meines Reitanzugs.« Hugo grinste.

»Stefan hat schon gedacht, du hättest dir einen Seelenklempner zugelegt«, erinnerte Tash sich.

Hugo war absolut empört.

»Aber warum wolltest du das alles erfahren?« fuhr sie hastig fort. »Wirst du in Lisettes Story etwa auch erwähnt?«

»Ich hab's zu meiner Aufgabe gemacht.« Hugo sah sie an, und ein Lächeln überzog sein Gesicht. »In den letzten zwei Jahren hab ich's zu meiner Aufgabe gemacht, auf dich aufzupassen, Tash. Und ich kann dir sagen, das ist wirklich eine Aufgabe.«

Sie biß sich auf die Lippen, und plötzlich ging ihr auf, was er noch für sie getan zu haben schien. Sie wurde schamrot. »Deswegen wolltest du auch Lisettes Anteil an Snob kaufen?«

»Ah.« Hugo wurde verlegen. »Ich fürchte, da war ich etwas voreilig. Weil ich mit ihren Bedingungen nicht zurecht gekommen bin, hab ich den Handel gestern aufgekündigt. Ich war drauf und dran, die Früchte meiner Arbeit zu ernten, als du das mit deiner Ankündigung, daß die Hochzeit stattfindet, alles wieder zunichte gemacht hast.«

»Welche Bedingungen hat Lisette denn gestellt?« fragte Tash.

Er griff nach dem Kragen ihrer Bluse und zog sie zu sich heran. »Daß ich das hier nicht tun dürfte.«

Gott, ihn zu küssen, war wirklich ein himmlisches Vergnügen, dachte sie ungestüm.

»Stefan hat mir mal vorgeworfen, daß ich dich kaufen will«, sagte er, als er schließlich von ihr ließ. »Und er hatte recht – welches Gedicht zitiert Niall gleich noch immer, wenn er voll ist? Von Sir Walter Raleigh? Das mit den Tüchern, die zu Füßen gebreitet werden.«

Tash verbarg ein Lächeln. »Ich glaub, du meinst Yeats: ›Hätt ich die reichgestickten Himmelstücher...‹«

»Das ist es«, er nickte. »Während ich vollauf damit beschäftigt war, dir die reichgestickten Tücher zu Füßen zu legen, hattest du den Kopf in den Wolken. Und dann hast du für mich auf deinen

Traum verzichtet – Snob in Badminton zu reiten. Ich hab mich an dem Tag so verdammt mies dir gegenüber verhalten, weil plötzlich all meine Anstrengungen so oberflächlich wirkten. Es gab nichts von solchem Wert, das ich dir hätte geben können – vielleicht Snob zurückkaufen, aber das wäre wieder nur Geld gewesen. Ich wollte einen Traum für dich wahrmachen. Das möchte ich immer noch.«

»Das hast du schon getan.« Sie sah in sein schönes Gesicht und ertrank beinahe in der Woge des Glücks. »Du hast mir gesagt, daß du mich liebst. Davon habe ich jahrelang geträumt.«

Lachend streichelte er ihre Wange. »Du bist unglaublich. Herrje, du bist einfach wunderbar und ganz und gar unglaublich.« Seine Hand fuhr von ihrer Wange in ihren Nacken, und sein Daumen glitt in ihre Ohrmuschel. Dann setzte er sich langsam auf und preßte seine Stirn gegen ihre. »Mußt du Niall unbedingt im Old Forge treffen? Ich möchte dich ganz für mich allein haben heute nacht. Wollen wir nicht einfach direkt nach Haydown fahren?« Er küßte sie so lange und fordernd, daß Tash beinahe mit dem Armaturenbrett verschmolzen wäre.

»Das bin ich Niall schuldig«, keuchte sie und spürte ein enormes Verlangen, Hugo jetzt sofort auf die Rückbank zu drücken und alles, was mit Niall und der Hochzeit zu tun hatte, zu vergessen.

»Du bist dem Bastard überhaupt nichts schuldig.« Er preßte seine Lippen auf ihr Ohr.

»Ich hab ihm noch nicht gesagt, daß ich nächsten Samstag mitmache«, begann sie.

Hugo sah sie merkwürdig an und zuckte mit den Achseln. »Für deine Familie wird's ein großes Ereignis werden. Aber ich bin sicher, sie lassen sich mitreißen, wenn sie erst mal begriffen haben, was los ist.«

Tash fand das ein bißchen sehr optimistisch. »Gott allein weiß, wie ich jemals das Geld zurückzahlen soll, das Papa und Pascal zum Fenster rausgeschmissen haben.« Sie schloß die Augen bei dem Gedanken daran.

»Verkauf das Auto.« Hugo begann wieder, sie zu küssen.

»Es ist doch deins«, murmelte sie. Nicht daß noch viel von ihm übrigbleiben wird, das man verkaufen könnte, dachte sie, als die Fenster wieder auf und ab fuhren.

»Ich hab von dieser französischen Schrottkiste gesprochen.« Hugo bahnte sich küssend einen Weg ihren Hals hinunter. »Das Ding ist eine Todesfalle. Als du damit nach Schottland aufgebrochen bist, hab ich dich für immer verloren geglaubt. Fast hätte ich mich dir mit meinem Pferdetransporter quer in den Weg gestellt.«

»Wenn du's nur getan hättest«, seufzte sie.

»Ich hatte Angst«, er nahm ihr Gesicht in beide Hände und sah ihr in die Augen, »daß du mir nie sagen würdest, was du empfindest – du bist immer weggelaufen.«

»Du hast mir auch nie gesagt, was du empfindest!« protestierte sie.

»Herrje! Wir waren wie zwei Kinder, die immer sagen ›Du zuerst‹!« Er lachte, und seine Augen ruhten auf ihr. Nie hätte sie gedacht, daß sie so liebevoll, so völlig ohne Zorn blicken konnten. »Jeder hat mir gesagt, ich soll um dich kämpfen – Penny, Stefan, deine Mutter, Zoe – sogar dein Hippie-Bruder hat es mir gesagt. Die einzige, die das für Zeitverschwendung zu halten schien, warst du.«

»Ich hab einfach kein Gespür, wenn's um Männer geht«, gab sie zu. »Du mußt mir unsterbliche Liebe geloben, damit ich dir glaube.«

»Weswegen O'Shaughnessy es auch so weit gebracht hat bei dir – er gelobt jeder Frau, die er trifft, unsterbliche Liebe. Lisette sagt, das hat sie regelmäßig in den Wahnsinn getrieben.«

»Danke für die Blumen!« seufzte sie.

»Ich bin schrecklich eifersüchtig.« Er küßte sie wieder. »Ich weiß, er hat dich geliebt – ich hätte ihn am liebsten umgebracht dafür. Aber mit jeder Frisur ändert sich auch seine Meinung, wogegen ich an meinen Entscheidungen klebe wie ein Kaugummi an der Schuhsohle. Du mußt mir also einfach nur glauben, wenn ich dir sage, daß ich dich liebe, Tash, weil ich es verdammt noch mal genau so meine.«

Sie küßte ihn und lachte. »Nett ausgedrückt.«

»Ich will dich seit zwei Jahren.« Er lächelte. »Ich hab noch nie etwas so lange gewollt.«

»Ich wollte dich schon, als ich noch ein Teenager war.«

»Versuch nicht, mich auszustechen«, knurrte er. »Ich bin sicher, daß ich dich viel intensiver wollte.«

»Auf keinen Fall!«

»Doch.«

»Nein.«

»Doch.«

»Komm her.«

Es war eine sehr lange Fahrt bis zurück zum Old Forge, weil sie an jeder Ausfahrt, Parkbucht und Raststätte anhalten mußten, um sich bis zur Bewußtlosigkeit zu küssen.

»Einen Traum könntest du mir doch noch erfüllen«, seufzte Tash entzückt, als sie sich einem letzten süßen Kuß hingaben, bevor sie hineingingen. »Es ist mir gerade eingefallen. Eigentlich wollte ich es vorhin schon vorschlagen.« Die Musik dröhnte bereits aus dem Olive Branch, das nur einige hundert Meter entfernt war. Tash lauschte ein, zwei Sekunden und fragte sich, ob sie sich wohl trauen würde, ihn darum zu bitten. »Eigentlich ist es so eine Art Hirngespinst«, gab sie zu. »Und sag bitte nein, wenn du meinst, es ist zu früh. Aber wenn am nächsten Samstag – bei der Hochzeit – der Standesbeamte die Frage stellt, ob irgend jemand einen Grund kennt, warum dieses Paar nicht heiraten sollte, würde es dir da viel ausmachen, aufzustehen und ja zu sagen?«

»Warum um Himmels willen sollte ich das tun?« Er sah verwirrt aus.

»Na ja, ich hatte gehofft, du würdest es gerne tun.« Sie stieß mit der Fußspitze gegen die Pedale. »Du liebst mich doch. Ich dachte, du hättest vielleicht ein Interesse daran, die Hochzeit aufzuhalten – du könntest dem Ganzen damit ein bißchen Authentizität verleihen.«

Plötzlich brach er in Lachen aus. »O Tash, du weißt es noch immer nicht, stimmt's? Kein Wunder, daß du so gezögert hast. Es gibt da etwas, das ich dir unbedingt erzählen sollte, bevor wir reingehen ...«

Bei weitem am ausgelassensten lärmte die technische Filmcrew, die an der Bar stand, Marco Angelos Personal zur Verzweiflung trieb und am Büffet so viel in sich hineinstopfte, wie es nur irgendwie ging. Die Schauspieler standen abgesondert in einer kleinen Gruppe, die vor allem ihre Geringschätzung zu erkennen gab.

Angetan mit einer knallengen Satinhose, in der sie sich noch nicht mal setzen konnte, half Sally Lisette in ihrer Gastgeberrolle. Oder jedenfalls hatte sie darauf gehofft, bis sie mit einer Liste an der Tür postiert wurde, wo sie die Namen der Gäste abstreichen und freundlich die Leute ohne Einladung abwimmeln sollte. »Tut mir leid, nur auf Einladung«, das stellte ihren Beitrag zur Konversation an diesem Abend dar.

»Noch nichts von Niall oder Tash zu sehen?« Lisette schwebte auf sie zu, das Haar zu einem straffen Ballerinaknoten gebunden.

»Nein.« Sally zog ein Gesicht. »Tash ist wahrscheinlich noch nicht mal aus Badminton zurück. Aber Niall wollte eigentlich schon da sein.«

»Sie sollten lieber bald aufkreuzen. Ich hab nämlich eine Überraschung für sie.« Lisette spitzte besorgt die Lippen.

»Was denn?« fragte Sally. Bis jetzt hatte Lisette geschwiegen wie ein Grab, und auch dieses Mal winkte sie nur ab und gesellte sich zu David. Sally seufzte und begrüßte die Neuankömmlinge, unter denen Penny und Gus waren, die sich nicht die Mühe gemacht hatten, sich nach Badminton noch einmal umzuziehen. »Wo ist denn Tash?« fragte sie beunruhigt.

»Die fährt ihren Preis zurück, denk ich.« Penny grinste und zwinkerte Gus zu.

»Ich dachte, Hugo hat gewonnen?« Sally war verwirrt. »Wir haben es alle im Fernsehen gesehen.«

»Hugo hat auch gewonnen.« Penny wirkte hochamüsiert.

»Und er ist ziemlich zufrieden mit sich.« Gus wischte sich Stroh vom Jumper. »Er triumphiert geradezu. Und er hat sich auch wirklich über seinen Sieg in Badminton gefreut.«

Sally war sogar noch verwirrter.

»Gus ist dritter«, verkündete Penny stolz und legte den Arm um ihren Mann. »Sind Niall und Zoe schon da?«

Sally sah müde auf ihre Liste, wobei ihr entging, wie selbstverständlich Penny die beiden Namen in einem Atemzug genannt hatte. »Noch nicht«, sagte sie und ließ ihren Blick die lange, vielfach abgestrichene Liste entlanglaufen. »War Zoe nicht auf der Farm?«

»Nein – nur Rufus, ein Haufen Freunde, ein verstopftes Klo und lauter leere Bierflaschen«, stöhnte Gus.

Sally stieg kurz aus ihren engen Schuhen, die sie drückten. Am liebsten hätte sie alles stehen- und liegenlassen und sich einen Drink geholt. Sie stand jetzt seit zwei Stunden an der Tür.

»Ziemlich viel Presse hier, was?« sagte Gus, während Penny sich den Weg zu einem Tablett mit Drinks freiboxte.

»Ja, stimmt«, stöhnte Sally. »Lisette wird schon nervös. Niall hat versprochen, heute abend für ›Cheers!‹ zur Verfügung zu stehen. Und die Leute vom Regionalfernsehen warten schon seit einer Stunde aufs Interview; jetzt sind sie betrunken.« Penny kam mit drei Gläsern Champagner zurück, von dem sie die Hälfte verschüttete. »Ich hatte selbst keine Ahnung, daß so viel Presse hier sein würde.« Sally rieb sich erschöpft die Stirn. »Das Ganze war ein Schnellschuß.«

»Heißt das«, sagte Gus, als Penny Sally ein Glas reichte, »Lisette weiß, was am nächsten Wochenende passiert? Ich dachte, das soll ein Geheimnis bleiben.« Er schüttete sich den ganzen Champagner übers Hemd, weil Penny ihm hart den Ellbogen zwischen die Rippen stieß.

»Bitte?« Sally sah verstört aus.

»Oh, sieh mal! Godfrey Pelham. Wir müssen uns bei ihm für die Glücks-Karotten bedanken.« Penny drängte Gus in Godfreys Richtung.

Lisette schwebte wieder vorbei und zwinkerte Sally dankbar zu. »Lisette, ich werd langsam schrecklich –« Aber sie war schon in einer Gruppe VIPs untergetaucht und hörte überhaupt nicht zu. »– müde«, beendete Sally ihren Satz mit einem Seufzer. Schließlich kickte sie ihre Schuhe von den Füßen, knirschte mit den Zähnen und wünschte sich sehnlichst Matty herbei, damit er sarkastische Bemerkungen machte und ruppig zu den Leuten war; vor allem zu Lisette hätte er besonders ruppig sein können. Sie sah sich sehnsüchtig um und hätte den Abend auch gern lachend, trinkend und plaudernd verbracht.

Lisette hatte eine wirklich großartige Riege von Prominenten und Gesellschaftskolumnisten herbeigezaubert, indem sie jeden Gefallen, der ihr noch geschuldet wurde, eingefordert hatte. Es waren so viele Berühmtheiten gekommen, daß sogar einige Fotografen draußen herumlungerten in der Hoffnung auf einen Schnappschuß, natürlich sehr zum Mißfallen des offiziellen ›Cheers!‹-Fotografen, der ständig die Gäste aufstörte, in Pose stellte, ablichtete, um sie dann wieder stehenzulassen, wenn sie ihren Gesprächsfaden längst verloren hatten. Die Tische im Restaurant bogen sich unter den wohlschmeckendsten Köstlichkeiten, und Anges Personal tänzelte geschmeidig zwischen den Gästen hin und her, so daß die Gläser stets mit eisgekühltem Champagner gefüllt waren.

Sally wußte, daß Lisette sich diese Art von Show-Party eigentlich gar nicht leisten konnte, zumal sie erst ganz am Anfang ihres Einstiegs ins Filmgeschäft stand. Die Crew hatte dem Film schon den Spitznamen ›Im Höllenbett‹ verpaßt, weil die Kosten explodierten. Lisette war gezwungen gewesen, eine kleine Privatparty zu einem großen Branchenereignis hochzuputschen, damit sie noch potentielle Geldgeber auftrieb. Und so war dies auch eine sehr viel formellere Angelegenheit geworden, als zunächst geplant. Sie mußte für einen großartigen Auftritt sorgen, und Sally nahm an, daß all die Presseleute aus diesem Grund anwesend waren. Um so betrüblicher, daß auch um halb zehn die beiden Ehrengäste erst noch erscheinen mußten.

Dafür tauchte Ted – der keine Einladung bekommen hatte – in seinem blauen Lieblingshemd mit Franny im Schlepptau auf. Bevor sie noch ganz zur Tür herein waren, rannte auch schon Lisette auf die beiden zu, um nach Niall und Tash zu fragen. »Hab sie nicht gesehen.« Ted zuckte die Achseln. »Aber ein ziemlich gelber Hubschrauber ist auf Gus' Schafweide gelandet – wir dachten schon, Fergie taucht auf, war aber nur Tashs Ma. Die Frau ist komplett irre.«

»Was?« Lisette interessierte sich kein bißchen für den ganz normalen Wahnsinn in Tashs Familie, wie ungewöhnlich die Fortbewegungsmittel auch sein mochten. Sie suchte nach Sally, die eigentlich an der Tür solch unwillkommene Gäste abweisen sollte; aber sie war verschwunden. Nur ihre Schuhe versahen noch ihren Dienst, so als wäre ihre Trägerin einfach in die Luft gegangen.

»Wo ist dieser irische Kerl?« fragte David, der Lisette eine warme Hand auf den Hintern legte. »Wolltest du ihm und seiner Zukünftigen nicht ein Geschenk machen?«

Sie zog seine Hand unwillig weg, da sie keine Lust hatte, selbst in die Schlagzeilen zu geraten. »Wenn Niall noch lange braucht, werde ich ihm was ganz Besonderes schenken – eine Vergangenheit, und zwar eine ohne Zukünftige«, murmelte sie erbittert. »Wo bleibt er bloß?«

Um zehn herum wurde die Lage immer heikler. Es gab einige Aufregung, als eine große schlanke Frau – ihre Ähnlichkeit mit Charlotte Rampling war verblüffend – durch die Tür trat und eifrig den Raum absuchte. Doch Lisette erkannte in ihr sofort Alexandra d'Eblouir, Tashs Mutter. Sie schien es äußerst eilig zu haben. »Haben Sie Tash French irgendwo gesehen?« fragte sie einige Leute bei der Tür.

»Nialls Tash?« Jemand lachte. »Die gibt's doch gar nicht wirklich, oder?«

»Die hat noch nie jemand gesehen, Schätzchen.« Ein Betrunkener schielte lüstern in den Ausschnitt von Alexandras Seidenbluse.

Lisette biß die Zähne zusammen, als Sally direkt auf ihre Schwiegermutter zustürmte, um zu sehen, was los war. Die letzten zehn Minuten hatte sie sich in der Küche versteckt, mit Anges Frau Denise geplaudert und einen großen Brandy getrunken. Ihre Augen waren, wie Lisette verärgert feststellte, rot vom Weinen. Sie hielt einfach dem Druck nicht stand. »Wo bist du gewesen?« zischte sie, als Sally an ihr vorbeilief. »Hier kommt einfach jeder so rein.«

»Ich hab Matty angerufen, er soll mich abholen.« Sally warf ihr einen gehässigen Blick zu und ging weiter zu Alexandra. »Was ist denn los, Xandra? Ich hab dich nicht vor Mittwoch erwartet.« Sally sah, wie Alexandra für die Kamera des ›Cheers!‹-Fotografen ihr hinreißendstes Lächeln aufsetzte.

»Ich bin in England wegen – äh – Badminton.« Sie war eine genauso schlechte Lügnerin wie Tash. »Ich wohne bei James und Henrietta.«

»Ach ja?« Sally hörte nicht richtig zu, obwohl das genau die Sorte Familientratsch war, die sie liebte. Wenn Alexandra von ihrem reizbaren Exmann zum Badminton-Wochenende eingeladen worden war, deutete das auf eine familiäre Katastrophe hin.

Alexandra suchte noch immer wie wild den Raum ab. »Ist Tash denn hier? Ich hab's ein bißchen eilig – der Hubschrauber wartet.«

»Ich hab sie noch nicht gesehen.« Sally erschauderte und warf Lisette einen Blick zu, die eine ihrer VIP-Gruppen bearbeitete und gleichzeitig versuchte, mit halbem Ohr zuzuhören. »Hast du Hubschrauber gesagt?«

»Ich bin auf dem Weg zurück nach Frankreich«, erklärte Alexandra und nahm gedankenverloren ein Glas Champagner von einem Tablett, »und es gab keinen Flug mehr. Also hat mir Pascal, der Schatz, seinen Firmen-Chopper zur Verfügung gestellt. Ich suche Tash, weil ich versprochen hab, daß der Pilot noch mal kommt und sie beide abholt.«

»Nach Frankreich?« Sally erstarrte und fischte nach einem Taschentuch.

»Ja, Schatz.« Sie sprühte vor Aufregung. »Tash hat vorhin ihren Vater angerufen: Niall will sich auf keinen Fall umbringen, und die Hochzeit findet statt. Also hab ich ihnen das Haus an der Loire für ein paar ruhige Tage angeboten, bevor der Spaß losgeht.«

»Was!« brüllte Lisette, ließ ihre VIP-Gäste stehen und eilte zu ihnen. »Am nächsten Wochenende findet die Hochzeit statt. Sie können nicht einfach verschwinden.«

»Aber das tun sie doch gar nicht, Schatz«, sagte Alexandra hastig und überlegte verzweifelt, wo sie sie schon mal gesehen hatte. »Die Hochzeit findet statt – ich kann's gar nicht mehr erwarten.«

»Entschuldigen Sie bitte. Mein Fehler, ein Mißverständnis.« Lisettes professionelles Lächeln trat wieder in ihr Gesicht, während sie nervös zu den eben so abrupt Verlassenen hinüberschielte.

»O ja, Schatz!« Alexandra lachte entzückt. »Gleich zu Beginn dieses ganzen Fiaskos gab es ein Mißverständnis; und es war ganz der Fehler meiner ziemlich verrückten Mutter.«

»Was hat denn Etty damit zu tun?« fragte Sally verwirrt.

Aber Lisette war längst mit einer anderen Entdeckung wütend dazwischen gefahren. Diesmal allerdings sprach sie sehr gedämpft. »Moment mal – heute abend noch landen die beiden Vögel in Frankreich?« wisperte sie.

Alexandra, die Lisette wörtlich genommen hatte, wirkte schokkiert. »Nun, Schatz, diese Dinge sind doch eher privat, und Tash war nie von der Sorte, die all die blutigen Details erzählt.«

»Das möchte ich auch hoffen«, ertönte es trocken, als Hugo eintrat. Er trug noch seine Breeches und den Jumper; seine blauen Augen schimmerten.

»Hugo – da bist du ja!« Alexandra war entzückt. »Ich hab überall nach dir gesucht. Wo um Himmels willen –«

»– sind meine Manieren? Ich weiß.« Er beugte sich zu ihr hinunter und küßte sie auf die Wange, um ihr sehr freundlich »Verschwinde« ins Ohr zu flüstern, bevor er weitersprach. »Zoe möchte diesen Hubschrauberpiloten gern loswerden, damit sie mal ein Wörtchen mit ihren Kindern reden kann. Gehen wir gemeinsam zur Farm?«

Mit flehendem Blick bat Alexandra ihn um Entschuldigung. Dann eilte sie zur Tür.

Hugo sah einen Moment lang Lisette an. »Gib mir fünf Minuten.«

»Wo sind Tash und Niall?« fragte sie aufgebracht, doch er war schon weg.

»Vielleicht kommen sie nicht.« Sallys Blick wirkte fast hoffnungsvoll.

»Niall ist mein Angestellter – er hat noch zwei Szenen! Er darf nicht nach Frankreich abdüsen«, schnauzte Lisette sie an. »Und wenn ich schon dabei bin, ich dachte, du wärst auch meine Angestellte. Du hast an der Tür zu stehen.«

»Nicht mehr«, sagte Sally. »Ich kündige – hätte ich geahnt, daß du dich nur wieder mit mir befreundest, weil du irgendeinen albernen Rachefeldzug gegen Tash ausheckst, hätte ich dich gleich in die Wüste geschickt, wie Matty mir geraten hat.«

»Was?« Lisette blickte sich nervös um. Ein paar der extra eingeladenen Journalisten schlichen bereits um die beiden herum.

»Du hast mich ausgenutzt, Lisette.« In Sallys Augen standen die Tränen, doch ihre Stimme klang ruhig. »Mich hast du nur eingestellt, um näher an Tash heranzukommen. Du wolltest mir nicht helfen, mein Selbstvertrauen zu stärken, sondern hast das indiskrete Plappermaul in mir gesucht und gedacht, das könnte nützlich sein. Und das war es ja auch, nicht wahr?«

»Das verstehst du völlig falsch, Sally.« Lisette versuchte, sie von den sie fasziniert anstarrenden Leuten um sie herum wegzuziehen. »Laß uns irgendwo allein darüber sprechen.«

»Nein!« Sie wich zurück. »Das werde ich mir nie verzeihen, daß ich mich so habe täuschen lassen. Vielleicht ist deswegen Tashs Karriere zerstört, ich hasse mich dafür!«

»Sally!« Lisette zischte sie verzweifelt an und richtete ihren Blick auf die Journalisten.

»Schon gut, ich halt den Mund«, seufzte sie. »Ich schäme mich viel zu sehr über meinen eigenen Anteil an all dem hier, um auch noch Geschichten auszuplaudern. Schließlich kann ich ja doch nichts dran ändern, daß du Hugo das Pferd verkaufst, oder?«

»Red keinen Unsinn.« Lisette wollte sie am Arm wegziehen.

»Ohne meine kindische Idee wüßtest du doch heute noch nicht, daß dir die Hälfte von diesem Pferd gehört, nicht wahr?« klagte Sally. »Und statt es – wie versprochen – an Tash zurückzugeben, verkaufst du's jetzt diesem Bastard Beauchamp, stimmt's? Obwohl du genau weißt, daß er und Tash sich hassen.«

»Das stimmt nicht.« Lisettes Augen blitzten auf.

Sally schüttelte den Kopf und schluchzte weiter. »Doch, das stimmt, Lisette. Ich hab das Geschenk entdeckt. Den goldenen Umschlag, den du in der Küche versteckt hast, ›und der Gewinner ist ...‹. Stell dir meine Überraschung vor. Na ja, als Anwärterin in der Kategorie ›Übelste Freundin des Jahrtausends‹ kann ich dich noch immer nominieren. Du bist so voll Gift und Galle, warum stirbst du eigentlich nicht daran?«

Lisette strich ihren Rock glatt, atmete zitternd ein und lächelte dann plötzlich alle Umstehenden an. »Du blöde Kuh!« zwitscherte sie heiter und ging, um sich einen neuen Drink zu holen. Sie sah auf die Uhr. Es war fast halb elf; einige Leute gingen bereits.

Hugo tauchte fünf Minuten später wieder auf und bahnte sich einen Weg an den mittlerweile stark angetrunkenen Partygästen vorbei, bis er Lisette bei einer ihrer VIP-Gruppen entdeckte. Entzückt strahlte sie all die wichtigen Geldgeber an und war der Charme in Person; doch als sie sich entschuldigte und mit Hugo in die Küche ging, stürzte diese Fassade ein. Mit wütend funkelnden Augen fuhr sie ihn an. »Was ist hier los, Hugo? Wo sind sie?«

»Tash ist im Bad.« Hugo zündete sich eine Zigarette an, obwohl das Küchenpersonal demonstrativ hustete, und ließ sie keine Minute aus den Augen.

»Sie kommen also heute abend hierher?«

»Niall kommt, ja.« Hugo klappte sein Feuerzeug zu und beobachtete sie wie ein Adler, der sich einen kleinen Imbiß aussucht.

Lisette wurde blaß. »So ein Mist! Aber Tashs Mutter hat doch gesagt –«

»Alexandra war ein wenig überdreht«, schnitt Hugo ihr gelassen das Wort ab. »Aber ich bin überzeugt, du wirst sehr erfreut sein von dem, was er zu sagen hat. Du brauchst deine Bluthunde nicht auf ihn zu hetzen.«

Mit einem Seitenblick auf die Kellner und Abwäscher erbleichte Lisette noch mehr. »Du weißt davon?«

»Natürlich.« Hugo warf ihr einen dürren Blick zu. Dann lehnte er sich gegen eine Edelstahlfront, und seine Augen verengten sich. »Du hast gestern meine Ablehnung unseres Badminton-Handels einfach zu nett aufgenommen. Hat nicht viel dazu gehört, zu erfahren, daß du mehr Karten im Ärmel hast als ein Falschspieler. Hauptsächlich Visitenkarten von Journalisten. Wie in einem Fleet-Street-Pub in den Siebzigern hier heute abend, was?«

»Wenn Niall eine Erklärung abzugeben hat, werden sie's alle hören. Ich kann sie schwerlich hinauswerfen.«

»Und deine schmierige kleine Exklusivgeschichte?«

Sie wich zurück und stieß gegen eine riesige ratternde Geschirrspülmaschine. »Wenn die Hochzeit nicht stattfindet, kann ich das auch nicht mehr zurückhalten.«

»Sicher.« Hugo zog an seiner Zigarette. »So wie du Bob Hudson auch nicht davon abhalten konntest, Niall zu erzählen, daß Sleeping Partners ihn verklagt, wenn er den ›Cheers!‹-Deal aufkündigt?«

»Red keinen Blödsinn!«

»Wir wissen doch beide sehr gut, daß der gierige, kleine Bob noch nie nein gesagt hat zu einem schnellen Fick oder einer Vögelei nebenbei.« Hugo beobachtete, wie sie beinahe in einen Wagen mit Geschirr stürzte. »Wie weit bist du gegangen, damit er behauptet, daß dein Vertrag so bindend ist wie eine Lösegeldforderung? Erzähl mir nicht, daß er dich nicht unter die Gürtellinie heruntergehandelt hat.«

»Du Bastard!«

»Aber stimmt doch, oder?« Hugo lachte. »Du hast mit diesem kriminellen Agenten von Niall eine heiße Nummer geschoben, damit er dem leichtgläubigen irischen Trottel weismacht, daß er durch die Mühle gedreht wird, wenn er aussteigen will. Du hast in letzter Zeit Gerüchte ausgestreut wie ein Waschweib, nicht wahr, Lisette? Kein Wunder, daß Niall sich fast zugeschissen hat. Anfangs hast du so getan, als wolltest du seine schmutzige Wäsche in die Reinigung bringen, und jetzt sieht's so aus, als würde sie in aller Öffentlichkeit gewaschen.«

»Ich möchte ihm nicht weh tun!« rief sie. »Ich möchte nur, daß er Tash heiratet.«

»Genau.« Er neigte seinen Kopf und sah sie mit wachsendem Erstaunen an. »Junge, du hast quasi eine Heirats-Order ausgegeben, Lisette. Anfangs hab ich geglaubt, du willst dir Braut und Bräutigam zum Frühstück grillen, aber ich hab meine Meinung über dich geändert.«

»Ich brauche diese Hochzeit, um weitermachen zu können!« Einen Moment lang wirkte sie verstört, ihre großen Augen glänzten von Tränen, und ihr roter Mund wirkte wie eine klaffende Wunde.

»Und du wirst sie bekommen.« Hugo ging auf sie zu, bis sich ihre Nasenspitzen fast berührten. »Unter zwei Bedingungen.« Er lächelte plötzlich.

Viel zu verwirrt, um die Ironie dieser Situation zu erfassen, kaute Lisette auf ihren glänzenden, roten Lippen herum. »Was für Bedingungen?«

»Zum einen garantierst du mir, daß dieses düstere Dossier nie ins grelle Licht der Regenbogenpresse gezerrt wird.« Seine blauen Augen tanzten so frostig wie Licht, das sich in Eis bricht. »Die Veröffentlichung könnte dich schließlich deinen Hauptdarsteller kosten. Wenn die Presse Niall in die Finger kriegt, wird er keinen einzigen mehr für dich rühren.«

»Er steht unter Vertrag!« Sie biß die Zähne zusammen.

»Steht, wie du ganz richtig sagst.« Hugo trat zurück und sah das stählerne Regal zu ihrer Linken an. »Du kannst von Glück sagen, daß er sich wegen dieser Sache nicht zu Tode gesoffen hat. Und wenn's Zoe Goldsmith nicht gäbe, hätte er das wahrscheinlich getan.«

Lisette sah ihn sehr lange an, ohne auf die Küchenhilfe zu achten, die den Geschirrspüler öffnete. »Niall hat doch nicht wirklich gedroht, sich umzubringen, oder?« krächzte sie, und ihre Stimme klang brüchig.

Während er sich die Saucieren auf dem Regal genauer ansah, grinste Hugo über die Schulter. »So daß du um deine Einkünfte bangen müßtest? Dazu ist er viel zu nett. Wie auch immer, er hat Tash und ihre Mutter jetzt auf seiner Seite. Und er heiratet nächsten Samstag – vorausgesetzt, du erklärst dich mit der zweiten Bedingung einverstanden.«

»Wie lautet sie?« Sie sah, wie er eingehend die Senfgläser betrachtete.

»Am Samstag gibst du deinen Anteil an diesem Pferd seinem rechtmäßigen Besitzer wieder.«

»Und wer ist das?« Lisette hob ihr Kinn. Ihre Augen starrten auf ein Regal an der rechten Seite.

»Diese Entscheidung liegt bei dir.« Hugo folgte ihrem Blick, bis er schließlich den versteckten Umschlag entdeckte. »Ich möchte, daß Sie als Brautjungfer wieder Ihren Mädchennamen tragen, Miss Norton. Und weißt du was, ich glaube, du hast wirklich das Zeug dazu. Das ist das Komische. Du möchtest wirklich, daß Niall glücklich wird, nicht wahr? Genauso glücklich wie du in deiner zweiten Ehe – mit deiner verdammten Karriere.«

»Und du?« Sie sah ihn ungläubig an. »Was bleibt für dich übrig? Du liebst doch diese zerstreute, unbeholfene Person.«

»Oh, ich werd mit dem Verlust zurecht kommen.« Er drehte den Umschlag in seinen Händen. »Liebe und Ehe brauchen immer jemanden, der die Zügel hält, nicht?« Langsam zerriß er den Umschlag.

»Du wußtest, daß ich dir das Pferd trotz allem überschreiben wollte, stimmt's?« Lisette lachte verblüfft.

»Ich bin Reiter.« Er zuckte die Achseln. »Ich schau jedem Gaul ins Maul.«

»Und willst du noch immer, daß Niall sie am Samstag heiratet?«

»Ich bin ganz dafür.« Hugo lächelte. »Sie ist eine der schönsten Frauen, die ich je getroffen habe. Und der Bastard hat höllisch Glück gehabt.« Er sah auf seine Uhr. »Ich muß gehen. Sind wir uns also einig? Ich hätte schon vor zehn Minuten bei Niall sein sollen.«

Lisette nickte stumm.

»Gut.« Hugo strich sich durch die Haare. »Guck nicht so ungehalten, Schatz – am nächsten Wochenende bist du auf eine rauschende Hochzeit eingeladen. Ich muß mich jetzt beeilen, auf mich wartet ein reizender Haufen Spaniels, mit denen ich mich wieder vertraut machen muß.«

Sobald er gegangen war, stürzte Lisette auf die Toilette, wo sie ihr brennendes Gesicht gegen das kühle Fenster preßte.

Zu ihrer Überraschung stand Niall an der Bar, als sie zurückkam, kippte Mineralwasser und flirtete mit jedem in Sichtweite. Dann stellte er sich an den großen Kamin und trug eine Erklärung vor.

»Tash läßt sich entschuldigen, weil sie nicht kommen kann«, sagte er mit erhobener Stimme und einem seltsamen Schimmer in den Augen. »Aber die Hochzeit findet auf jeden Fall statt, und wir freuen uns schon sehr, Sie alle, wenn nicht bei der Trauung, so doch beim anschließenden Empfang begrüßen zu dürfen. Es dürfte eine ganz prächtige Sache werden.«

Er ging auf Lisette zu und gab ihr einen sanften Kuß auf die Wange. »Tut mir leid, daß ich zu spät bin, Engel. Ich bin jetzt ganz für den ›Cheers!‹-Fotografen da.«

In ihren Augen standen die Tränen, als sie in sein freundliches Gesicht sah, in dem kein Anzeichen von Groll stand. »Das mußt du nicht«, hörte sie sich selbst sagen.

Er zuckte die Achseln. »Es macht mir nichts aus. Ich weiß, wieviel dir das bedeutet.«

Sehr langsam und entschlossen schüttelte sie ihren Kopf. »Nichts bedeutet so viel, Niall. Bitte heirate am nächsten Wochenende nicht.«

»Aber ich möchte heiraten.« Er lächelte leichthin. »Eigentlich hast du mir einen Gefallen getan, Engel. Du hast Tash und mir die Möglichkeit gegeben, uns gegenseitig zu beweisen, wieviel wir uns bedeuten.«

Lisette starrte ihn entsetzt an. »Weiß sie, daß du dich mit Zoe Goldsmith getroffen hast?« brachte sie hervor.

»Natürlich«, sagte Niall gelassen. »Sie weiß alles. Wir haben keine Geheimnisse voreinander – ich kann mit Bestimmtheit sagen, daß sie die beste Freundin ist, die ich habe. Aber deswegen steht sie am nächsten Samstag ja auch an meiner Seite.«

»Sie scheint eine große Dulderin zu sein, nicht wahr?« Lisette runzelte die Stirn und versuchte, ruhig zu bleiben.

»Sie ist eine ganz außergewöhnliche Frau, das stimmt.« Er grinste. »Und genauso außergewöhnlich ist auch der Kerl, mit dem sie den Rest ihres Lebens verbringen möchte.«

»Er ist ein treuloser Bastard!«

»Schh.« Niall zwinkerte. »Sag ihr das nicht. Herrje, ich hab's immer wieder versucht, aber sie ist völlig verrückt nach ihm.«

16

Um ihre Nerven zu beruhigen, machte Tash am frühen Samstag morgen, während auf den Wiesen noch der Tau der Nacht lag, einen Spaziergang zum Fosbourne Holt House. Beetroot verschwand immer wieder hinter den Hecken und schnupperte aufgeregt an Maulwurfshügeln, so daß ihre helle Schnauze ganz von Erde bedeckt war.

Fosbourne Holt House war genau die Art herrschaftliches Landhaus, von dem Tash als Mädchen immer geträumt hatte, lange bevor sie wußte, was Heizkosten waren. Im letzten Winter auf einem Jagdball war es ihr, von Scheinwerfern angestrahlt, in der schwarzen mondlosen Nacht wie ein ungeschliffener Diamant erschienen. Jetzt lag es im hellen Sonnenlicht eines üppigen Juni vor ihr und erstrahlte nur um so klarer.

Es war umgeben von einer sanften, prächtigen Gartenlandschaft. Hohe, vereinzelte Eichen schienen wie Wächter Gefahren vom Haus abwenden zu wollen, und überall brach ein so verschwenderisches Grün hervor, daß Tash fast in lauten Jubel ausgebrochen und Zeilen aus Tassos ›Jerusalem‹ rezitiert hätte. Beetroot hechelte neben ihr her und trug zu Tashs gehobener Stimmung mit einem frischen grünen Grasfleck am Hals bei. Und dennoch war es das Haus, das in diesem Garten den kostbarsten Farbtupfer bot – wie die kecke Brosche am grünen Wams von Robin Hood. Es stand in seinem leuchtendsten Sommerstaat mit den mannigfachen Efeuranken, dem Geißblatt, der lila Klematis und einer kletternden Quitte, deren letzte rote Blüten wie Straußenfedern von einer Boa hingen.

Im Hauptteil des Gebäudes residierte die Zentrale einer ehrgeizigen britischen Elektronikfirma, deren Büros die meisten der großartigen alten Räume unterteilten. Erfreulicherweise hatten die neuen Besitzer das ganze Erdgeschoß in seinem ursprünglichen Zustand erhalten und vermieteten diese Räumlichkeiten für Konferenzen, Partys und – jetzt, da Trauungen auch an Orten mit Spezialvollmacht vollzogen werden durften – Hochzeiten. Die heutige Trauung war erst die dritte in Fosbourne Holt House, und zu Tashs Entsetzen hatten die Besitzer in der lokalen ›Marlbury Weekly Gazette‹ stolz per Anzeige verkündet, daß Niall O'Shaughnessy seine »Hochzeit, exklusiv von ›Cheers!‹ fotografiert«, in ihrem Haus abhalten würde. Tash schloß die Augen und betete zu Gott, daß alles nach Plan laufen möge.

Für einige Minuten ließ sie sich auf dem riesigen Wurzelwerk einer der hohen Eichen nieder und genoß den Blick auf das Haus. Zu ihren Füßen erkämpfte sich ein kleiner Haufen Klee seinen Platz auf der Schattenseite des Lebens. Mittendrin stand ein vierblättriges Kleeblatt, so winzig, daß Tash zunächst meinte, sie irre sich. Doch als sie es zwischen ihren Fingern drehte, bestand kein Zweifel mehr. Es war das erste, das sie je gefunden hatte; und es schien ein Zeichen zu sein, wie winzig auch immer.

Von acht Uhr an rollten an diesem Samstagmorgen Kleintransporter durch das bewachte Tor in den Park. Blumenarrangements wurden von Floristen durch den Hintereingang angeliefert und drapiert, wobei auch die üppige Pracht des Gartens nicht geschont wurde, als das Blattgrün ausging. Dann erschien der Klavierstimmer, um den Steinway-Flügel des Hauses in die nötige festliche Tonlage zu versetzen, denn Nialls Freund Roger Allice, ein berühmter Filmmusiker, wollte seine Hochzeitskomposition selbst vortragen. »Hört sich etwas abgehackt an«, hatte Niall gestöhnt, als sie ihm am Telefon vorgespielt worden war. »Vielleicht hätten wir doch lieber bei Händel bleiben sollen.«

Zur Lunchzeit erschienen die ersten Freunde des Bräutigams, um die bald eintreffenden Gäste zu begrüßen. Die frisch gebadete Beetroot, die zur Feier des Tages eine Efeuranke am Halsband trug, war bei ihnen und mußte sich wegen dieses ungewohnten Schmucks alle paar Schritte kratzen. Die drei Zeremonienmeister –

Gus, Hugo und Rufus – waren erleichtert, daß Nialls Familie noch nirgends zu sehen war. Ihr eilte der Ruf voraus, so früh auf Hochzeiten aufzutauchen, daß sie regelmäßig zunächst eine fremde Trauung mitmachte, bevor die eigenen Verwandten heirateten. Ma behauptete, das erst würde sie in die richtige Stimmung versetzen.

»Noch kein Lebenszeichen von ›Cheers!‹?« Rufus sah sich eifrig um, während Beetroot ihn zu einem Blumenkübel zerren wollte.

»Offenbar nicht.« Hugo sah die Stufen hinauf, die von roten Quittenblüten bedeckt waren. Er war blaß und angespannt, seine blauen Augen wirkten wachsam, und um seinen Mund spielte dieses halbe Lächeln, das er immer aufsetzte, wenn er unsicher war. Doch seine Selbstbeherrschung war bemerkenswert, und allein sein etwas zu häufiges Zupfen an den Ärmeln seines hervorragend geschnittenen Cutaways ließ auf eine unterdrückte Unruhe schließen.

Gus hatte sich nicht so gut unter Kontrolle. Obwohl er in seinem geliehenen Cut gut aussah, wurde der Eindruck doch etwas getrübt von dem Pferdespeichel auf seinem Hemd und dem blonden Haar, das wie Stroh abstand. Auch er wirkte blaß im Gesicht. »Ich fühl mich, als müßte ich auf einem fremden Pferd um den Weltmeistertitel reiten.« Er verzog die Nase, als er draußen mit einer letzten Zigarette herumging. »Beetroot stinkt noch immer. Zwei zu eins, daß sie den Bräutigam beißt.«

»Nicht, solange ich an seiner Seite stehe«, bemerkte eine Stimme gelassen, und schon rannte der Trauzeuge die Treppe hinauf, um alles noch einmal zu kontrollieren.

»Ich trau Nialls Wahl nicht über den Weg.« Gus beobachtete, wie die langen Beine die Treppe hinaufeilten. »War nicht mal auf der Junggesellenparty dabei, und einen Strip gab's auch nicht.«

»Ach, ich weiß nicht«, sagte Hugo leichthin. »Du bist nicht so lange geblieben wie ich. Scheiße, da kommen diese Foto-Heinis.«

Im Inneren von Fosbourne Holt House zog sich die Halle über die ganze Länge des Erdgeschosses, an dessen Gartenseite durch große französische Fenster breite Streifen Sonnenlichts fielen, die sich im Blattwerk der Kletterpflanzen brachen. Heute glich die Halle einer Kirche mit einem langen breiten Mittelgang und Reihen von vergoldeten Bankettstühlen, die zum Haus gehörten; ausladender Blumenschmuck und Kerzen standen dort, wo sich normalerweise der Altar befand. Der Raum war vollständig mit weißen Sommerblumen ausgeschmückt, derentwegen die Floristen fast Alpträume bekommen hätten, da James French eine sehr eigene Einstellung zu Nelken und Chrysanthemen pflegte und sie rigoros verbannt hatte. Und so hing eine enorm kostspielige Mischung aus Rosen, Lilien, Flammenblumen, Jasmin und Orchideen von den mit grünem Blattwerk verzierten Wänden.

»Wo soll ich mich hinsetzen, Kumpel?« Der ›Cheers!‹-Fotograf war hinter dem Trauzeugen in die Halle gegangen und lud seine schwere Ausrüstung ab. »Sieht hier aus wie im Garten-Center, was?« Ein Assistent schleppte weitere Taschen heran. »Kennen wir uns?« Der Fotograf kratzte sich am Kopf. »Sagen Sie nichts – Sie haben zusammen mit Niall einen Film gedreht. Diese schottische Rebellengeschichte, stimmt's? «

»Nein – aber Sie haben recht. Wir waren schon mal zusammen im Kino zu sehen, wenn auch nicht oft.«

Um die Mittagszeit herrschte blendendes Hochzeitswetter. Seit dem Morgengrauen hatte nicht eine Wolke die Sonne auch nur zeitweise verdeckt, und jetzt schien sie so kräftig, daß ihre Strahlen das Haus und den Park in eine gesättigte Wärme hüllten. Ärmellose Kleider und Sonnenbrillen, wohin man sah; schnell wurden in den Autos noch die Seidenstrümpfe ausgezogen, bevor die Gäste Fosbourne Valley erreichten und Henriettas Karte zu entziffern versuchten.

Rufus, der das Herumstehen auf dem Parkplatz leid war, lungerte jetzt an der Treppe herum und lüpfte die Reitkappe, als die ersten Gäste erschienen.

»Hier kommen die Unschuldslämmer.« Gus blinzelte gegen die Sonne, als er und Hugo die Treppen hinuntereilten. »Solltest du den Leuten nicht die Parkplätze anweisen, Ruf?«

»Tu ich ja.« Rufus grinste und wedelte mit seiner Kappe in Richtung des blitzenden Discovery, der eben anrollte. »Das ist bestimmt Alan Rickman.«

»Das ist Jack Fortescue«, sagte Hugo trocken.

Der Wind war so leicht und sanft, daß er die Hüte nicht von den Köpfen stieß, doch auch kühl genug, daß sie nicht vorzeitig gelüpft wurden. »Wenn dies Wetter kein Fingerzeig Gottes ist, was?« bemerkte einer von Nialls Verwandten, dem Hugo den Weg wies. Hugo hoffte nur, daß der Tag planmäßig verlief, ob nun mit Fingerzeig Gottes oder ohne. Ihm war eben erst aufgegangen, welch ein gesellschaftliches Ereignis die Hochzeit von Niall O'Shaughnessy tatsächlich war.

Der ›Cheers!‹-Fotograf hatte sein Stativ in der Halle aufgebaut und rannte im Moment draußen herum, um eventuell ein oder zwei echte Berühmtheiten bei der Ankunft abzulichten. Als er auf Paparazzi von der Konkurrenz traf, die hier rein gar nichts zu suchen hatten, wurde er wild und warf sie umgehend hinaus. »Haut ab hier! Da sind wir exklusiv dran!« schrie er. Doch als ein Auto die Auffahrt heraufkam, bewegte sich die Meute geschlossen darauf zu, weil hinter dem Steuer einer der Baldwin-Brüder zu sitzen schien. Es war allerdings niemand anderer als Tashs Cousin Olly mit seiner Freundin Ginger.

Der ›Cheers!‹-Fotograf bemerkte seinen Irrtum erst, nachdem er fast einen halben Film an Olly verknipst hatte, und sorgte jetzt erst recht dafür, daß die Konkurrenz von den Sicherheitsleuten vor die Steinmauer bugsiert wurde. Dort angekommen, zögerten die Paparazzi nicht, öffneten ihre Kofferräume und zogen ausziehbare Trittleitern hervor, um aus einiger Entfernung einfach weiterzufotografieren.

»Wir hätten da hinten links abbiegen sollen!« Matty seufzte, beinahe schon verzweifelt. »Wir sind schon wieder an dieser Furt.« Er wendete.

»Nein, da sind wir bereits links abgebogen.« Sally drehte die Straßenkarte mindestens eben so wild herum wie Matty das Lenkrad. »Da geht's nach Fosbourne Dean, das nützt uns gar nichts. Wir müssen noch mal auf die Farm zurück und fragen«, Sally sah auf die Uhr, »sonst fahren wir noch stundenlang im Kreis. Wären wir nur dem Volvo gefolgt, all diese Hüte – das waren bestimmt Hochzeitsgäste.«

»Na, hoffentlich nicht – die sahen alle aus wie aufgetakelte

musterte, bemerkte, daß Niall nicht mal Socken trug. »Ich find einfach kein passendes Paar.« Er war ihrem Blick gefolgt und grinste entschuldigend. »Kannst du vielleicht Krawatten binden?«

Lachend begann Sally, ihn zu verschönern. »Du bist ein hoffnungsloser Fall. Ich dachte, das ist Aufgabe des Trauzeugen.«

Niall fing Mattys mißbilligenden Blick auf, aber er sagte nichts.

»Der Trauzeuge ist ein noch hoffnungsloserer Fall«, murmelte Matty erbittert und sah auf das Sofa hinüber, auf dem Rory Franks lag wie ein Teenager im ersten Vollrausch – seine Haare waren verwuschelt, und er strahlte eine rührende Mischung aus Charme und Verderbtheit aus. Mit vierzig war er auf mehr Partys gewesen als ein Leihsmoking, hatte mehr Drogen verbraucht als ein Krankenhaus Medikamente und praktisch jedes Gesetz bereits zweimal gebrochen; und dennoch war er unwiderstehlich. Er besaß diese lethargische Dekadenz dessen, der es eigentlich besser wissen müßte, wenn er sich nur erinnern könnte. Deutlich alkoholisiert warf er den Neuankömmlingen einen kurzen Blick zu, zwinkerte schläfrig und schloß die Augen wieder.

»Mein Trauzeuge ist schon in Fosbourne.« Niall lachte. »Rory leistet mir hier nur den letzten Beistand. Er ist mein Trau-mir-niemals-Zeuge, sagt er.«

Matty seufzte besorgt. »Niall, noch ist es nicht zu spät –«

»Versuch erst gar nicht, mich davon abzubringen«, fiel er ihm ins Wort und hob das Kinn, als Sally ihm die Krawatte band.

»Aber du tust das alles doch nur, weil du unter Druck gesetzt worden bist!« explodierte er.

Nialls große dunkle Augen betrachteten ihn nachdenklich. »Und du willst mich wohl nicht unter Druck setzen, nehme ich an?«

Matty starrte ihn an und sagte nichts.

»Es gibt überhaupt nur eine einzige Person, die mich noch nie unter Druck gesetzt hat.« Nialls Stimme bebte. »In diesen höllischen letzten Wochen war sie einfach nur für mich da und ist völlig gelassen geblieben – statt zu drängen, zu manipulieren oder Panik zu machen. Und seit ich sie um mich habe, seit ich weiß, wie stark und entschlossen und gut sie ist, kann ich endlich was für mich selbst tun. Sie hat mir deutlich gemacht, daß – manchmal jedenfalls – der einzige Weg, anderen zu helfen, darin besteht, selbst egoistisch zu sein. Und heute will ich – wollen wir – etwas tun, das ganz und gar egoistisch ist. Daß außerdem noch jede Menge andere Leute darüber sehr, sehr glücklich sein werden, ist eigentlich völlig egal. Der Druck von außen ist völlig egal, verstehst du? Wir tun das für uns. Wir möchten es tun.«

»Ihr möchtet es?« Matty sah sehr skeptisch aus.

»Ja!« Niall lachte. »Ich kann die Frage, ob ich sie zur Ehefrau will, gar nicht erwarten. Das wird der bewegendste Augenblick in meinem ganzen Leben.«

»Du hörst dich sehr sicher an.« Sally blickte ihn erstaunt an.

»Das bin ich auch – und furchtbar aufgeregt.«

»Dann kann ich wohl nichts mehr machen, was?« seufzte Matty.

»Ach, ich weiß nicht.« Niall zwinkerte. »Könntet ihr uns auf die Hochzeit mitnehmen? Rory ist außer Gefecht gesetzt, und ich bin viel zu nervös zum Fahren. Und wenn du mich ernsthaft aufhalten willst, Matty, kannst du noch immer den Bräutigam entführen.«

Sally gefiel das Flimmern in seinen Augen gar nicht. »Ich fahre«, sagte sie eilig. »Und wenn wir nicht bald aufbrechen, fahren wir noch dem Brautzug hinterher. Weißt du, wo dies Haus ist, Niall?«

Er nickte. »Sicher, Engel. Ungefähr eine Meile von hier ist eine kleine Furt – gleich daneben liegt es, hinter einer ziemlich hohen Steinmauer. Du kannst es nicht verfehlen.«

Mit einigem Getöse trafen Nialls Mutter und Vater, die ihre Geschenke dabei hatten, in der Halle von Fosbourne Holt House ein. Zum Glück erkannte Ma in Hugo ihren nachlässigen Hotelier nicht wieder.

»Ah – eine lebende Seele!« rief Ma O'Shaughnessy in ihrem Zeltkleid mit Rotweinflecken auf dem Kragen. »Können Sie da mal ein bißchen drauf aufpassen, Jungchen?« Ohne jede Anstrengung übergab sie Hugo ein riesiges Paket, dessen Gewicht ihm fast das Rückgrat brach. »Wohin also, rechts oder links?«

»Rechts.« Hugo sah sich nach einem Platz für das Paket um. Das Ding wog eine Tonne.

»Eine Kiste Bushmills.« Ma zwinkerte ihm zu.

»Feine Sache.« Hugo lächelte. Niall hatte in den letzten zwei Wochen keinen Tropfen angerührt, und selbst auf seiner Junggesellenparty war er bei Orangensaft geblieben.

Pa O'Shaughnessy, der zweimal so groß wie Ma und dreimal so breit war, nestelte mit nikotingelben Fingern unter seinem Hemdkragen und zog eine Grimasse. »Herrje, Niall hätt bestimmt nichts dagegen, wenn ich ohne Schlips da wär, oder? Hab schließlich schon auf seiner letzten Hochzeit einen getragen, stimmt doch.«

»Du trägst das, Daniel O'Shaughnessy, oder du siehst heute keinen Tropfen, hörst du mich?«

Hugo überließ sie Gus' wenn auch zitternden Händen und plazierte den Bushmills hinter dem Klavier.

Nachdem er noch zwei weiteren O'Shaughnessys ihre Plätze gezeigt hatte, nahm er eine kleine Auszeit und ging in den Vorraum der Halle, um einen Schluck Kaffee zu trinken und eine Zigarette zu rauchen. »Einen Depp für den Deppen«, sagte er zu dem Trauzeugen. »Gerade hat dieser ›Cheers!‹-Typ fünf Minuten lang Nialls Bruder geknipst, weil er ihn für Johnny D. hält. Hoffentlich taucht Niall wirklich auf – und verschwindet nicht genauso schnell wie Rory Franks Kokain.«

»Sie sind auf dem Weg. Niall hat vor zwanzig Minuten Bescheid gesagt, daß er aufgestanden ist, seine Manschettenknöpfe verloren hat und die Tür der Waschmaschine klemmt, so daß er nicht an seine Socken kommt. Ich hätte doch besser bei ihm bleiben sollen.«

»Auf keinen Fall«, brummte Hugo. »Selbst wenn Niall sich benimmt, würde Rory Franks dir schon nach fünf Minuten die Hose aufknöpfen.« Er gab seine halb gerauchte Zigarette weiter und ging wieder nach draußen, wo er auf Sally und Matty stieß.

»Du siehst phantastisch aus.« Sally ging in ihrem pinkfarbenen Kostüm auf Hugo zu und küßte ihn direkt auf den Mund.

Hinter ihr stand Matty, der Linus in einem Tuch vor dem Bauch trug und die Szene finster beobachtete. Er trug keinen Anzug, und seine braunen Schuhe waren mit roten Schnürsenkeln zugebunden; aber immerhin war nirgends dieses Häkelkäppi zu entdecken. »Ich kann noch immer nicht fassen, daß sie das hier wirklich durchziehen«, zischte er. »Das ist doch eine Farce. Und Niall scheint auch noch glücklich zu sein. Hängt wohl wieder an der Flasche – kein Wunder, daß Rory Franks hier ist und aussieht, als würde der Schnee niemals schmelzen.«

Sally zwinkerte Hugo zu. »Achte nicht auf ihn. Niall ist übrigens mit uns gekommen – er wird noch draußen abgeschossen.«

»Zum Glück.« Hugo wich unbehaglich Mattys Blick aus.

»Wer ist eigentlich dieser ominöse Trauzeuge?« fragte Matty betont beiläufig.

»Ganz witzige Type.« Hugo zuckte die Achseln. »Hat Niall mal im Urlaub kennengelernt.«

Auch einige Reiterfreunde von Tash tauchten jetzt auf, und zwanzig Minuten später waren die Reihen fast vollständig gefüllt. Sophia, die von dem ›Cheers!‹-Fotografen fünf Minuten lang mit Beschlag belegt wurde, erschien mit einem stur dreinblickenden Ben, der sehr viel lieber zu einer landwirtschaftlichen Ausstellung nach Malvern gefahren wäre. Ihre Garderobe, ein glänzend rotes, extrem kurzes Gucci-Kostüm, war hinreißend, und ihr Hut ein solches Wagenrad, daß er die eine oder andere Kopfbedeckung auch tatsächlich mit sich riß. »Ist das im Vergleich mit einer Kirche nicht furchtbar öde hier?« schnaubte sie mißbilligend und zischte Hugo dann zu: »Setz mich bloß nicht neben Matty. Seine Kinder sind eine ungebärdige Horde und sehen schmuddelig aus in ihren Anzügen.«

»Du warst auf der Farm?« Hugo starrte sie an.

»Ja, natürlich.« Sophia warf ihm einen merkwürdigen Blick zu. »Mama scheint schon früh morgens Wodka getrunken zu haben; sie hat mich einfach nicht ins Zimmer der Braut gelassen. Also hab ich einen Blick auf die Blumenkinder geworfen. Meine beiden sehen absolut süß aus, Sallys dagegen sind furchtbar frech.«

»Macht doch nichts«, sagte Hugo und setzte sie neben Cass.

Ben sah ihn betrübt an und klopfte ihm auf die Schulter. »Tapfer, altes Haus.« Er hüstelte verlegen. »Ich weiß, was du für sie empfindest.«

Hugo zwinkerte ihm kaum merklich zu und wandte sich dann an Tashs Onkel Eddy, einen Lebemann mit schweren Augenlidern. Er war mit seiner wilden Kindfrau Laureen erschienen, die in eine Art durchsichtige lila Plastikfolie gekleidet war und per Blickkontakt den Konkurrenzkampf mit Franny schon aufgenommen hatte.

»Hallo, Huggy Bär«, schnurrte eine weiche schottische Stimme, als Kirsty sich in einem langen, enganliegenden Wildseidenkleid verführerisch an Hugo vorbeischlängelte. Sie hielt Stefan demonstrativ und besitzergreifend bei der Hand, weil sich auf Nialls Seite viele sehr schöne Schauspielerinnen, darunter die männermordende Minty Blyth, auffallend nach ihm umdrehten.

»Braut oder Bräutigam?« fragte Hugo abwesend, während er den ›Cheers!‹-Fotografen auf der Suche nach neuen Filmen in die Halle rennen sah.

Stefan sah ihn besorgt an. »Geht es dir gut, Hugo?«

»Hmm?« Hugo beobachtete jetzt, wie der ›Cheers!‹-Fotograf mit seinem Assistenten flüsterte.

»Du wirkst so gedankenverloren.« Kirsty gab ihm einen Kuß.

»All meine Gedanken sind eben bei Braut und Bräutigam.«

»Geht's dir auch wirklich gut?« Stefan betrachtete ihn mit großen Augen. »Du scheinst eine Art Hautausschlag zu bekommen.«

Hugo war von so vielen weiblichen Gästen auf die Wangen geküßt worden, daß er mittlerweile wie ein Krieger in voller Kriegsbemalung wirkte. Er zog sich noch einmal in den Vorraum zu einer Pause zurück, wo Niall sich eine Zigarette mit seinem Trauzeugen teilte – und in heller Aufregung schien. »Diese Pressefritzen und der Typ von ›Cheers!‹ rauben mir noch den letzten Nerv. Die fotografieren mich zu Tode; ich halt's einfach nicht aus, daß jetzt auch noch Onkel Seamus mit seiner Ritsch-Ratsch-Klick auftaucht.«

An seinem Cutaway hingen einige Toastkrümel, und sein Hemdkragen stand so weit offen, daß ein paar Brusthaare hervorlugten. Mit seiner chaotischen Mähne, den wirren schwarzen Augen und den sprießenden Bartstoppeln war er der schlampigste Bräutigam, den Hugo je gesehen hatte. Sogar sein Knopfloch schien von einer Art Unkraut geziert zu werden. Als Hugo genauer hinsah, erkannte er ein winzig kleines vierblättriges Kleeblatt.

»Ich schlage ein neues Blatt auf.« Niall war seinem Blick gefolgt und lachte.

Fünf Minuten vor der Zeremonie trat Pascal d'Eblouir durch die Tür, in einem eher schrillen Cut – die Weste war hellgrün – und mit einem etwas zu hohen Zylinder; er war eben ein kleiner Mann. »*Allo, mes braves*!« Seine grauen Augen zwinkerten fröhlich. »Alles geht gut, *non*?«

Hugo sah ihn warnend an. »Bis jetzt läuft alles planmäßig.«

»*Bon*!« Pascal nickte. »Ich 'abe Verspätung, weil ich meine Schwiegermutter 'ier'er bringe. Etty braucht alle 'albe Stunde eine *toilette* – wegen i'rer *maquillage*. Sie redet seit zwei Stunden ununterbrochen von 'ochzeiten.«

»Weiß sie denn Bescheid?« flüsterte Gus.

»*Dieu, non*!« Pascal war entsetzt. »Wenn wir Glück 'aben, merkt sie es gar nicht.«

Hugo führte ihn nach vorne zur ersten Stuhlreihe. Ihm war fast übel vor Aufregung. Besonders, da seine Mutter eben durch die Tür schwebte, schwitzend in ihrem falschen Nerz und behängt mit unechten Juwelen, und eine sehr vornehm aussehende alte Dame hereinführte. »Hugo, Schatz, ich möchte neben meiner neuen Freundin sitzen!« sagte Alicia in ihrer wie üblich anschwellenden Lautstärke. Einen Augenblick lang – der Raum war fast voll – herrschte absolutes Schweigen.

»Du hast keine Freundinnen, Mutter«, sagte er trocken. »Und was macht er hier?« Er fuhr zurück, als Gangster, der Mops, unter ihrem Mantel auftauchte und knurrte. Als Beitrag zur Hochzeit hatte Alicia ihm eine weiße Schleife an das enganliegende Halsband gebunden.

»Er wollte nicht zu Hause bleiben. Tashs Hund ist schließlich auch hier.« Sie hob das Kinn, und ihre falschen Ohrringe klimperten. »Sie soll ja in Wollweiß heiraten – hat Etty gesagt. Furchtbare Farbe, so gar nicht schmeichelnd, und erst recht nicht für so eine plumpe Person wie sie.«

Hugo wandte sich an die Frau, die er für Etty halten mußte. Sie wirkte unaussprechlich nobel – und wußte es; ihr faltiger Hals ächzte von echten Perlen und Diamanten, und ihr kleiner Körper steckte in einem schön geschnittenen Kostüm aus den Fünfzigern. »Ich muß mich setzen, junger Mann«, sagte sie vornehm. »Meine Unterhose rutscht.« Er brachte die beiden eiligst in einer der hinteren Reihen unter, ganz in der Nähe der Toilette. Nicht, daß sie so gebrechlich waren und sie gebraucht hätten; Hugo wußte nur, daß Gangster gerne im Stundenrhythmus seine Schokokekse erbrach. Sie saßen kaum, als Etty schon so laut, daß jeder in ihrer Nähe es hören mußte, verkündete, daß diese Hochzeit in erster Linie ihr zu verdanken sei.

Wetteifernd darum, wer denn nun der letzte sein würde, trafen jetzt auch Nialls Freunde aus dem Showbusineß ein, blieben theatralisch an der Tür stehen und sprachen einen Ton zu laut von der Presse.

»Also ›Mirror‹ und ›Mail‹ haben mich, Schatz, aber Terry Gale ignoriert einen ja geradezu.«

»Mach dir nichts draus, Liebes – Lisette Norton ist eben beim Aussteigen aus ihrer Limousine eine Titte aus dem Ausschnitt gehüpft – ›Nialls Ex zeigt's allen‹. Besser keine Presse als so eine. Sie hat's gerade noch vor dem Wagen der Braut geschafft.«

Hugo, der schon ganz feuchte Hände hatte, verschwand noch einmal im Vorraum. »Du wirst da draußen wohl gebraucht«, sagte er zu Niall. »Geht's dir gut?«

»Bin schrecklich aufgeregt.«

»Lisette ist doch noch aufgetaucht«, sagte Hugo und erwartete einen Wortschwall.

Aber Niall zuckte nur die Achseln. »Ziemlich tapfer von ihr. Setz sie neben jemand Nettes, hm?« Er küßte seinen Trauzeugen auf beide Wangen. »Bis gleich. Danke für all das hier.«

Hugos Augen verengten sich eifersüchtig, aber er folgte ihm anstandslos nach draußen.

Lisette stand in einem strengen grünen Hosenanzug und mit einem großen orangefarbenen Hut nervös in der Halle. Abgesehen von dem tiefen Halsausschnitt, der deutlich zeigte, daß sie nichts als nackte Haut darunter trug, wirkte sie bemerkenswert dezent.

»Guck nicht so unglücklich, Schatz.« Hugo nahm ihren Arm. »Das hier wird dir bestimmt gefallen.«

»Fast wäre ich gar nicht gekommen«, murmelte sie und klang ganz elend. »Ich kann einfach nicht glauben, daß sie das durchziehen. Das ist alles mein Fehler.«

»Na, das ist doch mal ein Geständnis, auf das ich gar nicht mehr zu hoffen wagte.« Hugo bemerkte, daß er entzückt lächelte. »Du klingst fast schon wie eine Frau mit Schuldkomplex.« Er setzte sie neben Cassandras Mann Michael, der sie interessiert betrachtete.

Hugo sah nach Niall, den seine Mutter weinend fest in die Arme geschlossen hatte. »Mir geht's gut!« brachte er atemlos heraus, als Hugo ihn fragte. »Henrietta steht bei der Tür – prüf noch mal, ob jeder auf dem Weg ist, ich glaub, sie sind zu spät dran. Autsch – das tut weh, Mutter!«

»Sie ist ein liebes Mädchen, Sohn. Aber ich bleibe immer deine Ma!«

Neben ihr zündete Pa O'Shaughnessy sich eine weitere Selbstgedrehte an. »Herrgott, das weiß der Junge doch.«

»Fluche nicht in der Kirche, Daniel!«

»Das ist keine Kirche, Frau.«

Henrietta – in einem eleganten Kostüm mit cremefarbenem Schlapphut, der gut zu ihrem fahlen Gesicht paßte – war ein absolutes Nervenbündel und sprach gerade mit der eher maskulin wirkenden Standesbeamtin, als Hugo sie sah. »Wie läuft es denn?« fragte sie, als er sie nach vorne zu ihrer Reihe geleitete.

»Soweit alles okay.« Hugo sah sich um. »Aber wir können wohl mit Sicherheit behaupten, daß hier in zehn Minuten die Hölle losbrechen wird. Ist die Braut unterwegs?«

»Ja, sie drehen noch eine Runde wegen dieses zudringlichen ›Cheers!‹-Fotografen – James spricht draußen gerade mit ihm.«

»Wunderbar.« Hugo rannte wieder zurück, um sicherzugehen, daß der Trauzeuge an dem Fotografen vorbeikam, der jetzt mit entsetztem Blick in die Halle lief. Hastig und mit zitternden Händen setzte er seine Kamera auf das Stativ. Nur einen Moment später betrat James French mit extrem mißbilligender Miene die Halle; er sagte kein Wort, stolzierte zur ersten Reihe und setzte sich neben seine Frau. Unter den Gästen entstand ein leichtes Getuschel.

Nur zwei Reihen weiter hinten ergriff Cass schockiert Sophias Arm. »Ich dachte, dein Vater ist Tashs Brautführer?« zischte sie.

»Das wollte sie nicht.« Sophia rümpfte die Nase. »Der arme

Papa war ganz enttäuscht. Sie hatten auf Henrys Taufe einen furchtbaren Streit.«

»Und wer gibt sie ab?«

»Mama.«

»Wie schauderhaft gewöhnlich.«

Am Eingang nahm Gus Penny erleichtert in Empfang. Sie hatte Wally, den Collie, und Enid, Zoes paranoiden Dalmatiner, bei sich, beide mit Efeuschmuck am Halsband. Enid machte nicht gerade einen begeisterten Eindruck, rutschte mit den Pfoten auf dem polierten Boden herum und rollte völlig verängstigt die Augen. »Hoffentlich benimmt die Braut sich nicht auch so!« sagte Gus und sah den Hund an. »Alles bereit?«

»Auf dem Weg.« Penny zwinkerte. »Das Kleid von Alexandra hat ihr nicht gepaßt. Schließlich haben wir meins vom Dachboden gekramt, obwohl da Theaterblut drauf ist; Rufus hat's doch mal als Draculas Braut getragen. Wir mußten es mit Fleckentferner bearbeiten.«

»Solange sich die Braut nicht entfernt.« Gus blickte wieder skeptisch.

Rufus trat zu den beiden. »Der Wagen dreht noch eine Runde – da sind noch ein Haufen neuer Gäste eingetrudelt.« Diese letzten Gäste waren Reitfreunde, die direkt von einem Wettkampf in der Nähe von Reading kamen und in ihren grasbefleckten Reitanzügen sehr verlegen wirkten.

Und plötzlich knackte Roger Allice sehr vernehmlich mit den Fingern und begann, ein ziemlich depressives Stück von Grieg zu intonieren, während die Standesbeamtin langsam den Gang hinaufging und jeden gütig anlächelte.

»Wo ist dieser verfluchte Trauzeuge?« fragte Matty verärgert und spähte durch die Halle. »Er ist noch immer nicht da. Ich mach's auf keinen Fall, wenn die Rolle doch nicht besetzt ist.«

»Dann mach ich's«, sagte Sally und warf einen Blick auf das Blatt mit dem Programm. »Wahnsinn – Rory Franks trägt ein Gedicht von Yeats vor – vielleicht ›Alles kann mich verlocken‹? Könnt ich mir lebhaft vorstellen. O sieh mal, deine Mutter.«

Alexandra stürmte durch die Tür und lief auf die erste Reihe zu; sie trug einen fliederfarbenen Hosenanzug, der um sie herumflatterte. Und ihr Schlapphut aus den Siebzigern trug noch zu dem Eindruck bei, daß sie jeden Moment abheben könnte.

»O Gott, meine Mutter ist angezogen wie einer von Peter Pans Freunden«, stöhnte Matty und schloß seine Augen.

Diesmal ergriff Sophia Cass' Arm. »Da ist Mama!«

»Und wer macht den Brautführer?«

Alexandra nahm zwischen Henrietta und Pascal Platz. »Alles bestens«, verkündete sie leicht überdreht und plauderte fröhlich mit den Mitgliedern der Familie, bis von den Treppen her ein noch entferntes Gemurmel die Ankunft der Braut und ihres lärmenden Gefolges ankündigte.

»Wo ist dieser verfluchte Trauzeuge?« fragte James French, der die Lücke bemerkt hatte zwischen Niall und den in einer Reihe zu seiner Rechten stehenden Zeremonienmeistern Hugo, Gus und Rufus.

In diesem Moment sprang die Tür auf, und vom anderen Ende der Halle lief eine große schlanke Gestalt den Gang hinauf, um sich in diese Lücke zu stellen, den Zylinder noch auf dem Kopf. Nur einige der Hochzeitsgäste hatten das Gesicht des Trauzeugen sehen können, Nialls Agent Bob Hudson stieß einen anerkennenden Pfiff aus.

Rory Franks betrachtete den vorbeieilenden Hintern reglos. »Manchmal wär ich gern schwul«, seufzte er.

Als der Trauzeuge neben Niall stand, nahm er den Zylinder ab, und zum Vorschein kam ein etwas chaotischer Pferdeschwanz.

»Das war mal in den Achtzigern hip«, schnaubte Sophia.

Rufus hatte alle Mühe, Beetroot zu beruhigen, die ihren Kopf zum Trauzeugen streckte und freudig mit dem Schwanz wedelte. »Laß sie um Gottes willen nicht los«, murmelte Niall, der starr geradeaus blickte. »Sie beißt mir ins Bein. Und sie stinkt fürchterlich.«

Und dann wurden die Hochzeitsgäste plötzlich eingenommen von dem Erscheinen der Braut, die ganz in Seide und Spitze gehüllt war. Einen Moment stand sie in der Tür – blaß, zerbrechlich und ganz allein. Ein erwartungsvolles Murmeln setzte ein, während alle sich umwandten, um einen ersten Blick auf sie zu werfen. Unter Nialls Verwandten flammten ein paar Blitzlichter auf, und ein lautes Bühnenflüstern war zu hören: »Schauerliches Kleid.« Der ›Cheers!‹-Fotograf am entgegengesetzten Ende ließ seine Kamera wie wild klicken. Ihr Kleid war sicher nichts Außergewöhnliches; es betonte ihre schmale Taille und die zarten Schultern, wirkte insgesamt aber eher wie ein Baiser – und der Schleier war zu dicht und schwer. Doch sie strahlte eine solche Ruhe und ein solches Selbstvertrauen aus, daß die Augen aller wie hypnotisiert an ihr hingen.

Voll Bewunderung atmete Matty tief ein. »Tash sieht hinreißend aus.«

»Wer um Gottes willen kommt denn da hinter ihr noch?« murmelte Sally. »Ganz schön dreist, so spät zu kommen.«

Es gab ein wirres Gemurmel, als eine sehr schöne, große, blonde Gestalt in einem einfachen grünen Kleid durch die Tür trat und sich der Braut an die Seite stellte. Zum äußersten Erstaunen aller Anwesenden nahm sie dann ihren linken Arm und führte sie den Gang hinauf.

»Wer ist denn diese Brautführerin?« Etty spähte interessiert hoch. »Eins meiner Enkelkinder? Was ist das für ein schrecklicher Krach?«

Roger Allice begann jetzt die eigens für Niall und seine Braut komponierte Musik zu spielen. Sie erinnerte an Philip Glass und war von rhythmischen Wiederholungen geprägt, die schrill von hohen wirbelnden Tönen durchbrochen wurden.

Die Braut lächelte hinter ihrem Spitzenschleier, faßte den langen Gang ins Auge und ließ ihren Blick schließlich bei den breiten Schultern ihres Bräutigams verweilen. Ihr Gefolge war ein herrliches Gemisch in allerlei Grüntönen. Henriettas ältere Tochter Emily leuchtete rosig in einem sehr kurzen tannengrünen Kleid, und ihre Schwester Beccy neben ihr wirkte in ihrem weiten apfelgrünen Rock wie eine Verwandte von Mary Poppins. Hinter ihnen trotteten Sophias bleiche Kinder Lotty und Josh, die beide laut zu plärren begannen, als sie ihr nettes Au-pair in einer der hinteren Reihen entdeckten. Auf sie folgten Sallys und Mattys ältere Kinder Tom und Tor. Tom, mit sehr kurzen Haaren und flaschengrünem viktorianischen Anzug, spielte unauffällig mit einem Gameboy, und Tor strahlte über das ganze Gesicht und präsentierte jedem ihre neuesten Zahnlücken. Sie trug als einzige keinen Blumenkorb, weil sie ihn auf der Fahrt aus dem Auto geworfen hatte. Polly bildete in einer moosgrünen Seidenkreation, die mit ihrem Korsett an Vivienne Westwood erinnerte, den Abschluß des Gefolges und filmte das große Ereignis mit einer Videokamera.

»Wer ist denn die Brautführerin?« Matty sah die Gestalt in Grün aufmerksam an. »Sie kommt mir so bekannt vor.«

»Das ist Zoe Goldsmiths Tochter!« Sally lachte überrascht auf. »Das ist India. India Goldsmith.«

Am Ende des langen Ganges zitterte Niall mittlerweile so stark, daß sein Trauzeuge seine Hand ergriff. »Da kommt sie. Sie sieht großartig aus. Du wirst sie gleich heiraten. Viel Glück.«

Niall gelang es schließlich, sich umzudrehen; in seinen Augen lag Stolz. »Herrje, sie ist so schön! So wunderschön. Ich kann gar nicht glauben, daß sie meine Frau wird.«

In einer der hinteren Reihen beobachtete Lisette den Brautzug mit wachsendem Mißtrauen und lauschte angestrengt auf die Gespräche.

»Tash hat ja wieder ziemlich zugelegt, was?« sagte Cass. »Sie wirkt so untersetzt – kleiner, wenn das möglich ist.«

»Das ist doch nicht das Kleid aus Paris«, hauchte Sophia, »wahrscheinlich paßt sie nicht mehr rein.«

»Ziemlich dichter Schleier. Meinst du, sie hat vor Aufregung Pickel?«

»Möglich, dazu hat sie immer geneigt.«

»Hat sie denn in Badminton dicker gewirkt?«

Sophia drehte sich so abrupt herum, daß ihre breite Hutkrempe ihrer Tante durchs Gesicht fuhr. Ben, der an ihrer anderen Seite saß, ging ebenfalls fast zu Boden, weil das Ding ihn hart an der Stirn traf. »Das ist ja das Seltsame – da wirkte sie eher dünner.«

Lisette sah, wie die Braut an ihr vorüberschritt und wurde sogar noch mißtrauischer. Hugo, der rechts von Niall und seinem merkwürdig vertrauten Trauzeugen stand, drehte sich plötzlich um und fing ihren Blick mit einem angedeuteten Zwinkern auf. Lisette sah von ihm zu Niall, zum ›Cheers!‹-Fotografen und dann zur Braut. Irgend etwas an dieser Konstellation war nicht geheuer.

Und dann bemerkte sie den neurotischen Dalmatiner zu Penny Moncrieffs Füßen, dessen Schwanz vor Wiedersehensfreude wirbelte, als die Braut an ihm vorbeischritt. Lisette lächelte unwillkürlich. Der liebe, theatralische Niall hatte endlich die Frau gefunden, die mit seinen Phantastereien umgehen konnte. Nur einen Moment darauf brach sie zum Erstaunen aller in ein lautes Lachen aus. Niall heiratete gar nicht Tash French, wurde ihr klar. Er heiratete die Frau, von der es in ihrer schmutzigen Pressestory geheißen hatte, daß sie seit einem Monat mit Niall ins Bett ging. Niall heiratete Zoe Goldsmith.

Sie war dem Rest der Anwesenden um einiges voraus. Als der Schleier gelüftet wurde, gab es ein paar Ausrufe, daß Tash ja erblondet sei. Und als der Trauzeuge sich halb den Gästen zuwandte, während er in der Westentasche nach den Ringen fingerte, war deutlich schweres Atmen und Gemurmel zu vernehmen. Doch erst, als die Standesbeamtin fröhlich verkündete, daß sie alle hier versammelt seien, um der Eheschließung von Niall O'Shaughnessy und Zoe Goldsmith beizuwohnen, war das Erstaunen allgemein.

»Die Braut kenne ich nicht, könnte genauso gut ein Stück Seife sein«, sagte Alicia laut zu Etty und fütterte Gangster mit noch mehr Schokokeksen. »Aber ich kenne den Trauzeugen – ein Freund von Hugo. Netter Kerl, wie hieß er nur gleich …«

Als die neue Braut und ihr Bräutigam in den Vorraum gingen, um sich ins Eheregister einzutragen, erhielt Rory Franks mehrere kräftige Stöße in die Rippen und zog die richtige Schlußfolgerung, daß dies jetzt sein Stichwort sei. Einige Sekunden suchte er nach einem Blatt, fluchte und stolperte dann über Bob Hudson auf den Gang hinaus. Sehr groß und ungeheuer attraktiv, aber angeschlagen und leicht schwankend stand er da und glättete den Bogen Papier. Weil seine geröteten Augen nicht in der Lage waren, irgend etwas zu fixieren, warf er diesen schließlich über die Schulter und baute auf sein Gedächtnis. Er sollte eigentlich ›Er wünscht sich die Tücher des Himmels‹ von Yeats vortragen, doch da er das nicht auswendig konnte, wich er auf Shakespeare aus und rezitierte mit ungestümer, schroffer Stimme:

O sag' nicht, daß ich falsch und treulos bin,
Weil, als ich fern, gedämpft schien meine Glut;
Ich schiede von mir selbst, gäb ich dahin
Mein Herz, das tief in deinem Herzen ruht.
Da ist der Liebe Heimat. Wie der Wandrer
Kehr ich zu ihr zurück mit schnellem Schritt,
Bla Bla Bla Bla …

Er stockte kurz, da er ein, zwei Zeilen vergessen hatte, doch er war von so machtvoller Präsenz, daß nur wenige Zuschauer etwas bemerkten. Mit einem breiten Lächeln hob er wieder an:

Glaub' nicht, obwohl der Sinne Tyrannei
Manchmal besiegt das leicht verführte Blut,
Daß ich so töricht und verworfen sei,
Dich um ein Nichts zu lassen, höchstes Gut!
Denn Nichts nenn ich den weiten Erdenball,
Du, meine Rose, bist mein All im All.

»Niall hat geweint vor Freude, als er ›Ja, ich will‹ sagte«, seufzte Penny verträumt. »Das ist ja *so* romantisch.«

»Ich hab auch geheult«, brummte Gus. »Dieser Hund von Tash stinkt dermaßen, uns hat allen das Wasser in den Augen gestanden.«

Während sie auf dem großen Rasen hinter Fosbourne Holt House für den ›Cheers!‹-Fotografen posierten, stand Tash für einen kurzen Augenblick neben Nialls Mutter. Anfangs hysterisch, dann vor Staunen sprachlos und schließlich den Brauttausch rechtfertigend, hatte Ma inzwischen mit Hilfe einiger kräftiger Schlucke Bushmills aus ihrer eigenen Kiste ihren Frieden mit dieser Hochzeit geschlossen und schluchzte nur ein weiteres Mal laut auf, weil ihr Sohn so rasend glücklich schien mit seiner neuen Braut.

»Scheint die ganz große Liebe zu sein, wirklich«, weinte sie und gab Tash einen dicken Schmatzer auf die Wange, der einen verschmierten Lippenstiftfleck hinterließ. »Aber du hättest mich warnen können, Kindchen. Was mach ich jetzt mit den eingravierten Initialen auf der Karaffe? Meinst du, ein T kann in ein Z geändert werden?«

»Kein Problem«, versicherte Tash.

»Vielleicht tu ich's, vielleicht auch nicht.« Ma sah sie weise an. »Könnte doch sein, daß der Name deines Mannes mal mit N beginnt.«

»Das bezweifle ich.« Tash schaute zu Hugo hinüber, der sie beobachtete.

»Na, vielleicht finde ich ein anderes Paar. Schließlich geh ich auf genug Hochzeiten – wenn auch nicht gerade auf solche.«

Sally und Sophia versammelten die Blumenkinder um sich, die entweder weinten, sich stritten oder den Aufstand probten.

»Du *wirst* in die Kamera lächeln, Lotty, oder alle deine Zähne fallen dir aus«, drohte Sophia ihrer jammernden Tochter.

Sally nahm Tom seinen Gameboy aus der Hand und versuchte zu verhindern, daß Tor sich ihren Blumenkranz in die Unterhose stopfte. Sie setzte Tor den Kranz wieder auf den Kopf und wandte sich, völlig überdreht von den Ereignissen, zu Sophia um. »Hattest du irgendeine Ahnung?«

»Ich war ziemlich verblüfft, daß sie die Sache durchziehen wollten, und irgendwie schien's mir seltsam«, sagte Sophia und zog an Joshs Hosen. »Aber an so was hätte ich im Traum nicht gedacht, nein. Ich meine, ist das überhaupt legal?«

»Scheinbar hat Niall die ganze Sache letzte Woche geregelt – wobei einige Kisten Champagner den Besitzer gewechselt haben dürften.«

»So.« Sophia küßte Josh auf seinen lockigen Blondschopf und ließ ihn gehen. Sie spähte zu Zoe hinüber, die, in glückseliger Gelassenheit, soeben Nialls verwirrter, streitlustiger und trinkfester Familie vorgestellt wurde. »Wie ist sie denn eigentlich so? Ich kenne sie ja kaum.«

»Einfach liebenswert«, seufzte Sally und warf Matty einen kurzen Blick zu. »Für Niall geradezu perfekt. Sie kann ihn auf den Boden holen, ohne ihm sein Temperament zu nehmen. Kocht allerdings komisch.«

»Ziemlich attraktiv, jedenfalls.« Sophia rümpfte leicht verärgert die Nase. »Cass war so schockiert, daß sie aus Versehen direkt aufs Herrenklo marschiert ist.«

»Ich weiß.« Sally kicherte. »Und Rory Franks hat da drin Koks geschnupft. Sie dachte, er würde mit dem Spiegel seine Kontaktlinse suchen, und hat ihm erklärt, daß er ›mit diesem verstaubten Ding‹ wohl nie Erfolg haben würde. Und schon hatte sie den Spiegel mit ihrem Taschentuch blank gerieben. Er ist dem Wahnsinn nahe.«

An der Auffahrt vor Fosbourne Holt House wartete ein finsterer, blumengeschmückter Snob und stampfte wütend auf. Er blähte ungeduldig seine rosigen Nüstern, während er mit zuckenden Ohren die Fliegen vertrieb, und das Geschirr, das ihm angelegt worden war, hart klirrte.

»Herrje, da setz ich mich nicht rein.« Niall starrte Snob entgeistert an. Das geliehene Gig wirkte, obwohl auf Hochglanz poliert, morsch, und Snob schien so aufgebracht, als würde er jede Sekunde durchgehen.

»Das geht schon«, sagte Zoe und ließ Enid zuerst in den Einspänner springen. »Gus hat ihm heute morgen irgendwas Beruhigendes gegeben – ich hab's gesehen. Er trottet wie ein alter Esel.«

Niall blickte ungläubig, doch als Gus auf den Bock kletterte, um sie zurück nach Fosbourne Ducis zu kutschieren, fiel Snob, wenn auch widerwillig, in einen gleichmäßigen Trott, nicht ohne Tash, die mit den fröhlichen Hochzeitsgästen Konfetti warf, einen grollenden Blick zuzuwerfen. Während sie davonfuhren, bemerkte Tash, daß ihr die Tränen über die Wangen liefen. Sie sah sich nach Hugo um, doch bevor sie ihn in der Menge ausmachen konnte, fiel ihr Blick auf Lisette, die sich selbst eilig eine Träne von der Wange wischte. Tash starrte sie verblüfft an, das hatte sie nun überhaupt nicht erwartet. Als Lisette aufsah, lächelte sie plötzlich und ging auf Tash zu. Ihre leuchtenden Augen glänzten vor Rührung.

»Du mußt mich verachten, Tash, und ich kann es dir nicht verübeln.«

Tash schüttelte den Kopf. »Warum sollte ich dich verachten? Wenn es dich nicht gäbe, wäre das alles hier nicht passiert.«

»Das meine ich ja gerade«, stöhnte Lisette und schloß ihre Augen. »Es tut mir sehr leid. Ich habe dich sehr unglücklich gemacht, nicht wahr?«

Tash putzte sich die Nase. »Ich war noch nie in meinem Leben glücklicher«, sagte sie wahrheitsgemäß.

»Nächste Woche werde ich als erstes meinen Anteil an dem Pferd auf dich überschreiben lassen«, murmelte Lisette. Plötzlich weiteten sich ihre Augen. »Hast du gesagt, du bist glücklich?«

Tash starrte sie ebenfalls an. »Hast du gesagt, du überschreibst mir Snob?«

»Meine Hälfte.« Lisette nickte. »Aber ich stelle eine Bedingung.«

»Oh, ja?« Tash zitterte. Sie wußte nur zu gut, wie unerfreulich Lisettes Bedingungen sein konnten.

»Du weißt, was Hugo für dich empfindet, oder?« Lisette lächelte. Es war ein hübsches Lächeln, so ganz ohne Bosheit, und es veränderte ihr Gesicht vollkommen.

»Ja.« Tash sog an ihrer Unterlippe.

»Und du empfindest das gleiche für ihn?«

»Ja.« Tash sog auch an ihrer Oberlippe; ihr Herz hämmerte.

»Würdest du an deine Rede als Trauzeuge etwas anschließen?« Lisette ergriff ihre Hand und drückte sie. »Ich schulde Hugo einen Gefallen, und das könnte genau das Richtige sein ...«

Die Hochzeitsgäste liefen jetzt alle auf der Auffahrt hin und her, baten um Mitfahrgelegenheiten oder boten sie an, plauderten über das eben Vorgefallene und erklärten sich gegenseitig den kürzesten Weg zur Farm. Auch die Presseleute waren noch unter ihnen; eigentlich hatten sie nur auf ein paar Schnappschüsse von Prominenten gesetzt, doch jetzt fotografierten sie alles, was ihnen vor die Linse kam – vor allem Tash –, und brüllten in ihre Handys hinein, weil sie verwundert feststellten, daß das hier ein Aufmacher für die Sonntagsausgaben war.

Als Tash sich hinter einem Baum verbarg, stand sie plötzlich neben Matty, der sowohl enorm beleidigt war, weil niemand ihn eingeweiht hatte, als auch enorm erleichtert, weil sein Freund eine Frau geheiratet hatte, von der er mehr gar nicht halten konnte, und nicht seine unfähige Schwester.

»Ich muß mich wohl entschuldigen.« Tash stieß ihre Schuhspitze in den Kies der Auffahrt. »Aber wir dachten, je weniger Leute Bescheid wissen, desto besser.«

Matty nickte und strich über Linus' seidiges Haar, während er zu einem der Teiche im Park blickte. »Mutter wußte es wohl?«

Sie grinste. »Wir haben versucht, es ihr zu verheimlichen, aber du weißt ja, wie sie ist. Sie hätte mir wohl sonst was verabreicht, um mich außer Gefecht zu setzen, wenn sie auch heute morgen noch angenommen hätte, daß ich Niall heirate. Sie um Hilfe zu bitten, war das einzige, was wir noch tun konnten. Und Papa.«

»Aber mich nicht?«

»Je mehr Leute es wußten, desto chaotischer wurde es. So schien es viel einfacher zu sein. Wir haben es Sophia auch nicht gesagt.«

»Ach, hör auf!« Er lachte bitter. »Stell mich nicht mit ihr auf eine Stufe. Ich bin einer von Nialls ältesten Freunden.«

»Der sich seit Wochen nicht gemeldet hat«, erinnerte Tash ihn. »Dabei ist Niall nur deinetwegen auf Zoe aufmerksam geworden.«

»Meinetwegen?«

Tash lächelte und kitzelte Linus. »Erst als Zoe Niall von eurem kleinen Flirt erzählte, sah er in ihr die Frau, die sie ist – sexy, begehrenswert und klug, und nicht nur die Mutterfigur für jeden auf der Lime-Tree-Farm. Du hast ihm die Augen geöffnet, Matty. Niall ist dir wirklich dankbar – das hat er mir gesagt. Sogar Sally ist es, würde ich sagen.«

»Sally?« Er sah verwirrt aus.

»Du kannst dir doch vorstellen, wie sehr Sally ihren verläßlichen und hochtrabenden Ehemann wieder schätzen gelernt hat, seit sie von dieser Geschichte weiß. Vor allem, weil ein Blick über den Gartenzaun ihr deutlich gemacht hat, daß die Äpfel in Nachbars Garten vergiftet sind.«

Matty wirkte unglaublich wütend. »Ich bin nicht hochtrabend!«

»Natürlich nicht.« Tash küßte ihn auf die Wange und ging, um nach Hugo zu suchen und mit ihm über die Felder zurück zur Farm zu gehen.

Das Vorhaben eines formellen Empfangs auf der Lime-Tree-Farm mit einem langen Defilee vorbei am Hochzeitspaar wurde sehr schnell aufgegeben, und Niall und Zoe schlenderten Hand in Hand unter ihren Gästen herum und lachten jedesmal wieder begeistert über die verblüfften Gesichter, wenn sie ihre wundersame Geschichte erzählten. Zoe strahlte und war äußerst zufrieden. Da India sich um Nialls Familie kümmerte und auch Rufus beschäftigt war – er redete in einer Ecke fanatisch auf Henriettas ältere Tochter Emily ein –, drängte sie Niall ins Haus, um ihn ein paar Augenblicke ganz für sich allein zu haben. Das Haus platzte vor fachsimpelnden Reitern fast aus allen Nähten, und so schlossen sie sich schließlich in der Waschküche ein.

»Ich muß dir was beichten.« Niall sah aus wie ein armer Sünder. »Bei all diesen Änderungen in letzter Minute hab ich vergessen, den Vornamen für den Flug morgen austauschen zu lassen.«

»Das macht nichts.« Zoe lachte und küßte ihn. »Der Name stimmt doch. Ich bin jetzt Mrs. O'Shaughnessy, schon vergessen? Und wir können noch immer mit der Heiratsurkunde wedeln.«

Sein Gesicht hellte sich auf, und er begann entzückt, sie ebenfalls zu küssen. »Herrgott, wie ich Zoe O'Shaughnessy liebe.«

»Das sind«, seufzte Zoe, als er sie auf den Trockner setzte und unter ihren Röcken verschwand, »die Wonnen der Ehe.«

»Wow!« Ein gedämpftes Lachen war zu hören. »Vor mir erblüht meine Ehefrau – ich muß wohl gestorben und im Paradies sein.«

Tash, die jetzt seit zwanzig Minuten mit Tom und Tor Fangen gespielt hatte, ließ sich erschöpft an der Tafel des Hochzeitspaars unter dem großen Zelt nieder und stürzte sich auf das Glas Champagner, das Hugo für sie geholt hatte.

»Du gehst einfach wunderbar mit Kindern um.« Hugo lachte.

»Ich liebe Kinder«, sagte sie nur, und der sprudelnde Champagner kitzelte sie in der Nase.

»Dann sollten wir sehr viele haben.« Hugo wartete auf eine Reaktion, doch Tash hatte ihn gar nicht gehört.

»Es ist wirklich alles so gut gegangen«, seufzte sie, lehnte sich an ihn und legte ihr Kinn auf seine Schulter. »Ich liebe dich«, hauchte sie. Ihr Gesicht war noch erhitzt, und ein paar Strähnen ihres dunklen Haars, die sich aus ihrem Pferdeschwanz gelöst hatten, umspielten ihr Gesicht. Ihr Lidschatten war leicht verschmiert, die Krawatte saß schief, und sie hatte noch immer diesen großen roten Lippenstiftfleck auf der Wange.

»Du bist so schön, Tash, ich kann's gar nicht erwarten, daß du auf Haydown einziehst.«

»Ist das dein Ernst?« Sie war außer sich vor Freude.

»Natürlich.« Mit kühler, gewandter Zunge küßte er sie, und ihr wurde ganz schwindelig. Doch plötzlich ergriff er mit beiden Händen ihr Gesicht und sah sie ernst und besorgt an. »Du möchtest doch mit mir zusammenziehen, oder?«

Sie nickte und betrachtete ihn mit verschleiertem Blick. »Mehr als alles auf der Welt.«

Hugo konnte gar nicht wieder aufhören zu lächeln. »Jetzt hab ich dich«, er drückte seine Lippen auf ihr Ohr, »und nie wieder wird ein Niall O'Shaughnessy dich mir wegnehmen.«

»Nie mehr.« Sie küßte ihn wieder, ließ ihre Hand unter den Tisch gleiten und spürte, wie er erbebte, als ihre Finger eine ganz eigene Dressur auf seinem Oberschenkel absolvierten.

»Ganz bestimmt nicht.« Hugo lachte, strich ihr das Haar aus dem Gesicht und schaute sie aufmerksam an. Tash war ganz hingerissen von der Intensität dieser blauen Augen. »Tash, es gibt etwas, daß ich dich fragen –«

Sie drückte ihm ihre Lippen auf den Mund und küßte die Frage einfach hinweg; sie wußte, was er hatte fragen wollen. Als sie aus diesem Kuß schließlich wieder auftauchten, war Hugo viel zu erregt, um sich noch an das, was er vorher hatte sagen wollen, zu erinnern.

»O Gott, ich bin so verrückt nach dir.« Sanft öffnete er ihre Kragenknöpfe und schob seine Hand unter ihr Hemd. »Ich möchte weg von hier und mich sofort auf dich stürzen, Tash French. Laß uns nach Hause gehen.«

»Das geht nicht.« Sie preßte ihre Stirn gegen seine und erschauerte unter seiner Berührung. »Ich muß noch eine Rede halten, meinen Dank aussprechen und Telegramme verlesen – sogar eines von Steven Spielberg. Ich nehme meine Aufgabe sehr ernst, weißt du.«

Hugo begann, ihren Hals so sanft zu küssen, daß sie sich, hungrig nach mehr, an ihn drängte. »Ich hab in meinem Leben schon ziemlich viele Brautjungfern geküßt«, seufzte er, »aber dies dürfte das erste Mal sein, daß ich an dem Trauzeugen hängenbleibe.«

»Ach herrje, da drüben küssen sich zwei Männer!« Alicia Beauchamp stöhnte auf und griff ganz aufgeregt nach dem Opernglas, das um ihren Hals baumelte. »Und ich fürchte, einer von ihnen ist mein Sohn!«

»Das stimmt.« Lisette leerte ihr Champagnerglas und nahm sich sofort ein weiteres von einem Tablett. »Ich hätte jede Menge Zeit sparen können, wenn ich das geahnt hätte.«

»Ach, es ist nur Tash.« Alicia ließ äußerst erleichtert das Opernglas sinken und musterte Lisette beifällig von oben bis unten. »Keine Angst, Sie werden den Richtigen bald finden – eine so gutaussehende Frau wie Sie.«

Lisette lächelte. »Danke – aber ich bin ziemlich gelangweilt von den Männern, denen nach dem Dinner meist doch nur der Ehering aus der Brieftasche fällt. Vielleicht kaufe ich mir einen Hund.«

»Sehr gute Idee.« Alicia sah sie entzückt an. »Nehmen Sie einen Mops.«

»Diese Frau muß nur Veuve Clicquot rufen, und schon kommen die Männer gerannt«, murmelte Sally, die sah, wie Rory Franks und James French mit ihren leeren Gläsern auf Lisette zusteuerten, die eine Flasche Champagner in der Hand hielt.

Matty, der mit Linus auf dem Schoß neben ihr saß, beobachtete, wie Nialls Exfrau sich mit unruhigen Augen unter dem großen Zelt umsah und die schmeichelnden Aufmerksamkeiten der Männer kaum wahrnahm. In ihrem Gesicht stand ein seltsam aufgeregter Ausdruck, der Matty um Jahre zurückversetzte. Diesen Ausdruck hatte er nicht gesehen seit ihrer frühen gemeinsamen BBC-Zeit, und es war der gleiche Ausdruck großer Vorfreude, den sie schon einmal hatte, bevor sie Niall kennenlernte. Sie schien auf etwas zu warten. »Ich könnte ihr doch noch verzeihen«, sagte er ruhig.

»Was? Großer Gott!« Sally warf ihr Glas um. Matty vergab fast nie etwas – es war eine Ehre, so selten wie eine Heiligsprechung.

»Du hattest recht, wir haben ihr eine Menge zu verdanken.« Er lächelte. »Wie Niall sagte – manchmal helfen die rein egoistischen Handlungen den Leuten sehr viel mehr als die sogenannten wohltätigen.«

Sally begann zu lachen. »Diese Hochzeit hier verhilft ihr auf jeden Fall zu so viel Publicity, daß ›Im Himmelbett‹ garantiert ein Riesenerfolg wird.«

»Ja.« Er strich ihr mit dem Finger über die Wange und blickte sie sanft an. »Und außerdem hat sie Niall eine großartige Rolle gegeben, dir die Chance, zu sehen, wie ihr ach so glamouröses Leben aussieht, und mir hat sie einen Schlag ins Gesicht verpaßt, damit ich endlich meinen Hintern bewege und einen vernünftigen Vertrag abschließe.«

»Und Tashs Pferd?« Sie biß sich auf die Lippe.

»Ich hab das sonderbare Gefühl, daß auch Snob einfach in den Sonnenuntergang traben wird.« Matty streichelte sie noch immer, und in seinen haselnußbraunen Augen glühte das Vertrauen. »Das ist ja das Seltsame an Lisettes Filmen. Sie werden nicht nur brillant vermarktet, sie haben auch alle ein Happy-End.«

Sally verdrehte die Augen und senkte die Stimme zu einem Flüstern. »Tut mir schrecklich leid, dir das sagen zu müssen, aber deine Mutter beugt sich über uns.«

»Meine Lieben, ist das nicht alles ganz prächtig gelaufen?« Alexandra steckte ihren lila Schlapphut in einer Wolke von Arpège zwischen sie. »Pascal ist unglaublich aufgeregt – er hat gerade Pollys Videofilm an diesen Showbiz-Sender verkauft. Und denkt nur – vielleicht gibt es das alles in ein paar Monaten noch einmal!«

»Was?« fragte Matty düster.

Alexandra nickte begeistert in die Richtung, wo der erste Zeremonienmeister den Trauzeugen auf eine Art küßte, die zwei Gentlemen nun wirklich nicht anstand.

»O Gott, nein.« Sally schloß die Augen. »Nicht sie schon wieder. Diesmal wird sie mit einem ihrer Pferde durchbrennen.«

»Sei nicht albern, Schätzchen«, sagte Alexandra. »Pascal kommt für die Kosten auf. Und es könnte sogar in der Kirche stattfinden – vielleicht in Frankreich? Die bei Champegny ist einfach göttlich um Weihnachten, und ich hab Winterhochzeiten schon immer geliebt – all diese langen romantischen Mäntel, Schlapphüte und flackernden Kerzen. Was meint ihr?«

Doch Sally und Matty traten bereits unauffällig den Rückzug an, um zusammen im Garten zu verschwinden, und griffen auf ihrem Weg nach draußen noch nach gefüllten Champagnergläsern.

Tash erhob sich nach dem langen, herrlich ausgelassenen Hochzeitsessen und hielt ihre Rede kurz und bündig, zum Teil weil sie nicht gewohnt war, vor Publikum zu sprechen, zum Teil aber auch, weil Hugo mit seinen Fingern auf ihren Oberschenkeln spielte, so daß sie die Hälfte ihrer Rede vergaß und teilweise nur noch Halbsätze herausbrachte. Je höher seine Finger wanderten, desto höher kletterte auch ihre Stimme.

In seiner eigenen, sehr witzigen und perfekt vorgetragenen Ansprache hatte Niall bereits so vielen Leuten so überschwenglich gedankt, daß sie nun nicht mehr tun konnte, als seinen Empfindungen beizupflichten und ihrer Familie ihre Dankbarkeit auszusprechen. Zu versichern, wie traumhaft Braut und Bräutigam zueinander paßten, war ein Leichtes – es sprang so deutlich ins Auge, daß es kaum einer Erwähnung bedurft hätte. Und schon innerhalb dieser paar Stunden seit der Trauung schien Nialls gesamte Familie sich genauso Hals über Kopf in Zoe verliebt zu haben wie er selbst, und Ma nannte sie bereits ihre »Tochter«.

Doch Tash war entschlossen, etwas ganz Bestimmtes auszusprechen, und als sie endlich das letzte Telegramm verlesen hatte, sah sie über die große Runde hinweg und schluckte nervös. Plötzlich wußte sie nicht, wo beginnen. Sie errötete und suchte in der Gästeschar ängstlich nach einem Gesicht, bis sie Lisette schließlich entdeckte, die ihr aufmunternd zulächelte.

Tash lachte und spürte, wie ihr Mut zurückkehrte.

»Dies war zweifellos die verrückteste Hochzeit, auf der Sie je in Ihrem Leben gewesen waren«, begann sie kühn und schluckte, als

Hugos Finger nach ihrer Hand forschten. »Und ich fürchte, was ich jetzt, bevor ich einen Toast auf Braut und Bräutigam ausbringe, zu sagen habe, wird diese Verrücktheit sogar noch ein wenig weitertreiben.« Sie lächelte strahlend, als Hugos Finger zwischen die ihren glitten.

An den Tischen hatte ein aufgeregtes Getuschel eingesetzt, das jedoch augenblicklich wieder verstummte.

»Denn«, sie räusperte sich und blickte hinunter zu ihm, wobei sie in diese vertraute, hypnotische Verstrickung mit seinen Augen geriet, »ich bin ziemlich sicher, von Ihnen war noch nie jemand auf einer Hochzeit, auf der der Trauzeuge um die Hand eines der Zeremonienmeister angehalten hat …«

Henning Mankell im dtv

»Mankell gehört ohne Zweifel auch international zur Elite der Krimiautoren.«
Svenska Dagbladet

»Man denkt an Georges Simenons Maigret, an Ruth Rendells Inspektor Wexford, an Sjöwall/Wahlöös Martin Beck.«
John Leonard

Die weiße Löwin
Thriller · dtv 20150

Kommissar Wallander steht vor dem kompliziertesten Fall seiner Karriere. Alles beginnt mit dem spurlosen Verschwinden einer schwedischen Immobilienmaklerin – doch schon bald weisen immer mehr Details in Richtung eines teuflischen Komplotts von internationalen Dimensionen. Als es Wallander schließlich gelingt, die Details zu einem Bild zusammenzuführen, weiß er, daß es nicht mehr nur um das Wohl einzelner geht, sondern das Schicksal von Hunderttausenden auf dem Spiel steht...

Mörder ohne Gesicht
Thriller · dtv 20232

Die letzten Worte der sterbenden Frau waren »Ausländer, Ausländer!« – Kommissar Wallander weiß, daß diese Information unter gar keinen Umständen an die Presse gelangen darf. Denn das Klima im Lande hat sich gewandelt, und die Möglichkeit, daß Ausländer an der Tat beteiligt waren, reicht möglicherweise aus, um eine Welle ausländerfeindlicher Gewalt auszulösen. Doch plötzlich führen die Ermittlungen in eine ganz andere Richtung: der Ermordete hat offenbar ein Doppelleben geführt... ›Mörder ohne Gesicht‹ wurde 1992 als bester Thriller Skandinaviens ausgezeichnet.

Penelope Lively im dtv

»Penelope Lively ist Expertin darin, Dinge von zeitloser Gültigkeit in Worte zu fassen.«
New York Times Book Review

Moon Tiger
Roman · dtv 12380
Das Leben der Claudia Hampton wird bestimmt von der Rivalität mit ihrem Bruder, von der eigenartigen Beziehung zum Vater ihrer Tochter und jenem tragischen Zwischenfall in der Wüste, der schon mehr als vierzig Jahre zurückliegt...

Kleopatras Schwester
Roman · dtv 11918
Eine Gruppe von Reisenden gerät in die Gewalt eines größenwahnsinnigen Machthabers. Dabei entwickelt sich eine ganz besondere Liebesgeschichte...

London im Kopf
dtv 11981
Der Architekt Matthew Halland, Vater einer Tochter, geschieden, arbeitet an einem ehrgeizigen Bauprojekt in den Londoner Docklands. Während der Komplex aus Glas und Stahl in die Höhe wächst, wird die Vergangenheit der Stadt für ihn lebendig.

Ein Schritt vom Wege
Roman · dtv 12156
Annes Leben verläuft in ruhigen, geordneten Bahnen. Als ihr Vater langsam sein Gedächtnis verliert und sie seine Papiere ordnet, erfährt sie Dinge über sein Leben, die sie tief erschüttern. Dann lernt sie einen Mann kennen, dem sie sich ganz nah fühlt...

Der wilde Garten
Roman · dtv 12336
Die Geschwister Helen und Edward leben in einem großen Haus mit wildem Garten. Nach dem Tod ihrer Mutter gerät das Leben der Geschwister – beide unverheiratet und Anfang Fünfzig – plötzlich in Bewegung.

Hinter dem Weizenfeld
Roman · dtv 12515
Ein Roman von Müttern und Töchtern, Untreue und Eifersucht, Selbstbetrug und Solidarität.

Catherine Gaskin im dtv

»Gehobene Unterhaltung nach einem geradezu perfekten Rezept: ein Hauch von Märchen, viel Gefühl, ein bißchen historischer Hintergrund und harte Schicksalsschläge.«
Margarete v. Schwarzkopf in der ›Welt‹

Ein Windspiel im Nebel
Roman
dtv 12079
Die junge Kunstexpertin Joanna Roswell stößt in Schloß Thirlbeck auf zahlreiche Rätsel und Widersprüche, als sie den Auftrag erhält, die Schätze zu ergründen, die das alte Gemäuer birgt.

Das große Versprechen
Roman
dtv 12179
England um 1900. Ein reicher Fabrikant nimmt ein armes Mädchen auf... Der Roman über das schicksalhafte Versprechen einer Frau, ihre Familie nie im Stich zu lassen.

Das Familiengeheimnis
Roman
dtv 20005
Die schöne, kluge Kelly Anderson ist »nur ein einfaches Mädchen« von einer australischen Farm, als sie in das mondäne Londoner Leben gerät...

Ein Falke für die Königin
Roman
dtv 8382
Auf ein paar Worte hin, an den Rand einer Schriftrolle gekritzelt, war sie gekommen: ungebeten, unerwartet und – wie sie ahnte – unerwünscht...

Liebe auf Schloß Lynmara
Roman
dtv 20124
Kann die Emigrantentochter Nicole für sich und ihre Kinder erreichen, wovon sie als junges Mädchen geträumt hat: Glück und Geborgenheit auf Schloß Lynmara?

Das Erbe der Marquesa
Roman
dtv 20196
Zwei Frauengestalten stehen im Mittelpunkt dieser Familienchronik: die Marquesa, deren Liebe zu einem irischen Lord einst in tödlichen Haß umschlug, und Charlotte, die Enkelin jenes Mannes.

Fay Weldon im dtv

»Fay Weldon lesen ist wie Champagner trinken.«
The Times

Die Teufelin
Roman
dtv 11132 und dtv großdruck 25065
Lange erträgt Ruth die Eskapaden ihres Mannes. Doch dann schlägt sie zurück ...

Herzenswünsche
Roman · dtv 12174
Liebe auf den ersten Blick– mit dramatischen Folgen für alle Beteiligten.

Hier unten bei den Frauen
Roman · dtv 11515
Ein Haufen Freundinnen und ihr turbulentes Leben.

Die Klone der Joanna May
Roman · dtv 11671
Der Ex-Gatte hat Joanna klonen lassen. Erschreckt sucht sie ihre vier Kopien.

Der Mann ohne Augen
Stories · dtv 11778
Vierzehn Geschichten über das, was man gerne zwischenmenschliche Beziehungen nennt.